"博学而笃志，切问而近思。"

(《论语》)

博晓古今，可立一家之说；
学贯中西，或成经国之才。

主编简介

曹惠民（1946—　　），江苏南通人。北京师范大学中文系、华东师范大学研究生院毕业，1982年获文学硕士学位。苏州大学文学院教授、博士生导师、世界华文文学研究中心主任，兼任中国世界华文文学学会副会长、江苏省台港澳暨海外华文文学研究会会长等。

著有《出走的夏娃》《他者的声音》《多元共生的现代中华文学》，主编《1898—1999百年中华文学史论》《台港澳文学教程》《阅读陶然》等，合著、参编多种。在中国大陆、台、港、澳地区及新、马、泰、菲、韩、英、美等国共发表论文180多篇。

陈小明（1964—　　），江苏泰兴人，文学博士。苏州大学文学院副教授、硕士研究生导师，江苏省台港澳暨海外华文文学研究会理事兼副秘书长，苏州大学世界华文文学研究中心副主任，《品位·经典》双月刊执行主编。参编《台港澳文学教程》《台港文学名作赏析》《中国现代文学史》《中国现代文学史学习指导》等，在中国大陆、台、港、澳地区发表论文40多篇。

复旦博学·文学系列

台港澳文学教程新编

曹惠民 ◎ 主 编

陈小明 ◎ 副主编

復旦大學出版社

特约撰稿人：

（以姓氏拼音为序）

白　杨　暨南大学（教授、博士、博士研究生导师）
方　忠　江苏师范大学（教授、博士、博士研究生导师）
樊洛平　郑州大学（教授、硕士研究生导师）
计璧瑞　北京大学（教授、博士、博士研究生导师）
江少川　华中师范大学（教授、硕士研究生导师）
刘　俊　南京大学（教授、博士、博士研究生导师）
凌　逾　华南师范大学（教授、博士、博士研究生导师）
任茹文　宁波大学（教授、博士、硕士研究生导师）
王　璞　香港岭南大学（副教授、博士、硕士研究生导师）
袁勇麟　福建师范大学（教授、博士、博士研究生导师）
赵小琪　武汉大学（教授、博士、博士研究生导师）
朱双一　厦门大学（教授、硕士、博士研究生导师）
朱文华　复旦大学（教授、硕士、博士研究生导师）
朱立立　福建师范大学（教授、博士、博士研究生导师）

目 录

台 湾 编

绪言　中华文学视野中的
台港澳文学及其教学

一

从 1978 年中国内地"改革开放"以来,现代中国的"文学版图"在内涵上有了相当大幅度的充实。在作家、学者和传播媒体的合力作用下,久违了的台湾、香港、澳门地区的华文文学家的精神产品,以迅猛之势,进入了内地文学市场,通俗文学作品更是独领风骚、长盛不衰。几乎与此同时,对于台港澳作家作品的介绍、评论、研究,亦渐次展开,台港澳文学研究成了 20 世纪中国文学研究领域中新的学术生长点,并日益成为引人瞩目的学科前沿。从东南沿海到西南西北的腹地,一些高校先后开设了"台港澳文学"选修课程,一些大学和科研院所也成立了相关研究机构,一些省份还成立了学会,如福建、江苏等省的台港澳文学研究会等,全国性的"中国世界华文文学学会"也已在 2002 年正式成立。中国作家协会也组建了"台港澳海外华文文学联络委员会"。20 世纪 90 年代以来,国家哲学社会科学规划领导小组颁布的规划课题,在中国文学类别中,出现了有关台港澳文学研究的题目,而且处于相当重要和醒目的地位,每年也都有一些学者以这方面的选题获得国家资助,这表明,国家社会科学研究方面的权威机构,也充分注意到了相关研究领域中出现的这种新动向、新态势。

中国内地学者对于台港澳文学的介绍研究,从 70—80 年代之交起步,至今已有 30 多年。据估计,有关的研究专著大约出版了 300 多种、发表论文数千篇,全国性、乃至国际性的学术研讨会已召开了 16 届,地区或专题性的学术研讨会也举行了多次,在台湾、香港、澳门也举办了多次这类学术研讨活动,取得了引人瞩目的成绩。

在中国学术界,有些学者甚至认为,台港澳(与海外华文)文学已具备了成为一门独立的学科(二级)的基本条件,这些条件大体上包括如下几个方面:

1. 有相当丰富的研究资源(作家、作品);

2. 有相应的理论支持;

3. 有相对稳定的一批研究人员;

4. 有相关的一批较为成熟的研究成果;

5. 有相当数量开设有关研究课程的高等学校。

也有一些学者认为,说台港澳与海外华文文学成为一门独立的学科,似乎言之过早,条件尚未成熟,恐怕还只能算一级学科(文学)之下的二级学科(中国现当代文学)所属的一个"研究方向",而海外华文文学是否能够(或可以)归属于"中国现当代文学"之中,还相当有争议。但是,不管是把它作为二级学科,还是作为三级学科或一种"研究方向",台港澳(与海外华文)文学的研究,确有其特定的研究范畴和研究对象,其学理上的"合法性"当无可置疑。

二

"台港澳文学"课程 20 世纪 80 年代以来在各地高校的开设,在几个层面上都有其不可忽视的意义:

首先,它弥补了中文系学生在基础课(如中国现代文学、中国当代文学)学习中的明显欠缺。很多学校沿用已久的各种《中国现代文学史》、《中国当代文学史》都没有台港澳文学的内容。严格地说起来,学生从这门课程中获得的有关中国现、当代文学史的知识是残缺不全的。"台港澳文学"选修课的开设有利于在学生的知识视野中,形成完整、立体的 20 世纪中国的"文学版图",并进而推进全新的文学史书写。

其次,从 80 年代前期以来,台湾香港澳门地区作家的作品,特别是一些通俗文学家的作品在校园里风靡一时,有些学生便以为台湾、香港、澳门除了金庸等人的武侠小说,琼瑶等人的言情小说以外,就没有多少可看的文学作品了。这是一种极大的误解。"台港澳文学"课程可以帮助学生改变这种误解,同时也可以引导青年学生正确理解台港澳通俗作品,以养成他们客观、全面的文艺审美眼光和鉴赏水准。

第三,随着海峡两岸各种交流从 70 年代末全面展开以来,青年学生对于暌隔几十年的台港澳地区的兴趣与日俱增。从开始的好奇到后来的多方面的了解、观察,从知之不多到有所了解,正是由于包括阅读文学作品在内的各种方式带来的成效。在"一国两制"的总原则下,怎样沟通、怎样融合,需要从多种渠道来推展。这无疑是祖国统一这千秋大业的现实需要。"台港澳文学"课程也从一个方面适应了这一需要,其社会意义是不言而喻的。

第四,台港澳文学中有相当多的艺术精品,具有较高的审美价值,不少作品还具有多方面的思想认识价值,是青年陶冶情操、了解中国国情的形象化教材。

以上几点,其实也就是"台港澳文学"课程的基本教学目的。

三

20 世纪 90 年代,学术界很自然地出现了不少"世纪回眸"的议论。从学理的层面上,对 20 世纪中国文学、对台港澳文学近百年来的发展历程,乃至对百年来华文文学在世界各地的衍生与推展,进行回顾反思,人们从各种角度有着或同或不同的认知。其中具相当广泛影响的有:

1994 年,王一川(北京师范大学)等学者编选《20 世纪中国文学大师文库》,其中"小说卷"的"大师"排名(依次为鲁迅、沈从文、巴金、金庸、老舍、郁达夫、张爱玲、王蒙、贾平凹,共 9 人),引起了轩然大波:茅盾不在其列,而金庸却高居第四位,令人瞠目。大师排行榜得到了相当一些人的认同,也遭到了不少人的质疑。

1996—1997 年,谢冕、钱理群(北京大学)等学者编选《百年中国文学经典》,其中选录了台港海外一些作家的经典之作,也选录了连一些文学专业的师生都不太熟悉的青年作家、诗人的作品。人们纷纷发问:究竟什么是"经典"?

1999 年 3 月,台湾"文建会"和《联合报》副刊邀请王德威、李瑞腾、何寄澎、向阳、彭小妍、钟明德、苏伟贞等文学、文化界七位知名人士,在 150 本初选作品、54 本复选作品的基础上,决选出了 30 本"台湾文学经典":

> 小说类:
> 白先勇《台北人》、黄春明《锣》、王祯和《嫁妆一牛车》、张爱玲《半生缘》、陈映真《将军族》、吴浊流《亚细亚的孤儿》、王文兴《家变》、七等生《我爱黑眼珠》、李昂《杀夫》、姜贵《旋风》。
> 新诗类:
> 郑愁予《郑愁予诗集》、痖弦《深渊》、余光中《与永恒拔河》、周梦蝶《孤独国》、洛夫《魔歌》、杨牧《传说》、商禽《梦或者黎明》。
> 散文类:
> 梁实秋《雅舍小品》、陈之藩《剑河倒影》、杨牧《探索者》、王鼎钧《开放的人生》、陈冠学《田园之秋》、简媜《女儿红》、琦君《烟愁》。
> 戏剧类:
> 姚一苇《姚一苇戏剧六种》、赖声川等《那一夜,我们说相声》、

张晓风《晓风戏剧集》。

评论类：

夏志清《中国现代小说史》、叶石涛《台湾文学史纲》、王梦鸥
《文艺美学》。

1999 年 6 月,在全球华人中拥有巨大影响的香港《亚洲周刊》,邀请了来自全球各地的文学名家 14 人(中国大陆:王蒙、王晓明、余秋雨、刘再复、谢冕,台湾:南方朔、施淑,香港:刘以鬯、黄继持、黄子平,北美:郑树森、王德威,马来西亚:潘雨桐,新加坡:黄孟文),评选出"20 世纪中文小说一百强":

名次	书　名	作　者	名次	书　　名	作　者
1	呐喊	鲁　迅	2	边城	沈从文
3	骆驼祥子	老　舍	4★	传奇	张爱玲
5	围城	钱锺书	6	子夜	茅　盾
7★	台北人	白先勇	8	家	巴　金
9	呼兰河传	萧　红	10	老残游记	刘　鹗
11	寒夜	巴　金	12	彷徨	鲁　迅
13	官场现形记	李伯元	14	财主的儿女们	路　翎
15★	将军族	陈映真	16	沉沦	郁达夫
17	死水微澜	李劼人	18	红高粱	莫　言
19	小二黑结婚	赵树理	20	棋王	阿　城
21★	家变	王文兴	22	马桥词典	韩少功
23★	亚细亚的孤儿	吴浊流	24★	半生缘	张爱玲
25	四世同堂	老　舍	26★	胡雪岩	高　阳
27	啼笑因缘	张恨水	28★	儿子的大玩偶	黄春明
29	射雕英雄传	金　庸	30	莎菲女士的日记	丁　玲
31★	鹿鼎记	金　庸	32	孽海花	曾　朴
33★	惹事	赖　和	34★	嫁妆一牛车	王祯和
35★	异域	柏　杨	36	曾国藩	唐浩明
37★	原乡人	钟理和	38	白鹿原	陈忠实
39	长恨歌	王安忆	40★	吉陵春秋	李永平
41★	黄祸	王力雄	42★	狂风沙	司马中原
43	艳阳天	浩　然	44	公墓	穆时英

续表

名次	书　名	作　者	名次	书　名	作　者
45	旧址	李　锐	46★	星星·月亮·太阳	徐　速
47★	台湾人三部曲	钟肇政	48	洗澡	杨　绛
49★	旋风	姜　贵	50	荷花淀	孙　犁
51★	我城	西　西	52	受戒	汪曾祺
53★	铁浆	朱西宁	54★	世纪末的华丽	朱天文
55	蜀山剑侠传	还珠楼主	56★	又见棕榈,又见棕榈	於梨华
57	浮躁	贾平凹	58	组织部新来的年轻人	王　蒙
59	玉梨魂	徐枕亚	60★	香港三部曲	施叔青
61★	京华烟云	林语堂	62	倪焕之	叶圣陶
63	春桃	许地山	64★	桑青与桃红	聂华苓
65★	蓝与黑	王　蓝	66	二月	柔　石
67★	风萧萧	徐　訏	68	芙蓉镇	古　华
69★	地之子	台静农	70★	城南旧事	林海音
71	古船	张　炜	72★	酒徒	刘以鬯
73★	未央歌	鹿　桥	74	沉重的翅膀	张　洁
75	果园城记	师　陀	76	人啊,人!	戴厚英
77	黄金时代	王小波	78	狗日的粮食	刘　恒
79★	棋王	张系国	80★	赖索	黄　凡
81	妻妾成群	苏　童	82★	霸王别姬	李碧华
83★	杀夫	李　昂	84★	楚留香	古　龙
85★	窗外	琼　瑶	86★	沉默之岛	苏伟贞
87★	白发魔女传	梁羽生	88★	古都	朱天心
89★	尹县长	陈若曦	90★	四喜忧国	张大春
91★	喜宝	亦　舒	92	男人的一半是女人	张贤亮
93	将军的头	施蛰存	94★	蓝血人	倪　匡
95	二十年目睹之怪现状	吴趼人	96	活着	余　华
97	冈底斯的诱惑	马　原	98	十年十癔	林斤澜
99★	北极风情画	无名氏	100	雍正皇帝	二月河

　　★系台、港、澳及海外华文作家作品。

　　其中,台港海外作家的作品有 47 部,将近一半,在"一百强"中占相当可观的比例;台湾作品超过四分之一(前 50 名中,则有 14 部),香港作品10 部。

同年 8 月间,北京的人民文学出版社邀请严家炎、朱寨、谢冕等组成 15 人的评审委员会,选出了中国文学的"百年百优":

序次	书　名	作者	序次	书　名	作者
1	官场现形记	李伯元	2	孽海花	曾　朴
3	二十年目睹之怪现状	吴趼人	4	南社丛刻	南社编刻
5	人境庐诗草	黄遵宪	6	老残游记	刘　鹗
7	尝试集	胡　适	8	女神	郭沫若
9	沉沦	郁达夫	10	呐喊	鲁　迅
11	繁星	冰　心	12	雨天的书	周作人
13	志摩的诗	徐志摩	14	寄小读者	冰　心
15	彷徨	鲁　迅	16	野草	鲁　迅
17	死水	闻一多	18	背影	朱自清
19	在黑暗中	丁　玲	20	倪焕之	叶绍钧
21	啼笑因缘	张恨水	22	缘缘堂随笔	丰子恺
23	新月诗选	陈梦家编	24	鲁迅杂感选集	鲁迅著,何凝(瞿秋白)选编
25	望舒草	戴望舒	26	烙印	臧克家
27	子夜	茅盾	28	家(《激流三部曲》之一)	巴　金
29	边城	沈从文	30	南行记	艾　芜
31	死水微澜	李劼人	32	大堰河——我的保姆	艾　青
33	湘行散记	沈从文	34	画梦录	何其芳
35	上海屋檐下	夏　衍	36	萍踪忆语	邹韬奋
37	包身工	夏　衍	38	骆驼祥子	老　舍
39	黄河大合唱(组诗)	光未然	40	呼兰河传	萧　红
41	屈原	郭沫若	42	十四行诗	冯　至
43	给战斗者	田　间	44	速写三篇	张天翼
45	小二黑结婚	赵树理	46	传奇	张爱玲
47	小城风波	沙　汀	48	风雪夜归人	吴祖光

序次	书　名	作　者	序次	书　　名	作　者
49	白毛女	延安鲁艺工作团集体创作,贺敬之、丁毅、王斌执笔;马可、张鲁、瞿维作曲	50	穆旦诗集(1939—1945)	穆　旦(查良铮)
			51	财主的儿女们(上下)	路　翎
			52	果园城记	师　陀
			53	王贵与李香香	李　季
			54	围城	钱锺书
			55	人生采访	萧　乾
			56★	雅舍小品	梁实秋
57	曹禺剧本选	曹　禺	58	保卫延安	杜鹏程
59	红旗谱	梁　斌	60★	射雕英雄传	金　庸
61	茶馆	老　舍	62	关汉卿	田　汉
63	青春之歌	杨　沫	64	白洋淀记事	孙　犁
65	百合花	茹志鹃	66★	城南旧事	林海音
67	阿诗玛	李广田、公刘整理	68	创业史	柳　青
69	红岩	罗广斌、杨益言	70	燕山夜话	马南邨
71	毛泽东诗词选	毛泽东	72	李自成(第一卷)	姚雪垠
73★	台北人	白先勇	74★	家变	王文兴
75★	将军族	陈映真	76	郭小川诗选	郭小川
77	哥德巴赫猜想	徐　迟	78	解放区短篇小说选	多　人
79	随想录(1—5)	巴　金	80	重放的鲜花	多　人
81	傅雷家书	傅　雷	82	干校六记	杨　绛
83	芙蓉镇	古　华	84	白色花	绿原、牛汉编
85	九叶集	辛笛等	86	汪曾祺短篇小说选	汪曾祺
87	棋王	阿　城	88	北方的河	张承志
89	四世同堂	老　舍	90	男人的一半是女人	张贤亮
91	活动变人形	王　蒙	92	平凡的世界	路　遥
93	北岛诗选	北　岛	94	红高粱家族	莫　言
95	古船	张　炜	96	南渡记	宗　璞

续表

序次	书　名	作　者	序次	书　　名	作　者
97★	余光中诗选	刘登翰等选编	98	蒲桥集	汪曾祺
99	白鹿原	陈忠实	100	舒婷的诗	舒　婷

★为台港海外华文作家作品。　　　　　　　　　　　　　　（以出版时间为序）

其中,台港海外作家的作品只有七部入选,似乎偏少了点。

2000 年 3 月,香港的《亚洲周刊》又组织网上读者投票选出"20 世纪中文小说一百强":

排名	书　名	作　者	排名	书　　名	作　者
1	呐喊	鲁　迅	2★	射雕英雄传	金　庸
3★	天龙八部	金　庸	4★	鹿鼎记	金　庸
5	围城	钱锺书	6	家	巴　金
7	骆驼祥子	老　舍	8★	台北人	白先勇
9	边城	沈从文	10★	半生缘	张爱玲
11	彷徨	鲁　迅	12	棋王	阿　城
13	老残游记	刘　鹗	14★	霸王别姬	李碧华
15★	城南旧事	林海音	16★	棋王	张系国
17★	蓝血人	倪　匡	18★	胡雪岩	高　阳
19	四世同堂	老　舍	20	子夜	茅　盾
21★	京华烟云	林语堂	22★	楚留香	古　龙
23	官场现形记	李伯元	24★	寂寞的十七岁	白先勇
25★	星星・月亮・太阳	徐　速	26★	窗外	琼　瑶
27★	传奇	张爱玲	28	人啊,人!	戴厚英
29	活着	余　华	30	啼笑因缘	张恨水
31★	孽子	白先勇	32★	停车暂借问	钟晓阳
33★	海水正蓝	张曼娟	34	春	巴　金
35	蜀山剑侠传	还珠楼主	36★	几度夕阳红	琼　瑶
37	红高粱	莫　言	38	废都	贾平凹
39	秋	巴　金	40★	星云组曲	张系国
41★	樱子姑娘	徐　速	42★	白发魔女传	梁羽生
43★	喜宝	亦　舒	44	未央歌	鹿　桥
45★	我城	西　西	46★	像我这样的一个女子	西　西

排名	书　名	作　者	排名	书　　名	作　者
47★	陆小凤	古　龙	48	呼兰河传	萧　红
49★	蓝与黑	王　蓝	50★	荒人手记	朱天文
51★	萍踪侠影录	梁羽生	52	沉沦	郁达夫
53	芙蓉镇	古　华	54★	酒徒	刘以鬯
55	妻妾成群	苏　童	56	红岩	罗广斌、杨益言
57★	杀夫	李　昂	58★	鲁冰花	钟肇政
59	故事新编	鲁　迅	60	白鹿原	陈忠实
61★	异域	邓克保	62	男人的一半是女人	张贤亮
63★	油麻菜籽	廖辉英	64★	黄祸	保　密
65	寒夜	巴　金	66★	儿子的大玩偶	黄春明
67★	千江有水千江月	萧丽红	68★	笑傲江湖	金　庸
69★	家变	王文兴	70	曾国藩	唐浩明
71	青春之歌	杨　沫	72	顽主	王　朔
73★	赤地之恋	张爱玲	74	马桥词典	韩少功
75	超人	冰　心	76	浮躁	贾平凹
77	黄金时代	王小波	78	林海雪原	曲　波
79★	尹县长	陈若曦	80	人到中年	谌　容
81	李自成	姚雪垠	82★	神雕侠侣	金　庸
83★	又见棕榈，又见棕榈	於梨华	84	雍正皇帝	二月河
85★	四喜忧国	张大春	86★	莎哟哪拉，再见	黄春明
87★	世纪末的华丽	朱天文	88★	古都	朱天心
89	小二黑结婚	赵树理	90★	慈禧全传	高　阳
91★	大说谎家	张大春	92★	其后	黄碧云
93	死水微澜	李劼人	94	莎菲女士的日记	丁　玲
95	二十年目睹之怪现状	吴趼人	96★	北京法源寺	李　敖
97★	亚细亚的孤儿	吴浊流	98	曹雪芹	端木蕻良
99★	吉陵春秋	李永平	100	天怒	陈　放

★为台港海外华文文学作品。

其中,台港海外作家的作品多达 55 部,这或许与上网投票的读者多是香港本地或海外的读者有关。比较一下这张书单与同刊组织海内外专家评选出的书单是十分有意思的。

差不多与此同时,中国出版科学研究所、浙江省新闻出版局策划了"读者最喜爱的十位作家"评选,结果是:鲁迅、金庸、琼瑶、巴金、冰心、老舍、贾平凹、古龙、三毛、王朔。其中台港作家有四位,而且清一色都是通俗、畅销读物作家。上述举措,都表明了对百年中国文学历史遗存经典化的努力。专家学者和普通读者、内地读者和台港海外读者在审美尺度、评价标准的把握上,免不了会有不同,由此不难见出其中的丰富内涵。重新审视一下这些名单与"排行榜",是深具意味和富有启迪意义的,不可只把它看做是一种"炒作"。

"大师"、"经典"、"百强"、"百优"的遴选,对于选修"台港澳文学"的学生来说,不妨视为一种对话的方式。何人为"大师",何书为"经典",也许言人人殊,读众所见不同,这并不值得奇怪,而是正常和自然的。

四

台港澳文学史著作,30 多年来已在内地出版了多种,如刘登翰等主编的《台湾文学史》(上、下)、白少帆等主编的《现代台湾文学史》、古继堂的《台湾小说发展史》、章亚昕的《20 世纪台湾新诗史》、刘登翰主编的《香港文学史》、袁良骏的《香港小说流派史》、古远清的《香港当代新诗史》、王剑丛的《香港文学史》、刘登翰主编的《澳门文学概观》等,都各有特色,颇具学术分量。他们为台港澳文学研究与教学,起到了开辟草莱的先导作用。不过,由于这些著作大多学术性较强,篇幅宏大,用作本、专科的教材,于教于学都有相当的难度;有的著作出版较早,对于 20 世纪 90 年代以来台港澳文学的新发展及新人新作,也少有介绍或语焉不详。故亟须有一本既简明扼要、又能包罗全面,既突出名家、又推介新人的适宜于教学的教材。填补这一空缺,正是我们编撰本《教程》的基本出发点。

在本《教程》的编撰中,我们有意识地作了一些努力,力图在下述几方面体现自己的特色:

1. 内容丰富、规模适中

从时间来说,涵盖 20 世纪 20 年代自有台港澳新文学以来 90 年的文学历史;从地域来说,除了台湾、香港文学以外,为常被忽视的澳门文学设立专编。教程本着"兼容并包"的原则,对严肃文学与通俗文学、现代派文学与乡土文学、汉族作家与台湾原住民作家、澳门"土生"作家,前行代作家与新生代作家……都有详略不等的论述,以真实反映多元共生的现代台港澳文学的繁复面貌,规模适中而内容又不失其丰富、全面。

2. 重点突出、有所兼顾

　　置于全书前面的"绪言"对本《教程》的总体设计和具体的教学设想作了必要的说明,而"导论"部分则纵向勾勒了近百年来台湾、香港、澳门文学的发展脉络,以便学生能对总体的文学史线索有所把握,并形成与"作家作品"互为参证的格局。章节的安排大体上以创作思潮或作家群以及文类分列。

　　本《教程》对相关地区文学发展历史未作面面俱到的叙述,而是精心选择本、专科生应着重掌握的基本史实、具代表性的作家作品,有重点地给以评介。以作家作品为本位,各章以"概述"与若干作家专节,形成点面组合的互补结构。每节的标题以简洁的语言,一语点出作家的创作风格或独特地位,以使人印象深刻。

　　本《教程》因篇幅或资料所限等原因而未及介绍的某些作家,绝不表示我们低估其文学史地位。不过,入选的作家则基本上都是具有某种代表性、也相当重要的作家,这应该是没有多大疑问的。

　　3. 资讯新颖、信息量大

　　《教程》对本学科的发展历史和台港澳文学研究著作出版的基本情况、台港澳主要作家的主要作品、台港、大陆的"大师"、"经典"及"排行榜"名单和近百年台港澳文学大事记年等,都有相当翔实的搜罗和整理,读起来一目了然,不仅可免翻检之劳,也为使用本教程的师生提示了课外阅读的便捷途径。本着与时俱进原则,教程的述论及所采集的信息资讯,近至 2010 年 12 月,极富新鲜感和即时性。

　　4. 利于教学、便于自学

　　《教程》"绪言"积主编 25 年有关该课程的教学经验,对教学设计乃至课时安排均作了清晰简要的介绍。为了缓解一些地区缺乏台港澳作品文本的困难,《教程》对于一些叙事性的主要代表作或名家精品,还介绍其梗概,既使讲者有适当的发挥空间,利于教师教学,也提供了延伸阅读的指南,方便学生自学,能对学生形成激起阅读兴味的效果——理想的教学状态,其实就应当是这样。各章后面还精心设置了"论文作业参考题",具有很强的应用价值。

　　一般而言,选修课开设的时长以一学期(18—20 周)为宜,以每周 2 节计,最多可上到 40 节,最少也可上到 30 多节。以 30—40 节的课时来使用本书,教师可不必每章都作详细讲解。一则固然可就个人有研究、学生感兴趣的内容多讲一些,二则也可视各校具体情况,灵活安排详略与节奏。"文无定法","教"亦如是。

导　　论

第一节　台湾新文学的历史脉络

台湾自古以来就是中国的一部分,自明朝末年郑成功收复台湾时起,台湾文学开始萌生。沈光文、徐孚远等大陆的宦游文人来到台湾,他们创作了一些诗词、游记,多写台湾的风土人情,是为台湾有文学的最早记载。此后数百年间,不少诗人作家留下颇多诗文,大多是文言稗抄、旧体诗词之类,这可以算是台湾古代文学时期。

晚清时代,则有丘逢甲、施士洁、连雅堂、许南英等诗人,吟诗作文,在中国近代文学史上占有着一定的地位。

20世纪20年代,台湾文学开始了历史的新纪元:台湾新文化运动发生,新文学也随之问世。从那时开始到21世纪初,台湾新文学的发展,大而言之,可以分成三个发展时期来考察:

(一) 20—40年代

台湾处于日据状态之下,新文学走过了艰难曲折的道路,其基本倾向是反殖反帝反封建,高张"科学"、"民主"大旗,从整体来看,与"五四"新文学运动的走向是完全一致的。

这一时期重要的文学现象有:

1. 新文学的提倡和论争。1920—1926年间,先是留学日本的台湾青年蔡惠如、林呈禄等组织"新民会",创刊《台湾青年》,发动了台湾的新文化运动;继有黄呈聪、黄朝琴、张我军、赖和等撰文,介绍"五四"文学先驱的名作,清除台湾文坛的恶浊空气,为新文学的滋生发展起了"清道夫"的作用。

2. 赖和、张我军、杨云萍、杨守愚等台湾新文学的先驱创作了一批小说、诗歌、散文作品,形成了台湾新文学创作的滥觞。代表性作品如赖和的小说《斗闹热》、《一杆"秤仔"》,张我军的白话诗集《乱都之恋》、小说《卖彩票》,杨云萍的小说《光临》,杨守愚的小说《一群失业的人》、《决裂》等。20年代的创作多属"乡土文学"的范畴,至30、40年代,台湾文学的反日意识日益强烈。这一时期在艺术上取得一定成就的作品有:杨逵《送报夫》、《鹅妈妈出嫁》,吕赫若《牛车》,龙瑛宗《植有木瓜树的小镇》、《台湾的女性》(长篇),巫永福的诗《祖国》,张文环《父亲的颜面》,杨华《薄命》,吴浊流《亚细亚的孤儿》、《先生妈》等。

3. 30年代初开展了关于"乡土文学"的讨论,黄石辉、郭秋生、叶荣钟等大力提倡,朱点人等发表不同意见。在大陆左翼文学运动影响下,此时的台湾亦有无产阶级革命文学的倡导。

4. 30年代后期,日本殖民统治者大力推行"皇民文学",禁止台湾作家用中文写作,摧残、压制台湾新文学,企图割断台湾作家与祖国大陆母体、与中国文化的血肉联系,遭到大部分台湾作家的抵制,一些人仍在地下坚持用中文创作;还有一些人虽然用的是日文,但作品倾向却是反日反殖的。"皇民文学"政策终遭破产。

5. 台湾光复以后,40年代末,在《新生报》副刊《桥》展开过一场关于台湾新文学诸问题的论争。杨逵、欧阳明、歌雷、雷石榆、骆驼英等发表了文章,涉及台湾文学的定位、与祖国大陆文学的关系等重要问题①。

6. 这一时期成立的重要文学文化社团及出版的刊物有:

新民会、台湾文化协会、南音社、台湾文艺作家协会、台湾文艺联盟和《台湾青年》、《台湾民报》、《台湾文艺》、《台湾文学》等。

(二) 50—70年代

台湾摆脱殖民统治、国民党当局迁台以后,文学发展出现了新变:

1. 50年代初,国民党当局大力提倡"战斗文学"、"反共文学",一时间乃有陈纪滢的《荻村传》、姜贵的《旋风》、潘人木的《莲漪表妹》、王蓝的《蓝与黑》等反共小说,孙陵的《保卫大台湾歌》、葛贤宁的《常住峰的青春》等"战斗诗"出现。"军中作家"活跃,朱西宁、司马中原、段彩华被称为"军中三剑客",朱西宁有《铁浆》、《狼》等长短篇,司马中原有《荒原》、《乡野传闻》等,段彩华有《花雕宴》、《狂妄的大尉》等作品。其中有些作品写自己的大陆乡土情怀,写乡野大地上的"血性汉",有其可观之处。

2. 50年代初"怀乡文学"风行一时,代表性作品有林海音的《城南旧事》、於梨华的《梦回青河》、张秀亚的《三色堇》等。

3. 现代派文学在50年代兴起,至60年代几乎盛行一时,主要表现在诗歌和小说两个领域:

---

① 这次争论的情况,历来被遮蔽,50多年后,有关资料又重新被发掘出来。见陈映真、曾健民编:《1947—1949台湾文学问题论议集》,台北:人间出版社1999年版。

50 年代前期,纪弦、郑愁予等成立"现代诗社",覃子豪、钟鼎文、余光中等成立"蓝星诗社",洛夫、痖弦等组织"创世纪"诗社。虽诗论主张有所不同,但都表现出现代主义倾向,如纪弦的《阿富罗底之死》、郑愁予的《梦土上》、洛夫的《石室之死亡》、痖弦的《深渊》等。小说方面,在五六十年代之交,围绕在台大外文系教授夏济安周围的一批大学生作家,以《文学杂志》、《现代文学》两刊为阵地,掀起了一股介绍西方现代派文学的热潮,并写出了一批具明显现代主义色彩的作品(如白先勇《游园惊梦》、施叔青《倒放的天梯》、丛甦《盲猎》、水晶《爱的凌迟》、王文兴《家变》、七等生《我爱黑眼珠》、欧阳子《魔女》等),现代主义浪潮在 60 年代遂成为台湾文坛的主流。

4. 与此同时,对于"反共文学"的摒弃,又向另一种审美方向寻找出路,这就是以娱乐消遣为追求的通俗文学。60 年代初琼瑶以《窗外》一作,打开了言情小说的一片天地,另外还有华严、姬小苔等作者;古龙、卧龙生、独孤红等百余人大写武侠小说,此后又有其他种类的通俗文学(包括三毛作品),以"流行天下"之势,席卷而来,形成奇异景观。

5. 二战后乡土文学在台湾的发展未呈疲态,在五六十年代钟理和、钟肇政等一批承前启后作家的努力下,本省籍作家克服了语言转换的困难,继续勉力笔耕。除"二钟"外,乡土散文家张腾蛟、王鼎钧、陈冠学等人的创作使乡土文学有了新的拓展。乡土文学在 70 年代成为文学主潮,其要者有三端:

一是"唐文标事件",以唐文标、关杰明为代表的海外学人,全面批判 50 年代以来台湾文坛出现的恶性西化、盲目现代的倾向,为乡土文学的崛起准备了条件。

二是"乡土文学大论战"(1977—1978),陈映真、尉天聪等高标"乡土文学"大旗,与彭歌、王文兴等展开激烈论战,清理了自 1949 年以来台湾文学发展的脉络。

三是涌现了大批卓有成就的乡土文学作家和杰出的乡土文学作品。陈映真的《夜行货车》,黄春明的《儿子的大玩偶》、《看海的日子》,王祯和的《嫁妆一牛车》、《小林来台北》,李乔的《寒夜三部曲》等都是一时之选。

6. 留学生文学崛起并延伸至 80—90 年代。聂华苓、於梨华、陈若曦、白先勇、丛甦、马森、张系国等人贡献出了一大批留学生题材的作品,在大洋彼岸亮出了一道华文文学的独特风景线。代表性作品有《纽约客》(白先勇)、《又见棕榈,又见棕榈》、《傅家的儿女们》(於梨华)、《昨日之怒》(张系国)、《向着太平洋彼岸》(陈若曦)、《我们的歌》、《塞纳河畔》(赵淑侠)、《西江月》(李黎)等。

（三）80年代以来

这一时期台湾文学呈现出一派无主流的多元发展的新局面,颠覆既有价值成为文坛趋势,出现了一些新的文学现象:

1. 女性主义文学潮流。随着社会的发展和传统伦理道德规范的逐渐解体,一群接受过高等教育或者去西方留过学、接受过现代派文艺思潮洗礼的年轻女作家,挟带着反叛传统、肯定自我的英气,以迥异于前辈的写作姿态和意识观念,写出了一批高扬现代意识和女性意识的作品。其中包括袁琼琼的《自己的天空》,李昂的《杀夫》、《暗夜》,廖辉英的《油麻菜籽》、《盲点》,苏伟贞的《世间女子》,朱秀娟的《女强人》,萧飒的《唯良的爱》等,昭示着台湾女性主义文学的高涨。

2. 政治文学潮流。台湾当局为"二二八"事件平反,开放"党禁"、"报禁"以后,作家们对台湾近现代史上一些敏感的话题作了多方面的表现。一些曾饱尝铁窗滋味的作家尖锐地揭露了暗无天日的牢狱内幕。施明正的《渴死者》、《喝尿者》首开"牢狱小说"先河。此后,有陈映真的《山路》、《赵南栋》、《铃铛花》,李乔的《告密者》,陈烨的《泥河》等政治小说的出现。

3. "同志"文学和"酷儿"写作大兴。同志文学自60年代以降,渐成一时风气。白先勇的《寂寞的十七岁》、《孽子》等,林怀民的《安德列·纪德的冬天》肇其端。此后又有不少女作家的加盟,至90年代,朱天文的《荒人手记》、邱妙津的《鳄鱼手记》、苏伟贞的《沉默之岛》等屡获大奖。洪凌(《异端吸血鬼系列》)、纪大伟(《膜》)等鼓吹"酷儿"写作,为台湾文学的性别书写带来惊世骇俗的效应。

4. 都市文学与后现代派潮流风行,多媒体创作浮出水面。既有吴淡如的《邪窗月》、黄子音《CICI小姐》等表现女性都市生存困境的小说,也有黄凡的《财阀》、林佩芬的《都市丛林股票族》这类表现工商社会现世相的作品,还有林燿德、杜十三、简政珍等人的颇具后现代意味的都市诗,乃至富于实践性的多媒体文学创作。

5. 原住民文学在80年代开始起步。一批爱好文学的原住民青年作家步入文坛,开拓出社会弱势族群的文学天地。其中最先出现的有田雅各(布农族)、莫那能(排湾族)、柳翱(泰雅族)、瓦利斯·诺干(布农族)、波尔尼林(雅美族)等,夏曼·蓝波安(达悟族)等人后来居上。

6. "探亲文学"形成一时热潮。台湾当局于1988年允许省内居民赴大陆探亲,很多作家在阔别大陆故乡几十年后,重返故土,留下了不少动人的篇章。如《四十年来家国》(多人合著)、琼瑶《剪不断的乡愁》等。一些本省籍作家也得以到大陆旅游观光,写下记游大陆见闻的诗文,如粟耘《丝路漫漫,漫漫思路》等,与此类探亲文学有某种相通之处,表达了对中华文化和民族传统的认同。"眷村文学"也是此阶段出现的重要文学现象。

7. 环保文学与自然写作的兴盛。在工业文明发达到一定程度的时候,人与自然的关系,凸显出其重要意义,环保文学应运而生,并成为 1980 年代以来文学创作一个新的亮点。心岱的《大地反扑》、韩韩、马以工的《我们只有一个地球》、刘克襄的"鸟文学"以及徐仁修、王家祥、吴明益、洪素丽、陈煌等人的自然写作,都显示出作家们在乡土文学与政治文学等现实关怀的创作领域之外,又开辟出了新的创作空间。

8. "新人类作家"与世纪末文学思潮。一些出生于 60—70 年代的"新人类作家",以更恣肆凌厉的姿态,着意建构自己的价值与话语体系,表现出颓废的世纪末情怀(其中有的被称为"新都市言情小说"),其中,年青女作家占据着醒目的位置。朱天文的《世纪末的华丽》、张曼娟的《我的男人是爬虫类》、《俨然记》,成英姝的《公主彻夜未眠》、《人类不宜飞行》,邱妙津的《鬼的狂欢》,叶姿麟的《陆上的鱼》,赖香吟的《翻译者》、《虚构一九八七》,黄子音的《桃花游戏》、《爱情罐头》,吴淡如的《鸡尾酒婚姻》,林裕翼的《在山上演奏的星子们》,陈雪的《恶女书》等,可谓色彩缤纷,各呈异相。至 2010 年,骆以军以另类别致的《西夏旅馆》获得全球华语写作的"红楼梦长篇小说奖",当是新世代作家一个标志性的成就。

第二节　香港新文学的历史脉络

从 20 世纪 20 年代后期开始到 21 世纪 10 年代,香港新文学的历史发展,大体上也可以分为三个时期,与台湾文学的分期基本相同:

(一) 20—40 年代

香港新文学在"五四"新文学的直接影响下,开始起步。这一时期,香港文学的存在,是叠合于中国现代新文学的大格局之中的,尚未建立起香港文学的自身形象。这一时期重要的文学现象和作家作品有:

1. 1927 年,"五四"新文学的主将鲁迅南下香港,作了《老调子已经唱完》、《无声的中国》两次演讲,在沉闷的香港文坛播下了新文学的火种。次年,张稚庐等创办《伴侣》,被誉为"香港新文坛第一燕",带动了一批新文艺期刊的出现。继而又有第一个新文学社团《岛上社》的成立,黄天石、谢晨光、侣伦等是主要成员。香港新文学的起步由此开始。20—40 年代,香港本土的较重要作家还有张吻冰、黄谷柳等。《虾球传》、《穷巷》等作品初显香港小说的本土风情。

2. 半个世纪里,大陆作家有过三次"南下潮"。第一次是抗战开始以后的 1938—1939 年，第二次是国共内战时期至新中国成立的四五十年代之交，第三次是大陆"改革开放"之初的七八十年代，都是中国社会发生较大变动之际。第一次南下者，有茅盾、许地山、萧红、戴望舒、叶灵凤等。第二次南下者，有徐訏、李辉英、曹聚仁、徐速、刘以鬯、金庸等。第三次南下者，人数甚多，有曾敏之、陶然、张诗剑、陈娟、杨明显、周蜜蜜、颜纯钩、舒非等。南来作家对香港文学的发展起了促进作用。因此，尽管香港处于英国殖民统治之下、中西文化交汇的要冲，但香港文学与中国内地文学之间却一直维系着相当紧密的关系。

（二）50—70 年代

由于国共内战后大陆政局发生的大变动，也影响香港文学格局的调整，香港文学的自身形象开始建立。从 1950 年代到 1970 年代，重要的文学现象与作家作品有：

1. 中华人民共和国成立以后，内地有一些作家南下香港。在美国新闻处的策划下，此时出现所谓"绿背（美元）文化"现象。《人人文学》、《中国学生周报》是其时受美元支持的刊物。张爱玲经港短暂逗留期间写下的《秧歌》、《赤地之恋》，赵滋蕃的《半下流社会》等作品，或被当作"反共小说"，或被视为"难民文学"。而一些在大陆早已成名的老作家如徐訏、李辉英、曹聚仁、叶灵凤等写出了新的作品，如《江湖行》、《酒店》、《香港方物志》等。

2. 马朗等在 50 年代中期创办的《文艺新潮》，介绍西方现代主义诗歌，在香港引发了现代派文学新潮，并影响到台湾。与《文艺新潮》相呼应的，还有《诗朵》、《浅水湾》、《好望角》等，刘以鬯、昆南、李维陵等亦是此中推波助澜者。到 60—70 年代，刘以鬯推出意识流长篇《酒徒》等，西西写作现代与魔幻作品《我城》、《飞毡》、《肥土镇系列》等，形成香港现代派文学潮流。

3. "新武侠小说"在香港问世。在《新晚报》总编辑罗孚的怂恿下，供职于报社的编辑陈文统（以梁羽生为笔名）、查良镛（以金庸为笔名）开始写作武侠小说。为与民国时期的武侠小说相区别，被称为"新武侠小说"。发轫之作有《龙虎斗京华》（梁羽生）、《书剑恩仇录》（金庸）等。稍后，亦舒、严沁、岑凯伦等创作都市言情小说，与台湾的琼瑶等呼应，是为"台湾有琼瑶，香港有亦舒"。香港通俗文学进入了繁盛时期。

（三）80 年代以来

大陆实行改革开放后，香港与内地的沟通、交流出现崭新局面。特别是 1997 年香港回归以后，南来作家更多地投入香港社会，本土作家强化了香港本土意识，香港文学在他们的共同努力下，进入新的历史发展时期：

1. 70 年代以后陆续移居香港的第三代"南来作家"日渐成为香港文学

界的生力军,陶然、白洛、颜纯钩、王璞、戴平、杨明显、金兆等,写出了一批力作,如陶然《旋转舞台》《与你同行》《一样的天空》,白洛《暝色入高楼》,颜纯钩《天谴》,王璞《幺舅传奇》,杨明显《姚大妈》,金兆《苹果的滋味》等。

2. 专栏文学繁盛、产量惊人,充分显示香港自由港的特色。专栏文学取材广泛、话题多样、写法灵活、文字耐读,为一时奇观。据不完全统计,香港报纸上每天有大约五百个各种专栏,发表的文字则有数十万字,产量十分惊人。继三苏之后,蔡澜是此中好手。

3. 在都市文化的背景下,女作家群起涌现,凸显香港文学的都市性和浪漫性。梁凤仪的财经小说,张小娴的都市女性随笔,林燕妮的"香水文学",都有很多读者。李碧华的边缘写作,黄碧云的盛世传奇,都各有追求,此外,王璞、周蜜蜜、舒非、戴平、黎海华等也各有特色。

4. 学者作家的创作形成香港文坛的独特景观,在余光中、梁锡华、黄国彬、黄维樑等人的推动下,渐成气候,散文是他们成就最高的领域。此外,梁锡华、刘绍铭的小说,余光中、黄国彬的诗,也都很有可观之处。

5. 作家团体相继成立,比较重要的有:香港作家联会、香港作家协会、香港文学促进协会、香港青年作者协会等,一般都有数十位甚至百多位会员,并办有刊物,经常举行各种活动。在商业气息浓厚的香港营造出一种文学的氛围,是相当难得的现象。

这一时期比较重要的文学刊物有《香港文学》、《香港作家》、《诗双月刊》等。

6. "九七"回归引发的取材于"九七"问题的文学作品,以其敏感和特殊,成为一个值得注意的创作现象。其中有刘以鬯的《一九九七》、梁锡华的《头上一片云》、陶然的《天平》、刘绍铭的《九七香港浪游记》等。

作家们还为百年香港打造文学塑像,施叔青的《香港三部曲》和《维多利亚俱乐部》,海辛的《妙街两妙族》、《塘西三代名花》,林荫的《九龙寨烟云》都是极富历史感的力作。

第三节　澳门新文学的历史脉络

20 世纪以来的澳门文学,大体可分成两个时期来认识:

(一) 20—70 年代

20 年代起,澳门有一些旧文人的诗词创作,对以后澳门文学的发展有过一定的影响。

30—40 年代,处于战争背景下的澳门文学相当消沉。到 50 年代,才有所改观。在 50 年代出版的一些报刊如《新园地》、《学联报》上,李成俊、李鹏矗等开始崭露头角。同时,一些作家(其中有鲁茂)则把作品投到近邻的香港,后来由凌钝悉心收罗,编成《澳门离岸文学拾遗》一书。

60年代,澳门出现了第一份纯文学的刊物《红豆》,给澳门文学带来了热力。

(二) 80年代以来

真正形成澳门文学新时期,要到80年代才开始。澳门历史上第一所高等学校东亚大学的创办为澳门的文学、文化发展带来了契机。1983年以东亚大学师生为主的"中文学会"成立,中国大陆著名作家秦牧访澳,与云惟利、李成俊、李鹏翥等座谈,不久《澳门日报》创办"镜海"副刊,这是出现在澳门报纸上的第一个纯文学的副刊。澳门文学的创作顿时活跃起来。

此后,港澳作家座谈会、澳门文学座谈会的举行,《澳门文学丛书》、《澳门文学论集》的出版,澳门笔会、澳门五月诗社的成立,都对澳门文学的进一步发展起了不小的推动作用。而一些作家提出建立"澳门文学形象",更昭示了本澳作家的文学自觉,也十分有利于澳门文学的健康发展。

至90年代,澳门与内地的文学交流日趋频密,澳门作家的作品在内地陆续出版,内地读者、学者开始关注澳门文学。澳门回归祖国之前,国内首次"澳门文学研讨会"在南京举行,20册的《澳门文学丛书》出版,《澳门文学概观》、《澳门现代戏剧史稿》也先后出版,都标志着澳门文学的发展在世纪末达到了一个新的高度。1999年澳门回归后,特别是新世纪以来,澳门文学界与内地的互动更为紧密,澳门文学进入了稳定发展的新时期。

几十年来澳门文学的创作中,有下列数端,足以构成澳门文学的特色:

1. 澳门文化是一种"鸡尾酒"文化,具有多元性。在澳门文学界,澳门本地华人作家、"土生"作家、移民作家三者构成了澳门作家的队伍。"土生"作家的创作更是中华文学中一种独特的文学现象,它突出表现了中葡文化交融的魅力,具有深广的文化内涵和独特的美学价值。飞历奇、江莲达、马若龙等是其中的佼佼者。

2. 诗歌是澳门文学中的强项。无论是旧体诗词,还是新诗,无论是写实的、浪漫的,还是现代、后现代的,澳门诗人们都有着丰富的创作成果和可贵的经验。梁披云、马万祺等人的旧诗词,陶里、韩牧、胡晓风、高戈、苇鸣的新诗,各呈异彩,相映生辉。

3. 小说、散文、戏剧也有不俗的成绩。鲁茂、周桐、林中英、陶里等作家的小说,具有相当浓厚的澳门地方色彩。而在散文方面作者更多,如李鹏翥、林中英、林惠、廖子馨、穆欣欣等。澳门地狭人稀,但戏剧活动却相当热烈,剧社、剧团不少,也称得上是个小小的奇迹。澳门文学正在走向全方位发展的新阶段。

论文作业参考题

1. 简述台湾新文学发展的历程与主要现象。

2. 简述香港新文学发展的历程与主要现象。

3. 简述 20 世纪 80 年代以后澳门新文学的发展。

台 湾 编

第一章 日据时期台湾作家的创作

第一节 概 述

　　20 世纪 20 年代以前,台湾文学以源于大陆的旧诗、旧小说及本地的民间歌谣为主。日据之后,台湾知识界曾广结诗社,以旧诗反抗殖民统治,维护民族文化。然而由于文言的局限,旧诗无法担当文化启蒙的重任,且有可能被殖民者所利用。台湾社会从传统向现代的变革和抵抗殖民统治的需要,以及大陆新文化运动的刺激,共同引发了以普及白话文为标志的台湾新文化运动,并催生了台湾新文学。20 年代台湾知识分子创办于东京的《台湾青年》、《台湾》、《台湾民报》等即为台湾新文化运动的重要发源地。1923年刊于《台湾》的黄呈聪所撰《论普及白话文的新使命》和黄朝琴的《汉文改革论》呼吁以推行白话文作为改革社会文化的首要任务,"台湾文学运动,以这两篇的主张为转捩点,以后跟中国大陆的新文学运动取得联系,展开了热烈的活动"①。《台湾民报》及曾任《民报》编辑的张我军通过介绍大陆新文学的理论和创作、展开新旧文学论争、提出建设台湾新文学的主张等,为台湾新文学的建设作出了重要贡献。

　　经过普及白话文运动和新旧文学论争,台湾新文学开始进入创作实践阶段,出现一批控诉殖民者残酷的政治迫害和经济压榨、表现人民的苦难生活和反抗精神及台湾风土人情的作品。赖和、张我军、杨云萍、杨守愚、虚谷、杨华等成为 20 年代的代表作家。由于殖民统治和语言同化,台湾新文学同时存在中文和日文两种语言形态。已知较早的中文小说是署名为"鸥"的《可怕的沉默》(《台湾文化丛书》第一号,1922 年 4 月),日文小说为追风的《她要往何处去》(《台湾》三年四至七号,1922 年 7 月);较早的中文新诗

　　① 黄得时:《台湾新文学运动概观》,原载于《台北文物》三卷二、三期,四卷二期,1954 年 8 月 20 日、12 月 10 日;1955 年 8 月 20 日。收入李南衡编:《日据下台湾新文学明集·文献资料集》,台北:明潭出版社 1979 年版,第 275 页。

为施文杞的《送林耕余君随江校长渡南洋》(《台湾民报》一卷十二号,1923年12月),日文新诗为追风的《诗的模仿》(《台湾》五年一号,1924年4月)。

1930年代前中期,台湾新文学获得长足发展。文学社团、刊物纷纷涌现,文学思潮和论争也十分活跃。1930—1934年的乡土文学论争、1934年成立的台湾文艺联盟和《台湾文艺》的创刊、1935年创办的《台湾新文艺》等,均为这一时期的重要文学现象。文学创作的题材和主题进一步扩大,风格手法也日趋多样,除承续反抗殖民者统治、表现人民苦难的文学精神外,社会变革、爱情婚姻等主题也普遍进入创作视野。在写实主义居主导地位的同时,也出现了具有现代主义特征的作品。杨逵、朱点人、王诗琅、愁洞、翁闹、王白渊、郭水潭、吴新荣、杨炽昌等为此时新出现的重要作家。

1937年后至台湾光复之前,日本殖民者在我国台湾强制推行“皇民化”运动,废止报刊汉文栏,除部分通俗类写作外,白话中文写作被迫中止,新文学以日文形态继续生存。直接的反抗殖民统治的书写逐渐过渡为台湾风情描绘、人性探索和知识分子命运的呈现。吕赫若、张文环、龙瑛宗是本时期的代表性小说家。重要诗人则有巫永福、吴瀛涛、王昶雄、龙瑛宗、陈千武、张彦勋等。

第二节　赖和　张我军

赖和——台湾新文学之父

赖和(1894—1943),台湾彰化人。原名赖河,笔名懒云、甫三等早年受传统书房教育,具有较高的汉文与旧体诗素养。1910—1914年在台北医科学校学医,毕业后在家乡开设赖和医院,也曾到厦门的医院工作。1921年加入台湾文化协会,投身台湾新文化和新文学运动,提倡白话新文学并写作白话小说和新诗,曾因反抗殖民统治两次入狱,于第二次出狱后不久病逝。后世出版有《赖和先生全集》(1979)、《赖和集》(1991)、《赖和全集》(2000—2001)等。

赖和的一生几乎经历了整个日据时期,他目睹了殖民统治由浅入深的过程,不但集传统和现代教育于一身,而且具备了自由民主平等科学等现代意识,这使他既意识到殖民主义的暴力本质,又在由殖民统治带来的现代发展中清醒地思考民族性格和传统文化,成为民族主义者和启蒙主义者。他的文学写作秉承写实主义,具有浓厚的启蒙意识、人道主义精神和关怀大众、关怀社会的知识分子性格,既表现民众疾苦和殖民统治的虚伪和丑恶,又批判民族传统中落后的一面。

赖和的文学写作以小说为主,兼有旧体诗和少量新诗。小说代表作有

《斗闹热》、《一秆"称"仔》、《不如意的过年》、《蛇先生》、《丰作》、《可怜她死了》、《棋盘边》、《善讼人的故事》、《归家》等。其主题之一是反映殖民统治下的社会现实和普通民众的苦难生活。《一秆"称"仔》描写贫苦农民秦得参因生活所迫去贩卖青菜,却遭到日本警察的残酷迫害,愤而杀死日本警察后自尽。《丰作》讲述蔗农在丰年却被会社盘剥,表现了殖民制度下经济剥削的形态,使"谷贱伤农"的传统故事增加了批判殖民统治的新内涵。主题之二是殖民现代性批判,其焦点集中于对殖民社会"法律"的理解。《蛇先生》、《丰作》等均表现殖民社会的"法"与"公正"完全服务于殖民统治的虚伪性,强调"法"作为统治工具剥夺被殖民者权利的负面意义。主题之三是民族传统的反思和批判。《不如意的过年》、《斗闹热》、《棋盘边》、《辱?!》等书写了传统的落后和丑陋,如赌博、吸鸦片、好面子、事不关己的看客心理和文化人的懦弱无助,体现了作者对民族性格负面因素的深刻反省。《归家》表现启蒙者与普通民众的隔膜和对社会发展的期盼,透露出知识分子理想的脆弱和与现实的距离,令人不禁想起鲁迅的《故乡》,也展示了赖和思想探索的深度。

赖和小说乡土气息浓厚,善用方言口语,突出戏剧冲突和人物命运。他一生坚持汉语写作,其突出贡献在于白话文的创作实践,被认为是第一个把白话文的价值具体地呈示于大众面前的台湾作家,而他的反思和批判意识也是日据时期台湾新文学的宝贵精神特质之一。

张我军——台湾"新文学殿堂"的建设者

在台湾新文学初创时期,积极致力于新文学理论建设、与旧文学展开激烈论争的,是将文学革命引入台湾的张我军(1902—1955)。张我军本名张清荣,福建南靖人,生于台湾台北。1921 年来到大陆,曾长期在北京求学和任教,接受"五四"新文化运动洗礼。台湾光复后返台,任职于商界,1955 年病逝于台北。张我军的写作涉及理论批评、新诗、小说和散文等,出版有《乱都之恋》(1975 重印)、《张我军文集》(1975)、《张我军选集》(1985)、《张我军全集》(2000)、《张我军译文集》(2010)等。

张我军的主要功绩在于以理论建设为台湾新文学的确立和发展开辟了道路。在 1924 年短期回台任《台湾民报》编辑的一年间,他先后发表了《糟糕的台湾文学界》、《请合力拆下这座败草丛中的破旧殿堂》、《文学革命运动以来》、《随感录》、《新文学运动的意义》等文,批判旧文学与旧道德,大力倡导白话新文学,引发了新旧文学论争,同时经《台湾民报》从事"五四"新文学的介绍传播,以为台湾新文学的发展指明路向。关于台湾文学的属性,张我

军认为，"台湾的文学乃中国文学的一支流。本流发生了什么影响、变迁，则支流也自然而然的随之影响、变迁，这是必然的道理"。他还直接引述胡适的"八不主义"和陈独秀的"三大主义"，以"引率文学革命军到台湾来"①，并转载评介了鲁迅、郭沫若、胡适、郑振铎等"五四"作家的作品。就文学语言的使用，他提出了"用白话作文学的器具"和"依傍中国的国语来改造台湾的土语"的主张，认为由此"我们的文化就得以不与中国文化分断，白话文学的基础又能确立"②。虽然对台湾方言的认识略有疏失，但他将台湾新文学放在中国新文学中的整体视野既显示了"五四"新文学对台湾新文学建设的巨大影响，也体现了当时台湾知识分子期待与祖国文化不相分离的愿望。台湾新文学的发展印证了张我军所提出的建设新文学的方向和路径的正确，新文学不但在与旧文学的论争中取得胜利，而且就在他的理论主张发表后不久的 1926 年，台湾新文学迎来了第一个创作高潮；他的"主流支流"说也在两岸台湾文学史叙述中得到继承。

除理论建设外，张我军还以台湾新文学史上的第一部白话新诗集《乱都之恋》(1925)，成为台湾新文学创作的开拓者之一。这部诗集以作者 20 年代中期在北京的情感经历为主要内容，书写对自由爱情的向往，与追求个性解放的时代精神相吻合。张我军还写作有《买彩票》等短篇小说，它们与他的新诗创作一起实践了张我军的理论主张。

第三节　吕赫若　杨逵　吴浊流

吕赫若——台湾第一才子

吕赫若(1914—1951)，原名吕石堆，台湾台中丰原人，被誉为跨越日据和光复时期的"台湾第一才子"，"赫若"之名出自朝鲜作家张赫宙和中国作家郭沫若。1928 年入台中师范学校，毕业后任小学教师。1935 年处女作《牛车》发表于日本的《文学评论》，成为台湾本土作家登上日本文坛的标志之一。1936 年，《牛车》与杨逵的《送报夫》、杨华的《薄命》一起入选胡风编选的朝鲜台湾短篇集《山灵》(胡风译，上海文化生活出版社)，成为日据时期最先被介绍到大陆的台湾小说。1939 年赴日学习声乐，曾举行过音乐演唱会。1942 年初返台，成为《文学台湾》成员。1944 年出版小说集《清秋》，收入《邻居》等 7 篇小说，另有中篇《季节图鉴》、长篇《台湾女性》等。光复后写

---

① 张我军：《请合力拆下这座败草丛中的破旧殿堂》，原载于《台湾民报》三卷一号，1925 年 1 月 1 日。收入李南衡编：《日据下台湾新文学明集·文献资料集》，第 82 页。

② 张我军：《新文学运动的意义》，原载于《台湾民报》六十七号，1925 年 8 月 26 日。收入李南衡编：《日据下台湾新文学明集·文献资料集》，第 102 页。

作《故乡的战事一——改姓名》、《故乡的战事二——一个奖》、《月光光——光复以前》、《冬夜》共四篇中文小说,后参与台共武装基地活动,1951 年意外身亡。《吕赫若小说全集》于 1995 年出版。

吕赫若的人生与写作切合左翼思潮与殖民社会发展,清晰地展现出一个殖民地知识分子不断求索、思考和行动的轨迹。早期的《牛车》具有明显的左翼特征,既表现底层人民苦难又批判殖民压迫。交通的便利、汽车的通行逐渐使牛车运输失去了生存空间,以赶牛车为生的杨添丁虽然比以往任何时候都更辛勤,却依然陷入绝境,他推倒了阻碍牛车在道路中心行走的路石,却推不倒强大的殖民暴力和经济压迫。自 20 世纪 30 年代后期起,吕赫若更多地以知识分子眼光关注文化传统和风俗,从对婚姻家庭、女性问题、传统习俗的表现中展开对个性解放、婚姻自由、道德伦理等问题的思考,这也是随着殖民统治日趋严苛,新文学写作无法直接表现社会批判后的一种趋向。《阖家平安》、《风水》、《财子寿》等通过描写传统家庭生活形态和习俗,呈现了台湾社会风貌,也显示了作者对传统道德伦理的思考。《庙庭》、《月夜》表现旧式婚姻家庭生活对女性的摧残;《蓝衣少女》、《台湾女性》等书写都市女性的生活故事,表现细腻的情感和心理状态。

吕赫若写作的重要特点是明确的知识分子立场,这一立场既体现于所关注的主题,也体现于作品的人物形象。1944 年的《清秋》表现一位留日返乡的知识分子内心的矛盾困惑,主人公耀勋思考着自我与世界、传统与现代的关系问题,其复杂的情感心理象征着殖民晚期的台湾知识分子躁动不安、寻找出路的心灵历程。

光复后的四篇中文小说是作家战后思考尖锐社会矛盾的产物,从中"可以找到吕赫若对战前日本皇民化运动和战后国民党恶政批判的答案"[①]。这说明在激烈的社会动荡之际,作家再次直面急迫的现实问题,以寄予深切的社会关怀。

杨逵——台湾文坛"不朽的老兵"

杨逵(1905—1985),原名杨贵,另有笔名杨建文,台湾台南县人。1924年东渡日本学习文学,勤工俭学的经历、社会主义思想和外国进步作家作品的影响,激发了他关怀社会的政治热情和为人生的文学主张。1927 年返台后,参加抗日农民运动和文化运动,曾多次被捕入狱。20 世纪 30 年代初开

---

① 林至洁:《期待复活——再现吕赫若的文学生命》,见《吕赫若小说全集》,林至洁译,台北:联经出版公司 1995 年版,第 21 页。

始文学写作,小说《送报夫》于 1934 年获东京《文学评论》杂志征文二等奖;同年加入"台湾文艺联盟",1935 年创办《台湾新文学》杂志。1937 年归农,兴办"首阳农场",以示与殖民当局的不合作。光复后努力学习中文,创办《一阳周报》,任《和平日报》"新文学"版编辑,并积极从事两岸文学与文化交流;1949 年因签署《和平宣言》而入狱十余年,出狱后经营"东海花园",继续躬耕自食。1983 年获第六届"吴三连文学奖",1985 年辞世。

杨逵一生坎坷,但反抗殖民主义、追求自由的坚定信念始终不渝。他多年笔耕不辍,以文学表现人生、鼓舞人民、追求光明。写作体裁涉及散文、小说、戏剧等,代表作品有小说《送报夫》、《模范村》、《鹅妈妈出嫁》、《无医村》、《春光关不住》等,出版有小说集《鹅妈妈出嫁》(1975),散文集《羊头集》(1976)、《压不扁的玫瑰花》(1976)等。另有《杨逵集》(1991)、《杨逵全集》(1998)、《杨逵文集》(2006)。《送报夫》描写因日本殖民压迫而流落异乡的台湾青年在东京作送报夫,被老板残酷盘剥,又获日本工人相助的故事,以初步的社会主义思想和阶级意识表现不同民族被压迫者共同的悲惨处境和奋斗目标,为本时期台湾文学注入了新的思想内容。

杨逵写作的突出特点是强烈的斗争精神、明确的左翼思想、乐观进取的色彩和向往光明自由的意识。他不仅直接控诉殖民统治的罪恶,如《无医村》描写民众在死亡线上挣扎的痛苦,《公学校》写到台湾少年遭受殖民者精神和肉体的双重摧残;而且批判资本主义制度,如《自由劳动者生活的一个侧面》和《顽童伐鬼记》都明确表达了对资本家压榨底层民众的强烈不满。杨逵还塑造了敢于抗争的不屈的民众形象,如《模范村》中投身民族解放运动的革命青年、《萌芽》中绝不向命运低头的女性等。杨逵认为文学应该为认识社会人生而努力,应该摒除虚幻和颓废,让普通民众能够读懂,因此他的小说风格单纯明朗,充满强烈的情感,语言平实质朴,被认为是具有理想主义色彩和明确的阶级与民族意识的写实主义文学作品。他的抗争和不屈已经成为自日据时期到战后台湾文学的精神遗产。

吴浊流——"亚细亚孤儿"的历史书写

吴浊流(1900—1976),生于台湾新竹,原名吴建田。早年毕业于师范学校并从事教育工作,20 世纪 40 年代任记者、教师等职,曾赴南京工作。30 年代中期开始小说创作,《水月》、《泥沼中的金鲤鱼》、《陈大人》、《先生妈》、《波茨坦科长》等是他的中短篇小说代表作。吴浊流的文学活动不仅包括多种体裁的文学写作,而且还涉及文学出版,1964 年创办《台湾文艺》杂志,以为本省籍作家提供园地,1969 年又以毕生积蓄设立"吴浊流文学奖"。其作品汇编为《吴浊流作品集》(1977)。

吴浊流的写作以探索社会问题为己任,他从亲身经历中感受到殖民统治下台湾民众的痛苦,也批判日据后期民族内部一部分人的丑陋堕落,显示了明确的民族意识。不少作品注重揭露和批判奴性思想和那些仰仗殖民势力欺压同胞的民族败类,《陈大人》写的是为虎作伥、卖族帮凶的台湾人警察;《先生妈》中的钱先生为迎合殖民当局,以做中国人为耻,在"皇民化"运动中丑态百出、奴性十足;先生妈则固守传统,至死不肯屈从于日本习俗。这一母子冲突的情节鲜明地呈现了维护民族尊严和屈从于殖民同化两种意识的尖锐对立。《功狗》讲述小人物试图以迎合殖民者的辛勤工作求生存而不可得,却仍旧缺乏对殖民统治的清醒认识。作者在这类作品中融入强烈的批判和讽刺,揭示被统治者自身的奴性心理在黑暗社会中的负面作用,独具深刻的思想力量。吴浊流的文学视野还涉及当时的一些重要社会现象,《泥沼中的金鲤鱼》将女性争取个人幸福和整个社会层面的妇女解放思潮相联系,表现了作者关注社会问题的敏锐眼光。

在光复前夕秘密写作、战后公开出版的长篇小说《亚细亚的孤儿》(原名《胡志明》,又名《胡太明》),是台湾新文学史上的重要作品,被称作第一部探索台湾人历史命运的文学文本。这部志在为现代台湾历史作证的小说,通过主人公胡太明的挫折与奋斗,概括了台湾民众,特别是知识分子的内心矛盾和身份困惑,以及他们逐渐摆脱因异族统治和远离祖国而引发的"孤儿意识",认清殖民主义本质,自觉抵抗殖民统治的必然选择。小说不但人物众多,而且展示了从台湾到大陆广阔的社会生活场景;将个人遭遇与民族的不幸联系起来,人物的性格经历也折射着现代台湾的命运。知识分子的精神痛苦和寻求出路的艰难与台湾的历史处境相互印证,正是小说具有深厚历史感的重要因素。

论文作业参考题

1. 简述日据时期台湾文学的发展情况。

2. 简述赖和、张我军对台湾文学的主要贡献。

3. 简述吕赫若、杨逵的文学风格。

4. 以《亚细亚的孤儿》为例,分析吴浊流的艺术成就。

第二章　战后台湾乡土作家的创作

第一节　概　　述

如果说日据时期的台湾文学总体上是乡土文学的天下的话，那么战后的台湾文学却是众声喧哗，而乡土文学一直是比较洪亮的声部。

战后50—60年代台湾小说的乡土叙事由两部分作家完成，一是大陆迁台作家的以"怀乡"为主的"中原乡土叙事"，以朱西宁的小说集《大火炬的爱》、《铁浆》、《狼》和《破晓时分》为代表；二是台湾省籍作家的以台湾人、台湾事为中心的"台湾乡土叙事"，重要的有钟理和的乡土长篇小说《笠山农场》、《原乡人》，钟肇政的《台湾人三部曲》等。

20世纪70年代以来，尉天骢、陈映真等把"都市"引入了"乡土文学"概念之中，经过了日据时期的潜隐锤炼和50—60年代的承前启后，70年代的乡土文学迎来了成熟的丰收季节，形成了"乡土文学"的创作高潮。陈映真的《将军族》、《夜行货车》，黄春明的《儿子的大玩偶》、《我爱玛莉》，王祯和的《小林来台北》、《嫁妆一牛车》，吴晟的《吾乡印象》、《泥土》，陈冠学的《田园之秋》，王拓的《金水婶》，杨青矗的《工厂人》、《在室男》等，都不愧为这一时期"乡土文学"的代表作。

70年代台湾乡土文学浪潮的崛起引发了一系列论争，集中表现为1977年的"乡土文学论争"。尉天聪、陈映真、王拓、蒋勋、杨青矗等乡土作家和评论家相继著文，形成了比较系统的乡土文学理论。这场论战是70年代初"现代诗论战"的延续，是西化论者与乡土论者两种文学观念的较量，同时也是由文学问题而波及政治、思想、经济各种层面的反主流文化与主流文化的论战。

80—90年代的"乡土文学"在内容和形式诸方面都有了新的开拓。如詹志宏的《蓝色试验》、吴念真的《病房》，以生动的笔触描写了台湾矿工的生活和心态，是乡土文学在创作题材上又一新的开拓。萧丽红身居繁荣的都市，却对"千江有水千江月"的家乡情有独钟，她感受着现代文明，却迷恋"中国的旧文化"和"中国的旧式女子"。《桂花巷》、《千江有水千江月》等作有浓厚的乡土意识和传统情怀。此外,阿盛的《唱起唐山谣》、宋泽莱的《打牛湳村》、洪醒夫的《黑面庆仔》、曾心仪的《彩凤的心愿》、钟铁民的《河鲤》等也颇具代表性。王聪威的《复岛》、童伟格的《无伤时代》、甘耀明的《伯公讨妾》等则展示了 21 世纪新世代乡土文学新的创作实绩,同时期的作者还有袁哲生、许荣哲、李仪婷、伊格言、吴明益、张耀升等。与前面几个年代相比,新世代乡土小说主要不再聚焦于乡土与现代之间的内在紧张,作家的价值判断被悬置,而呈现出主观性、魔幻性、颓废性等现代主义叙事形态乃至后现代主义的狂欢化叙事风格。

第二节　钟理和　钟肇政

钟理和——唱出"原乡人"的悲歌

钟理和(1915—1960)是 20 世纪 50 年代台湾最重要的乡土作家。笔名江流、里禾、钟铮、钟坚等,广东梅县人,生于台湾屏东。1933 年钟理和随父迁居高雄县美浓镇尖山经营农场,在那里他和比他年长三岁的农场女工钟台妹相识相爱。两人的婚恋因为"同姓"而遭到男方父母和世俗的反对阻挠。他们历尽艰辛只得离家到大陆谋生,1940 年 11 月在沈阳安家。1945年 5 月迁居北平,同年,小说集《夹竹桃》在北平出版。这是钟理和生前出版的唯一的单行本作品。1946 年他携妻儿重返高雄故里,1960 年因患肝癌去世。1976 年《钟理和全集》(由张良泽搜集整理)共八卷由台湾远景出版社出版,其中包括中短篇小说集《夹竹桃》(卷一)、《原乡人》(卷二)、《雨》(卷三)、小说散文集《做田》(卷四)、长篇小说《笠山农场》(卷五)、《日记》(卷六)、《书简》(卷七)、《残集》(卷八)。

与钟台妹屡遭磨难的婚恋经历对钟理和一生影响甚巨,他的许多作品亦以此为题材,表达了对愚昧守旧势力扼杀青年幸福的深恶痛绝,同时热情礼赞执著追求婚姻自由的青年男女。《贫贱夫妻》、《同姓之婚》、《奔逃》等小说都表现了这一主题。

《雨》、《烟楼》和总题为《故乡》的系列小说则描绘了 50 年代台湾农村的苦难生活。作者既肯定了农民吃苦耐劳、善良正直的美德和艰苦创业的奋斗精神,又对他们安于现状、不思反抗变革甚或充当蛮风陋习的帮凶而深感愤懑焦虑。

《笠山农场》是钟理和唯一的一部长篇小说。作品原题《深林》,1961 年8 月由台北学生书局出版。小说与《同姓之婚》等作品属于同一主题,只是背景和内容更加深广。小说把男女主人公刘致平与刘淑华的爱情故事,放

在日据时期台湾南部笠山农场三易其主的变迁背景中加以描写,热情歌颂他们反抗封建陋习、勇于争取婚恋自由的斗争精神,同时也反映了乡风民俗的愚昧落后和日本殖民统治下台湾农村经济的衰败萧条。

刘致平和刘淑华是一对敢于和封建宗法观念坚决斗争、执著追求个人幸福的青年男女形象。刘致平是农场主刘少兴的三儿子,是一个刚出校门的青年学生,有着青年人共有的理想与激情。受过现代文明洗礼的刘致平坚决反对包办婚姻,他打破门第观念勇敢追求农场女工刘淑华为终身伴侣,因为他"在淑华身上看到在别的女性那儿看不到的美"。这一择偶标准反映了那一代知识青年身上民主思想和个性意识的觉醒。在与刘淑华的恋爱过程中,刘致平强烈地感到"在四面八方回环竖立着一道不可逾越的墙",他被重重包围,对此他感到气愤沮丧,但他"为了不愿意失去淑华,为了和淑华相处时所得的快乐,他准备不辞万苦而坚持到底"。他坚定地表示:"如果淑华不能娶,那我一辈子也不想娶了!"最终刘致平顶住各方压力,并不惜与家庭决裂,带着淑华出走,获得了恋爱自由和婚姻幸福。小说没有回避他在传统势力重重包围下曾有的软弱和苦恼,表现了这一人物性格的复杂性。

小说主要从家庭成长环境、对婚姻自由的顽强追求来刻画刘淑华的性格。山里姑娘刘淑华热情爽直漂亮聪慧,幼年丧父使她饱尝了生活的艰辛残酷,也练就了她顽强的生存意志。她泼辣大胆,勤勉刻苦,对爱情忠贞执著,即使为之饱受痛苦折磨仍无怨无悔。她对致平父母为拆散他们而使出的种种手段感到非常愤怒,她把农场主"有钱便可以把人当成一件商品来买卖的心理看得卑鄙无耻"。这些都体现出这位山里姑娘"贫贱不能移"、"威武不能屈"的高贵品质。

小说中着墨较多的人物还有刘淑华母亲阿喜嫂、巡山人姚新华、租佃人张永祥等一些台湾下层劳动者形象。他们身上同样体现出勤劳正直的优秀品质和虽屡遭磨难仍对生活热情不减的顽强意志,而他们的不幸命运则反映出了日据时期台湾农人普遍的悲惨境遇。

《笠山农场》在艺术上体现出中国传统小说的特点:故事有头有尾,结构单纯,情节完整,两条主线交叉并进,有条不紊地牵引出其他人、事;通过语言、行动、心理逐步刻画人物自身性格;景物描写富有浓厚的地方色彩和乡土风味。

钟理和的小说往往选取个人亲身经历或熟悉的人事为题材,故他的小说大多采用第一人称的叙述视角,作品因而富于写实性和感染力。也有论者指出他的小说"极少描写封建习俗的代表人物和其他剥削者压迫者,写了也大都不把他们作为反面形象来进行抨击,因而给人以哀怨有余、愤怒不足之感"①。但这并不影响钟理和作为 50 年代台湾乡土文学主要代表的文学地位。

钟肇政——"乡土文学"的承前启后者

钟肇政(1925—)是跨越台湾当代乡土文学两个发展阶段的"承前启后"的小说家。他是台湾桃园县人,1945 年彰化青年师范学校毕业后,即被日本殖民当局以"学徒兵动员令"强征入伍,因军营非人待遇导致双耳失聪。台湾光复后,钟肇政复员返乡。1948 年就读于台大中文系一年后仍因失聪而辍学,后担任小学教师,并开始写作。1976 年钟肇政接替吴浊流主编《台湾文艺》杂志,担任"吴浊流文学奖"主任,并兼任《民众日报》副刊主编等职。

钟肇政 1951 年发表处女作《婚后》,1960 年完成第一部长篇小说《鲁冰花》,60 年代以来先后出版长篇小说《浊流三部曲》、《大坝》、《大圳》、《台湾人三部曲》、《望春风》、《川中岛》等 20 多部,中篇小说《桂花时节》,短篇小说集《残照》、《轮回》、《中元的构图》以及《钟肇政自选集》和电影剧作、翻译、文艺理论著作总计 50 多部。

钟肇政的一些长篇小说以知识分子为描写对象。第一部长篇《鲁冰花》就是对社会不公平、人才遭扼杀的强烈抗议。主人公美术教师郭天云发现农家子弟阿明的绘画天分之后,对他悉心培养。然而,社会的黑暗和教育制度的腐败使得这株天才的幼苗犹如"鲁冰花"(路边花)一样刚刚萌芽就被摧残了。小说赞扬了郭老师的刚直果敢,并呼吁全社会尊重知识尊重人才。

钟肇政长篇创作的重要题材是描写台湾的历史变迁,着重刻画台湾人民反压迫反侵略的爱国精神和民族气节,歌颂中华民族勤劳刻苦的美德和勇敢无畏的斗争精神。《马黑坡风云》、《川中岛》正是以台湾原住民族人民反抗日本殖民者的真实历史事件为题材的长篇小说。《马利科弯英雄传》、《丹心耿耿属斯人——姜绍祖传》同样表达了反抗侵略保家卫国的主题。

《浊流三部曲》、《台湾人三部曲》是钟肇政最重要的长篇小说,后者尤被视为台湾当代乡土文学中"里程碑"式的作品。

带有自传性质的《浊流三部曲》,包括《浊流》、《江山万里》、《流云》三部作品,分别描写了主人公陆志龙在学校、军营、乡村三个阶段的生活历程,反映了知识分子从苦闷彷徨到觉醒反抗的思想进程。《浊流》写陆志龙在大溪乡国民学校任小学教员的生活。此时的陆志龙由于从小受日本"皇民化"的教育,思想幼稚性格懦弱,即使时时受到日本上司"无名的侮辱"也仍忍气吞

---

① 封祖盛:《台湾小说主要流派初探》,福州:福建人民出版社 1983 年版,第 55 页。

声不敢反抗。作品取名为"浊流"不仅象征着现实的黑暗与污浊,也反映了陆志龙以及作者本人曾有的苦闷彷徨。《江山万里》则写陆志龙师范学校毕业后被强征为学徒兵的生活经历。兵营生活让陆志龙开始觉醒。在修筑工事时,他发现了民族英雄郑成功所立的"江山万里"的石碑,明确意识到"我正是台湾人,也是支那人,却绝对不是我和我的伙伴们口口声声说的日本人、'大日本帝国军人'"。他的民族责任感因此越发增强。《流云》则写了台湾光复初期陆志龙在爱情、事业、生活等方面遭遇的新的困惑与挣扎。

有论者谓:"透过陆志龙的观点来看时代,社会的潮流和转变既贫弱又干瘪。陆志龙生活舞台之狭窄,使得他如何努力伸出他的触角也摸不着光复半年以来这鼎沸,动荡不已,形形色色,变幻无穷的社会各样相。"①由于作者笔下的主人公过多地沉溺于个人狭小的生活和情感空间,因此作者欲借这一形象来展示台湾光复前后丰富复杂的社会人生就显得有些力不从心,难以达到预期的效果。

《台湾人三部曲》则克服了《浊流三部曲》的上述欠缺,叙述视角已扩展到以陆家整个家族为中心,由此展开丰富多彩的时代社会画卷,在台湾沦陷至光复五十多年来的广阔历史背景上,描绘台湾人民风起云涌抗击日寇侵略的英雄业绩。作者在"楔子"中称,《台湾人三部曲》是"用血、用泪、用骨髓"写就的"一部可歌可泣的伟大民族史诗"。

《台湾人三部曲》包括《沉沦》、《沧溟行》、《插天山之歌》三部。《沉沦》以陆氏家族为中心,写了中日甲午战争后清廷割让台湾求和,台湾人民义愤填膺,誓死不当异族顺民,陆家第五代信海公支持其三子陆仁勇率领陆家军联合台湾各路义军共同御侮,和日本侵略者展开殊死搏斗虽败犹荣的悲壮事迹。《沧溟行》写二十年后陆家第六世孙陆维樑为首的爱国志士抗日救国的民主运动。《插天山之歌》写台湾光复前陆家第七世孙陆志骧,自东京潜回台湾,从事秘密抗日活动,因被日本殖民当局追捕通缉,而藏身于插天山的故事。

钟肇政在《插天山之歌》中让主人公游离于严酷的斗争环境之外,躲进深山与世隔绝并坠入情网,主人公的爱情故事似成了小说的情节主干。这与《台湾人三部曲》整体的情节发展并不协调,人物性格刻画也因之显得苍白单薄。这是整部小说的缺陷所在。

钟肇政的中短篇小说创作同样颇具特色。他的短篇小说主要收入《轮

---

① 叶石涛:《台湾乡土作家论集·钟肇政论》,台北:远景出版社 1979 年版。转引自封祖盛:《台湾小说主要流派初探》,福州:福建人民出版社 1983 年版,第 61 页。

回》、《残照》、《大肚山风》和《中元的构图》四个集子。其中《轮回》虽属初期创作，却是钟肇政一部重要的短篇集。小说大多以偏僻的台湾农村为背景，描写封建礼俗对新一代青年男女心灵和肉体上的戕害。《大肚山风》所收小说题材上均来自作者在日据时期学徒兵营里的亲身经历，故写得真实细腻，催人泪下又引人深思。

钟肇政的创作成就主要体现在长篇小说上。这些作品洋溢着浓厚的人道情怀、爱国精神和民族气节。创作手法上以现实主义创作方法为主，并较好地融合了西方现代小说创作技巧。钟肇政堪称台湾乡土文学阵营中的佼佼者。

第三节　陈映真　黄春明　王祯和　李乔

陈映真——台湾乡土文学的发言人

陈映真（1937— ），台湾台北县人，原名陈永善。1961年台湾淡江文理学院外文系毕业，曾担任《文学季刊》编辑。1985年11月创办报道文学杂志《人间》，后又成立人间出版社。陈映真既是作家又是评论家，他以笔名陈映真发表小说，以笔名许南村发表评论。从1959年发表处女作《面摊》以来，已出版中短篇小说集《将军族》、《夜行货车》、《华盛顿大楼》（第一部）、《山路》，评论集《知识人的偏执》、《孤儿的历史，历史的孤儿》等。1988年，人间出版社出版了15卷本《陈映真作品集》（包括小说、文学评论与政论）。1999年，陈映真在停止小说创作十多年后，又推出新作《归乡》、《忠孝公园》等。

综观陈映真几十年的创作，大致可分为三个阶段：

第一阶段（1959—1965）：主要作品有《面摊》、《我的弟弟康雄》、《乡村教师》、《祖父与伞》、《那么衰老的眼泪》、《将军族》、《凄惨的无言的嘴》、《兀自照耀着的太阳》等。这时期陈映真始终处于一个市镇小知识分子的忧郁、苦闷、感伤的氛围之中。1947年的"二二八"运动和1949年国民党退居台湾后所采取的政治高压、文化高压政策像阴影一样始终笼罩在陈映真头上。他怀着美好的理想，却找不到理想实现的途径；他想摆脱黑暗专制的统治走向光明，但望不到旭日东升；他想迈开大步向前走，却始终缺少迈动脚步的力气。因而他的作品总是流露出一种无可奈何的凄迷，他的人物也大都在乌托邦式的理想破灭后走向死亡。可以说，浪漫基调与幻灭感是陈映真这一阶段小说创作中同时并存的两种似乎矛盾的质素，这也正是当时现实环境的反映。"我的弟弟康雄"，一个早熟的、怀抱着理想主义的热情的青年，在现实面前深感痛苦、自卑和绝望，最后以自杀来结束其短暂的生命；《故

乡》中的"哥"、《加略人犹大的故事》中的"犹大"等都是同一类人物。除了现实环境的因素,60年代台湾文坛普遍西化的潮流也深深影响了陈映真的创作,他第一阶段的创作比较多地表现了西方现代主义的"死亡"母题。另外,作者自己承认,1958年他的养父去世,家道由此中落。这个中落的悲哀,在他易感的青少年时代留下了深深的烙印。这种由沦落而来的灰暗的记忆,以及由之而来的挫折、失败和困辱的情绪,是他早期作品中那种苍白惨绿色调的一个主要根源①。

　　陈映真的小说还有一个特点,那就是他对于寄寓在台湾的"大陆人"的沧桑传奇,以及在台湾的流寓底层和"本省人"之间的人的关系所显示的兴趣和关怀,这方面的代表作为《将军族》。小说的男主人公"三角脸",是一个年近四十、退伍后在康乐队里混饭吃的大陆人;女主人公"小瘦丫头儿",是一个年仅十五六岁,为逃避被卖为娼的命运而来康乐队里栖身的台湾女子。他们的出身、年龄差别很大,但他们的命运和处境相同。他们相濡以沫,终于相爱了。五年后相逢时,为了追求那婴儿般干净的肉体双双殉情。这里,台湾光复后存在的"大陆人"、"本省人"之间的误会、隔膜,在两个卑微的小人物身上消弭了。希望在台湾的"分离或有相分离危机的中国人重新和睦",这是陈映真的心声,他的这一心声一直贯穿于第二、第三阶段的创作。如果说《将军族》以前的小说曾一度受现代主义影响较深,那么1964年之后随着作者思想的不断成熟以及时局的变幻无常,陈映真对现代主义的迷蒙进行了反思,毅然举起了现实主义的旗帜。他认为台湾应该出现一种要给予被侮辱的、被践踏的、被忽视的人们以温暖的安慰和奋斗勇气的乡土文学。《将军族》带着60年代台湾社会特有的忧郁伤感的气息,带着对下层人物美的歌颂和对罪恶社会丑的否定,轰动了台湾文坛,引起了海峡两岸人民的强烈共鸣。

　　第二阶段(1966—1968):作品有《最后的夏天》、《唐倩的喜剧》、《第一件差事》、《六月里的玫瑰花》等。在陈映真这一阶段的创作中,那种契诃夫式的苍白、忧郁以及陀思妥耶夫斯基式的自我厌弃、百无聊赖消失了。他以"许南村"为笔名发表评论,可以说1966年以后,陈映真的风格有了突兀的改变,"嘲讽和现实主义取代了过去长时期来的感伤和力竭、自怜的情绪。理智的凝视代替了感情的反拨;冷静的、现实主义的分析取代了煽情的、浪漫主义的抒发"②。很显然,陈映真逐渐摆脱了市镇小知识分子的狭隘视

---

① 许南村:《试论陈映真》,见《陈映真作品集》第九卷,台北:人间出版社1988年版。
② 同上。

野,而从一个较为宽阔的角度,理智地审视着台湾的现实生活。《唐倩的喜剧》透过女主人公唐倩先后四次的换偶轮转,不仅对西方现代主义的虚无性进行了批判(如唐倩与存在主义信徒老莫热恋、结婚,发现其虚伪的面貌后离异),而且也反映了西方资本主义经济、文化的入侵对台湾社会生活的严重危害。《最后的夏日》勾画了一群庸俗、下流的知识分子行尸走肉般的嘴脸。

第三阶段(1968—):1968 年至 1975 年八年的炼狱生活,使得陈映真更成熟、更敏锐、更坚定了,他的思想、人生与创作都达到了一个新的高度。他自己说:"在牢里我们可以亲眼看到历史,亲身感受到历史的发生。整个世界的变化,都对这里产生影响。那几年的锻炼,的确给了我一点力量。"[1]在狱中,陈映真创作了《永恒的大地》、《累累》、《某一个中午》等,出狱后又发表了《贺大哥》、华盛顿系列《夜行货车》、《上班族的一日》、《云》、《万商帝君》等。1983 年以后,他又开拓新的题材,向政治小说领域进军,发表了《铃铛花》、《山路》、《赵南栋》等作品,对 50 年代白色恐怖时代的政治生活进行反省。总的来说,这一阶段的小说较前两个阶段的小说更具现实批判性,主要是对西方资本主义经济、文化侵略下人的异化本质的揭露。《夜行货车》是他复出的首篇。它以外资入侵下的台湾整个工商社会为背景,通过对跨国公司中几个中国职员的不同生活态度的描写,深刻地揭示了台湾社会商业化、经济国际化所酿成的病态。国际资本的豢养和物质利益的腐蚀,是怎样使林荣平这样的人丧失了民族气节和为人的尊严。《上班族的一日》中的杨伯良、《万商帝君》中的陈家齐等都是这类人物。除此之外,陈映真还塑造了一批与林荣平、刘福金等截然相反的人物形象,如詹亦宏(《夜行货车》)、张维杰(《云》)等。很显然,这一阶段陈映真创作所呈现的不再是忧伤苦闷的情调,而是高扬爱国主义、民族主义精神。

陈映真的小说艺术十分独特。大体上说,1964 年之前主要受现代主义影响,之后主要受现实主义创作方法影响,但又不是绝对的泾渭分明。陈映真把现实批判精神和象征、暗示、时空交错等艺术手法相融合,使小说在思想和艺术的结合上达到了很高水准。

在台湾的乡土文学中,陈映真占有重要的地位。他的小说题材广泛,内容丰富,笔触深入到社会各个层面;艺术上又不断开拓、进取,他的作品虽然没有别的乡土作家多,但他的影响和名声,却远远地超过了其他乡土作家。他不仅以创作实践推动乡土文学的重新崛起,而且在阐发乡土文学理论方

---

① 冯伟才:《那孤单的背影——记在台北晤陈映真》,《百姓》1985 年第 1 期。

面也发挥了至关重要的作用。

黄春明——乡土小人物的代言者

黄春明(1935—　)，台湾宜兰人，屏东师范学校毕业。毕业后曾任小学教员、电器行学徒、电台编辑，后从事广告企划与电影摄制工作。自 1956 年发表《清道夫的孩子》迄今，已出版小说集《儿子的大玩偶》、《锣》、《莎哟娜拉·再见》、《寡妇》、《我爱玛莉》、《青番公的故事》，散文集《等待一朵花的名字》等。1998 年沉寂多时的黄春明又发表了新作《死去活来》、《银须上的春天》、《呷鬼的来了》等。

综观黄春明的小说创作，大体可分为以下几个阶段：1956 年至 1966 年为第一阶段，其中大部分是带有现代主义风格的作品，如《把瓶子升上去》、《跟着脚走》、《男人与小刀》等。这一阶段他的作品思想上艺术上都尚未成熟，正如其一篇小说的题目所说是"跟着脚走"，跟着 50—60 年代西化派的脚印走，还没有找到自己创作真正的立足点。1967 年至 1971 年为第二阶段，可称为乡土关怀阶段。从 1967 年开始，黄春明终于找到了自己的立足点——宜兰故乡。他觉得前一阶段的创作"要多苍白就有多苍白"，于是他的小说创作发生了很大的转变。从个体生命体验的重视，转向群体民众生活的关怀；从现代主义的外来文学话语，转向现实主义的本岛诉说方式。小说大多以故乡宜兰为背景，反映出西方资本主义经济入侵下农村、市镇小人物在那种痛苦现实中的艰困挣扎与奋斗的心灵历程。主要代表作有《青番公的故事》、《溺死一只老猫》、《看海的日子》、《鱼》、《儿子的大玩偶》、《锣》、《甘庚伯的黄昏》、《两个油漆匠》等。1971 年至 1977 年为第三阶段。这一阶段黄春明的创作立足点从乡村转向城市，从单纯的乡土生活经验描绘转向复杂的社会生活形态剖析，鞭挞美、日等资本主义强国有形无形的经济文化侵略，对在这种病态社会中崇洋媚外的思想进行批评，并揭露了那些资产阶级买办知识分子的洋奴嘴脸。代表作品有《苹果的滋味》、《莎哟娜拉·再见》、《小寡妇》、《我爱玛莉》等。80—90 年代为第四阶段。过于注重社会批判、关心都市的变貌，使得作者稍微疏离了自己真正熟悉的乡村，于是他回到故乡兰阳平原，高度关切被都市文明侵蚀的农村、市镇，重点摆在老人的处境上，此为重返故园阶段。主要作品有 80 年代的《大饼》、《瞎子阿木》、《现此时先生》、《打苍蝇》、《放生》、《战士干杯》等，90 年代的《死去活来》、《银须上的春天》、《呷鬼的来了》等，这些作品除了继续关怀乡土人物的命运，主要记录一些神秘性的乡野经验，体现黄春明创作的不断探索。

1967 年至 1977 年也即上述第二、三阶段，是黄春明小说创作的黄金时期。他曾在《莎呦娜拉·再见》的再版序中说:"在小说创作上,我是绝对地赞成以真挚的人生态度为基础的关心人、关心社会的文学。"我们把黄春明第二、第三阶段的小说创作大体分为"关心人"和"关心社会"两大类,当然,两者的区分不是绝对的,因为人是一切社会关系的总和,因此,关心社会就必然要关心社会中的人,而关心人也离不开生活其间的社会。

"关心人"的乡土创作。黄春明这一阶段的小说创作集中笔力关注台湾经济转型时期乡镇小人物的精神困惑以及与命运的苦苦挣扎。青番公尽管对土地、对他亲手种出来的稻田和他的"兄弟"稻草人有亲切的感觉,但是他早已失去了听众,只能对自己的孙子表达内心的喜悦;阿盛伯及其村民们为了保护象征自然纯朴关系和文化传统的"龙目"井奋起抗争,最后当无法忍受游泳池开张之日铁丝网内溢出的嬉水声时,阿盛伯终于也把自己脱得精光,跳进深水区,以死抗拒都市文明,但他的殉道未能阻止资本主义的入侵;新的经济生产方式迫使憨钦仔放弃曾经是村里"孤行独市"的打锣的善事;坤树的"广告人"的职业,也很快面临危机……这些小人物总是不由自主地被抛入历史洪流中,成为悲剧的主角。

虽然小人物的人生奋斗与命运挣扎都充满了艰辛与坎坷,然而这群弱小人物没有屈服,即使身处困境,始终对生活心存感念,充满希望,哪怕是一个简单的生活信念,都给人带来向上进取的原动力。从渴望生一个属于自己的孩子的妓女白梅(《看海的日子》),到希望买回一条鲣仔鱼实现自己诺言的学徒阿仓(《鱼》),他们心中平凡、卑微的生活希望,支撑了自身的生命历程;在这种希望、追求、实现的过程中,小人物完成了一种自我价值的体认,维护了生命的尊严。《锣》中那个靠打锣为生的流浪汉憨钦仔,在装有扩音器的三轮广告车取代了打锣生计的时代中被遗忘,但他仍渴望为周围世界做点事情。这个卑微的小人物虽然做出许多令人啼笑皆非的阿Q式举动,但当他所追求的起码的生存条件无法达到时,他也借最后一次打锣机会,喊出心中的愤懑,在复杂难言的精神悲哀中,竭尽全力完成一个打锣人自我价值求证的最后仪式。通过自我求证,恢复人格尊严,是黄春明乡土人物最见光彩的性格特征。王拓说,黄春明小说中的小人物,"在生活的压力下表现出一种极为韧性的生命力"。蒋勋认为黄春明为台湾这些各处生活着的小人物树立了一个有尊严的、不容人随便可怜和嘲弄的形象,评价得恰到好处。

"关心社会"的都市批判。黄春明说:"自从我看清自己的过去,认识了自己与整个社会的关系,我的心灵才有一点成长,也开始会有思想。无形中,作品也慢慢地有了转变……于是从《鱼》一变《苹果的滋味》、《莎呦娜拉·再见》这类作品了。"①这种转变,从思想上说,是作者搁置自己悲天悯人的情怀,走向社会的批判;从题材上看,是由自己熟悉的农村、小镇,转向当时台湾社会矛盾的焦点:城市。温情脉脉挽歌式的抒情不复存在了,代之而起的是对美日新殖民主义入侵的揭露,和对各种媚外的洋奴的辛辣嘲讽。洋奴陈顺德为了力求同化,改名字为"大卫·陈",在公司里极尽奴颜媚骨之事。为了讨取洋老板的欢心,把即将调回国的洋老板家的洋狗玛莉接回家,从此以玛莉的情绪好坏、舒适与否为中心,全然不顾妻儿的价值和地位。通过这出人不如狗的悲喜剧,可以看出黄春明的嘲讽是辛辣的,揭露也是深刻的。

黄春明是个很有个性的作家,他善于说故事。刚走上文坛,他的说书人特质就受到文坛的注意,许多人肯定他的语言魅力。他运用闽南话词汇、句法大大增强了作品的表现力,而又没有方言之艰涩,这为中国作家生动地运用民族语言做出了榜样。他的小说语言又常带幽默嘲讽。对于那些卑微的小人物,黄春明在微带伤感的叙述中露出温情脉脉的批判。阿盛伯脱光衣服跳入游泳池的举动,坤树作为"广告人"那奇形怪状的打扮,无不滑稽可笑,但作者在嘲弄中含有无可奈何的体谅。对于都市社会病态的人生及其崇洋的心态,作者则是进行辛辣的讽刺。

无论从思想上还是从艺术上,黄春明都不愧为一个出色的乡土文学作家。

王祯和——对工商社会败象的严峻批判

王祯和(1940—1990),台湾花莲人,台湾大学外文系毕业,毕业后曾在花莲中学教过英语。后分别任职于台南亚航公司和台北国泰航空公司以及台湾电视公司。自从 1961 年发表处女作《鬼·北风·人》至今,已出版小说集《嫁妆一牛车》、《玫瑰红》、《三春记》、《香格里拉》以及长篇小说《美人图》、《玫瑰玫瑰我爱你》和中篇小说《人生歌王》等。

综观王祯和几十年的小说创作,大致可分为三个时期。20 世纪 60 年代初受台湾大学现代文学社的影响,作品有较浓的现代气息,其代表作为《鬼·北风·人》,是为早期。中期大致从 1967 年到 1973 年,主要是以花莲小人物的命运来反映 50—60 年代台湾由农业社会向工商社会过渡中的人际关系及冷酷现实。王祯和是花莲人,18 岁以前没有离开过故乡,花莲的

---

① 黄春明:《一个作者的卑鄙心灵》,见尉天骢:《乡土文学讨论集》,台北:远流出版社 1978 年版。

风土景物在他的童年与少年生活的回忆里留下了极其深刻的印象。他曾说:"我小说中的许多人物都是那个时候印象深刻的人、事、物的累积。"①他还说:"也许就正因为我也是个'小人物'吧! 他们于我而言是那么亲切! 那么熟悉! 他们的乐,也是我的乐;他们的辛酸,也是我的辛酸;他们的感受,也是我的感受。"②因此,王祯和深深扎根于台湾民间社会深厚的土壤里,描写社会底层渺小人物贫困而卑下的生活。他认为人生本来是可怜又可笑的,人类的一生都在挣扎——让步——挣扎——让步。他揭示小人物的挣扎和苦难,但把苦难的原因有时归结为命运的拨弄和他们自身性格的缺陷,包括生理上的缺陷,如万发的耳聋(《嫁妆一牛车》)。他对卑微的小人物既有悲叹也有同情,但这些又都深藏于他的嘲弄之中,似乎作者站在旁观者的立场上,客观冷静地描写小人物的可怜和挣扎,因此显得有点冷酷无情。1973 年后为后期。随着台湾社会政治、经济生活的动荡与变化,他的创作题材也随之发生变化:主要开掘民族主义、爱国主义题材,深入反映由于西化给台湾社会带来的那些崇洋媚外、民族精神沦丧等严重的社会病症,代表作品有《小林来台北》、《美人图》、《玫瑰玫瑰我爱你》等。在这几部作品中,王祯和运用喜剧的手法来描述"上班族"即所谓知识分子的生活与灵魂,用形象的方式表现了两种文化即西方资本主义的城市文化与中国本土的乡村文化在人性的层面上造成的矛盾冲突。这些作品与 1970 年代黄春明的同类题材作品譬如《莎哟娜拉·再见》、《小寡妇》、《我爱玛莉》等以及陈映真的"华盛顿大楼"系列《夜行货车》、《上班族的一天》、《云》、《万商帝国》等作品一起,对逐渐成长起来的依赖美、日等西方经济体系为支撑的台湾工商社会作了批判。如果说《小林来台北》和《美人图》还局限于用小林这位来自农村的淳朴青年的眼睛来观察"现代企业"中的上班族种种崇洋媚外、虚伪、空虚的丑态,那么《玫瑰玫瑰我爱你》则比较直接地通过董斯文这位知识分子为迎接美军的到来而创办"吧女速成班",训练接待美军的妓女这样一件荒诞的事件,尖锐地讽刺了已经彻底洋化了的知识分子如何利用自己全部的智慧来报效洋人,与《小寡妇》中的张行善有异曲同工之妙。"妓院"老板和董斯文在美钞的巨大诱惑下,完全丧失了最基本的人的良知和民族自尊心。面对大都市和小市镇以及农村二元世界的互相对峙,陈映真、黄春明、王祯和思考的问题和角度大致相同:一是面对台北这样的大都市的生活作出冷静而无情的批判;一是对于自己所来自的乡土作出新的反省;但在各自表述

---

① 胡为美:《在乡土上掘根》,见《嫁妆一牛车》,台北:远景出版社 1969 年版。
② 王祯和:《三春记·后记》,台北:远景出版社 1975 年版。

时,其侧重点有所不同。在陈映真的《家乡》中,原来的传教士的哥哥变成了赌棍,在《我的弟弟康雄》中,一群理想主义者不是自杀,便是——竖起降旗。这样,他往后的作品便只好专注于对这大都市的剖析和控诉。黄春明除了赤裸裸地表明他对大都市的极端不满和不适应以至近于绝望外,仍然对那生于斯、长于斯的故乡抱有浓厚的眷恋和企望,故有"重返故园"之作。而王祯和则在对大都市的控诉、嘲弄后,又转向对自己乡土的绝望,并由此发出对工商社会"唯利是图"的咒骂。

王祯和的小说具有悲喜交融的艺术特色。作者怜悯小人物,常采用喜剧的形式表现悲剧的内容,具有悲哀的豁达、嘲弄而亲和的特点。《嫁妆一牛车》(1967)是作者早期的代表作。写了一出卑下渺小人物的挣扎、让步、屈服和认命的悲剧,但它赋予悲剧以喜剧的形式,使悲剧益发显得悲哀。作品主人公万发一贫如洗,他一生最大的愿望是得到一部牛车。后来,他的愿望实现了,"总算是个有牛有车的啦!"并且"现在过着舒松得相当的日子哩!"①结局相当圆满,可谓喜剧;但是这部牛车是以把自己的妻子"让"给姓简的成衣贩子为代价的,是屈辱、认命、大悲哀,是对他奋斗、挣扎的极大讽刺,由此达到以乐景写哀,则倍增其哀的美学效果。

嘲弄和讽刺,是王祯和创作的重要特色。在他中期的作品中,往往对那些贫穷、愚昧、落后的小人物进行嘲弄。为此他常常改造人物的外形和塑造人物的劣习和嗜好。万发耳聋,阿好奇丑无比,姓简的有狐臭,这些给作品带来了一些趣味性,但有时却显得有些冷酷。到了后期,作者极尽讽刺之能事,把嘲弄的对象转向台湾社会西化过程中出现的丑恶的现象和人物。《小林来台北》透过从农村来到城市的小林的眼睛,描绘了一幅群丑图。在这里,数典忘祖、洋迷心窍者比比皆是:喝了几口洋墨水就骂父亲小市民,拾洋规矩的牙慧后要母亲道歉,想长居美国而把孩子生到国外去……王祯和以感同身受的心态,描写了小林、张总务的尴尬处境和内心的愤懑,而把辛辣的嘲讽刺向汪太太、烂尸(南施)、倒垃圾(多拉西)、倒过来拉屎(道格拉斯)、屁屁真(P·P·曾)、踢屁股(T·P·顾)这类人。在这里,用谐音在人物的名字上大做文章,增强了人物的滑稽性和幽默感。至于《美人图》中的"美人"则是对那些唯美元、美国文化、美国生活方式等至上的人物的反讽,董斯文的爱放屁,并总以放屁来结束问题更是滑稽可笑。

王祯和的创作对语言的运用有一些新的探索。他常常把台湾方言、古代语词和国语用一种新的方式结构起来,形成一种比较奇特的句式。

---

① 王祯和:《嫁妆一牛车》,台北:远景出版社 1969 年版。

李乔——"大河小说"的作者

李乔(1934—),台湾苗栗人,原名李能祺,另一笔名壹阐提。1950年从大湖职校蚕丝科毕业后,又入新竹师范,毕业后任教于中、小学和职校等20多年,1981年退休后专心从事写作。出版的小说集有短篇《飘然旷野》、《恋歌》、《晚晴》、《人的极限》、《山女》、《恍惚的世界》、《告密者》、《凶手》等,长篇《山园恋》、《寒夜三部曲》、《冤恨惨绝录》、《蓝彩霞的春天》等。此外,还有剧本《罗福星》等。

从1962年发表《阿妹伯》开始至今,李乔的小说创作经历了几个时期:70年代以前为早期,主要采用中国传统的现实主义手法,描写下层劳动人民的贫穷痛苦,以《阿妹伯》、《问世》为代表;70年代初到中期这一阶段,受西方现代主义手法的影响,作品突出强调人物的潜意识,以此来表现人物的个性,如《恋爱》;从1973年发表的《孟婆汤》开始,李乔重又回到现实主义的创作道路,两脚踏在丰饶的乡土上,描写台湾农村的现实生活;80年代李乔小说创作的题材又有了新的发展,笔端涉及敏感的政治问题或描画丑恶政治人物的嘴脸,作品有《告密者》等。

综观李乔的小说创作历程,虽则有许多带有现代色彩的作品,但这与他作为一个优秀的现实主义作家并不矛盾。他曾说:"任何创作必须植根于生活,唯有真正忠于生活,才能创造真正的文学作品来。"[①]李乔的作品扎根于生活的现实主义品格离不开他那苦难的童年:父亲因抗日坐监八年,母子孤苦伶仃、相依为命。正如作者自己所说:"穷绝山区苦童年,对我心灵和人格结构,进而写作的方向和思想等都影响很深。"[②]因此,他的作品多写人生的痛苦、大地的乡愁、母爱的光辉等。

最能体现李乔现实主义创作风格的是1979—1981年间出版的《寒夜三部曲》(《寒夜》、《荒村》、《孤灯》),是继钟肇政《浊流三部曲》、《台湾人三部曲》之后的又一部描写和展现日据时代台湾社会真实面貌,台湾同胞的生活命运的"大河小说"[③],曾获1981年"吴三连文学奖"。第一部《寒夜》主要描写彭阿强一家在日帝侵台前开山拓土的艰苦创业的情景,以及日帝侵台初期,彭家赘婿刘阿汉参加义军抗日的英勇事迹。第二部《荒村》主要描写台湾文化协会与农民组合所领导的重大历史事件,以及刘阿汉一家参加反帝反封建的农民运动的悲壮斗争。第三部《孤灯》写的是台湾光复前后山村的

---

① 李乔:《孤灯·后记》,台北:远景出版社1979年版。
② 李乔:《自传》,见《李乔自选集》,台北:黎明文化事业股份有限公司1975年版。
③ 所谓"大河小说",在台湾文学界,是指具有广阔历史与时代背景、具有史诗式品格的长篇小说,一般为"三部曲"。

非人生活,以及日本殖民当局强征台湾十万青年赴战南洋的史实和他们流落异邦的乡愁。这三部创作历时六年之久的小说(1975年起稿至1980年9月完成)结构宏伟、材料丰富。作者在叙述中融炽热的抒情、客观的议论和人物的自我剖白等于一炉,汇成一条波浪滚滚的大河,奔腾激荡于字里行间,撞击着读者的心扉,体现出宏伟悲壮的美学风格。《寒夜三部曲》在艺术上有着浓重的象征意味和哲理色彩。李乔自己声称把《寒夜三部曲》称作"母亲的故事"也无不可。叶灯妹是此三部曲中贯穿始终的母亲式的人物,李乔指出,所谓"母亲"不只是生我肉身的"女人",因此叶灯妹——母亲形象有着深厚的哲理蕴涵:万物一体,大地、母亲、生命三者形成了存在界连环无间的隐喻。李乔在《寒夜三部曲》中真实反映台湾50年来的历史,而且在其中阐释了作者的生命观、历史观。《序章·神秘的鱼》,在三部曲的每部正文之前都出现一次,既拉开了历史的序幕,又展示了生命的真谛及绵绵的乡愁。作者通过高山鳟的传说以及高山鳟的回归原乡的生活习性奏响了一曲生命之歌、母亲之歌。鳟鱼,是神秘的鱼,乡愁的鱼,也是悲剧的鱼;它在寒夜荒村,凭着方寸一盏孤灯,望向迢迢远路。

第四节　陈冠学　吴晟

陈冠学——当代台湾的田园诗人

陈冠学(1934—2011),台湾屏东人。台湾师范大学国文系毕业,曾任教多年,主持过三信出版社,现专事写作。早年从事翻译和学术研究,有论著《论语新注》、《庄子新传》、《老台湾》、《台语之古老与古典》等。他的创作以散文为主,成绩相当可观。但30岁前写的都毁弃了,直到20世纪80年代初才恢复创作,至今已出版散文集《田园之秋》、《父女对话》、《访草》、《蓝色的断想》等,曾获《中国时报》文学散文推荐奖和1986年"吴三连文学奖"。

80年代以后,都市已成为流动不居的台湾社会的缩影与焦点,成为世纪末台湾的时代标志。与城市工商业飞速发展相对照,陈冠学在南部屏东乡下坚持过着日出而作日落而息的传统农耕生活,并以此为素材,抒写田园生活的情趣,被称为"书生农夫"、"当代陶渊明"。

《田园之秋》是陈冠学的代表作。它用日记形式写出台湾乡村的秋景,朴实的文笔中流露出农家的辛劳与乐趣,主要分为初秋篇、仲秋篇、晚秋篇,从9月初到11月底,历时三个月。《田园之秋》事无巨细地描写了秋天田园的美丽景色、隐居乡野的农耕生活,表达了作者融于自然的宁静、恬淡、自得的人生心态。它像一幅幅风景画,为读者展示了秋之田园从清晨到傍晚直至夜间景色、气候的变化、万物的生长。自然界在作者的眼中只有满心的赞叹,野生的花草、自种的蔬菜水果、草叶上的露珠、潺潺的溪流、路上的碎石以及花鸟虫鱼、家禽野畜,都能勾起他无限的爱意,从中发现它们的美和无穷的魅力。在一年四季的田园风光中,作者尤其钟爱秋天,这也是他把此书命名为《田园之秋》的重要原因。

80年代的台湾农村,到处弥漫着环境污染、生态失衡的城市病。以田园为精神归宿、以自然万物为友的陈冠学除了拥有"采菊东篱下"的悠然心情以外,其中也暗含着"猛志固常在"的深切忧虑。他在《我们忧心如焚》中,大声疾呼社会各界重视这一问题,被认为是一篇难得一见的有力控诉的作品。他把今日田园与昨日田园作一对比,担心人类自己把伊甸园毁了,到那时"才是真的失掉了乐园"(《田园今昔》)。作者为失去的老田园号啕大哭,因为陈冠学心目中,田园就是一杯醇酒,一首好诗,一个世外桃源,是他童年的梦幻。作者之所以创作《田园之秋》,无非是想要在他心中留住这个"理想王国",来抗拒现代都市病的蔓延。因此陈冠学并不是个真正的隐士,他的许多田园牧歌风格的散文,流溢着人间烟火气,他的观察来源于现实,他的思索也是现实的。

《田园之秋》往后的作品背景仍是南台湾的乡野,文笔却更为细腻优美。他写猫写狗写萤,写小女儿的虫鸟朋友,于自得中流露情趣,以平常心去体察自然生命的无边美感。他笔下对自然界动植物的描绘,往往渗透着作者思考的声音,从而提炼出人生的哲理,给读者以深深的思索与启发。作者在《弃猫》中这样描写他的主人公:阿狂为了生计曾从事教师工作两次,但又两次辞职回到他心爱的乡村原野。他一直穿着猎装上衣,灰褐色长裤,保持着乡村平民的打扮。陈冠学把他喻为人世的可怜的弃猫,并说"阿狂天生就是一个隐士,不是为吃喝玩乐争夺霸占来,他是为思索这个世界人间来"[1]。无形的网把阿狂紧紧捆住,使他身心不能自由发展终于为都市化的人生所弃,这里流露出作者对都市生存形态的批判。在谈到人间珍贵的感情——友谊时,陈冠学这样写道:"论友谊,她(小女儿)对自然界的朋友,心中只知有爱不知有恨,只知予不知取,而她自然界的朋友给予她的,又只是天真烂漫全副是美的自然生命的无边美感。比起世间小孩子们朋友间不免争执、争夺,甚至于忮害、欺诈,且彼此绝不触发美感,自是判若云泥。"[2]小女儿虽不如城市小孩那样有诸多玩具、娱乐设施……但大自然是她最大的娱乐场,那些可爱的小生命如蝉、蚱蜢、蝗虫、螳螂、斑鸠、蜗牛、白头翁、伯劳等都是

---

[1]　陈冠学:《弃猫》,《中国时报》"人间"副刊1984年1月。
[2]　陈冠学:《小女儿的虫鸟朋友》,《中时晚报》副刊1988年9月。

她的朋友。对于她的那些朋友,小女儿一看到它们就能马上给它们取一个很好听的名字,"就好像是老朋友,早就相识了,彼此呼唤过千百遍名字一般"①。这些小动物生长在女儿的想象王国之中,她的王国有文武百官,伯劳是宰相,杜宾狗是大将军……真是别有一番乐趣在心头,这让小女儿的老父也甚觉欣慰。

随着后工业时代的不断发展,人类继续破坏地球生态环境,陈冠学担心终有一天,春天里会听不到鸟鸣,夏夜也不再有提灯跳舞的萤火虫。90 年代的陈冠学依然关注着人与自然的关系,他希望世界依然美丽,那么执著的乡土情怀令读者久久不能忘怀。也正因为如此,1994 年他被评为"台湾新十大散文家"之一。

吴晟——来自店仔头的"泥土诗人"

吴晟(1944—   ),台湾彰化人,原名吴胜雄,屏东农业专科学校毕业。毕业后从事教育工作,课余务农。著有诗集《飘摇里》、《吾乡印象》、《泥土》(包括《吾乡印象》、《愚直书简》、《向孩子说》等),另有散文集《农妇》、《店仔头》等。

20 世纪 70 年代的台湾文坛大体上是乡土思潮的天下,不管小说、戏剧、散文还是诗歌,大多都走着反叛 60 年代的现代主义思潮、关怀台湾本土现实的艺术路线。在诗歌领域,这主要体现在"龙族"、"大地"、"主流"、"草根"等诗社,从诗社的名称就可看出它们与泥土的密切关系。吴晟就是一位具有强烈乡土本色的诗人,但他从未加入过任何诗社,因而受到台湾诗界更广泛的瞩目。就整个台湾新诗发展的历史来说,吴晟的诗,标志着一个新的历史时期——即现代诗的终结和中国新诗传统的复兴。吴晟称得上是台湾诗坛真正的"泥土诗人"。他的诗取材乡土、扎根现实,笔端常流露出对家乡、泥土真挚的爱。余光中曾说过,等到吴晟那样的诗人出现,乡土诗才有了明确的面貌,说的正是这个道理。

吴晟是最本色的泥土诗人,但这并不说明他的诗一点也不受现代诗风的影响,只能说由于他特殊的人生际遇和生活体验,使得他较少受到现代派的影响。70 年代以前,吴晟的诗作也不免流露出些许少年时代早熟的空虚、忧郁和感伤,这一时期的诗主要收入《飘摇里》,从书名就可以知晓作者早期诗风的飘忽动荡。70 年代初期至中期,随着台湾诗潮现实意识的增强,作者自己又躬耕泥土,并亲身体验着资本主义工商文明入侵农村后的凋

---

① 陈冠学:《小女儿的虫鸟朋友》,《中时晚报》副刊 1988 年 9 月。

敝和萧索,作品的思想内容和艺术风格也随之发生显著的变化,主要体现在《吾乡印象》这一组诗里。这组诗一方面描写自己身边农村的人、劳动、自然环境和世代相袭的悲惨命运,一方面反映资本主义经济和文化的侵入对台湾农村的冲击及其变迁。这部作品展现了作者独特的乡土诗风貌,标志着吴晟诗歌风格的成熟。70年代中期以后吴晟的诗有着更多的批判精神。诗人虽然依恋乡土,留恋田园的宁静与朴质,可历史前进的步伐不可逆转,西方文明铺天盖地涌入台湾城市和乡村,掀起了一股留洋热潮,人们即使不能出国也竞相仿效西方的生活方式。针对这些社会现象,吴晟扩大了自己的创作视野,从乡村到城市,从成人到孩子,从民众到家人,写出了组诗《愚直书简》、《向孩子说》、《爱荷华家书》等。他运用书信的形式,以循循善诱的口吻、朴实真挚的情感对田园进行描写并表现对抛弃家园、崇洋媚外思想的厌恶,对处于东方与西方、传统与现代、农村与城市冲突和夹缝中的子孙后代继承传统美德的忧虑,以及倦游思乡的愿望。这些诗同样表达了诗人对家乡、民族、国家的爱恋,是诗人乡土之爱的另一种表现方式。

在台湾诗坛,吴晟是能够真正以农民的立场、角度描绘农村,写出农民的劳动生活、思想感情和历史命运的诗人之一,这方面的代表作是《吾乡印象》组诗。它共分为《泥土篇》、《吾乡印象》、《禽畜篇》和《植物篇》四辑。《吾乡印象》组诗是诗人对乡土挚爱的结晶。"赤膊,无关乎潇洒/赤足,无关乎诗意/至于挥汗吟哦自己的吟哦/咏叹自己的咏叹/无关乎闲愁逸致,更无关乎/走进不走进历史。"(《土》)这一节虽然是写农民的生涯以及对土地的挚爱,同时也表达了作者自己对泥土深厚的情感,充满着泥土的芳香。带着对泥土特殊的情感,作者把笔触伸向乡村沃土,从中汲取题材、感情、语言的养料,真诚地描绘出一张张质朴的面孔、一幅幅生动的画面,并且深入农民的感情世界去挖掘和表现他们的愿望、思考以及他们特有的生活哲学。诗人以自己母亲的印象为焦点,刻画了忍辱负重的劳动妇女的形象(《手》);以自己家乡为焦点,辐射出发展迟滞的台湾农村的沉重和窒息:"一束稻草的过程和终局/是吾乡人人的年谱"(《稻草》)。在诗人爱恨交加、忍抑不住的焦灼和抗议中,传递出一定要活下去的生命的坚忍。

吴晟的诗有着鲜明的艺术特色,诗风朴实,自然有力。具体说来有以下几个方面:

一是描写真切,情感真挚。不管是对家乡的农民,还是对草木家畜作者都怀有特殊的感情。草木象征农民卑微而顽强的性格,家畜暗示着农民朝不保夕的悲惨命运,这里充满着作者对他们物伤其类的怜悯。二是意象含蓄而明确。好的诗歌不能没有意象。诗人对农村生活的切身体验,使他能够把丰富的生活内涵,概括在一个简洁的意象里。在寒风中瑟缩的被遗弃了的稻草,蕴含着世代相承的农民悲凉的命运;那默默的低着头嚼杂草的羊又分明象征着逆来顺受、忍气吞声的人生。三是语言自然、朴实。他的诗毫不做作,没有夸张性的炫耀,也没有晦涩难解的词语,自然质朴而又耐人寻味。如"在没有玩具的环境中/辛勤地成长的孩子/长大后,才不会将别人/也当做自己的玩具"(《成长》),这近似口语的叙说,倾注着作者多少关爱,蕴含着人世多少辛酸。

吴晟是台湾当代新诗史上乡土诗的开拓者和奠基者,他的乡土诗对台湾现实主义新诗的发展影响深广。

论文作业参考题

1. 概述战后"乡土文学"的发展情况。

2. 简述钟理和、钟肇政的乡土小说的成就与特色。

3. 面对乡村文明与都市文明的冲突,陈映真、黄春明、王祯和在具体表现时有何异同?

4. 简述李乔《寒夜三部曲》的思想内容及艺术特色。

5. 试论陈冠学散文的田园特色。

6. 举例说明吴晟诗歌的乡土特色。

第三章　台湾现代派作家的创作(一)

第一节　概　述

从 20 世纪 50—60 年代开始,台湾文学界全面兴起了现代主义文学思潮,从根本上说,这是由当时当地特殊的社会政治文化和地理环境所决定的,其中重要的一点是:国民党在台湾的统治,事实上造成了本是受祖国大陆"五四"新文学影响而形成的台湾新文学与祖国大陆新文学传统的断裂,诚如叶维廉所说:"……政治上的突然变化,使得人们和大陆上的母体文化在联系上完全切断了。这一切断,就使人们造成一种心理上的游离状态,我们怎么去肯定? 我们的希望要放在哪里? 古代已经离我们很远了,而客观的世界已经是支离破碎,唯一可以肯定的,可能就是主观世界。像屈原一样,像闻一多一样,我们面临了精神的放逐,面临了认同的危机。"[①]至于陈映真说:"五四新文学的传统中绝了,他们就在西洋文学中找传统,模仿西方文学的内容和形式从事创作。这样说,绝不是批评或嘲笑他们,在社会经济全面附庸于西方的时代,文学艺术不向西方'一边倒',才是不可能的"[②],也同样是强调了这一点。

台湾现代主义文学首先从诗坛崛起:1953 年 2 月,纪弦主编的《现代诗》(季刊)在台北创刊;1954 年 3 月,覃子豪和余光中等又发起成立"蓝星诗社"并创办《蓝星诗选》(季刊)和《蓝星诗页》;同年 10 月,紧接着又有洛夫、张默、痖弦等人发起成立"创世纪社"并出版《创世纪》诗刊。迨至 1956 年 1 月 20 日,台北召开"第一届现代诗人代表大会",明确地打出了"现代派"的旗帜,表示要"领导新诗的再革命,推动新诗的现代化"。从理论上看,纪弦提出了纲领性的"六大信条",其要点是:(一)强调有所扬弃并发扬包含

---

① 杜南发:《现代经验的反省——叶维廉答客问》,见《南洋商报》"文林"版,1981 年 7 月 26 日、28 日、30 日。

② 陈映真:《文学来自社会,反映社会》,《仙人掌杂志》第 5 期,1977 年 7 月。

自波特莱尔以来的一切新兴诗派的精神和要素;(二)强调"新诗乃是横的移植,而非纵的继承";(三)要求在内容、形式、工具、手法等方面作"诗的新大陆之探险";(四)知性之强调;(五)追求诗的纯粹性①。其中"横的移植"一条最引人注目,在倡导者看来,新诗乃是由西方传入的新的文学体裁,"本质上完全不同于传统诗,处处与传统相反",由此强调创作上的彻底反传统。对此,不仅是"蓝星诗社"和"创世纪社"的诗人未必完全赞同,甚至明确提出异议,即使是纪弦的"现代诗社"一派诗人也是如此。正因为这样,各派现代主义诗人多年来常有理论论争。纪弦本人后来对此有所忏悔。由此看来,台湾现代派诗歌在理论上的主要功绩和意义,在于提出了"推动新诗现代化"的口号,由此引导了人们对于新诗艺术创新的追求。1964 年由一批台湾本土诗人组成的笠诗社,大致也是以此为指归的。

台湾现代主义文学思潮的发展和相应的成绩,稍后集中体现在小说创作领域。1956 年 9 月,台湾大学外文系教授夏济安和他的学生创办《文学杂志》,注重介绍西方现代主义文学潮流,至 1960 年 3 月,受到夏济安影响的一批学生如白先勇、王文兴、陈若曦、欧阳子和叶维廉等(此前曾组织文学社团"南北社")接着创办《现代文学》杂志,决心要推出"作风崭新的小说"以"震惊台湾的文坛"②。白先勇、王文兴和欧阳子等人创作的最初一批现代派小说,也作为台湾现代派文学的经典而在海内外受到广泛的关注。

上述台湾现代派诗人和小说家,大都同时也以现代主义的理念和手法从事散文创作,所以在散文领域也逐渐涌现了一批明显地染有现代派色彩和意境的作品,其中余光中和白先勇等人的成绩相对说来更突出一些。另外,随着现代派文学思潮的扩展,在戏剧创作方面,也有姚一苇、马森和张晓风等人的现代派剧作的问世,从而在台湾的戏剧创作领域别树一帜。还值得指出的是,上述台湾现代派文学家中的相当一部分人(如白先勇、欧阳子、陈若曦以及聂华苓、丛甦等)稍后赴美留学,以至定居海外,但又继续从事文学创作,这也使得台湾现代派文学延伸并派生了一个被称之为"留学生文学"的重要分支,扩大了它在海外的影响。

随着台湾现代派文学的形成发展,从 50—60 年代以来,台湾文坛基本上出现了两大文学流派(现代主义文学与乡土文学)的对峙。两派对峙期间,自有多次理论论争。对现代主义流派而言,其遭受的批评相对说来更尖

---

① 纪弦:《现代诗的信条》,《现代诗》第 13 期,1956 年。引者按:纪弦提出的第六条信条是政治性的,受反共的意识形态影响,不可取。

② 这是王文兴为《现代文学》杂志写的编者的话,刊《现代文学》第 2 期,1960 年。

锐、更集中。陈映真说:"在台湾的现代主义,在性格上是亚流的。……总之,我们的现代主义文艺,变成了一种和实际生活、实际问题完全脱了线的把戏。"①

自80年代以来,台湾文坛风气也有所转变,尽管台湾文坛仍然不断有若干新的现代派作品的发表,但作为一股现代派文学浪潮,毕竟趋向了衰退。

总的说来,台湾的现代派文学,对于冲破台湾当局鼓吹的"反共八股",强调文学回归本体,提倡并引导广大作家学习西方文学的新鲜经验,追求文学创作的多元化和丰富性,以及在实践中探讨文学的现代化,包括在内容和形式上深入地向人类心灵的内在挖掘等方面所作的努力,都是有意义的,只是由于它在学理上存在着一些难以克服的偏颇,所以创作成果也就良莠不齐、鱼龙混杂。另外,理论与创作的不一致,在不少现代派作家中也是明显存在的。因此,对于台湾现代派作家作品的深浅得失,需要从实际出发,根据不同的情况作实事求是的分析评判。

第二节　纪弦　郑愁予

纪弦——现代诗的传承者

纪弦(1913—　　),陕西周至人,生于河北清苑。原名路逾,早期笔名路易士。1933年美专毕业后在上海从事文学活动。1948年赴台湾,先后任《平言日报》编辑和成功中学国文教师,1974年退休,1977年底赴美定居。纪弦从学生时代起因受李金发、戴望舒等人的影响而开始学习现代诗创作。

纪弦对台湾现代诗运动的重大影响首先表现在理论倡导方面,前述《现代诗的信条》所提出的意见,一度为台湾的现代派诗人广泛接受。但纪弦也很快地认识到了自己理论上的某些偏颇,所以进行了多次修正,他曾说:"现在流行的那些骗人的伪现代诗,不是我所能容忍所能接受的。诸如玩世不恭的态度、虚无主义的倾向,纵欲、诲淫,乃至形式主义、文字游戏种种偏差,皆非我早日首倡新现代主义之初衷。"②他甚至还提出:有必要取消"现代派"的名目,因为这三个字已造成了诗坛的严重偏差。③

纪弦本人的现代诗创作大致可分为三个时期。1929—1948年为大陆时期,主要作品收入《摘星的少年》和《饮者诗抄》两本集子。这一时期的作

---

① 许南村(陈映真):《现实主义底再开发》,收入《陈映真作品集》第8卷,台北:人间出版社1988年版。

② 纪弦:《新形式主义的放逐》,收入《纪弦论现代诗》,台北:蓝灯出版社1970年版。

③ 参见纪弦:《中国新诗之正名》,《现代诗》第37期,1962年2月。

品表明诗人虽有诗的悟性,又有意学习借鉴西方象征主义诗歌的技巧手法,但整体水准还不高,从纯粹的诗艺角度看,只是若干表达了某种危机感和恐惧感的篇什稍有特色,其中《在地球上散步》①一诗,尚值得一读:"在地球上散步/ 独自踽踽地/ 我扬起了我的黑手杖/ 并把它沉重地点在/ 坚而冷的地壳上/ 让那边栖息着的人们/ 可以听见一声微响/ 因而感知了我的存在。"

纪弦 1949—1976 年间的在台湾时期写下的作品最具有鲜明的风格,当然其中也留下了某种风格变迁的轨迹。一般来说,50 年代前期之作,作为对自己的"六大信条"的实践,在思想观念上明显地张扬着富有极端个人主义成分的自我中心意识,与之相适应,作品情调不够明朗,色彩也比较灰暗,对于诗歌意象的撷取处理,也有显而易见的生硬之处。但自 50 年代末 60 年代初以来,随着他对自己的诗学理论的某种修正,对社会现实较为冷静的审视,甚至开始对民族诗歌传统的某种程度的认同,诗风遂有很大改变:在内容题旨上,更注重于对现代人——台湾现代知识分子复杂的内心世界的揭示,由此也体现出深切的人文关怀精神,在形式上也开始注重诗歌语言的明朗化,尽管仍是继续运用现代诗的技巧。可喜的是,纪弦还把这一转变了的风格特征延续到了第三个创作时期,即 1977 年定居美国以后。在纪弦个人编定的七本诗集中,《槟榔树》甲、乙、丙、丁、戊共五集(1949—1973)和《晚景》(1974—1976)均属于第二时期的作品。

《现实之正视》似是最能代表其风格的一首诗:"他们教我面对着你/'正视! 而且做诗赞美'/ 否则,我就是个懦夫/ 没出息的,不勇敢的/ 可是他们有的跳下水去/ 有的上了直升飞机/ 有的向后转跑步跑/ 你用你的眼睛——向我报告。"全诗用隐喻的手法表达了诗人对于虚伪卑劣的社会现实的否定,激愤与悲戚的情感融于一炉,讽刺的语言与委婉的语调相得益彰,构思的巧妙性和形象的新颖性也就获得了有机的结合。纪弦还写了不少乡愁题旨的作品,可谓在台湾现代诗创作中首先垦殖了这一块土地。

总之,现代诗由大陆到台湾,在台湾由理论到实践,纪弦都堪称为第一棒接力手。台湾有的评论家说纪弦"以介介竹竿一根,扰乱池水,有英雄血统"②,大抵也有一定的道理。

郑愁予——"浪子诗人"

郑愁予(1933—   ),河南人,生于山东济南,原名郑文韬。1949 年随父

---

① 此诗写于 1937 年,有的批评家误认为其为诗人的晚年之作,由此认为它有"思念故乡"的题旨。指谬问题由潘颂德首先提出,参见其《现代文学沉思录》,太原:山西高校联合出版社 1995 年版。

② 白荻:《魂兮归来(一)》,《笠》第 2 期,1964 年 8 月 15 日。

去台,1955年服役,1958年毕业于中兴大学。1968年赴美,先后任爱荷华大学讲师、耶鲁大学教授等。在读大学时追随纪弦参与创立"现代派诗社",但后来又加入"创世纪诗社",不久还支持羊令野等人创立的"南北笛诗社"。已出版的诗集有《草鞋与筏子》、《微尘》、《梦土上》、《衣钵》、《窗外的女奴》、《长歌》、《燕人行》、《莳花刹那》和《雪的可能》等。

郑愁予虽为现代派诗人,却受到中国古典诗歌的深刻影响,尤其是70年代以来的作品,还明显地摈弃了曾有过的唯美主义和神秘主义倾向,对把民族传统风格与现代诗富有表现力的技巧手法的融合方面作了进一步探讨。总的来说,其作品以构思精巧、意象鲜明、善用多重比喻以及语言的婉约柔美见长。不过最为读者赞赏也获得海内外批评界一致好评的似是写于早期(1954)的两首:《如雾起时》和《错误》。以《错误》为例:"我打江南走过/那留在季节里的容颜如莲花的开落/东风不来,三月的柳絮不飞/你的心如小小的寂寞的城/恰若青石的街道向晚/跫音不响,三月的春帷不揭/你的心是小小的窗扉紧掩/我达达的马蹄是美丽的错误/我不是归人,是个过客……"作品诚挚感怀和着力抒发的是夫妇别离的愁苦,充分表达了诗人的人生体验,当然也是对于世间这一常见的社会生活场景的提升,而弥漫于诗行之间柔美婉约的空气,同时也一般地应和了当时台湾文坛普遍表现的"浪子"意识和乡愁情怀的风气。就艺术表现而言,全诗以奇巧的设喻并以意象的精细转换,镂刻了妇人寂寞、骚乱的情感心理,而旋律的灵活变化和长短句错综的运用,则营造了通篇空泛凄美的意境。总之,从题材的提炼到表现的基本技法,甚至语词的特性上,郑愁予的诗作都浓重地显示了民族古典诗歌对作者的积极影响。

第三节　余光中　罗门

余光中——精神家园的追寻者

余光中(1928—　　),福建永春人,生于南京。1947年从南京青年会中学毕业后考入金陵大学外文系。1952年毕业于台湾大学外文系。1954年,与覃子豪等创立蓝星诗社。1958年赴美国,在爱荷华大学获取文艺学硕士学位。1961年后在伊利诺、密西比、纽约等州立大学任教。1966年至1985年,先后在台湾师大、台湾政治大学、香港中文大学任教。1985年返台后,任台湾中山大学文学院院长、外文研究所所长至退休。

余光中的诗题材广泛、风格多变,既有狂放飞扬的豪放式作品,也有委婉柔绵的婉约式作品。结集出版的主要有《舟子的悲歌》、《万圣节》、《莲的联想》、《五陵少年》、《白玉苦瓜》、《与永恒拔河》等十多部。

时间与永恒的问题,在余光中诗歌中一直处于极为突出的地位,它是余光中诗歌中自始至终的一个重要课题。《火浴》、《天问》、《九命猫》、《想起那些眼睛》、《弄琴人》等诗,从意象的表层存在来看,由"冰浴"与"火浴"、"暮色"与"曙色"等充满对立与并峙的两极构成,但从潜存上看,它们都指向着生命的再生和更新。

家园意识,也是余光中诗歌的一个重要思想内容。在《乡愁》、《乡愁四韵》、《江湖上》、《小时候》、《断奶》等诗中,家、故土,实际上都是母亲形象的延伸。回家,回到故土,在很大程度上说来,就是回到母亲的身边,表现出漂泊者对出生之原始的寻求,对归属、保护、安全的企盼。

对历史的咏叹,同样是余光中诗歌颇为重要的思想内容。《水仙操——吊屈原》、《诗人——和陈子昂抬抬杠》、《飞将军》、《大江东去》等诗,展现了一幅幅光辉灿烂的中华历史文化的图景。从忧国忧民的屈原到对天地发问的陈子昂,从英勇无敌的飞将军李广到恃才傲物的苏轼……五千年积淀、发展起来的中华文化,虽历经风风雨雨却元气充沛、博大精深,它是所有中国人安身立命的灵根,也是余光中引以为荣的精神支柱和纽带。

古事新编,是余光中诗歌艺术上一个非常突出的特色。在《诗人——和陈子昂抬抬杠》中,创作《登幽州台歌》的那个因怀才不遇而感叹自我命运不济的诗人形象不见了,取而代之的是一个经过现代化置换变形了的富有创造精神、具有强烈主体意识的诗人形象。在《水仙操——吊屈原》中,读者看不到对死亡的悲剧性陈述和主题化言说,而是感到了一种幻灭的美。

语言的音乐化,也是余光中诗歌艺术的一大特色。一是注重语句形式的整齐。《乡愁》、《乡愁四韵》、《民歌》、《江湖上》等诗,诗中的每一节的句数、句子的长短都是相同的,这种相同的句数、句子的有规律的复现,既使诗歌看起来整齐对称,也使它们听起来悦耳动听,极大地强化了诗人要表达的思想情感。二是注重反复、排比等修辞手法的运用。在《乡愁》、《乡愁四韵》中,"我在这头"、"长江水"、"腊梅香"等词的重叠和反复,不仅使诗歌的格式显得回环起伏,而且突出和加深了诗人的那种乡愁情绪和意念。

罗门——第三自然世界的探索者

罗门(1928—),海南文昌人,原名韩仁存。空军幼校毕业,曾任民航局高级技术员。加入过纪弦领导的现代诗社,后脱离现代诗社入盟蓝星诗社,主编过《蓝星》季刊等,是蓝星诗社中最具先锋意识和哲学意识的诗人。出版诗集有《曙光》、《第九日底流》、《都市之死》、《死亡之塔》、《隐形的椅子》、《旷野》等。

罗门诗的主题之一,是对城市现代文明的虚伪和堕落的厌恶。在《都市之死》、《都市你要到哪里去》、《都市的五角亭》、《都市,方形的存在》、《都市心电》等诗中,罗门揭示了异化的现代文明世界对一个个美好生命的折磨、打击和毁灭。这个世界到处充斥着的是战争、鲜血和死亡等阴森恐怖的意象。

罗门诗的主题之二,是对于自然世界的价值肯定。在《窗》、《山》、《河》、《海》等诗中,"窗"外的"山"、"河"、"海"等构成的自然世界的时间进程几乎就是一个无历时差异的平面,一切在这里呈现和保持了最原初和最理想的自然生存状态。

在罗门的诗中,抗争人类生存异化和文明堕落的另一途径是将个体生命从有限世界引进超越性的世界。《窗》、《天空》、《与天同游的诗人》等诗都表现了个体生命从文明世界中挣脱出来向无限性世界的升华。

在艺术上,前卫性与独创性是罗门诗最为突出的特色。这种前卫性与独创性的表现之一是语言组合程序的异常。"眼睛遂都亮成星子"(《露背光》),"便是一个夜深过一个夜"(《山》)。这里的"亮"、"深"都是由形容词作动词,深化了人的心理感受。"一排灯/ 排好一排眼睛/ 一排杯子/ 排好一排嘴"(《咖啡厅》),"枪口开出一朵朵胜利/ 一朵朵光荣/ 一朵朵不朽/ 炮口开出一朵朵苦难/ 一朵朵乡愁"(《战争缩影》)。这些诗句都违背了组句的一般习惯,它们或通过堆积并置的限制语,或通过铺陈与穷举来拉长句子,从而加大了读者感受的难度,造成了读者心理感受的绵延和空间化。

前卫性与独创性的表现之二是对惯常的语言逻辑的超越。在经验世界中,人是主体,路是客体,路是被人走的。然而,在《车祸》中,罗门却写道:"他不走了/ 路反过来走他"。在经验世界中被我们喝、冲的东西,在罗门的诗中却反过来喝我们、冲我们:"克劳酸喝得你好累 / 咖啡把你冲入最疲惫的下午"(《旷野》)。经验世界中,天的空间非常大,市井的空间非常小,然而,罗门在《都市·方形的存在》中却偏偏写道:"天空溺死在方形的市井里"。伴随着罗门令人心悸的笔触,我们真切地感受到的是人的存在境遇的荒谬性。

第四节 洛夫 痖弦 张默

洛夫——探究生存悖谬的现代"诗魔"

洛夫(1928—),湖南衡阳人,原名莫洛夫。1948 年考入湖南大学外文系,开始发表新诗。次年随军赴台,1954 年与张默发起创办《创世纪》诗杂志,1973 年自淡江大学英文系毕业后退役。曾任教于东吴大学外文系,

1996 年移居加拿大。由于早年诗作超现实的表现手法近乎魔幻,在诗坛有"诗魔"之誉。从创作到理论阐释,洛夫堪称台湾诗坛最重要的诗人之一。著有诗集《石室之死亡》、《魔歌》、《众荷喧哗》、《时间之伤》、《酿酒的石头》、《隐题诗》等 28 部,诗论集《诗人之镜》、《诗的边缘》等 5 部,以及散文集、译著、诗歌选本等多部。2000 年又完成了 3000 行的长诗《漂木》,以对漂泊的天涯美学的阐发,再次挑战现代诗的巅峰。

洛夫早期的诗作倾向于抒情,意象清晰,语言明朗,同《创世纪》前期倡导的"新民族诗型"理论相契合,追求"美学上直觉的意象的表现"①。同时,诗人偏重探索主观心灵世界的诗思特点已开始显露出来,"沉默的思想者"是其早期诗作中常常出现的意象,他具有孤独决绝的精神气质,"惯于在洪荒时期的旷野踽踽独行"(《沙砾集·独白》),"沉默时,我获得充实/ 充实时,我获得新的美感"(《茅屋散集·沉默时》);因为不甘灵魂与肉体被禁锢,他自喻为一个想飞的"烟囱"(《烟囱》)。这一意象传达出对个体及其存在环境之间某种相生相克性关系的思考,由此可衍生出对生命与死亡、道德与历史等相互冲突、转化问题的深入阐发。在很大程度上,对存在的悖谬性的思考贯穿在洛夫此后的大多数诗作中,从《我的兽》、《石室之死亡》到《漂木》,诗作的主题都在延续或丰富创作早期即已意识到的这些问题。

从《投影》、《我的兽》开始,诗人的风格出现转折,显露出某些超现实的倾向,到《石室之死亡》则将这种以潜意识为内核的对生存意义的探究推向了极致。这部共计 64 节、600 余行的长诗,意象密集,情感沉郁,以看似矛盾突兀的句法表达对生死、存在等命题的感悟,如第一节中写道:"我的面容展开如一株树,树在火中成长",树和火可以理解为生命的象征,而树的生长与火的燃烧分别喻示着生与死,它们的异质同构造成理解的歧义,也奠定了诗作的基调。接下来诗人调动多种具有对抗性的意象续写关于生与死的思考,以太阳、白昼、灯、向日葵等象征生命,以黑色、夜、棺材、阴影等象征死亡,"棺材以虎虎的步子踢翻了满街的灯火","蓦然回首/ 远处站着一个望坟而笑的婴儿",阴郁的情境中暗含着生死相依的哲思。《石室之死亡》是洛夫创造性地化用存在主义与超现实主义的一次诗学实践,他赞同"存在主义不是一种哲学,而是一种生活态度",而"超现实主义是反抗现实最为彻底,最具革命性的艺术思想"②,但他否认自己是超现实主义在"中国的传人"。诗作最初写于金门前线的炮声中,历时五年才删改、完成,诗人自认为它是

---

① 洛夫:《建立新民族诗型之刍议》,《创世纪》第 5 期,1956 年 3 月版,第 2 页。
② 洛夫:《诗人之镜》,《创世纪》第 21 期,1964 年 12 月版,第 9 页。

自己创作中"最具原创性和思想高度"①的作品,但由意象繁复、寓意艰涩造成的接受阻隔,使该诗成为台湾诗坛争议最多的作品之一。

20世纪70年代以后,洛夫的诗风出现新的转变,以《无岸之河》和《魔歌》为标志,其风格又从艰涩走向明朗,《金龙禅寺》、《边界望乡》等诗作侧重抒写文化乡愁与生命的理趣;诗人也开始大量借用古典题材改写重铸为现代诗歌,诸如《与李贺共饮》、《长恨歌》、《李白传奇》等都显示出新的文学信息。研究界以"回归传统"评价他的变化,诗人却并不认同此种论断,他强调继承古典的目的是在于创新,"因为旧的传统是不可能,也没有必要'回归'的,我只是希望回到中国人文精神的本位上来","一个诗人必须具有历史感,诗人唯有通过对古典精神的把握和古典题材的吸取和消化,才能使读者更清楚地看到历史的真貌。重要的是,我们唯有看清历史,才能深刻地了解我们面对的现实"②。对历史的执意探求,源于诗人在政治动荡中无法自主的生命体验:困境激发了生存的自觉,而生存的自觉又引导诗人摆脱了对日常生活的关怀而走向对生命终极意义的叩问。这种富于悲剧意识的生命体验使诗人的作品呈现出独特的思想力度。

"吴三连文学奖"给予洛夫的评语中提到,其诗歌创作"成熟之艺术已臻虚实相生,动静皆宜之境","洛夫先生的诗直探万物本质,穷究生命的意义,对中国文字也锤炼有功",对此,洛夫当之无愧。

痖弦——融入戏剧技巧的现代诗人

痖弦(1932—　　),河南南阳人,原名王庆麟。1949年到台湾,1954年自政工干校影剧系毕业后服役于海军,与洛夫、张默结识并加入《创世纪》诗刊编辑工作,成为《创世纪》的"三驾马车"之一。20世纪60年代应邀赴爱荷华大学"作家工作室"研究两年,归台后相继担任"中国青年写作协会"总干事、《幼狮文艺》主编、联合报副刊主编、《联合文学》杂志社长兼总编辑等职,并曾任教于国立艺专、中国文化学院、东吴大学等校。1998年从《联合报》退休后定居加拿大温哥华。

痖弦的诗歌创作集中于20世纪50—60年代。1953年以"痖弦"为笔名在《现代诗》季刊发表处女作《我是一勺静美的小花朵》,此后陆续推出《印度》、《巴黎》、《红玉米》、《盐》、《深渊》、《如歌的行板》等代表作。1966年以

---

① 《洛夫访谈录》,《诗探索》2002年第1—2辑,天津:天津社会科学院出版社2002年版,第287页。

② 洛夫:《诗的传承与创新(代序)》,《洛夫精品》,北京:人民文学出版社1999年版,第5—6页。

后,将主要经历投入新诗史料整理、编辑新诗年表,及主持刊物、报纸副刊的编辑等工作中。早期发表的 80 余篇诗作先后收入《痖弦诗抄》(又题《苦苓林的一夜》)、《深渊》、《痖弦自选集》和《痖弦诗集》等诗集中,基本是《深渊》的不同版本或增删节选,但其中诗作大多风靡台湾诗坛,且历数十年而不衰,奠定了其在台湾现代诗坛的重要地位。诗歌创作以外,曾参与《六十年代诗选》、《中国现代诗论选》等多种选集的编选工作,并著有诗论集《中国新诗研究》、《聚散花序》等。

痖弦的诗路历程经历了从模仿西方到回归东方,并逐渐形塑出个性风格的过程。虽然初期一些诗作曾刻意模仿里尔克、何其芳等人的作品,在思想意识与艺术方式上也呈现出法国超现实主义思潮的影响,但令人印象深刻的还是那些具有鲜明个性色彩的诗作。这类作品中有一部分是依托其少年时代在故乡的生活经验,书写记忆中的北中国风情的,如《红玉米》、《野荸荠》、《秋歌》等诗作;诗人以富含个体生命印记的意象,如野荸荠、地丁花、毛驴、唢呐、红玉米等,建构漂泊浪子的精神家园,超越了传统乡愁题材作品常见的意象类型,并使乡土诗歌具有了新的内涵。

痖弦诗作中另一个重要内容是透过小人物的悲苦揭示生存的困境。《盐》、《坤伶》、《乞丐》、《疯妇》等篇都以深切的悲悯情怀,表达对困顿于特定政治历史空间中的个体命运的思考。这类作品常常营造一种戏剧性情境,在情节的推进中呈现生存的焦虑与苦痛。那在豌豆花盛开的春天里吊死在榆树上的"二嬷嬷"(《盐》),那"十六岁她的名字便流落在城里"的坤伶(《坤伶》),被某种外在的力量裹胁着陷入生存悲剧中,她们的处境既是流离于战火、动荡时代的人们生存状态的写照,也蕴涵着某种对人生荒谬情境的思考。浓重的悲剧意识和对现实的愤懑情绪充溢在诗句中,这在长诗《深渊》中有更为集中的体现:

> 哈里路亚! 我仍活着。
> 工作,散步,向坏人致敬,微笑和不朽。
> 为生存而生存,为看云而看云,
> 厚着脸皮占地球的一部分⋯⋯

诗人"要说出生存期间的一切⋯⋯爱与死,追求与幻灭,生命的全部悸动、焦虑、空洞和悲哀!"①在特定的历史环境中,这种艺术探求不仅传达出

① 痖弦:《诗人手札》,《创世纪》第 14 期,1960 年 2 月版,第 14 页。

个体的生命感悟,而且具有现实批判的意味。

对现代社会的批判意识,还体现在诗人另一些异域题材的诗作中,如《希腊》、《巴黎》、《芝加哥》等篇。在他笔下,芝加哥是要"用按钮恋爱,乘机器鸟踏青"的城市,而巴黎一到夜晚便进入"一个猥琐的属于床笫的年代"……写这些诗作时,痖弦还没有去过那些地方,因此诗中所记只是一种精神的漫游,诗人借此表达的是对现代工业文明的强烈批判意识,以及对于现代社会中传统失落现象的关注,"尘埃中黄帝喊/ 无轨电车使我们的凤辇锈了"(《在中国街上》),在世界视野中反省中国文化的命运,痖弦的思虑流露出些许焦灼与忧郁。

在艺术形式方面,痖弦的诗作以"民谣风格的现代变奏",以及善于融会戏剧的表现手法入诗而独树一帜,张默评价其诗"有其戏剧性,也有其思想性,有其乡土性,也有其世界性,有其生之为生的诠释,也有其死之为死的哲学。甜是他的语言,苦是他的精神,他是既矛盾又和谐的统一体"①。

张默——"为永恒服役"的诗人

张默(1931—   ),安徽无为人,原名张德中。1949 年春到台湾,《创世纪》诗杂志创办人,曾任《中华文艺》月刊主编、《水星》诗刊主编等职。著有诗集《紫的边陲》、《无调之歌》、《爱诗》、《落叶满街》、《远近高低》、《独钓空濛》等;诗评集《无尘的镜子》、《台湾现代诗笔记》等多部;主编诗选本《六十年代诗选》、《新诗三百首》、《小诗选读》、《台湾青年诗选》(北京版)、《小诗·床头书》等 20 余部;编著《台湾现代诗编目》、《当代台湾作家编目》以及《创世纪四十年总目》等史料,被赞誉为推动台湾现代诗运动中"挥汗最多的人物之一"。

张默的诗歌创作开始于 20 世纪 50 年代,初期的诗多写海洋,情绪激越,表达出年轻诗人的浪漫情怀。1959 年推动《创世纪》诗刊改版后,其创作也受到现代主义、超现实主义的感染,诗观产生重要变化,开始采取"自动语言"和"切断联想系统"等方式,抒写"生命与艺术,情感与理智,灵与欲的多重冲突下"②对人生无奈与悲凉的思考,代表作如《贝多芬》、《旷漠的峰顶》等,以繁复密集的意象推动诗思诗情的发展,在追求知性意义的同时也面临晦涩难懂的质疑。

---

① 萧萧:《编者导言》,萧萧主编《诗儒的创造——痖弦诗作评论集》,台北:文史哲出版社 1994年版,第 2 页。

② 洛夫:《无调的歌者——张默其人其诗》,萧萧主编《诗痴的刻痕——张默诗作评论集》,台北:文史哲出版社 1994 年版,第 15 页。

70 年代以后,张默提出"现代诗归宗"口号,倡议现代诗人回归中国传统文学之宗。其创作也再次调整,意象趋于单纯明晰,风格平易自然,而诗境澄明,意蕴丰富,写下了许多为人称道的优秀之作,如《露水以及》、《无调之歌》、《死亡,再会》和《我是一只没有体积的杯子》等。诗人在浩瀚的时空中注视人世沧桑、历史的无奈,质疑生命的过程,面对"正在发呆的大地",发出"熊熊的焰火究竟能烧掉什么"(《露水以及》)的疑问。他把生命的沉思寄寓在不同的意象中,有时是孤绝迷惘的"豹","它的内心的风景,就是望不尽的天涯/ 蔓草萋萋,遮断它的瞳孔的去路/ 从空无的背后出发/ 世界还是空无一片"(《豹》);有时又自嘲为"一只没有体积的杯子",在波涛汹涌的历史中尝试"抓住某些流动的液体",可是"竟然一无所有"(《我是一只没有体积的杯子》)……这类诗作象征性地表达了某种人生的困境,执拗的探求与无法摆脱宿命的悖论之间构成巨大的张力,它们正是对 20 世纪中期被政治裹挟到台湾的一代诗人们生命经验的艺术再现。

从 70 年代后期开始,张默写了一批怀乡主题的诗作,如《饮那绺苍发》、《家信》、《白发吟》、《包谷上的眼睛》、《远方》以及"旅韩诗抄"等,同《无调之歌》等作品侧重含蓄地传达诗人的身世飘零感相比,这些诗作多以直抒胸臆的方式书写乡恋乡情;及至台湾解禁,诗人得以重返故土后,又写下了大量旅游诗,从现实感怀到文化怀古,把对个人命运的思虑融入对历史、文化、记忆的宏阔审视中。丰沛的情感与净化的诗境相融汇,创造了丰富的阐释空间。

论文作业参考题

1. 试析台湾现代派文学兴起与发展的社会政治文化背景。

2. 试析台湾现代派文学的流派性质。

3. 试析台湾现代派文学的深浅得失及其在台湾现代文学发展史上的意义和影响。

4. 为什么诗歌成为台湾现代派文学的发端与躁动的中心?

5. "笠诗社"代表人物(从陈千武到杜国清)认为,台湾现代诗的形式与发展有"两个球根"(即除了纪弦带来的大陆 20 世纪 30 年代的"现代派"外,还有"台湾本土诗人在日据时代受日本现代诗坛的影响而培育出来的现代诗精神"),你是否同意这一说法?

6. 以一位台湾现代派诗人为例,谈谈其成就与不足及所属的诗社对诗艺追求的理解。

第四章　台湾现代派作家的创作(二)

第一节　白先勇

白先勇——"融传统于现代"的践行者

白先勇(1937——　)，回族，广西桂林人，中国国民党高级将领白崇禧之子。幼年曾在桂林、上海、香港等地接受小学教育，中学先后在香港和台北就读。1956 年高中毕业因成绩优异被保送成功大学，一年后改考台湾大学外文系。1960 年与同班同学欧阳子、李欧梵、王文兴、陈若曦等人一起创办《现代文学》杂志，该杂志在推动和深化现代主义文学运动方面对台湾文学产生了很大的影响。

1963 年大学毕业后，白先勇入美国爱荷华大学"作家工作坊"攻读硕士学位。1965 年起在加州大学圣塔·芭芭拉校区任教，历任讲师、副教授、教授。2003 年香港岭南大学授予白先勇名誉博士学位。

白先勇的主要作品有短篇小说集《寂寞的十七岁》、《台北人》，长篇小说《孽子》，散文集《第六只手指》、《树犹如此》、《白先勇说昆曲》等。1999 年白先勇的《台北人》名列 30 本"台湾文学经典"小说类的首位。同年，香港《亚洲周刊》评选"20 世纪中文小说一百强"，《台北人》名列第七。

从总体上看，白先勇的小说创作大致可以分为五个大的阶段，散文创作则基本上可以分为两种类型。

白先勇小说创作的第一阶段(1958—1962)，作品大都描写"情感"的世界，在白先勇的这些小说中，情感总是残缺的，人在情感的世界中似乎总是遭遇失败，《金大奶奶》中的金大奶奶爱金大金大却不爱她；《玉卿嫂》中玉卿嫂对庆生那份强烈的爱得到的却是背叛……白先勇在这些作品中隐含的意味其实相当沉重：他是在以残缺的爱为视阈，揭示人类的生存困境在"情感"领域的表现。

第二阶段(1964—1965)的作品主题转向了对文化冲突和生命放逐的书写。《芝加哥之死》中的吴汉魂，从他的名字中就可以知道他是一个在美国和中国(台湾)之间无所归依的被放逐的中国人。而李彤——身在国外因遭历史、家庭变故而失魂落魄、自我放纵的"流浪"的中国人——在某种意义上讲是一个女性的"吴汉魂"(《谪仙记》)。这些作品,反映了中国人在海外(美国)的人生图景和精神世界,体现了白先勇对于中西文化冲突的深刻思考,以及对 20 世纪中国人在海外的悲剧人生的深切同情。

第三阶段(1965—1971)的小说后来基本上都收入短篇小说集《台北人》中,经由个人／家族的生活见闻和历史记忆,书写那个时代的流变沧桑和置身动荡年代的人物的悲剧命运,是《台北人》的核心内容。从某种意义上讲,白先勇通过作品中的将军、将军夫人、交际花、士兵、妓女等人物向我们昭示:他们虽然属于那个时代,可他们的意义却并不只限于他们所属的时代,在他们的身上其实具有一种寓言性和象征性——他们不可避免的悲剧结局,说到底是人类在"时间"和"命运"双重作用下的一种宿命。

第四阶段(1971—1977)的成果是长篇小说《孽子》。这是一部描写同性恋者人生经历和心路历程的小说。小说最终通过李青、小玉、老鼠、吴敏等人为傅老爷子送葬这一情节,让李青等人完成了从"孽子"向"人子"的回归,表明了主流社会对同性恋者的最终接纳。

第五阶段(1979—2010)的小说创作包括《夜曲》、《骨灰》、*Danny Boy*、*Tea for Two* 等。《夜曲》和《骨灰》的描写范围延伸至 1949 年之后的中国大陆,这两篇作品对中国知识分子当代命运和政治处境的揭示,具有震撼人心的力量。*Danny Boy* 和 *Tea for Two* 则以极为敏感的领域作为创作题材:描写患有艾滋病的同性恋者的人生形态。小说对患有艾滋病的同性恋者病中岁月的艰辛以及彼此的互助、扶持进行了艺术的描绘,也对社会予以他们的理解、同情和关爱进行了充分的展示。

白先勇以小说家名世,其实他在散文创作的数量和质量上也成就非凡。从类型上看,白先勇的散文创作大致可以分为两类:一为学术性较强的文学(文化)评论——议论性散文;一为情感浓烈的怀人忆旧之作——文学性散文。

白先勇的议论性散文涉及的内容主要有:1) 通过对其他作家如丛甦、欧阳子、王祯和等人的创作评价,间接地阐述他自己的人生体验、创作思考和文学理念;2) 回顾自己走过的文学道路和创作历程,特别是通过对《现代文学》杂志的深情回忆和价值说明,勾勒那个时代台湾文学的历史风貌;3) 对中国传统文化中的精华——昆剧的大力提倡和推广,成为白先勇 20世纪 80 年代后期散文创作的重要主题;4) 对艾滋病危害人类的担忧和焦虑。

白先勇的文学性散文主要体现在"怀人"和"忆旧"两个方面。白先勇的"怀人"散文情真意切,感人至深。这类作品以《第六只手指》和《树犹如此》为代表;"忆旧"散文写的是历史,表现的是沧桑,代表作有《上海童年》、《少小离家老大回——我的寻根记》、《冠礼》等。

从总体上看,白先勇为20世纪华文文学作出的贡献,除了塑造了一群唯有在他的文学世界中才会出现的人物形象,具有强烈而又深厚的"历史感"以及自成一格的语言形态之外,最重要的是他对"传统"和"现代"的几近完美的融合。从根本上讲,他是一位杰出的"融传统于现代"的践行者。

第二节 王文兴 欧阳子

王文兴——双重的反叛者

王文兴(1939—),福建福州人。1958年考入台湾大学外文系,1962年毕业后赴美,入爱荷华大学小说创作班,次年获硕士学位后旋即返台,自此长期在母校台大外文系任教。王文兴从高中时期开始文学创作,大学时曾与白先勇、欧阳子等人共同发起成立"南北社"并创办《现代文学》杂志。已出版的作品有短篇小说集《玩具手枪》、《龙天楼》,长篇小说《家变》和《背海的人》等。

王文兴的现代派小说创作有着独特的叙事视角,其中注重选取儿童为主人公,并且借儿童天真无邪的心理情绪和眼光去审视为他们所陌生而成人们似乎见怪不怪的社会现实。在这方面,短篇小说《黑衣》最有代表性。作品男主人公是一个以投机取巧手段在学界走红的中年学者,但作品却从一位五岁的小女孩身上着眼,写她对在宴会上所看到和所接触的、她称呼为"晋叔叔"的那个人的感觉以至某种冲突。作品中的黑衣人的所作所为,当然不仅仅是虚荣心作祟的问题,但这种卑劣的人格心态确有包括虚荣心在内的心理基础,这与儿童(如秋秋)心理的自然、真实、纯朴,形成一个鲜明的对照。从艺术表现上看,黑衣人从外表、举止到心理的虚伪无耻的人格形象的逐步展示暴露,却是与小女孩的眼光、心理情绪乃至行为上的合乎逻辑的变化轨迹相吻合的。总之,《黑衣》撷取这样一个现实社会中似是极为细小的"儿童与成人"的冲突场景加以描绘,很典型地反映了现代派小说的某种共同的思想指归和相应的艺术表现手法。

王文兴的现代派小说的优秀代表作当首推《家变》。这部长篇小说描绘和揭示的是一个由大陆去台的下级职员的家庭生活情景及其与儿子的冲突:儿子范晔长大后,逐渐失去了往日对父亲的崇敬和依恋之情,并开始演变为鄙视与仇恨,以致迫使父亲离家出走。如何认识作品渲染的"家变"即

"世变"所蕴含的中西文化冲突的思想文化内涵所具有的复杂性和深刻性以及片面性等,成了文学批评界的争议焦点。只不过从各种不同意见来看,似乎忽视了对这样一个问题的探究:这个"家变"为什么与19世纪以来中外现实主义小说的类似题材作品不同,出走家庭的是父子冲突中为父的一方,而不是厌恶家庭的儿子一方?

值得指出的是,同作品的思想题旨的反叛性相适应,《家变》这部小说从艺术构思到具体的艺术处理方法技巧,也与传统的现实主义方法大相径庭:全篇虽以父子冲突的形成与展开为逻辑主线,但叙事方法与角度则把儿子范晔寻父与范晔的思想演变过程构筑为平行的双线,分别以不同的场景展示儿子范晔思想性格的发展所带来的父子冲突现象。在这里,由于时空顺序的打乱,以及场景的频频转换,呈现了一种鲜明的跳跃性和节奏感,显然有助于渲染"家变"的力度。此外,作品善于揭示人物活动心理,尤其是对主人公范晔在各个不同年龄阶段的心理变化刻画得相当细腻、准确、传神,包括突出其与年龄相适应的语言个性色彩,这也使得整部作品富有现代派心理小说的某种艺术情趣。

王文兴的作品,尤其是《家变》之所以在台湾文坛引起争议,还在于他的语言特色,即"奇"与"怪"。一般说来,王文兴是台湾现代派小说家中最具语言创新意识者之一,他曾给自己定下过"文字要创新"的目标。从他的作品看,重视遣词造句并力求怪异,确是一贯的追求。所谓的怪异,或者被人目之为"奇书"的主要表现,大抵是语言成分的杂乱,文白相间,不文不白,又过多地生造词汇,此外也有意突破现代汉语的某些语法规范,由此语句显得别扭。例如,《家变》中范晔日记中的一句话:家也是"最不人道不过的一种组织",在这里,"不过"两字当属故意为之的衍文。此外,像"将之待看做二者不相熟的人","他病了这一病病得的有一个星期那么长的时间那么冗长"一类的句子还有不少。倘若再从《背海的人》等作品中寻找实例,语言文字的怪异现象更为严重。问题在于王文兴本人把上述种种怪异的特点称之为一种具有反叛性的即别具风格的"文体",并且强调"只有这种语言适合表达我的题材"①,由此拒绝了人们的批评。在我们看来,一个作家对于语言文字的特殊风格的追求是可以理解的,也是值得尊重的,但过于强调"我不希望改变自己,而希望读的人能改变"②,就未必是一种明智的态度了。

---

① 转引自夏祖丽:《命运的迹线——王文兴访问记》,见《台湾作家创作谈》,福州:海峡文艺出版社1985年版。
② 同上。

欧阳子——"心理外科医生"

在台湾现代派小说家中,作为女作家的欧阳子虽然创作数量不丰,但从思想题旨的表现和艺术处理的方法来看,却有鲜明的特点而与其他作家作品迥然相异,在产生重大影响的同时也引起了很大的争议。

欧阳子(1939—),台湾南投人,生于日本广岛,原名洪智惠。抗战胜利后随父母由日本回台定居。1957年考入台湾大学外文系,1961年毕业留校任助教一年后赴美国伊利诺大学,不久转入爱荷华大学文学创作班,1964年毕业获硕士学位后又入伊利诺伊大学进修,次年起随丈夫一起移居得克萨斯州。欧阳子从少年时代起开始写作并发表诗文,就读台大期间,既加入了"南北社",又参与《现代文学》的编辑活动。主要作品有短篇小说集《那长头发的女孩》和《秋叶》,另有评论集《王谢堂前的燕子——〈台北人〉的研析与索隐》和散文集《移植的樱花》等,还编有《现代文学小说选集》和译有《第二性》等。

欧阳子作为现代派小说家,因服膺于弗洛姆(Erich Fromm)关于"人是文化产物"的理论而对探索人类心理活动的问题深感兴趣,惟其如此,她的小说创作题材的限定性和特殊性特别令人瞩目,据作家自述:"我差不多的小说题材,都是关涉小说人物感情生活的心理层面,以及他们的自我觉悟过程。"①事实上也是这样,她的为数不多的作品,可以称之为偏重心理层面的"推理小说",主要是大量运用西方现代派小说的心理分析方法以及一定的意识流手法,超现实主义手法和象征主义手法,其中作为"推理小说"的一个亚支,还大量采用"第一动作"的技巧手法。

通常认为,《花瓶》②是欧阳子的代表作,也代表了当时台湾现代派小说的另一种似为欧阳子所独有的风格特色,由此也奠定了欧阳子的创作在台湾现代文学史上的地位。这一短篇小说反映的故事内容本是常见的中产阶级夫妇的闺中争执场景,但男女主人公的心理活动的丰富性、复杂性和细腻性却表现到了极致:丈夫因为爱妻子,所以更嫉妒和猜疑妻子,甚至产生过扼死她的念头。当妻子在忍无可忍的情况下揭露出丈夫的实际的阴暗心理状态的时候,丈夫又恼羞成怒,促成了事态向他所不愿看到的方向转化。在作品中,起重要的戏剧道具作用而且还被赋予鲜明象征意义的花瓶几次倒下,乃至被丈夫摔下而最终未碎的场景,又使得作品染上了一丝喜剧意味,

---

① 《欧阳子:关于我自己——回答夏祖丽女士的访问》,见《台湾作家创作谈》,福州:海峡文艺出版社1985年版。

② 作者对《花瓶》有过几次改写,但以收入《秋叶》的文本为最满意,本书论及此篇以《秋叶》版文本为准。

但从整体看,喜剧形式所演绎的却是感情悲剧内容,夫妇双方由此展露的一系列心理心态情感情绪,无不带有思想文化冲突的内涵,其审美内容的丰富,似乎并不逊色于易卜生《玩偶之家》中娜拉与其丈夫的关系。

《花瓶》表明欧阳子的小说关注于人物感情生活的心理层面的揭示与剖析,主要是以现代人的某种特别心态(包括病态心理)为审视对象的,从她的其他作品看,总体上也是如此。但相对说来,其中对于现代社会中的中产阶级女子的变态的性心理的发掘尤为集中和深入。例如:《墙》中的女主人公若兰姑娘,起先并不喜欢姐姐再嫁的那个男子,后来竟莫名其妙地爱上了他;《近黄昏时》是一个特别的"恋母情结"文本:儿子吉威迷恋生母——中年妇女丽芬,为此竟怂恿自己的好友余彬作为自己的替身去与母亲发生性关系……显然,这些作品中的人物形象(尤其是女性)及其心理活动,触及了人生观、伦理道德观的有关重大问题,但对作者来说,大抵是持出奇的冷静态度,仅对现象本身作近似纯客观的描述。而正是这一点引起了台湾文学评论界的不同反映。有人指出:欧阳子是一个专门揭露人性"丑恶"的"心理外科医生","她的手术刀总是选在丑恶的角落,并将那些污秽的心片,揭竿似的挥舞着",总之是"不道德"的(唐吉松《欧阳子的〈秋叶〉有感》)。白先勇对此曾提出异议,认为"欧阳子是个扎实的心理写实者,她突破了文化及社会的禁忌,把人类潜意识的心理活动,忠实的暴露出来","欧阳子是人心的原始森林勇敢的探索者,她毫不留情,毫不姑息,把人类的心理——尤其是爱情的心理,抽丝剥茧,一一剖析"①。应该说,白先勇的看法较为可取,欧阳子后来也有这样的自我辩护:"我总是在揭露他们自己都不敢面对的内心的罪,以及他们被迫面对真相以后的心灵创伤。对于他们的这种创伤,我是怀着悲悯之心的",何况自己运用的"客观理性的手法"其实还"都有浓重的反讽意味"②。如仔细阅读文本,作者本人的说法当是可信的。

总之,欧阳子切实地把包括台湾地区在内的中国现代的心理小说创作推进了一步,留下了一些可供借鉴的经验教训,这也是值得肯定的。

第三节　七等生　东方白

七等生——"隐遁的小角色"

七等生(1939—　),台湾苗栗人,原名刘武雄。1959 年毕业于台北师

---

① 白先勇:《崎岖的心路——秋叶序》,收入《秋叶》,台北:晨钟出版社 1971 年版。
② 欧阳子:《关于我自己——回答夏祖丽女士的访问》,见《台湾作家创作谈》,福州:海峡文艺出版社 1985 年版。

范学校,此后主要从事小学教育工作,从 1962 年起发表作品。1966 年曾与陈映真等人发起创办《文学季刊》,后因意见不合而退出。已发表的作品主要有中短篇小说集《放生鼠》、《僵局》、《我爱黑眼珠》、《来到小镇的亚兹别》、《沙河悲歌》,长篇小说《城之谜》、《白马》、《情之思》等,另著有诗集《五年集》等。

短篇小说《我爱黑眼珠》是作家的代表作之一。作品主人公李龙第是一个靠妻子打工而维持家庭生计的失业者,他爱着长有一双美丽的黑眼珠的妻子,但又为自己依赖于妻子由此丧失独立人格而沮丧。在一个暴风雨之夜,他本是离家去迎接打工归来的妻子的,但意外发生的自然灾害,却迫使他先去救助一位受伤的妓女,到此时,由于他感到已找回了丧失已久的独立人格,所以宁愿置处于生死关头的妻子而不顾,甚至向妓女否定自己乃是那个也等待他救助的女人的丈夫。全篇的故事内容场景带有明显的荒诞性,大段大段的对于男主人公的心理刻画也都含有哲学意味,但这一切无非是表明:支配李龙第在陌生的妓女和反受依赖的妻子之间作出抉择的,乃是他的深沉的人格心理追求:独立、自尊——“使我感到存在的荣耀之责任”。由此可见,整篇作品的题旨其实是对存在主义哲学(“寻找生存意义”)的艺术图解,相比之下,作品对于现代派小说技巧——心理分析和意识流之类——的娴熟的运用,乃是一种小说家言的惯技了。

七等生的另一代表作为中篇小说《隐遁者》,就思想文化内涵而言,显然比《我爱黑眼珠》要丰富复杂得多。主人公鲁道夫目睹自己的父亲因受到官场倾轧而历经人生苦难,由此看透了现实社会的虚伪和阴险,更由于自己遭受的恋爱挫折,也更痛恨能够出卖纯洁爱情的政治、商业和金钱。于是他抱着对社会现实的厌倦心理,决定回故乡,并且隐居于沙河对岸的森林,过一种在他看来大有生命乐趣的原始生活。整部作品的思想题旨具有两重性:揭示出人在现代工商社会的孤立无援,多少传达了一种基本的人文关怀,具有一定程度的积极意义;而同时把消极避世作为一帖良方开出,其实又是为那些本已孤寂、苦闷、悲观、绝望的人们注射了另一型号的思想麻醉剂,所以带有相当的偏颇性和消极意义。正是从这一点来看,《隐遁者》典型地反映出现代派小说在思想文化指归方面的意义与局限。

虽然如此,《隐遁者》作为七等生的现代主义小说创作的成果之一,它的艺术特色仍值得重视和肯定。作品主要通过人物心理的独白形式,多层次地揭示出人物思想意识的隐蔽性,另外,对于影视技巧手法的借用,把若干既具有文化内涵又富有象征意义的自然场景(如沙河、小镇、森林),予以反复的“慢镜头”或“特写画面”式的表现处理,进一步扩展了思想艺术空间。

至于全篇的感伤情绪基调和某种散文诗式的语句相协,再与上述影视技巧手法的结合,表明作者对于现代派小说创作的整体的艺术风格,有一种并非从众式的追求和创新。

70年代末以来,七等生的思想和创作似有某种明显的变化,其中,对于现代人的心灵创伤和心理悲剧的揭示,有时也触及了现实政治生活的层面,社会批判意识有所加强,与此相适应,艺术表现手法也显得较为平实,短篇小说《白日噩梦》即为代表作。全篇以一个小镇中学教师的口吻自述本人在镇长竞选过程中的感情历程,得出的结论是政治"像一场白日噩梦"。不过,唯其取材、文字表达和主题都变得较为明朗,所以现代派小说的特色反而淡化了。

东方白——台湾现代病的诊断者

东方白(1938—),台湾台北人,原名林文德,毕业于台湾大学农业工程水利系,1965年赴加拿大留学,1970年获莎省大学水利工程博士学位,现旅居加拿大。从少年时代起大量阅读西方文学名著,既欣赏19世纪欧洲批判现实主义作品,也钟情于萨特和加缪等人的西方现代派作品,受加缪影响尤深。业余创作发表的小说已结集的有《临死的基督》、《黄金屋》、《露意湖》和《东方寓言》等,另有以抗战为题材的长篇三部曲《浪》,于1981年获"吴浊流文学奖小说奖"。

东方白的大多数作品包括长篇《浪》运用的主要是现实主义创作手法,但他同时也写现代派小说,旨在为台湾青年一代受到西方物质文明和思想文化观念冲击而引发的"现代病"作某种诊断,代表作乃是短篇小说《□□》(意即无题或失题)。从单纯的内容情节看,描述的是一个荒唐的故事:一个已怀孕的女大学生在邂逅了一个医学院的男生后,要求他假冒情夫并陪她去作私下堕胎,谁知女生在手术中死亡,男生便被判处无期徒刑;不久,入狱的男生病死,而私自为女生堕胎的医生,也因担惊受怕而患精神分裂症。整篇作品正是围绕着上述三个人物的个性和命运,集中地探讨了诸如上帝、原罪、法律、道德、人性和命运等问题,在"哲理小说"的表象中,提出了作者对于当时台湾青年中以普遍的失落感和幻灭感为特征的"现代病"的诊断意见。当然,这种诊断意见在根本上却是模糊的,作品的标题足以表明。相对说来,作品中那个男生的形象又具有文化上的象征意义,但这一象征意义又显然有多义性。如果说他类似于加缪笔下的"局外人",而事实又是欲做"局外人"而不得。

正因为如此,我们其实还难以对东方白这类现代派小说的实际价值意义作出准确的定位,不过有一点可以肯定,东方白以他为数不多的作品为整个台湾现代派小说提供了别致的文本,这就使得他在台湾现代派小说发展史上留下了足迹。

论文作业参考题

1. 谈谈你对台湾现代派小说的思想艺术价值的基本认识。

2. 试比较大陆 20 世纪 30 年代的现代派小说与台湾现代派小说的异同。

3. 对本章罗列的台湾现代派小说家作品的个性特点作个案分析研究,提出自己的看法。

第五章　台湾旅外作家的创作

第一节　概　述

　　台湾旅外作家的创作,以留学生文学为主。留学生文学诞生于 20 世纪60 年代初期的台湾文坛,是当时台湾社会以美国为目标的留学热潮的产物。其狭义的理解指台湾旅外作家描写台湾留美学生生活的创作,广义的理解包括台湾旅外作家对海外华人生活命运的反映。时代生活的发展与作家创作身份的变化,带来留学生文学内涵与外延的不断拓展。从事留学生文学创作的作家主要有:於梨华、丛甦、张系国、聂华苓、吉铮、白先勇、陈若曦、欧阳子、李黎、水晶、郭松棻、李渝、马森、赵淑侠等,以及后来出现的刘大任、东方白、顾肇森、黄娟、周腓力、保真等人。

　　留学生文学的面貌,随时代变化呈现出不同的创作形态。60 年代的留学生文学,以於梨华、丛甦的创作为前后两个时段的代表。於梨华作为“留学生文学的鼻祖”,主要描写台湾留美学生和旅美华人在求学、就业、婚姻、恋爱等切身问题上的人生磨难,尤其表现了那种无法认同西方文化的危机感与苦闷彷徨的漂泊感,由此揭示了 50—60 年代留美学生最普遍的精神特征。长篇小说《又见棕榈,又见棕榈》的问世,使於梨华真正成了“无根一代”的代言人。以留学生涯开始留学生文学创作的作家,从白先勇的《芝加哥之死》,吉铮的《拾乡》、《海那边》,到张系国的《地》,几乎都围绕失根与乡愁的主题,在不同层面上加以表现。上述作品的基调,也更多地诉诸感伤幽怨、孤独落寞的心绪。

　　丛甦的小说,虽然也涉及留美学生的生存挣扎,但她更侧重表现的,是海外华人和知识分子在资本主义社会中迷惘、失落的感伤情绪。在中西文化冲突中看台湾留学生的认同危机,在西方世界看“现代人”的精神状态,丛甦的《盲猎》,以及马森稍后问世的长篇小说《生活在瓶中》等作品,就展示了一种新的创作视角。这类作品较多地运用了西方现代派文学的表现手法,具有浓郁的哲理性、象征意蕴和寓言色彩,且不乏扑朔迷离的超现实主义描写。

70 年代的留学生文学,出现了告别旧的创作、走向新的超越的转变,张系国等人可谓代表。这类作品或重点描写留美学生的海外"保钓运动",如张系国的《昨日之怒》;或反映 70 年代以后在认同回归的历史潮流中成长起来的留学生的经历,如丛甦的《自由人》、《野宴》;或表现走向觉醒的留学生对祖国大陆的感情归属,如於梨华的《傅家的儿女们》。民族意识的觉醒和回归祖国的情感流向,成为贯穿这类作品的精神红线。70 年代急遽变化的时局,以及中国本身的历史发展,促使留学生群体的思想面貌发生转变,他们重新观照自身,观照自己的民族与祖国,不仅从过去的个人情感本位,转向了民族意识本位,艺术上也更强调在写实方向下融入现代文学表现手法,故作品多有"中西合璧"的色彩。

80 年代以来,台湾旅外作家的创作开始从留学生文学的特定范畴延伸开来,广泛地描写了海外华人的生活层面和新的社会矛盾,并趋向于多元化的艺术追求。有些作品"是由异国飘零的生活感受层面挖掘下去,思考探索了文化差异、认同、民族主义、历史等等较深刻的问题"[1],如赵淑侠的《我们的歌》,正是沿着"故国—文化—根"的方向回归。随着作家从"留学生"到"旅外华人"的人生角色和创作身份的改变,反映形形色色移居国外的华人生活的作品开始出现,并逐渐超越了留学生文学的格局。保真的《断蓬》,周腓力的《洋饭二吃》、《先婚后友》,顾肇森以"旅美华人谱"为副题的小说集《猫脸的岁月》,黄娟的《故乡来的亲人》等作品,从不同角度提供了华人移民社会的真实生活图景。

台湾旅外作家的创作,有着鲜明特征。其一,作品多描写留学生与海外华人漂泊天涯的"异乡人"处境,诉诸人生的流浪情结;其二,作品往往在美国、台湾地区、中国大陆之间展开故事架构,诉诸"根"的追寻;其三,异质文化冲突贯穿作品始终,蕴含了文化考察与省思的意义;其四,受到西方现代派文学影响,作品多有"中西合璧"式艺术色彩。

第二节 聂华苓 於梨华 陈若曦 赵淑侠

聂华苓——浪子悲歌的生命吟唱

聂华苓(1925—),女,湖北应山人,曾用笔名远思。南京中央大学外文系毕业,获美国科罗拉多大学、可欧学院、杜布克大学三个荣誉博士学位。

---

① 李黎:《海外华人作家小说选·前记》,《海外华人作家小说选》,香港:三联书店 1983 年版,第 2 页。

1949 年去台湾,担任《自由中国》文艺编辑,曾任教于台湾大学和东海大学。1964 年赴美,与美国诗人保罗·安格尔一同创办爱荷华大学"国际写作计划",为国际文化交流做出杰出贡献。聂华苓的创作包括小说、散文、翻译及评论。计有中短篇小说集《葛藤》、《翡翠猫》、《一朵小白花》、《台湾轶事》、《王大年的几件喜事》、《珊珊,你在哪儿?》,长篇小说《失去的金铃子》、《桑青与桃红》、《千山外,水长流》,散文集《梦谷集》、《三十年后》、《爱荷华札记》、《黑色黑色最美丽的颜色》、《鹿园情事》等,传记《三生三世》①。

对于自称"东西南北人"的聂华苓来说,生长于中国大陆、写作在台湾地区、以美国爱荷华为家的经历,使她目睹了近代中国的历史沧桑与世事变化,对流浪的中国人的境遇深有同感。正因如此,她以深沉的历史感与忧患感,唱出了赴台"大陆人"的乡愁之歌和海外浪子的命运悲歌。

聂华苓的小说内容侧重于三个方面。一是描写赴台"大陆人"的生存境遇和乡愁;二是表现故国山河与乡村人物,寄托思乡之情;三是反映流浪的中国人在时代变难中的痛苦命运。

短篇小说集《台湾轶事》,是聂华苓 1949 年至 1964 年写于台湾的作品。"那些小说全是针对台湾社会生活的'现实'而说的老实话。小说里各种各色的人物全是从大陆流落到台湾的小市民。他们全是失掉根的人;他们全患思乡'病';他们全渴望有一天回老家。"②聂华苓小说的人物和故事离不开漂泊生涯,作品总带有浓重的乡愁。表现有家难归的失根之痛与穷愁潦倒的生存之痛,是聂华苓短篇小说的创作指向之一。在患着思乡"病"的赴台大陆人中,乌效鹏、万守成、顾丹卿这群既无权又无钱的升斗小民,他们打破灰色人生的唯一希望就是合伙凑钱买爱国奖券,但最终收获的却是连续 10 次中奖落空的幻灭(《爱国奖券》);还有那位独自带着三个孩子先期来到台湾的李蝉媛,尽管与留在大陆的丈夫真心相爱,可迫于生计,只好强颜欢笑,委身于纺纱厂的老板赖国熹(《一捻红》)。聂华苓从不同角度描写了流寓台湾的大陆人命运,特别是对 50 年代台湾社会普遍患有思乡病的心态把握,充满切肤之痛。不仅如此,聂华苓还以讽刺写实的笔触,将赴台大陆人对昔日青春理想的眷恋,同台湾社会的颓败世风与惨淡人生加以对照,这构成她短篇小说创作的另一指向。《珊珊,你在哪儿?》透过李鑫乘车寻访昔日女友而不得的怅惘,揭示了台湾社会的灰色众生相。从大陆到台湾,从青春

①　参见封德屏主编:《2007 台湾作家作品目录》(3),台南:台湾文学馆 2008 年版,第 1393—1395 页。

②　聂华苓:《写在前面》,见《台湾轶事》,北京:北京出版社 1980 年版,第 1 页。

梦幻季节到现实人生境遇,昔日的小天使变成了俗不可耐的小市民,理想与现实的反差鲜明可鉴。至于《一朵小白花》、《王大年的几件喜事》等篇什,则提供了台湾知识分子理想与幻灭、挣扎与消沉的真实生活图景。

长篇小说《失去的金铃子》写于 1960 年,这是《自由中国》被迫停刊、聂华苓一生最黯淡时期里的写作。作品透过抗战年代西南山乡三斗坪镇的三星寨发生的爱情故事,写出随母亲逃难到此的少女苓子庄严而痛苦的成长过程。作品以三星寨之外的大世界,表现了日本侵华、战乱逃难的民族悲剧;以三星寨盛行形形色色封建婚姻的现实世界,揭示了封建传统势力对中国女性的深重压迫;以苓子暗恋尹之舅舅的复杂情感心路,勾勒了一个少女在战乱时代的严峻现实面前,由褊狭、任性走向成熟的成长踪迹。作品在有关故土家园、昔日青春的回忆中,也寄寓了乡愁的潜在主题。

《桑青与桃红》作为聂华苓偏爱的代表作,集中表达了浪子悲歌的主题。作品通过一个历经时代动乱又遭流放的中国人精神分裂的悲剧,来象征国家的政治动荡在一代中国人心中留下的创伤。小说分为四个部分,“四个部分却都有着同样的主题:逃亡、威胁、困陷、‘异乡人’的处境”[1]。第一部写抗战后期的瞿塘峡,天真纯洁的女学生桑青乘船沿长江西上逃亡,却在木船的搁浅中迷失于生命困境;第二部写新中国成立前夕的北平,桑青奉母命与喜欢攀花折柳的沈家纲结婚,而后逃离北平古城;第三部写 50 年代后期的台北,挪用公款的沈家纲被警方通缉,桑青一家人度过了两年“阁楼人”的藏匿生活;第四部写 60—70 年代的美国独树镇,流浪到美国的桑青一路被美国移民局追捕,变成了精神分裂的桃红。时代背景与生存环境的变迁背后,是主人公命运与性格的巨大逆转。

从个人、国家、时代三者命运的交织,来透视时代动荡中身为中国人的流浪,乃至寓言整个人类的处境,这是《桑青与桃红》的创作切入点,由此构成作品沉重的历史感。在聂华苓看来,“国家历史是棵盘根错节的大树,个人历史是树上的枝干”[2];“社会历史的演变影响个人历史的演变——我写小说总摆脱不了这种历史感”[3]。从时代烟尘中走来的主人公,由天真纯洁的桑青,变为巅狂纵欲的桃红,在这种道德死亡与精神崩溃的背后,是永远无法逃脱的“异乡人”处境,是个人力量难以抵挡的社会动荡与历史灾难。

---

① 聂华苓:《和非洲作家的对话(二)——谈〈桑青与桃红〉》,见《最美丽的颜色——聂华苓自传》,南京:江苏文艺出版社 2000 年版,第 334 页。

② 聂华苓:《千山外,水长流》,成都:四川人民出版社 1984 年版,第 222 页。

③ 聂华苓:《我的母亲》,见《最美丽的颜色——聂华苓自传》,南京:江苏文艺出版社 2000 年版,第 7 页。

《桑青与桃红》在主题、人物、结构、表现手法等方面都做了"不安分"的尝试。其一,采用双线并行的跳跃式结构,将桑青过去的故事和桃红现在的故事时空交错,同时进行。其二,反复运用象征手法,追求寓言式写作效果,困陷与流浪的意象贯穿始终。其三,采用不同风格的语言描述历史演进与人物精神状态变化。从纯情、素朴的女学生语言,到简单、扼要、张力强的台北"阁楼"语言,再至紊乱、恍惚、不断句的意识流语言,印证的则是桑青变为桃红的不同性格与流浪境遇。

《千山外,水长流》则进一步显示了聂华苓史诗型小说的新开拓。作品以混血儿莲儿赴美探亲寻根为线索,在时空交错的结构方式中,将中国与美国、历史与现实、战争与爱情、个人沧桑与时代变迁连接起来,歌颂了中美人民的友谊和人类对爱心的寻觅。小说以独特手法塑造了柳凤莲母女的形象,透过写给女儿的一束信札,"一生为爱而活:爱国,爱人"的柳凤莲形象跃然纸上;依靠自身的回忆段落与书信眉批,莲儿由"怨国怨人"到"爱国爱人"的情感轨迹清晰可见。作者在这里吟唱的,不再是昔日漂泊无定的浪子悲歌,而是根之回归的希望之歌、世界各国人民的友谊颂歌。这无疑标志着聂华苓文学视野与思想境界的新拓展。

於梨华——"无根一代"的感伤代言

於梨华(1931—　　),女,浙江镇海人。1953 年毕业于台湾大学历史系,同年 9 月赴美留学,美国加州大学洛杉矶分校新闻硕士,2006 年获维蒙特州明德学院荣誉文学博士,曾执教于纽约州立大学。60 年代开始小说创作,主要著作有长篇小说《梦回青河》、《变》、《又见棕榈,又见棕榈》、《焰》、《考验》、《傅家的儿女们》、《三人行》、《在离去与道别之间》,中短篇小说集《归》、《雪地上的星星》、《白驹集》、《会场现形记》、《也是秋天》、《寻》、《柳家庄上》、《相见欢》、《情尽》、《屏风后的女人》、《一个天使的沉沦》等,散文集《谁在西双版纳》、《记得当年来水城》等①。

於梨华的小说,除了描写浙东故乡生活的《梦回青河》以及反映台湾现实生活的《焰》、《母与子》等少数作品之外,多数创作属于留学生文学范畴,"留学生、留学人、自留人"成为她小说的观照对象。几十年漂泊海外的旅美生涯,於梨华对留学生活与游子人生深有感触,她的作品人物往往带有自身的影子;为这"无根一代"作见证,於梨华不仅反映出台湾留学生在学业、事

---

① 参见封德屏主编:《2007 台湾作家作品目录》(1),台南:台湾文学馆 2008 年版,第 402—403页。

业、婚姻等方面的奋斗与挣扎，而且揭示出一种"别人是有家可归的，而我永远是浪迹天涯"①的漂泊心态。她的小说贯穿着一条对美国幻灭、对台湾失望、对祖国大陆认同的思想线索，从而成为海外华人精神历程的复杂记录与真实写照。以1975年为界，於梨华前期的留学生文学主要表现"无根一代"的人生遭遇，寂寞孤独的情感基调和挥之不去的乡愁贯穿作品始终。1975年以来多次访问大陆的人生经历，促使於梨华的思想境界得以拓展和提升，后期创作开始侧重于表现"觉醒的一代"。由于於梨华小说的成就，她被誉为台湾留学生文学的鼻祖，"无根一代"的代言人。

透视"无根一代"辛酸苦涩的生存境遇，是於梨华创作反复表现的主题。受20世纪60年代初开始的出国潮影响，许多台湾青年把赴美求学视为最佳人生前程；而一旦接触现实，就发现西方世界并非想象中的天堂。为了求学，留学生往往一边做工，一边读书，以超负荷的人生磨难换取最基本的生存条件，以保证学业的顺利完成。《小琳达》中的吴燕心，为生活所迫给人照看孩子，而这个6岁的小琳达却狡黠、刻薄、乖僻，喜怒无常。她瞧不起中国人，经常嘲笑捉弄燕心，在母亲面前搬弄是非；而寄人篱下的燕心却敢怒不敢言，委曲求全。燕心的忍辱负重，最终未能逃脱丢掉饭碗的命运。小说主人公的遭遇，带着作者浓重的自我色彩，其中的苦涩难言，凝结着当事人的辛酸体验。

描写"无根一代"寂寞、幻灭的情感境遇，是於梨华涉及最多的题材。留美学生追求学业的过程，往往伴随爱情失落的人生代价。或移情婚变，或爱梦难寻，在西方世界有限的华人圈里，爱情选择不仅成为人生难题，也时时面临不同文化背景下的现实压力。《雪地上的星星》可谓留学生情感历程的真实写照。罗梅卜初到美国，立志学英国文学，写世界名著，嫁戴博士帽的中国人。然而经历了转系、失恋这一连串人生变故后，罗梅卜尽管拿到了图书馆专业的硕士学位，转眼已是25岁的大姑娘。经人介绍，她与未曾谋面的留美学生李定国保持了三年的通信恋爱，以彼此往来的几百封信件填充长长的日子。而一旦圣诞节相见，情书编织的憧憬顿然破灭，李定国居然喜欢上了与梅卜同路而去的年轻漂亮的朱丽丽。不仅梅卜的爱情坎坷令人心酸，《带泪的百合》《归》《交换》《友谊》等作品中的主人公，也都有着各种各样的情感悲苦。

作为留学生文学的扛鼎之作，《又见棕榈，又见棕榈》为於梨华赢得很高的文学声誉。如同白先勇所说："直到《又见棕榈，又见棕榈》出版，於氏才真

---

① 於梨华：《人在旅途——於梨华自传》，南京：江苏文艺出版社2000年版，第110页。

正成了'没有根的一代'的代言人。这说法正是在该小说中新创的,一语道破了年轻一代的处境。"①

这部小说以牟天磊形象的成功塑造,生动感人地表现了留美学生无根的寂寞与寻根的迷惘。在爱情的线索中,眉立、佳利、意珊这三个女性的出现,连缀了牟天磊不同的人生时空,也见证了赴美前后判若两人的牟天磊形象。离开台湾前的牟天磊,热情勇敢,充满理想,渴望像棕榈树的"主干一样,挺直无畏,出人头地"。而十年后回台省亲的牟天磊,却显得意志消沉,彷徨无依,衣锦还乡的感觉早已被漂泊海外的痛苦记忆所驱散。在众人眼里,他是一个取得博士学位、功成业就的成功者;而只有他自己知道,在美国独自打天下的代价,可谓去国十年老尽少年心。文化认同的危机,使他无法融入美国人之中,有着说不出的"无形的苦";回到台湾,他期望从文化母体中汲取力量源泉,填补心理上的"文化饥荒",却不料被台湾母体文化的变质所震惊。面对台湾的崇洋狂热、理想倾跌以及形形色色的人生寂寞,天磊没有找到"家"的感觉,觉得自己始终还是一个"客"。依然是"异乡人"的感觉,天磊充满痛楚:"我是一个岛,岛上都是沙,每颗沙都是寂寞。"在美国没有根,到台湾也找不到根,而祖国大陆的根又被茫茫海峡阻隔,这种最深层的精神孤儿般的苦闷寂寞,正是"无根一代"在特定社会环境中产生的时代心理。

同样是描写留学生在爱情、家庭、学业上的漂泊经历,《傅家的儿女们》以群体形象的塑造,显示了作者从"无根一代"到"觉醒一代"的创作变化。在崇洋媚外风气颇盛的 60 年代,傅振宇不论儿女们是否具备深造的天资和条件,有没有出国的愿望,一股脑儿地把他们送到美国,一心想让儿子做博士,女儿嫁博士。然而傅家六兄妹的命运却越出父亲原来预定的轨道。作品描写傅家儿女们的人生沧桑,仍然带有"无根一代"的迷惘。但难能可贵的是,1975 年访问大陆的经验,使於梨华续写《傅家的儿女们》的后半部时,"除了要写一个由中国大陆到台湾到美国的留学生的心态之外,要寻找他们以一个中国人立场做出发点的心态"②。于是,"觉醒一代"的形象自笔下奋然崛起。如果说,如曼、如杰反映被生活击败的颓废心态,如俊、如豪代表了 60 年代末期留学生中最现实的一群,傅家的小妹如玉、小弟如华则象征了觉醒的一代。如玉在美国勇敢地爱上准备学成之后回祖国大陆服务的新加

---

① 白先勇:《流浪的中国人——台湾小说的放逐主题》,见《白先勇自选集》,广州:花城出版社 1996 年版,第 410 页。

② 於梨华:《傅家的儿女们·自序》,见《傅家的儿女们》,石家庄:河北教育出版社 1996 年版,第 3 页。

坡华人留学生李泰拓,如华则公然违背父亲意愿,决心大学毕业后留在台湾任教。他说:"现在台湾是中国的,将来台湾回归祖国还是中国的一部分,我是中国人,为什么我不能留在这里?"与"无根一代"明显不同的是,"觉醒一代"不再仅仅以故国家园的怀念作为精神寄托,而是看到中国统一的前景,认同于炎黄子孙的根之所在,并准备为它做些踏踏实实的贡献。

余光中这样评价於梨华:"她在下笔之际常带一股豪气,和一种身在海外心存故国的充沛的民族感,在女作家中,她是少数能免于脂粉气和闺怨腔中的一位。"①於梨华的小说,执著于"中西合璧"的艺术境界追求。其一,将强化故事情节的传统技巧,与西方现代小说多层次的结构方式相结合,拓展了表现生活的空间;其二,将现实主义的描写与意识流的手法相结合,在时空与场景的自由转换中反映动态人生;其三,将人物外部形象的塑造与内心世界的描绘相结合,入木三分地刻画了人物的性格特征。

陈若曦——家国命运的热切关注

陈若曦(1938——　),女,台湾台北县人,原名陈秀美。1961年毕业于台湾大学外文系,1962年赴美,获约翰·霍普金斯大学文学硕士。1966年秋偕丈夫取道欧洲回到祖国大陆,任南京华东水利学院英文讲师。1973年举家去香港,后移居加拿大,又前往美国加州大学柏克莱分校任职,现居台湾。著有短篇小说集《尹县长》、《老人》、《城里城外》、《贵州女人》、《走出细雨濛濛》、《王左的悲哀》、《妈妈寂寞》、《女儿的家》、《清水婶回家》、《完美丈夫的秘密》等;长篇小说《归》、《突围》、《远见》、《二胡》、《纸婚》、《慧心莲》、《重返桃花源》等。另有散文集《文革杂忆》、《生活随笔》、《无聊才读书》、《天然生出的花朵》、《草原行》、《西藏行》、《青藏高原的诱惑》、《我们那一代台大人》、《打造桃花源》等15种,传记《坚持无悔:陈若曦七十自述》②。

以其生活的不同阶段,陈若曦的小说可分为三个时期。早期创作始于大学时代,以短篇小说为主要形式。出生于木匠世家的贫穷经验与贴近普通百姓的情感指向,让她采用写实手法表现底层生存境遇,揭示反封建反迷信的批判主题,从而写出《辛庄》、《灰眼黑猫》、《妇人桃花》等力作。《最后夜戏》作为其中佼佼者,将台湾艺人落魄潦倒的人生与歌仔戏的衰落命运交织起来,对不平等的社会制度表示抗议和批判。作品还注意用心理的、民俗

① 余光中:《会场现形记·序》,《会场现形记》,台北:皇冠出版社1972年版,第1页。
② 参见封德屏主编:《2007台湾作家作品目录》(3),台南:台湾文学馆2008年版,第891—892页。

的、意识流的方式处理小说情节。其艺术影响,在后来乡土作家洪醒夫的《散戏》中,可见《最后夜戏》的原型。另一方面,受西方现代派文学影响,创办《现代文学》的经历,使她描写知识分子的题材,多有意模仿西方文学。在《钦之舅舅》《巴里的旅程》中,人物的怪异行为背后虽然蕴含着社会忧愤,但更多地失之于扑朔迷离、神秘虚无。

以 1974 年发表《尹县长》为标志,陈若曦一发而不可收地进入了去国以后"为政治冲动而写小说"的中期创作。当年,陈若曦满怀热情投奔祖国大陆,而"文革"时期的严峻现实与她的理想发生严重错位,怀着"乌托邦的追寻与幻灭"(白先勇语),以一个回归的知识分子视角来透视"文革"这段特殊历史,陈若曦首先触及了揭示大陆"文革"真相的"伤痕文学"创作。

《尹县长》采用第一人称口吻,冷静而从容地诉说了热爱社会主义的尹县长于"文革"初期被枪毙的悲剧。尹飞龙原是胡宗南手下军官,因率部起义有功,新中国成立后任陕西兴安县县长,为人民做了许多好事。然而,"文革"狂潮袭来,他却被红卫兵当作"军阀"、"潜藏特务"、"阶级敌人"给枪毙了。尹县长至死不明白"究竟为什么要搞这文化大革命"。对"文革"破坏民主与法制、草菅人命的真相,作品给予了无情揭露。《耿尔在北京》则透过留美归国学者耿尔一连串的爱情悲剧,深刻地反映了极"左"路线给人们造成的精神创伤。

从 1980 年发表短篇小说《路口》开始,旅美后的陈若曦进入第三时期的创作。其文学路线发生明显转移,描绘美国华人社会的生活和命运,反映华人知识分子的前途抉择与复杂心情,思考两岸关系与中国前途,成为她创作的政治架构与关怀焦点;而这一切,又往往透过来自海峡两岸的旅美华人的男女情感关系来表现。

《突围》以美籍华人教授骆翔之和大陆留学生李欣的婚外恋为主线,穿插了旧金山华人知识分子形形色色的人生世相。小说的艺术构思精巧独特,充满象征意味。

《远见》在展示中国海峡两岸历史走向方面,有着更为开阔的视野。台湾女性廖淑贞赴美奋斗争取绿卡,与大陆访美学者应见湘相识并成为知己。当她历尽艰辛拿到绿卡时,方知在台湾的丈夫早已与他人同居生子。悲愤之余,她决定离婚,重返美国闯天下。而作为作者"理想中国人的寄托"①,应见湘则以他的耿介风骨与坦荡胸怀,以他对中国前程的热切关怀与奉献精神,深深地影响了廖淑贞,本来保守温顺的她,扩大了人生的关怀面,开始

① 陈若曦:《谈谈〈远见〉的男主角》,见《钟山》1985 年第 6 期。

变得有远见了。

陈若曦始终保持"绝不无病呻吟"的写作理念,基本遵循生活写实的路线。对家国命运的忧患与关注,使其小说带有强烈的政治气息与时代色彩。严谨而富于变化的结构,朴实无华、简洁明快的语言,以及长于讽刺、笔法凝重的风格,构成她小说的主要特征。

除了小说,陈若曦还写了大量散文。其时政散文以强烈的忧患感和参与意识为特点,笔锋犀利尖锐,直言不讳,如《文革杂忆》、《三通先通亲》。其写景散文,描摹民俗风情与山水风光,常以纪实笔触融情于景,如《草原行》。其反映亲情友谊的寄情散文,如《我儿子的妈妈》、《新疆吃拜拜》等作品,则笔调洒脱自然,幽默诙谐。

赵淑侠——"民族魂"的追寻与塑造

赵淑侠(1931—　),女,黑龙江肇东县人,生于北平。1949年随父母到台湾,省立台中女中毕业。1959年赴法留学,后考取瑞士应用美术学院。曾任播音员、编辑、美术设计师,曾旅居瑞士、美国,专事写作。其小说代表了欧洲留学生文学的成就,著有短篇小说集《西窗一夜雨》、《当我们年轻时》、《人的故事》、《湖畔梦痕》、《梦痕》、《翡翠戒指》;长篇小说《我们的歌》、《落第》、《春江》、《塞纳河畔》、《赛金花》、《凄清纳兰》等;其散文有广泛的关怀面,侧重于海外游子的民族情感抒发,以及大陆社会生活的表现,出版有散文集《紫枫园随笔》、《异乡情怀》、《海内存知己》、《故土与家园》、《翡翠色的梦》、《雪峰云影》、《童年·生活·乡愁》、《文学女人的情关》、《天涯长青》、《情困与解脱》、《忽成欧洲过客》等12种[①]。

赵淑侠的留学生文学创作,缘起于异乡游子对祖国、故土和亲人无法遏止的乡愁。她说:"在我的内心深处,始终有一种感觉:中国像是一个母亲,无论我们长得多大,离得多远,无论我们的处境顺逆,快乐或悲伤,我们都一直怀念与依恋着母亲。因此,我常常有一种冲动,想要表达海外游子的那份感受。"[②]于是,这一代海外游子的人生苦乐与奋斗过程,他们的情感漂泊与精神怀乡,就成为赵淑侠小说创作的主要题材。与以往留学生文学那种感伤寂寞的情怀不同,赵淑侠所强调的是站在中华民族的整体立场上,对五千年中华民族文化的寻根;她所主张的是"海峡两岸都是我的故乡,我是为所

---

① 参见封德屏主编:《2007台湾作家作品目录》(3),台南:台湾文学馆2008年版,第1195—1196页。

② 赵淑侠语,转引自沈谦:《赵淑侠的文学理想》,见《天涯长青》,台北:三民书局1994年版,第228页。

有的中国人而写作的"①。

对于生生不息的民族魂的探索、追寻和塑造,是贯穿赵淑侠留学生文学的精神红线,它依照"故国——文化——根"的方向回归,呈现出一种强烈的文化怀乡与精神寻根的意向。这份"随着生命而来,长存肺腑"的忧患感和文化乡愁,苦苦支撑起海外游子的漂泊人生,它使得赵淑侠笔下的人物多有一种"虽九死其犹未悔"的殉道者色彩。短篇小说《塞纳河之王》中,主人公王南强以"怀着中国精神的中国人为荣",学画巴黎而不忘祖国的艺术传统,一心要把中国人的艺术精神介绍给世界。他痴迷于艺术创作和撰写美术理论著作,一生饱尝贫穷寂寞,受尽周遭白眼与嘲笑,却不肯失掉精神风骨与艺术原则。他虽然最终倒在了自己正在创作的画布前,以生命去殉艺术,而他身后终于问世的画展与著作,则向世人证明:这个生前剃着平头、穿长衫、被人视作疯子的"塞纳河之王",是一个真正的民族艺术家。

《我们的歌》作为赵淑侠长篇小说的代表作,集中反映了她的民族意识与爱国情感。小说描写台湾女青年余织云自费留学欧洲,与充满民族情感的青年音乐家江啸风真诚相爱。后来,因为江啸风一心要回台湾服务,余织云则要遵循母命找个博士丈夫定居国外,两个人由此发生矛盾并导致情感疏离。江啸风最终回到养育他的台湾小镇,献身民族音乐事业。余织云虽然与留欧青年学者何绍祥结婚成家,获得了优裕的物质生活条件,却无法忍受西方社会的种族歧视,也与终日沉湎于科学研究、一度淡漠了民族意识的丈夫发生了冲突。作品在个人情感与民族情感的扭结缠绕中去写人物,余织云的矛盾性格和精神历程,对于海外华人心灵世界的展现,颇具典型意义。被新的生活目标唤起的余织云,虽重返海外,精神世界已得到新的升华。

青年音乐家江啸风,是作者极力褒扬的民族魂的化身。他对民族精神的追寻生死不渝,感人至深。江啸风的夙愿是要创造中国自己的歌,让中国人唱自己的歌。他不顾与恋人的情感破裂,顶住周围的重重压力,毅然从国外回到养育他的台湾小镇,组织合唱团,推广民族的音乐事业,并创作了《我们的歌》,以音乐的力量倡导民族的自强精神。后来在演出途中突遭台风,他为救人而献身。江啸风属于民族的生命不会消失,他激励着彷徨犹豫的余织云重新校正人生航标,续写自己没有完成的"我们的歌";他催促着迷失于洋人之中的何绍祥思想转变,民族意识觉醒。作者说:"'歌'在这里应该只是一个象征,象征着我们民族的精神。我们要同声齐唱'我们的歌',正表

① 赵淑侠:《海峡两岸都是我的故乡》,《人民日报》海外版,1986年4月13日。

示我们应该并肩携手,通往一个大目标前进,这个目标是要中国人找回自己的原来面貌,以自己的文化和传统为荣,自信、自强、自爱。"①

1986 年出版的小说集《人的故事》,表明赵淑侠新的创作变化,她已经不拘泥于反映旅欧华人文化乡愁的题材,开始转向有关人性、宿命观以及生死善恶问题的探讨。赵淑侠说:"我一向认为,无论哪一国的人,都是有血有肉的:民族性尽管不同,人性却是都差不了多少的。"②由此,无论是留欧学生和海外华人,还是欧洲社会的各色人等,他们都以林林总总的生命情态,进入赵淑侠的艺术表现世界。《那可爱的玛琳黛》等作品,反映的也正是这种新的探索。

赵淑侠长于散文,抒情、纪实、喻理,颇得散文神韵。其作品题材丰富,情感充沛,具有广泛的关怀层面。或谈域外见闻,抒发异乡情怀,如《杂谈旅游欧洲》、《鲜花外交》;或思念故土家园,描写还乡感触,如《故土的泥土》、《找到了那株野樱桃》。特别是她以"文学女人"为话题的系列散文,透过深刻的女性生命体验和独特的切入角度,洞悉了文学女人这一特殊人群的心态、情态与生命境遇。这些作品多收入散文集《文学女人的情关》和《情困与解脱》中。

纵观赵淑侠的创作,她不同于茜纱窗下咏花叹月的闺秀文学,也有异于早期留学生创作的悲情文学;细腻敏感的女性情思与"五湖四海人"的开阔视野相交织,为其作品注入了阳刚之气。赵淑侠的小说,多采用现实主义手法,着力于人物性格的鲜活表现;生活场景错落有致,情节结构曲折动人。其创作风格豪放而不失清新淡雅,鲜活而不乏哲理意蕴,语言纯净流畅,笔力娴熟自然,更以朴素之美、"浪漫写实"的特征而取胜。

第三节 张系国 马森 丛甦

张系国——"觉醒者"时代命运的见证

张系国(1944—   ),江西南昌人,生于重庆。1965 年毕业于台湾大学电机系,翌年赴美柏克莱加州大学攻读计算机科学,获博士学位。曾任教于美国康奈尔大学,历任伊利诺伊大学理工学院电机系主任、匹兹堡大学计算机系主任。1981 年创办"美国知识系统学院",以及"知识系统出版公司"。90 年代初创办台湾第一份正式的科幻杂志《幻象》,倡导中文科幻文学。著有短篇小说集《地》、《香蕉船》、《不朽者》、《夜曲》、《沙猪传奇》、《游子魂组

---

① 赵淑侠:《我写〈我们的歌〉——兼答读者》,合肥:安徽文艺出版社 1997 年版,第 715 页。
② 赵淑侠:《西窗一夜雨·自序》,北京:中国友谊出版公司 1984 年版,第 4 页。

曲》等;长篇小说《皮牧师正传》、《昨日之怒》、《棋王》、《黄河之水》等;科幻小说集《星云组曲》、《星尘组曲》、《五玉碟》、《龙城飞将》等。另有散文集《让未来等一等吧》、《快活林》、《天城之旅》、《橡皮灵魂》、《男人的手帕》等①。

张系国研究的是自然科学,关心的是民族与社会,爱好的则是文学创作。无论是反映台湾现实生活,还是见证海外华人命运,或是在更深层次上反省人类处境的科学幻想,他的创作始终把"人的挣扎"作为艺术观照对象,并对机器压倒人性的工业文明给予批评。其小说长于思想,富有知性,具有前瞻意义。

张系国小说主要在三种题材领域进行开拓。

其一,在20世纪70年代急遽变幻的时局和异国社会的环境中,审视与探索自身、同胞和祖国,为"觉醒一代"的命运见证,这构成张系国的留学生文学新面貌,他由此被白先勇称之为第三代留美作家的中坚。

张系国的留学生文学创作始于1967年发表的短篇小说《地》。此时的写作离不开留美学生与海外华人的生存境遇、婚姻恋爱状况,并侧重从土地根性去揭示人的漂泊所遭遇的一系列问题。

写于1979年的长篇小说《昨日之怒》,标志了张系国留学生文学创作的超越。作品题材的选择不再囿于留学生的切身生活问题,而是触及了海外华人风起云涌的"保钓运动";作品基调不再诉诸往日的忧郁、感伤,而变得激愤、沉郁,充满民族情感。人物类型也开始告别"无根一代",主人公葛日新形象的塑造成为"觉醒一代"的命运见证。

其二,张系国表现台湾现实生活的创作,重在通过台湾世态人心之变,来透视时代与社会的变迁,由此构成揭示社会病态、批评人性弱点的写实风貌。

从50年代到70年代,台湾社会正值经济上由"复兴"到"起飞"、文化上由逐步西化到全面认同之际,社会价值观与世态人心发生急遽变化,"精神失落"、"人性沉沦"成为有志之士批评社会、批评现代文明的共同话题。张系国的三部长篇小说侧重揭示的,正是上述主题指向。

《棋王》作为张系国的代表性作品,以一个会下五子棋的神童出现、显灵、失踪、失灵的寓言故事,透视了信仰空虚、物欲横流的环境中知识分子放弃理想坚守的人生图景。神童的纯净、憨稚,与周围知识分子沾染铜臭味与世俗气的灰色众生相形成鲜明对照。不论是绘画不忘赚钱的程凌,研究历

① 参见封德屏主编:《2007台湾作家作品目录》(2),台南:台湾文学馆2008年版,第717—718页。

史兼搞生意的冯卫民;还是搞电视的张士嘉,画裸女的高悦白,炒股票的周培,他们都为经济利益所驱动,想千方百计地利用神童能够预测未来、灾祸以及股票行情的神奇本领,来为自己赚钱。面对一切都以物质价值作权衡的时代,程凌多少带点气愤又不无解嘲意味地说:"社会良心有什么用? 喂狗吃算了!""我不管什么历史潮流,我要自由。我只要赚钱,钱就是自由。"程凌所言,正是台湾"失落的一代"的群体心态与人生写照。在艺术表现上,作品寓严肃的主题于有趣的故事,从清醒的批判中透出乐观的精神,将寓言与写实结合起来,准确地传达了 70 年代台湾的现实变异与社会心理。

其三,作为台湾科幻小说的拓荒者,张系国的创作是在更深的层次反省人类的处境。其作品不仅奠定了台湾科幻小说发展的基本范型,而且以"精致的文采、灵闪的思想、惊奇的意象常常丰富了他短篇科幻的生命"[1]。

张系国 70 年代中期以后致力于科幻小说的写作。他在反映未来科学和世界的同时,也反映现实世界。其创作,一是注重在宇宙的未来世界中对社会人生进行思考与观照,并将民族的生活特征与人文精神融入西方科幻小说的形式和技巧。《望子成龙》通过改良品种公司欲塑造优秀男婴却适得其反的故事,讽刺了某些中国人传宗接代、重男轻女的思想;长篇小说《城》三部曲则以一种历史浪漫情怀的表达,融史诗、神话、武侠、科幻于一炉,探索中国风格的史诗式科幻小说。二是凭借科学的机关布景,通过对未来科学的描绘,创造全新的科幻世界。《铜像城》、《青春泉》、《倾城之恋》等,即是此类作品。

张系国的小说,情节线索分明又巧于构思,语言纯净、流畅而不乏幽默讽刺,塑造人物性格也颇见功力。不仅小说,他的散文也以幽默诙谐的笔触、生动活泼的风格而为人喜爱。

马森——现代人"孤绝"心态的写照

马森(1932—   ),山东齐河人。1954 年毕业于台湾师范大学,1960 年赴法留学,为巴黎电影高级研究院硕士、加拿大英属哥伦比亚大学社会学博士。先后任教于台湾师范大学、法国巴黎研究所、墨西哥学院东方研究所、加拿大亚伯达及维多利亚大学、英国伦敦大学、香港岭南大学、台湾成功大学等。出版有小说集《法国社会素描》、《海鸥》、《孤绝》等;长篇小说《生活在瓶中》、《夜游》;散文集《在树林里放风筝》、《墨西哥忆往》、《追寻时光的根》

---

① 林燿德:《台湾当代科幻文学》,《台湾香港澳门暨海外华文文学论文选》,福州:海峡文艺出版社 1993 年版,第 284 页。

等 6 种；论著《马森戏剧论集》、《文化·社会·生活》、《中国现代戏剧的两度
西潮》等 15 种，以及《马森独幕剧集》①。

在台湾的留学生文学格局中，马森的小说独树一帜。马森客居异国 20
年，足迹遍及欧洲大陆、英伦三岛、北美中美，这种喜变求新并非来自于生活
压力，人生的辗转迁徙，使他在拥有广阔生活视野的同时，也深具开放意识。
经历了读中文、研究电影和戏剧、继之探索社会学的求学道路，他多方面接
触到了西方文化思潮与艺术形态，从而以一种离经叛道意味的文学观念和
自由浪漫的艺术气质从事写作，这使其作品更具有文学的自觉精神。

从中西文化冲突的背景上切入，去探索当今西方世界与台湾社会中的
人生世相，探索人类的生存状态与前途命运，这成为马森小说的立足点。与
台湾其他旅美、旅欧作家笔下的留学生文学不同，马森的作品不是"无根一
代"的哀怨诉说，也非"觉醒一代"的使命倡扬，他所关注的是人类的普遍命
运，是关于生与死、爱与恨、真与伪、现在与过去的种种思索。因而，他的作
品主角可能是有着整个人类背景的不同国度的人，而非仅仅囿于中国人。
一如马森在其短剧《弱者》开始之前的一段说明："这个短剧演一个现代人的
故事。剧中人物可以是中国人、日本人、英国人、法国人，还是美国人。因为
不管是哪国人，处在今天这个时代，都有些共同的感受跟共同的烦恼。"②马
森对于人类命运的断想，是以处在传统与现代、东方与西方的文化夹缝中的
人生挣扎来体现的。当然，那些生活在西方土壤上的中国人，肯定更能体现
不同文化冲突的意义。因为，"所有在国外的华人，都活在两个社会、两种文
化的夹缝里"③。这使马森讲述最多的，还是留学生的故事。

《夜游》透过西方社会现象与价值观念的探讨，传达了作者对人类命运
何去何从的关切。台湾留学生汪佩琳取得加拿大硕士学位后，就嫁给了身
为名教授的英国人詹，生活得优裕安闲却平淡刻板。极度自由开放的社会
环境激活了汪佩琳的叛逆性格，她突然离家出走，投身到温哥华的地下生
活，在名为"热带花园"的酒吧遭遇了西方社会的同性恋者、双性恋者、酗酒
者、吸毒者、失业者，并与集这些问题于一身的麦珂恋爱同居，完成了一个东
方女子在西方世界脱胎换骨的蜕变。从此，汪佩琳摆脱了詹的西方理性主
义与文化优越感带给她的沉重压力，并逃离了上流社会，成为一个平常、卑
微、却又纵情生命、顺其自然的人。作品不是在写一个私奔的老故事，它对

---

① 封德屏主编：《2007 台湾作家作品目录》(2)，台南：台湾文学馆 2008 年版，第 675—676 页。
② 马森：《弱者》，《剧本》1985 年第 3 期，第 87 页。
③ 王晋民主编：《台湾文学家辞典》，南宁：广西教育出版社 1991 年版，第 20 页。

人类何去何从问题的质疑,使人不能不去思索:"出类拔萃的詹氏代表人类科技的发展,但这个发展的方向正确吗? 确实为人带来幸福吗?"①作品借汪佩琳在中西文化夹缝中的人生探险与精神迷失,触及了性观念、女权、人类命运、文明与野性等多种社会问题。确如白先勇所说:"《夜游》在某一层次上可以说是作者对中西文化价值相生相克的各种关系做了一则知性的探讨和感性的描述"②;"在相当的程度上,马森的《夜游》也反映了60年代欧美青年及台湾留学生价值判断的混淆与理念分歧的迷惘"③。

反映工商社会中现代人的孤绝感,是马森小说的重要主题。身为社会学博士,马森对西方资本主义的历史轨迹和表现形态有着深入探究;受到存在主义哲学影响,他笔下人物的生存方式与人际交往都带有存在主义色彩。短篇集《孤绝》和《海鸥》分别探讨了西方世界中现代人的孤绝感之由来,以及他们企图挣脱现代文化束缚、重返自然的渴望。《孤绝》这篇小说所写的就是彼此疏离的人际关系中"孤绝者"的生活和心态。他们一方面沉溺于孤独的自由自在,疏离了家庭与人群,并不关心别人;另一方面,又在孤独中渴望温暖,虽想爱但不愿也不能爱。工业文明与物质条件的发达,未能使人与人之间的关系更加密切,现代人愈加严重的孤独感,反而预示着人的社会正在解体。《孤绝》正是在此意义上,成为西方社会人际关系的一面镜子。

马森娴熟地运用了西方现代主义文学的表现技巧。他执着于"内在的写实",以梦境、意识流、联想、暗示等手法,构成现代心理小说的面貌。表现人对外界的感觉,则笔触敏锐纤细;感官印象的呈现则梦幻而抽象,强烈而深刻。其作品哲理意味浓厚,充满荒诞与象征色彩。剧作《在大蟒的肚里》,以漆黑的舞台喻示大蟒的腹腔;《脚色》以不断膨胀的坟茔,象征人类生存空间的萎缩,均从资本主义社会表面上井然有序的世界里,揭示它内在的荒诞与混乱。

丛甦——"中国人"流浪情结的缠绕

丛甦(1936—　),女,原名丛掖滋,山东文登人。台湾大学外文系毕业,20世纪60年代初赴美留学,美国华盛顿大学文学硕士,哥伦比亚大学图书馆学硕士,曾任职于美国洛克菲勒图书馆。丛甦擅长表现人性的焦灼和欲望的倾轧,特别关怀海外华人的内心世界与生命挣扎。出版有《白色的网》、

①　龙应台:《烛照夜夜——评析马森〈孤绝〉》,《龙应台评小说》,上海:上海文艺出版社1996年版,第20页。

②　白先勇:《秉烛夜游》,马森:《夜游》,台北:尔雅出版社1984年版,第7页。

③　同上,第9页。

《秋雾》、《想飞》、《中国人》、《猘狮国》、《兽与魔》等多种小说集。散文主要描写海外风情、家国之思，出版有《君王与跳蚤》、《净土沙鸥》、《生气吧，中国人》等①。

从甦的创作以赴美为界限，分为台湾时期与旅美时期。前者写于大学读书时代，作者观察描绘台湾社会各色人等的众生相，充满了对生命的渴望与爱心，对那些成长过程中挣扎的人表示深切同情，如《车站》、《白色的网》、《秋雾》这类小说。

旅美时期，从甦主要从事留学生文学的写作，"流浪的中国人"成为她反复表现的对象与主题。60 年代发表的《盲猎》、《想飞》、《芝加哥的一夜》等小说，在描写浪子情怀的时候，多带有寂寞、失落和愁苦的印记。在从甦看来，这个年代里流浪的中国人，"不管是自我放逐，或是被迫放逐，一个人离开了他的母土，总是一件苦痛的事"，"离开了母土的流浪人是脆弱，无根，无着落的"②。《盲猎》作为从甦早期留学生文学的代表作，讲述的是一个生命过程的寓言。五个狩猎者在一座阴森恐怖的大森林里摸索狩猎。黑夜里看不到路标，也得不到帮助，森林中危机重重，每个人都陷入孤立无援、独自挣扎的困境。作品在充满荒诞梦魇的氛围中，表现出海外留学生恐惧、焦灼、绝望的人生心态。不仅如此，小说还以超现实的情节和寓言般的象征，超越了留学生文学的单一层次，折射出现代人如同盲猎般的人生摸索。如同白先勇所说，《盲猎》"是台湾中国作家受西方存在主义影响，产生的第一篇探讨人类基本存在困境的小说"③。

在从甦笔下，留美学生的生存不仅是一种盲猎般的迷惘，也暗含了某种绝望姿态。"死亡"主题的一再出现，寄寓着作者对生命意义的哲学思考。《想飞》中的沈聪，求学受挫，滞留餐馆打工，日复一日地重复于这种生的挣扎。他渴望飞鸟一样自由自在的生命，对现实人生的灰色、绝望深恶痛绝。于是，他从洛克菲勒中心区 65 层摩天大楼"飞"下，以死去祈求生命的解脱。《癫妇日记》则进一步表明了这种死亡观，"也许自杀的人才是真正有自由意志的人"。上述留美学生的自杀悲剧，是以拒绝生存的姿态来获得他们心中向往的自由生命状态。与其在灰色人生与世俗欲望中苦苦挣扎，不如以自杀这最后的反抗行为来成就自身。此种结局，固然为沉重的生活压力所致，但也不乏西方文化思潮影响下对生命意义的理解。

---

① 参见封德屏主编：《2007 台湾作家作品目录》(3)，台南：台湾文学馆 2008 年版，第 1384 页。

② 从甦：《兽与魔·自序》，石家庄：河北教育出版社 1995 年版，第 2—3 页。

③ 白先勇：《〈现代文学〉的回顾与前瞻》，见《白先勇自选集》，广州：花城出版社 1996 年版，第 344 页。

70 年代创作的《自由人》、《野宴》、《中国人》等一系列作品,标志了丛甦留学生文学创作的深化。从中国人的立场出发,认同与回归自己的民族和土地,这使作品不只是描写流浪的中国人的踯躅与彷徨,更表现他们的期望和等待。《野宴》透过一群台湾留美学生到郊外野宴却被当地居民诬陷的遭遇,真实见证了由于文化鸿沟和民族意识所形成的社会隔膜与排斥;更重要的,作品一语道破了留学生的边缘人位置与心态。一旦意识到漂泊海外与民族和土地的疏离,他们期望有一天能在"完完全全属于我们自己的土地上,生根、工作、相爱……在我们自己的土地上书写我们的向往和梦"[①]。《中国人》则通过一对留美学生在中西文化夹缝中酿就的爱情悲剧,促使失恋感伤的男主人公觉悟反省,从而认同"中国是一种精神,一种默契,中国就在你我心里"[②]。丛甦小说强烈的民族归属感和时代觉醒意识,从中可窥见一斑。

丛甦说:"自从我开始写作以来,从来未敢脱离过写实主义和象征主义的路线。"[③]写实主义和象征手法的交互运用,使她的作品既有真切细腻、比喻贴切的现实生活捕捉,又透过幻觉、梦境、联想、内心独白等意识流的描写,象征了超现实的艺术境界。

第四节　郭松棻　李渝

郭松棻——忧郁苦涩的心灵镜像

郭松棻(1938—2005),台湾台北市人。1958 年发表第一篇小说《王怀和他的女人》。1961 年毕业于台湾大学外文系。1966 年赴美留学,1969 年获加州柏克莱大学比较文学系硕士学位。1971 年放弃攻读博士学位,投入保钓运动和统一运动,之后旅居美国并在联合国任职,与妻子李渝分别沉潜于马列典籍的翻译省思和艺术史的深入研修。20 世纪 80 年代以来,二人皆以精致深邃、别具美感的小说创作回归文学世界,他们在家国想象、记忆政治、阴性书写、母亲意象、离散境遇与身份认同、疾病隐喻、身体叙事、心理治疗、知识分子精神史等问题层面都有耐人寻味的深刻表现,抒情诗化倾向明显,美学路径大致可归于现代主义一脉。王德威曾有知人之语:"当保钓激情散尽,文革痛史逐步公开,失落的不应只是政治寄托,而更是一种美与纪律的憧憬……历经政治的大颠扑后,他们返璞归真,以文学为救赎。昔时

---

① 丛甦:《野宴》,《兽与魔》,石家庄:河北教育出版社 1995 年版,第 145 页。
② 丛甦:《自由人》,同上书,第 189 页。
③ 丛甦:《想飞·写在后头》,《想飞》,台北:联经出版公司 1977 年版,第 207 页。

钓运种种,其实不常成为叙事重点,然而字里行间,毕竟有许多感时知命的线索,窜藏其间。"①。

郭松棻的文学成就主要体现在小说创作方面,其代表作有《月印》、《雪盲》、《论写作》、《今夜星光灿烂》等,这些作品大多写作于1980至1990年代,可见于《郭松棻集》、《双月记》和《奔跑的母亲》等小说集中。2001年《双月记》获巫永福文学创作奖。

郭松棻的作品不多,却具有鲜明的个人风格:诗性、内省、细密、凝练、沉重、苍凉,意象繁复,饱含苦涩,也蕴藏着暴烈,呈现出忧郁成疾的心灵景象。他的小说时空背景往往盘桓在日据殖民到光复、"二二八"、戒严之初白色恐怖这一历史时段的台北大稻埕,那也正是作者童年记忆纠结之地。晦暗复杂的历史记忆透过绵密繁复的文字,触碰的尽是台湾的忧愁和中国的伤痛。他笔下的人物类型大致包括那一时期迷惘的两岸青年、左翼烈士、劳碌的母亲、贤良的妻子、苦闷的知识人,背负罪孽却心怀哀矜的争议人士,以及日后远离台岛却毕生难以走出历史梦魇的异乡客。1984年发表的《月印》是郭松棻复出后的重要小说,也是解严前后台湾文坛涌现出的众多有关"二二八"及白色恐怖题材的作品之一,但却不同于当时一般意义上的政治叙事或伤痕小说。它"用深情关照人世间的无明"②,以温柔天真的女主角文惠为主要叙述视角,展现了日据后期战争阴影和战后乱局中的一个爱情悲剧,着意刻画台湾年轻女子对爱情幸福的深切期待及其美好愿望破灭的过程与悲哀。经历了战时的生死考验,文惠把能与爱人朝夕相处视为生命中最大的幸福,她悉心护理爱人的病体,但铁敏痊愈后却被更远大的理想所召唤,投入左翼运动潜流,疏远了文惠;为了把他拉回自己身边,文惠向警方告发铁敏私藏红书,没料到这不智之举竟导致铁敏和他的左翼朋友悉遭枪杀,悲痛麻木的女孩却反讽地得到了所谓"大义灭亲"的表彰。女性对平安家庭、幸福爱情的祈望及其破灭的悲哀也贯穿于《奔跑的母亲》、《今夜星光灿烂》、《论写作》等作品中,寻常卑微的女性伦理价值观一再成为男性人物历史回溯和自我反省的忧郁的镜像。而深沉的忧郁有如顽疾,根植于郭松棻的几乎所有文字中。1985年发表的《雪盲》,深刻剖析了海外华人流亡知识分子的苦涩心灵。历经战争威胁、恐怖噩梦、丧父阴影的主人公幸銮,远离故乡台北,在异域沙漠的警察学校为外国学生讲授中国现代文学。毕

---

① 王德威:《无岸之河的渡引者:李渝的小说美学》,见李渝:《夏日踟躇》,台北:麦田出版社2002年版,第10页。

② 王德威:《冷酷异境里的火种》,见郭松棻:《奔跑的母亲》,台北:麦田出版社2002年版,第7页。

生沉溺于鲁迅的经典文句，仿佛借此安抚内心隐秘的创痛，又无以超脱出创伤记忆的迫压，唯有将自己流放于荒凉的异国他乡，"在风沙中沉落……沉到底"，像孔乙己，也像当初庇护并启蒙过他的老校长："终其一生都将是一个暗哑的人格"。

李渝——晦暗的记忆与诗性的救赎

李渝(1944—　)，女，安徽人，生于重庆。台大外文系毕业，美国柏克莱加州大学中国艺术史博士，赴美求学期间曾与丈夫郭松棻共同参与保钓运动。李渝的创作始于20世纪60年代，停滞多年之后，1980年代重归文学写作。其小说代表作有《江行初雪》《朵云》《夜琴》《无岸之河》等，中短篇小说收入《温州街的故事》《应答的乡岸》《夏日踟躇》和《贤明时代》，还有长篇小说《金丝猿的故事》及美术评论集《族群意识和卓越风格》等。《江行初雪》获1983年"中国时报小说首奖"。

与郭松棻笔下的大稻埕相对应，李渝小说中的个人地标空间是台北的温州街。在此曾度过中学到大学的青春岁月，温州街对作者的意义非比寻常："少年时把它看做是失意官僚、过气文人、打败了的将军、半调子新女性的窝聚地，痛恨着，一心想离开它。许多年以后才了解到，这些失败了的生命却以它们巨大的身影照耀着引导着我往前走在生活的路上。"①在"温州街系列"里，笔触不仅上溯至光复乃至内战结束后的戒严年代，也通过台北温州街街巷弄庭的家常记忆蠡测管窥更久远的中国往事：亲朋故旧的只言片语，平淡无奇的日常起居，却也多少裹挟着父辈们难以释怀的中国现代历史的晦暗云烟。《朵云》以少女小玉为视点，叙说外省第二代女孩的成长，也表现战后来台的大陆知识分子的际遇。小说着墨较多的夏教授曾参加抗日而被捕受酷刑，落下严重病根，别妻离子只身来台，在孤寂、落寞和病痛中隐忍，却仍保持着细意善良的禀性。《夜琴》也触及"二二八"及"戒严"，小说叙述来自中国北方的无名女子随丈夫来台后的遭遇，丈夫突然失踪如同往日大陆战乱中父亲的离去。母女祈求平安却都不得不经受离乱与死别，不禁发出悲叹："战争，战争，中国为什么有那么多的战争。"不过，即便表现历史的悲情与个体的悲剧，李渝也总会形塑一种生命的韧性、人间的温情和诗化的救赎意念，以艺术之美或宗教信仰来超越人世的苦难。李渝的作品是冷静的历史叙事，亦是诗化的美文。行文舒缓、典雅、凝练、含蓄，有山水画

---

① 李渝：《台静农先生·父亲·温州街》，见《温州街的故事》，台北：洪范书店1991年版，第233页。

的留白艺术之妙:着墨处举重若轻,空白处余味堪品。

第五节　林语堂　王鼎钧

林语堂——"两脚踏中西文化"的幽默大师

　　林语堂(1895—1976),福建龙溪人,原名林和乐,笔名宰予、岂青等。1916 年毕业于上海圣约翰大学,1919 年出国留学于美国、德国,获得硕士、博士学位。1923 年回国后先后任教于北京大学、厦门大学、香港中文大学等著名学府,并筹办新加坡南洋大学。1932 年到 1935 年间创办《论语》、《人间世》、《宇宙风》杂志,提倡"以自我为中心,以闲适为格调"的小品文,为"论语派"主要人物。1936 年移居美国,1966 年定居台湾。一生著作颇丰,可分大陆、海外和台湾三个时期,著作主要有:《剪拂集》、《生活的艺术》、《京华烟云》、《风声鹤唳》、《无所不谈》、《语堂文集》等。

　　林语堂的创作主要是散文和小说,大陆和台湾时期以散文为主,海外时期则主要是小说(英文书写)。他的散文题材广泛,小到"苍蝇之微",大到"宇宙之大",信手拈来,皆成文章,风格闲适幽默,语言亲切平实,格调恬淡高雅,有很强的可读性。如他的《冬至之晨杀人记》、《我的戒烟》、《我怎样买牙刷》、《论西装》等一系列作品,还有晚年的《无所不谈》一集、二集、合集中的作品,杂谈古今中外,山川人物,大到文学、哲学、宗教、艺术,小到抽烟、喝茶、买牙刷,真是无所不包,笔触贯通中外,纵横古今。

　　林语堂对小品散文情有独钟,要求也极为讲究,认为"小品文应有四字:曰清、曰真、曰闲、曰实。"①而他自己也是这样去实践的。经过早年"语丝"时代文风泼辣的杂感化时期的沉淀之后,林语堂找到了属于自己的独特的幽默、闲适、平和的风格。在他看来这种闲适平和就是"亲切和漫不经心的格调"②。《说高本汉》、《谈伏尔泰》、《闲话说东坡》、《说乡情》、《谈钱穆先生之哲学》等都是此类个人笔调的散文。

　　林语堂一生可谓著述甚丰,他自谓"两脚踏中西文化,一心评宇宙文章"。《吾国与吾民》、《生活的艺术》这两本书强烈地表现出林语堂对中国传统文化的依恋和颂扬。不仅散文,其小说也传达出对儒、道传统文化的诠释。长篇小说《京华烟云》(原译《瞬息京华》)就是一部蕴含丰富的文化小说,小说叙述了从 1900 年秋八国联军进军京华至 1938 年初春日本侵略军侵占京华近 40 年间,京城姚、曾两大富豪之家的生活变迁及其命运沉浮,同

---

①　林语堂:《杂感集》,上海:时代图书公司 1934 年版,第 48 页。
②　林语堂:《论谈话》,《人间世》第 2 期,1934 年 4 月 20 日。

时潜藏着对儒道文化和基督教文化的思考。作者声称:"全书以道家精神贯穿之,故以庄周哲学为笼络"①。《京华烟云》还比较强烈地渲染和突出了人类命运的变幻莫测,贯穿在主人公姚木兰身上的婚姻、生活集中体现了浓厚的宿命论情结。她那种对命运的默默容忍和顺其自然,到最后的积极调理的心态,可以看出儒、道文化相互交织的影响。

林语堂站在中西文化融合的交叉点上,以他独特的幽默闲适的情调征服了海内外众多读者。

王鼎钧——冷静观照人生的智者

王鼎钧(1925—),山东临沂人,笔名方以直、寇节等。抗日战争后期中学尚未毕业时,辍学从军。20世纪50年代初开始直至1975年退休,他一直从事新闻工作。先在台湾广播公司管理资料,后担任编审和节目的制作。其间还担任过《联合报》副刊主编、幼狮公司期刊部总编辑、美国新泽西州西东大学高级研究员等。王鼎钧是个多面手,短篇小说、长篇小说、散文小品、杂文随笔、电视剧、影评、小说批评等样样都行。台湾著名出版家、评论家隐地称之为"十项全能"的作家、"年年结果子的常青树"。王鼎钧的创作以散文成就最高。主要作品有:散文集《开放的人生》、《人生试金石》、《我们现代人》(合称为《人生三书》)、《情人眼》、《碎琉璃》、《人生观察》、《长短调》、《世事与棋》、《灵感》、《海水·天涯·中国人》、《左心房漩涡》、《心灵分享》、《有诗》、《千手捕蝶》及《文学江湖》等;小说集《单身汉的体温》等;评论集《小说技巧举隅》、《广播写作》、《讲理》、《短篇小说透视》、《文艺评论》、《文艺与传播》等。

台湾乡土散文有它自身特有的审美价值。50—60年代,战斗文学喧嚣一时但却因思想内容的概念化、艺术形式的公式化而迅即衰颓。此时,与战斗文学同时产生的乡愁散文随着时间的推移,影响越来越大。乡土散文作家们重笔挥洒离愁别绪,作品不时流露出怀念故乡的愿望。故乡的山、河、雾、路、青纱帐、人……都勾起作家无尽的乡思。王鼎钧就是如此,几十年来他笔耕不辍。他用"异乡的眼、故乡的心"写下了许多怀念大陆故土,洋溢着浓郁乡土气息的散文。《左心房漩涡》强烈抒发了作者的怀乡情怀,他把自己对大陆故乡故人故事的怀念喻为"左心房漩涡",可见其思乡之情深。他曾说:"乡愁是美学,不是经济学。思乡不需要奖赏,也用不着和别人竞赛。我的乡愁是浪漫而略近颓废的,带着像感冒一样的温柔。"《脚印》以一个有

---

① 刘慧英编:《林语堂自传》,南京:江苏文艺出版社1995年版,第255页。

关脚印的传说,引出作者对故乡、故事、故人、故物的怀念。他说:"若把平生行程再走一遍,这旅程的终点站,当然就是故乡。"在《水心》中,他还把故乡比作自己"失踪的孩子",比作自己的初恋,"注定了终生要为你魂牵梦绕"。他的《山里山外》、《海水·天涯·中国人》等散文集更突出地表现了作者深藏于心的真挚热烈的怀乡爱国情愫。

王鼎钧散文表现出的乡愁不仅仅是指对故乡人、事、物的怀念,他的乡土观念突破了狭隘的地域观念,作品有对故乡山东人情风物的描绘,如《碎琉璃》;有对转型期台湾农村生活及其人物命运的描绘,如《网中》、《游踪》;更多的是对资本主义入侵下经济发展与文化怀旧所造成的悲剧人生的关注,如《那树》中,作者用白描手法描绘了路边老树的兴衰荣枯。老树的作用非常大,夏天能乘凉,冬天能挡风,雨天能避雨。小鸟喜欢在枝头做窝,情侣喜欢依着它谈情说爱……好一幅恬淡富有情趣的画卷。然而因妨碍交通被人连根拔起,并惨遭肢解。你看"柏油一里一里铺过来,高压线一千码一千码架过来,公寓楼房一排排挨过来",那青翠欲滴的老树逐渐被一片灰白色所包围而显得死气沉沉,无法抗拒的悲惨命运终于落到它头上。在这里,我们不仅能看到工业发展对自然生态环境的破坏,同时也深深体会出工业文明对传统文明的步步进逼和蚕食。不以人的意志为转移的历史发展的脚步与人道德伦理上的恋旧情绪构成了内在的悲剧冲突,从中我们可以体会出作者对自然、社会、时代、人生的思索。

在 50 年代的台湾文坛上,不少散文家承袭晚明小品文和周作人一派的遗风,风格温情绵邈,似有一种夕阳归鸦的气象。这时,余光中、王鼎钧两人以那汪洋恣肆、突兀峥嵘的想象力和排山倒海般驾驭文字的能力,将散文的阳刚之美推进到了一个新的境界。王鼎钧的散文较为关注民族审美心理,文体体式的变异以及散文空间容量的扩展,风格沉郁顿挫,其散文艺术颇具特色:

第一,善用隐喻象征。他不断发掘新境,从平凡而普通的生活碎片中酿造提炼出一些意味深长的东西,被人誉为"人生的说理者"①。《碎琉璃》写了一个晶莹完美的琉璃世界终于破碎了。母亲的双足陷在几寸厚的碎琉璃中举步维艰,她发现一块平坦干净的空地,想把儿子安置在那里,谁知儿子竟滑走了,并在滑行中突然长大。这晶莹可爱的琉璃世界可以是可爱的家乡、传统的农业文明,甚至可以是整个中国的古典文化,然而琉璃虽然漂亮却易碎,尤其是在工业文明时代各种力量的逼迫下更是如此。但是,历史前

---

① 黄武忠:《人生的说理者》,见王鼎钧:《左心房漩涡》,台北:尔雅出版社 1985 年版。

进的车轮不可逆转,新的一代终于在苦难和忧患中继续成长。《网中》叙述了一个宁静安谧的渔村突然有一天被城里来的广告人掀起了一阵涟漪。裸体模特儿的高跟鞋、黑墨镜、花洋伞使渔村的姑娘们看到了外面精彩的世界。她们突然醒悟自己是被困网中的鱼,于是冲破网索投向城市的怀抱,其结果却带来私生女、花柳病等一系列问题。但是王鼎钧并没有单纯地停留在对城市文明与农业文明孰是孰非的评判上,他写道:"这是网的世界……鱼无所不在,网亦无所不在……渔网一重,人网千重,越过一层,前面还有;穿透一层,前面还有。直到鱼死,网终不破。"这张网不是单纯的渔网,它令人想起在工业文明社会中人的异化的悲哀,人类永远生活在自己织就的网中,这就是网中的故事。在王鼎钧的许多散文中,常常弥漫着这种无可奈何的悲壮凄凉,字里行间流露出对人生世事、时代社会的强烈的忧患意识。

第二,他糅合了诗、剧、小说等的表现方法,扩大了散文的容量与境界。举凡散文这一包孕极广的体裁的各类体式,王鼎钧无一不能,杂文、小品、叙事散文、抒情散文、散文诗等样样都行,除此之外,小说、戏剧、评论等成就也颇高。多方面的艺术才能使得他创作时能调动各种艺术表现手法,因而其散文显得活泼生动。他的散文时而空灵,时而平淡,时而拙朴古雅,时而诙谐俚俗,融悲怆与幽默、繁华与恬淡于一炉。他把小说中的人物情节结构引进到叙事散文中,如《最美与最丑》中对"看娘娘去"和"看太监去"两个故事的叙述;他用音乐家谱写交响曲时结构乐章的办法来组织其抒情散文,如《旧曲》就像是一曲交响乐,那从灵魂深处唱出传入灵魂深处的旧曲与现实生活中喧嚣淫靡的新歌两相辉映、反复变奏,就像二重奏,奏出了那无尽的思乡之情,奏出了对青春远逝豪情不再的无尽怅惘。另外,他的许多寓言体小品常常在抒情中糅进奇异的幻觉和错觉,写意和写实手法相互交融在一起。所有这些都有效扩展了散文的表现空间,增添了散文的艺术感染力。

隐地说得好,在写作世界里,王鼎钧"永远年轻,永远有实验精神。他擅用活泼的形式,浅近的语言,表达深远的寄托,字里行间既富有理想色彩,也密切注视现实,王鼎钧是这一代中国人的眼睛,他为我们记录了一个时代,一个动乱、和平又混淆的时代!"并且还说,王鼎钧不管写任何类别的作品,皆"醇厚菁华,笔简而味永"①。在台湾散文史上,王鼎钧是最负盛名的散文家之一,他的散文无论是议论人生(如《人生三书》)、抒发情感(如《情人眼》),还是咏物记事都有可观者;他和余光中两人珠联璧合,共同为现代散文传统的革新,奠定了坚实稳固的基石。

①　隐地:《作家与书的故事》,台北:尔雅出版社 1985 年版。

论文作业参考题

1.《桑青与桃红》的艺术尝试表现在哪里？

2．从《又见棕榈，又见棕榈》到《傅家的儿女们》，简述於梨华留学生文学创作的变化。

3．谈谈陈若曦小说政治关怀的得与失。

4．从张系国、丛甦、赵淑侠的创作，试析留学生文学对"中国情结"、"民族魂"的追寻。

5．谈谈马森对"现代人"孤绝心态的剖析。

6．郭松棻创作的独特性何在？

7．试析林语堂小品的美学风格。

8．试析王鼎钧散文的美学风格。

第六章 台湾女性作家的创作

第一节 概 述

台湾可谓女性文学的世界,相对于大陆各省和海外其他地区,台湾的女性文学创作及其成果当最令人瞩目。

自"五四"以来第一批女作家赴台,台湾女性文学创作代有才人,星光辉耀。活跃在20世纪50年代台湾文坛的女作家都来自大陆,她们在大陆接受教育完成学业、度过了她们的青年时代,故土情结和传统文化观念根深蒂固。她们中年长些的代表人物,如凌叔华、苏雪林、谢冰莹、沉樱等,在大陆时就享有文名。抵台初始,她们因生活动荡而鲜有作品出版,50年代中期,她们的创作始大量问世,并与年龄稍轻的琦君、张秀亚、林海音、潘人木、罗兰、徐钟佩、钟梅音、艾雯等女作家共同造就了迥异于"战斗文学"的女性文学气候,奠定了台湾女性文学的厚实基础。这些作家承袭了"五四"传统,有深厚的传统文学底蕴,将关注世事人生、关注女性命运的创作风气带到台湾,对后来的女性创作影响甚大。

50年代的台湾,社会动荡、风云变幻,面对不安定的世态,这些背井离乡的女作家们普遍存在一种过客心理和怀旧情绪,而衣食无忧和赋闲在家的生存条件又提供了她们创作抒怀的机遇,于是怀乡恋故、人性亲情则成为她们笔下共同的关注,而温柔敦厚、清新优雅的风范也成为这代作家的创作共性。她们一度被视为"闺阁作家",其创作也被称为"主妇文学",但在50年代单调生硬的"战斗文学"反共八股喧嚣之时,女性文学恰似一股异样清新之风,给文坛带来生气与活力,适时地填补了文坛真空,赢得人们青睐,从而使这些女性作家幸运地成为当时文坛的重要代表。

60—70年代是台湾文学突飞猛进获得大发展的阶段。经济的腾飞、社会的转型、文化的碰撞裂变为文学提供了繁复而绝好的素材。女性创作亦蔚为大观,小说、散文、诗,乃至戏剧,均有较大发展。前代女作家琦君、秀亚、罗兰、艾雯、钟梅音、胡品清等笔力正健,新一代女作家刚崭露头角就身

手不凡,她们有着相对广阔的教育背景,在继承东方文化传统的基础上,大胆借鉴西方艺术表现手段,在两者的交融整合中凸现自我个性与风格,最有成就的中生代作家有张晓风、林文月、朱秀娟、杏林子、三毛、琼瑶、席慕蓉等。

此阶段的小说亦可谓丰收,林海音、孟瑶、华严、郭良蕙等前一代作家仍笔耕不辍,琼瑶、朱秀娟、萧飒等人的创作,风格渐趋成熟,融汇中西古今的同时又有新的开拓。70年代中后期又涌现出的施叔青等新一代作家,文笔更加淋漓畅快,作品更具冲击力。朱秀娟注意到女性生存的危机与困境,着力塑造这个时代的新女性——"女强人"形象,关心现实生活中人的喜怒哀乐;琼瑶崛起于郭良蕙沉寂之后,在通俗言情文学创作方面成为时代的高标,她营造的新版才子佳人的爱情唯美而脱离现实,在爱情幻梦中塑造了众多东方式"王子"与"公主",典雅的文字、淡淡的忧伤和美丽的神话赢得了无数青少年的心。

进入高度工商化社会的80—90年代,是"五零后"作家创作的黄金期。她们较少历史的包袱而又未与传统文化发生断裂,她们不再如前代作家那样依恋故土频频回首往事,而更多关注当下社会,思想更为开放,文辞也渐趋锐利。他们一改或温柔敦厚、或清新典雅的文风而转向通俗、犀利与尖刻,作品的思考焦点常常定位在审视现实和提升人性的层面,呈现出"社会批判"和"性别批判"的锋芒,女性意识、自我意识从觉醒逐渐走向强化。她们以一种"平民化"的精神对抗贵族化创作,语言上不再讲究精致典雅而显得自由随意,甚至粗放俗白,显示出某些"后现代"的特征。这批女作家都已各有建树和成就。如廖辉英、袁琼琼、李昂、陈幸蕙、朱天文、朱天心、李元贞、苏伟贞等人,她们或致力于散文的写作,或侧重小说方面的开拓,冯青、叶翠萍、夏宇、利玉芳等则在现代诗上尝试新的探索。

第二节　林海音　孟瑶　郭良蕙

林海音——在台北忆写"城南旧事"

林海音(1919—2001),台湾苗栗县人,生于日本大阪,原名林含英。曾就读于北京女子师范学校,毕业于北京世界新闻专科学校,后在北京《世纪日报》做记者,是北京最早的女记者。1948年随夫携子回到故乡台湾定居。返台后,先后做过《国语日报》编辑、《联合日报》副刊主编、《文星》月刊编辑和新闻学校教师。1967年4月,创办并主编《纯文学》月刊,1972年《纯文学》停刊后又独立负责纯文学出版社,出版"纯文学丛书"。在文学创作领域,林海音是位多面手,兼写小说、散文、评论和杂谈,并有部分儿童文学作品。其成就最突出者在小说方面。作品有《晓云》、《城南旧事》、《婚姻的故事》、《绿藻与咸蛋》、《烛芯》、《春风丽日》、《孟珠的旅程》等小说集,还有散文集《冬青树》、《两地》、《作客美国》、《窗》、《芸窗夜谈》、《剪影话文坛》等。

林海音的小说充满现实主义精神,许多作品带有自传痕迹,多以自身经历和见闻构筑小说情节,背景离不开北京和台湾两地。林海音的小说从题材上看主要有两大类:女性婚恋悲剧和北平生活回忆。

林海音向以女性特有的温和、细敏与沉静,从容地讲述着各色女性的遭遇与命运,写出她们的坎坷与苦难、悲剧的婚恋,也写出她们的愚昧与不争。她将对社会的观察思考,落笔于女性的人生,反映的问题常能超越女性本身,达到更高层面,从而受到好评。

小说《殉》、《烛》和《金鲤鱼的百裥裙》选择了旧家庭中几种不同地位身份的女性,写出她们角色各异却命运相同的悲惨处境,有较浓的社会批判色彩。小说《烛》中的大奶奶因失宠而闷闷不乐,心中对丈夫收使女为妾极为反感,但又惧怕丈夫,所以表面装得宽容大度,在遭遗弃之痛和嫉妒之怨的双重精神折磨中,她以装瘫手法来惩罚丈夫和小妾,不料因将自己缚于床笫日久,假瘫成了真瘫,精神痛苦之外更多了肉体的痛苦,还成为他人的茶余笑柄。

大妇命运不济,《金鲤鱼的百裥裙》中的小妾金鲤鱼处境更卑贱凄惨。她6岁被卖作养女,16岁时却被老爷收为小妾,在蔑视中生了儿子,却没有做母亲的权利,孩子一落地便被大太太夺走。她忍辱苦熬终于盼到儿子振丰娶亲。她给自己做了一条红色百裥裙,准备在婚礼大典时穿上,以此显示自己与太太的同等身份,但此举受到了包括大太太在内的众人的嘲笑与冷眼。这位在不平等中忍辱一生的女性最终抑郁含恨而亡。死后,她的棺材仍不准从正门抬出去。故事发生在民国时期,小说通过这位女性不幸的遭遇,深刻揭示了封建宗法制度和婚姻制度的顽固与无情。

在关注前代女性婚姻悲剧的同时,林海音也关注着赴台女性的命运。《晓云》、《孟珠的旅程》、《风雨夜归人》、《春风》、《玫瑰》等小说,则竭力从台湾现代社会错综复杂的生活万花筒中,观照女性命运。她们中有知识女性、有失学失业的少女、有戏子或歌女、有为爱所困的情妇,但无论贫富贵贱、年龄长幼、文化高低、美貌与否,都是一群被虐待者,都苦苦挣扎在生活的漩涡中。

林海音钟情的第二类题材是对大陆生活的回忆,主要是对北京生活的回忆,流淌着脉脉的乡思,情味隽永,代表作是《城南旧事》。小说由"惠安馆传奇"、"我们看海去"、"兰姨娘"、"驴打滚"、"爸爸的花儿落了,我也不再是

小孩子"五个短篇构成,内容上既各自独立,又贯通一气,生动而传情。小说通过主人公小英子的所见所感,英子一家及保姆、邻居的遭遇,真实地再现了老北京中下层人民的生活状貌。小说在纯真中透出思索,恰到好处地揭示出社会不平等的某些原因。惠安馆的"疯子"、善良的"小偷"、命运不济的宋妈、烟花女子兰姨娘,以及苍凉悠长的"长亭外,古道边,芳草碧连天……"的毕业歌,都给人留下极深印象。

林海音的散文,亲切自然、情深意切,大都以寻常人事为题材,洋溢着浓郁的京味,充满思乡怀故之情,在《两地·序》中,她说:"台湾是我的故乡,北平是我长大的地方……当年我在北平的时候,常常幻想自小远离的台湾是什么样子,回到台湾一十八载,却又时时怀念北平的一切。"在散文中,她深情寻找北京生活的闪光回忆,细细地描绘北京的名胜古迹、风土人情、市场景观和亲朋故旧,以及自己的爱恋和乡情。

《英子的乡恋》、《迟到》、《三盏灯》等散文,是对北京童年生活的回忆,充满深情。《秋的气味》则怀着对北京的无比怀念,写尽北京令人陶醉的美丽秋景、秋色、秋果和秋香,留恋之情跃然纸上。台湾的繁华都市、美丽乡村、热带景色、高山族少女民俗风情,也是林海音描写的内容。她的散文以情为重,但在一些散文中,也表现出她对人生社会的理性思索,如《蔡家老屋》、《狗》、《钱》等,虽未必深刻,却不乏启人之处。

孟瑶——关注人生和情感的作家

孟瑶(1919—2000),湖北武昌人,生于汉口,原名杨宗珍。抗日战争爆发后,孟瑶考入国立中央大学文学院历史系。1949年赴台,执教于台中师范学校,后曾任教于新加坡南洋大学。返台后,历任台湾师范大学教授和中兴大学中文系主任兼教授。

孟瑶自幼爱好文学,抵台后始正式创作,是20世纪50年代初最早耕耘的一代作家,创作颇丰。孟瑶的小说以中长篇为主,多数作品取材于现实生活。在对现实生活题材的选择和处理上,则又侧重于人生和婚恋内容的描摹。共出版中长篇小说50余种,《美虹》、《心园》、《危岩》、《葛罗》、《柳暗花明》、《几番风雨》、《黎明前》、《鉴湖女侠秋瑾》、《晓雾》、《斜晖》、《乱离人》、《杜鹃声声》、《含羞草》、《危楼》、《剪梦记》、《这一代》、《望断高楼》、《满城风絮》和历史小说《杜甫传》、《英杰传》、《龙虎传》等都是有一定影响的作品,另有短篇小说集《孟瑶自选集》和《孟瑶短篇小说集》,理论著述有《中国小说史》、《中国戏曲史》等数种。

孟瑶始终是位关注人生和情感的作家,她以一种求善求美的心态和不失温柔的笔法,叙说了各色人生与各色情爱,塑造了众多男女主人公形象,褒扬了人间的美好情愫。中篇小说《心园》刻画了一位外表丑陋而内心美好的女性胡曰涓,在肯定其自身价值的同时也道出她内心的矛盾与痛苦。在人生定位上,胡曰涓非常明确,选择护士职业为病人奉献爱心。在情感上,她却深深地自卑,不敢去爱也不敢接受别人的爱。中篇小说《却情记》描写了中年女人黛青的心路历程。她物质富有,情感却贫瘠,在对爱情的渴望与寻觅中,她不觉对两个英俊的男青年阿林与莫奇同时产生了不正常的感情,陷入情爱迷途。两个年轻人均利用黛青的感情以达到自己的目的,阿林赴美留学并结了婚,莫奇则用她的钱在外拈花惹草。黛青在痛苦、悔恨中清醒,终于从情感怪圈中挣脱出来。小说意在为情感失误者指点迷津,褒贬明确,入情入理,反映了孟瑶一贯的情爱观念。

如果说孟瑶前期的创作多关注男女情感生活,人物活动背景常设置在早年生活过的汉口、南京等地,那么后期的创作视角则较多关注台湾现实社会,跟踪大陆人在台湾的生存境遇。小说《梨园子弟》,描写了京城班主老七在台湾遭冷遇而全家穷困潦倒的命运。老七当年曾是京剧舞台的红角儿,7岁开始登台献艺,练得一身好功夫,人称"七岁红",演艺生涯中不知博得过多少喝彩与掌声。然而来台后,京剧日渐受到冷落,大红大紫的日子永远成为过去,老七一家终于入不敷出挣扎于贫困之中,在无奈中怀念着在大陆时那些让人难忘的日子。

孟瑶是50—60年代台湾文坛较有代表性的女性文学作家。她的小说反映社会生活较广,文字洒脱自如,创作量居同时代作家前列,但题材、技法比较传统,主题开掘、立意方面少有突破。其小说的艺术特色是写情时颇富浪漫气息,叙事时又多写实,二者相融,恰到好处,介乎于严肃文学与言情小说之间。

郭良蕙——当代言情小说的先行者

郭良蕙(1926—),女,山东巨野人。毕业于复旦大学英语系,1950年赴台定居。自1953年出版第一部短篇小说集《银梦》,到20世纪80年代已出版小说近60部。较有代表性的短篇集有《银梦》、《圣水》、《贵妇与少女》、《记忆的深处》、《台北的女人》等;中篇小说有《情种》、《错误的抉择》、《生活的秘密》、《往事》、《繁华梦》等;长篇小说有《午夜的事》、《遥远的路》、《四月的旋律》、《心锁》、《金色的忧郁》、《我心·我心》、《雨滴和泪滴》、《女大当嫁》、《邻家有女》、《变奏》、《蚀》、《团圆》、《花季》等。散文作品有《生活的秘密》、《格兰道尔的早餐》、《郭良蕙看文物》、《文物市场传奇》等。

郭良蕙的小说主人公多为都市里经济条件较好的中产阶级男女,小说有一定的贵族气息,对男女矛盾心理把握准确描写细腻,但其笔触又不囿于单纯的男女情恋,而能将个人情感纠葛置于社会生活的背景之中,通过个人婚恋矛盾和纠葛折射社会生活,表现复杂的人情人性,写出人间种种悲怆凄楚,道出世态冷暖炎凉。

《心锁》是郭良蕙较具代表性的作品,由于对婚外恋情的较为大胆的描写而被禁多年。小说女主人公夏丹琪热恋着范林,不料用情不专的范林移情别恋与江梦萍订了婚,丹琪出于报复心理也由于母亲的积极态度而阴差阳错嫁给了梦萍的大哥、古板而忠厚的医生江梦辉,二人因性格不合几无爱情可言,丹琪在空虚中被小叔子梦石钻空子而糊里糊涂与其发生了性关系。小说揭示了畸形社会的畸形人际关系、男女关系。

《四月的旋律》也是一部描写婚外恋情的小说,小说描写一对各有家室的中年男女,在邂逅中,重又燃起美丽的恋情。东京大学毕业的罗伯强,风流潇洒,才貌出众,负责经营一家在东京的公司,与夫人莉平结婚17年感情和睦,育有二子一女。然而自从邂逅了老同学陆子达的妻子石玢尼后,情感天平突然发生倾斜。罗、石在交往中,互相发现对方才正是自己需要的人,爱情迅速升温,他们感到了如年轻人热恋般的幸福,并为这迟到的爱而发狂。整个四月,他们沉溺于爱的漩涡。然而社会、家庭的现实终于使两人冷静下来,在家庭、儿女与自己的幸福之间,他们最终选择了前者,放弃了自我,痛苦分手。作家以一种欣赏的态度刻画了这对主人公既热烈又矜持的爱,透过主人公的言行、心理矛盾和最终取舍,表达了作者的道德立场和情爱观价值观:再合理的爱情缺少合法的基石也不会圆满。

郭良蕙小说最突出的特色是擅长人物心理活动的把握与描摹。无论夏丹琪、江梦石之类的青年男女,还是罗伯强、石玢尼之类中年男女,都能根据其各自特定的身份、年龄、地位,恰如其分表现其各不相同的心理性质。在另一篇小说《往日往事》中,郭良蕙几乎通篇写"她"心理活动,然而读来却无枯燥感,因为作者将故事情节、人物行动和过去的往事融入人物的心理活动描写中,让读者在了解人物心理活动的同时,也知道了"她"的故事:"她"与男友"麦"闹翻,出于个性虽情牵梦绕却赌气死不回头。直至与另一男子"留美博士"订婚准备出国时,才突然感到"麦"对她的重要。然一切已无法补救。小说恰到好处地描写了"她"的矛盾、后悔、无奈的心态,将为"原以为褪色的陈迹竟越来越明显"的旧情所累的女性心理摹写得淋漓尽致。

郭良蕙的小说线索较为单纯,人物亦不多,但却关系纷纭,纠葛复杂。情节虽多为男女情事,但视野较开阔,时空跨度大。小说技巧娴熟,不仅善于组织情节、刻画人物、描绘心理,且文字清新晓畅、表现力强,对情与欲的描写把握得当,使通俗题材不低俗。她的小说不仅以量取胜,质也达到一定水准,对后来的女性文学创作有明显影响。

第三节　琦君　罗兰　蓉子

琦君——走出闺怨的女作家

琦君(1918—2006),女,浙江永嘉(现为温州瓯海区)人,原名潘希真。1941年杭州之江大学国文系毕业。1949年赴台后,在高检处任职,同时在学校兼课和从事写作。1969年退休,任教于中央大学和中兴大学中文系。1977年旅居美国,后又回台生活至去世。

琦君中学时代即开始文学创作,1954年,她出版了第一部散文集《琴心》,此后创作不断,硕果累累,结集出版的著作达30多种。其中小说集有《菁姐》、《百合羹》、《卖牛记》、《老铁匠与狗》等,散文集有《溪边琐语》、《烟愁》、《小品》、《红纱灯》、《三更有梦书当枕》、《千里怀人月在峰》、《桂花雨》、《留与他年说梦痕》、《母心似天空》、《灯景旧情怀》、《水是故乡甜》、《此处有仙桃》、《青灯有味似儿时》、《母心·佛心》、《长沟流月去无声》等,另有小说、散文与词的合集《琦君自选集》。在各种文体中,琦君的散文成就最为卓著,是台湾女性散文家中最负盛名的二三健笔之一。

琦君历时30多年的散文创作,每每结集出版,均十分畅销且颇受好评,众多评论家对其倍加赞誉,认为她是"20世纪最有中国风味的散文家,台湾文坛上活生生的国宝"。她的散文是女性作家走出闺怨的先声。

琦君的创作题材并不辽阔,基本恪守在自我经历和经验,但题材耕耘很是精心。童年生活、故乡风情、亲人师友是描摹最多的题材。她说:"我是因为心里有一份情绪在激荡,不得不写时才写,我常常想,我若能不再哭,不再笑,我宁愿搁笔,此生永不再写,然而,这怎么可能呢?"(《写作回顾》)因此,月光下,灯花前,细雨里,桂香中,她总是深情诉说着那些色彩斑斓的"梦痕":童年的纯真,湖光山色的魅力,故乡风情的亲切和亲人师友的可爱难忘。《衣不如故》、《下雨天真好》、《我的童年时代》、《算盘》、《三更有梦书当枕》、《桂花雨》、《外公的白胡须》、《压岁钱》、《红纱灯》等散文描绘了一系列生动有趣的童年生活片段,刻画了一个个可亲可爱的故旧亲人形象,也描绘出浙东农村特有的风俗民情。从民间婚礼、摇桂花、看庙会、送灶神以及女子每年七月七才洗一次头的风俗到过年时的压岁钱,庙会上各式好玩好吃的东西,琦君娓娓道来都是那么亲切和生动,充满对童年和故乡生活的留恋。

在琦君笔端的众多形象——父亲、母亲、外公、姨娘、堂叔、小姑、老师以及小姐妹、长工、佣人……中，刻画得最丰满的是母亲形象。若将《母亲新婚时》、《母亲那个时代》、《母亲的偏方》、《髻》等作品系列地看，则一个勤劳、善良、宽厚、节俭、干练、关爱儿女又善待穷人、忠实于丈夫却遭冷落而郁郁寡欢的旧时代的母亲便从字里行间活灵活现向我们走来。还有像财神一样慈眉善目、疼爱孙辈、每年腊月送灶神前总要赶几十里山路送来红枣糖年糕、手巧会糊各式花灯笼的外公，以及朴实勤勉、忠厚能干的长工阿荣伯，来自巴西的娴静美丽爱得痛苦坚贞的三叔婆等形象，均刻画得富有个性、栩栩如生。

突出"爱"与"美"是琦君散文显著特色，东方传统仁爱思想影响和西方基督教的熏染，使她的散文具有一种特殊的温润气质，她认定"世界上只有一个真理，就是'爱'"（《圣诞夜》）。她的文字总是满蕴着对生活的挚爱和对人的真诚，随处发现和表现生活的情趣、欢悦和温暖，使即便充满忧患与矛盾的生活也隐隐透出爱与美的馨香。《碎了的水晶盘》中对从巴西来的美丽却遭逐的三叔婆不幸命运的描写，《髻》中对遭冷落的母亲与夺人之爱的姨娘两个旧式女人从相嫉到相容、相依过程的描写，都在不平、惋惜和同情中透出仁慈和宽容，这种爱与美的氤氲溢满文中，使琦君散文呈现出一种东方式的大度与雍容。

琦君的散文语言雅洁素净，如行云流水，自然清朗，没有浓妆艳抹的雕琢与粉饰。文字形态丰富，手法多变，古语、口语、对偶、排比、典故、引语交替使用，工整中多变化，散文中有韵文效果。在描写上，她善于寥寥数笔勾勒一个人物，如母亲"额角方方正正，眉毛是细细长长的，眼睛也眯成一条线"。外公"长着三绺雪白雪白的胡须，连眉毛也是白的，手里老提着旱烟袋，脚上总拖着一双草拖鞋"。三言两语，即令人物形象呼之欲出。

罗兰——糅理性与情感为一体

罗兰（1919— ），女，河北宁河人，原名靳佩芬。从河北省女子师范学院毕业后任小学教员、广播电台节目主持人等。1948 年赴台。罗兰长于散文创作，也写小说。著有《花晨集》、《飘雪的春天》、《西风古道斜阳》、《绿色的小屋》、《罗兰小说》等多部长短篇小说，和《罗兰小语》、《寄给飘落》、《早起看人间》、《寄给梦想》、《夏天组曲》、《生命之歌》、《寂寞的感觉》、《现代天伦》、《访美散记》等十余本散文集，另有其他作品 20 多种。

罗兰散文大都取材于亲身经历的生活琐事和社会见闻，充溢着强烈的现实感和大众意味，强烈的社会责任感、入世思想使她的散文充满理性光芒,时时爆出思想的火花,显示出作者善于思考、重视教化的创作特色。而当罗兰的目光瞄准自然或反观内心世界时,她心底里女性特有的柔软细腻便浮出水面,表现得十分感性化。理性与感性原本对立的两极,在罗兰笔下亦能相融相契,达到情理交融的艺术境地。

罗兰的理性散文涉及的社会生活面极广,小至爱情、婚姻、家庭、亲情、衣着、读书、娱乐、修养,大至社会形势、伦理道德、生态环境、国格人格、经济行为、价值观念等,几乎无不有所思索、议论,且不乏独到的见解。《早起看人间》、《现代天伦》、《罗兰小语》等以随感、议论文体为主的散文集是这方面的代表,在鲜明的现实性氛围中体现出的哲理亮度、智慧启悟和道德力量,构成其理性美的内涵。在深受年轻读者青睐的《罗兰小语》中,既有对奋进者的勉励,对迷惘者的引导,对失恋者的抚慰,对爱情的评点,也有对人生内涵、生活意义的探讨和对社会陋习的指陈鞭挞,虽因某些原因有些文体不能直逼社会根源而有失深刻,但对成长成熟中的年轻人有较强的感染力和引导作用。

罗兰创作的理性化特色还表现在她对人生、历史、传统的深层文化思考和感悟。《中国诗画中的老人与童子》、《领烟波千亿》、《国画的宗教效果》、《无为与不争》中,对老子哲学提出全然不同见解,认为"全部《道德经》几乎都是谈如何'有为',如何'取胜'的","老子的哲学是以反面求正面,也以正面求反面"。

歌咏自然,抒发情怀,在罗兰散文中占很大比例,这一部分文字折射出罗兰热爱生命,热爱自然,对祥和宁静淡远人生境界的追求,流溢着对生命的感悟和浓郁的诗情。《夏天组曲》中的八篇散文以生动的文笔写尽了夏季这个阳光最饱满的季节的生命活力和风韵情致:随意开落多姿多彩的夏花,毫无保留地怒放,向造化的无形之眼展示着无穷的生机。夏的主题曲——蝉声,在南风中轻扬,递送着绿绿的清凉,"应和着你心中对人间奔劳的了悟",使你怡然。而夏日的风,则如"一首无伴奏的大提琴曲,缓缓地展示出悠闲的假日情调,带着那么一种诗意的慵懒",风"拂过树时是婆娑的叶群。拂过水面时,是粼粼的浪纹。而当它拂过你静止的心上时,那就是多彩的人生回响了"。在对夏日景物的描绘中,处处飞扬着作家热爱生活、赞颂生命的情感激流,明丽绚烂的文字和热烈迸涌的生命感受融汇成浓浓的诗情。《写给秋天》、《寄给飘落》、《生命之歌》、《寄给梦想》等都是这方面的代表作。

罗兰的至情至性给散文造成的感性美,体现在那些思乡忆旧之作中,在重温儿时旧梦、惊呼岁月留痕、欷歔似水年华、缅怀亲人故友时所倾注的动人情愫,足以叩人心扉。《那岂是乡愁》以茫茫风雪中露天等候误车的罗兰姐妹归乡的大爹的特写镜头,引出一番真挚的乡思回忆。

罗兰的文字具有成熟之美,被评论家誉为"属于秋天的作家"。她的文字清朗明快,朴实自然。评点时事议论说理的文字,干净洒脱,逻辑性强富含哲理;而吟咏自然,追怀往事的抒怀文字,则温婉清丽,情浓意切。总之,理性与感性,从内容到形式,被罗兰轻轻糅为一体,使她的文字既入世又超脱,既实在又空灵,既理性又纯情,叙事、议论、抒情信笔写来,无不恰到好处。

蓉子——台湾诗坛飞出的"青鸟"

蓉子(1928—),江苏江阴人,原名王蓉芷。出生于教会家庭,赴台前曾任教师,1976 年退休。蓉子 1950 年始发表诗作,1952 年出版处女诗集《青鸟集》,成为台湾最早出专集的女诗人,有"台湾第一位女诗人"美誉。

蓉子迄今出版的诗集有:《青鸟集》、《七月的南方》、《蓉子诗抄》、《童话城》、《日月集》、《横笛与竖笛的晌午》、《蓉子自选集》、《雪是我的童年》、《这一站不到神话》、《天堂鸟》、《众树歌唱》与散文集《欧游手记》等。

基督教家庭的影响,宗教文学、宗教音乐的熏陶,使蓉子的早期诗歌充满了宗教色彩、向上向善的精神和布爱于世的道德理想。《钟声》反映出蓉子的宗教崇拜:"我仰望——/教堂的尖顶上/有我昔日凝聚的爱,信仰与希望/今夜的钟声复使它们飞翔/飞翔在这黑暗的海面"。

20 世纪 60 年代始,蓉子的诗歌多了一份现实感,社会现实内容开始进入她的诗歌,在缅怀美丽大自然和美好情感的同时,也表现出对现代都市畸形发展的厌恶和失望,对畸形物质文明进行了针砭,诗歌不再只是美好的咏叹而出现了阴影与烦恼。在《都市生活》中,蓉子感慨于都市不息的喧嚣而写道:"我们的城不再飞花。在三月/到处蹲踞着那庞然的建筑物的兽","一堆破碎的幻影在烈日下焚化/而摩托在擦腿而过/使人心惊"。在《白日在骚动》中她这样写:"白日在骚动,在骚动涨溢骤起/又一次像鞭炮怒放/震荡着精神岌岌的危楼"。对现代都市的厌恶、反感溢于言表。

蓉子的诗,继承了"五四"传统,不仅取材比较宽广,且技巧娴熟,能融抒情与理趣于一体,既有现实感,又不乏浪漫气息,《水上诗展》中的"眼睛"、"轻柔的眸影"、"浑浊的眼神"、"冷漠的眼光"四题,将不同情态下的眼神与形态各异的水势比照辉映,令人回味。《天堂鸟》之二十七"皱纹是岁月筑成的河床/那儿的河水潺/闪耀着智慧与坚韧的光",既形象又富含哲理,想象自由又入情入理。

蓉子诗风朴实自然、清新洒脱、情绪饱满,内容上多言之有物而少无病呻吟,能小中见大,并善采众长,诗风多变,常于普通事物中透出生命的哲思与智慧的灵光。

第四节　林文月　张晓风　施叔青

林文月——学者才人　典雅文章

林文月(1933—　　),女,台湾彰化县人,生于上海,1942 年随父返台。在台大中文系毕业后,获硕士学位并留校任教。曾赴日本京都大学研修,任该校人文科学研究所研究员。现已从台湾大学中文系教授任上退休,主攻六朝文学、中日比较文学,兼及文学创作和翻译。

林文月结集出版的著作译作有 20 多种,散文集有《京都一年》、《读中文系的人》、《遥远》、《午后书房》、《交谈》、《作品》、《拟古》、《饮膳札记》、《回首》等。学术论著有《谢灵运及其诗》、《澄辉集》、《山水与古典》、《中古文学论丛》,译著有《源氏物语》等。

校园和书斋生涯是林文月抒写的重要内容。她独具慧眼地在其中开垦、耕耘,用散文这一自然随意的形式,记录下宁静天地中的真实——辉煌学术成果和耀眼名人光环背后不为人知的辛劳、清贫、高雅和平凡。因生活其间、深谙其味,她的散文不仅真实可信,且真情动人。在《读中文系的人》中,她从自己当年考中文系的动机和经过缘起,生动展示了中文阅读之于自己的无穷魅力:每每涉猎古典文学,"经常能发现借文字以沟通古今的一种喜悦",得以品尝古籍中活跃着的"超时空的人类的感情和思想","发现其中所蕴藏的丰富的知识和理趣","每跨出一步便是一种新鲜的享受与收获的喜悦"。同时,她认为读中文系也像其他学科一样,"一方面讲究学问的专精,一方面分工合作以期臻于学术研究的理想境界"。"中文系并非一个暮气沉沉的地方,而读中文系的人也非与现实隔离的一群",而"是一群充满自信与朝气的传统文化之传道者"。这篇散文犹如"中文系宣言",流溢出强烈的专业自信和骄傲之情。《午后书房》、《终点》、《三月曝书》等是描绘作家书斋生活的佳作。散文以剪影的形式刻画了台静农、郑因百、洪炎秋等著名教授、学者的生活片段,从等身著作和卓著名声中显现出他们可敬可亲的形象,和中国传统知识分子的本色,也流露出作者对导师们真挚的爱戴和崇敬。

在校园、书斋题材的散文中,林文月努力展示的是那种奉献不朽智慧、甘于淡泊人生的人格美,清雅单纯质朴的本色美,而其他题材的散文中,她传达的则是另一种思索。林文月有不少以亲人、师友、生活琐事为题材的散文,有着很强社会责任感的她并没有沉湎于眷眷亲情和友情,而乐于穿越情感之流再作理性的突破,《父亲》、《给母亲梳头发》、《白发与脐带》都是体现这种穿越和突破的作品。

《给母亲梳头发》描述了作家替年迈患病生活不能自理的母亲洗澡、梳头时的心情,她边回忆幼时母亲对子女的关心呵护,感叹岁月无情催人老,边依照幼时记忆中母亲施与自己的那套过程,一时"竟然分辨不出亲情的方向,仿佛眼前这位衰老的母亲是我娇爱的婴儿。我的心里弥漫了高贵的母性之爱"。这种亲情指向的逆转,实质是伦理道德观参与下的亲情的理性体验,是对现实社会中接受爱与付出爱互为依存、互相交换的辩证认识。

教学和研究形成的职业思维方式,使林文月的散文具有一种学者式理性化的特征。虽然,林文月的散文具有较强的情感色彩,但在表层情感渲染的深处,往往具有理性的内核。《白发与脐带》在抒写自己对母亲的怀念和对母亲的依恋时,采用的全是直笔,直截了当地用溢满情感的语言描写自己内心的感受、心理的历程,把情感的波澜起伏直显于文辞之中,并归结为理性的思索。

古典文学和外国文学(特别是日本文学)的浸润,使林文月的散文处处表现出特别的文学功力和素养。她认为,散文作者如讲究声韵气势方面的推敲,"能令文章更臻朗朗上口"。"譬如平仄字的配合,双声词与叠韵词的偶然出现,看似无意却颇具功效,可以提升文章的音乐美感受。即便只是口语化的长短句交错布置,由于短句易造成急促紧凑的感觉,长句常有绵延不绝的印象……更能突显文意情景。"(《散文的经营》)从中可见林文月散文技巧的精到。

张晓风——亦秀亦豪的健笔

张晓风(1941—),江苏铜山人,生于浙江金华,笔名晓风、桑科。小学毕业于台北中山国小,继而考入台北市第一女中,后毕业于东吴大学中文系,之后长期执教于阳明医学院和东吴大学。

晓风的散文至美至善,被余光中赞为"亦秀亦豪的健笔",是台湾获奖最多的女作家。散文之外她兼写小说、戏剧、诗、杂文,以散文成就为最。1968年《地毯的那一端》获中山文艺散文奖,是该奖最年轻的得主。20 世纪 60年代以来已出版《地毯的那一端》、《步下红毯之后》、《给你,莹莹》、《愁乡石》、《黑纱》、《你还没有爱过》、《再生缘》、《三弦》、《我在》、《从你美丽的流域》、《这杯咖啡的温度刚好》、《星星都已经到齐了》、《晓风散文选》等 30 多部散文集。

晓风的散文题材广泛,形式多样,个性鲜明,风格独特,无论是反映生活的广阔上,还是对同类题材开掘的深度上,比之上一代作家都有新的突破创新。作为女性,张晓风集聪敏刚毅的女强人和温柔善良的贤妻良母于一身,对生命、生存、自然、世界,有着独特的理解和表达。散文大气而不乏温婉,既有柔情似水的"小我",又有壮怀激烈的"大我",二者刚柔相济,充分彰显出"亦秀亦豪"的特色。散文亦多真知灼见,善于化腐朽为神奇。深厚的文化背景及独特的个性、环境,使之敏于感受、善于思考,造就了其散文独特的精神风貌——既坚守传统文化、又汲取现代文化养分,充满博爱精神的同时,又针砭痼弊锋芒毕露,既温情脉脉又豪气逼人,既超脱尘俗又积极入世,读来摇曳多姿,让人品味再三。

晓风自言在自己的灵魂里有两样东西:一是中国,一是基督。由此可见她是一位有精神信仰、使命感、道义感的作家,内心蕴藏着深沉的民族自尊和爱国热情,她始终不忘一个中国人的责任。基于此,晓风散文常常表现出对社会、国家的关心,对两岸隔绝的悲愤,对和平美好未来的希冀。《愁乡石》、《何厝的番薯田》、《十月的阳光》、《河出图》以及写给儿女的《初雪》、《黑纱》都深切表达了晓风的这方面的情感与愿望。散文《愁乡石》可谓写绝了思乡盼归之情。两岸几十年的隔绝,给游子带来巨大的心灵创伤。当她站在那个面对祖国大陆的鹅库玛岛上,"望着那一带山峦,望着那使东方人骄傲了几千年的故土,心灵便脆薄不堪一声海涛",因为心灵的悲苦,蓝色迷人的大海,也失去往日的美丽,也"蓝"得那么残忍,不仅"蓝得特别","蓝得近乎哀愁",甚至"蓝得叫人崩溃",给人"一种瘫痪的感觉",这里,一切的诗意与美,只加深加剧了对故国的怀念。当游伴们被缤纷的彩贝吸引,她却固执地爱那"七颗灰色的小石子",并赋予它们美绝的名字——"愁乡石",这里"愁"代表了一种情绪,"乡"是情绪的指向,"石"则象征了这情感的程度。"愁乡石"正是晓风爱国思乡情绪的写照。萦绕全篇的"愁"字,因始终维系着祖国民族的红线,而升华出一种深沉动人的道义之美、人性之美。

晓风善于在寻常的生活中发现美,她总是带着一种对生命的崇敬虔诚和饱满的感受力,捡拾着一个又一个平凡的生活碎片,精心地擦拭它们,使之闪射出意想不到的光彩。儿时的布娃娃、毛笔日记、征文比赛得的小毛巾、生日时燃过的蜡烛、父亲的旧马靴、怀孕时穿过的红背心、布满刀痕的旧菜板、一个用旧了的背袋、一块从菲律宾漂来的蚀满空洞的旧船板……都能不断带给晓风新的发现、惊喜和震撼,对她来说,小的常常就是美的。

对大自然,晓风有一种与生俱来的眷恋和热爱,视山水万物为有灵魂的存在,那些讴歌描摹自然的作品,折射出崇尚自然与天人合一的观念。对自然、对大地山川草木的宗教般的感恩情怀,是张晓风散文思想内涵的重要层面。她最爱的两个词牌是"惜花春早起","爱月夜眠迟",向往明月清风、闲云野鹤、春花秋草、山野泉流,赞美"乡居的日子是一钵闪烁的黄金"(《一钵金》);诅咒"春天是一则谎言",却又"仍不可救药地甘于受骗",以至于"春水一涨潮,……就变得盲目,变得混沌"(《春俎》)。在无法亲近自然的傍晚,她甚至有能力将都市幻化成田园,把倚坐的长椅想象为小舟,将楼下树浪想象成举舟的柔浪,将车声宠成水响,而自己则在假想中成为驾船水湄的舟子(《也是水湄》)。晓风散文引领人们重新认识自然和人类自身,她"为山作笺,为水作注,为大地系传,为群树作疏证",将自然生态律的和谐与人类的内在道德律统一起来,作品中随处流淌着物我平等、物物平等的观念。这种观念使晓风形成了自己独特的观物角度和人生视角,也决定了晓风散文创作的艺术感觉方式的独特性。

寻常生活中的哲理发现和感性的提升,常常是晓风散文的闪光点。散文《一》由四篇独立的百字短文组成,《一捆柴》、《一柄伞》、《一条西裤》、《一个声音》都是通过小小的富于戏剧性的场景或对话构成的小短文,但其中揭示的生活哲理却回味无穷。《玉想》中,关于"玉,石之美者"的解读,不仅写出自然界物质的本质属性,也通过夏夜听古、鱼儿逆流等联系,揭示了伟人诞生的道理。晓风还对人生诸多矛盾关系寄寓了独到认识,如《矛盾篇》反映了她对爱与不爱、赢与败、喜与悲等矛盾的深切思考。

晓风的散文洋溢着古典文化的芬芳,而她又能纵身现代,吸取西方文化之精华,不似许多女作家围于琐细家事,也摆脱了一味浅吟低唱的闺秀气,豪放豁达又不失柔婉细腻,风格多样,成绩斐然。

施叔青——乡土台湾的现代形塑

施叔青(1945—),女,台湾彰化鹿港人,原名施淑卿。16 岁在《现代文学》发表处女作《壁虎》,考入淡江文理学院法文系后,边学习边创作,大学毕业时出版了第一部小说集《约伯的末裔》。1970 年赴美国波士顿求学,后转入纽约州立大学研究戏剧,获艺术硕士学位,70 年代末,移居香港,1994年回台。

多年来,施叔青创作不辍,颇具特色,去港之前著有长篇小说《牛铃声响》、《琉璃瓦》,在港期间作有《香港三部曲》,近年出版了《微醺彩妆》、《驱魔》、《台湾三部曲》(《行过洛津》、《风前尘埃》、《三世人》)等,短篇小说集《约伯的末裔》、《常满姨的一天》、《夹缝之间》、《台湾玉》等,另有戏剧论文集《西方人看中国戏剧》和散文集《拾掇那些日子》、《指点天涯又一章》、《心在何处》等。

施叔青创作的高峰期,正值现代主义文艺思潮风靡台湾,东西方文化的激烈冲撞、存在主义和弗洛伊德的心理分析学说对施叔青产生了重要影响。施叔青自幼生活的鹿港,宋元以来一直是大陆移民登台的第一站,古城狭长的石板路和雕梁画栋的幽深宅院,浸透着斑驳沧桑的色彩,这正是施叔青思考和早期创作的背景。这座稔熟而神秘的城市,在她的经验世界和心理投影中,充满了死亡、性、梦魇和巅狂。白先勇认为"她所表现的世界就是这种梦魇似患了精神分裂症的世界……有一种奇异、疯狂、丑怪的美"。

施叔青的创作经历了由一个少女眼中的怪异的乡土世界,到一个留学生感到失意的异域世界,再到经历两种文化撞击洗礼后的更高层次的文化复归的过程。她从一开始就努力剖析她笔下那些人物(尤其是女性)的精神世界,并由此来探索社会。《约伯的末裔》是施叔青早期小说的代表作。主人公木匠江荣是来自小镇的命运不济的劳动者,这个从乡俗世界走来的底层小人物,是施叔青经验世界中精神受难者的象征,一个《圣经》中约伯的末裔。小说的立意不在写出小人物的苦难不幸对社会进行控诉,而是从现代观念出发,对人物受压抑后的精神变态进行分析。小说揭示了江荣因对现状的失望而对整个生活的恐惧和怀疑,和由于性恐惧造成的性压抑,成为只敢在臆想中恋爱而不敢有所行动的性变态者。通过人物失常心理,小说反映的仍是失常的社会。施叔青的早期创作,多用象征手法,以此超越题材、深化主题,《壁虎》中的壁虎,《倒放的天梯》中的吊桥,《约伯的末裔》中被虫蛀空的破木窠,对现实生存环境和人物均有着双重的象征意义。

1970年施叔青赴美后,写下了《那些不毛的日子》等系列作品,这是她置身西方文化之中乡愁日浓的产物。她的旅美创作,主要表现两种人物:一是摆荡漂流于两种文化之间无法扎根的"边际人",一是对神往的西方世界希望破灭的"失落者"。这两种形象是20世纪60—70年代台湾"留学生文学"中最具代表性的人物。小说《摆荡的人》是反映在城市与乡土、现代与传统、西方与东方之间摆荡和寻觅的现代人的作品。作家R漂流至美后无法融入美国的文化,为了摆脱美式的"时时像在开车,脚不沾地"的不安定感,他回到台湾,却仍然无法回归自己的民族与乡土。这位"渴望回家"而不得的作家,在"迷途"中,只能借助古老传统、一只小木偶和祖母的红木床来填补精神空虚。小说揭示了特定历史背景中的矛盾人物,表现了文化寻根的渴望。《蓦然·回首》和《"完美"的丈夫》则通过留学生的婚姻悲剧表现对西方世界的失望。前者写了留学生林杰生在轻蔑与艰辛中终于获得了博士帽,却在长期压抑中心理变态,将虐待柔弱的妻子作为对社会的报复。后者表现了在经济活动中完全沦为美国老板的附庸、全无人格的留学生萧,为博得上司欢心,竟然逼迫准备离婚的妻子强颜欢笑装点门面。在这里,夫妻、爱人间已全无真情可言,只有强烈的生存、竞争、向上爬的意识在膨胀。

即便是描写西方社会,施叔青作品中仍会不经意地闯入乡俗人物,如《常满姨的一天》。小说一方面反映了深陷西方文化沼泽的艺术家的困窘,另一方面描写了来自台湾小镇给美国人帮佣的常满姨在帮佣过程中的变化。浑身脱不掉乡土气的常满姨,渐渐谙熟西方生活方式,不仅学会了与东家讨价还价,丈夫不归时也会萌生性苦闷,在众多留学生文学中,常满姨是一个编外而引人瞩目的角色。

第五节 李昂 廖辉英 袁琼琼

李昂——勇于突破禁忌的女性主义作家

李昂(1952—),女,台湾彰化县鹿港镇人,原名施淑端。中国文化大学哲学系毕业,美国奥勒冈州立大学戏剧硕士,曾任教于中国文化大学中文系。著有中、短篇小说集《混声合唱》(1975,洪范版易名《花季》)、《人间世》(1976)、《爱情试验》(1982)、《杀夫》(1983)、《她们的眼泪》(1984)、《暗夜》(1985)、《一封未寄的情书》(1986)、《甜美生活》(1991)、《李昂集》(1982)、《北港香炉人人插》(1997)、《禁色的暗夜》(1999)、《看得见的鬼》(2004)、《鸳鸯春膳》(2007),长篇小说《迷园》(1991)、《自传の小说》(2000)、《花间迷情》(2005),散文集(含报导文学和人物传记)《群像——中国当代艺术家访问》(1976)、《女性的意见》(1984)、《外遇》(1985)、《走出暗夜》(1986)、《猫咪与情人》(1987)、《施明德前传》(1993)、《漂流之旅》(2000)、《爱吃鬼》(2002),此外还有散文和小说合集《年华》(1988)。

她主要写作于高中时代的处女集《混声合唱》乃一套"表现同一心理境况的循环故事",此"心理境况"即:被囚禁于某一步步紧迫,而自己却无法打开缺口的封闭空间;为某一未知、神秘或权威的外在力量所逼迫而无法自主;因某种无法突破的困境而不断重复着徒然的努力[1]。这些作品的产生,与当时李昂耽读加缪、卡夫卡,正面临大专联考以及从小斯磨的鹿港小镇那"只属老年人"的、"只能静待变化或救赎"[2]的氛围紧密相连。能提示这些早期作品与李昂后来创作之联系的,除了鹿港风情外,就是有关"性"题材的触及。早期的李昂就善于从女性对"性"的特殊感受的角度切入,而这种女性感觉的大胆、真实描写,正是整个李昂创作的最优异部分之一。20 多年

---

[1] 施淑:《盐屋——代序》,见李昂:《花季》,台北:洪范书店 1985 年版。

[2] 李昂:《写在第一本书后》,同上书。

后李昂回顾其情爱题材的作品时,还认为《有曲线的娃娃》这篇"或许才深入到一个女性自我的深处探索"①。

20 世纪 70 年代以来,李昂为社会上兴起的女权运动所吸引并参与一些实际工作,有关性、情爱和女性的问题,也上升为她创作的最重要主题。李昂说道:"我们是为男性或女性,性别应具有何等意义和特性,必有一段混淆的时期,历经成长的转变,性是为一种自我存在的肯定。那也是何以性在我的追寻中占有这般重大的意义。"②如《暮春》中的女主角唐可言觉得"唯一实在的只有那可证实自身的男性身体及由此引发的行为",通过做爱"点细体知出新临的乐趣",觉察"潜藏体内的未知部分悉数被开发了",从而证实自己"是一个完整的女人"。小说以极为大胆的笔触直接描写女性在性爱过程中的感受,在当时确有惊世骇俗之效。

不过,李昂对这篇小说并不满意。她自我检讨道:"我没有将这小说推展到另一层次,去问,为什么我们的社会会产生这种病根,这种如此迫切地想要藉性来解决问题的矛盾。"③《生活试验:爱情》一篇,可以说典型地表现了作者将性爱描写联系社会问题的意愿和努力。在一次宴席上听到一个木匠妻子与情夫外出游玩而摔伤的事情,引起女主角丹丹的猜想。小说最后"附录"的《一个社会工作者的手记》,使得真相大白。原来这并非一个婚外恋的浪漫故事,而是贫家妇女为生活所迫,在丈夫支持下的一场自愿卖身的交易。生活于美国温饱无虞的丹丹,正因着自己一场婚外恋而"真正感到自身被开发并赢得了肉身的自由",以此经验来猜想一个木匠妻子的作为,结果与真实情况南辕北辙。小说有力地说明了:女性要实现自我,温饱乃基本的前提。如果社会仍存在贫困,必然会有女性陷入遭受欺压的不平等境遇中。这篇小说实际上标志着李昂将女性问题和社会政治、经济问题紧密结合加以观照的创作基本格局已告成形。李昂后来的创作,包括《杀夫》、《暗夜》乃至《迷园》等名篇,实际上仍是这一取向的延续和发展。

80 年代初的《杀夫》堪称李昂的重要代表作。它已被译为美、德、法、日等国文字,改编成电影,引起广泛讨论和争议,并入选"台湾文学经典"④。小说的本事为一则简短的社会新闻,经过作者的创作加工,增添极为丰富的意涵容量。女主角林市的母亲,在赖于生存的最后一点物质基础都被剥夺

---

① 李昂:《甜美生活·写在书前》,台北:洪范书店 1991 年版。
② 林依洁:李昂访谈录《叛逆与救赎》,见李昂:《她们的眼泪》,台北:洪范书店 1984 年版。
③ 同上。
④ 由台湾"文建会"主办,《联合报》副刊承办的"台湾文学经典"评选活动,于 1999 年初揭晓,共有 30 种作品入选。

后,演出了由男人提供食物,而她提供可供泄欲的女性身体作为交换的赤裸裸的一幕。无独有偶,长大后的林市也以实质是被强奸的少女初夜,换来一碗果腹的隔夜饭菜,吃完后才从男方的怪异眼光中,发现自己竟是赤裸着下身吃完这碗饭的。可见"形式"虽有所改变——林市有一正式的婚姻关系,母亲则无——但其"内容"并无本质的区别。作者通过这两个细节,强烈地暗示着一个从未被间断的"一直被父权制意识所保证的连贯历史",一种母亲不断在女儿身上复活、重现的"命运之链"①。

林市在遭受来自丈夫的性凌虐时,由于疼痛而难以自禁地发出的"猪嚎"般的喊叫声,却被以阿罔官为代表的社会舆论有意无意地歪曲为"爽"的表现,并进一步被当作伤风败俗的恶行加以讥笑和禁止。这使林市陷入新的困境,因丈夫早已将此"猪嚎"当作一种刺激和乐趣,在林市强忍着不再发出声响时,他立刻使出"杀手锏",断绝林市的食物来源。林市在挨饿多日后,想出一条自食其力的新路,用珍藏着的丈夫赏给的几个"开苞钱",买了十只母鸭仔来喂养,希望靠此免除她深为恐惧的饥饿。然而随着丈夫的一阵血肉横飞的砍杀,这希望也灭绝了。显然,"所有的设计和挣扎,都逃离不了一个逻辑之网,在一个存在性别歧视与压迫的社会生活秩序中,无论如何挣扎,她们始终在那张网里,始终注定了永远只能屈辱地用自己的性的被创伤,去换取食物,去换取自己的生存"②

《杀夫》引起轰动和争议,当然与小说人物在神志恍惚中采取的极端行为有关,然而"杀夫"情境并非李昂的虚构。在希腊神话中早有美狄亚杀子——变相杀夫——的悲剧;20世纪法国作家莫里亚克的《苔蕾丝·德斯盖鲁》中,也有妻子试图毒死丈夫的情节。就在台湾,也曾出现邓萃雯杀夫案③。这些事例都证明了李昂小说来自生活,对生活加以艺术概括的性质,而作者给予那些"男性沙文主义猪"一个震撼和警告的目的,显然已经达到。

《迷园》则是李昂创作的又一里程碑。小说显示李昂坚持着早期就已形成的将社会问题和女性问题相交糅,并融入鹿港历史文化素材的特点,且加以发展,使之更具系统、全面和丰富性。艺术上则于写实的基调上纳入象征、魔幻、后设、意识流、时空交错等多种手段。然而小说也暴露出"政治"其实并非李昂之所长。李昂作品自始至终最为出色的部分,还是她对于女性问题的观照和审视;其特异之处在于,她比别人更为坦率、真诚、毫无掩饰地

---

① 林丹娅:《当代中国女性文学论》,厦门:厦门大学出版社1995年版。
② 同上。
③ 陈义芝主编:《台湾文学经典研讨会论文集》,台北:联经出版事业公司1999年版。

写出女性作为一个社会的又是自然的人,其本能欲求和社会需求的双重纠葛,以及在遭受男权体制的长期压抑下,女性的心理和感受,觉醒和奋斗。李昂在创作中益发自觉地将此主题放在广阔、深远的历史文化和现实社会环境中加以表现。

廖辉英——观照现代女性的一面镜子

廖辉英(1948—),女,台湾台中县人。毕业于台湾大学中文系,曾主编《世界妇女》杂志,后进入台湾工商界打拼,在广告界有突出表现。廖辉英从 20 世纪 60 年代开始写作,主要作品有小说集《油麻菜籽》、《不归路》、《今夜微雨》、《红尘劫》,长篇小说《盲点》、《落尘》、《窗口的女人》、《蓝色第五季》、《岁月的眼睛》、《在秋天道别》、《你是我今生的守候》、《辗转红莲》、《女人香》、《以爱为名》等 30 多种。此外,廖辉英的散文创作也颇引人注目,曾结集为《谈情》、《说爱》、《享受爱情不吃亏》、《女性出头一片天》等近 30 种出版。

作为一位新女性主义的作家,廖辉英的目光从未离开过各色各样的女性,从成名作《油麻菜籽》到后来的系列作品,她的笔触始终追踪着女性的生活和命运,关心女性的生存境遇、女性的奋斗挣扎和喜怒哀乐,企图为“犹在茫然摸索中的现代女性,提供一面自省的镜子”(《我为什么写〈盲点〉》)。

代表作《油麻菜籽》写尽了“黑猫仔”30 年的沧桑。小说成功塑造了一位传统女性一生在因袭中挣扎的生活。她原为富家之女,听由父命带着不菲的嫁妆嫁人,谁料丈夫却是个游手好闲、卑微无能的浪荡公子。对不幸的婚姻她没有反抗,而认命地相信,女人是“油麻菜籽”,落到哪里就长到哪里。所以她既为婚姻不幸、夫妻不和而争吵打闹,又宿命地甘心为丈夫生儿育女、辛勤持家。小说表现了在生活重担之下,一位千金小姐如何变成一个饱经尘世风霜的老母亲。小说中的母亲形象具有传统旧女性的典型性,是一个集迷信、善良、无知、坚忍、贪婪等复杂性格于一身的形象。不幸的婚姻遭遇并未让她清醒,她视女儿为油麻菜籽,视儿子为传宗接代的正嗣,在对待儿女不同的态度上,作者揭示了封建伦理规范和传统文化陋习对女性身心的压抑是多么沉重。小说在揭示传统女性悲剧的同时,也揭开帷幔显示了新女性主义的亮色:女儿阿惠并未成为又一个“母亲”式的女性,她具有新女性的叛逆性格,社会的进步、高等教育的熏陶,都使新一代女性不愿重蹈上代覆辙。阿惠不仅在事业上成为独当一面的女强人,婚姻也完全自主,找到了自己的意中人。

千百年来旧枷锁的束缚造成的扭曲,彻底消除并非易事。廖辉英看到当今女性虽经济独立、地位提高,但依赖与自卑心理仍随时可见。中篇小说《不归路》中李芸儿便是这类典型。作为李芸儿的对比形象,小说还塑造了洪妙玉、丹莉的形象,她们开放、快乐、独立、能干、有魄力,无视传统道德,我行我素,是现代社会又一类女性的典型。

廖辉英笔下新女性形象颇令人瞩目。她们才貌出众,事业有成,经济独立,充满智慧,敢于在舞台上与男人一争高低。她们是事业上的成功者,生活中的强人,但在爱情和婚姻上却屡屡受挫。《红尘劫》中的黎欣欣,《今夜微雨》中的杜佳洛,《盲点》中的丁素素等,都是品貌才智超群,却婚姻不幸。小说探讨了生存环境与人际关系对女性发展的制约,在肯定女性独立的前提下,开始注意到女性与社会以及两性关系的协调问题。

长篇小说《盲点》标志着廖辉英创作的新高度,小说规模大、立意深,人际关系的设置更为复杂,新女性意识也更为强烈。女主人公丁素素与相爱多年的齐子湘结婚后,由于婆母的顽固守旧和精明厉害,婆媳关系恶化,夫妻感情也日渐冷淡,最终分手。离婚后,丁素素创办了"妇女美容韵律中心",使自己的专长得以充分发挥,在事业成功的同时,性格也日益坚强和成熟。小说表现了作家的家庭理念与社会人文理想。

袁琼琼——开拓女性"自己的天空"

袁琼琼(1950—   ),女,四川眉山人,生于台湾新竹,笔名朱陵。著有小说集《春水船》、《两个人的故事》、《自己的天空》、《沧桑》、《又凉又暖的季节》、《袁琼琼极短篇》,长篇小说《今生缘》、《苹果会微笑》等,另有散文集《红尘心事》、《随意》、《孤单情书》、《缱绻情书》、《冰火情书》等。

袁琼琼是 20 世纪 70—80 年代崛起的新女性主义文学代表作家之一。她和李昂、朱秀娟、廖辉英、苏伟贞、曾心仪、杨小云等的创作,共同形成了新女性主义文学的潮流。袁琼琼的小说表现女性独立自强意识,反映在男权主义社会阴影下女性自强奋斗的身影,她笔下的女性少有生活中的悲剧角色,而是敢于挑战男权、挑战社会的强者。

获 1980 年联合报小说奖的《自己的天空》是台湾新女性主义文学的奠基之作,也确立了作者在台湾新女性主义文学中开创性角色的地位。小说情节并不复杂:老实本分的静敏,婚后以丈夫作为生活全部内容,将自己封闭家中力求做好贤妻良母。然而,丈夫另有新欢后遗弃了她。面对突如其来的打击她没有自暴自弃,表现得出人意料地坚强,她决然放弃已无实质意义的婚姻,开始自我奋斗。她从拉保险到做生意,逐渐成了一个"自主、有把握的女人",开拓出一方"自己的天空"。小说主人公的奋斗史无疑对现实生活中的许多女性有借鉴意义。

袁琼琼的小说另一侧重表现的内容,是现代社会中心理失衡和扭曲变态的人性。这也是新女性主义文学的共有特征。短篇集《沧桑》中多精神变态人物的写照。《谈话》《颜振》中的男主人公,都因儿时遭遇母亲自杀事件而对婚姻心怀恐惧,将一切男女间的美好都视为梦幻,形成怪异的性格。《家劫》中,早年守寡的方老太太,收养了两个女孩以供其白痴儿子发泄性欲,当养女之一拒绝怀孕繁衍后代,老太太竟怒而将其棒杀。她不近人情的行为,显然是长期压抑变态的结果。《烧》中的女主角,充满完全占有丈夫的欲望,甚至连丈夫上班也不放心,丈夫患病也不送医院,自行买药乱医,导致丈夫误医死亡,小说暗示了女性自我封闭而造成的心理扭曲。

1988年出版的长篇《今生缘》,是袁琼琼最富笔力的作品。小说描写了众多人物关系,不仅写出了"人心的真相",并且将其置于中国社会风俗的宏大框架之中,使其更具现实意义。小说分为三部,第一部反映1950年前后人们初抵台岛的生存境遇;第二部反映50年代末,人际关系始现复杂,出现了父子不睦等家庭矛盾和妓女卖春等社会丑象,人们的精神状态发生了畸变;第三部则表现60年代的经济发展中人们的挣扎、谋生、竞争,虽经济复苏生活条件好转,但人际关系更趋复杂。小说道出了大时代中"小男女"们的生活与心态,写出了他们的人情世故、处世哲学以及内心隐秘世界,并从中挖掘出深厚的文化历史内涵。小说告诉人们,正是这无数充满人性弱点和鲜活生命力的小人物构成了泱泱大国与民族,几千年来的中国人就是这样真实地活过来的。小说充满了平民色彩和人文精神。

论文作业参考题

1. 简述台湾早期女性小说创作的共同特点。

2. 简述林海音、孟瑶、郭良蕙小说体现的价值观。

3. 比较琦君与张秀亚散文的异同。

4. 林文月散文的学者特点表现在哪些方面?

5. 晓风一代散文家对前代女作家的超越与突破体现在哪些方面?

6. 施叔青创作的空间转换与文化复归过程是怎样的?

7. 从女性主义的角度剖析《杀夫》并指出李昂创作的特异之处。

8. 简述廖辉英笔下的女性形象的类型与现实意义。

9. 袁琼琼小说的平民化特点表现在哪里?

第七章　台湾杂文小品作家的创作

第一节　概　　述

国民党当局迁台初期,在思想文化领域,检讨了大陆失权的教训之后采取一系列强化统治的政策,而"战斗散文"则充当起"反共文艺教育民众的任务",从《台湾新生报》副刊的战斗文艺开始,以"方块"接力的方式,在纸上和"敌人"战斗。所谓"方块",即报刊专栏杂文,当时最著名的属《台湾新生报》"凤兮专栏"和《中央日报》"茹茵专栏",其后台湾各报都设有专栏。凤兮曾任《台湾新生报》副刊主编兼主笔,强调战斗文艺,提倡"战斗性第一,趣味性第二"。茹茵曾任《中央日报》主编,他认为写作"方块"文章,除了"题目须富新闻性",笔法还须是"文学的"。不过,这些"堕为政策上的附庸"的"口号八股"式的杂文很快时过境迁。

20世纪60年代台湾经济起飞,工商业发达,大众传播媒介普及,作家一下笔往往就涉及社会百态,这就使杂文数量大增。台湾学者彭瑞金指出:"杂文无疑是60年代广义散文最大的特色,杂文脱胎于战斗文艺的'方块'丢掷,60年代的大小报纸几乎相袭成风,都设有方块专栏,何凡、彭歌、赵滋蕃(文寿)、王鼎均(方以直)等都有长期占有的固定地盘,宣扬他们的教义,内容之驳杂、题材之放任,兼具了杂文、散文之综合,之中又以《自立晚报》的柏杨《倚梦闲话》,掀起的波澜最大。"①此外,"愤怒青年"李敖也崛起于60年代初期,柏杨和李敖以他们充满现实批判和文化批判精神的杂文一扫"反共杂文"的陈套,为台湾当代杂文发展史写下了熠熠生辉的一页。何凡从1953年12月开始在《联合报》副刊撰写"玻璃垫上"专栏,持续到1984年7月,历时30年7个月,从未间断,创下台湾报纸定期专栏时间最长的纪录,共计发表专栏文章5500篇,总字数500多万。何凡的专栏大抵以社会动态、身边琐事、读书杂感、新知趣事为题材,信手拈来,娓娓而谈。林海音认

---

① 彭瑞金:《台湾新文学运动40年》,台北:自立晚报社文化出版部1991年版,第146页。

— 116 —

为,"玻璃垫上"专栏是个"关心台湾社会的评论专栏",是一部"台湾社会进化史的抽样"。

60—70年代,有一批学界中人在教学、科研之余,也写起散文小品,知名者有钱歌川、洪炎秋、梁实秋、林语堂、台静农、吴鲁芹、傅孝先、颜元叔、夏元瑜等。余光中认为,学者的散文"包括抒情小品、幽默小品、游记、传记、序文、书评、论文等等,尤以融合情趣、智慧和学问的文章为主。它反映一个有深厚的文化背景的心灵,往往令读者心旷神怡,既羡且敬","这种散文,功力深厚,且为性格、修养和才情的自然流露,完全无法作伪"①。钱歌川曾任台湾大学文学院院长等职,出版有杂文随笔集《游丝集》、《淡烟疏雨集》、《三台游赏录》等。他在《游丝集》"后记"中自称:"这些杂文,取材既散乱,内容也斑驳。……以立意论,小则如一鸡一犬之微,大则如国家治乱所系。信笔所之,随感而录。"他的文章依然保持早期那种随便自然、诙谐幽默、轻松活泼的絮语风格,而且在笑声中隐含警戒讽世的意味,在幽默中带有一定的思想锋芒。洪炎秋曾任台湾大学中文系教授,著有杂文随笔集《闲人闲话》、《废人废话》、《忙人闲话》、《老人老话》等,台静农认为他的杂文随笔接近于周作人的风格,论古道今,谈天说地,在娓娓闲谈中情趣盎然。林语堂自1965年2月起,应"中央通讯社"社长马星野约请撰写"无所不谈"专栏,三年间共写作180篇,分别于1966年和1967年结集为《无所不谈》一、二集出版。这是林语堂晚年杂文创作的集大成者,文字轻松幽默,庄谐并出,不过已没有他早年杂文中那种"浮躁凌厉"之气了。

80年代中期龙应台的崛起是台湾杂文界的一个奇迹。在1984年11月20日以前,全台湾几乎没有人听说过"龙应台"这个名字。1984年11月20日,《中国时报》"人间"副刊发表了龙应台的杂文《中国人,你为什么不生气》,于是一鸣惊人,星星之火,遂成燎原之势。她以"野火集"杂文专栏,在台湾岛刮起强劲的"龙卷风",台湾论者指出:"自柏杨、李敖以来,社会批评的风久不吹了,逆耳忠言的调久不弹了。宜乎龙应台登高一呼,即群山回响,万壑呼应"②。在1987年台湾宣布解严并开放党禁与报禁后,"关怀政治、批评社会"的杂文反而失去了轰动效应,或许如余光中所说:"在言论禁忌的时代,此类作品难以刊登,但是到了百无禁忌的时代呢,压力既除,反弹力也相对减弱了。回力球,要在有墙壁的空间才会反弹出回声。"③

---

① 余光中:《剪掉散文的辫子》,见《余光中散文选集》(一),长春:时代文艺出版社1997年版,第333—334、328—329页。

② 张国财:《评龙应台的社会批评——野火集》,《民众日报》1986年5月24日。

③ 余光中:《中华现代文学大系(台湾1970~1989)·总序》,台北:九歌出版社1989年版。

第二节　梁实秋

梁实秋——睿智幽默见真知

梁实秋(1903—1987),北京人。1949年赴台后历任台湾师范大学教授、台湾大学教授、台湾编译馆馆长,除了翻译《莎士比亚全集》37卷和撰写3卷本《英国文学史》外,还创作了大量散文小品,结集为《秋室杂文》、《雅舍小品续集》、《雅舍小品三集》、《雅舍杂文》、《实秋杂文》、《雅舍小品四集》等。

梁实秋在台湾期间写了许多深情追忆故园风物的散文小品,如《“疲马恋旧秣,羁禽思故栖”》、《北平的街道》、《听戏》、《放风筝》等,生动地描写了民国初年北京的社会风貌、文化习俗和时代变故,因而不同程度地照见了时代的面影,荡漾着感人的家国之思。如《北平的街道》,梁实秋之所以念念不忘北平的街道,是因为它的个性,任沧海桑田,世事流转,在作者的记忆里永不磨灭。

梁实秋还创作了大量怀念师友故知的散文作品,如《我的一位国文老师》、《谈徐志摩》、《忆沈从文》、《胡适先生二三事》等,刻画了众多栩栩如生的人物形象,感人至深。尤其是《我的一位国文老师》中,作者从徐锦澄老师的丑陋相貌和古怪性格入手,逐步深入到徐老师的为人才学,反映出学生对老师由表及里的认识过程和由嫌恶到敬佩的转变。文章运用前后对比、美丑互见的笔法,写出了名不见经传的徐老师可敬而不可亲的独特形象,不仅全文显得波澜起伏,抑扬顿挫,变幻有致,而且也印证了一句古语:“人不可貌相,海水不可斗量。”

梁实秋的杂文小品,往往着眼于极平常的人情世态,经由他富有洞察力的眼光、睿智的头脑与诙谐幽默的机智所综合熔铸出来,充满真知灼见。他在文章中谈时间、友谊、代沟,谈饮酒、吸烟、喝茶,谈书法、对联、图章,谈懒、馋、脏,在平淡而实则是许多人都曾关注或身历的事情中,表现出作者的秋毫之察、哲人的通达之见和智者的幽默雍容。如《谈友谊》,这是古往今来许多文人墨客笔下常见的论题,梁实秋凭借自己丰富的历史知识和人生体验,在文章中传达出对友谊的真实感受和独特见解。作者谈到古今中外的圣人先哲对交友的注重,谈到古代传说中曾有过的“刎颈交”那样的美谈,而对照现实,不禁令人感叹不已。作者认为,真正的友谊应该做到“君子之交淡如水”,“与朋友交,久而敬之”,只有这样,才能维持友谊地久天长,金石同坚,永不退转。作者强调友谊之乐是积极的,文中所表现出来的温煦胸怀,使读者如见其人,如闻其声。

第三节　柏杨　李敖　龙应台

柏杨——嬉笑怒骂皆成文章

柏杨(1920—2008),河南辉县人,原名郭定生。东北大学政治系毕业,曾任沈阳《东北青年日报》社长、辽东学院副教授。1949 年赴台,历任成功大学副教授、《自立晚报》副总编辑等。从 1960 年开始在《自立晚报》上撰写"倚梦闲话"专栏,这是他杂文创作之始。1962 年,他又在《公论报》上写作"西窗随笔"专栏。这两个专栏的杂文先后结集为《玉雕集》、《高山滚鼓集》、《死不认错集》等。由于柏杨在杂文中敢于针砭时弊,揭露官场黑暗,痛斥传统文化中的病态部分,使他为当局所忌恨。1968 年被判处有期徒刑 12 年。经海内外人士多方营救,柏杨于 1977 年 4 月 1 日被释放。柏杨出狱后,台湾"调查局"勒令他约法三章:不准提往事、不许旧调重弹、不能暴露台湾社会的阴暗,方准许他继续写作杂文。柏杨在《中国时报》上开辟"柏杨专栏"后,有人批评他的文章跟过去不一样,没有从前那么激烈,他解释道,即使写出火辣文章,哪一家报纸敢刊登? 柏杨说:"对社会上一些病态和不平的现象,我们当然要攻击,而且要它们消灭、绝迹。可是,最重要的,还是要找出它的根。""在经过不同的历练后,我慢慢成长,终于发现我所追求的,并值得我献身的,只有民主、自由、法治、人权。因为只有走这条路,中国才能得救。……我觉得我爱这个国家,我有好多的话要说。"因此,他的写作始终围绕着一个主题旋转,那就是 20 世纪的两大问题——人权和人道。从 1978 年开始,柏杨又陆续出版了杂文集《早起的虫儿》、《踩了他的尾巴》、《丑陋的中国人》等。

柏杨的杂文内容极其广泛,历史、文化、社会、生活,无所不谈。表面上行文轻松随便,甚至语涉不经,而实际上却往往离不开针砭时弊,揭露黑暗,抨击畸形道德和丑恶人性。他说过:"杂文的力量汇集在一起的时候,匕首就成了长矛,我们的长矛不是杀开一条血路,而是挑起一盏明灯,大踏脚步,闯入黑暗,驱逐黑暗,使光明得以普及。"在他犀利的笔锋下,那些强奸民意、"各刮钞票几十年"的"阔(国)大代表"和"立发(法)委员",一抓权、二抓钱的特权人物,只为有钱有势的人服务,对穷苦老百姓则消极地不理和积极地修理的警察,丧失民族自尊心、一味媚外的"官崽"和"西崽"等可憎可鄙的对象,以及堕落的社会道德、落伍的政治观念、萎缩的学术文化和势利眼、奴性心理、权诈、诮诿、泥古、保守、作伪等国民劣根性,都受到有力的讽刺和无情的攻击。杂文家冯英子认为:"他的杂文,就我所能看到的是写台湾的现实,讲中国之泛论,对我国文化传统的缺点,对我们国民性中存在的问题,洞若观火,立论又严于斧钺,应是杂文中的佳品。""他的论点之深刻、尖锐,在当代中国的杂文是居于前列的。"

李敖——"愤怒青年"的反叛抗争

李敖(1935—),吉林扶余人,生于黑龙江哈尔滨。1949 年随家人赴台,台湾大学历史系毕业。"愤怒青年"李敖于 20 世纪 60 年代初,在《文星》杂志上发动了一场中西文化论战。《文星》杂志创刊于 1957 年 11 月 15 日,原来由何凡主编,他以"生活的、文学的、艺术的"为刊物宗旨,希望"能启发智慧并供给知识"。自从 1961 年 11 月李敖在《文星》发表《老年人和棒子》一文开始,刊物的宗旨逐渐转为"思想的、生活的、艺术的",成为台湾一个引人注目的刊物。李敖在《文星》上发表《给谈中西文化的人看病》、《我要继续给人看看病》、《中国思想趋向的一个答案》等文章,以"全盘西化"的观点对中国传统文化的消极面进行了猛烈的抨击,他列举三百年来中西文化冲突的历史事实后,集中批评了中国文化的保守性和狭隘性导致了中国人落后的群体性集体意识。透过中西文化论战的交锋,实际上反映了当时环境下台湾以李敖为代表的一部分青年知识分子反叛权威、对建立一个适合于现代生活的新文化的追求和努力。

李敖在抨击传统文化弊端的同时,借古喻今,指斥国民党政治上的保守性,他从否定传统继而发展到否定"道统",隐隐发出"换马"的呼声。显然,李敖的这些言论已触及国民党统治的敏感部分。1965 年 12 月,李敖在《文星》发表《我们对国法党限的严正表示》后,台湾当局终于下令封闭了《文星》杂志。1967 年,李敖以"妨害公务"罪名被提起公诉。1971 年 3 月 19 日,李敖被捕入狱。1972 年以"叛乱"罪被判刑 10 年。李敖这一时期的杂文收在《传统下的独白》、《历史与人像》、《为中国思想趋向求答案》、《文化论战丹火录》、《上下古今谈》、《借古不讽今》等集子里。

1976 年 11 月李敖出狱。1979 年 6 月复出文坛,并在《中国时报》撰写专栏。1981 年 9 月起,李敖推出"千秋评论丛书",内容以政治评论为主,形式多种多样,包括杂文、随笔、书信、传记、日记等。他在《文化空中飞人》中,自称是"在警察国家,每月开夺命飞车,做拼命三郎,虎口捋须,太岁头上动土,用文化之笔,四面树敌,八面威风"。这一时期的李敖,被认为是"书生大论政,以历史批判当政党,用笔杆左右党外选情"。李敖这一时期的杂文显然已不再局限于文化论争,而是对台湾的政治、经济、法律、教育等各个方面的弊端,展开全方位的英勇无畏的斗争。

李敖是历史学家,知识渊博,观察敏锐,长于思辨。他常常在杂文里旁征博引,取精用宏,通过上下纵横的比较对照,来发挥自己精辟深邃的独到见解。在如《直笔——"乱臣贼子惧"》、《避讳——"非常不敢说"》、《吃人——动物吃人,人也吃人》等一系列揭示中国传统文化缺陷、剖析中华民族心态弱点的杂文中,他谈古论今,追本溯源,用嬉笑怒骂的方式来全面反思传统道德的虚伪和文化思想的落后,笔锋犀利,文笔生动。

龙应台——不戴面具不裹糖衣的社会批评

龙应台(1952—),女,湖南衡阳人,生于台湾高雄。成功大学外文系毕业后赴美留学,获堪萨斯州立大学英文系博士学位。1983年8月返回台湾,担任"中央"大学英文系客座副教授等。1986年10月旅居欧洲,1992年开始在海德堡大学任教。1999年至2003年曾任台北市文化局局长。著有杂文集《野火集》、《人在欧洲》、《写给台湾的信》等。

龙应台从国外回到台湾后,看到现实社会中存在种种令人难以置信的弊端,如政治方面的谋杀江南案,经济方面的十信舞弊案,卫生方面的假奶粉案、馊水油案、毒玉米酒案,教育方面的贩卖转学学生学籍案等。对于这些问题,台湾行政当局一心想淡化了事,而社会大众则在"忍"字的修炼下,个个也都保持惯有的沉默。龙应台本着公民的社会责任感和知识分子的良知,在《中国人,你为什么不生气》一文中,向现实生活中普遍存在的懦弱自私、胆小怕事的行为开刀。作者指出,台湾社会中坏人可以横行霸道、为所欲为、肆无忌惮,而当局和民意代表却视而不见,大多数民众也不敢理直气壮地同坏人斗争。龙应台在愤怒地抨击现实社会中的种种弊端之后,向社会大众发出一连串充满激情的质问:"你怎么能够不生气呢?你怎么还有良心躲在角落里做'沉默的大多数'?"她呼吁社会各界人士不论是大学教授还是杀猪的,都不应该成为沉默的牺牲者和受害人,为了自己,也为了下一代,都应该有勇气站出来抗议社会的丑恶现象。

龙应台认为一般作者守着中国传统"得饶人处且饶人"的人生哲学,写出来的批评就比较客气缓和或点到为止。而她快人快语,自称"野火集"是"一个不戴面具不裹糖衣的社会批评"。在她的杂文中,深挖中国人传统劣根性的祖坟,抨击台湾社会政治挂帅、政治姑息以及公仆滥用权威的弊端,探讨台湾工业污染的公害和教育制度存在的严重问题。龙应台在《生了梅毒的母亲》一文中说:"我之所以越过我森森的学院门墙,一而再、再而三地写这些'琐事',是因为对我而言,台湾的环境——自然环境、生活环境、道德环境——已经恶劣到了一个生死的关头。我,没有办法继续做一个冷眼旁观的高级知识分子。"于是,她那支越出学院门墙的犀利的笔,悍然无畏地揭开了当今台湾社会的种种病象,她的杂文也因此成为 20 世纪 80 年代台湾"最有分量的批评之声"。

龙应台旅欧期间所写的杂文,很大一部分是对民族主义和国际关系所作的冷静思考。在《可以原谅,不可以遗忘》、《丑陋的美国人》、《德国,在历史的网中》等一系列杂文中,龙应台对人们习以为常的社会秩序、价值观念,发出了自己的疑问,她以斗士的姿态,披荆斩棘,寻找人类社会的公平正义。她谈国际问题,以台湾作参照对象;谈台湾问题,则把它置于国际环境的大背景中比照,视野更为开阔。

论文作业参考题

1. 简述台湾当代散文、杂文的主要成就。
2. 比较柏杨和李敖在杂文创作上的异同。
3. 简述林语堂散文小品的独特风格。
4. 结合文本分析龙应台对杂文发展的主要贡献。

第八章　台湾戏剧作家的创作

第一节　概　　述

戏剧在台湾光复初期有过一段活跃期,当时大陆职业剧团和演剧人员相继涌入台岛,大陆现代话剧名家如曹禺、田汉、吴祖光等的剧作也不断被搬上台湾戏剧舞台,大陆不少地方戏曲剧团也陆续来台演出,光复后的台湾剧坛一时呈现出绮丽繁盛的景象。

进入 20 世纪 50 年代,台湾的话剧基本上处于沉寂状态。60 年代一批由院校戏剧系培养出来的新人为重振台湾话剧,与其他一些有志于"提倡严肃戏剧"的话剧从业者联手,努力摆脱政治阴影和平庸的舞台剧,力图使戏剧反映真实的社会人生。这时期值得一提的是以李曼瑰为首倡导的小剧场运动。而成立于 60 年代后期的"世界剧展"和"青年剧展",对推动台湾当代戏剧运动、培养年青一代的话剧欣赏水平功不可没。70—80 年代台湾的大专院校中近半数都建立了剧团。有关方面举办的"大专院校暨社会话剧比赛"活动对推广戏剧教育活动、提高舞台剧的创作水平发挥了很大作用。

1977 年成立的"兰陵剧坊"在开创舞台剧新的表现形式方面发生过良好影响。剧坊的演创人员希望借鉴多种艺术表现手法,为舞台剧改革寻找新的突破口。代表作《包袱》一剧完全摈弃了台词对白,也没有具体的故事和情节,演员仅靠"肢体语言"进行表演,观众必须充分调动自己的想象力才能欣赏并融入舞台表演。1982 年剧坊推出根据左拉小说改编的《猫的天堂》一剧,舞台语言的实验性表现得更为彻底鲜明。这是一次用非文字语言为主来叙述故事的戏剧实验。它先由演员用舞蹈化的动作模仿猫的爬行、猫的叫声,在猫的意象被观众接受以后,再模仿人的动作,进而将猫的世界和人的社会交融汇通。兰陵剧坊在舞台表演形式上的探索尝试对台湾剧坛的更新和发展带来深刻影响。

另外,以姚一苇为主任委员的"中国话剧欣赏演出委员会"在 1980 年到 1984 年间举办了五届实验剧展,参展剧团分别从现代话剧表演与中国传统戏曲和现代高科技手段等方面的关系作了多种有益探索。由于剧本艺术的粗糙和过分追求演出形式的实验性,一定程度上削弱了这些剧作在广大观众中的影响。几乎同时,剧作家兼导演的赖声川所创办的"表演工作坊",以倡导"集体即兴创作"而在台湾剧坛享有盛誉。

总的说来,光复以来的台湾剧坛经历了一次次蜕旧更新的尝试,而关于中国传统戏曲的美学形态如何与现代传媒工具以及当代戏剧舞台有效衔接,一直是台湾话剧工作者努力探索的焦点。

第二节 李曼瑰 姚一苇

李曼瑰——台湾现代戏剧之母

李曼瑰(1906—1975),女,广东台山人。燕京大学毕业,1936 年获美国密西根大学戏剧硕士学位,硕士毕业论文就是用英文创作的剧本《大观园》。20 世纪 40 年代曾任教于南京金陵女子学院英语系。1949 年赴台后,历任台湾师范大学、政治大学、国立艺专、中国文化学院等校戏剧系教授。1960 年组织成立"三一戏剧研究社",以期扭转台湾剧坛沉滞寂寞的现状。1961 年又组织成立小剧场运动推行委员会,注意培植大专院校业余剧团力量。1962 年组织了话剧欣赏演出委员会,定期举办话剧公演、大专院校联演、海内外联合公演、青年剧展、世界剧展、儿童示范演出和评奖活动。1967 年主持成立了戏剧艺术中心,1969 年组织成立儿童剧团,组织戏剧讲习班,培训演剧团体,出版戏剧方面相关著作。1970 年成立海外剧艺推行委员会,1971 年出版《中华剧集》10 册,收录 1949 年以后台湾戏剧工作者所作剧本 66 出。李曼瑰一生所投入的一系列戏剧教育、研究、创作活动,对台湾话剧事业的改革发展起了极大的推动作用,因而被誉为台湾"戏剧之母"。

李曼瑰一生著作甚丰,她一共创作了《赵氏孤儿》、《王莽篡汉》、《光武中兴》、《楚汉风云》、《国父传》、《汉武帝》、《淡水河畔》、《阿里山的太阳》等独幕剧和多幕剧 40 多部。这些剧作大多取材于历史事件,在题材、人物形象和艺术构思等方面明显受到莎士比亚和奥尼尔的影响。

五幕十二场话剧《楚汉风云》是李曼瑰历史剧的代表作。剧本以张良与虞姬、虞姬与项羽之间的爱情为线索,展示秦末汉初年间楚汉相争的历史风云。作者"以悲剧英雄论项羽,以政治家论刘邦,以理论家论张良,写来激越苍凉"①。剧中人物性格得到多角度展示,项羽虽傲慢狂暴,但鄙视苟且,为

---

① 张晓风:《"愚不可及"的角色——介绍李曼瑰教授》,转引自刘登翰、庄明萱等主编:《台湾文学史》(第三册),北京:现代教育出版社 2007 年版,第 282 页。

人处世光明磊落,是一位虽败犹荣的英雄。刘邦虽颇具政治韬略,为人却自私阴狠、猥琐狡诈。而张良"大同天下"政治理想的破灭,也表现了他在政治上的单纯幼稚。这些性格的多侧面展示使得剧中人物具有很强的立体感。

强烈的抒情性是这部剧作最大的特点。作者在剧中安排了大段戏剧色彩极浓的抒情段落和人物对白来表现虞姬与项羽的爱情,即使是叙写垓下之围、乌江自刎这些惊心动魄生死一发的壮烈场面,也充满了激情与豪迈。如写虞姬初见项羽时的感受:"我好像昆仑山上的冰河,突然融化了,滚成万顷洪涛,叫我狂欢醉乐,精神百倍"。强烈的抒情性使得这部历史剧充满了生命的激情与悲剧感染力。

姚一苇——当代剧场走向后写实的先驱

姚一苇(1922—1997),江西南昌人,原名姚公伟。1946 年厦门大学毕业后赴台湾银行任职。1957 年开始在艺专剧影科讲授《戏剧原理》、《现代戏剧》与《剧场艺术》等课程。1964 年起在中国文化大学戏剧研究所任教,期间开始发表剧本以及理论著作,1982 年自台湾银行退休,仍在戏剧研究所任课至 1997 年逝世。

姚一苇著述丰富。美学专著有"姚一苇美学四书",即《美的范畴论》、《审美三论》、《艺术批评》、《艺术的奥秘》。戏剧理论专著有《戏剧原理》、《戏剧论集》、《戏剧与文学》、《戏剧与人生》等。剧作主要有《孙飞虎抢亲》、《碾玉观音》、《红鼻子》、《申生》、《傅青主》、《我们一同走走看》等 14 部,其中现代题材和历史题材的剧作大约各占一半。

四幕话剧《红鼻子》是姚一苇的现代题材剧,也是他最具深刻社会内涵的代表作。故事背景是现代台湾。由于暴雨导致了山崩路阻,于是各色人等集聚于一家旅馆,一个江湖流浪艺人组成的杂要班子也借此避雨。其中有一位戴着红鼻子面具、名叫神赐的小丑演员,出身上流家庭,受过高等教育,为了探寻人生的真正价值而离家出走,最后落脚在这个三教九流聚集的杂要班子中。他感到戴着面具做一名小丑可以无所顾忌地冷静观察世态万象。在旅馆里他为被忧愁烦恼所困的人们送去许多警示和安慰。正当红鼻子将大家的欢乐情绪推向高潮时,找了他三年的妻子突然出现在他面前,并摘掉了他的面具。妻子无法理解他"为了别人而牺牲自己最快乐"的生活信条,也无法将丈夫重新拉回到过去的生活轨道。而那些受过红鼻子抚慰的人们此时也似乎忘了他的存在,甚至还辱骂他。最后红鼻子为救落水的舞娘而溺毙于大海,而那些庸碌自私的房客们只对山路的重新通车感兴趣。该剧以犀利的笔触表现了当代社会冷漠自私、唯利是图的本质。剧中人红

鼻子最终认识到个人在强大的社会面前的无能为力,因此而无比失望。红鼻子的死,可以看做是一种殉道式的自我救赎。剧作以喜剧的形式包蕴悲剧的内涵,表现了作者对社会现实的强烈批判。

《红鼻子》在艺术上有以下三个特点:一是剧作整体的象征性。剧中主人公没名没姓,"红鼻子"成了他的身份和标志。红鼻子戴上面具就可以自如地生活于世间,可以无所顾忌地省察社会人生,可一旦被摘下面具,不仅周围的人对他视而不见,他也变得难以自处,最后当他的面具被揭掉以后,他就失去了生存的依凭。因为这是一个不真实的社会,人只有戴着面具才能生存,面具因此具有隐喻的性质。红鼻子最终选择了死亡,这既可视为个人本身对这个冷漠社会的主动厌弃,亦可理解为他无法融入这个社会,反被社会逼上了绝路,剧作因此便具有了整体的象征性。

二是结构的严谨与时空转换的自由。《红鼻子》严格遵循古典戏剧的"三一律":结构上分为四幕一景,时间从黄昏到黎明,地点主要在旅馆,红鼻子"寻找→失望→救赎"的种种行动都统一于他探寻人生真正价值的努力。同时剧作又以汇聚各色人等的旅馆作为背景,展示广阔的社会层面;根据剧情需要采用时空自由转换的方式,既表现人物所处的现实世界,又展示他们的内心世界,从而表现了人性的丰富复杂。

三是多媒介艺术形式的综合运用。《红鼻子》汇集了歌舞、杂技表演、乐器演奏、独角戏、传统说唱等多种表现形式,使其有机结合,对构成丰富的舞台形象起了重要作用。

姚一苇的历史剧则侧重于对古人古事进行题材翻新与现代阐释。三幕喜剧《孙飞虎抢亲》就是以唐传奇《莺莺传》和元杂剧《西厢记》中的崔莺莺与张生的恋情为题材,剧作者意在"结合我国传统与西方、古典与现代,在一个大家都熟知的故事中注入当代人之观念"①。该剧写因张生屡试不中,相府小姐崔莺莺只好奉命嫁给郑恒,害着单相思的孙飞虎决意抢走莺莺。莺莺为逃避成为强盗的压寨夫人,遂设计与红娘乔装改扮互换身份。结局出人意料,莺莺小姐最终选择了她当初避之唯恐不及的强盗孙飞虎,因为对方是憨直勇敢温柔大度的性情中人,这些正是怯懦胆小的张生所缺乏的优秀品质。所以剧中孙飞虎最后虽然兵败被擒,但他敢于与封建礼教抗衡的性格,使得这个古代人物具有新的光彩。

总之,注重现代与传统的结合、有意识地探求舞台表现形式的多元化、

---

① 姚一苇:《姚一苇戏剧六种·再版自序》,转引自刘登翰、庄明萱等主编:《台湾文学史》(第三册),北京:现代教育出版社 2007 年版,第 285 页。

象征手法的运用、浓郁的抒情意味是姚一苇剧作的主要特色。

第三节 赖声川

赖声川——呈现"集体即兴创作"与"拼贴"之美

赖声川(1954—),江西会昌人,生于美国华盛顿。1966 年全家迁至台北,赖声川在台湾读完中学、大学后又去美国深造。1983 年获美国加州柏克莱大学戏剧博士学位,返台后即受聘为台湾"国立艺术学院"戏剧系主任、戏剧研究所所长,教授表演和导演。1988 年获"国家文艺奖",同年并获台湾"十大杰出青年"称号。

赖声川在台湾剧坛是以其"集体即兴创作"而受到重视的一位剧作家兼导演。他所提倡的"集体即兴创作",即在排练过程中,在导演的指导下,演员根据粗线条设定的情节或人物以及演员自身的生命体验、生活见闻来继续发展情节和人物。这种创作方法摈除了"剧作家编剧,导演排戏,演员演戏"的传统模式,改为采用导演构筑剧情框架,引导演员相互之间的思维碰撞,即兴发挥和创作,进而提炼出演员生命中最精粹的经验,以十足的戏剧原创力来丰富作品的内涵。演员们在导演的带领下,也各自发展成为具有自编、自导、自演能力的"表演艺术家"①。

1984 年 11 月,赖声川和日后成为著名演员的李立群、李国修合组"表演工作坊",成为享有盛誉的台湾民间戏剧团体。表演工作坊经常以集体即兴创作的方式探讨不同的演出形式,演出内容大多反映台湾经济高速发展所造成的社会矛盾,作品风格独特、富有新意。其第一部作品是《那一夜,我们说相声》,该剧"用相声写了一篇给相声的祭文"②。1985 年 3 月首次在台北演出就获得成功。因为这部"相声剧",使已经从台湾集体记忆中消失的"相声",又重新回到了大众的视野中。

问世于 1986 年的《暗恋桃花源》是赖声川的代表作。该剧由赖声川构思和领导集体即兴创作而成。该剧反映的内容是《暗恋》和《桃花源》的两个剧团同时在同一舞台上排练而纠缠不清,从而展开两个剧团演员之间一系列的纠葛。《暗恋》演的是时装悲剧,《桃花源》演的是古装闹剧,戏中套戏,人物错综,笑话迭出,全剧富有情趣。

戏一开始是《暗恋》剧组的排练。《暗恋》表现的是台北一位老人对当年一段爱情的回忆和思念。男主角江滨柳跟女主角云之凡 1948 年在上海话

---

① 赖声川:《赖声川剧场》(第一辑),北京:东方出版社 2007 年版,第 115 页。
② 同上书,第 111 页。

别。其后云之凡回昆明老家,两人因战争失去了联系。江滨柳一直思念着云之凡。40 年后,当他身患绝症时两人终于在台北医院重逢,可云之凡稍作寒暄便匆匆离去。《桃花源》是与《暗恋》交错上演的喜剧。主人公渔夫老陶因妻子春花与卖鱼的袁老板关系暧昧愤而出走,无意中闯入桃花源,老陶在桃花源中虽然其乐融融,但因摆脱不了对春花的思念而重返武陵。这时春花和袁老板已经同居并生下了儿女。该剧意在表明古今人人求桃源,有人身在其中却不自知,偏偏还到他处寻访。赖声川在这个作品里试图用悲喜两种相反的手法,来表现当今这个时代许多的"暗恋"情形以及对"桃花源"的认识理解,由此给人以启示。

从 1984 年赖声川所导演的第一部戏《我们都是这样长大的》开始,他基本上一直沿用演员即兴表演这种创作方法。到了 1989 年的《回头是彼岸》,由赖声川构思、提出详细结构后进行集体即兴创作,而后再由赖声川、陈立华写成剧本,再进行排演及修正。这个创作方式的改变,也反映了赖声川对"集体即兴创作"方法的改进。

《回头是彼岸》借一大陆同胞赴台探亲的故事,探讨了两岸关系。此剧实际上还涉及有关对此岸彼岸的认识问题。彼岸隐喻着人类的理想、向往。剧中人物对彼岸的寻寻觅觅,流露出作者那种人生变幻莫测、回头不是此岸反而是彼岸的思想情绪。

1994 年,为了纪念表演工作坊建立 10 周年,赖声川又回到原点——"集体即兴创作"了《红色的天空》。该剧讲述的是有着各自生活经历的一群老人在老人院里发生的一些故事,一些琐碎的生活片段,"自是人生常恨水长东",从而感悟时间的流逝、生命的短暂和死亡的必然,展现"死亡与生命"的同在。

长期以来,赖声川通过"表演工作坊"的历次演出,在其舞台创作实践中,不断地扩展中国现代戏剧的表现形式,同时努力提升台湾戏剧观众的审美需求。他既借鉴现代西方戏剧的表演形式,也向中国传统戏剧学习。北京人民艺术剧院著名导演夏淳对赖声川主持的表演工作坊给予了很高评价:"赖声川的'表演工作坊'的出现,使得台湾话剧有了转机,赢得了观众,开拓了新的局面。"

论文作业参考题

1. 简述台湾当代戏剧创作的主要成就。

2. 简述李曼瑰对台湾当代戏剧运动的主要贡献。

3. 以《红鼻子》为例,分析姚一苇戏剧作品的美学风格。

4. 赖声川为台湾当代戏剧带来什么新元素?

第九章　台湾通俗文学作家的创作

第一节　概　　述

台湾通俗文学是指台湾当代特定社会中反映平民意识的大众文学。

台湾通俗文学浩如烟海,名家名作层出不穷。虽然存在着良莠不齐、鱼龙混杂的现象,但从总体上看,它是一种健康的大众文学,反映了大众的阅读趣味、娱乐爱好和审美追求。由大众阅读心理和价值取向的差异,可以将台湾通俗文学分为三大种、三小类。三大种为:言情文学、武侠小说、历史小说;三小类为:科幻小说、推理小说、报道文学。

言情文学指的是通俗文学中纯粹描写男女爱情的创作。台湾言情文学上承清末民初"鸳鸯蝴蝶派"及 20 世纪 20—30 年代张恨水、刘云若等言情派大家的传统,从 50 年代开始得到迅猛发展,在短短十余年间成为台湾通俗文学的主体。著名的言情文学作家有郭良蕙、孟瑶、琼瑶、玄小佛、朱秀娟、三毛、席慕蓉、姬小苔、杨小云、廖辉英、萧丽红等。台湾言情文学有以下几个鲜明的特点:第一,作者队伍基本上由受过良好教育的女性作家组成;第二,作品人物以女性形象最为生动;第三,作品感触细腻,情愫浓重;第四,随着时代的变迁,婚恋主题也不断变奏,女性意识越来越强。琼瑶的言情小说、三毛的散文、席慕蓉的诗,是台湾言情文学的杰出代表。

武侠小说是台湾通俗文学的重镇。50 年代初,郎红浣以《古瑟哀弦》等作品开启台湾武侠小说的先河。50 年代后期,"武侠小说三剑客"——卧龙生、司马翎、诸葛青云登上"武坛",他们博采众长而又不拘泥于一家,善于借鉴而不生搬硬套,另创武侠新天地。60 年代是武侠名家高手辈出的年代,作家作品数量之多,几乎是空前的。据不完全统计,其时涉足武侠创作领域的大小作家有三百余人。除了已成名的作家外,新锐作家有古龙、上官鼎、陈青云、高庸、柳残阳、独孤红、慕容美、陆鱼、于东楼、萧逸等。这些作家使台湾武侠小说创作在此后的二三十年间呈现出繁盛的局面。与民国时期的武侠小说相比,台湾武侠小说在题材、结构、主题、人物描写、表现手法、语言

等诸方面有着显著的区别。它注重表现"侠"的内涵,多写人性,少写暴力;它撇开具体的历史背景,让武侠人物生活在一个不确定的时空中,更充分地显示出崇尚自由的精神;它继承传统的人文精神,又有意识地学习借鉴西方的文学传统和文化思想,丰富光大了武侠文化的内涵。它与香港武侠小说一起,被称为新派武侠小说。

历史小说也是台湾通俗文学的重要组成部分。历史小说以历史事件或历史人物为题材,用通俗的文学手法加以表现,即历史的内容,文学的方法;"历史"是浓缩了的"小说","小说"是艺术化的"历史"。台湾最具代表性的历史小说家高阳便认为:"历史与小说的要求相同,都在求真。但历史所着重的是事实,小说所着重的是情感。……以虚构的人物,纳入历史的背景中,可能是历史研究与小说写作之间的两全之道。历史小说应合乎历史与小说的双重要求,小说中的人物,要求其生动、突出;历史小说中的人物,还得要求他或她能反映时代的特色。"①高阳的 60 余部作品构筑起一座雄伟的历史小说大厦。

科幻小说在台湾通俗文学中是一个后起的文类。20 世纪 50 年代台湾旅港作家赵滋蕃出版了一套《科学故事丛书》。这是台湾科幻小说萌生的先兆。1968 年张晓风发表《潘渡娜》,这标志着台湾科幻小说正式诞生。紧接着,黄海创作了以太空冒险为背景的一系列小说,后结集为《一〇一〇一年》出版。70 年代初,他又出版了《新世纪之旅》,内容涉及人工冬眠、人脑与电脑结合、移心术、脑部移植、肢体再生术等众多领域,令人耳目一新。70 年代中期,科幻小说在台湾有了较大的发展。张系国以《星云组曲》为总题,创作了一系列科幻小说,影响空前。80 年代以后,叶言都、平路、黄凡、贺景滨、张大春、林燿德等新锐作家也涉足科幻创作领域,使科幻小说不断向纵深发展。与西方将科幻小说归入通俗文学的观念不同,台湾科幻作家则努力把科幻小说从通俗文学中提升出来,他们将科幻小说的想象力同中国现代人文精神相结合,走出了中国的科幻小说创作之路。

与科幻小说一样,推理小说也是一种外来的通俗文类。80 年代初,一批有志于推理小说的创作者默默耕耘,使台湾推理小说有了初步发展。其中有林崇汉、余心乐、叶言都、叶桑等。而用力最多、笔耕最勤的要推林佛儿。他不仅自己致力于写作,发表了《东澳之鹰》、《岛屿谋杀案》、《美人卷珠帘》等推理小说,还创办专门刊物《推理杂志》,设立"林佛儿推理小说创作奖",支持推理小说创作事业。

---

① 高阳:《历史·小说·历史小说》,《台港文学选刊》1992 年第 8 期。

报道文学则以纪实的手段、揭秘的方式向公众描述和反映种种社会热点。1975 年《中国时报》开辟"现实的边缘"专栏,率先倡导这种文体。20 余年来,台湾涌现出一批有影响的报道文学作家,比较突出的有心岱、桂文亚、陈铭磻、马以工、李利国、翁台生等。台湾报道文学贴近现实,触及面广,时效性强,且反映的大多是与大众切身利益有关的问题,容易引起关注和共鸣。与传统的报告文学不同,报道文学在反映生活时,注重可读性,语言通俗易懂,但往往过多地反映生活表象,缺乏深度。

以上六种文类构成了台湾通俗文学的六极。其实,这只是大致的分类,其中有不少互相交叉的现象,如言情与武侠的交叉,科幻与武侠的交叉,历史与武侠的交叉等。而且,除了这六极外,台湾还有侦探小说、黑幕小说、神秘小说、传记文学等通俗文类,可谓五花八门,异彩纷呈。它们组合在一起,构成了台湾通俗文学的亮丽风景。

第二节　高　阳

高阳——在历史深处寻觅人性奥秘

高阳(1922—1992),浙江杭州人,原名许晏骈,另有笔名郡望、史鱼、龙大野等。抗战时期曾在上海读大学,因战乱未能完成学业。长期担任《中华日报》主笔、总主笔。1951 年开始文学创作,先后出版《霏霏》、《猛虎与蔷薇》等以现实生活为题材的小说。20 世纪 60 年代初,高阳转向历史小说创作。在此后近 30 年里,他以广博的历史知识和超拔的艺术想象力创作了 60 余部长篇历史小说。高阳历史小说题材广泛,大致可分为六大系列:(一)宫廷系列,如《慈禧全传》、《乾隆韵事》;(二)将相系列,如《李鸿章》、《大将曹彬》;(三)红曹系列,如《红楼梦断》、《曹雪芹别传》;(四)商人系列,如《胡雪岩》;(五)青楼系列,如《状元娘子》、《小凤仙》;(六)侠士系列,如《风尘三侠》、《荆轲》等。这些作品奠定了高阳作为历史小说巨匠的地位。

卓越的史诗品格是高阳历史小说最为突出的特征。高阳在宏伟的历史框架中注入了丰富的历史内涵,其作品依次展开从先秦到北洋军阀时期中国社会的巨幅画卷。上至皇帝太后、将相名士,下到贩夫走卒、奴婢仆役,三教九流的各色人物无不在高阳笔下焕发了艺术生命。在各个朝代中,高阳对大清王朝情有独钟。他以清朝生活为题材的作品占了全部创作的三分之一有余。这些作品广泛涉及政治、经济、军事、文化、外交等众多领域,勾勒出蔚为壮观、气象万千的清代社会立体图景,成为反映清王朝从兴盛到衰亡的极具形象性的"编年史"。在这一系列作品中,《慈禧全传》是颇具代表性的力作。该书包括《慈禧前传》、《玉座珠帘》(上、下)、《清宫外史》(上、下)、

《母子君臣》、《胭脂井》、《瀛台落日》,共6部8册,计270万字。这部鸿篇巨制以慈禧太后的地位和命运变迁为主线,从宫廷生活写到疆场厮杀,从京城王公写到边地黎民,从"垂帘听政"写到维新变法,从"辛酉政变"写到"辛丑降约",以恢弘的气势描写了波谲云诡的政治风云和丰富复杂的社会生活。小说全方位地表现了以慈禧太后为核心的清末统治集团在内外交困的形势下不断分化、重组,最终难逃覆灭的命运,从一个特殊视角对清末中国社会的积贫积弱进行了深入的探索。在深广的历史背景下,作家生动地写出了近代史上一系列深具影响力的人物形象,其中有慈禧、肃顺、恭王、曾国藩、李鸿章、左宗棠、张之洞、荣禄、袁世凯、李莲英、谭嗣同、康有为、光绪等。历史事件的具体性、历史人物的真实性、社会生活的广泛性以及情节结构的宏伟性,构成了高阳历史小说的史诗品格。

高阳是一位具有浓厚传统文化意识的作家,他的历史小说表现出强烈的传统文化精神。在高阳的文化思想中,占主导地位的是儒家文化。他按照儒家的政治理想和人格模式塑造了一系列正面人物形象。他一方面以这些形象介入历史、阐释历史,另一方面又据此来观照现实人生,建构自己的文化思想。《大将曹彬》中的主人公曹彬是一位深具儒家风范和人格魅力的理想人物,作者在平蜀大战的历史事件中,着力表现了曹彬这位北宋名将政治上的宏大抱负,军事上的远见卓识,品行修养上的谦抑自牧。在作家笔下,曹彬是忠臣、清官、儒将、道德完人,其身上凝聚着深厚的中国传统文化精神,散发着巨大的人格力量。其他如乾隆(《乾隆韵事》)、曾国藩(《慈禧全传》)、李鸿章(《李鸿章》)、翁同龢(《翁同龢传》)等人物,也都深具儒家文化精神。高阳历史小说有着丰富的文化内涵。《慈禧全传》全面展示了封建时代的宫廷文化、官场文化。清朝的皇宫景观、朝章制度、登基庆典、宴饮娱乐、开科取士、官吏任免等,都被活生生地再现了出来。

与此同时,高阳历史小说也遵循当代性的创作原则,充溢着现代人的思想观念和价值取向。现代意识构成了高阳小说文本的现实语境。而高阳以近200万字的宏大篇幅为商人胡雪岩立传,这更是对"荣宦游而耻工商"传统观念的一大挑战。胡雪岩把经商发财、做一个成功的商人作为自己的最高理想,即使后来成了"红顶商人",他也无意于在仕途发展,念念不忘的是他的"生意经"。胡雪岩的"重商轻仕"的观念与传统的价值观念无疑构成了尖锐的冲突。民主意识也是现代意识的重要内容。《八大胡同》描写的主要历史事件是1923年直系军阀头子曹锟收买议员,"贿选总统",作者选取这幕破坏民主政体的大丑剧揭露了20世纪20年代初期中国不民主、不自由的社会现实,表现出鲜明的民主意识。

高阳历史小说还具有世俗化、生活化的特点。如果说取材于历史,在青简黄卷中复活历史内容更多地显示出高阳的学者本色的话,那么以细腻的笔触叙写日常生活的方方面面,捕捉一个个生活细节,则更为突出地表现了高阳作为小说家的艺术才情。《慈禧前传》写到咸丰皇帝在热河行宫做寿,其时咸丰的身体已十分虚弱。在欢乐热闹的气氛中,在文武群臣众目睽睽之下,咸丰的脸色发青,冷汗淋漓,被搀扶着起身如厕。这引起众人强烈不安。许多矛盾冲突的线索由此而不断延伸,终于引发"辛酉政变",大清王朝命运由此发生重大转变。一个"拉肚子"的生活细节对于推动情节发展起到了重要作用。高阳小说中有大量的细节是揭示人物性格的。《胭脂井》叙述到谭嗣同和大刀王五四处奔走营救被幽禁的光绪皇帝时,挥洒笔墨描写北京的市井生活,展示民俗风情。这既调整了小说的叙述节奏,为情节的发展作好铺垫和准备,也使小说增强了生活的情趣。

雄浑的历史洪流、苍茫的历史背景和世俗化的日常生活融汇在一起,构成了高阳小说多姿多彩的艺术世界。高阳以博大恢弘的创作风格,在 20 世纪华文文坛上树起了一种独特的美学风范。

第三节　古　龙

古龙——武侠天地的怪杰

古龙(1937—1985),江西南昌人,生于香港,原名熊耀华。19 岁时在吴恺云主编的《晨光》杂志发表处女作《从北国到南国》。1960 年,在淡江文理学院外文系辍学的古龙出版了第一部武侠小说《苍穹神剑》,正式开始武侠小说创作生涯。在此后的 25 年里,共创作了 71 部武侠小说,计 2000 余万言。

古龙武侠创作历程,大致可以分为四个时期。1)探索期(1960—1964)。尽管由于初出此道,对武侠小说创作缺乏深入研究,但古龙显示了惊人的创造力,并表现出剑走偏锋、爱出奇招的特点。《失魂引》首次引入推理的结构方式和技巧,布局奇诡,开武侠推理小说之先河。《游侠录》通过人物的对比,对"侠"与"武"两者关系作了较为深刻的思考。《浣花洗剑录》有意识地描写人性的种种,重估人生价值。2)成熟期(1965—1967)。《大旗英雄传》预示着古龙开始形成自己独特的风格,大侠铁中棠是古龙小说中第一个血肉丰满的形象。1967 年《绝代双骄》的问世,则树起了一块里程碑。这部长篇巨著共有五卷,100 余万字,出场人物多达百人;在人性的开掘上颇具深度,在语言上则开叙事诗体新风。它标志着古龙武侠小说风格的成熟。3)鼎盛期(1968—1973)。以 1968 年发表的《多情剑客无情剑》为肇始,古龙创作进入全盛时期。其创作热情空前高涨,名作不断涌现。《萧十一郎》、

《流星·蝴蝶·剑》、《楚留香》系列、《陆小凤》系列、《欢乐英雄》、《七种武器》等，都堪称武侠佳构。《多情剑客无情剑》是一部典型的悲情小说。不幸的经历，非凡的毅力，高尚的情操，自我牺牲的精神，优柔寡断的性格，构成了主人公李寻欢鲜明生动的悲剧形象。这部作品也表现了古龙对武侠小说的新体认：武打场面化繁为简，武功招式由博而约，注重环境描写、气氛渲染、心理揭示。上述作品奠定了古龙在中国武侠小说史上的地位。在金庸引退后，古龙被推上了"武林盟主"的宝座，成为众人模仿的对象，其风格影响了许多作家，如温瑞安、丁情等。4）衰退期（1974—1985）。《剑·花·烟雨江南》、《血鹦鹉》、《白玉老虎》等与鼎盛期的名作相比，艺术水准下降了不少。《猎鹰·赌局》成为古龙的最后绝响。

　　古龙是一位富有创造性的作家，他把"求新"、"求变"、"求突破"作为自己创作的自觉追求。这突出地表现为注重对人性的深入挖掘，写出了人性的深刻性和复杂性。古龙指出："人性并不仅是愤怒、仇恨、悲哀、恐惧，其中也包括了爱与友情，慷慨与侠义，幽默与同情的。"①对人性的自觉意识使古龙小说与传统武侠小说在主题形态和人物形象方面，有了显著的区别。李寻欢、萧十一郎、楚留香、陆小凤、江小鱼等人物以其丰富的人性内涵和鲜明的性格，成为武侠小说中著名的艺术形象。

　　古龙小说具有较强的现代意识。其一，在"武"与"侠"的关系上，明显地表现出重"侠"轻"武"。古龙不拘泥于一招一式的描绘，详写比武技击时的紧张气氛和人物心理，着力表现人物的侠义精神，追求"功夫在武外"的效果。其二，古龙小说大都撇开了具体的历史背景，虽然写的是"古代"的人和事，但这"古代"只是武侠小说的类型特征，只是人物虚拟的活动时空，作品着力表现的是现代人的生活、心理、观念。如重视个体的地位，追求个性解放。《萧十一郎》、《多情剑客无情剑》等作品竭力渲染现代社会普遍存在的孤寂感，表现一个孤独的主人公对整个社会的反叛和对自己命运的抗争，反映出古龙受到了存在主义等西方现代文化思潮的影响。

　　古龙小说文体具有鲜明的创新性。古龙将推理小说的表现方法和技巧引入武侠小说，以悬念推动情节发展，大大增强了武侠小说的可读性，进而形成了武侠推理小说这一亚文类。《陆小凤》、《楚留香》等作品从头至尾疑云密布，悬念迭出，情节扑朔迷离，结局常大出读者意料却又合情合理，令人拍案叫绝。古龙又自觉借鉴影视表现形式，尽量减少冗长的描述，常用寥寥数笔勾勒某一情景，营造环境氛围。在语言上，古龙多用短句，配上大量的

---

① 古龙：《说说武侠小说》，见《欢乐英雄》，西安：太白文艺出版社1998年版。

对话,有意省去不少人物、事件详细的交代,通过频繁的分段营造艺术空白,颇具张力。突出的例子是,自 1967 年《铁血传奇》以后,在古龙小说中很少见到超过三行的段落,且常常是一句一段,很难分清行与段的区别。这种形式曾引起诟病,其本身确也存在分段过频而导致割断文理、文气的毛病,但从总体上来说,这种形式与古龙小说的内容是较为和谐的,并由此形成了独特的古龙文体。

古龙以卓越的创作实践大大拓展了武侠小说的创作天地,从而成为金庸之后新派武侠小说的又一大家。

第四节　琼　瑶

琼瑶——台湾言情小说巨匠

琼瑶(1938—　　),女,湖南衡阳人,原名陈喆。9 岁时便在上海《大公报》儿童版发表《可怜的小青》。1963 年发表第一部长篇小说《窗外》,一举成名。30 余年来,她共创作了 40 余部长篇小说,其中绝大部分作品已被搬上银幕、屏幕,成为知名度很高的言情小说作家。主要作品有《窗外》、《烟雨濛濛》、《几度夕阳红》、《在水一方》、《我是一片云》、《庭院深深》、《彩云飞》、《梦的衣裳》、《还珠格格》等。

以《窗外》的问世为标志,琼瑶正式加盟言情小说创作队伍。这部以师生恋为主要内容的作品明显有着作者的影子。作者将女主人公江雁容的感情世界表现得出神入化,极为细腻,而江雁容与康南的短暂爱情也正显示出琼瑶前期创作的价值取向。在整个创作前期,能代表琼瑶创作成就,且产生广泛影响的力作,基本上都是写爱情悲剧的。1973 年《心有千千结》开始,由于作家生活际遇的转折和审美趣味的嬗变,琼瑶文风丕变。此后,她的小说中洋溢着明朗、乐观、温馨的情调。

琼瑶小说从主题、人物、结构到语言都有其独特的风格。

从主题来看,讴歌和表现爱情,是琼瑶小说的中心内容。她写了形形色色的爱情,有不同形态、不同时代的,也有不同阶层、不同年龄的,以至于有人将琼瑶小说称为"爱情的百科全书"①。尽管每部作品的具体内容不同,但其表现的爱情有个共同特点,即琼瑶追求的是忠贞不渝的爱,有道德的爱以及尊重人的价值的爱。琼瑶小说的爱的主题不是建立在现实生活的基础上,而是植根于理想的王国。这常常为人所诟病。琼瑶坚信"善"作为一种本体存在的必然性,所以她的小说中极少出现"坏人",主人公都是仁慈、善

---

① 古继堂:《台湾小说发展史》,沈阳:春风文艺出版社 1989 年版。

良的天使,人物的悲剧往往不是由邪恶势力造成的,而是由人物自身的性格和心理造成的。

从人物形象来看,琼瑶笔下的人物也带有浓重的理想化色彩。对人物的外貌、气质、性格、感情,作者都加以美化处理。男主人公大都接受过高等教育,且事业有成,既刚毅坚强又温柔体贴,既英俊潇洒又博学多才,如韦鹏飞(《月朦胧,鸟朦胧》)、纪远(《船》)、乔书培(《彩霞满天》)、费云帆(《一帘幽梦》)、何慕天(《几度夕阳红》)、孟云楼(《彩云飞》)等。这些人物原来都有自己的一片天空,但在作品中他们的热情都倾注到爱情上,为爱情而欢乐或痛苦,其事业充其量只居于边缘的地位。女主人公则如花似玉,热情似火,冰清玉洁,楚楚动人,富有魅力的幻想,充满青春的气息,如“有画一样的美,有诗一般的情”的冰儿(《冰儿》),生来“就有份清雅脱俗味道”的杜小双(《在水一方》),“雨中蔷薇”般的江雨薇(《心有千千结》)等。但总的来说,琼瑶小说人物缺乏深度,作者用人性的单纯性代替了人性的复杂性,用人的性格、感情中美好的东西掩盖了丑陋的乃至卑劣的东西,从而使人物形象失之于单一、肤浅。

从情节结构看,琼瑶小说大致沿用言情文学“钟情——遇阻、冲突——回归、团圆”的传统模式。其开篇通常是一见钟情式,男女主人公邂逅相遇便坠入情网,由此演绎出一系列悲欢离合的故事。在情节的发展和高潮阶段,琼瑶安排了各种各样的阻碍来折磨笔下心爱的人物。有家庭的阻力,如《我是一片云》;有情感和理智的冲突,如《雁儿在林梢》;有人物性格的碰撞,如《船》;有疾病的折磨,如《彩云飞》;有思想的分歧,如《在水一方》。这些都加剧了作品的矛盾冲突,使情节发展扑朔迷离,引人入胜。琼瑶又广泛吸收古典小说和戏剧的表现手法,巧设悬念,暗结扣子,善卖关子,情节推进丝丝入扣,章法俨然。《几度夕阳红》大悬念套着小悬念,悬念一个接着一个,何慕天和李梦竹的“感情死结”一直等了18年才得以解开。

琼瑶小说的语言流畅雅丽,具有古典美。她善于把古典诗词融进小说,或化作某种意境,或点明题旨,或揭示人物心态,或渲染气氛,或以此协调和控制整部作品的旋律节奏。她的每部作品几乎都有一首或几首婉转清丽、优美动人的诗词。《在水一方》中,脱胎于《诗经·蒹葭》的主题歌前后共出现了三次,每当情节发展到关键处,人物深陷于感情漩涡之中时,它便出现了。它凄婉迷离的情调为作品笼罩上了一种忧伤的气氛,具有令人荡气回肠的艺术魅力。对古诗词的巧妙化用使琼瑶小说深具民族特色。实际上,琼瑶小说从书名到人物的名字乃至细节描写,都古色古香,富有诗意。

琼瑶小说也存在着明显的局限:模式化过重;由于生活面狭窄带来作品

的雷同;构思还不够丰富。对于这几点,琼瑶自己也承认。

第五节　三毛　席慕蓉

三毛——浪迹天涯的浪漫一生

　　三毛(1943—1991),女,浙江定海人,原名陈平。1957 年在台北第一女中读至初二休学。1963 年进入台湾文化学院成为哲学系旁听生。大学三年级时因情感受挫远赴西班牙,相继在西班牙、德国和美国游学。70 年代中期与荷西在撒哈拉沙漠结婚。1982 年回台定居,任文化大学中文系副教授。

　　三毛的创作和她个人的生活有着极为密切的关系。她以自己的生命历程为经线,以所见所闻所感为纬线,建构色彩斑斓的艺术世界。她的作品明显地具有自传体的特点,虽然也有小说,但更多的是散文,忠实地记录了独特的人生体验和充满传奇色彩的浪漫生涯。自 1976 年出版第一部作品《撒哈拉的故事》后,三毛相继结集出版了《雨季不再来》、《稻草人手记》、《哭泣的骆驼》、《温柔的夜》、《梦里花落知多少》、《万水千山走遍》、《闹学记》等,在读者中产生了广泛的影响。

　　三毛的创作历程由于其生活经历的变化大致可分为早、中、后三个时期。1965 年出国前的作品属于早期创作,主要收集在《雨季不再来》一书中。这一时期的作品表现了一个惨绿少女自卑自恋的忧伤情绪,"在技巧上不成熟,在思想上流于迷惘和伤感"①,从中可以看出作者成长时期的影子。从 1974 年开始,在文坛沉寂近 10 年的陈平以"三毛"为笔名发表浪迹天涯的系列作品。这些作品大体上可分为两组。一组作品主要以作者与荷西的婚恋为题材,描写他们充满情趣的婚姻生活,展示其丰富而热烈的内心世界,如《沙漠中的饭店》、《白手成家》、《警告逃妻》等;另一组作品则以当地土著民族为描写对象,着力表现其风土习俗和民族性,如《娃娃新娘》、《沙漠观浴记》、《收魂记》等。三毛以饱蘸激情的笔墨细致描写自己经历过、感受过的异国风情、奇闻趣事,令人深切感受到她那豁达坚强而又多愁善感,明快热烈而又悲天悯人的鲜明个性。1979 年荷西去世后所写的作品为后期创作。其中,有对荷西的追忆和怀念,表现生离死别的哀情,如《梦里花落知多少》;有对回到台北后的现实感受的抒写,如《送你一匹马》;有对中南美洲异国风情的描绘,如《万水千山走遍》。

　　三毛散文展示了奇特的异域风情。她把对异国他乡历史文化、风土人

---

① 　三毛:《当三毛还是在二毛的时候》,见《雨季不再来》,台北:皇冠出版社 1976 年版。

情、自然景观的描写穿插在作品中,使作品呈现出一种浓郁的异国情调。这是三毛散文的鲜明特色。《沙漠观浴记》写在滴水如油的沙漠里,土著民族沙哈拉威人三四年才洗一次澡,而洗澡的方法很奇特,不用肥皂而用小石头沾着水刮,刮得全身的脏都松了,才用水冲。这是洗外面的。每年春天,沙哈拉威女人还要到海滩上用海水灌七天肠子,洗掉身体里面的脏东西。三毛以猎奇的笔法将沙哈拉威人别具一格的洗浴奇观,写得有声有色。

三毛说:"大自然的景色固然是震撼着我,但是……如果这个世界上没有人存在,再美的土地也吸引不了我,有了人,才有趣味和生气。"(《逍遥七岛游》)因此,三毛不仅写大自然的美景,更以生花妙笔去写人,写人的情和爱。她的作品常在叙述和描写中夹带着强烈而突发的激情,以情动人。这是三毛散文的又一特色。《这样的人生》写了一群执著地热爱生命,创造了奇迹般灿烂晚年的老人。这里有乐于助人、性情奔放的 74 岁的艾力克和勇敢追求晚年幸福的 70 岁的安妮,他们的黄昏恋让人充分感受到爱情的欢乐。作者热情地赞颂了这群老人对生命的热爱和对明天不灭的希望。

在三毛的散文中,最为动人的要算是那些以撒哈拉沙漠为背景,以她与荷西的爱情、婚姻生活为题材的作品了。作者在这些作品里通过对家庭生活的叙述写出了爱情的酸甜苦辣。荷西的朴实善良、憨厚大度、慷慨好义,三毛的泼辣而不乏温柔、刚强而又多愁善感,幽默达观,无不跃然纸上。

三毛散文的语言自然流畅,洒脱不羁,浑然天成。她善于将写景、叙事、抒情、议论融合起来,营造令人神往的艺术境界。

三毛的散文有虚构的痕迹。她所表现的是一种具有鲜明个性色彩的特殊的审美化真实,它与生活本身存在着某些偏差。此外,由于过分注重自己的感情和个性,一些散文在内容上缺乏沉淀,也有部分作品弥漫着晦涩神秘的气氛,显示出宿命论的影响。

席慕蓉——从无怨的青春走向成熟

席慕蓉(1943—),蒙古族,内蒙古察哈尔人,生于重庆,原名穆伦·席连勃。台北师范艺术科、台湾师范大学艺术系、比利时布鲁塞尔皇家艺术学院毕业,专攻油画。1970 年回台后,长期在新竹师专美术科任教。

席慕蓉的文学创作以诗文并称。自 1981 年出版第一本诗集《七里香》后,相继有诗集《无悔的青春》、《时光九篇》,散文集《成长的痕迹》、《画出心中的彩虹》、《写给幸福》、《有一首歌》、《同心集》、《写生者》等作品问世。

席慕蓉创作的宗旨是对生命的珍惜。她的诗文洋溢着生之喜悦和对生命的礼赞。在她看来,要珍惜生命就应该把握瞬间,这瞬间里有着生命的永恒。"如果能在开满了栀子花的山坡上／与你相遇 如果能／深深地爱过一次再别离／那么 再长久的一生／不也就只是 就只是／回首时／那短短的一瞬"(《盼望》)。作为生命中极为重要的"瞬间",青春和爱情在席慕蓉的诗文里有着突出的地位。讴歌青春和爱情,是席慕蓉创作的重要主题。她感叹青春易逝:"青春是一本太仓促的书"(《青春(之一)》);"走得最急的都是最美好的时光"(《为什么》)。她以中年的心态回望少女时代的难忘岁月,心头交织着对青春美丽的礼赞和对韶华易逝的感慨,青春的欢愉与忧伤在她的笔端真切地呈现出来。在讴歌青春的同时,席慕蓉也热烈地赞美爱情。她的爱情诗充满着对真挚的爱的热烈追求,表现了爱的专一与深沉。席慕蓉爱情诗中的抒情主人公"我"多处于被动地位,她深情地诉说着对男方的追求、相思、希望与绝望,显示出东方女性温顺柔婉的性格特征。诗人常常用独白的口语,直率地诉说隐藏的心曲。"如何让你遇见我／在我最美丽的时刻 为这／我已在佛前 求了五百年／求它让我们结一段尘缘／／佛于是把我化作一棵树／长在你必经的路旁／阳光下慎重地开满了花／朵朵都是我前世的盼望／／当你走近 请你细听／那颤抖的叶是我等待的热情／而当你终于无视地走过／在你身后落了一地的／朋友啊 那不是花瓣／是我凋零的心"。这首 14 行的短诗用奇妙的意象表达了对爱情的热烈祈求,"求佛结缘"、"化树开花"、"失意凋零"反映了爱情的全过程,诗人将抽象的爱情立体化,产生了扣人心弦的艺术效果。

席慕蓉作品的另一个重要主题是对乡愁的抒写。她是蒙古族人,从小生长在蒙古族家庭里,常常听家人讲述故乡和先人的故事。长大以后,她越来越向往蒙古草原、沙浪驼影、大漠孤烟、长河落日,故乡成为她精神的寄托。虽然"故乡的面貌却是一种模糊的怅惘／仿佛雾里的挥手别离",但"故乡的歌是一支清远的笛／总在有月亮的晚上响起",在她充满乡思乡情的心中,"乡愁是一棵没有年轮的树／永不老去"(《乡愁》)。在《长城谣》、《出塞曲》、《隐痛》、《命运》等诗作和《没有见过的故乡》、《渴望》等散文中,席慕蓉或描画想象中的故乡风光,或直接宣泄思乡的隐痛,或表达自己渴望成为一个穿红裙子的牧羊姑娘,或描写踏上故土的喜悦,充分表现了对故乡的一往情深。

席慕蓉的创作具有浓郁的抒情风格。她写无怨的青春和无瑕的爱情,写少女的故事和中年的心情,写亲人的世界和成长的痕迹,虽然题材多样,但统摄于温馨柔美的基调,真诚坦率地写出了"小我"的情怀。她敢于说真话,抒真情,不隐瞒、不做作地把自己的悲欢哀乐向读者娓娓诉说,甜蜜中带着感伤,呈现出田园牧歌式的情调。她常由一花一草、一景一物挥洒想象,在自然随意的抒写中营造情景交融的意境。

席慕蓉作品的语言恬淡清丽,隽永细腻。由于集画家、诗人、散文家于一身,她的作品充满着诗情画意。就她的诗歌语言而言,自然流畅而又富有韵味,充满柔情却又不浅薄,具有缠绵悱恻的艺术效果。她的散文语言真挚朴实而又洁净雅丽,既有画的匠心又有诗的意境,"在浅白的诉说里,可以见出她的真淳,具有冲淡型散文的特点"①。

但不容否认,席慕蓉作品的构思较为单一,感情表达方式缺少变化。如她的爱情诗有不少写的是后悔当初未能及时表白,以致失之交臂,造成半生的坎坷。由于过多地写情场失意、爱情受挫,作品在情调上便显得过于低沉感伤。

论文作业参考题

1. 简述台湾通俗小说创作概况。

2. 简述高阳的历史小说的风格。

3. 比较古龙与其他武侠小说家的不同。

4. 琼瑶小说的思想与艺术价值应如何全面认识?

5. 三毛作品的独特魅力何在?

6. 简述席慕蓉诗文的审美品格。

---

① 痖弦:《有一首歌·序》,台北:洪范书店 1983 年版。

第十章 台湾原住民作家的创作

第一节 概 述

台湾原住民并无自己的文字书写系统,这里所称的台湾原住民文学,是指台湾原住民以其各族的口传文学为创作之源、而用现代白话汉语写作的作品。

所谓台湾原住民,是指最早在台湾定居的居民族群,由平埔族与山地族组成,平埔族群大多已经汉化,其他十个原住民族群(阿美族、泰雅族、排湾族、卑南族、赛夏族、布农族、达悟族、邹族、邵族、鲁凯族)至今仍完整地存留着各个族群独特的文化传统、信仰、风俗。这些族群中有七个族都生活在海拔 1000 米—3000 米以上的高山地区,故有"高山族"之称,余者并非居于高山:阿美族多生活于东部海岸山脉两侧花东峡谷,卑南族居住于台东平原,达悟族则居住于台湾本岛东南方的离岛——兰屿上。目前,台湾原住民的总人口数量约 40 多万人,占台湾总人口的 2%上下。

现代台湾原住民作家的汉语文学创作,始自 1962 年排湾族作家陈英雄发表的散文《山村》和小说《觉醒》。1971 年台湾商务印书馆出版了其小说集《域外梦痕》,是为台湾原住民作家的第一部文学作品。此后,陆续出现了不少原住民作家,不下 40 人,其中具有代表性者,如排湾族的莫那能(曾舜旺)、利格拉乐·阿娲(高振惠)、启明·拉瓦(赵启明)、亚荣隆·撒可努(戴志强)、伐古楚(戴国勇)、依苞·答德拉凡(涂玉凤)、高进发(汉名),布农族的拓拔斯·塔玛匹玛(田雅各)、霍斯陆曼·伐伐(王新民)、达西乌拉弯·毕马(田哲益),达悟族的夏曼·蓝波安(施努来)、夏本·奇伯爱雅(周宗经),邹族的巴苏亚·博伊哲努(浦忠成)、依优树·博伊哲努(浦忠勇)、白兹·牟固那那(刘武香梅),卑南族的孙大川(汉名)、曾建次(汉名)、巴代(林二郎)、泰雅族的瓦利斯·诺干(吴俊杰)、娃利斯·罗干(王捷茹)、游霸士·挠给赫(田敏忠)、里慕伊·阿纪(曾修媚)、马绍·阿纪(曾一佳)、沙力浪(赵聪义),鲁凯族的奥威尼·卡露斯(邱金士),阿美族的李来旺(汉名)、Lefok(黄贵潮)、Lekal(林俊明)、林建昌,赛夏族的伊替·达欧索(根阿盛)等。

台湾原住民的文化承传是依靠口耳代代相传的方式。在这种方式的传播中,口头表达(包括讲述、歌唱、祭祀时的吟诵……)成为几乎是唯一的存在方式。原住民文学的源头,起自于先辈的唇舌之间,而非笔墨之间。在台湾原住民十族的"口传文学"中,神话、传说、故事、谣谚、祭辞、歌唱(布农族的"八部和音歌唱"——"巴西布亚"《祈祷小米丰收》优美动听、蜚声国际)是最为重要的文化资源。其内容丰富多彩,并不亚于东西方很多民族的史前传统。它多以戏剧性的手法出之,并配以"口传"者的身体动作、面部表情,在特定的自然环境和氛围(常常是在户外,或多是以集体参与的方式)中"演出",故极富感染力、冲击力,在原住民的日常生活中有着神圣、重要的地位。夏曼·蓝波安认为,这种口传文学,没有支配者与被支配者之间的对立,只是表现了对大自然的崇拜与畏惧,从这样的口传文学,可以看到未受外来影响的原住民文学的本来面貌。

就内容来讲,关于部落族群起源,始祖创生、火与食物的起源、自然景象、自然灾变(洪水、山崩、地震、乃至日、月、天的灾变)、地理环境、出生与死亡以及占卜、祭祀(如丰年祭、矮人祭……)几乎无所不包,此外关于部落的迁徙、部落与周边族群的交往、出草征猎、战事纷争、习俗禁忌、奇人异事、情爱人伦、动物传说、人与动物关系……不一而足,这些神话、传说、故事往往有很强的情节性、生动有趣,对于族群共同心理的建构有着至关重大的作用。神话就是原住民的历史。在人与自然、人与人、人与物、人与神、神与自然、神与神、神与物的错综复杂的关系中,初民的思想、心理、感情、智慧、才华……得以具象化的演绎与表现,在本质上具备了文学的质素与功用,因此,它所承载的多方面功能是认知、了解原住民历史文化的几近唯一的通道。

原住民文学的真正崛起是在 20 世纪 80 年代,这与台湾社会、文化、政治、经济等各方面的发展转型密切相关,亦是其时兴起的原住民运动派生所致。一些受过现代文化教育和文学熏陶的原住民知识分子,创作出彰显原住民族群意识的小说、散文、诗歌作品,引起学界的关注,成为台湾文学中独具特色、不可或缺的重要组成部分。从争取民族自我命名到张扬族群文化生存的权利,在在凸显了原住民身份书写的诉求。田雅各有一篇《寻找名字》的小说,情节就直接以主人公"名字"的历经变化来浓缩原住民"寻找名字"的历程:"我"的祖父"拓拔斯"在日本殖民台湾时期,布农人被改称为"高砂族人",他被分配的日本姓名叫"田中武男",到了"中华民国"时期,又成了山地同胞,他也改了中国名字,拓拔斯由"田中武男"变成"田文统"。在前往阳明山中山楼参加"原住民正名运动"时,却受到"国大代表"的欺骗,大家只好在"互称台湾原住民"以后,离开那里再回部落……这篇小说可以说是80年代末期原住民正名运动的文学记录。原住民从争取自己命名的权利到要求恢复土地所有权再到族群文化(文学)的生存权,就这样开始了悲壮的行旅。

2003年,卑南族学者孙大川主编出版了七卷本的《台湾原住民族汉语文学选集》,在作为书的前言的长文《台湾原住民文学创世纪》中,他就原住民的族群身份问题发表了自己的见解。在比较汉族乡土文学与原住民文学的不同时,他说:"他们(指汉族学者——引者注)所谓的本土仍然是汉族本位的本土;叙述的场景,从兰阳平原到嘉南平原,从渔港、茶山到田埂;依旧是平原、稻作民族的思维逻辑。相较于夏曼·蓝波安的海、田雅各的山、瓦历斯·诺干的岛屿,以及原住民文学中随处流露的神话和宇宙想象;汉人的本土是现实的、政治的,缺乏'怒而飞,其翼若垂天之云'(《庄子·逍遥游》)的超拔气势,当然无法真正理解、欣赏整个南岛民族辽阔的海洋心灵。"[①]其实,原住民文学也就是原住民的乡土文学,如果用更包容的观点来理解"乡土文学",原汉之间在书写乡土上更多的是质的相通,而并不是必然对立和不能交融的。

山林与海洋是原住民的栖息之地、生活环境,也是他们构成异于他者(异民族)的族群符码,更是原住民灵魂安放的原乡。原住民是山海的子民,山海情结自然就成为原住民文学书写中最特殊的要素。山海之所以成为原住民的心灵之神,不仅在于它提供了原住民维持日常生活和族群繁衍的基本生活环境与生活资料,更在于在山海之间,存有原住民来自祖灵的天启、成为灵魂精神的寄寓之所。因此它绝不仅仅具有自然地理学的空间意义,也同时具有族群心灵空间的意义。在原住民文学中,所有的神话、传说、故事,都离不开对于山海的描述,这种描述充满着敬畏和谦卑,以至于使人觉得山、海本身其实就是神,对于山海的崇拜,就是对神的崇拜,对于祖灵的虔敬。原住民文学俨然已形成了一种独特的山海美学、山林神学,主宰着原住民作家的写作取向,赋予了它灵动的风格与深邃而神秘的底蕴。山海是原住民作家们取用不竭的灵思厚感的源头活水。在这方面,布农族的田雅各(拓拔斯·塔玛匹玛)和达悟族的夏曼·蓝波安的创作可为范例。

① 孙大川:《台湾原住民文学创世纪》,《台湾原住民族汉语文学选集》,台北:INK印刻出版有限公司2003年版。

第二节　田雅各　莫那能

田雅各——布农族的代言人

　　田雅各(1960—　)，布农族，台湾南投县人，原名拓拔斯·塔玛匹玛。中学时代加入阿米巴诗社，开始文学创作，高雄医学院医学系毕业后即到台东兰屿卫生所任医师，以后还在彰化、花莲、高雄等地行医，现为台东县长滨乡卫生所主任兼医师。著有小说集《最后的猎人》(1987)、《情人与妓女》(1992)，散文集《兰屿行医记》(1998)，曾获"吴浊流文学奖"与"赖和文学奖"。

　　1983年田雅各参加高雄医学院南杏社文学奖征文，他的《拓拔斯·塔玛匹玛》脱颖而出获小说奖，立刻为文坛所注意，被同时选入尔雅版与前卫版的年度小说选。这是田雅各的处女作，也是成名作，也可说是20世纪80年代台湾原住民族作家创作的序曲。台湾原住民族作家创作的作品，本身就具有别的非原住民族作家所没有的本土性，这给台湾的乡土文学增添了新质；同时，在日益发展的商品经济、工业文明的冲击下，原住民族根性与现代文明的矛盾更加明显且愈益激烈。

　　《拓拔斯·塔玛匹玛》描写一个受过现代文明教育的山地青年，在回家途中的客车上听到同族人——布农族的谈话内容，没有丰富、曲折、生动的故事情节，但却蕴含了较深厚的生活内涵。作品不仅透露出布农族的具有民族特色的传统生活形态，而且揭示了在现代文明的冲击下，布农人所面临的深刻危机及其复杂心态。年轻人王姗妮坚信祖辈的信念"要平平安安过日子，就要回到土地上来"；猎人乌玛斯的话袒露了对现代文明破坏森林自然生态平衡和对当局禁猎行为的不满；笛安为了替儿子置办结婚用的新床而砍伐榉木，对现代法律的无知使他被法院传讯罚款，而山地人"靠山吃山"的传统思维方式使得笛安对这种现代文明世界的一切感到迷惑；对斯守山地种田好还是去城市打工好的争论更显示了布农人无所适从、左右为难的矛盾心态；而在弃农从业、当了客车司机的退伍青年身上，则隐约透露了时代的变迁、价值观念的蜕变。作者在小说中对山地人充满了同情，对现代文明的法律、法规等也并非全然同意，有时还包含着谴责之意。这种矛盾心态，正是受过现代文明洗礼的布农族作者的真实情感的流露，也显示了步入历史十字路口的布农族人的迷惑和抉择。

　　在田雅各其后的小说创作中，那种特有的清香气质越来越得到集中的表现。《最后的猎人》展现了布农族人独特的民族生活、文化心理、思维方式、价值观念、性格特征等。小说虽然也对因当局禁猎而使布农人生计受阻现象以及警察借公行私、掳掠民物的行径加以揭露,但更有意义的却是对布农族人特殊的生产方式、生活方式以及他们对自然万物的特殊感受的描写。"最后的猎人"比雅日承袭着父亲"不是农夫就是猎人"的信念,他喜欢狩猎,不仅因为狩猎能获得他们生活所必需的东西,而且因为狩猎已成为猎人生存价值的体现。不断地征服猎物,不断地超越自己,渴望成为一名真正的勇士,这是融入布农人血液中的具有深厚民族文化心理蕴涵的气质和心态。布农族男人打猎时害怕摔倒、下山的猎人不管其猎物多少都要分一些给上山的猎人、每个猎人都有自己的狩猎领地、妇女怀孕后的禁忌等具有民族色彩的风俗习惯、信仰在这篇小说中都有生动鲜明的体现,明显地带有台湾原住民族的本土色彩。布农族猎人对传统的狩猎文明有很深的依恋,他们以森林为家,他们希望受到工业文明洗礼的人们要"把眼光放亮一点",不要单单看重"原木的粗细",应当好好思索人与自然相处之道。

如果说田雅各写出了原乡布农族的事迹,这已足够令人珍视;更何况他使用的是如此独特优美的表现方式。他创作时,都先以布农语在脑中想好,再"脑译"成中文写出来。在自序中他说,"开始认识汉字至今,不论是被输入或自己猎取的文字里,发现中国由许多民族渐渐融合而成……写作的最终目的,仍是想借文字使不同血统、文化的社会彼此认识,以便达到相处融合的地步。"如《马难明白了》其中写到高山族孩子在学校中备受其他同学的欺凌和嘲笑。小说中的马难听了父亲的一番话终于明白了这样一个道理,"世界那么大,一定会产生各种不同的人种,但这些只是外表,与智慧、道德没有多大的关系,所以皮肤黑并不代表就是野蛮。"这表达了一个弱势民族追求民族平等的愿望。对于台湾文坛而言,田雅各这样的胸襟和才华,不仅给文坛注入新血,而且是增植骨肉,他所细腻描述的族群性格,使台湾的土地呈现出更厚实可信的魅力。在最后的猎人的枪下,森林也许已经没有东西了,但是在田雅各这样的作家慧眼中,文学资源却异常丰富。他的作品呈现了特有的人道关怀以及对弱势族群的同情,使他成为布农族愿望的代言人,在台湾文学史上占有一席之地。

莫那能——台湾原住民民族解放运动第一位诗人

莫那能(1956—),排湾族,汉名曾舜旺,台湾台东县人。因患视弱全盲,中学毕业后无法继续求学。著有诗集《美丽的稻穗》(1989),曾获邀赴美国艾荷华大学和日本访问。现为按摩师。

陈映真曾称他是"台湾原住民民族运动的第一位诗人",莫那能之所以能成为优秀的诗人,是与他个人和家庭的遭遇分不开的。善歌聪颖的莫那能由于家庭贫寒,不得不在初中毕业后就离开家乡来到城市参加繁重的劳动,他当过采砂工、捆扎工、搬运工等。沉重的劳动和青少年时代的营养不良再加上一系列病痛的折磨,使得本已弱视的莫那能双眼全盲,不得已以按摩为生;他的弟弟也在城市的劳动力市场上辗转流离;他的妹妹则被人贩子拐卖到妓院……个人和家庭的不幸遭遇使他对人生与社会有了较早的认识,对真善美、假恶丑有着深刻的感悟。这些愤慨与感悟启动了他写诗的天赋和欲望。他的诗,为原住民族的生存、发展和未来的命运而呐喊、抗争,感情奔放热烈,爱憎分明。

莫那能生活的时代,恰是台湾原住民固有的社会共同体与经济系统面临现代经济文化的激烈冲击而走向土崩瓦解的时期。从清朝开始,台湾原住民社会一直被排斥在现代社会的发展之外,历代的统治者或对其进行划界而治,或以"山地管制"等限令来限制汉人对山地的渗透。这虽然保存了原住民族的文化形态、价值观念和道德观念,保护了自然环境等,但随着六七十年代台湾资本主义经济的快速发展,商品和商品经济强劲地向山地渗透。电视网和山地社会中商品贩售杂货店快速地刺激了原住民的消费欲望,货币作为购买商品的媒介从根本上改变了原住民族共同体的半采集渔猎、半定垦经济的生活方式。为了生活必需的货币,原住民典卖他们仅有的、最原始的商品,即男子的劳动力和女子的肉体。现实的残酷使得莫那能深切关注原住民族的生存困境和未来命运,深刻的现实主义和问题意识是他诗歌最突出的特点。原住民现实境遇中的诸多问题,如被迫迁离祖居地、流落城市甚至国外、出卖劳动力、山地雏妓乃至失去骨气的"山奸"等,无不在他诗中得到尖锐深刻的反映。

莫那能的诗叙写着个人和家庭的不幸,内心充满着幽怨和自卑。当诗人经历种种人生的不幸时,他逐渐感悟到,这不仅仅是他个人家庭的遭遇,这是被现存政治经济体制逼迫和诱惑放弃自己的驻地而陷入城市底层的所有原住民族的遭遇。于是,莫那能从个人到民族,从小我到大我,思想感情不断升华,他为原住民族同胞被迫沦于台湾光复后资本主义最底层,青年男女成为廉价劳动力和肉体商品而疾声抗议;为本民族赖以生存的基地——自然环境被庞大资本体系所摧残而发出怒吼;为原住民族所受到的不平待遇发出呼吁和抗争。他的《流浪——致死去的好友撒即有》一诗,叙述了撒即有从12岁起,不停地流浪,最后远渡重洋到阿拉伯做工,被挖土机夺去生命的不幸命运;《归来吧,莎鸟米》抒写了一位山地少女被卖的悲惨遭遇。他们付出了很多,得到的却很少,因此诗人大声疾呼,"如果你是山里人/就擦干被血泪沾湿的身体……/怒唱深绝的悲痛……/当命运失去了退路/只就

剩下一线生机——/背山而战。"(《如果你是山里人》)

诗人不忘个人、家庭和朋友的苦难,更没忘原住民族的尊严和未来的前途,他相信自己的民族是充满着希望的。在《恢复我们的姓名》中,诗人对原住民族同胞的姓名被遗忘和受到压迫势力的迫害,发出激越抗争的呼唤。他深深意识到他们的姓名"在身份证的表格里没了",他们的命运"只有在人类学的调查报告里/受到郑重的对待和关怀",诗人明白姓名就是一个人的尊严,于是提出要恢复他们的姓名,也即恢复他们的尊严,这是原住民族同胞争取民族尊严的理直气壮高亢强烈的呼声。要恢复民族的尊严就必须斗争和反抗,他在诗中写道:"只要太阳还升起/只要高山还耸立/只要大河还奔流/被迫离乡背井的/失散颠沛的民族/终要愤然崛起。"(《为什么》)面对外来的侵略,诗人呼吁不能过分善良,不能妥协,因为"妥协只会加速自己的死亡",号召人们采取积极的态度,努力奋斗抗争,原住民族终会获得"土地的芬芳"、"阳光的温暖"与"和平相柔的歌唱。"(《鹊儿,听我说——给山地知青》)

莫那能的诗,出现于原住民族不论在政治、文化、经济、教育、人格和思想发展上,都处于困顿甚至分崩离析的种族危急时刻,因此他的诗吟咏的重心不是原住民那历史悠长的神话、传说和美丽的民俗风情,他的诗关注的焦点是残酷的现实中原住民非人的遭遇及其对民族命运和未来的思考。诗人还认识到"无数小溪汇成巨大的声音/它叫大河/无数民族汇成巨大的声音/它叫中国/我是少数民族的一支/我是人民/我是小溪/有了我/才有中国",对此陈映真给予高度评价,他认为诗人对于人为民族之本,个别人的权利与尊严是国家与民族的根底,以及中国之为多民族统一的国家的认识,远远超出时流之上[1]。从诗人身上,我们可以看到一个民族的觉醒,可以听到一个弱势民族不平与抗争的心灵之声。他的那些激越抗争的诗句,对于激励民族的灵魂、召唤民族昔日的光荣与尊严具有极大的启蒙和鼓舞作用。

第三节　夏曼·蓝波安

夏曼·蓝波安——以海洋为生命的达悟族作家

夏曼·蓝波安(1957—　),达悟族,台湾兰屿人,汉名施努来。他于淡江大学法文系毕业后在台北生活了 16 年,之后又重新回归兰屿红头部落。他的创作主要是小说和散文,代表作有《八代湾的神话》(1992)、《冷海情深》

---

[1]　陈映真:《莫那能——台湾内部的殖民地诗人》,载莫那能:《美丽的稻穗》,台北:晨星出版社 1989 年版,第 181 页。

（1997）、《黑色的翅膀》（1999）、《海浪的记忆》（2002）和《航海家的脸》（2007）等。

夏曼·蓝波安的小说作品多叙述达悟族的神话故事，展现独特的原住民文化生活与风俗习惯；散文作品则抒发自己身处兰屿与台湾两社会的心境转折，并以恢复达悟族原名、重新书写该族文化与生活为目的，通过学习潜水射鱼、接受海洋洗礼等方式，肯定兰屿岛传统生活的基本价值，呈现自己与原住民族群的情感。选择从现代大都市回到达悟族人传统的生活方式（伐木、造拼木舟、划船、潜水、射鱼、以捕鱼为生），看起来似乎是一个极端的例子，却让人分明看到了海洋之于他的重要。他自称是"海里面的作家"、"海底独夫"，而不是通常意义上的"海洋作家"。

《冷海情深》尽情渲染了海洋的非凡魅力：

> 骇浪宣泄的泡沫不断地淹没我，如沙粒般的白点，千亿粒的白点，模糊了视线，潜入水中企图弄清视线……海是有生命的、有感情的、温柔的最佳情侣，海中形形色色的奇景，唯有爱她的人才能享受她赤裸的艳丽与性感。
>
> 沙滩是我们的床，海浪宣泄的潮声是我们的安眠曲，天空的星星是祖先的灵魂，月亮是祖先的朋友。
>
> 海是一首唱不完的诗歌，波波的浪涛是不断编织悲剧的凶手，但亦为养育我们的慈父。我们爱他，但不了解他。
>
> 除了自然光外……阳光射穿海面形成千条万丝的亮丽景观，在一片起伏的堡礁里潜梭着无数的艳丽的热带鱼，忽现忽没，甚至有些小鱼如眼睛大小般地在密集的珊瑚树丛向上跳跃，如此汇集成一个生机盈满之奇景……

"达悟男人的生命史，其实是海铺陈的。"在夏曼·蓝波安的笔下，海洋不是一个仅供作家描写的客体对象，一个没有生命和灵性的处所，而是有生命的精灵，也是以海洋为生存依靠的心灵的寄托。因此，夏曼·蓝波安的海洋写作与一般的自然写作其实并不一样。在寻回与族人融洽相处之道、为族人争取自己应有的权利的过程中，他日益认识到努力投入达悟族的"飞鱼文化"、敬畏海的神灵，才能被海洋接纳，被族人认同，从而踏上祖辈的航道。夏曼·蓝波安还将生态理念融入海洋书写。他曾自称，他要在原住民青少年中延续"在他们心中加速退化的族群意识……在唯汉独尊、一言堂的教育体制下输送一股有鱼腥味的原料"①。他是一个海洋的书写者,更是一个海洋的朝圣者。海洋就是他的"麦加"。

汉原之间的对立、冲突,是原住民身份书写中不可回避的心结。

在夏曼·蓝波安的长篇小说《黑色的翅膀》中,作者借四个国小六年级原住民学生对于"皮肤白白"的、台湾来的"师母"的偷窥和性想象,营造了跨越族群鸿沟的感情沟通的温馨图像。有的孩子甚至以将来找一个像师母一样"白白皮肤"的台湾女子为理想。作品显出原汉关系中的某种亮色。作者在这里是否暗示:也许只有到了下一代,原汉族群之间才可能平等地交好?

论文作业参考题

1. 谈谈台湾原住民文学兴起的原因及发展过程。

2. 原住民的"口传文学"包含了哪些内容?

3. 莫那能的诗歌主要有哪些特点?

4. 结合田雅各和夏曼·蓝波安的创作,谈谈何谓"山海情结"。

---

① 夏曼·蓝波安:《冷海情深》,台北:联合文学出版社1997年版,第118页。

第十一章 台湾眷村文学作家的创作

第一节 概　　述

　　眷村,指的是国民党败退台湾后在台湾各地为安置中下层官兵及其眷属所搭盖的军眷区,是特定历史时空下的产物。眷村多依附军队而建,自20世纪50年代起,从北到南约有近900处。眷村已成为台湾社会不可或缺的文化地景。

　　从眷村走出来的作家,基本上都是外省第二代作家,重要者如张大春、苏伟贞、朱天心、朱天文、袁琼琼以及骆以军、张启疆、苦苓等。以眷村为创作题材的文学作品被称为眷村文学。眷村文学的表现形式多样,有小说、诗歌、散文、戏剧等,尤以小说为大宗。从最初的零散记录到有意识的长篇巨作,眷村文学已蔚为大观,代表作品有朱天文的《传说》、《小毕的故事》、《最想念的季节》、《炎夏之都》、《世纪末的华丽》、《荒人手记》,朱天心的《方舟上的日子》、《未了》、《时移事往》、《想我眷村的兄弟们》、《古都》,苏伟贞的《陪他一段》、《有缘千里》、《旧爱》、《离开同方》,袁琼琼的《沧桑》、《今生缘》,张大春的《鸡翎图》、《四喜忧国》、《我妹妹》、《没人写信给上校》,张启疆的《消失的□□——张启疆的眷村小说》,苦苓的《外省故乡》,孙玮芒的《忧郁与狂热》、《龙门之前》、《卡门在台湾》,张国立的《小五的时代》,爱亚的《曾经》,萧飒的《如梦令》、《少年阿辛》、《走过从前》等。讲述眷村四个家庭三代人经历的话剧《宝岛一村》(王伟忠、赖声川合作)于2008年12月在台北首演,场场爆满,2010年到大陆巡演,一时红遍大江南北,引发眷村文化热潮。

　　眷村文学在70年代末开始出现,最初只是作家对自己生活环境的一种自然描述。很多眷村出身的作家有意或无意地将眷村带进文学作品中,朱天心的《长干行》描述眷村一对青梅竹马的情侣;《昨日当我年轻时》是以一个小女孩的视角写眷村一个家庭两代人的悲喜。孙玮芒的《斫》,写老兵与小孩保卫眷村老榕树的故事。朱天文的《扶桑一枝》中的萧家,是一个热闹的眷村家庭;《子夜歌》是“我”——一个眷村小孩——心中的眷村之歌。这样的作品数不胜数,"眷村"作为家,已内化为作家人生经验的一部分,透出"浓浓的眷村味儿",是他们的"地域"特色。而所谓眷村文化,大致体现在以下几个方面:一,眷村文化是一种多元文化,有浓厚的大陆中原传统文化的气息。一个眷村往往容纳了五湖四海各个省份的人,是大中国的缩影,保留了各地不同的风俗和文化,又相互融合,是中国传统文化的延续。二,眷村是一个封闭的聚落,没有血缘、宗族关系,成员以军人及其眷属为主,邻里关系紧密,在窘困的生活中互相扶持,重情重义。三,乡愁是眷村文化很重要的一个部分。眷村最初只是过渡之所,眷村老少对大陆老家有很深的乡愁,所以眷村里又难掩无根的焦虑感。

80 年代开始的眷村改建,是促使"眷村文学"这一文学现象出现的重要原因。获联合报中篇小说奖的《未了》,按作者朱天心自己的说法,"这个题材本是想好了要等将来功力够的时候,好好写成一篇长篇的,没想到去年五月得悉以前住的村子要拆建为四层楼的国宅,为了这个,短短的数日内仓促下笔"①。这种心情很具代表性,改建催生了大批眷村题材的文学作品。部分作品只是以眷村为背景,以眷村人为作品人物,立意多样;一些作品则以眷村为中心,有意为眷村立传。张启疆的短篇小说集《消失的□□——张启疆的眷村小说》,写尽眷村形形色色人物。苏伟贞的《有缘千里》、《离开同方》,从不同层面记录了两代眷村人的悲欢离合。眷村改建成"国宅",不只是居住空间的改变,也是生活方式和价值观念的改变。眷村文学的兴起一方面是眷村人对旧家园的怀念,另一方面其怀旧也暗藏着社会转型期两种文明形态的冲突角力。

影响眷村文学甚深的另一社会背景是台湾复杂的族群问题。解严之后,国民党威权崩解,本土力量兴起,族群矛盾愈演愈烈,眷村的地位日益边缘,被贴上各色标签。外省人的尴尬处境、认同的持续和断裂、对身份的无穷追问都一一进入眷村文学。与早期的单纯、感性相比,后期的眷村文学加大了从内到外的反思力度,追溯历史,审视当下。张启疆的《消失的□□》,以留白填空的方式暗喻眷村人身份的多重与尴尬。朱天心的《想我眷村的兄弟们》精准地触及两代外省人在台湾的两难处境和微妙暧昧的心理,为外省人辩护,也严酷自剖,更延伸到对当下社会政治的批判。苏伟贞的《离开同方》,同样也写一个眷村中几户人家老少两代的故事,却比《有缘千里》荒诞和诡异,进一步深化了对眷村人生命形态的思考,进而扩展到对生命的大追问。随着社会各界的共同努力,族群矛盾渐渐缓和,终将寻到平等共处的

① 朱天心:《人身难得(得奖小感)》,见《未了》,台北:联合文学出版社 2001 年版,第 21 页。

平衡点。

眷村是非常具有代表性的外省群落,眷村文学的出现,也体现了台湾文坛对外省人生存处境的关注。但眷村并不能代表全部外省人,眷村内外的外省人有些微的不同,很多非眷村出身的外省第二代作家(平路、骆以军、蒋晓云等)也成绩斐然,共同支撑起外省作家大家族的辉煌。

第二节　苏伟贞　朱天心

苏伟贞——眷村的多元书写反思

苏伟贞(1954—),女,广东番禺人,生于台湾台南。毕业于政战学校影剧系,香港大学哲学博士,曾任《联合报》"读书人"主编,现为成功大学中国文学系专任助理教授。著有中、短篇小说集《红颜已老》、《陪他一段》、《世间女子》、《旧爱》、《热的绝灭》、《魔术时刻》,长篇小说《有缘千里》、《离开同方》、《沉默之岛》、《时光队伍》,散文集《岁月的声音》、《来不及长大》、《倒影台南》、《租书店的女儿》等,评论《孤岛张爱玲》、《私阅读》等。

1976 年苏伟贞发表处女作《陪他一段》,即引起文坛瞩目,女主角费敏爱上一个不爱自己的男人,明知深情得不到回报仍决定"陪他玩一段"。小说采用了言情小说的套路模式,却一点都不凄苦,费敏对自己、对他始终清醒,不怨不妒,表面弱势,实则内里藏着巨大力量。《陪他一段》奠定了作家的创作基调,关注女性独特的情感世界,风格清冽、冷峻。《红颜已老》、《世间女子》等作品中,女主角也和费敏同一类型,性情纯净灵透,对爱情"只要心甘情愿,一切无怨"。女性,是苏伟贞早期创作的重要题材。

相较早期单纯写情,倾向纯精神的清灵无尘,苏伟贞后期作品更多写"欲",更加深入灵与肉的纠结,日趋复杂深刻。这种转变可以从《人间有梦》与《过站不停》的对比中看到,因为后者是改编,尤其明显。《过站不停》大量增加了代表世俗的李磊的篇幅,男主角与她的纠葛也从较单纯的同情疼惜发展到了肉体与感情的纠缠。童先文(品晨)与李磊(杨亭),宛若灵与肉的两极,同样都是生命的展现,合二为一才是整体。获第一届时报文学百万小说奖评审团推荐奖的《沉默之岛》,是苏伟贞的重要代表作,这部小说深入开掘了女子欲情。小说的结构非常独特,设置了交叉出现的两个人物系列和故事情节,两个女主角都叫霍晨勉,有一个叫晨安的手足,有个情人丹尼……两个主角的故事又是各自独立的,前晨勉出生于一个不幸家庭,母亲杀死父亲后在狱中自杀;后晨勉则出身正常家庭,本身已婚,父母健在。前晨勉在外婆死后放纵情欲,后晨勉则在遇到情人丹尼后收敛肉欲,日趋专一。"性"在两个晨勉的生活中都占据了重要地位,作家揭开了女性身体的秘密。放开或收敛,都是女性对自己身体的自我掌控,"性"成为寻找或证明自我的一种方式。

苏伟贞出身台南"影剧三村",眷村题材也是她文学创作中颇受关注的一部分,还编选了《台湾眷村小说选》(二鱼文化出版公司2004年版)。《有缘千里》基调写实,铺叙了致远新村中的悲欢离合,记录了眷村人的生活和心路历程,大体上平和感性。《离开同方》中的同方新村则气氛压抑、窒闷,各色人物皆举止怪异、疯狂。奉家的孩子,阿跳好动爱哭,狗蛋嗜睡不语,小洗与雨亲近。袁家伯伯风流酗酒,续娶仇阿姨后毫不收敛,被白痴儿子袁宝刺死。李家伯伯常年驻守外岛,李家妈妈神智痴傻,诞下生父不详的中中后失踪。之后传说戏班子风采过人的台柱全如意就是失踪的李妈妈,但无法确认。方家女儿方景心美丽聪慧,与小余叔叔的恋爱遭到家人反对,两人在一场甘蔗地大火后失踪。大家都认为甘蔗地里的尸体就是他们两人,方妈妈因此发疯。其实两人已私奔外地,生活稳定后又现身同方新村,如同鬼魅。段叔叔有洁癖,对席阿姨的忠贞疑神疑鬼,终于逼使席阿姨走向小佟先生。这部小说深化了对眷村人生命形态的思考,促人追问精神病态背后的历史和现实原因,甚而,眷村已经不是首要的存在,"从一种单纯的熟悉的生活经历,上升为一种昭示人类/个人生存形态的象征"①。

不管什么题材,苏伟贞的小说都有一个对于生命的大追问。眷村是一个场域,婚恋也只是一种手段,她纪念丈夫张德模的《时光队伍》,更是倾尽全力塑造了一种丰富、强悍的人格。

朱天心——为"我眷村的兄弟"塑像

朱天心(1958—),女,山东临朐人,生于台湾高雄,台湾大学历史系毕业。朱天心出生在一个备受瞩目的文学世家,父亲是"军中作家"朱西宁,母亲刘慕沙是著名的日文翻译家,姐姐朱天文与妹妹朱天衣都是作家。朱天心高中开始写作,曾参与创办"三三集刊",现专事写作。多次荣获时报文学奖及联合报小说奖等文学奖,是台湾文坛上重要的作家。代表作有《方舟上的日子》、《击壤歌》、《未了》、《时移事往》、《台大学生关琳的日记》、《我记得……》、《想我眷村的兄弟们》、《小说家的政治周记》、《古都》、《漫游者》、《二十二岁之前》、《初夏荷花时期的爱情》等。

朱天心出身眷村,她的小说自然会出现眷村背景,像《长干行》、《昨日当

---

① 刘俊:《从〈有缘千里〉到〈离开同方〉——论苏伟贞的眷村小说》,《暨南学报》2007年第4期。

我年轻时》、《一二三木头人》等都是如此。《未了》则以作家自己的身世为蓝本,记录了一群眷村小孩的成长。要不要弄房子、小孩子满山遍野的疯玩、村里第一台电视机等,都是眷村人共同的记忆。《未了》是一本感性之作,作家不曾为这个题材再写一部长篇,但对眷村的省思日趋深刻,《想我眷村的兄弟们》便是代表作。朱天心对眷村怀有无法割舍的浓厚感情,《想我眷村的兄弟们》充满对眷村的理解、辩解,同时也多了严酷的自剖和反省。作家从温馨怀旧走入眷村龌龊隐晦之处(猥亵少女的单身老兵等),解析了外省人与国民党的微妙关系,不承认居于下层的多数外省人是既得利益者,既有再被国民党辜负背弃之感,又克制不了为它辩护。和《离开同方》一样,这里的眷村也是焦躁不安的,直指外省人在台湾的尴尬暧昧的处境和认同困境,以及无法落地生根的危机迫促之感。作家对外省人身份认同问题的思考,也体现在《古都》中。作家在不变的京都与多变的台北的对比之中,在历史与当下的交错中,展开对国族论述的多重思考。

朱天心的创作以《我记得……》为界,分为前后两段。前期的作品多是少女情怀、风靡一时的长篇散文《击壤歌》,浪漫率性,自有一股英气和豪情。后期的朱天心笔触越发老辣,深入观察社会,其创作极其贴近现实,尤其关注弱势群体。《我记得……》一书收入七个短篇,《淡水最后列车》写赡养老人的问题;《我记得……》、《十日谈》、《佛灭》三篇直接与政治运动有关,一篇是曾参与本土政治运动的城市中产阶级误以为自己车祸将死的意识流动,一篇描写各方人马的选举心理,一篇写反对运动;《新党十九日》从一个家庭妇女的视角写全民炒股热;《鹤妻》则是一个生活在都市中的全职太太退化为兽的扭曲人生;《去年在马伦巴》是无名港侨在台北的幽闭生活。《想我眷村的兄弟们》更是一个短篇对应一个"畸零族群",《我的朋友阿里萨》对应中年男子,《想我眷村的兄弟们》对应眷村,《从前从前有个浦岛太郎》对应政治受难者,《预知死亡记事》对应老灵魂,《袋鼠族物语》对应母亲,《春风蝴蝶之事》则对应女同性恋者。

朱天心是弱势族群的代言人,她特别关注较少作家描写的群体,如家庭妇女、母亲等;或者深入到某一群体较少被关注的部分,如中年的焦虑、中产阶级的冷漠等,如写被神圣化的政治运动虚妄阴暗之处,写同性恋选择那种异性恋与同性恋之间暧昧不明的边缘地带。2010年推出的长篇《初夏荷花时期的爱情》写爱情却选择中年这一时间段,写时到中年的中产阶级物质富足表象下的心灵冷漠。

第三节 骆以军 张启疆

骆以军——"外省第二代"作家中的佼佼者

骆以军(1967—),安徽无为人,生于台北。中国文化大学中文系学士,台北艺术大学戏剧研究所硕士。骆以军作品以小说为主,著有小说《红字团》、《我们自夜暗的酒馆离开》、《妻梦狗》、《第三个舞者》、《月球姓氏》、《遣悲怀》、《远方》、《西夏旅馆》;童话集《和小星说童话》及诗集《弃的故事》等。骆以军曾获多项文学奖,其中《西夏旅馆》于2010年获第三届红楼梦奖(又名世界华文长篇小说奖)首奖,是台湾作家第一次获此奖项。

骆以军虽不是在眷村长大,与眷村作家稍有差异,但同样致力于探讨外省经验,是有代表性的外省第二代作家中的佼佼者。外省第二代都没有父辈那具体可感的原乡,但与朱天心等50年代出生的外省第二代相比,骆以军等60年代出生的第二代成长在一个威权崩解的多元时代,立场更加边缘,对个人身份、国族历史的质疑更深。对外省身世的探究一直贯穿于骆以军的写作,诸如《月球姓氏》便欲"以'我'的有限30岁时间体会、召唤、复返、穿梭'我'这家族血裔,形成身世的那个命定时刻"①。第二代关于家族的认知皆来自于"我父亲说",父亲的身世是他自己的梦,是意识形态争夺的战场,也成为后代失去自我的梦魇。《我未来次子关于我的回忆》也涉及了在记忆之真实与虚构中漂移的家族身世的思考,对个人身份认同的困惑和彷徨。第二代与父亲的关系十分复杂,他们想借由"弑父"找寻自我,又不由自主地寻找父亲,历经千辛万苦方才理解父辈的悲伤,重建自我主体意识。《西夏旅馆》写的是有两百年历史的西夏王朝,西夏为党项人创建,曾经繁盛一时,创造了自己的文字等,最后被蒙古所灭,但传说最后有一支骑兵逃到了四川西康一带。西夏"灭族"的命运与台湾外省人处境极为相似,小说以西夏历史为依托,写尽了台湾外省人的离散经验以及失根的焦虑、被遗弃的悲苦。

《西夏旅馆》历时四年完成,代表了骆以军的创作高峰,整部小说寄托深远,明写西夏,实则隐喻了台湾外省人,但又不仅仅如此。不相干的西夏与旅馆是奇妙的相遇,旅馆是没有起始点的中转站,是一个最适合异乡人的意象,一群畸形的异乡人——其中一位是最后一个西夏人图尼克——聚集在一个怪诞旅馆中,成就了这本"创伤与救赎、离散与追寻"之书,"骆以军糅合

---

① 骆以军:《定格的家族史——〈月球姓氏〉的写作源起》,《文讯》2001年2月。

私密告白与国族叙事,魔幻现实与情欲臆想,黑色幽默与感伤格调,铺陈现代中国经验最复杂的面貌"①。骆以军的创作一直保持着对人生/生命的深刻反省。《降生十二星座》将电动玩具与西洋星座相结合,"我"运用十二星座的知识玩"快打旋风"游戏,终有一天惊惧想到自己是何星座,"星座乍看是扩张了十二个认知坐标的原点,实则是主体的隐遁消失"。《遣悲怀》以给已故女同作家邱妙津的九封信贯穿全文,另外穿插三个梦和五个时间差的故事,透过文字进行一场生死对话,着力书写死亡议题。

　　骆以军文风诡奇,作品中充斥着对伤害、暴力、猥亵、色情等变态的描述,他的作品也有私小说的倾向,内心的私密与不堪被毫不隐晦地呈现出来。骆以军是一位非常注重文学技巧的作家。他最早出版的《红字团》,六篇作品都采用了后设的技巧。《妻梦狗》以私小说的策略,绵密地书写梦境,自成一种文体。《遣悲怀》则是交替运用"遗书体"与"情书体"与邱妙津进行生死对话,被王德威誉为"新世纪台湾小说第一部佳构"。《西夏旅馆》的结构也很特别,不是一般历史小说惯常采用的线性叙事模式,而是将西夏历史放置在现代旅馆这样一个迷宫般的空间符号中,结构错综复杂,犹如"乱针刺绣",信息密度极大。

张启疆——在消失的地景与氛围背面

　　张启疆(1961—　　),安徽桐城人,生于台北。台湾大学商学系毕业,曾任杂志主编、记者、专栏作者、《自由时报》副刊主编,担任过现代中国青年写作会副理事长,现为专业作家。著有小说集《如花初绽的容颜》、《小说、小说家和他的太太》、《导盲者》、《消失的□□——张启疆的眷村小说》、《俄罗斯娃娃》、《不完全比赛》和散文集《泡沫年代》、《子夜一场》等作品,曾获时报文学奖散文首奖、梁实秋文学奖散文第一名、联合报文学奖短篇小说第一名等奖项。

　　《消失的□□》是张启疆的眷村小说集,集中体现了作者对眷村历史、当下、未来的反思,深入眷村人惶惑、失落、焦虑、迷茫的心理,运用象征、魔幻、意识流等现代技巧,刻画了眷村人的时代悲喜剧。眷村人经历战乱的大时代,被迫离开家园暂住台湾,然而随着时局变迁"反攻复国"的信念破碎,老家回不去,与台湾又不能无间隙地融合,家不成家,最后落入进退失据的尴尬情境。朱天心用"蝙蝠"形容眷村人尤其是第一代的处境和命运,张启疆则用了"悬棺"意象。蝙蝠徘徊于鸟类和兽类之间的命运非常无奈和悲哀,

---

① 《西夏旅馆》获"《红楼梦》奖"的颁奖词。

悬棺更添了一份狰狞和诡异。眷村人的悬棺处境,有多方面的原因。战乱流离总是会给人性留下阴影,而且眷村人流离在外有意无意会篡改记忆,无限夸大过去的辉煌,与现实相比落差极大;眷村人多是军旅出身,有很强的忠党爱国意识,而国民党允诺的"复国"梦碎,对他们是很大的打击。内外多重原因,导致他们的过去变得不确定(《故事》《遗嘱》中的老兵都痛呼忘记了过去的一切,回忆似黄粱大梦),眷村也成了"迷宫"、"模型"、"字谜"、"声障"(《君自他乡来》)。张启疆在《君自他乡来》中提到棒球运动这项"本土运动"对眷村子弟来说是一个"离家或回家的循环游戏",道出了"眷村"对"中国—台湾"的复杂情感,对已被拆除的眷村的复杂情感。

眷村人的悲剧,也和台湾社会的省籍矛盾有关。眷村是一个封闭的社区,与外界交流不多,眷村人最初也无心融入本地生活。后来本土力量兴起,外省人一下子从中心沦为边缘弱势群体,且受到诸多指责,这是他们融入当下社会的巨大阻力,让他们的处境愈加艰难。《消失的球》描写了眷村子弟与本地小孩各自成帮结队互相争斗,一场球赛的失败竟然成为"我"几十年的心理阴影,不能面对孩童时期的对手成为自己的上司,心中郁郁不得解终迫使"我"辞职求去。张启疆对眷村人扭曲的心灵有深刻的反省,也为部分本省人狭隘的本土观念发出不平之音。《失踪的五二〇》中的张台生,辜负父母的期盼沦为街头流氓,参加本省人发起的民主运动甚至为"台独运动"充当马前卒,这不仅与眷村父辈的信念相悖,更悲哀的是并未得到本省人的认同。某天他遇到一群本省人,他高喊"自己人"、"同路人",本省人却认为"干,这个外省口音的,不是便衣就是抓耙子,给伊死"。

张启疆的创作多元,除眷村小说外,其他作品也深具特色。张启疆喜爱棒球运动,也写过很多与棒球有关的作品,有《棒球三十六计》《台湾职棒怪百科》等。《如花初绽的容颜》《小说、小说家和他的太太》等对现代都市景观和文化特征以及都市人的思考、行为模式与心理状态多有刻画。张启疆的散文创作也很有特色,是台湾"都市散文"的重要作家之一。

论文作业参考题

1. 简述眷村文学的发展和主要作家的创作。

2. 简要勾勒苏伟贞"欲情写作"的演变轨迹并阐述其"眷村小说"的主题意义。

3. 朱天心的眷村小说有何特点?

4. 张启疆眷村题材的作品与女作家的创作有何不同?

第十二章　台湾新生代作家的创作

第一节　概　　述

根据林燿德等的定义,台湾文坛的"新生代"(也称"新世代")指的是1950年(以1945年为弹性界限)以后出生、大约于70年代中期起陆续在文坛崭露头角的一代年轻作家[①]。80年代以来,"前行代"作家大多度过了他们创作的高峰期,"新生代"跃升为文坛主要创作力量。

80年代以来台湾社会发生了深刻的结构性变革,文学也发生了相应的改变。如勇于突破禁忌的"政治文学"与政治上的"解严"相辅相成,同时又发生了"统""独"的分化;经济的发展使文学的关注焦点从"贫穷"转向"富裕"社会的新问题;世界局势变化和两岸交流增强了新生代作家的文化开放、参与意识。社会的多元化带来了文学的多元化。

在变化了的环境中成长的新生代创作,自然形成了自己的"代"特征。如较完整的教育背景和知识结构使他们能一身兼擅多种体裁和题材,并将不同学科的专业知识带入创作中,丰富了作品的文化内涵。威权体制的结束助长了新生代卸除权威式思想枷锁,凸显反逆传统规范的思维取向。社会的都市化和高科技的发展,使速度、变化、冲突、异质事物的并列交错等,成为新的美感经验和标准,相应地引起艺术风格的变迁,前行代的充满感性和情感的"热",为新生代的知性、逻辑、如电子表般准确的"凉"所取代。号称"新人类"的更新世代的出现,则使个人化的创作倾向更形高张。

总的看,新生代作家可约略分为互有交叉的两拨。其中一拨对于70年代乡土文学有着较多的传承,着重于历史和现实的考察和描写,但比起前行代,具有多元社会的广阔视野。如洪醒夫、陈义芝致力于乡土和传统根性的维系;宋泽莱、曾心仪延续了乡土文学的批判传统;吴锦发则涉入"传统"和

---

① 由于"新生代"本是一个指涉对象不断变化的概念,所以台湾作家阿盛用"战后新生代"来特指这一代作家,显然更为明确。

— 158 —

"现代"价值摩擦的时代性主题。古蒙仁以其报道文学作品探视历史和直面人生;刘克襄则走出一条鸟类观察和自然生态写作的新路。林双不的小说涉及阶级斗争、"二·二八"事件和校园弊端,但对本土意识的片面强调显属偏颇。蓝博洲、钟乔等,或通过细致察访,试图揭开 50 年代白色恐怖的历史迷雾,或以"民众剧场"的方式实践"第三世界文学论"。部分作家努力开拓其文化视野。龙应台烧起"野火",旨在国人文化心理结构的探究和健康人格的形塑。阿盛的散文则交织着儒家文化大传统和地方民俗文化小传统。部分作家在现代思绪中融入传统情怀,如杨泽、罗智成的诗作充溢着寻根意味和文化乡愁。原住民文学的崛起是 80 年代文坛最重要事件之一。莫那能富于抗争性,田雅各、施努来着重于本民族的性格呈现和文化扎根,瓦历斯·诺干最关注的是原住民心理的疗治和再建。苏伟贞、朱天文的眷村小说展现"外省人"处境和心态,同样表达了弱势族群的呼声。

　　另一拨作家更多地将视线集中于"都市",刻写现代或后现代的都市社会运作情形和人的种种表现和心态,在艺术上显现较强烈的创新实验性。林彧刻写白领阶层的灰色人生和自我迷失。台湾"海洋文学"的开拓者东年对于现代人的心理病变,也有着深刻的揭示。女作家们集中展现现代社会的女性处境和心态,萧飒纵笔于新旧缝隙中的两性纠葛;袁琼琼则不惮于女性真我的呈现。在后现代主义的麾下,平路进行着后现代策略的现实批判;罗青、王添源以诗歌对已出现的后现代情境加以反映;夏宇的解构和拼贴,使她成为公认的后现代诗人;此外还有杜十三、白灵等的多媒体诗实验,钟明德、赖声川等的"小剧场"等。陈克华、林耀德、许悔之等的诗作,某种意义上显现了现代主义的隔代遗传和新变。陈裕盛、骆以军、邱妙津等"新人类",不同程度展现了"颓废已占领台北"的景观。面对世风的日渐颓靡,人文主义文学的再兴有力挽狂澜之效,鸿鸿、庄裕安等属此。社会多元化的一个直接结果,就是边缘的崛起。王浩威致力于边缘议题的开发,洪凌、陈雪等从性别、欲情角度,张启疆等从族群角度,陈黎等从地域角度,展开文学的边缘战斗。王德威、郑明娳以及简政珍、孟樊,则分别在小说、散文理论和诗论等方面,呈现其傲人的成就。

第二节　黄凡　张大春　王幼华

黄凡——都市系统的宏观考察者

　　黄凡(1950—　　),台湾台北市人,原名黄孝忠。中原大学工业工程系毕业,曾任食品工厂主任、英文杂志社企划等职。20 世纪 90 年代初自文坛隐退,潜心学佛,进入 21 世纪后又突然复出文坛。著有中、短篇小说集《赖索》

(1980)、《大时代》(1981)、《零》(1982)、《自由斗士》(1983)、《慈悲的滋味》(1984)、《都市生活》(1987)、《曼娜舞蹈教室》(1987)、《你只能活两次》(1989)、《冰淇淋》(1991)、《黄凡集》(1992)、《黄凡小说精选集》(1998)、《猫之猜想》(2005),长篇小说《伤心城》(1983)、《天国之门》(1983)、《反对者》(1984)、《上帝们——人类浩劫后》(1985)、《解谜人》(与林燿德合著,1989)、《财阀》(1990)、《上帝的耳目》(1990)、《躁郁的国家》(2003)、《大学之贼》(2004),以及散文集《黄凡的频道》(1980)、《黄凡专栏——给福尔摩莎》(1983)、《我批判》(1986)、《东区连环泡》(1989)等。

　　黄凡最初步入文坛,是以一种新型"政治文学"的创作引人注目的。这种作品的"新",在于它和一般具有特定意识形态立场的"政治文学"不同,力图超然于具体的政治派别之外,转而着重于对台湾政治机器运行的特点及它对社会生活发生作用的方式及其弊端缺失加以探究,对所目睹的不管出自何党何派的丑恶政治行为均加以讥讽、批评,并以此揭示人在政治运作中的渺小、被动、无力和无助。如成名作《赖索》刻画了一位因从事政治反对活动而流亡海外,返国后摇身一变成为媒体红人,却视早年追随他而陷狱的下层人物如同路人的政客型人物的嘴脸;而被卷入政治漩涡的小人物,在饱尝囹圄之苦后,又因政治偶像的破灭而遭精神上的凌迟。即使是高层政治人物,也逃脱不了被政治机器碾碎的命运。《将军之泪》中显赫一时的将军,最终免不了被历史所冷落和沉埋。在长篇政治小说中,黄凡着重揭示政治和社会其他部门的复杂关系。如《反对者》描写了台湾社会存在着严重的泛政治现象,政治无孔不入地渗透到教育等社会部门,干扰了这些部门的正常运行。《伤心城》则呈现了政、经势力相结合入侵知识界的现象。主人公范锡华的政治生涯完全操纵于其岳父、财势两全的陶庆甫手中,当他怀抱自己的政治理想越出既定轨道时,难免从巅峰跌入谷底,落个客死他乡的下场。

　　政治派别的超然性,使黄凡的政治小说似乎在批判着什么,但其具体目标却是模糊、闪烁的,因此被称为"暧昧的战斗"①。其实,这是作者有意使然。黄凡曾呼吁作家独立于权力团体之外,立志成为时代的良知②。显然,黄凡认为文学应具有更广大、普遍的关怀,因此将具体的意识形态的是非评判,转为对当前台湾政治运作情形的考察和批判。他显然认为,这种运作极不完善,甚至是荒谬、畸形的,而其根源,正是台湾长期的专制体制本身。

---

　　①　高天生:《暧昧的战斗》,见《台湾小说和小说家》,台北:前卫出版社1986年版。
　　②　转引自叶桦:《黄凡眼中的世界》,见黄凡:《伤心城》,台北:自立晚报社文化出版部1985年版。

这就是黄凡政治小说最主要的批判锋芒指向,也是黄凡表面看来已经消失了的"立场"所在。

然而代表着黄凡创作主要成就的,还是所谓"都市文学"作品。一是对一般工业文明阶段台湾都市生活的反映,前期作品较多属此;二是对后工业文明阶段(或向此过渡阶段)都市生活的反映,这在稍晚的作品中多见。在前者中,黄凡首先把焦点放在对台湾都市社会的整体考察上,着重揭示整个都市如何构成一个由经济、政治、道德、宗教、艺术等多重关系相互纠缠盘结、各部门相互渗透制约的有机大系统。其代表作之一的《都市生活》即以此作为贯穿全书的主线。书中的八个系列短篇分别以商业生活、艺术生活、道德生活、政治生活、宗教生活以及都市生活的幼年期、少年期、成年期为副题,即显示作者的整体考察企图。其中"少年期"一篇以《系统的多重关系》为题。所谓"少年期",正是猛然顿悟生活真谛、了然社会真相的年龄,显示作者对这一命题的重视。作者着力揭示,田园社会的淳朴和单调已不复存在,都市社会的所有生活领域,都难找到一块纯洁清白,不被渗透、污染的净土。《正直的范枢铭》中总经理一天的商业活动就与艺术、政治、道德生活混杂在一起而显得头绪万端,他那势利的待客态度使他的所谓"正直"成为一种反讽。《角色的选择》中编剧导演们的艺术理想,既因人的私欲而摇摇欲坠,更因商业法则而彻底破碎。

在这都市社会多重关系的复杂纠结中,必有某些因素起着关键的支配作用。只有厘清这种关系,才能真正把握都市的整体特征。长篇小说《财阀》(原名《赖朴恩的小朝廷》)就以此为重要主题。黄凡显然认为,当代台湾都市首要的支配因素是经济,或者说财富、金钱。小说中的赖朴恩,其实就是钱财的化身。一方面,他自己时刻受着金钱的支配,为了追求钱财,他费尽心血,不择手段;反过来,他又善于运用金钱来支配别人,直至影响当政者,驾驭整个社会。而他作为大财团的代表,其支配力就是大财团对于都市生活的支配力。除了经济因素外,另一起较重要作用的是政治因素,而这是由台湾社会的特点所决定的。正如吴锦发在《八○年代的台湾文学》一文中所指出的:台湾资本主义形态融合了第三世界政权常有的"买办型经济"以及传统中国的"封建型经济",在相当大的部分是和统治者利益结合在一起的。黄凡对政治和经济相互渗透、制约,"政府"和财团相互依赖、利用状况的描写,和这一说法可相互印证。

在这复杂的都市系统中,人们必然产生种种新的行为模式和思维方式,对此加以刻写,才能全面呈现都市生活的本质和都市精神。这方面黄凡也有出色的表现。求强求胜、勇于竞争是黄凡着意刻画的某些都市人的行为模式之一。从早期的著名人物典型秦德夫到《财阀》中的赖朴恩,形成一个一脉相承的都市强人形象系列。一方面,这些人勇于进取,精明干练,掌握现代经营手段,对于都市复杂的多重关系网络,不仅能避其束缚,还反将它转化为发挥才干、施展谋略的场所。另一方面,这些人崇尚实力、强权,恪守恃强凌弱、尔虞我诈的资本主义法则。显然,这些人并不是传统道德规范中的"好"人,但都市中那股粗糙、强烈的生命力就部分地来自他们身上,他们的财富和成功为人们所称美,他们的行为自然也为人所崇尚和仿效。从这个意义上说,他们是都市人的精神代表和行为典范。

当然,黄凡也描写了人数更为众多的都市生活的失败者或叛逆者。优柔寡断、懦弱退缩是这些人共同的性格特征。他们的心灵是孤寂、焦虑的,人际关系是疏离、隔绝的。《雨夜》、《国际机场》、《曼娜舞蹈教室》、《慈悲的滋味》中反复出现的做好事被人误解的现象充分说明,所谓人道、爱心、互助等已经与都市人的一般行为和思路相违拗,"这个时代已经没有圣人了,就算有,他们在台北也找不到停车位"(《财阀》)。

这样,黄凡为我们展现了一幅台湾现代都市社会的完整画面。值得指出的,对于台湾社会不断冒现的后工业文明状况,黄凡也敏锐、准确地加以捕捉和描写。如果说文学对于以齐整、有序为特征的工业文明现象的反映,大多属于现实主义或现代主义的,对于以破碎、纷杂为特征的后工业文明的反映,则大多带有后现代特征。黄凡由于喜爱索尔·贝娄等西方现代主义作家的作品而受其影响,早期创作带有明显的现代主义的痕迹。后期的黄凡,则越来越多地使用后现代的手法和技巧。如对待笔下人物,谑而不虐的嘲讽多于严厉批判,这使黄凡与现代主义作家常有的严肃、凝重判然有别。随着多元开放观念和消费主义取向的形成,文坛注重"享乐策略"(詹宏志语)的运用。黄凡顺应时势,其《东区连环泡》寓批判于一连串的幽默小品中。在《上帝的耳目》等小说中,可见黄凡对后现代的"多元平面拼贴法"和"分解、重组功能"的采用和发挥。此外,黄凡还更直接切入后现代美学的核心——瓦解语言能穷尽事实真相的"神话"及揭示其建构虚假现实的功能。这在几篇后设小说,如著名的《如何测量水沟的宽度》、《小说试验》中,有极为巧妙的经营。因此,黄凡在台湾后现代文学的兴起和发展中,也占有不可忽略的重要位置。

张大春——传播媒介"写实"功能的质疑者

张大春(1957—   ),山东济南人,生于台北。辅仁大学中文研究所硕士,曾任《中国时报》人间副刊和《时报周刊》编辑、《中时晚报》副刊主编、中国文化大学讲师，现任教于辅仁大学中文系，并专事写作。出版有中、短篇小说集《鸡翎图》(1980)、《张大春自选集》(1981)、《公寓导游》(1986)、《四喜忧国》(1988)、《欢喜贼》(1989)、《病变》(1990)、《张大春集》(1992)、《本事》(1998)、《寻人启事》(1999)、《春灯公子》(2005)、《战夏阳》(2006)，长篇小说《时间轴》(1986)、《大说谎家》(1989)、《少年大头春的生活周记》(1992)、《我妹妹》(1993)、《没人写信给上校》(1994)、《撒谎的信徒》(1996)、《野孩子》(1996)、《城邦暴力团》(1999)、《聆听父亲》(2003)，散文集《雍正的第一滴血》(1986)、《化身博士》(1991)、《异言不合》(1991)、《认得几个字》(2009)，评论集《张大春的文学意见》(1992)、《文学不安》(1995)、《小说稗类》(1998)等。此外还有在报刊上连载而未出版的长篇小说《刺马》、《大云游手》等。

张大春之所以被称为"张大春闪电"、"野鬼托生的文学怪胎"①，乃因他在小说创作中奇招迭出，内容和形式不断更新，其已有的 20 多部作品，囊括了写实、科幻、后设、武侠、魔幻写实、黑色幽默、历史传奇、现代侦探、政治影射，以及所谓"新闻立即小说"等令人眼花缭乱的品种。张大春的早期作品如《悬荡》、《鸡翎图》、《新闻锁》等，虽已显露突破陈腐事物束缚的企图，但并未越出写实的范畴。其一波接一波的艺术实验始于 80 年代中期。首先是所谓"魔幻写实"的创作。一般认为描写一位将军晚年具有穿透时间，周游于过去和未来的超自然能力的《将军碑》为此类作品的代表，实际上小说的主题另有他属。《从莽林跃出》叙述游历于南美亚马逊河源流区域的奇异见闻。一踏上那块神奇的土地，诸如会哭泣的干缩人头、使人飘然飞升的神树等似乎不可思议的事物都转化为现实。作品可看做魔幻现实主义理论的形象阐释，但小说写的全是异域风光。严格意义的属于中国的魔幻现实主义，应是作家对客观存在于中国土地上的具有神秘色彩的现实的发现，它要反映中国人(或部分中国人)心目中真实的然而却是神奇的事物。以此观之，将民族神话和台湾现实状况扣合在一起的《最后的先知》、《饥饿》等，才可说属于更严格意义的魔幻写实作品。

两篇小说都是写某海岛雅美族伊拉泰家族的故事。这个家族有一种奇异的隔代遗传现象，即无论在性格、志向上，儿子均与父亲相悖逆，而孙子又回复到祖父的模样。他们一方是保守、甘于自足的，另一方则渴望着变化、向外学习和拓展。更令人惊异的，这个家族具有某种单传的预见能力，在《饥饿》中，又增添(发现)了一项特异功能——出现了一位百填不满的巨食

---

① 司马中原：《炼狱里的天堂——兼序张大春的〈欢喜贼〉》，见《欢喜贼》，台北：皇冠出版社 1989 年版。

者。由此张大春呈现了一个处于较原始状态民族的文化境况。作者着意描写两代人的对立状态，暗示着这个古老民族正处于历史的十字路口。然而获得文明的代价是惨痛的。这个小岛被当成了核废料场，而巴库的巨食特异功能也被利用来当食品商廉价的活广告。随着最终巴库肚皮的一声爆响，记下了工商文明对于未开发族类的又一桩罪恶。这样，作者对于神奇诡谲的原始民族文化的描写，又回到了现实中，对种种敏感社会现象做了透视，可说把握了魔幻现实主义的精髓。

描写一位以掏粪为生的退伍老兵朱四喜模仿政要撰写、散发所谓《告全国同胞书》的荒唐举动的《四喜忧国》，常被视为张大春"黑色幽默"的代表作。作者有意将最"神圣"、"尊贵"的与最委琐、粗鄙的事物拉在一起，大量采用模拟嘲讽笔调，实际上也开了上层社会的玩笑。小说是否属于严格意义的"黑色幽默"作品另当别论，但它无疑是张大春探索人的灵魂最深、现实意义和讽刺性最强、艺术形式颇为独特的作品。

1986年至1989年间推出的《欢喜贼》系列短篇以及长篇历史传奇小说《刺马》、《大云游手》等，都选择19世纪风云变幻的近代中国社会为背景，对当时洋人入侵、清朝官府镇压农民起义、民间会党帮派林立、贩毒海盗行径风行的社会混乱现象作了生动的反映。作者感兴趣的，是属于民间的人物的喜怒哀乐及其执著的生存追求。1990年前后，张大春推出了"探子王"系列中篇《迷彩叛将》、《我们的罪恶》，试图揭示一个充满投机、倾轧，由误解和阴谋交织而成的现实世界。小说主人公杜子厚坚决杜绝一切使自己脱离罪恶渊薮的可能性，以沉溺罪恶作为"对于罪恶的最最贯彻的惩罚"，成为台湾文学的一个新的艺术典型。20世纪90年代以来，张大春以《少年大头春的生活周记》、《我妹妹》、《野孩子》等"少年成长小说"，处理了"青少年期在破碎环境里成长的经验"①。

张大春1989年以来先后完成的《大说谎家》、《没人写信给上校》、《撒谎的信徒》等长篇小说，对于时政有着更为直接的介入、讥嘲和抨击。《没人写信给上校》以当时发生的尹清枫沉尸命案及与之牵连的军购弊案为本事，设想案情发展始末和真相，借此写出了统治机器的种种弊端，特别是那阴谋套着阴谋的舞弊黑幕以及情治机关掌控下令人发疯的氛围。《撒谎的信徒》于1996年所谓"大选"前夕推出，似乎带有影响选战的企望。小说主角李政男其实就是当时国民党的候选人。作品描写他爬上权力巅峰，却从来就是一

---

① 杨照：《青春的哀愁是怎么一回事？》，见张大春：《我妹妹》，台北：联合文学出版社1993年版。

个平庸懦弱的无能之辈。当他因光复初期参与"左派"活动而遭情治部门的追查时,即靠矢口否认乃至背叛,逃过劫难。作者由此达成了对当前台湾频频上演的政治闹剧和庸劣政治现象的揭露和嘲弄。

由此可见,张大春的文学世界是丰富多彩的,但在这表面的炫奇多变下,却有一条贯穿始终的主线,这就是对语言等传播媒介反映真相功能的质疑。早在《鸡翎图》序言中,张大春就写道:"如何假定我的描述是'写实'的?又如何证明我的诠释不是大胆而武断的?我所框架所呈现的文化景观是未经扭曲的吗?至少,某些故事里的人物是我现实生活中所接触甚至相处过的人们的投影,而无论有意无心,投影势必导致曲折和差异,势必是朦胧的。那么,我是够'公正'吗……"这一质疑,后来即成为作者反复弹奏的主旋律。具体而言,张大春致力于揭示语言的困难和陷阱[①]。所谓"困难",指语言并非如一般认为的能对事实真相加以复印式的精确记录,常因言不及义、记忆错误、甚至有意歪曲等原因,使叙述和真相之间产生了差异;所谓"陷阱",则指某些语言(如习惯性语言或权威性语言)对人的思维具有某种支配性,可影响人的观念、行为,甚至可建构虚假的"现实",使人陷入错误的泥沼之中。二者殊途而同归。这一语言哲学,作者在后设小说和其他小说中也反复涉及和印证,其执著不舍,在台湾文坛绝无仅有。如《将军碑》的主题,在于对历史书写与事实真相的相悖加以直接的揭示。《如果林秀雄》不断作出各种假设而衍展出情节发展的不同路向和结局,暗示着以虚构的语言建造一个感官上可信、实际上并不存在的世界是可能的。《晨间新闻》等则试图证实不真实的内容多么容易地利用人们对于某种习惯口吻(如新闻报道口吻)的盲信,使自己伪装成"真"。这一语言质疑并可扩展至其他传播媒介。既然语言文字所反映的、历史书上所记载的、传播媒体上所宣讲的,都可能是不准确甚至是完全歪曲的,那人们原来盲从轻信的习惯说法乃至许多官方说法的权威性都受到了动摇。这样,小说达到对台湾资讯社会复制、伪造特征的揭示,具有一定的社会政治批判的深度和力度。

值得指出的,张大春小说在叙述方式上也不断亮出"奇招",以此造成一种嬉笑怒骂的游戏姿态,用于表现他对于腐败政治的不屑和嘲弄,无形中,却为叙事美学提供了一些新的可能。在《小说稗类》等理论书中,张大春更以创作者身份现身说法。张大春为台湾文学开拓了新的艺术想象空间,有些年轻作家呈露受其影响的明显痕迹。

---

① 　詹宏志:《几种语言监狱》,见《阅读的反叛》,台北:远流出版公司1990年版。

王幼华——现代人心理病症的诊断者

王幼华(1956—　),山东汶上人,生于台湾苗栗。淡江大学中文系毕业,为中兴大学文学博士。著有中、短篇小说集《恶徒》(1982)、《狂者的自白》(1985)、《欲与罪》(1986)、《热爱》(1989)、《王幼华集》(1982)、《美丽与欲望》(1992)、《洪福齐天》(1995),长篇小说《两镇演谈》(1984)、《广泽地》(1990)、《土地与灵魂》(1992)、《骚动的岛》(1996),此外还有《台湾文学评论集》(1997)、《考辨与诠说:清代台湾论述》(2008)。2006 年,苗栗县文化局出版了《王幼华研究资料汇编》及五卷本的《王幼华作品集》。

在台湾文坛,王幼华并无显赫的名声,却是一位很有个人特色的新生代小说家。如果说黄凡以对都市系统的全面把握见长,张大春以揭示资讯时代传播媒体的造假功能显出其敏锐和犀利,那王幼华却是以对现代人心理病症的挖掘为其主要特征。处女集《恶徒》上一篇短小的自序,无形中为其创作定下了基调:文学创作使作家烦扰多欲的魂魄有了归宿,因此他视小说为自己生命的另一种表现方式,专意灌注生命于笔下;他倾心于杜甫"沉郁高华的美、对人世邦国炽爱的感情、写实批判的勇气",渴望能与之血脉相连;"自然,人性的开发,精神心理的挖掘、探索,复杂而多元的社会、世界"为王幼华所愿投身而入,对之做更多的尝试和了解①。

"透视人类心灵的各种褶曲"②是王幼华的主要目标和兴趣所在。如果说一般作家较为关注的是人物的行为,那么王幼华最为关心的却是人物的心理;一般作家的心理描写常止于人物的喜怒哀乐,王幼华却要深入挖掘人物精神痛苦的原因。因此王幼华选择人物主要着眼于人物的心理特征,充斥在他的作品中的,是一群失望绝望者、失恋者、困顿寂寞者、癔症患者、精神分裂症患者、犯罪狂、报复狂、精神萎缩者、人格异化者、妄想症患者、怀疑论者、自毁自杀者等形象。例如《广泽地》中,李神父在神圣的教职和世俗的情爱享乐之间处于两难,画家苏清淡也自觉总是处于液体(迷茫)、气体(轻松)、固体(理性)三种人格的变换中。《两镇演谈》中的丘老师,由于童年的屈辱而心怀怨怼,又因父母的善良养成他求善的强烈自觉,从此在两个极端之间摆荡。

对于形形色色的人格自我分裂者、心理变态者,王幼华没有停留于"呈现",而是更着重于"剖析",即进一步探究病态心理在现代社会大量涌现的

①　王幼华:《恶徒·自序》,台北:时报文化公司 1982 年版。
②　叶石涛参加《自立晚报》第三次"百万小说奖"决审时对王幼华的评语,《自立晚报》1987 年 2 月 15 日。

原因。在这里,他摈弃了单纯生物学观点或单纯社会学观点,刻意从多维视角加以考察,深刻揭示引发心理变态的生理因素、心理因素和社会文化因素三者之间交相作用的复杂情况。这一点,在王幼华小说两个最为引人注目的形象系列——疯子系列和罪犯系列——中有相当清晰的表现。

从某种意义上说,疯狂和犯罪都是变态心理的重症表现。王幼华并不否认个人遗传因素(如体质体型、精神类型特征、家族病变史等)的重要作用,如《狂徒》中的季牙,上有昏昏然的父亲,下有患蒙古症的儿子,自己则专事抢劫赌博,可见其遗传基因的缺陷。

王幼华也不否认个人成长经验累积所形成的人格类型、理想信念、情绪倾向、思维方式、智慧特征等心理因素在精神病变发生中举足轻重的作用。《广泽地》中的怀疑论者何承圣,他那过度敏锐激切的情绪倾向,显然来自作为一个在育婴院长大的孤儿那压抑、无爱的童年生活;他那怀疑一切、目中无人、耽于幻想、怯于行动的处世哲学和人生观,乃是青年时代追求道德的神性生活而难以生存,转而愤世嫉俗,视人性为恶的结果。

然而王幼华最为重视的,还是社会文化因素所起的关键性作用。他显然认为,社会转型、文化变迁和生活的快节奏变动所带来的心理不调适,多元的文化冲撞和未形统一的社会价值标准所造成的迷茫或激烈的心灵冲突,某些现行社会规范对人的本能欲望的压抑,是导致心理病态大量涌现的最主要原因。如《欢乐人生路》中的“我”就因无法承受生活的急剧变动而发疯。固然父母的缺陷、童年的屈辱已种下病因,但真正的要害却在进入“欢梦宫”色情场所当警卫之后。那突如其来的畸形的“富裕”以及旋踵而至的破灭;那赤裸裸的色情放纵、对道德规范的肆无忌惮的摧毁,显然都不是“我”本来就已脆弱的心灵所能承受。《香格里拉恋歌》中的林罗在善恶之间举棋不定,则是社会价值标准的飘摇不定而产生分裂人格和迷惘心态的例证。

《超人阿A》和《龙凤海滩考古记》都涉及某些社会成规禁抑人的正常生活欲求而使人趋于疯狂的主题。阿A想标新立异,出人头地,本来社会可以为其实现自我价值提供一点方便,结果却适得其反。《龙凤海滩考古记》中的林合财驰骋其丰富的想象,对远古某部落历史作了一番声色俱全的假设。本来“脱离规则的、理性的、辛苦挫折不如意的现实,进入想象、迷离的世界,显然是人们与生俱来的能力”(《两镇演谈》),但由于林合财只不过是考古系的一名老杂工,要实现这种“与生俱来的能力”和权利,同样受到压抑和摧残。

细读之下,这两篇小说尚有弦外之音。对于阿A,固然可斥之为不甚现实,但他力图突破陈规陋习的超人意识,未尝不是社会进步所需。林合财的情况则更为复杂。由于历史事实本身真伪难辨,而林合财对历史的推测,似乎颇能自圆其说。是林合财真的疯了,还是说他疯了的社会出了问题,遂成为一个悬疑。应指出,早在20世纪初,章太炎、鲁迅等就常写疯子、狂人形象。文学大师笔下的革命者由于其卓拔超群,敢于冲破传统成规而被视为"疯子",这种"疯子"实为真理的拥有者。无独有偶,林合财也发出"善良的人才会变成神经病,这个世界就是这样"的宏论。这既是自我辩护,也是对社会的控诉。类似的情节在王幼华的小说如《神剑》、《欲与罪》中反复出现,《两镇演谈》中的范希淹更直截了当地指出:"这个世界是疯癫的,有太多错乱的地方。"显然,和鲁迅等人一样,王幼华写"疯癫"的人,为的是说明这个世界才是"疯癫"的事实,并对这个疯癫的世界反将疯癫的罪名强加于人提出指控。这无疑是小说主题的一大深化。

王幼华在艺术形式上的探索主要表现为小说"复合模式"①的采用。它不像传统"情节模式"那样根据事物的因果关系展开完整的故事,而是常使诸多形象系列在同一平面上共时地展开。如被称为80年代台湾"第一篇"都市小说的《健康公寓》是一典型例子。这种形式虽因异于传统习惯而时遭"结构松散、枝芜太多"的非议,其实,却与小说主题的表达颇相适应。除了有助于作者融入政治经济、宗教民俗等多方面资料,从而实现其全面反映台湾社会文化景观的宏大企图外,还有利于作者深入挖掘和逼真展示现代人紊乱无序的内心世界。

第三节　朱天文　林燿德　简政珍

朱天文——体现了台湾文化发展新动向的作家

朱天文(1956—　),山东临朐人,生于台湾高雄。淡江大学英文系毕业,曾参与创办《三三集刊》和"三三书坊"。著有短篇小说集《乔太守新记》(1977)、《传说》(1981)、《小毕的故事》(1982)、《最想念的季节》(1984)、《炎夏之都》(1987)、《世纪末的华丽》(1990)、《朱天文电影小说集》(1991)、《花忆前身》(1996),长篇小说《荒人手记》(1994)、《巫言》(2007),散文《淡江记》(1979)、《三姐妹》(1985,与朱天心、朱天衣合著)、《下午茶话题》(1992)、《极上之美——〈海上花〉电影全记录》(1998),电影剧本《恋恋风尘》(1987,与吴念真合作)、《悲情城市》(1989,与吴念真合作)、《戏梦人生》(1993)、《好男好女》(1995)、《千禧曼波》(2001)等。2008年台北印刻出版公司出版了九卷

---

① 借用南帆《小说叙述模式的革命》中的概念,上海:上海三联书店1987年版。

本的《朱天文作品集》。

1994年朱天文以《荒人手记》一作摘取首届"时报文学百万小说奖"桂冠。实际上,这位出自传奇式文学世家的女作家,早已数度引领文坛风骚。如由其代表的"三三体"文学,曾在年轻学子中风靡一时。她与侯孝贤等合作的《悲情城市》,掀起台湾"新电影"浪潮。最引人注目的,是她那呈现腾挪变化之势的创作,与近20年来台湾社会文化思潮的演变有着密切的感应,其主题上的变化——从少女情怀的抒写到世纪末社会情态的观照——某种意义上可视为台湾文学发展某一方面的缩影。

朱天文的早期作品,大都以年轻学生的校内外生活为题材,其特点,在于十分生动、真实地写出了正值豆蔻年华的青春少女的微妙心思,其中最特别的,是袒露了叙述主角对于不少年轻男子的钦羡爱慕之情。这种纯真的"泛爱",源于一种年轻的喜悦,其本质是对于生活生命充满热爱、对自然万物心怀感激、对世间百态给予宽容的"真性情",而它所否定的,是缺乏情调和诗意的"道学气"。朱天文还进一步坦言她从古书和民俗中受到的中国传统人文精神的熏染,将此种率性真诚和生命力的飞扬上升至民族文化性格和审美特征的高度上。

与此相配合,朱天文早期作品不求悲剧性的冲突和情节的曲折,而是立足于"表现正常生活中正常人所发生的正常事件"(《我们的安安啊》)。朱天文从她所心仪的张爱玲那里学到是"不藉手段、逻辑、知识、学问"地观看世界的直观方式①,如东方式的"击磬"的音调,一击是一个单音,像露水涌落湖心,清风徐徐地吹开涟漪(《看〈江山美人〉》)。

从1983年起,朱天文开始参与电影文学创作。这时她跳出了描写私密性少女情怀的限围,对现实社会有了更广泛的涉及和观照。如电影剧本《恋恋风尘》、《悲情城市》等。然而即使这些作品,也仍一脉相承地保持着前期创作的某些特征和倾向。其中最明显的,即是对人的生活的兴趣甚于对政治和历史的兴趣。正如张诵圣所言:"这群作家始终以人道精神的角度来看待个人的生活;同时他/她们一向以个人而非社会政治的观点去了解历史。"如《悲情城市》表面上看是以重大历史事件为题材,其核心主题却是"历史如何侵犯了不涉政治的平凡人生活的故事"②。在《悲情城市·序》中,朱天文写道:"当我们逐渐跨越出生存的迫切性走出一个较能活动自主的空间时,

---

① 王之樵:《如何与张爱玲划清界限——朱天文谈〈张爱玲短篇小说集〉》,《中国时报》1994年7月17日。

② 张诵圣:《朱天文与台湾文化及文学新动向》,《中外文学》1994年第3期。

关心的焦点自然也不一样。除了向来非杨即墨的派别之争,路线之争,意识形态之争,似乎还别有一块洞天可以拿来想象,思考。"在《悲情城市十三问》中,朱天文又写道:"在黑暗与光明之间的一大片灰色地带,那里,各种价值判断暧昧进行着。很多时候,辨证是非显得那么不是重点,最终却变成是每个人存活着的态度,态度而已。作为编导,苟能对其态度同声连气——体贴到并将之造形出来,天可怜见,就是这么多了。"①

朱天文的早期创作中充满了对亲情、友情、爱情的赞美感激和对青春与生命的礼赞,但是到了《炎夏之都》、《世纪末的华丽》等近作,充斥其中的却是一种"老去的声音"②,一些"食伤"了的欲望,一种对生活的厌倦和无奈,一些人际关系的隔膜和疏离。如《带我去吧,月光》中的母女俩因感情创伤而双双得了失忆症和恹睡症。《肉身菩萨》中同性恋的主角"30岁已经是很老,很老了……生命流光,身体里面彻底的荒枯了",成为"一具被欲海情渊腌透了的木乃伊"。《红玫瑰呼叫你》中的翔哥,40岁不到已呈老状和性无能,并预见自己会在"老婆与儿子们用他完全不了解的语言交谈中不断猜测,疑惧,自惭,渐渐枯萎而死"。《世纪末的华丽》中的时装模特儿米亚,不断更换的华丽衣装内,却是一颗空虚、寂寞、苍老的心灵——20岁已"不想再玩"年轻人的爱情游戏,找了一个40多岁的有妇之夫同居,而真正能够患难与共的只有那些日见枯萎的风干玫瑰。将这些作品合起来看,其展现的正是当前台湾都市社会诸般景观。它带有无深度、无历史,消费膨胀,人欲横流,理想破碎,复制和假冒泛滥等后现代乱象,也呈现着颓废、厌世、隔膜、腐烂等世纪末景致。朱天文的小说创作的这种转变,固然因作者年岁渐长而自然地告别了青春写作趋于社会观察的深邃厚重,同时更缘于作者对于台湾社会转型、时代变迁的敏锐感应。正因为如此,朱天文小说的变化才能反映了"台湾文化及文学新动向"(张诵圣语)。这一点,在《荒人手记》中有更明显的表现。

《荒人手记》以一男性同性恋者自述的口吻,展现这一社会畸零族群的爱欲生活和孤独、寂寞的内心世界。他们感染长年不愈的游离性、无根性痼疾,精神上塑成了拒斥公共体制的倾向,往往未败于社会制裁之前倒先败于自己内心的荒原。可见作者写"荒人"(遭社会遗弃或遗弃社会之人)的意识更甚于写同性恋者,她乃借同性恋这一题材为社会边缘族群、乃至整个现代人群作心灵的写照。因此尽管写的是被视为畸异的情欲,但小说仍表现出

①　吴念真、朱天文:《悲情城市》,台北:三三书坊1989年版。
②　詹宏志:《阅读的反版》,台北:远流出版公司1990年版。

浓郁的人文气息：其一，小说具有明显的远避政治、开掘人性的创作意图。作者在得奖感言中曾称：写长篇成了"对现状难以忍受的逃脱"，而避开政治后，作者着重于挖掘人性和开发自我，试借着对一个因不明生理原因而在欲情生活上与一般人有异的特殊人群内心世界的探视，了解人性的奥秘。其二，作品以欲情为题材，但并不色情。作者认为，像 A 片那样真枪实弹地写，是粗糙、单薄的，有节制和约束，才有情欲写作，"厉害的玩家，是在边际上玩"①。其三，小说含容了大量的人文知识性资料。作者游走于东西文明、古今历史之间，从老庄到福柯，从希腊神殿到圣彼德教堂，从古代占星术到现代广告文案……均随手拈来，铺衍成文。这些编织成人物精神上丰富多姿的表象，与其内心真正的空虚寂寞形成巨大张力，因此是必要的"道具"。而这些知识的"展出"本身也增添了小说氤氲的人文气息。

林燿德——由现代向后现代过渡时期的文学精灵

　　林燿德(1962—1996)，福建厦门人，生于台北，原名林耀德。辅仁大学法律系毕业，曾任《台北评论》主编、《台湾春秋》文学主编、尚书文化出版社总编辑等职。著有诗集《日出金色》(1986，五人合著)、《银碗盛雪》(1987)、《都市终端机》(1988)、《你不了解我的哀愁是怎样一回事》(1988)、《都市之甍》(1989)、《一九九〇》(1990)、《不要惊动不要唤醒我所亲爱》(1996)，短篇小说集《恶地形》(1988)、《欲望夹心》(1995，与陈璐茜合著)、《大东区》(1995)，长篇小说《解谜人》(1989，与黄凡合著)、《一九九七·高砂百合》(1990)、《大日如来》(1991)、《时间龙》(1997)，散文集《一座城市的身世》(1987)、《梦的都市导游》(1992，与徐炀合著)、《迷宫零件》(1993)、《钢铁蝴蝶》(1997)，剧本《大东区》(1991，与于纪伟合著)、《和死神约会的一〇〇种方法》(1994，与戴晴衣合著)，评论集《一九四九以后》(1986)、《不安海域》(1988)、《观念对话》(1989)、《罗门论》(1991)、《重组的星空》(1991)、《期待的视野》(1993)、《世纪末现代诗论集》(1995)、《敏感地带——探索小说的意识真象》(1996)等。

　　林燿德集现代诗、小说、散文、剧本、评论等文类创作于一身，却有较为集中的观照焦点和一以贯之的风格脉络。一方面，他感应于身处其中的现代机械文明而高揭"都市文学"旗帜；另一方面，他又对日渐逼近的后现代资讯文明有着格外敏锐的感受，并将此反映于作品中。因此，横跨于"现代"和

---

　　①　钟云记录整理：《在孤独的月夜里歌唱——〈荒人手记〉、〈沉默之岛〉新书发表会座谈记录》，《中国时报》1994 年 11 月 19—20 日。

"后现代"成为其创作的一个主要特征。或者说,林燿德是台湾社会从工业文明向后工业文明过渡阶段的具有时代前瞻性高度的文学精灵。

林燿德的"现代主义"特征,首先表现在他将现代机械文明之载体——"都市"——作为自己的审视焦点之一。他记录着"都市"从外观到内里、从人的行为到人的心灵的种种特征和变化。在都市的外观方面,他特别着意于散布在各个角落的诸如路牌、铜像、公园、广场、建筑、道路等种种"都市符征"的寻觅、观察和描绘,因为它们记载着都市的变迁历史。诗集《都市之甍》对此有较多的描绘。在都市的内里方面,他的诗弥漫和传达出一种焦虑不安、骚动不宁的基调。这种不安,首先因为都市是一个竞争激烈、价值遽变、欲望膨胀的所在,更因为诗人对于人类的个体乃至群体生存情境有着深厚的关切和危机感。

林燿德诗歌创作的"现代主义"特征,还表现在对人的价值和宇宙规律等抽象问题加以历史透视和哲学思索的强烈兴趣。诗集《一九九〇》的主体是《人类的诗》——一组以19世纪末至20世纪的若干著名现代主义诗人、艺术家如马拉美、韩鲍、巴德、阿波利奈等为题材的长诗。诗中这些"世纪末"的灵魂,以其先知先觉率先进入新的世纪,但由于思想的特异、超前乃至行止的颓废色彩,与现行社会规范格格不入,形成充满寂寞、痛苦和潜意识梦魇的心灵,但对自我的追求和肯认使他们仍成为大写的"人"。如《巴德》中的巴德,这位被法律判定为精神错乱的"柏林达达"代表人物,自诩为"基督"、"世界总裁",宣称自己写的书比《圣经》更伟大,自然难见容于传统社会和世俗观念。然而诗中巴德宣称:

> 我要求获得诺贝尔奖
> 理由是我发现宇宙中心的所在
> 那就是:
>
> 　　我

显然,林燿德通过巴德之口,表达了肯定自我价值的现代主义主题。在《文明几何》中,林燿德曾如此描写"人"的几何意义:"我们像移动的砝码般/上下电梯/在都市杂错的线条和光束中/成为一颗移动的点",在司机的后视镜中,犹如"一堆无面目嘴脸底纸票与硬币";而在巴德身上,诗人似乎又找到了失落已久的大写的"人"。

诗人辞世后出版的《不要惊动不要唤醒我所亲爱》收录作者后期有代表性的长篇诗作七首。其中规模最为宏大的是《军火商韩鲍》。此诗五易其稿,并特别注明韩鲍乃现代诗之源头,可见作者对此诗的偏爱和重视。该诗大体上以韩鲍晚年住院疗病时的回忆,勾勒韩鲍37年传奇式生涯——从少儿时代的失怙和早慧,到青年时代与魏兰的交情和交恶,再到19岁因其叛逆性格无法为诗坛所容,愤而焚毁诗集,坚决地弃绝诗坛走上自己选择的人生途程,先后当过马戏团翻译、采石场工头,后在非洲经营军火事业而致富,终因腿疾返回法兰西——其主题与《巴德》等类似,归根结底,即是对自我和"人"的肯定。在黑非洲,韩鲍强烈感受到充满原始生命力的"人类身世"和源头,而他最深刻的思索和发现,乃是摆正了"人"与"神"的位置。他顿悟:"雕刻男子像的/神柱,不过是/一些普通的石块",他对上帝发出质疑:"可耻的上帝啊你为何要流放我?/难道只因为我发现了你的秘密?"在与人面狮身像的对话中,他更吼出"人类,是上帝的创造者"的巨言。显然,林燿德特别青睐于韩鲍,同样是出于对他那叛逆陈规、追求自我、肯定"人"的至高无上尊严的强烈精神的崇敬,或者说,乃是对韩鲍身上所散发的现代主义精神的崇敬和认同。

此外,林燿德的"现代主义"特征,还表现在许多作品中呈现的强烈的知性色彩、充沛的历史感和"崇高"的美学风格。他的诗大多缘自深层意识,具有庞硕的意象、宏大的架构、硬崛的语言,这些都是以平面零碎、庸俗肤浅、切断历史、消解理想主义等为特征的"后现代"所难以涵括的。然而,这并不等于林燿德绝缘于"后现代"。相反,他堪称台湾后现代文学的擎旗手之一。在他的文学世界里,处处可以看到后现代的"解构"精神的跃动,以及作家对于后工业文明时代特征的敏锐感应。这种感应,在他的小说创作中有较为集中的体现。如历史题材小说《一九四七·高砂百合》中对"历史"的解构——对历史书写真实性的质疑;《大日如来》、《时间龙》等科幻作品乃是对资讯文明的超前、夸张的展露;贯穿于现时题材短篇小说集《恶地形》的主线,仍是对后工业文明仿冒、造假功能的揭示。

《恶地形》中最值得玩味的,是表现了一种很特殊的跨入"后现代"时对于"现代"的乡愁。小说中的B女郎和G女郎也许正代表着"现代"和"后现代"的区别。G是世俗、肤浅、追求现时享乐的,也是平庸、虚假、无特征、组合式的。尽管她不像B仅存在于明信片上而是活生生的"我"的情妇,但"我"不知她的来历和将来,甚至对于她的像是所有女人的脸组合出来的面貌也记忆模糊;与她在一起,双方进行的是无主题、无中心的闲谈。相反,B却是可以牢牢掌握住的清晰形象。她虽然存在于过去的时代(有她影像的风景明信片被人夹弃在旧书里而后辗转落到买书者"我"的手里),但她那咄咄逼人的忧郁而无奈的神情,那黑衫、黑发与死白的面颊、白色的"恶地形"

背景所形成的强烈反差,以及它们所贲张出来的一股强大的反叛力量,吸引着"我"千里迢迢寻找那图片上诡谲的泥岩区的真实所在。

小说中的"我"为 B 女士所吸引,这其中透露的是对已经或正在逝去的一个时代的浓郁乡愁。这乡愁并非来自田园的召唤,而是来自对"现代"的情感。"我"视具有后现代性格的 G 女郎为惨白的躯壳,孜孜寻得"恶地形"并跳下湖以求得"一点微妙而缥缈的安宁",所逃避的显然是后现代社会的肤浅、喧嚣和杂乱。这篇小说典型体现了作者所代言的知识精英阶层因着后现代的逼近而产生的对于"现代"的依恋和乡愁。如果说以前的作品反映的多是站立于现代时空中的田园情结,那《恶地形》表现的却是站立于后现代时空中的"现代"情结,由此显现了作者格外敏锐的现实触角和独创性,同时也透露了台湾年青一代作家对新的时代欲迎还拒的复杂心态。

简政珍——致力于诗论体系建构的诗人

简政珍(1950—),台湾台北县人。政治大学西洋语文系毕业,台湾大学外文研究所硕士,美国奥斯汀德州大学英美比较文学博士,历任中兴大学、亚洲大学外文系教授。著有诗集《季节过后》(1988)、《纸上风云》(1988)、《爆竹翻脸》(1990)、《历史的骚味》(1990)、《浮生纪事》(1992)、《诗国光影》(1994)、《意象风景》(1998)、《失乐园》(2003)、《放逐与口水的年代》(2008),评论集《语言与文学空间》(1989)、《诗的瞬间狂喜》(1991)、《电影阅读美学》(1993)、《诗心和诗学》(1999)、《放逐诗学》(2003)、《音乐的美学风景》(2004)和《台湾现代诗美学》(2004)等。

台湾诗坛虽不乏兼擅创作和评论的诗人,但像简政珍这样建立了一个完整诗论体系的,并不多见。这一体系既包括诗的本体论,也包括诗的创作论和读者阅读(鉴赏)理论,而这几部分并非相互游离,而是有着一以贯之的文学理念加以连接,从而形成一个环环相扣的有机整体。辩证思维则是它在方法论上贯穿始终的特色。从本体论的诗与现实的辩证,到批评论的理论与创作的辩证,再到创作论的"沉默"、"空隙"与丰富内涵的辩证,腾空自我和书写真我的辩证……"辩证"充斥其整个理论。此外,这一体系以现象学为基石,撷取了存在主义、语言学、符号学、解构学、新批评……诸多思潮流派因素,加以创造性的梳理、融合和发挥,具有饱满的理论思辨的质地。

有关"诗人所为何事"的本体性诘问,延展为诗与现实的辩证,这成为简政珍诗论的出发点。简政珍反复宣称:"写诗是诗人以书写肯定自我的存有。"由于诗人生存于现实之中,因此诗永远离不开现实,"写诗不是遁迹镜中的泪痕和梦幻,也不是申诉自己身世的委屈",而是要"随着时代的脉搏呼吸"，伸出触角"接收周遭的音讯影像"，"针对人生的有感而发"①。某种意义上说，书写现实人生正是诗人存有的价值所在："假如诗是人的作品，撇开人生，诗人所为何事？若诗用以游戏，社会无处不在游戏，何必有诗？"另一方面，简政珍又强调诗对于现实的超越，而这种"超越"的关键在于诗人主体意识的投射。他认为：诗人赋予物象人本的精神，人本的精神是诗存在的理由，也是现实"模仿"的对象。从这个意义上说，诗不是现实世界的"再现"，而是现实世界的"重整"。当诗人投射主体意识于客体，以诗人之心眼穿透"现实"的各种涂装而逼近"事物的本貌"，同时诗人也能逼视自我，以创作铭记其一度的存有。简言之，诗人作为一个人，必要在现实中才能"存有"；同时又需打上主观思维的印记，才能在诗中显现其"存有"。

诗重整现实和诗人主体意识投射的表现之一，是对诗的生命感和哲理内涵的追索。简政珍认为，诗如果缺少哲学的厚度，现实事件过后，将像垃圾一样被丢弃，而哲理并非禅机，它必基于诗的生命感，即对"生命宿命的悲剧性存在"的感悟。他阐发海德格尔所言：人没有拒绝被生下来的权力，人活在这个世界是"不得不"的存在，而世界可能张牙舞爪，人只有感知此潜在的暗影，而又"坠入"或"投入"这个世界，存有才能彰显。诗人的存有早命定和外在世界及未来的死亡发生纠葛，因此，生命一定布满焦虑、恐惧和痛苦。而诗人能感受生命"不得不"的紧张感，诗将饱藏泪光血影的稠密度。假如诗人看穿人生的虚实和假象，诗人"不得不"在诗行中展示生的本质，"不得不"在文字中传递语言的"真言"。因此，诗的语言"不得不"稠密。这样，简政珍由诗的本体论连接上了诗的创作论。

创作论揭示的是达成本体论要求的方法和技巧问题。在这方面，简政珍最为重视的是语言，最核心的概念则是"意象"和"沉默"。他认为：写诗是诗人与语言的对话和语言自己的对话，诗的语言即建立在文字的前后激荡。由于语言是"存有的屋宇"（海德格尔语），有人就有意识，而意识总向外投射，有投射就有沟通，但最高层次的沟通却是沉默，而完全的沉默又无法沟通，两极对立的结果是：书写文字重视沉默的本质，语言求其繁复稠密，充满空隙。诗中举凡标点、跨行、留白、隐喻、置喻以及其他有形无形的手法的运用，都能产生"空隙"，亦即"沉默"。如果说诗的文字书写部分传达知识，那未书写的部分（空隙）则刺激想象，"沉默"正是发挥想象、赋予语言以饱满含义的关键。由于诗适度闭口保持沉默，因此更能发出多重声音，喧嚣或呐喊的文字反而使诗苍白虚脱，语音之后，无以留下尾韵和余响。

---

① 简政珍：《纸上风云·序》，台北：书林出版有限公司1988年版。

　　"意象"在简政珍诗论中也具有举足轻重的地位。他甚至认为："文学本体上以意象铭记存有"，而诗对现实加以重整的主要手段即"意象"。意象本身即是主客体相互作用的产物。诗人的主体意识投射于客体，客体形象因主体意识的掺入并经文字的中介转化成意象，意象即是诗人透过语言对客体的诠释。而"意象"在本质上是沉默的，它以视觉的无声替代言语的有声。在具体的意象经营中，简政珍推崇的是"巧思但自然"的意象。他认为，诗的意象不是人对事物的既定反应；诗不能被动反映人生，而要以新鲜敏锐的观点看世界，因此需要超现实的想象；超现实的思维使诗富于巧思，其重点在于意象和现实间的虚中带实；但若是意象和常理逻辑完全相违，它可能变成潜意识的呓语或取悦儿童的卡通。因此简政珍认可的是："意象从现实的常理和逻辑中逸轨，但它和人生虚实相济的关系中，又有另一层次的逻辑。"

　　由此可知，简政珍强调"沉默"实际上就是强调不落言诠的弦外之音、言外之意和语言多歧义的丰富性等。而这言外之"意"，并非一般生活中的小感受、小思绪，而是较为深邃广袤的对人生的感悟和哲思。简政珍明白指出："假如意象使诗从抽象概念中解脱，诗更高层次的意义是透过意象再进入抽象的哲学领域。"这种感悟和哲思包括对自我的审视，对时空的感知，对生死的考辨，对生命感和历史感的追求等。

　　虽然简政珍曾表白，在诗诞生的瞬间，并未顾及理论，但他的诗作和诗论之间，实际上存在着密切的关联，即其诗论不无其自身创作经验的融入，又成为一种潜在的规范影响其创作，决定着诗人的总体风格和艺术生成过程的特征。如果说简政珍诗论的两个最基本的要点，一是对饱含"沉默"的意象经营的注重，二是对含纳丰厚生命感和哲学内涵的强调，那他的诗创作也正体现出这两方面的鲜明特征。正如林燿德所言：简政珍不同于50—60年代的现代派和70年代的写实派，"他重新正视正文本身，但也不将'现实'彻底摈除在诗的纯粹理言之外；他擅长以短诗的体裁，进行内省和格物的整合，透过创作主体内在自主性的提升，将诗的吻痕从抽象范畴的认知里拯救出来，而置入感官、思维并重的语言领域"，从而形成了"淡中见奇"的整体风格①。

第四节　简媜　林清玄

简媜——衔文字结巢的女散文家

　　简媜（1961—　　），台湾宜兰县人，原名简敏媜。台湾大学中文系毕业，

　　①　简政珍和林燿德对谈记录：《以书写肯定存有》，见简政珍：《诗心和诗学》，台北：书林出版有限公司1999年版。

曾任《联合文学》编辑、大雁书店创办人、远流出版公司大众读物丛书副总编辑、实学社编辑总监等职。著有散文集《水问》(1985)、《只缘身在此山中》(1986)、《月娘照眠床》(1987)、《七个季节》(1987)、《私房书》(1988)、《浮在空中的鱼群》(1988)、《下午茶》(1989)、《空灵》(1991)、《梦游书》(1991)、《胭脂盆地》(1994)、《女儿红》(1996)、《顽童小番茄》(1997)、《红婴仔》(1999)、《天涯海角(福尔摩沙抒情志)》(2002)、《跟阿嬷去卖扫帚》(2003)、《好一座浮岛》(2004)、《旧情复燃》(2004)、《微晕的树林》(2006)、《密密语》(2006)和《老师的十二样见面礼》(2007)等。

　　简媜是一位名副其实的散文家,这不仅因为她的心无旁骛、专情散文,还因她有着比较明确的散文文体意识。这种并不拘守古板定式的文体意识,一方面使她追求美文的写作,充分发挥中国文字特有的丰富表现潜力,锻字造词,形成一种典雅精致的笔触,进而驱遣长词短句,安排递进转折,设置灵活的音节节奏,使文章显得腾挪多姿,读来如行云流水,金石铿锵;另一方面,则使她自觉地尝试吸取其他文体的因素,来丰富散文文体自身。她宣称:人们可以从小说里撷取一段成为散文,为什么不能在散文里来一段小说,如对话之类? 诗,必须注意音律,散文为什么不能讲究音韵美? 为此,她根据艺术表现的需要打破体裁之间的界限。如《女儿红》"此书虽属散文,但多篇已是散文与小说的混血体"(《红色的阵痛——序〈女儿红〉》)。对于《胭脂盆地》,简媜自称:"在散文里,主述者'我'的叙述意志一向被作者贯彻得很彻底,这本书不例外,但比诸往例,'我'显然开始不规则地形变起来,时而换装改调变成罹患忧郁杂症的老头,时而是异想天开写信给至圣先师的家庭主妇,时而规规矩矩说一些浮世人情。"(《残脂与馊墨——序〈胭脂盆地〉》)这显然也是散文的"小说化"。这种对散文文体特征和写作方法的不断思考、体认和尝试,使简媜的散文不仅有其社会认识价值,更有提升散文创作技巧的美学价值。

　　更扩大来看,简媜格外强烈的散文文体意识,还表现在她从一开始就有一个"预定的计谋",要使每本书"既完成它们单独的主旨又往前推动另一阶段的思索",最终共同完成一个"密闭系统"(《雨夜赋——自序〈梦游书〉》)。这一"计谋"使简媜不同于一般作家散文集的随机组合、散乱无主旨,而是几乎每一本书都是作者的"断代史"①——反映了作者某一特定阶段的生活、观察和心路历程,又在表现形式上推陈出新,有所创造。如《水问》"肇端于对情爱的探问",收录的是大学期间的作品;《只缘身在此山中》缘于"对道性

---

① 简媜:《如水合水——序〈水问〉》,《水问》,台北:洪范书店1985年版。

的观照”，为作者于佛光山耳闻目睹出世僧尼的感人身世，结合个人对佛家人生观的体会所创作的散文合集；《月娘照眠床》则为“对乡音的捕捉”，主要是对童年时代乡村生活的忆念和描写。虽然稍后的《梦游书》等几本集子未能按预定的“计谋”行事，但简媜仍按一定的“理路”将散见的作品整编成书。近年来面对消费主流的媒体走势，简媜更坚定了“不以单篇经营为满足”的信念，把媒体发表视为预告而已，要求一本书才是基础归宿，并进而“宏观整个文学生命”、“逼视整体思想”（《雨夜赋》）。如新著《红婴仔》为“蓄意贴近育婴实况”而写的“散文纪录片”，详述自己初为人母的忐忑心路及亲手抚育新生命过程中各种兴奋、惶恐、期待及挫折的心情，一方面忠实记录新生儿成长过程，另一方面则潜入私密的内心世界，追溯生命源起，见证女性角色的锻炼过程①。在《后志——关于〈红婴仔〉的几则遐想》中，简媜写道：

> 文字是根须，缓缓深入生活土壤、记忆岩层。一旦占领，如小树扎根于旷野沃地。随时间而舒筋展骨，终于长成一团不可拔除、不可替代之浓荫。
>
> 我必须写下，因巨大的爱总是挟带恐惧。我害怕失去，故必须书写。若有朝一日，灾厄敲门，不管是我失去所爱或所爱失去我，我们还有地方重聚。
>
> 是以，我全心全意以文字造屋，先时间一步。

这一表白，呈露了简媜整个文学观念的基点和创作动机，也提示了她的创作一以贯之的“整体思想”，必然是“爱”。当然，这并非仅是一般意义上的男女之爱，而是在深切体验人生和生命基础上的，包含着同情、理解、关心、疼惜诸般心绪的爱。简媜要“衔文字筑巢”、“以文字造屋”，在这屋、巢中珍藏、繁衍自己的爱，将它们当作自己生命的一部分和延续，这些作品也就成为作者公开的“私房话”。

如果说《月娘照眠床》表达对乡亲父老的爱，那《胭脂盆地》则将“爱”转移到现在朝夕相处的台北大都市的小市民身上。简媜宣称：“我迷恋的是长年处于基层的小市民生活圈……我乐于用抒情的文字保留他们的容颜与情感，他们的艰难与慈爱”；并称：“在无法重回‘已消逝的美好古代’之下，转而在繁华都会寻觅可以投射的人物……我对他们的情感无疑是农村时期乡亲大架构的延展。”（《残脂与馊墨》）作家的“爱”在这里表现为悲天悯人的淑世

---

① 简媜：《红婴仔》，台北：联合文学出版社1999年版。

胸襟和人道情怀,同时也包含着对戕害人间之爱的现代文明的厌弃之情。

《女儿红》中的作品,则莫非"缘于其对世间女子之疼惜"。简媜从世间女子出嫁的场面,领略到"从此她是无父无母、无兄无弟的孤独者,要一片天,得靠自己去挣",没有人疼惜,也不懂得疼惜自己,于是"简媜将每一个'天地生养'的女儿都看做孤独的壮士,自己则以地母的角色呵护着、安慰着"①。

和其他女散文家一样,简媜也以男女爱情为其创作的重要题材,不同之处,简媜在其爱情观中融入了生命意识、人生理念,因此她所宣扬的男女平等观念,也与众不同地建立于自我修炼和人生感悟之上。她不再像一般的女性爱情散文那样热衷于描写痴迷的旷世之爱或缠绵的闺阁之怨,而是更执著于"灵魂牵手、异地同心"的更高层次的爱。简媜为男女之爱确立了一个最基本的原则:男女之间具有平等的关系和各自独立的人格,并不需要女子在工作、生活各方面被迫作出牺牲。她写道:你不曾因为我而放弃熟悉的生命潮汐,我也不必为你修改既定的秩序,"现实给予多少本分,倾力做出分量的极限;不愿偏执残缺而自误,亦不想因人性原欲而磨难他人。任何人不欠我半分,我不负任何人一毫,只有心甘情愿的责任,见义而为的成全"。简媜目睹现代社会中两性道德观念松绑,使得"灵"不断萎缩,"欲"多方扩张,指出:"爱的定力来自于德性定力",认定:"使灵魂不坠的是爱,使爱发出烈焰的是冰雪人格"(《梦游书》)。可以看到,简媜的融入其生命意识的爱情观,既具有反世俗的现代品格,又葆有坚贞、守德的传统因子。这种既"现代"又"传统"的品格,其实贯穿于简媜文学的方方面面,因此她被颇为恰当地称为"新古典的现代性灵派"②。

林清玄——传统禅佛文化与现代生活的锻接者

林清玄(1953—　　),台湾高雄市人,笔名秦情、林漓、林大悲。世界新闻专科学校电影技术科毕业,曾任《中国时报》海外版编辑,《时报杂志》主编等职,现专事写作。著有报道文学集《长在手上的刀》(1978)、《乡事》(1980)、《在暗夜中迎曦》(1980)、《在刀口上》(1982)、《宇宙的游子》(1985)、《雪已经开始下了》(1986)、《大悲与大爱》(1986)、《城市笔记》(1987)、《海的女儿》(1987)、《林清玄人物集》(1987),散文集《莲花开落》(1976)、《蝴蝶无须》

---

① 何寄澎:《一半壮士一半地母——论简媜〈女儿红〉》,《台湾文学经典讨论集》,台北:联经出版公司1999年版。

② 万胥亭:《品味与共识的历史辩证》,《联合文学》1992年第2期。

（1978）、《雏鸟啼》（1978）、《冷月钟笛》（1979）、《传灯》（1979）、《难道人间未了情》（1980）、《林清玄自选集》（1981）、《温一壶月光下酒》（1981）、《永生的凤凰》（1982）、《鸳鸯香炉》（1983）、《金色印象》（1984）、《白雪少年》（1984）、《处女的号角》（1984）、《迷路的云》（1985）、《雪中之火》（1986）、《林清玄文化集》（1987）、《玫瑰海岸》（1987）、《暖暖的歌》（1988）、《菩萨宝偈》（1989）、《海岸小品》（1989）、《香水海》（1990）、《天边有一颗星星》（1991）、《越过沧桑》（1992）、《一滴水到海洋》（1992）、《啊！弘一》（1992）、《比景泰蓝更蓝》（1993）、《热气球上升》（1993）、《莲花香片》（1994）、《多情多风波》（1995）、《柔软心无挂碍》（1996）、《真正的爱》（1997）、《生命中的龙卷风》（1998），以及从 1986 年的《紫色菩提》到 1992 年的《有情菩提》的"菩提"系列散文集 10 册①。进入 21 世纪后，林清玄作品集在大陆大量出版，包括《清音五弦》（2002）、《在云上》（2006）等，多达数十种。

《林清玄文化集》的"自序"称：很早就确定了一个"写作的一贯精神"，这就是"把评论定在文化的范畴"，"训练自己对一切事物的反应都用文化观点来思考"。实际上，这也是贯穿林清玄繁多作品的一条清晰主线，林清玄创作个性之基点。

早期林清玄散文和报道文学并重的创作呈现如下特征：

其一，它们具有浓郁的乡土情怀，又具有特殊的文化关注。特别是报导文学创作，乃作者怀抱着当学生时立下的"对台湾乡土人民单纯的志愿"（《海的儿女·自序》），深入广大农村、厂矿考察、采访而得的结果。其二，它们表现出深厚的传统情怀和民族意识。这种情怀和意识如此强烈，使作家在其早期作品中常以气势磅礴、流转酣畅的笔触加以直接的抒发。由于民族认同感还来自民间信仰、风俗习惯等民族传统文化，因此林清玄不惜对各种宗教民俗活动加以格外关注和重笔描绘。其三，它们显示作者对于"传统"和"现代"关系的辩证把握。林清玄一方面倾心于传统文化积淀着的民族智慧，另一方面并不拘泥于传统，而是努力寻求沟通传统和现代之间的桥梁。他提出一个独到的见解，即妈祖信仰和现代化的进展是不冲突的。因为妈祖信仰并非迷信，而是寄托着人们消灾攘祸、安居乐业、人与人之间亲密友善、和谐相处的理想和愿望。这种情怀，在现代社会更有其无比的魅力和现实需要。在中西文化关系中，林清玄认为"恐西症"才是真正的自卑②，

---

① 据《文讯》杂志社编印的 1999 年新版《台湾作家作品目录》，林清玄共有作品集 69 种，因篇幅所限，这里未全部列出。

② 林清玄：《林清玄文化集》，台北：光复书局 1987 年版。

他思考着传统的出路,甚至远渡重洋走访一批旅外艺术家,"希望透过他们的中西艺术经验,为东方和西方、传统和现代找到一条新路"①。在大多数乡土文学作家笔下,理智上对现代价值的服膺和感情上对传统价值的留恋常构成一个明显的冲突和悖论,而林清玄揭示"传统"和"现代"两种价值相调和的可能,显得别具一格且具有特殊的意义。其四,它们说明林清玄深刻体会了人与自然的密切关系。在他的眼中,自然万物都具有生命和感情。有了这种天人合一、物我一体的感觉和自然有情的认知,就会明白我们其实不是万物的主宰,而是自然的一分子,从而建立热爱自然、顺应自然、追求心灵自由的处世哲学。由于对人与自然关系的特殊感悟,使得林清玄的触及现实社会问题的作品也常采用与众不同的角度:多从生命和人性自然发展的观点提出问题和立论。最后,林清玄的早期作品就已表现出格外浓郁的宗教情怀。它包含着对人之悲悯和对己之超脱,一种感恩知足、随遇自适、超尘脱俗的气质成为林清玄创作最迷人的因素之一。面对生活中的种种困厄和不平,林清玄并不怨天尤人,或施以猛烈的抨击,而是试图通过心灵的自我修炼加以吸收和抹平。林清玄后来创作出融合禅理和现代生活的"菩提"系列,在此已闻先声。

20 世纪 80 年代中期以后陆续推出的"菩提"系列散文集,成为台湾有史以来最畅销的图书之一,也因此招致媚俗之讥。这些作品主要是佛经的诠释,"企图用文学的语言,表达一些开启时空智慧的概念,以及表达一个人应该如何舍弃和实践,才能走上智慧的道路"②。作者并非从概念到概念地宣讲教条,而是常运用浅显生动的生活事例加以说明,所以能为最广大的读者所接受,而这也典型地体现了林清玄作为一个入世的佛教徒的本色。如将他与古蒙仁等相比,后者着重挖掘和显示题材所包含的社会意义,表达其对各种社会问题的人道关怀,而林清玄却着重于体悟和表达题材所蕴蓄的人生启示和生命哲理,注重的并非具体的社会问题的解决,而是个人的自我修炼。他常讲随顺和慈悲:"如果我们眼中所见到的世界不够美好,不要先悲怪这个世界吧!应该先看看自己够不够好。"③在林清玄看来,努力使每个人都有一个美好的心灵,这才是解决社会问题的根本之道。

这种倾向乍看似乎不食人间烟火,但细究之,不无时代的投影和特殊的意义。如果说建立于农业社会基础上的一套传统价值观念在 70—80 年代

①　林清玄:《林清玄人物集》,台北:光复书局 1987 年版。
②　林清玄《紫色菩提·自序》,台北:九歌出版社 1986 年版。
③　林清玄:《紫色菩提》,台北:九歌出版社 1986 年版。

的工商社会中已明显显得不合时宜,那林清玄所彰扬的侧重于心灵的澄明、精神的提升、感情的超脱、境界的清静等,对于涌现了大量"富贵病"的现代社会,反倒是一剂清凉的药方。林清玄从早期的散文、报道文学到近期的禅理作品都与中国传统文化有极为密切的关系,但他撷取和彰扬的主要是博大传统中飘逸超脱、空灵静谧、注重性灵禅思的一脉。这种吸取既包括生活态度和人生观念上的,也包括艺术表现方式方面。林清玄作为一个在回归传统风潮中,曾致力于直面现实的新生代报道文学作家,虽然一开始就有清静、超脱等宗教思想影响的痕迹,但其后愈演愈烈,最终成为一个佛经禅理的文学诠释者和通俗作家,这既有个人生活经历的关系,更有时代变迁的投影。这也是"林清玄现象"值得深入探究之所在。

论文作业参考题

1. 试析台湾新生代作家创作的"代"特征及其产生的原因。

2. 谈谈黄凡笔下的都市景观及人物形象。

3. 张大春是如何对语言和传媒反映真相功能加以质疑的?这种质疑有何现实批判意义?

4. 王幼华是如何揭示现代都市人产生心理病变的生理、心理和社会原因的?试以他笔下的疯子和罪犯形象加以分析。

5. 为何说朱天文体现了台湾文学和文化发展的一种新动向?

6. 试论林燿德横跨于"现代"和"后现代"的创作特征。

7. 谈谈简媜的散文文体意识及其对简媜散文创作风格形成的作用。

8. 简析林清玄禅理散文的文化内涵。

香　港　编

第十三章　香港本土作家的创作

第一节　概　　述

香港本土作家指在香港出生(或出生于外地,但很小就来到香港),在香港长大、受教育并在香港写作、成名的作家。当代香港本土作家大体可分为三代:老一代、第二代及新生代。

老一代本土小说家可界定在20世纪20年代前后出生的作家,以侣伦、黄谷柳、舒巷城、夏易、金依、吴羊璧等为代表,他们特别关注香港社会现实,奉行"为人生而艺术"的创作信条,注重叙写社会底层小人物的命运与生存状态。《穷巷》、《虾球传》、《太阳下山了》都表现出强烈的社会批判精神和同情小人物的人道主义色彩。夏易40年代末开始创作,《香港小姐的日记》是其成名作,这是一部以三角恋爱为题材的长篇小说,主要人物林玉琼、刘源、表哥都性格鲜明,小说对他们的心态作了细腻的开掘。代表作《变》(即《香港两姐妹》)描写了张云、张敏两姐妹从香港沦陷前后到70年代的人生遭遇,反映了香港这座城市的变迁。金依的作品大多以工人为主角,描写了社会转型期工人的生活命运及其抗争,主要作品有《迎风曲》、《还我青春》。

第二代本土小说家的代表人物有海辛、西西、张君默、吴煦斌等,都出生在30—40年代。他们的小说仍然以本港中、下层人物为主角,然而更关注香港城市的发展与变迁,一方面继承了老一代的写实传统,但同时又吸取了西方现代派的小说技巧。张君默在20岁就出版了《江湖客》、《青春的插曲》两部长篇小说,大多写亲身经历,反映下层社会生活。长篇《香港子夜》描写了香港股票市场的风云变化,揭露了工商界波谲云诡的斗争内幕。

新生代本土小说家指60年代前后出生的作家,代表人物有钟晓阳、黄碧云、董启章等。这批作家以香港本土为聚焦点,但视野更加开阔,作品的题材更加广泛,常常把香港与外地、过去与现在交织起来。创作方法趋向多元化,受到的影响有传统的,西方的,也有台湾的。如钟晓阳一直是遵循现实主义的创作原则;而黄碧云的创作却呈现出浓重的现代、后现代倾向;董

启章的小说则将现实与现代融合于一体。

新生代诗人以陈德锦、钟伟民、王良和为代表,王良和的诗歌多次获香港各种文学奖,出版有诗集《惊发》、《柚灯》、《火中之磨》和《树根颂》。他早期的诗作受到余光中的影响较深,后来逐渐形成自己的风格特色,《柚灯》中一系列咏物诗寄托着作者对人生深邃的思考,到《树根颂》题材更加广泛,诗艺日益成熟,风格亦独树一帜。

香港本土小说发展、嬗变的脉络是:由关注小人物的命运到书写香港城市的发展与变迁,进而到对人类生存、前途的探讨;由现实主义到写实与现代手法相融合,到受后现代的影响而日趋多元化。

第二节　黄谷柳　侣伦　舒巷城　海辛

黄谷柳——乡土写实的先驱

黄谷柳(1908—1977),广东梅县人,生于越南海防市。1927 年到香港,做过工人、店员、校对。1928 年,他的处女作《换票》发表后参加了"岛上社"。1941 年中篇小说《春风秋雨》在香港《华商报》副刊《热风》连载,1948 年,这家报纸又两次连载他的中篇小说《白云珠海》和《山高水远》,这三部中篇后来辑为一部长篇出版,名为《虾球传》。

《虾球传》在香港早期的写实小说中占有重要地位,茅盾曾给予高度评价,他在《关于〈虾球传〉》一文中说:"1948 年,在华南最受读者欢迎的小说,恐怕是第一要数《虾球传》的第一第二部了"[1]。茅盾认为这部作品"从城市市民生活的表现中,激发了读者的不满、反抗与追求新的前途的情绪"[2]。《虾球传》以抗战胜利后至新中国成立前这一历史时期的香港和广东为背景,描写了穷困少年虾球浪迹香港、广州,误入黑社会,饱尝生活的艰辛苦难,最后加入东江游击队的坎坷曲折的人生道路。作品广泛而真实地展现了当时粤港地区的风云变幻、各种社会势力的激烈争斗与冲突。

这部长篇的成功首先在于人物形象的塑造,主要人物个性鲜明、生动传神。虾球是出身贫寒的流浪少年,他也曾有过天真、美好的憧憬,然而在流浪中,被黑社会头目所利用,被威逼而成为"马仔",充当恶棍鳄鱼头的走卒,但他毕竟年幼、善良、纯真、良知未泯,他历尽社会苦难,虽然心灵受到玷污,却奋力在虎口里挣扎、探求。他的好朋友牛仔之死使他受到强烈的震动,他幡然醒悟,终于认清鳄鱼头的丑恶嘴脸,下决心走正道,重新做人,毅然回到

---

① 《茅盾论中国现代作家作品》,北京:北京大学出版社 1980 年版。
② 同上。

内地参加了游击队，成为"正派的、有用的中国人"。小说不仅真实表现了他的性格的多面性、丰富性，而且令人信服地写出了人物思想的演变、发展过程。小说中的其他人物如六姑、牛仔的塑造也相当成功。鳄鱼头洪斌作为反面人物形象，作者并未作脸谱化、漫画化处理，他的贪婪、凶狠、投机、狡诈多变、善于钻营，通过一连串的情节，表现得淋漓尽致。

《虾球传》"打破了五四传统形式的限制而力求向民族形式与大众化的方向发展"①。结构上有两条线索，以虾球为核心的主线串起一帮穷孩子及游击队员指战员的生活命运；副线以鳄鱼头为主串起一帮黑社会人物。两条线索交叉发展，有分有合，脉络分明。小说的语言也很有特色，《虾球传》所反映的是粤港地区40年代的生活，小说既营造出浓郁的地方色彩，又规范而具有可读性，以规范的汉语为主，又运用了很多粤语俗语；而书中引用的"咸水歌"、黑社会语言甚至人名，也都使地方色彩更加浓厚。

侣伦——从"穷巷"走出一条大道

侣伦(1911—1988)，广东惠阳人，生于香港九龙，原名李霖。1928年，他开始用侣伦的笔名在有"香港文坛第一燕"之称的《伴侣》杂志上发表小说。1948年，他的长篇小说《穷巷》在《华商报》副刊《热风》上连载。1950年代以后，他出版了长篇小说《恋曲二重奏》、《欲曙天》、《特殊家室》，中短篇小说集《三颗心的男子》、《都市风尘》、《残渣》、《爱名誉的人》等，散文集有《无名草》、《向水屋笔语》等。

《穷巷》是侣伦最有代表性的作品，一出版，就引起文坛很大反响，黄茵在《〈穷巷〉读后》一文中说："仿佛是在沉黑的天空闪出了一颗灿烂的彗星，它打破了新文坛的寂寞。"②《穷巷》的主人公是一群"卑微者"：卖文为生的高怀、小学教师罗健、收破烂的莫轮和退伍兵杜全，这四条穷汉子同住在九龙一贫民巷的楼上，后来又有被高怀所救、本欲跳海自杀的少女白玫加入，临时组成一个"家"。他们或因失业、或因生活重担所逼、或因穷困而失恋，成天为生计、为交房租而疲于奔命，挣扎在社会的最底层。然而他们善良、坚韧，有执著的生活信念。在艰难困苦的窘境中，他们同舟共济、患难与共，信奉"友情比金钱好"，表现出真挚的友爱之情，充满人情美。小说还刻画了另一类"吃人动物"，如汉奸王大牛、雌老虎周三姑、包租婆旺记婆，这群人是邪恶势力的代表，正是由于他们的凶狠残暴、为富不仁，才酿成了一群卑微

---

① 《中华全国文学艺术工作者代表大会纪念文集》，北京：新华书店1950年版。

② 引自王宗法、马德俊主编：《当代台港文学名作欣赏》，福州：海峡文艺出版社1989年版。

者的悲剧。小说的结尾,笼罩着浓重的悲剧色彩,杜全跳楼自杀,高怀等人被赶出了这临时住所而流落街头。《穷巷》是香港 20 世纪 40 年代最有分量、独具情趣的城市小说之一。"作家以开阔的审美视野,正视战后初期香港社会小市民、小人物的相慰提携、在沉重的悲剧气氛中追求幸福生存信念和美好情操。"①

侣伦曾有过当电影编剧的创作经历,他在这部长篇小说中成功地运用了戏剧法,使得小说的故事情节起伏曲折,高潮迭起,悬念丛生,极富于戏剧性。作品还擅长运用个性化的语言对话刻画人物性格,不足之处在于对人物的内心世界开掘不够。

舒巷城——最具本土特色的作家

舒巷城(1927—1999),广东惠阳人,原名王深泉,笔名泰西宁。先后任职于洋行、商行、建筑公司、香港大学经济系,业余从事写作。1977 年 9 月,曾应爱荷华大学"国际写作计划"之邀,赴美参加文学活动。舒巷城在小说、散文和诗歌方面都卓有成绩,著有短篇小说集《山上山下》、《雾香港》、《曲巷恩仇》、《伦敦的八月》,长篇小说《再来的时候》、《太阳下山了》、《白兰花》、《巴黎两岸》,纪实小说《艰苦的行程》,散文集《拜伦与爱情》、《灯下拾零》,诗集《我的抒情诗》、《回声集》和《都市诗抄》等。

"舒巷城是'土生土长'的香港作家","他的作品:可说最有香港的'乡土'特色"②。"舒巷城可以称得上是最具创造力和影响力的'本土'作家的代表。"③舒巷城早期的短篇小说大多以香港的西湾河、筲箕湾的贫民区为背景,那是他童年生活过的地方,而作品中写的都是港岛下层的小人物。《鲤鱼门的雾》是舒巷城的成名之作,描写了一位海员回到故土鲤鱼门时的惆怅情怀与心理创伤,谱写了一曲动人的香港小人物的悲歌,是香港 50 年代难得的佳作。舒巷城前期的短篇善于营造环境气氛,具有浓郁的抒情性。

《太阳下山了》这部长篇力作代表了舒巷城小说创作的最高成就,它以自然、质朴的笔调表现了香港鲤鱼门一带贫苦人家的世俗风貌。林江是个孤儿,不知道父亲是谁,养母梁玉银收养他以后,却遭到养父的厌恶与歧视。林江聪慧、仗义、倔强,后来结识了贫困而有骨气的作家张凡,在张凡的教诲与帮助下,他逐渐明白了一些人生的道理,并萌发出奋斗的目标。围绕林江

---

① 杨义:《中国现代小说史》第三卷,北京:人民文学出版社 1998 年版。

② 梁羽生:《舒巷城的文字》,《南洋商报》1982 年 9 月 27 日。

③ 刘登翰:《他活在他的作品中》,《台港文学选刊》1999 年第 6 期。

这个人物,小说塑造了一群社会底层人物,如卖歌人、说书人、穷作家、包租婆、小商贩等,反映了小人物沉重的生活负荷与艰苦挣扎,表现了他们之间互爱互助、相濡以沫的友爱情怀,揭示了普通小人物的崇高美德和品性,充溢着一种人情美、人性美。

《巴黎两岸》是一部具有宏阔视野的长篇,小说的背景移到了法国的巴黎。西蒙·布兰是一位有才华的穷画家,他从故乡浪迹到巴黎,靠卖画为生。女友娜莎为家境所迫而沦为妓女,西蒙却无力帮她脱离苦海,身心交瘁的西蒙最后从艾菲尔铁塔跳下身亡。舒巷城在《巴黎两岸》的后记中说:"世界上有许多大城市,善与恶,美和丑集于一身,但是不像巴黎那样,站在两个更大的极端上。"①这正是《巴黎两岸》深刻的主旨所在。

舒巷城诗歌成就主要体现在"都市诗"上。《都市诗抄》描绘了光怪陆离的香港社会的各个层面与角落,传达了作家对现代都市敏锐而独特的生活体验,表达了自己的爱憎与思索。《繁华》虽只有四句,"羊毛出在羊身上/繁华是一把金剪刀/它不会错过/即使你伤口上的一根羊毛",但构思新颖,揭示了现代工商都市的繁华面貌与人际关系。

海辛——为小人物代言,为香港城写史

海辛(1930—),广东中山人,原名郑辛雄。做过酒店侍者、理发店学徒、面包店工人、五金厂职工,40多年间创作了小说、散文、电影剧本等各类体裁的作品集40多部,以小说成就最大。主要作品有短篇小说集《远方的客人》、《红棉花开》、《飞向蓝天》、《染色的鸽子》、《西瓜成熟的时候》,中篇小说《青春恋曲》、《青春的脚步》、《天使天使》,长篇小说有《银色的旋涡》、《歧江浪跃》、《叛逆的女儿》、《乞丐公主》、《塘西三代名花》、《花族留痕》、《庙街两妙族》和《海峡幽灵》等。

海辛的作品始终聚焦在香港本土的社会现实,关注香港下层小人物的命运,小说集《寒夜的微笑》着力表现劳动者的艰辛与悲苦,塑造了诸如渔夫、鞋匠、艺人、小职员、残疾人、尼姑、乞丐等社会底层的一群,充满浓郁的生活气息。在《染色的鸽子》等集中还着力表现了小人物的扶助穷困、互助互爱的侠义精神,突现他们的善良、友爱和纯朴的人性美。早期的短篇主旨直露,人物比较平面。后期的短篇对现实和人生的洞察更加深刻,主题的思想蕴含愈加丰富,人物形象也日趋立体化,更为深广地反映了光怪陆离的香港社会的变迁与发展。《夜宴》的主角是一群四处流浪的乞丐,他们选择一

---

① 舒巷城:《舒巷城卷》,香港:三联书店1989年版。

个尚未搬迁的坟场举办乞丐大联欢,却遭到大批警察的干涉,作品以一个特殊的视角,相当深刻地揭示了一群被遗忘的人们的悲惨遭遇。"《夜宴》写来集中凝练,不枝不蔓,是他众多作品中出色的一篇。"①《最后的古俗迎亲》将现代都市与古朴的乡村作对照,在描写社会变化的同时,赞赏了乡村所保持的纯朴民情与传统美德。

从 70 年代中期起,海辛开始创作长篇小说,1985 年创作的《乞丐公主》是一部颇有影响的长篇,乞丐公主丁凤娇靠父亲行乞的钱长大成人并读完书院,然而现实生活使她越来越厌恶行乞的营生,她不愿继承父业,奋起自立,最终取得了事业的成功,并赢得了纯真的爱情。它取材独特,描写了港岛两代乞丐的生活命运,记录了时代对这一特殊人群的冲撞及在两代人身上的投影,赞颂了青年一代的奋斗创业的精神,从一个侧面反映了香港社会的变化。这部长篇是作家艺术上日趋成熟的标志。1991 年出版的长篇《塘西三代名花》,是一部反映现代影视歌艺人和旧时名花生涯的小说,作品从 30 年代的欢场名花写到 80 年代的影视歌星,通过她们的命运及悲欢离合,反映了香港演艺界半个世纪的风云变化及艺人的人世沧桑。小说成功地塑造了昔日名花花影湘和现代影星钟月湘的形象,就思想性和艺术性而言,这部长篇都堪称是作家的代表作。此后,海辛又创作了续篇《花族留痕》。

1996 年、1998 年,他又接连出版了《庙街两妙族》和《海峡幽灵》两部长篇。《庙街两妙族》是一部反映香港本土现实的历史性传奇,它以两个家族的恩恩怨怨展开复杂的矛盾冲突,从一个侧面透视出香港半个世纪的社会变迁。而《海峡幽灵》却具有侦探小说的特征。

第三节　马朗　温健骝　羁魂

马朗——香港现代诗的探路人

马朗(1933—　　),原名马博良,广东中山人,生长于华侨家庭。毕业于上海圣约翰大学,1950 年到香港,1956 年创办《文艺新潮》杂志,倡导现代主义文学,60 年代移居美洲。

少年时代的马朗有神童之称,他 12 岁就发表作品。诗集后来结集为《焚琴的浪子》、《美洲三十弦》等。

马朗的诗歌创作可分为上海、香港和美洲三个时期。少年时代,马朗就与当时上海的著名诗人邵洵美和路易士(纪弦)交往甚密,并受到他们诗艺的熏陶与影响。

---

① 黄维樑:《多元化的样品》,《华文文学》1988 年第 1 期。

50 年代,马朗创办的《文艺新潮》大力倡导现代主义诗歌,在大量译介英美现代诗人的作品同时,还发表了一些具有强烈社会意识的诗作。他以自己的创作实践探讨一条新路,即把深刻的社会内容与现代艺术手法结合起来。《焚琴的浪子》与《国殇祭》是诗人的代表作,诗人说:"生活在战斗者行列中间,有无比的痛楚和冲动,在苏醒和半苏醒的空间,我对周围的献身者有两种感触,一是鼓舞和赞颂,一是悲哀和幻灭"①。一方面诗人深情歌咏那些献身的战斗者:"一群赤裸裸的原人/ 只看着红色风信旗的指向/ 听着喧哗的瀑布……他们决然走过/ 以坚毅的眼/ 无视自己","今日的浪子出发了/去火灾里建造他们的城"。(《焚琴的浪子》)同时,又为生在那"焚琴煮鹤"时代的知识分子的命运与前途深感忧虑与悲戚,"凄惨,被屠杀的 40年代/ 凄惨的是活在这一代的少年人"(《国殇祭》)。

马朗的都市诗,是诗人书写上海的继续。《北角之夜》捕捉了港岛一角的夜景,"最后一刻的电车落寂地驰过后/ 远远交叉路口的小红灯熄了/ 但是一絮一絮濡湿了的凝固的霓虹/ 沾染了眼和眼之间朦胧的视觉",诗中虽然描写了夜香港迷蒙的美,但这类都市诗更多地融入了诗人的复杂思考,如《空虚》中"一片记忆的空白 映现在对面的墙上",抒发了生活在都市中的"我"的孤寂与迷茫。

温健骝——英年早夭的诗人

温健骝(1944—1976),广东高鹤人,在香港长大。1964 年台湾政治大学外文系毕业,1968 年赴美参加爱荷华大学举办的国际写作计划,以英文诗集《苦绿集》获得文学创作硕士学位。1974 年由美返回香港,曾在香港中文大学中文系任教。诗人生前编辑的诗集《苦绿集》未能出版,他去世后,香港三联书店编辑出版了《温健骝卷》,收入了他的诗集《苦绿集》、《帝乡》,散文及评论集《夜雨说诗》、《浮鼻集》、《浮鼻集外》和文学论文。

温健骝早期的诗作,受到台湾诗坛现代主义诗风的影响较深,这与他当时在台湾读书有关。如在《问》中:"推开一浑灰茫/ 你张目/ 可见我缈缈的影子么? / ……当岁月空虚如一缕/ 云烟,你可自觉/ 我卑微的存在么?"在《山城引》中,诗人问道:"是谁,能用时间穿起一串承平的鸟鸣? / 用痛苦喂养着柔弱的生命? / 当狂飙在历史血河的两岸/ 拂起喟然的叹息声声/ 我们,我们是将渡未渡者"。当时的诗人主要表现了一种孤独、寂寞,寻找不到

---

① 黄继持、卢玮銮、郑树森:《香港新诗选　1948—1969》,香港:香港中文大学人文学科研究所 1998 年版。

出路的伤感情怀。

诗人赴美以后,视野更为开阔,对生活的认识也愈加深刻,诗歌创作从题材到艺术形式都发生了变化。他重新审视现代诗,检讨现代诗的弊端,对台港现代诗作了尖锐的批评,并回归到有积极意义的现实中来,他说:"写诗光是弄弄矛盾的语法,做些古语翻新,追求文字的感性是不够的。那样,只能走到死巷里,我要走出来。现在,我高兴自己走出来了。"①他到美国以后写的诗,编成诗集《帝乡》。古苍梧在《温健骝卷》的诗集编后记中说:"我认为健骝最有创意的作品是收于《帝乡》的诗。这些诗,是由于内容上的突破而走向形式的突破的,其意义就不单在于对现实的反映,而更在于对现实的深挖批判了。"《帝乡》分为"镜花"与"红堤"两辑,诗人说,"镜花"是"以讽世也",而"红堤"所喻的是时事,所待者在将来。《帝乡》中的诗涉及时事政治,如越战、台湾、香港的社会现状、后工业文明等等。如《广治郊外》:"歧路上,怀孕的妇人蹲着 /一串农夫的足印走过/ 一辆坦克犁过/ 负荷着将熟的稻子的田野/ 新生的带血的婴儿大声地哭了/没有人停下来/子弹使他们缄默"。这首诗以沉痛的心情控诉了战争给人们带来的灾难,尤其是对妇女和儿童的摧残。

诗人最后的作品充满昂扬的情调、乐观的情绪,与早期迥然不同,给人以精神的鼓舞与力量。然而不幸的是,正当盛年的温健骝却离开人世,过早告别了诗坛。

羁魂——本土诗人的代表

羁魂(1946—),广东顺德人,生于香港,原名胡国贤。香港大学中文系文学硕士,曾任《文社线》、《学苑》及《诗风》编委。20 世纪 90 年代,他又与王伟明等创办《诗双月刊》,任中学校长。出版有诗集《蓝色兽》、《三面》、《折戟》、《山仍匍匐》、《趁风未起时》、《我恐怕在黎明前睡去》,散文小说集《写马经的诗人》,散文集《七叶树》、《胡言集》等。编有《香港近五十年新诗创作选》。

羁魂早期的诗作曾受到超现实主义诗风的影响,他特别推崇洛夫的诗,诗集《蓝色兽》就是这个时期的产物,诗中意象怪异,语言晦涩难解。但他很快就摆脱了这种影响,从诗集《三面》开始,诗风发生转变。他说:"面向三十的《三面》,标志'象牙塔'与'小摇床'之间,怎样一段平凡而普通的人世旅

---

①　温健骝:《我的一点经验》(代序),《温健骝卷》,香港:三联书店 1987 年版。

程?"①描写香港的市井风貌,为小人物画像,是羁魂诗歌的重要主旨。他在《庙街榕树头》中写道:"黄昏来时带回的一片黑/ 突然擦亮/ 在游人堆拥的脚跟下/ 一个没有霓虹的夜/ 便如常醒在/ 榕树头前丛簇丛喧闹之间/ 马会诊所的阴影外/ 有专治鸡眼痔疮顽鲜梅毒的/ 医/ 天后及观音堂紧锁的朱门旁/ 有吹擂善观气色精推命理的/ 卜/ 多层停车场后/ 也有兼擅国粤欧西名曲的/ 昨日或今日之星",诗人把镜头对准香港九龙庙街的榕树头,摄下了具有旧城区特色的港岛众生相:"羁魂的《庙街榕树头》,写香港古旧事物而有此功力和概括力,应该存入香港的博物馆"②。《弄龙的老人》、《凿》则表现出对现代都市本土底层小人物生存和命运的关注。

羁魂的诗"以古典为貌,以现代为神",常常将古典情韵与现代意识相融合。或取古诗的意象,或用旧诗的典故,或取材历史故事,借古喻今,以表达对现实、人生的感慨。如长达百余行的长诗《刺秦》,以宏阔的气势、慷慨的音调歌咏了壮士荆轲的英雄壮举。

他的抒情咏物诗,情感真挚、明白晓畅。《花咏五题》分别以《水仙》、《牵牛花》、《向日葵》、《仙人掌》和《香石竹》为题,表达了诗人的某种情趣或寄托。这组小诗曾得到广泛好评。羁魂诗的语言有时晦涩艰深,读起来佶屈聱牙,直到1980年代中期以后才逐渐趋向明朗。

第四节　西西　吴熙斌　钟晓阳

西西——跨媒介叙事的创新者

西西(1938—　　),女,广东中山人,生于上海,1950年后定居香港,原名张彦,又名张爱伦。自1966年到2010年的40多年间,出版了30多部作品,其中长篇小说7部,另有译作多种。

西西屡获华文创作界奖项。2005年,继王安忆、陈映真之后,西西凭《飞毡》荣获有"华文文学奥斯卡"之誉的"世界华文文学奖"。1999年《我城》被《亚洲周刊》评为"20世纪中文小说100强",1997年获香港艺术发展局首届文学奖之创作奖。在锐意创新、先锋实验方面,西西独树一帜。其创作历程可分为三个时期。

一是60—70年代的小说叙事与现代电影和绘画融合的尝试期。她研究新电影、现代绘画艺术,开设《画家与画》、《开麦拉眼》等专栏,写作电影剧本,还是香港较早制作实验电影的元老之一。

---

① 羁魂:《山乃顒顒》自序,香港:山边社1990年版。
② 黄维樑:《羁魂的两首诗》,见《香港文学再探》,香港:香江出版有限公司1996年版。

此时期西西醉心于实验影像叙述小说的创作。如《东城故事》(1966)，突出的文体特征是模仿电影剧本形式，运用多角度内心独白蒙太奇式叙述；运用蒙太奇组接，给叙述转换增色；使用幕后到前台的叙述者介入手法，成为戳破虚构幻象的后设小说；并运用类似分彩色镜头的手法，渲染场景气氛；化用多种电影技巧，使得小说叙述暗藏玄机。

此后，西西又创设了括号蒙太奇，在正文中加插括号的脚本注释，各有用意：如《玛利亚》、《我城》，形成多声道并置；《假日》和《玛丽个案》，自曝虚构，有后设小说特性，形成显文本和潜文本张力；《感冒》和《看〈洛神赋图卷〉》，实现异时异地的时空并置。

长篇小说《我城》(1975)一改早期创作的存在主义思想痕迹，开创出活泼生动的童话写实风格，自画插图，并从中国长卷中借鉴移步换景的时空置换法，从现代电影中借鉴平行蒙太奇、快速切割蒙太奇、长镜头叙事法等手法。

二是80年代的小说叙事与现代电影和绘画艺术融合的深化期。1979年，西西退出教职，成为专职作家。这时期，西西的影像叙事小说由草创转向成熟，由脚本式影像化小说，转为镜头式、场景式的多种类型的影像化小说。

长篇小说《哨鹿》(1980)，以看图讲故事的形式，借鉴中西合璧的长卷《木兰图》的结构，创造了君民权力对峙的"空间—影像"，形成小说蒙太奇结构，其四个章节"秋狩、行营、塞宴、木兰"，发扬汉语意念优势，创造话题型汉语创作，形成了"比"蒙太奇。《候鸟》(1981)每章节前都以诗歌起兴，托物兴辞，激发联想；创造空镜头和长镜头空间，扬显"立象以尽意"的中国文化神韵，形成了"兴"蒙太奇。西西以电影为根基，吸纳中西文体结构优势，创造出了影像叙事小说的多种新形态。

其短篇小说集《像我这样的一个女子》(1984)，向内心世界掘进，文风为之一变。此后，西西创造了内心独白蒙太奇群像，借鉴并超越了卡尔维诺的单元小说、略萨的结构写实和福楼拜的多声道等结构手法，形成了多声道叙述的结构形态。

在图文互涉叙事实验层面，一方面，西西寻求小说空间结构上的借鉴，如《我城》从中国古代绘画手卷吸取移动视点叙述，从现代电影中吸取时空互动法，《浮城志异》并置马格列特的超现实主义绘画，借鉴绘画的时间零技巧，拓展空间叙事。另一方面，西西谋求突破语言表达的陈套，如《我城》乃"是它偏说不是它"的典范，开创出慧童体语言风格；《浮城志异》是"不说就是说"的典范，运用隐喻转喻、"兴"蒙太奇、反言、隐言、曲言等，突破语言的局限性,对不可言说进行言说,形成"言外之意、弦外之音"。

三是 90 年代至今的性别叙述和增殖想象曲式的成熟期。1989 年,51 岁的西西罹患乳腺癌,术后病情受到控制,继续创作。此时期的散文纵论音乐、体育、建筑、绘画和哲学,结集为《花木栏》(1990)、《剪贴册》(1991)、《耳目书》(1991)、《画/话本》(1994)等。2000 年出版了《西西诗集》。

在小说创作方面,西西以患病经历为素材创作了自传性长篇小说《哀悼乳房》(1992),反思女性身体的话语权力建构问题,成为独特的女性书写。她将祸转化为福,打通了身体健康和创作发展的瓶颈,跃升到新的境界。1996 年,延续书写香港本土故事的肥土镇系列,书写香港百年历史,创作了《飞毡》。1998 年,她出版了故事新编小说集《故事里的故事》。

西西从音乐曲式中借鉴"鱼咬尾"叙事法,开创了想象增殖曲式的多种手法。从章节内部而言,有语句蝉联、人物蝉联、结构蝉联、想象蝉联等类型。从小说整体而言,一是读者与作者互动的想象增殖曲式,如《永不终止的大故事》。二是反线性的网结增殖曲式,如《飞毡》的蝉联增殖叙事结构,体现出女性的循环时间之特点,拓展女性生存和写作空间,创造了网结增殖体。

进入 21 世纪后,西西创作重心转移。因手术后遗症导致右手失灵,作为物理治疗,她搭建微型屋,缝制毛熊,凝结出新的生命结晶体:散文集《旋转木马》(2001)、《拼图游戏》(2001)、《看房子——西西的奇趣建筑之旅》(2008)、《缝熊志》(2009)。长篇小说《我的乔治亚》(2008)开创出新的小说建筑空间叙事结构。

吴熙斌——人心丛林的解剖者

吴熙斌(1949—　　),女,福建同安人,生于香港,原名吴玉英。香港浸会学院生物系本科毕业,美国加州圣地亚哥州立大学生态学硕士。有小说集《牛》、《吴熙斌小说集》,散文集《看牛集》,译作萨特的《呕吐》、马尔克斯短篇小说等。

吴熙斌创作不求量而求质。她是荒野万物和内心丛林的解剖者,属于精雕细刻派[1]。其小说常以男性作为主人公,充满阳刚之美。在具体叙述中,她长于描写动植物。她认为,小说和动物行为学有相似的地方,都和观察有关,如白蜥蜴沉默的时候有一种人的庄严木讷。她长于绘影绘声,绵密细致,深入事物肌理和人心人性。刘以鬯指出,这细腻一如端木蕻良,但比

---

① 袁良骏:《香港小说流派史》,福州:福建人民出版社 2008 年版,第 173 页。

后者更富于想象①。《牛》②叙述三人历经七天的风餐露宿,找到了原始洞穴的巨牛图,追溯远古洪荒的童年奥秘,结果遭遇洪水,最后脱险。小说在荒野丛林的精细铺排描写中,缠杂着两男一女的同性和异性情谊的暧昧流转,欲露还藏。有论者认为,在城市机械律动之外,吴熙斌热衷于找寻自然律动③。

《晕倒在水池边的一个印第安人》④从北美加州海洋研究所的唯一华人男生的角度,记录、观察晕倒在所里的印第安男子。两个孤独的异乡客都因为害怕而离开原来的居所:或怕文明的侵袭,或怕政治的变动;而且,都与新的环境格格不入:或因为文明的隔阂,或因为文化的相异。他们本没有共通的语言,却凭借图片和手势歌声,诉说着各自的故事,竟然达至灵魂的沟通和交流。而那些来自所谓文明先进发达地域的专家学者,用尽了一切高科技手段、物质的召唤、文明的诱饵,仍无法使印第安人就范,配合他们所谓人类学、人种学的研究。他们名义上为挽救最后的一个印第安人,实际上,行为言谈中却无不透露出粗暴的漠视和蔑视。印第安人傲然决定出走,而随后,找不到心灵栖息之地的华人学生也不知所终。

香港方言将留学名为"坐洋监",而《晕》这一小说,对坐洋监的孤独体悟力透纸背:"孤独的人是不会愤怒的,愤怒需要对象和习惯。它从接触中来,是燃烧的火。孤独的世界潮湿孤独而寒冷。它的本质是嶙峋的荒野,没有犹豫的空虚。他行走在自然的策律下,没有抗衡的能力。风雨来了他在山洞中躲避,给野兽伤害了他躲在石的阴影下等候痊愈。他独自生活,四周只有簌簌的风声,也有零星的鸟兽掠过,他跟石的倒影说话,随着时间的起伏伸展。你会对季节愤怒吗?他埋藏自己的言语,他多久没有说话了?孤独是沉重的兽,你背负他如背负自己的恋人。"

钟晓阳——古典情怀的现代书写

钟晓阳(1962—   ),女,广东梅县人,生于广州,长于香港,另有笔名钟残醉。负笈美国,研读电影,密歇根大学毕业后返港创作,后定居澳洲。1981年发表长篇小说《停车暂借问》一举成名。著作还有《流年》、《哀歌》、《爱妻》、《燃烧之后》、《春在绿芜中》、《细说》等。漓江出版社曾出版过她的

---

①　刘以鬯:《吴熙斌的短篇小说》,见吴熙斌的《牛》,台北:东大图书公司1987年版。

②　梅子主编:《香港短篇小说选(八十年代)》,香港:天地图书有限公司1998年版,第47—77页。

③　黎海华:《细致与磅礴》,香港:天地图书公司2007年版,第48页。

④　刘以鬯主编:《香港短篇小说百年精选》,香港:三联书店2006年版,第113—129页。

《腐朽与期待》和《离合》两本小说集。自小说《遗恨传奇》出版后,经十年封笔,"停车莫再问",于 2007 年 9 月起,在香港报章上再度刊载散文。2001年,小说《停车暂借问》被改编为台湾版电影,名为《烟雨红颜》。

钟晓阳善于讲述情爱悲剧,行文沉静娟秀、清明沧桑,不时有佳句隽语扑面。"海那边的风沿地卷了来,哗哗地没个边际,信笺斥侧作响,墨迹干了,带点腥凉味,勾勾勒勒皆望向归期。""一只只鞋子,大张着口,等着吃许多路程,而大部分是冤枉路。""窗玻璃上暗暗映出两个影子;鬼影一般,无声地馋相地吃着,荒荒岁月里凄凉的夜,眉眼都不抬。"

有学者认为:"出于对现实的失望,她总在现实中寻找着古典的情怀,但她确切地知道这样情怀在现代社会是无法存身的,所以她又不得不在作品中让它们逝去。钟晓阳以这种哀情的故事,传达着她反省现代香港都市的深刻寓意。"[①]或称钟晓阳是"今之古人"(王德威语),能用现代小说的形式包装中国古典诗词歌曲的情思,尤其擅长描绘流离的哀伤。相较于张爱玲的精警叙事,钟晓阳的叙事手法突显感伤的情愫;张爱玲所写都是庸俗的人物,只为"以庸俗反当代",而钟晓阳却是落实描写普通人物在普通生活中的悸动。

论文作业参考题

1. 分析香港本土作家创作的总体特征。
2. 以黄谷柳(或舒巷城)的小说为例,谈谈他们创作的艺术特色。
3. 以马朗为例,分析香港现代派诗人的文学风格。
4. 西西创作的原创性与主要成就。
5. 以吴煦斌(或钟晓阳)的小说为例,谈谈她们创作的艺术特色。

---

① 　赵稀方:《小说香港》,北京:生活·读书·新知三联书店 2003 年版,第 227 页。

第十四章 大陆南来作家的创作

第一节 概　　述

在香港创作界,"南来作家"是一个举足轻重、不可低估的作家族群。所谓"南来",自然指的是由大陆南来香港者。在 20 世纪香港文学发展的历史上,有过三代大陆南来作家。第一代南来作家,是 30—40 年代战争背景下,或为避战乱、或为坚持抗日、或为开辟文化新战线而南下香港的。但严格说来,他们还不能归为香港文坛上的南来作家,而是中国文坛上的南下作家。

这里所说的"南来",特指 20 世纪后半叶从大陆南下迁居香港,并生活写作过一段相当长时间的作家。

20 世纪后半叶,从大陆来港的作家,大略可分两批。50 年代初南迁的是一代,70—80 年代南迁的又是一代,二者之间虽有所不同,但他们与 30—40 年代客居香港的老一代作家的差异要更大一些。最重要的是,他们不再是仅作短期逗留的"过客",而是真正地"投入"了。

这批作家"初到贵境"时,都处在人生经历丰富、创作精力充沛的中壮年时期,使他们对香港文学作出了前后两代南来作家都不可能提供的非常贡献:他们中绝大多数人在大陆即已成名,是 20—40 年代中国新文学发展的参与者,直接延续了"五四"新文学的血脉;他们在香港完成的创作,就数量而言,占其一生创作总量的很大比重(有的超过一半以上),就质量来说,不少是其一生的代表作或文学史上的名篇力作(如徐讦的《江湖行》、徐速的《星星·太阳·月亮》等),其中一些还有较为突出的香港地方色彩,如曹聚仁的《酒店》、叶灵凤的《香港方物志》等,对确立"香港文学"的独特形象作了先期探索;他们并不带有明显的政治色彩或党派色彩,能为两岸文学界所共同接受,对形成香港文学的凝聚力能产生非同一般的作用与影响。70 年代以后南来的作家大多数是在来港后才开始文学创作的,他们的到来为正显疲态的香港文坛注入了新血。由于他们的特殊经历(他们之中大多是东南亚或者其他国家的归侨子弟,或是闽粤等省侨乡子弟,或者原来就是在香港出生的,到内地兜了一个大圈子,又回香港定居)和教育人文背景,一度接近过不同于台港地区和东南亚国家的意识形态,对大陆近几十年的社会状况有近距离观察,从文后与内地文艺界有较多联系,他们的创作以大陆经验和香港经验并重,所有这些也都给香港文学增添了新的质素。不少人居港的时间至今已有30年上下,在老一辈南来的作家相继凋萎以后,他们成了当下香港文坛上活跃的中坚力量。

第二节　徐訏　李辉英　徐速

徐訏——漂泊在都市上空的孤魂

徐訏(1908—1980),笔名徐于、东方既白等,浙江慈溪人。北京大学哲学系毕业,留学法国,获哲学博士学位。1950年移居香港,先后任教于新加坡南洋大学、香港中文大学、浸会学院。主要作品有《鸟语》、《女人与事》、《炉火》、《彼岸》、《江湖行》、《时与光》等小说,台湾正中书局还出过《徐訏全集》(1—15卷),包括小说、散文、诗歌、戏剧。

在所有的南来作家中,徐訏是过客意识最浓重的一个。虽然在香港住了整整30年,可香港对他来说,依然是作为过境的一个痛苦的地方。徐訏的小说大都取材于大陆,而非香港本地,如《鸟语》、《私奔》、《百灵树》、《盲恋》等。这些乡土记忆、上海书写都可以理解为对徐訏现实生存的协助,它可以在心理上扩充人生地不熟的狭隘空间,能够以气息般的温情挽救困难中的生命。同时亦可以这种记忆为手段,将他乡的色彩抹上异域的天空,从而为自己谋得生息之地。即使是描写香港社会现实、香港人悲欢离合的《星期日》、《舞女》、《女人与事》、《小人物的上进》、《时与光》诸篇,也只是浮光掠影的香港,大多带有批判的眼光。黄康显认为:"他写香港,只有香港的影子,而盖在这个影子上面的,是另一个更高、更大、更深的中国移民的影子,在小说的画面上流动、放射!"[①]其实,以徐訏的才华和大陆都市生活描写的经验,他是完全有条件更深刻地表现香港都市特征的,然而"读徐訏的小说,即使惊诧于色彩的艳丽,也会产生雾里看花的感觉"[②]。这再次说明了徐訏小说缺乏香港性的特点。

长篇小说《江湖行》[③]是徐訏创作生命的高峰,也是对他人生经验最全

---

① 黄康显:《旅港作家的流放感——徐訏后期的短篇小说》,见《香港文学的发展与评价》,香港:秋海棠文化企业1996年版,第139页。

② 刘以鬯:《五十年代初期的香港文学》,见《刘以鬯卷》,香港:三联书店1991年版,第365—366页。

③ 徐訏:《江湖行》,香港:上海印书馆1961年版。

面、最深刻的总结。作者运用第一人称"我"的角度叙述了周也壮逃离农村、漂泊都市、浪迹江湖、如此几次反复最后顿悟归隐山林的人生故事。对周也壮来说,生命只有在流浪中才有存在的意义,经过了从乡村到都市、都市到江湖、江湖到都市、都市到内地反复几次的流浪,主人公周也壮对生命与爱情有了独特的体悟。

哲学思索、宗教情怀和浪漫情调是徐讦小说最主要的特点。由于徐讦受到叔本华、尼采等人哲学思想的影响,对生命有着不一样的感悟和体验,留学法国时的浪漫主义文学、哲理小说和资产阶级民主自由思想对他以后的创作都有很深的影响,流落异域小岛后的疏离和放逐感使得他对人性、生命、爱情、苦难等问题有了更深入的思考。徐讦漂泊的一生经由哲学和宗教的沐浴而逐渐走向内心的稳定与宁静,他的小说也因此而达到一个新的境界。

李辉英——"香港的欧·亨利"

李辉英(1911—1991),吉林永吉人,原名李冬礼,1933 年毕业于上海中国公学中文系。他受"九·一八"事变的影响,开始了以抗日为题材的创作,其中《万宝山》被称为抗日文学的先声。抗战胜利后,曾任东北大学、长春大学中文系教授。1950 年移居香港,曾任教于香港大学、香港中文大学等。主要作品有:短篇小说集《黑色的星期天》,中篇小说《海角天涯》,长篇小说《人间》、《前方》,散文集《乡土集》以及论著《中国现代文学史》等。

移居香港后的李辉英一方面延续其抗战题材,写出了《人间》等长篇小说,被曹聚仁誉为"真正能够反映抗战时期的实际生活的小说"[①],一方面积极融入香港生活,《牵狗的太太》、《名流》、《黑色的星期天》等短篇小说集再现了香港这个国际都市繁华中的悲凉,以及社会高度物化所导致的人性异化和都市的生存哲学。

在李辉英的小说中活跃着富商、名流、骗子、赌徒、流氓和沉沦者各色人等,这些人物构成了 20 世纪 50 年代到 80 年代香港五光十色纷繁复杂的社会图景。他的以香港为背景的这些小说,善于把握生活本质,以都市生活作为基本取材,在对庸腐世相的讽喻中,尽力开掘生活中蕴藏的真善美,以表现严肃的人生主题。如《三姊妹》中三个没有血缘关系的年轻职业女性合租了一套房子,没有想到她们热恋的男朋友——阔绰的王先生、黄先生、汪先生——竟然是同一个人,这一场闹剧终于以这个骗子盗用银行公款落网而

---

① 曹聚仁:《文坛五十年续集》,香港:新文化出版社 1973 年版。

告终。金钱使都市价值失落、道德迷失,他们因金钱而相识,但又因金钱演出了一出出悲喜剧。

李辉英的小说尤其是短篇师法于世界三大短篇小说作家——欧·亨利、契诃夫和莫泊桑。特别是对欧·亨利的偏爱,使他从赴港创作伊始就效仿欧氏笔法,像欧·亨利写纽约那样来写他身居的香港社会。其小说艺术也深受三位大师的影响,李辉英的小说故事奇特、构思精巧,并已形成独特的温婉幽默的风格。《白莲》中母亲因贪图优越的物质生活而告别了一段"姐弟恋",没想到多年以后她的女儿竟然恋上了自己的老师,母亲的旧时恋人。这种戏剧性的巧合安排在李辉英的小说中随处可见。

除了小说,李辉英在散文创作上也取得可观成绩。代表作有以东南亚风情描画为主的《新加坡纪行》,深刻眷念祖国、故乡的《乡土集》等,这些散文思想真挚,充满浓重的乡土气息,叙述亲切,语言质朴,成为李辉英散文创作中的珍品。另外,他的现代文学研究论著《中国新文学二十年》、《中国现代文学史》也颇具历史价值,可以说他是"中国现代文学史"学科在香港的开拓者。

徐速——儒家思想的形象化阐释

徐速(1924—1981),江苏宿迁人,原名徐斌。抗战胜利后在北大中文系旁听,1950 年移居香港。创办《海澜》、《少年》文艺杂志,还创办高原出版社,并任《人人文学》编委,还主编过《当代文艺》,为香港文学的发展、青年作家的培养作出了贡献。主要作品有长篇小说《星星·月亮·太阳》、《樱子姑娘》、《浪淘沙》三部曲,中篇小说《杀妻记》,短篇小说集《第一片落叶》以及文学评论《徐速小论》和大量散文等。

居港后徐速的小说灵感仍主要来自于抗战八年的艰苦岁月,除了极少数的作品如《第一片落叶》、《芳邻》外,大部分小说以抗战为背景,抗战加爱情是小说的基本结构模式。

《星星·月亮·太阳》的出版,一举奠定了徐速作为名小说家的地位。自出版以来,已经再版 20 多次,并被改编成电影、电视剧,享誉海内外。小说主要以一个男主人公徐坚白和三个女性阿兰、秋明、亚男的爱情纠葛贯穿全篇,但这并不是争风吃醋的多角恋爱。正如作者在《自序》中所说:"我想在我的创作中,将人类崇高无邪的爱情,从三个不同性格的女性中表达出来,没有偏私,没有虚伪,没有鄙俗,像天空中的星星、月亮、太阳,那样高洁、庄严、美丽。"①星星、月亮、太阳分别象征阿兰的忧郁孤独、秋明的温柔敦厚、亚南的热情坚强,构思巧妙,比喻贴切,体现了他对人性美理想的追求。

《浪淘沙》三部曲(《媛媛》、《惊涛》、《沉沙》)是徐速晚年的巨作。小说围绕两条故事线索进行:一条写上海几股政治军事力量的斗争,另一条写欧阳世明与媛媛、贞子、夏芙等几个女性的感情纠葛,同时也写了欧阳经理与雍华的爱情游戏。两条线索互相交错牵制,使情节曲折复杂,跌宕起伏。这部小说的突出之处在于主人公不是共产党员,而是一位有着爱国热情的青年欧阳世明;作者对日本侵略者和共产党组织的描写相当客观真实,笔触直达人性深处。

徐速的小说,虽以现代社会为背景,却弥漫着浓厚的古代文化的氛围。中国知识分子的忧患意识,青年时代所经历的战争与动乱的苦难,移居香港后对前途的悲观,对现代文明的失望,使徐速把眼光转向了中国的传统文化,从中找到了匡救时弊的良方,当然这种儒家思想在他的小说中已被理想化了,因而具有浪漫主义和理想主义色彩。如《星星·月亮·太阳》中阿兰、秋明、亚南对爱的忠贞以及为了他人宁愿牺牲自己幸福的谦让,《樱子姑娘》中的宽恕精神等,都是作者给香港资本主义病态社会开的良药。这种对儒家传统文化的固执偏爱也体现在其文艺性散文《心窗集》、《百感集》里。徐速是一位善于构思故事、设计情节、塑造人物的高手,同时又十分注意小说叙述语言的精彩和人物语言的性格化。

第三节　叶灵凤　刘以鬯　曾敏之

叶灵凤——尽显香港风物之美

叶灵凤(1905—1975),江苏南京人,原名叶蕴璞。毕业于上海美专,1925 年加入创造社,任《洪水》编辑。此后,他还参加《幻洲》、《戈壁》、《现代小说》、《现代文艺》、《救亡日报》等编辑工作,叶灵凤在内地期间以小说创作为主。《昙花庵的春风》、《女娲氏之遗孽》、《未完成的忏悔录》等表现都市男女的苦闷情怀。1938 年从广州到香港定居,直到逝世。曾主编《立报》副刊《言林》、《星岛日报》副刊《星座》等。出版有《香港方物志》、《文艺随笔》、《霜红室随笔》、《香江旧事》、《晚情杂记》、《北窗读书录》、《读书随笔》等。

叶灵凤后半生定居香港以后,倾力于散文创作,小说在他笔下几乎绝迹。其后期散文创作的成就不下于他早期的小说创作。散文中最负盛名的作品是《香港方物志》,是在《赛尔彭自然史》的影响下写成的,该书的资料多

---

① 徐速:《自序》,《星星·月亮·太阳》,北京:当代文艺出版社 1995 年版,第 1 页。

来源于他的藏书。方物就是土特产,方物志记录的是香港出产的美好或值得一提的东西。该方物志由《香港的香》到《除夕杂碎》112 篇短文组成,并附载图片,既不是纯粹的科学小品,也不是文艺散文,而是将当地的鸟兽虫鱼和若干掌故风俗,运用自然科学知识和民俗学知识写出来。这里面有科学也有传说,写法独特、形式新颖。香港名字的由来、草木虫鱼、飞禽走兽、年节风俗,都一一被写进《香港方物志》中。"文章写得平易可亲而言之有物,就像对朋友娓娓而谈那样毫不做作,并不是标榜冲淡、闲适或动辄引一段古书那一类小品。"①文中囊括了许多香港的知识,既有历史、又有自然,是艺术性与知识性的有机结合体。由于有关香港史地知识的出版物,尤其是关于方物的记载,实在太缺乏了,该书便填补了这一空白,可谓一部图文并茂、情意交融之作。作者的情感虽没有直接显露,但其对香港这一方热土的热爱是不言而喻的。

叶灵凤对香港文史方物的研究记录是多方面的,这不能仅用兴趣爱好来解释,他意欲唤起包括香港人在内的所有国人对香港的热爱,也是其心可鉴。

1988 年出版的《读书随笔》(上、中、下三册),近 70 万字。包括关于故乡南京的民俗风情的抒情小品文,对文学生涯的回忆,关于香港文史、方物、志书的学术研究和知识性小品,外国文学翻译家、艺术家及其作品的书话,文坛掌故、轶事等。《读书随笔》犹如一部百科全书,既有知识性,又富趣味性。他的一些怀乡忆旧和生活小品,"也是淡而有味、隽永可喜的"②。

他的随笔小品数量最多且独创一格,有《读书随笔》、《文艺随笔》、《北窗读书录》、《霜红室随笔》、《晚情杂记》、《香港书录》、《书鱼闲话》、《香港方物志》、《香江旧事》、《张保仔的传说和真相》、《能不忆江南》等数十种。

叶灵凤的读书笔记,文学艺术视野之广,可与 20 世纪最有学问的大作家比肩。他的读书随笔极富个性,包罗许多不同知识门类的书话,比起同时代其他多家的读书随笔,他更忠实于自己的偏爱和审美情趣,更侧重于知识的普及,以资料、趣闻和艺术鉴赏力的独到吸引读者。

叶灵凤的散文小品,在 20 世纪中国散文小品史上独树一帜。《南京的马车》、《能不忆江南》、《烟花三月下扬州》、《吃蟹的余兴》、《大厦的居住情趣》、《英雄木棉树》、《我的书斋生活》等篇章的一个十分醒目的艺术特色是他将散文小品的随意性和情绪、意趣的一贯性,结合得十分和谐,他的笔触

① 黄蒙田:《小记叶灵凤先生》,见叶灵凤:《香港方物志》,北京:生活·读书·新知三联书店 1985 版。
② 柳苏:《凤兮凤兮》,《读书》1988 年第 3 期。

看似冲淡、简洁、平和,其实明净如秋野似的寥廓,但又不萧森,给人赏心悦目的美,那是一种与宋人婉约派的词、明清性灵派小品相衔接的诗的意境之美。叶灵凤是当之无愧的香港文学中的文化播种者。

刘以鬯——"实验小说"的孜孜探求者

刘以鬯(1918—),浙江镇海人,原名刘同绎。在上海从小学一直读到大学毕业,在圣约翰大学读书时就经常向《文汇报》、《大美报》副刊投稿。1936 年开始发表作品,20 世纪 40 年代步入新闻界。1948 年到香港任编辑,后一度去新加坡、马来西亚编报,1957 年重回香港定居,几十年来一直从事报纸副刊编辑,长期担任《香港文学》月刊总编(1985—2000),现为香港作联名誉会长、香港文学研究会会长。作品有长篇小说《酒徒》、《陶瓷》、《岛与半岛》,中短篇小说集《天堂与地狱》、《寺内》、《一九九七》、《春雨》等,文学评论集《端木蕻良论》、《看树看林》、《短绠集》和若干译著。

从 60 年代的《酒徒》到 70 年代的《对倒》、《寺内》,再到 80 年代的《打错了》、90 年代的《黑色里的白色　白色里的黑色》、《岛与半岛》,刘以鬯一直没有停止过他在小说写法上的探索,显示了不懈的努力与执著,取得了令人瞩目的成绩。他以旺盛的创造力与不竭的想象力给予了小说新的生命和希望,是"实验小说"孜孜不倦的探求者。

刘以鬯认为,面临"生存危机"的小说创作必须走"创新"之路,要尽量采取较少的写实;或者"向幻想的世界拓展",把幻想和历史结合在一起;或者把小说和寓言、诗结合在一起;或者剔除虚构,探求"内在的真实";或者用不规则的叙述法作为一种实验;也可以用两种方法写一部小说,一方面是有规则的叙述,一方面是不规则的叙述;还有是透过哈哈镜来表现现实,即采用"变形"的手法。"非虚构小说"、"非寓言小说"、"超现实小说"、不排斥虚构的"历史小说"、"形而上小说"……这些名目都可以用一个共名——"实验小说"来概括。

《酒徒》作为刘以鬯最重要的代表作,以意识流手法在作品中的大幅度覆盖而引人注目。有人把它称之为中国第一部"意识流小说"或"东方意识流"。

刘以鬯笔下的"酒徒"面对的是高度商业化的香港社会,他借"酒徒"之口,得出了类似鲁迅笔下的"狂人"的发现:"这是一个吃人的世界,这是一个丑恶的世界,这是一个只有野兽才可以居住的世界! 这是一个可怕的世界! 这是一个失去理智的世界!""在这个世界里每一个人都没有灵魂!"从某种意义上说,"酒徒"也是现代都市商业社会中的"狂人"。如果说"狂人"是那个世界最清醒的民主斗士,并非真"狂","酒徒"其实也并不是一个真正的醉汉。在"万般皆下品,唯有金钱高"的香港社会里,他其实有着很清醒的意识,他不愿把自己当作"写稿机器",对那些荒诞无稽、黄色下流的流行小说十分厌恶。"他是一个受难的先知",道出了文学和人生的真知灼见,刺破了社会的假面。从他的心态,可以看到,一个良知未泯的有着较高文学品位、文学修养的职业作家,在工商社会挤压下所产生的痛苦与焦虑、迷惘与无奈。从《酒徒》的悲剧中,刘以鬯深刻地剖析了香港文化生态环境的恶劣,并作出了严峻的批判。他在《酒徒》中表现出的社会批判意识,应该说是承续了鲁迅在《狂人日记》等一系列小说中体现的批判姿态,显示了清醒的、深刻的洞见和感时忧世的情怀。

《酒徒》从另一个角度来说又是一部"都市小说",它以香港为背景,突出人物在外部声色刺激下的复杂错综的个体感受。以至于有人认为:《酒徒》是"自五四以来,穆时英以后,心理小说上的一次新的转机,一种大胆的尝试,一个创新的实践"①,"是比郁达夫的小说更酣畅淋漓,更富现代意味的灵魂忏悔录"②。

运用意识流手法写的作品还有《对倒》、《副刊编辑的白日梦》、《第二天的故事》等。

刘以鬯的"实验小说"还有一类是取自古典题材加以现代诠释的"故事新编",如《蜘蛛精》、《寺内》、《追鱼》、《蛇》等。这些"故事新编",更多地探求人的"内在的真实",特别是注重人类本能的性意识,有着明显的弗洛伊德泛性论的影响。《蜘蛛精》写唐僧在面临蜘蛛精的挑逗时,情欲本能的冲动与宗教信念之间的激烈冲突。在写法上,《蜘蛛精》将笔触伸向作品主角唐僧的内心世界,第一人称"我"(即唐僧)的叙述与小说的叙述紧密连接,全篇一气呵成,不分段,以突出蜘蛛精与唐僧肉体上的纠缠、心理上的交接的间不容发,形成一种短兵相接、类似于"肉搏战"的态势,具有震撼人心的强烈艺术效果。第一人称的叙述(表现唐僧的心理、意识、感觉)不同于小说的叙述部分,采用另一类字体——黑体字印刷,而且不加标点,更强化了这种视觉效果。在"故事新编"类的小说中显示了卓特的创新面目。

《寺内》、《蛇》、《追鱼》根据传统戏剧曲目《西厢记》、《白蛇传》、《追鱼》改编新创。刘以鬯重写的新意是在追寻人类在男女情爱上的内在欲求。《寺内》写得铺排、繁富,在原有的张、崔之恋中,又增写了崔夫人、红娘的潜在性

---

① 振明:《解剖〈酒徒〉》,见《刘以鬯研究专集》,成都:四川大学出版社 1988 年版。
② 何东平:《试论香港作家刘以鬯的小说观》,《当代文艺探索》1985 年第 4 期。

意识,丰富了原作的内涵。《追鱼》却反其道而行之,十分简洁,它把人们所熟知的《追鱼》的情节,作了最大的省略,以六天为期,写出"书生"与"人鱼"之恋,似与《圣经》第一章写上帝七天造人的过程吻合,实际上以"人之恋"与"人之生"接续比并,为"食色,性也"作别一注释。《寺内》、《蜘蛛精》、《蛇》虽然各有所本,但都十分注重女性(莺莺、红娘、崔夫人、蜘蛛精、白素贞)的性意识,凸显了"故事"原本隐藏不彰的另一方面,一改以往对女性性意识的忽略与轻描淡写,体现作者对弗洛伊德泛性学说的一种理解。三篇改自传统戏曲剧目的小说还相当巧妙地融会了戏剧的场景、诗的语言、意境和小说情节处理的手法,赋予作品一种独特的韵味。

刘以鬯最具个性色彩的小说实验是在小说结构和形式上的创新。

《打错了》由大部分相同的文字组成,后一段文字添加了主人公因多接了一个"打错了"的电话,出门晚了几分钟,而得免于车祸,展示了现实的两种可能,或是两种假设。小小的一点事因的差异,而引致两种截然不同的结果,突现了人物命运的"因果关系",暗示人的命运的偶然性,令人悚然惊心。短小的篇幅中,浓缩了生活的无量变数,包蕴深广。

《链》有十段,由上一段叙写的人物在段末引出下一段的第二个人物(以下依次类推),似乎是把修辞上句与句之间的"顶真"手法移用到段与段之间。每一段犹如长链中的一个环扣,段与段之间紧密衔接,环环相加,在类似于连环套的结构中,"复制"现实生活的实际流程,十分真实,不加删改、增减。十个人物互相之间也许都不认识,但都同样是组成生活现象的一部分,可以抽象为:A(+B)→B(+C)→C(+D)→D(+E)→E(+F)……是一道开放的、可以无穷尽地延伸下去的生活之流。

而《天堂和地狱》不同,它的内在结构可以抽象为:$\begin{smallmatrix} A \rightarrow B \\ \uparrow \quad \downarrow \\ D \leftarrow C \end{smallmatrix}$,它是一个封闭的、有限的环式结构。三千元钱由 A 经过 B、再经过 C、经过 D,最后又回到了 A 这里,有一种辛辣的嘲讽的力量。

还有一些小说,则根据特定的内容和表达的某种需要,变换字体或印刷排版,给读者一种视觉上的强烈刺激,则更为大胆新奇。"刘以鬯用他的形式经营小说,往往能唤起读者的形式感,这中间其实有一种类似'陌生化'的审美效应。"①《蜘蛛精》里用黑体字写唐僧在女妖的魅力诱惑与色欲挑逗下的惶乱心理,有一种触目惊心的效果。心念"阿弥陀佛"连续反复多次又不

---

① 温儒敏:《刘以鬯小说的"形式感"》,见《活泼纷繁的香港文学——1999 年香港文学国际研讨会论文集》,香港:香港中文大学出版社 2000 年版。

加标点,突现了唐僧的惶急、无奈、人物内心的紧迫感和冲力,从"绝对不能看她"到"何不多看几眼",从秉念坚拒到任性而为的变化过程,在宗教信念崩溃的同时肯定了人性的胜利。长篇小说《岛与半岛》也分别用楷体、秀体两种字体,楷体部分是小说的背景,秀体部分则是小说的正文,以楷体文字(背景)形成阅读秀体文字(正文)的参照,二者交叉,同时推进,纪实(背景)与虚构(小说正文)交互作用,也不失为一种新异的试验。

最为标新立异的是《黑色里的白色　白色里的黑色》。作者采用特殊的印刷排版把小说全文分成"白底黑字"(白色里的黑色)和"黑底白字"(黑色里的白色)两部分,两两隔开,看上去有如斑马的花纹,标题本身就对应了这种特殊的排版印刷的外观"面目"。而细读文本,"白底"呈示正面的光明、正义、纯洁、真、善、美;"黑底"呈示反面的阴暗、邪恶、罪恶、假、恶、丑。两大色块交替更迭、比较、互衬,其间都有一个贯穿人物麦祥,他穿行于"黑白相间"、美丑杂陈的香港社会中。在某种程度上,它与《链》在形式上类似,而与《天堂与地狱》则在内涵上接近。

《对倒》是由邮学里"对倒"双连票得到的启示,以"对倒"的势位结构小说。淳于白和亚杏这两个年龄、经历、性格、趣味不同的一老翁一少女,从方向来说是相倒反,从实质来说是相对比,按各自的逻辑活动,邂逅相遇于电影院(但并未安排进一步的深交),短暂的遇合后又各自沿着相反的方向分开,在同一时空中展现二人不同的观感,借以观照香港,有相当的纵深感。其结构方式确实别出心裁。刘以鬯不愧为敢于打破传统规则、锐意创新的小说能手。

曾敏之——集报人、诗人、学人于一身的作家

曾敏之(1917—　),广东梅县人,生于广西罗城,笔名望云。抗战期间开始在新闻界从业并进行文学创作,1941年出版散文小说处女合集《拾荒集》。国共谈判时,以一篇《十年谈判老了周恩来》(长篇访问记)蜚声报界。60—70年代曾在暨南大学、华南师大任教。1978年底调香港,任《文汇报》副总编、文汇出版社总编辑等职,1988年起出任香港作家联会会长,现为该会创会会长、世界华文文学联会会长等,并任内地多所大学客座教授。

作为一位集报人、诗人、学人于一身的作家,曾敏之涉笔甚广,于小说、散文、报章文字、杂文、随笔、学术著作、诗词创作与赏析,无不有所成就。著作以杂文、散文影响最大,在香港文学史上有重要地位。出版有《望云海》、《文史品味录》、《观海录》、《观海录》二集、《文苑春秋》、《听涛集》、《西海环游》、《曾敏之文选》、《文林漫步》等,其中《观海录》二集在1989年获全国优

秀散文杂文奖。

曾敏之阅历丰富,学识渊厚。由于长期供职于新闻界,养成了关注时政和天下大事的习惯,观察问题敏锐深刻,下笔为文不避锋芒,直面人生、针砭时弊,显示了很强的使命感和爱憎分明的立场。《往事》、《感旧抒怀》等篇,忆写"文革"中的灾难岁月,对"四人帮"的倒行逆施、祸国殃民进行了尖锐深刻的批判,涌动着一种对国家、民族、历史的忧患心情。而对社会现实(内地或香港)中许多弊端,则表现出勇敢直言的参与意识。《议政风》、《一言堂考》倡导民主,《廉贪述古》反对腐败,《忧思》、《从树碑立传说起》批评世风之日下,《世故情与伪君子》、《谈浮名》针砭流俗时弊,《蔡邕的悲剧》、《青史是非分》,则触古察今、触今通古,仍不离对现实的关怀,是有的放矢之作。他以众多富有现实意义、堪称社会批评和文明批评、继承了鲁迅杂文传统的雄文,印证着自己"书生报国、秃笔一枝"、"漫许文章能报国、还期经世挽狂澜"的抱负。他有一首诗这样表达自己的写作主旨:"或说灵感入诗篇,应赋良知寄贬言,休道行文抒自我,是非民瘼总情牵。"

在曾敏之的杂文中,记写一些文坛名家坎坷不幸的篇什,以其感情真挚、议论透辟,每每令读者动容。当年他写《十年谈判老了周恩来》时,即以细致精到的观察和神态细节的捕捉,向国人立体、生动地呈现了中共领袖周恩来的风采魅力和内心世界,着墨无多而能尽传精神,显示了非凡的笔力而一举成名。《闻一多的道路》则以满腔激愤之情,讴歌了民主斗士闻一多。经历过了诸多的人生磨难、特别是十年"文革"浩劫的洗礼,曾敏之练就了一副透入的观世的眼,他写文坛耆宿、前贤朋辈的悲剧遭遇,表达了对 20 世纪中国知识分子历史命运的理性思考,震人心弦。写梁漱溟、陈寅恪、萧乾、巴金、沈从文、陈序经、老舍、胡明树、司马文森……或在质朴的叙述中见友人高洁的品格,或在纵横的议论中寄自己的一腔深情,都突显了人物"贫贱不能移、富贵不能淫、威武不能屈"的崇高人品气节,读来令人掩卷深思、低回再三。《文传碧海千秋业》、《萧乾的自述》、《巴金以书简抒怀》、《梁漱溟义不苟合》、《司马文森十年祭》、《应留正气在人间》、《浅水湾之忆》等文,皆以其真挚的深情、独到的见识而成为曾敏之杂文中最能吸引读者的名篇。而《文人的节操》、《节操可贵》、《郁达夫的气节》等,更特别揄扬知识分子的操守、气节、良知,又无不表达了作者重塑当代知识者美好人格的追慕之怀,搏动着他俯仰天地的人文精神。

曾敏之曾在大学讲授古典文学、现代文学、写作等课程,出版过研究《红楼梦》和鲁迅的学术著作。他平生雅好诗词,有《诗词艺术》、《诗的艺术》及《望云楼诗词》、《古诗撷英》等行世,又喜博览群书,下笔如有神助,博古征今、兼涉中外,为文极富书卷气,这就使他的杂文散文与学者型作家的作品有异曲同工之妙。大量地引诗入文,是曾敏之杂文散文的颇具个性色彩的特征之一,增强了作品的审美效应。曾敏之以敏捷之才,吟诗作词常出口成章,而又自然天成,颇为自得。诗人秦岭雪认为:"在抒情记事或记游的文字中大量引入精致的诗词而又显得十分调和、饶有意味的,当首推曾敏之","这是他对散文艺术的一种贡献"①。曾敏之在《观海录》自序中,引自己目击"文革"中人才被摧残的现实而写的一首诗:"看云倚石枕,请史费疑猜。借问东流水,谁扼济世才?"内心之悲愤,情见于诗。也有些诗作吐露了个人的幽深情怀,写得典丽婉约,极富意蕴,如《浣溪沙·记扬州之游》:

　　　　轻车来听广陵潮,亭榭堤圹映画桡,绿杨袅袅易魂销。欲觅锦
　　帆遗旧垒,最多风韵是红桥,从此客梦也迢迢。

　　曾敏之的杂文,有实事求是之心,不作凌空蹈虚之论,议论纵横而深刻。他腹笥甚广,又坦率真诚,立意高,格局大,气势雄,文风犀利,文笔老到,形成了硬朗、明快的独特风格,"充满大方之气和阳刚之美,深得鲁迅杂文匕首投枪、以寸铁杀人的文风精髓"②。

第四节　陶然　颜纯钩　王璞

陶然——不懈追求新变的实力派作家

　　陶然(1943—　　),广东蕉岭县人,生于印尼万隆市,原名涂乃贤。16岁时回祖国求学,后在北京师范大学中文系毕业,1973年赴港定居。2000年夏接任《香港文学》月刊总编辑,兼任香港中国旅游出版社及其属下的《中国旅游》月刊副总编辑,为香港作家联会执行会长、世界华文文学联会副会长。从1974年发表处女作以来,出版了《追寻》、《香港内外》、《平安夜》、《心潮》、《旋转舞台》、《红颜》、《表错情》、《与你同行》、《一样的天空》、《陶然中短篇小说选》(含中篇《走出迷墙》、《天外歌声哼出的泪滴》)、《美人关》等长、中、短篇、微型小说集,以及《回音壁》、《月圆今宵》、《侧影》、《黄昏电车》、《夜曲》、《"一九九七"之夜》、《第十四朵玫瑰》等散文、散文诗集,共30多种。

　　陶然身上有一股强烈的执著的探索精神和求新求变、不断超越自我的

---

①　秦岭雪:《天下文名曾子固——曾敏之作品印象》,见《文传碧海》,北京:中国文联出版社1999年版。

②　姜建:《聚焦现实、纵横古今》,同上书。

创造性气质。如果说,多年前的中长篇《追寻》、《心潮》和短篇集《平安夜》、《旋转舞台》、《蜜月》等使他以一个写实主义小说家的姿态奠定了其在香港文坛的地位,那么,经过小小说集《表错情》这只小小的渡船,90 年代以来发表的几部中、长篇新作(《与你同行》、《一样的天空》、《天外歌声哼出的泪滴》、《走出迷墙》、《无帆的船》)则表明,现今的陶然在他的艺术调色板上已增添了新的图像。作家正一脚踏在文学殿堂的新台阶上。

陶然的小说作品大体上可分为三个系列:移民世界(如《冬夜》、《窥》、《蜜月》等),商战世界(如《追寻》、《一样的天空》、《无帆的船》等),情爱世界(如《与你同行》、《心潮》、《天外歌声哼出的泪滴》等)。在陶然营造的小说世界里,贯穿着一些基本的精神线索:"对于普通生存个体的强烈关怀和对于社会现实的理性批判精神","表现出了浓烈的悲剧意识和对于人性的拷问倾向"。他还善于"把世界图式转化成一种心理图式,并在这种转化中连接了一贯的探索和革新精神"[1]。

《与你同行》、《一样的天空》突出代表了陶然创作的基本风貌和特征。

《与你同行》几乎可以说是陶然迄今为止的所有小说中,最具思想质素、充溢着作者生命感悟的优秀之作。它细致入微地写出了人在高度政治化和商业化的社会生活中的生存困境,在开阔深邃的时空背景下,敷陈人与环境的对抗、冲突,凸现人的尊严和价值,肯定人对于爱情、友谊、理想的珍重与追求。作为作品叙事进程的实际时间虽然只有范烟桥回母校参加校庆前后的短短七天,但却包含了他几十年的生命奋斗的历史。既是重返青春之旅,也不妨说是主人公的人生之旅的缩影。从这个意义上看,《与你同行》有它的象征意义。

作品第一主人公范烟桥,是一位华侨子弟,早年就读于北京的一所著名大学,如今供职于香港的某出版社。他有理想,有抱负,有才干,如今事业有成。其实,在内心深处,他却有太多的创伤。随着范烟桥骚动不宁的心境,作品展开了回忆、联想、穿插和梦境,今昔交缠,淋漓尽致地透视了一个历经坎坷而感情丰富、爱心执著仍不失追求的现代知识者的感情历程、心路历程。

《与你同行》灵活随意地处理时空交接,大幅度地开阖记忆的门窗,把过去和现在、真情和虚境、实况和幻象自然流畅地组合排列。既令人目不暇接,又能按照作品中明确的文字提示还原为生活中的本来情状,从而准确无误地梳理出主人公几十年来前前后后的生活经历和恩恩怨怨的人际关系。

---

① 吴义勤:《陶然小说的世界图式和艺术图式》,《香港文学》月刊 1996 年 9—11 月号。

第 25 章是全书最精彩的部分,作者极尽纵横捭阖之能事,笔致流转自如、洒脱圆熟,表现出陶然在更深入地挖掘生活内涵、人物隐秘微妙心理方面还有着巨大的发展潜力。

《一样的天空》则是陶然垦拓新题材、尝试新写法的作品。放在当代香港文学的大背景下,它在同类题材的长篇小说创作中也有若干新的发展。

本书描写三位昔日大学同窗(王承澜、陈瑞兴、方玫)在香港的境遇遭际与各自的追求,涉及事业、婚恋、人际关系、感情纠葛,折射出八九十年代之交香港社会生活的重要侧面,富有强烈的时代气息。王承澜、陈瑞兴、方玫这三位主要人物,个性各具、色彩鲜明、栩栩如生,为香港文学的人物画廊增添了新形象。

龙图(集团)有限公司的老板陈瑞兴 20 年前由内地来港,如今在香港商界也称得上一个人物了。他做过餐厅打工仔,被炒鱿鱼后又去做侍应生、银行文员,还干过股票经纪。小说透过他与老同学王承澜几十年交往的过程,描写他发迹的历史。在陈瑞兴身上,最突出的品质是不断进取、敢作敢为,富有冒险精神。他主张在商场上"六亲不认",似乎很没有人情味,但对老同学王承澜,他几十年来还颇有照拂、劝勉,这又见出他其实还颇有人情味,强烈的现代金融意识并未泯灭了他的传统道德观念,而是有某种程度的调和。对方玫,他初则警戒有加,同学情归同学情,生意经归生意经,还分得相当清楚。但三来两往,怜香惜玉的男人情怀与今非昔比而滋生的征服欲(甚至含有一点儿报复色彩)又使他在方玫残存的女性魅力面前终于不能自持。冷静中又见出情动,这种感情本身不是"逢场作戏",可又不是天长地久,明显夹杂有利益和本能的因素。可是,与此同时,他对同甘共苦的妻子美若也没有恩断义绝,变成一个"陈世美"式的人物。总之,这是一个不失人情味的现代商业生活中的强者。

与陈瑞兴几乎同时定居香港的王承澜,如今仍是一个普通的报馆编辑、"吃薪阶级",他安守本分、勤勉、老成持重,但胸无大志、得过且过、随遇而安。这是一个在生活的重压下被压得差点喘不过气来的"小人物"。小说对这个人物的无奈捕捉得准确,写得细腻、传神。

人物个性的突出,得力于作品在整体构思上运用了映衬对比的手法。三个主要人物之间、主要人物与一般人物之间,各各形成性格的互补、延伸、冲撞,以使各自的个性更加丰满、多面。

《一样的天空》在结构框架和叙述视角方面进行了大胆实验。在全部 23 节文字中,分别采取了陈瑞兴、王承澜、方玫、美若、潘芝兰几种不同身份的相同叙述视角(第一人称),而最后三节转用第三人称的叙述角度。在纵

横交错的时空背景下,展示人物的心理活动和人际交往,在历史的穿梭中进行共时的穿插。在不同人物的叙述视角转换之际,常常用联想串起下文,令读者产生阅读的"错觉"。作者有意而巧妙地布置下这类阅读的期待,随即加以颠覆,在叙述话语上不失为有意义的探索。

《天外歌声哼出的泪滴》发表后,曾有人把它比作中国版的《廊桥遗梦》,当然,二者在情节框架上确有相似之处,但《天外》却更有丰厚的蕴涵而独具东方韵味。

摄影记者萧宏盛在一次偶然的机会里邂逅了年轻美貌的女画家袁如媚。虽然袁如媚已是有夫之妇,却仍无法自禁地与宏盛发生了一段如火如荼的恋情。在某次出差途中,因为飞机误点,宏盛在机场被困六个小时。半梦半醒之间,他的头脑中虚幻出这次在 B 市出差与某生活杂志编辑洪紫霞的感情交往……

洪紫霞这个人物的设置赋予了宏盛与如媚的恋情以悠长绵厚的余韵。紫霞是虚幻的人物,是如媚的影子,是因为宏盛对如媚彻骨的思念而衍化出的人物。如媚热情温柔,紫霞却是"乍暖还寒"、若即若离的。"多情却被无情恼",宏盛仍然抑制不住地去接近紫霞,没有别的原因,只因为紫霞酷似如媚。这种东方式的含蓄与曲折,比西方的《廊桥遗梦》当更具韵味。

陶然笔下演绎的这段梦幻般的恋情,在人欲横流的当下,显得那样的纯粹、唯美、高洁。王绯说,在《天外》里读到了内地新时期小说中不曾看到过的书写爱情的纯美之笔,并因此认为陶然确实有进军唯美一路的资质。①

徐坤十分推崇陶然在《天外》中对萧宏盛这类男性形象的刻画,以为这种"具有典型的东方式的 A 型血男人的气质","显现出现代人精神生活中诸多难能可贵的特质",令陶然的小说在描写爱情的众多流派中"独树一帜"②。

陶然的艺术新变,在他的散文近作中,也显露了端倪,或可称为散文创作的"现代化"探索。

这种趋向散文现代化的调整,首先表现为对时空关系的新颖处理。大幅度的跳跃、切割和组接刷新了传统散文的基本结构法。更多的时候,陶然有意无意地打散时间的链条,重建空间的环扣。时而田野,时而都市(《梦回田野》),时而北国,时而南方(《飘零的歌手》)。往昔与今日会合,梦幻与现实交织,回忆与实况迭现,虚实相生,似幻似真都推倒在一个平面上。陶然

① 王绯:《阅读陶然》,《海南师院学报》1999 年第 2 期。
② 徐坤:《陶然笔下的爱情》,《文学自由谈》1996 年第 4 期。

的时空意识赋予历来方行矩步的散文以新的活力与灵动的神韵。

以意象表达心境与感受,是陶然近期散文的自觉追求。《沉默是金》、《飞鸟投林》、《灞桥柳色》、《侧影》、《暮春》等篇,作者摄取圆明园的废基残碑、西安灞桥的嫩柳、中环的灯饰,与下班族同时出现的都市里的飞鸟、蝉声,横飞的黄昏雨,友人馈赠的夜光杯,这些富有象征意味或暗示色彩的意象,成功地营构出一种独特的不可言说的氛围。

内心独白的大量运用,在陶然散文的现代化试验中是富有创意的手段,他把这称之为"心房的独语"(《回音》)。与内心独白相表里,陶然还不时变换叙述视角,频繁换位,在轮流交替中,围绕一个焦点辐射,在繁复周全中又见自由潇洒,并无做作之弊。

在"当今的香港文坛上,陶然无疑是少数几位一直以高品位的文学创作引人注目的作家之一"①。

颜纯钩——在灵与肉的冲突中拷问人性

颜纯钩(1948—　　),福建晋江人。1978 年移居香港,笔名慕翼、斯人等。现为香港天地图书出版公司总编辑、香港作家联会理事。他擅写短篇,有短篇小说集《红绿灯》、《天谴》,散文集《自得集》等。小说《山路》、《背负人生》,电影文学剧本《血雨》曾分别在港、台获奖。

创作态度严谨、吝惜笔墨的颜纯钩,虽少产,却多精心结撰之作。他不愿重复自己,追求质的提升。

颜纯钩经历过"上山下乡"和"文革",有一段难忘的经历,这是他一部分作品所表现的素材,但他更关注的是移民香港的下层人物的生存困境,并且更热衷于剖解人物的内心世界,那些隐秘的、本能的、原始的欲求,在对人类深层意识的探究中,表现人性的扭曲和变态。

《天谴》写移居香港后事业屡遭失败的宏弟把自己的全部情感和欲望,倾注到了姐姐身上,演出了一出惨烈的违背天伦的人性悲剧。在这里,姐弟由于兽欲的贪婪而沦入人兽的边界,由于人性的软弱,失落了人之灵魂的人在强大的情欲面前,失去了人性的崇高、完美和谐的本性,表现出龌龊、卑琐的特征。颜纯钩不仅描绘出人被引诱到黑暗地狱时的生命状态,而且严厉地拷问那些被放逐的灵魂。《天谴》最完整地记录了这一审判。同时他又十分深刻地赋予人物自审的能力:宏弟执拗地摧残自己的肉体,折磨自己的灵魂,终至以自杀完成救赎,读来令人触目惊心。而与此同时,"我"(姐姐)的

---

① 吴义勤:《为了告别的聚会》,《香港笔荟》1996 年 3 月。

严酷自审,使"我"怀着无边的恐惧反复诅咒着自己的原罪,鞭挞自己的灵魂。"我"借助冥想的力量(天谴),使自我审判对象化、神圣化,甚至染上宗教的色彩,以求得理智上的自我铲除。除此之外,作者也写出了导致人物心理变态的恶劣的外部环境。尤其突出了现代社会的激烈竞争及这种竞争带来的人与人之间的关系的冷漠、隔绝与个人内心生活的孤独苦闷、寂寞无依。

《背负人生》中的德明步哥哥的后尘来香港打工,后因大哥的染病返乡,在困窘局促的境遇中,在人们的流言蜚语中,他与大嫂终于逾越礼俗的成规,两人同居,后在舆论的压力下,与大嫂分手后走向死亡。《背负人生》与《天谴》有着相似的道德背景,作者在这里凸现了善良的人性怎样在现实的重压下招致损伤,走向毁灭,同样具有震撼力。

《橘黄色的毛巾被》里从内地移民香港的画家,穷愁潦倒,百无聊赖,无法施展自己的抱负。房东傅先生蔑视他,羞辱他,傅太太则骚扰他,引诱他。为了报复,他最终与房东太太发生了关系。似乎他获得了"胜利",但其实这是用他人格尊严为代价的无奈的选择。在这里,"胜"仍然是一种变态的表现。

《红绿灯》的视角有所不同。这篇小说没有颜纯钩常有的亲情元素,却在揭示移民生存困境和内心绝望的层面上,与前述作品达到了相同的艺术审美效果。一个从内地来港谋生的中学教师,患有精神衰弱,精神恍惚间彳亍街头时,他脆弱的内心彻底崩溃:一眨一眨的红灯与绿灯,一个说"行",一个说"不行","这个世界一眼看透了也不过是这两句话"。这个刚刚悟出人生真谛的小人物,很快就遭遇车祸身亡。作者以同情悲悯的笔调写出小人物蹇促的命运,对于社会现实的"吃人"有深刻的表现。

情欲表现的主题在颜纯钩的其他作品里,有时被置于一种淡化了的背景之中。《生死澄明》、《暗香》就是这类作品。它们在更纯粹的层面上,剖析人类的原欲,《天谴》、《背负人生》中的道德拷问色彩有所削弱,而强化了对人自身性心理的探究。《生死澄明》中的女主角有一段刻骨铭心的经历,一个男子因爱她不成而自杀,如今她已为人妇,却无法摆脱这梦魇似的情景,终使她的新婚蜜月成为人生的苦旅,孩子也流产了。《暗香》写一个女人在几个男人中间的周旋,注重的也是女性的内心世界,她多疑、妒忌乃至绝望,她乐此不疲地从一个男人身上流浪到另一个男人身上,甚至希望自己的丈夫也有段婚外情,以取得某种心理的平衡。小说细腻入微地刻画了这个内心复杂的女主角,显示了作者长于人物性心理表现的特点。

颜纯钩致力于小说在审美上的创意。他的小说构思不落俗套,对于人物心理的隐秘,孜孜以求,务期穷形尽相。他惯于抓住特定场景中的具有某种象征性的物象(毛巾被、红绿灯……)或暗示,突出作品的深层意蕴。傅太太那条富有挑逗意味和性欲色彩的橘黄色的毛巾被,是小说一个精心的构思,从中不难见出作者的用心之深。颜纯钩的小说笔触简洁、遒劲,虽无渲染,却相当到位。在语言的运用上,颜纯钩也十分考究:常在貌似平淡的文字下蕴涵深刻的波澜,可谓言近而旨远,词简而意深,耐人寻味,令人深思。

王璞——用陌生的写法讲熟悉的故事

王璞(1950—　),生于香港,在北京和大兴安岭度过童年,在长沙长大。做过工人、教师、编辑,1988年获华东师大比较文学硕士学位,后又获同校文艺学博士学位。1989年迁港定居,到港后曾任报社编辑、岭南大学中文系副教授,出版有短篇小说集《女人的故事》、《雨又悄悄》、《知更鸟》等,散文集《整理抽屉》、《呢喃细语》、《别人的窗口》、《闲言碎语》等,长篇小说《补充记忆》、《幺舅传奇》先后获第一届(1996)、第二届(1998)香港天地图书公司长篇小说创作奖季军、冠军,是20世纪90年代香港创作界引人注目的作家之一。

内地生活的回忆,常以一种独特的姿态出现在王璞的小说里,她笔下的人物沉迷于对自己过往生活的回顾与寻觅之中,虽然其实这并不是一种美好的感受,流露的大抵还是“往事不堪回首”的感慨。但主人公(常常是女性)们无法不这样做,似乎冥冥中有一股力量在驱使着她们。《红房子》、《白房子》、《扇子事件》、《涨水那一年》都是这一类作品。因作者经历的关系,作品中对往事的回想往往与60—70年代的民族大劫难(“文革”)联系在一起。王璞并无意要对“文革”作任何正面的或意识形态上的揭露、反思,而是更多地从“人之常情”的角度,企图挖掘出人情、人性中某些更深邃的东西。她善于“把一个熟悉的故事用一个陌生的方法说”①,颇为引人入胜,但又很难理清阅读所得,在作者设置的种种悬疑中,在似是而非的各种可能的注释中,作者与读者似乎玩起一种“捉迷藏”的智力游戏。构思则曲折深隐,有人称之为“迷宫小说”②。由此不难见出王璞作品所具的魅力。

王璞的某些小说有相当荒诞不经的成分。事情的“真相”往往扑朔迷离。《一次目的不明的旅行》、《一日长如百年》、《旅行话题》里都有类似情节,人物的心理、行径总是被一种意念所迷,几经追寻却总是不知所谓,或者

①　也斯:《熟悉与陌生》,见《女人的故事》,香港:百家出版社1992年8月。
②　黎海华:《文学花园·王璞的话题》,香港:基督教文艺出版社1997年9月。

不了了之。

《扇子事件》中,女主人公寻觅当年恋人送给她的爱情信物(扇子)而终不可得,她曾在一家古董店里看到过一把扇子并为之心动,还问过价钱,但当她和丈夫再次前去时,老板却矢口否认有过这把扇子,当然也否认开过价钱。事情的真相究竟如何?无法索解,颇为荒诞。《知更鸟》更有一种诡异的气氛。主角接到同事阿田半夜来的一个电话,说及前妻杀了儿子,要他去杀她,又偶然问起"知更鸟是一种什么鸟?"主角翻遍辞典,却不得其解;几个月后,再接到阿田电话赶去时,他却死了!整个故事相当迷乱、令人困惑,看后不知所云,却不乏再读趣味。在这些作品中,王璞表现出她善于结构与讲述故事的禀赋。

长篇小说《幺舅传奇》讲的也是一个过往的故事,用的也是女性"第一人称"叙事。36 年之前,"我"还只有八岁,幺舅来到了"我"们这个家,他的到来改变了一家人的命运,但此后便"消失"了,虽然他只在"我"的生命中出现过这唯一的一次,"我"却用了 30 多年的时间企图去破解幺舅之谜,然而终不可得。幺舅是在"文革"后期死于非命的,小说以十分平静的叙述语调娓娓道来却深藏着莫名的悲哀。小说以交叉结构(一、二之一、三之一、二之二、三之二、四、三之三……)的方式,把几个故事(幺舅妈的故事,蜜杏乾的故事,口琴的故事,解缙的故事,大舅和二舅的故事)串接成篇,颇似电视连续剧。王璞圆熟的时空处理方式(从内地到香港),使《幺舅传奇》包含了丰厚的历史与现实内容。

王璞小说中的人物总在不断的寻觅中(或在旅途上),那种寻觅不得的失落,恍惚与迷离以及饶有深意的象征,颇难索解的悬疑、不露痕迹的幽默,构成了她作品中独特的氛围和话语方式,在 90 年代的香港小说界,堪称独树一帜。

王璞散文的絮语格调与她的某些小说相近,但她的散文所写,却大多源自她的真实生活,她谈自己的儿子、老母、朋友、老师、长辈……当然还有她自己,既有温馨可人处,也不乏沉重苦涩,而在这沉重苦涩中显出的是人生的本真内涵,她绝不只是一味地涂抹玫瑰花的色彩或渲染虚无缥缈的梦幻,她连带着揭示出与之俱来的另一面相或别一滋味,令人在品嚼之余多点思索。从《女人在一起谈什么》、《回家的四种途径》、《衣服哲学》、《女人之怕老》、《付款百态》等篇,读者看到的是一个"呢喃细语"或是"闲言碎语"、爱思索、善思索的王璞,一个智慧与狡黠的王璞。在当下香港的女性散文中,王璞的散文是一个异数。

第五节　犁青　彦火

犁青——情寄山水的诗人

犁青(1933—　　),福建安溪人,原名李福源。1947年移居香港不久就去印尼等国从事教育和商业活动,1984年踏浪归来,定居香港,创立出版社,创办并主编《文学世界》,建立"文学世界联谊会",出版《诗世界》诗人丛书,现为香港作家联会名誉会长。主要作品有:《在赤道上》、《踏浪归来》、《犁青山水》、《飞翔在以色列的诗篇》、《窈窕桂林》、《台湾诗情》等。

犁青在海外漂泊20多年,但他的诗心始终属于中国。犁青的诗歌主要分为"山水诗"和"政治诗"。山水诗特别注重山川风物的感情化和心灵化,使主客体达到完美的合一。如犁青的组诗《窈窕桂林》,不是纯粹客观地描摹山水,而是把客观融入主观,移情于物,在对客体自然美的表现中浸透了自己的主观审美体验。又如《桂林的眼睛》:"杉湖、榕湖/桂林的眼睛/她多情/两汪清莹的泪水/她神秘/眨眨闪闪的星星/她浪漫/朦朦胧胧似流萤。"桂林山水甲天下,杉湖、榕湖犹如桂林的眼睛,熠熠生辉,美丽迷人。诗人不仅在写景,更是在书写祖国之美、人民之美。这种把自然美和社会美、诗意美、语言美、境界美融为一体的表现手法在《犁青山水》等诗集中都有应用,并逐步成为他的诗歌风格,意象简洁纯美,语言清新典雅。

除了大量山水诗,犁青还有诸多关心时事、蕴含深刻的哲理诗。诗歌笔触伸向世界各个角落,有《月印五潭》、《北美洲的相思》、《日本万花筒》、《土耳其诗抄》、《飞翔在以色列的诗篇》,还有《塞尔维亚的血与火》等,视野开阔,关怀人类。《石头——为以色列写真之一》是一首审判战争的优秀的政治长诗。作者把"石头"放置在"战争与和平"、"死亡与生存"、"瞬间与永恒"、"历史与现实"四组矛盾之中,赋予石头深刻的象征内涵,它象征着犹太人苦难的历史、现实、文化和宗教,展现了犹太人被残酷迫害的历史,表达了作者对世界的关怀,对人类命运的形而上的思考,以及对时代的拷问和对灵魂的审视。《石头》的艺术特色相当突出,主客易位、时空组合、意象叠加,带有明显的现代主义与后现代主义的色彩。

犁青是一位不懈的诗歌艺术追求者,他善于学习、继承我国古典诗歌美学精神,又充分注意借鉴吸收融合西方现代主义诗歌艺术,融古今中西为一体。20世纪90年代以后犁青还尝试西方流行的立体主义和超现实主义,但这绝不是单纯地赶时髦,犁青既身体力行地创作了立体诗《一座耸立着的倒置的金字塔》,同时还对立体诗有着相当的理论研究,写过《犁青论犁青的立体诗》。

彦火——游记写作的健者

彦火(1948—　),福建南安人,本名潘耀明,笔名艾火等。10 岁移居香港,1983 年赴美留学,获文学硕士学位。1985 年回港,先后担任三联书店香港有限公司副总编辑、《明报月刊》总编辑兼总经理、明报出版社总编辑兼总经理等职,现任香港作家联会会长。主要散文随笔集有:《枫杨和野草的歌》、《醉人的旅程》、《爱荷华心影》、《那一程山水》、《生命,不尽的长流》、《苔绿——彦火散文选》等。

彦火的散文主要以游记为主,对于游记,彦火认为,它是"抒情小品,所以是文学性的,需要经过艺术提炼"①。《醉人的旅程》、《爱荷华心影》、《那一程山水》等均是文学性、艺术性很强的散文。彦火自言是一个感性多于理性的人,经过艺术锤炼,游记在他的笔下变成了诗性的山水。《庐山组曲》应该是彦火游记作品的翘楚了,它像一部贝多芬的《田园交响曲》,由雨、雾、山、水、路、树、花、茶、松、竹、石、园、湖、昏、夜、牯、麓等乐章构成,均可称为当代华文游记的佳作。彦火擅长将山水景物散文诗化或抒情小品化,因此特别注意意境的营造。他的其他散文如《旅美浮雕》、《扶桑鳞痕》、《岛国风情》、《湖山走笔》、《那夜·风吕》、《厚厚的苔意》、《尼亚加拉瀑布纪游》等,都是优美的游记散文。他的游记散文观察敏锐细腻,文笔温婉唯美;并善于从自然山水、民情民风和人性中感受美、发现美、发掘美、提升美,从而创造了一个美丽温暖的有情世界,为人类的心灵沟通、友好和平相处架设起无形的桥梁。

除写散文之外,彦火还致力于中国现代文学研究,访问了大量中国作家和海外华人作家,写了《当代中国作家风貌》和续编《当代大陆作家风貌》以及《海外华人作家掠影》等,对中国新文学史的研究很有参考价值。同时,这些文学评论也是一篇篇诗性的学术随笔。当我们漫步于彦火的学术随笔中时,胡适、俞平伯、林徽因、叶圣陶、巴金、沈从文、钱锺书、王蒙、张洁、聂华苓、於梨华、陈若曦、郑愁予、许达然、井上靖等中外文化名人的形象栩栩如生地出现在我们面前。彦火不仅再现了每个文化名人的独特个性,更熔铸了自己对人生的理解,对历史和文学的思考,观察敏锐,见解独到。

彦火还是一位出色的编辑家和出版家,在香港三联书店工作期间,就曾策划编辑过 15 套大型文丛,其中包括"海外文丛"、"台湾文丛"、"香港文

---

① 彦火:《浅谈旅游文学(代跋)》,见《醉人的旅程》,广州:花城出版社 1984 年版, 第 247 页。

丛”、“现代中国作家选集”、“西方文化丛书”等,影响巨大。

论文作业参考题

1. “南来作家”的独特性对香港文学的发展有何意义?

2. 徐讦香港时期与内地时期创作的比较。

3. 李辉英(或徐速)在香港的创作有何艺术特色?

4. 以刘以鬯的作品为例,说明他在小说艺术上的创新。

5. 叶灵凤、曾敏之、彦火的散文、杂文怎样表现了各自的独特性?

6. 陶然 1990 年代的创作有何新的探索?

7. 颜纯钩、王璞小说的艺术个性怎样?

8. 犁青的诗歌创作在艺术上有什么追求?

第十五章　香港学者作家的创作

第一节　概　　述

在香港的中文大学、岭南大学及香港大学、浸会大学、教育学院等学府里,汇聚着一群从事教学、研究又钟情文学创作的学者作家(或称"学院派作家"),他们是一群饱学之士,都有教授、博士的头衔,他们"文人相亲",互相唱和,在授徒讲学之余,勤于笔耕,俨然在学术的"沙田"(中文大学地处香港九龙的沙田)垦拓出了一片文学的绿洲,形成了与香港这个商业都会大异其趣的一道奇特风景。

这些学者兼作家,大多能一人同操几种"武艺",或散文而兼评论,或诗歌而擅翻译,或诗歌、散文、文学评论、学术研究几管其下,可谓博学多能。在创作方面,则是富有学院气息的散文造成的影响最大。

屈指算来,这些学者型的散文家包括:思果、陈之藩、余光中、金耀基、宋淇、高克毅、刘绍铭、梁锡华、逯耀东、黄维樑、黄国彬、小思、潘铭燊、陈耀南、刘述先等人。董桥虽非学院中人,但其风格堪称学者型作家,也放在这一章论述。

关于学者散文,余光中曾有一个界定:"这一型的散文限于较少数的作者,它包括抒情小品、幽默小品、游记、传记、序文、书评、论文等等,尤以融合情趣、智慧和学问的文章为主,它反映一个有深厚的文化背景的心灵,往往令读者心旷神怡,既美且敬。"①其实,学者散文的作者固然不多,读者也异常地少。前者当指在学院、书斋内,以教书、治学为其职业(或曰生活方式)的教授、专家、学者、博士,唯其少,这些人是颇有点精英色彩的。后者多是一些呆气十足的莘莘学子(或曰"准学者")。学者作文,离不开学问,但并不以炫耀为能事(如此则称为"掉书袋"),完全是一种书生本色的自然流露,所

---

① 余光中:《剪掉散文的小辫子》,见《余光中选集》(三),合肥:安徽教育出版社 1999 年 2 月版。

谓"腹有诗书气自华"。气度之高雅、体格之高华,一点作不得伪、扮不了假的。学者的散文,表现其学识,也妙在无意之间,并不故作高深,也没有戴上假面具作说教。

像一般的学者散文那样,香港的学者散文当然也有学有识有情有文采,然而不标榜任何主义或者流派。但与一般的学者散文相比,又有他们独特的印记:一是香港色彩,二是时代烙印,三是个人风貌。

从余光中的《沙田山居》,黄国彬的《马料水》、《中大六年》,到黄维樑的《金里厦林》、《校园五月花》,梁锡华的《八仙之恋》……处处都可见流溢于作者胸中笔下的香港情怀、沙田情结。太平山、维多利亚港湾、马鞍山、八仙岭、赤坭坪、吐露港、浅水湾、港大、中环、乌溪沙、赤门海峡、太空馆、紫荆花……都是他们的钟爱。彩笔饱蘸温情,抒写了对这锦山秀水、繁华都市的一脉情缘、绵绵眷恋。《深秋怀香港》(黄国彬)盛赞香港的"自由"与"法制",有此二者才有今日香港的繁荣;《救救城门河》(潘铭燊)则对香港日益严重的污染表达了痛切的关注。正是在学者们多情的笔下,人们更多地发现了香港的可爱、学府的可爱。"东方明珠"的香港在学者作家的生花妙笔里显示了另一种生命的色彩与无尽的魅力。

学者作家并不沉溺于山水之间,或埋首书斋,以都市的隐居者自娱。生活在当代社会,他们自有一种割舍不掉的人间情怀。他们带着炽热的书生意气,指陈香港社会的时弊。《投下期望的一票》(黄维樑)、《文人下海潮》(潘铭燊)、《香港故事》(小思)、《汽车、气车》(梁锡华)等篇涉及香港当代生活中的许多侧面,表达他们对一些"时代病"、"都市病"的观察剖析,浸透着凝重的警世之力。他们直面工商社会的金钱至上、人情凉薄、文化失范、环境污染、传统式微、人际关系失衡等乱象,真诚坦言,无不流露出他们的人文关怀和社会理想。

学者散文给人最深的感染是作者那一份真性情。不管是议论时弊世事,还是叙写身边琐事,寄托个人情怀,作者都秉其真挚情意,袒露赤裸裸的自我。也因此,作者的书生气、学者味、文人相、乃至个人的脾性气质,都给读者透明的印象,梁锡华的机趣、余光中的温厚、黄国彬的挚诚、黄维樑的儒雅、小思的隽爽……从他们的文字中也能感受得到。有的时候,某种职业和专业的习性、习惯也会逸出字里行间,显示出个人的独特素养性情。写《韦伯·海德堡·社会学》的自然是社会学家金耀基;写活跃在香港文坛的许地山、萧红的,则非小思莫属;图书馆学的博士潘铭燊关心《图书拍卖会》、《转载的版权问题》,固然顺理成章;而研究工学的陈之藩写《科学家的苦闷》、《科学与诗》,自当左右逢源;至于以诗学、诗论为专攻的梁锡华、黄维樑,下笔每有诗情文采,更是水到渠成的美事。

香港学者作家的创作中,像梁锡华的小说《头上一片云》、《香港大学生》等,刘绍铭的小说《二残游记》,也斯的小说《记忆的城市 虚构的城市》、《剪纸》等以及黄国彬、王良和的诗,也都值得一读。

第二节　思果　陈之藩

思果——咂摸人生滋味的长者

思果(1918—2004),本名蔡濯堂,江苏镇江人。曾任《读者文摘》中文版编辑、香港圣修学院中文教授、香港中文大学比较文学与翻译中心访问研究员。居港 20 多年后,20 世纪 70 年代初旅居美国,1991 年又回香港中文大学任名誉访问学者,退休后定居于美国至离世。曾获中山文艺散文奖、入选"台湾十大散文家",作品有《私念》、《沉思录》、《艺术家肖像》、《河汉集》、《看花集》、《林居笔话》、《沙田随想》、《香港之秋》、《晓雾里随笔》、《黎明的露水》、《雪夜有佳趣》、《霜叶乍红时》、《剪韭集》、《啄木集》、《橡溪杂拾》、《偷闲要紧》、《浮世管窥》等。《香港之秋》曾为香港中学生指定读物。

像其他香港著名的学者散文家一样,思果有着深厚的中西文化背景。思果曾为了学好英文而研读英语散文与诗作,这为他后来的散文创作带来许多滋养。思果在《一句话给我的鼓励》中说:"我今天写中文散文在思想、结构、遣词方面,也受这些作品的影响。"他的散文,其主要内容就是讲人生、谈文学,一直践履的是散文最基本而具恒常意义的方式,处处渗透着一种文化气息,闪耀着智慧的火花。在散文集《沙田随想》、《香港之秋》中,思果纵论社会,畅谈人生,目光深邃,颇具睿智。在散文集《私念》里谈梦、酒、长生,谈交往、幸福等,在《河汉集》里谈别离、相片簿,在《看花集》里谈吃喝、不惑之年、富贵与伦常、嫉妒等,都写得朴实自然,直指生命的纯真和美善。比较有代表性的《五十肩》,以自嘲的笔法写老年人生理上的种种变化,在漫不经心的笔墨中描绘了一幅年老衰残的景象,以貌似消沉的语调表现达观的情怀。《抛》写丢弃许多身外之物的事。从儿童到成年再到老年,人不断地收集东西,而后又不断地抛弃,直到离开这世界时彻底抛弃所有的身外之物,这不断的轮回反复,正从一个侧面勾勒了人生历程,思果语带苍凉地写出了现代人的悲哀。

思果的散文建立在自己对人情世态敏锐的观察和体验基础之上,既有博大精深的长文也有短小精悍切中要害的短文,如《惑》与《诱惑》,前者谈人生的迷惑和幻灭,后者倡导人生时刻要践道、警醒。这类谈人生之作在思果散文中占据比重最大,让人能深刻感受到一个智者长者的风范。

　　思果在《散文的欣赏》中认为："散文第一要具备的条件当然是内容"，"散文是和读者谈心"，"散文切忌卖弄学问"①。其实这一切也正是他所追求的。他的丰富经历使他对人生观察入微，笔法舒徐自然，给人以亲切之感。

　　思果的散文中的古、今、中、西思潮，兼容并蓄，自由自在地表达"中西交汇"的形态，不拘泥于政治或地域界限，使现代读者更乐于接受。以其晚年作品《浮世管窥》为例，读者可了解思果在散文创作中融会贯通的思维痕迹及审美取向。

　　《浮世管窥》是思果晚年的作品，分"伦理谈"、"生之思考"、"古今文化剪影"及"浮生絮语"四部分，透过恬淡自然的语言，与读者分享其思考人生的结果，深刻反映出传统与现代交替的大时代脉搏，并多具教育意义。

　　《伦理谈》是思果步入金婚阶段后所作，反复强调夫妻需终身相爱不渝，赞成夫妻间应协调共存。这种观点源自中国传统，也足见他的道德感之强。思果对于现代价值观也作了深入的思考，提出了自己独特的观点。他认为"多藏是祸"，因而"清寒有福"。思果认为穷一生之力去收藏是失去收藏意义的。

　　他在用现代的笔写现今的同时，常穿插许多古诗词，甚至把韩愈哲理散文和《三国演义》、《红楼梦》等古典小说的警世箴言都巧妙地"整合"进去，古今交融，令读者同时领略中国古今文化之神韵。

　　思果的散文，显示了他所倾力追求的高远人生境界及深厚的中西学养，风格淳朴、淡远、温煦、晓畅，凸现出一个善于在人情世故中克己、在日常生活中践道的主体人格形象，有春风细雨之情愫，有小桥流水之委婉，有哲学思辨之芳香，有拈花一笑之灵脱。

陈之藩——科学家与散文家一身而二任

　　陈之藩(1924—　　)，河北霸县人，笔名范生。北洋大学电机系毕业，1948 年去台，1955 年赴美留学，获美国普林斯顿大学硕士学位，在此期间出版了《旅美小简》。1969 年到英国剑桥大学深造两年，获哲学博士学位，写了《剑河倒影》，学成后返台任教于台湾大学、清华大学、成功大学，出版了《蔚蓝的天》。1977 年至 1984 年在香港中文大学任教，写了《一星如月》。现任美国波士顿大学研究教授。他的《旅美小简》、《在春风里》、《剑河倒影》和《一星如月》于 1986 年合为《陈之藩散文集》，由台北远东图书公司出版。

---

　　①　思果:《香港之秋·散文的欣赏》，台北:大地出版社 1980 年版。

兼任科学家、哲学博士和散文作家的陈之藩,其散文创作以思想的深刻犀利见长。他开辟了一片散文新思维的空间,在广阔的人类科学和文化发展的背景上,思索中华民族文化历史的命运和人类往何处去这样一些宏观问题。

陈之藩学的是电子工程学,之所以拿起笔来写作,是因为"时局如此荒凉,时代如此落寞,世人如此鲁莽,吾道如此艰难,我们至少要像在铁蹄践踏下的沙土,发出些微弱可闻的声音……"①他的散文有一己的寂寞,更有时代的忧郁,这忧郁在他的《出国与出家》、《童子操刀》、《迷失的时代》、《寂寞的画廊》中有很真切的感受。

陈之藩敏感地洞察到科技发展对时代的影响尤其是负面影响,明确无误地指出科技文明无助于拯救人的灵魂,并不能引导人"离神更近"。他不但"触到时代脉搏的急促与忙迫",而且"看到时代之画幅的淡漠与荒凉"(《出国与出家》)。于是他在文学创作中反复探讨使人类重获新生的途径。他重视宗教的力量。听到《钟声的呼唤》,他说,这意味着上帝存在、灵魂不灭,前者对于人类是希望,赋予人类追求真理的热忱;后者使人类不贪图现世的享乐,不至于使社会瓦解,这是作为一种人生信仰的宗教精神在社会的维系上所起的作用。《谢天》、《泥土的芬芳》等文均涉此理路。其次,他提出了觅回自己的重要性,在以现实利益为标准的社会中,人类付出的失去自我的代价确实太大了(《觅回自我》)。他强调了人性的天真和人道的力量,《周末》、《愿天早生圣人》等作品都表述了这一观念。特别是《河边的故事》,以托尔斯泰、许怀瑟为例,颂扬他们以自己的笃行唤醒人道。

陈之藩在谈人生、议人性之外更细致地探究了人才教育问题。《剑河倒影》不只是一本介绍剑桥的书,也不是一本写陈之藩在剑桥游历的书,而是借由剑桥探索西方精神与文明的导览,闪烁着智慧的光芒。作者无意使《剑河倒影》成为美文,而是讨论了文化、环境、学校的制度以及人文与科学互相激荡的理念,引读者窥知剑桥之所以成为智者摇篮的堂奥,以追索时代进步的启示。

《剑河倒影》中还有不少篇章,忆写胡适之、梁实秋等前辈的风范,也是与作者的整体思路完全一致的。

陈之藩的散文不仅思路清晰、层层深入,而且注重引用生动的典故、具体的事例,娓娓道来,加之富有卓识远见的提示与真切的情境,语言流利简约而又充满智慧,可谓兼具沉思与翰藻之美。陈之藩的散文多数是他的思

---

① 《陈之藩散文·序》,台北:远东图书公司1986年版。

想日记,"那些充满自叙色彩的抒情散文,则蕴涵着他个人经历的痛苦体验,尤为诗意盎然,如《失根的兰花》、《春联》、《垂柳》、《熊》等,更擅长一箭双雕的艺术手法。袁枚有诗:临水种花知有意,一花化作两枝看,可谓是他散文抒情艺术一语双关、叙事与象征联袂、显层意蕴与深层意蕴同时并举的高超手法的写照"①。

陈之藩以一位思想者的姿态凝视时代,他的散文跨越了科学与人文的藩篱,揭示了深刻的忧患意识,表达了对人类的悲悯情怀,从中可见一位科学家在追求真理时的执著,一位人文学者对人生与人性的洞悉,一位人道主义者对社会病症鞭辟入里的批判。

第三节　梁锡华　金耀基　小思　黄维樑

梁锡华——博识多才、幽默机智的"当代才子"

梁锡华(1933—　),广东顺德人。早年毕业于岭南大学,后至加拿大庇诗大学、英国伦敦大学求学,1976 年在获得伦敦大学博士学位后回港任教于中文大学,九年后转至岭南学院任文史系主任、文学院院长,现移居加拿大。梁锡华是海外著名的徐志摩研究专家,编著有《徐志摩新传》、《徐志摩诗文补遗》等,并兼及新月派的研究,有《且道阴晴圆缺》一著行世。学术研究的同时,孜孜不倦于散文、小说创作,有散文集《挥袖话爱情》、《明月与君同》、《有余集》、《四八集》、《八仙之恋》、《我为山狂》、《情系一环》、《墙之隔》等。于小说,则好作长篇,有《独立苍茫》、《头上一片云》、《香港大学生》数种。

学兼中西、博识多才的梁锡华,每下笔辄喜广征博引,令人有眼花缭乱之感,"书袋"掉得得心应手,并不使人生厌。《从旅游厕所想起》是为人乐道的名篇。"厕所"本是不洁不雅之处,很容易说俗了,但梁锡华借用贸易用语"出口"一词来议论厕所,使人在不禁莞尔一笑的同时也惹起了一窥厕所里的学问的兴趣。只见作者出入中外、上下古今、忽南忽北、忽城忽乡,所举例证自然不外"厕所"种种,真让人惊诧作者竟能在如此常见的"俗物"上说出那样丰富的内容! 何况还能做到俗不伤雅,简直有点化腐朽为神奇的本领了。《墙之隔》也有异曲同工之妙,从伊甸园之无墙讲到朝鲜半岛南北的无形之墙,从拜伦诗中的狱墙到李贺诗中的御墙,还有《西厢记》里张生跳墙,《将仲子》里"无逾我墙"……从墙的历史变迁到功能作用、其利其弊,有征引,有议论,有比较,令人大开眼界、大饱耳福。说起学者散文的品性,广征

---

① 楼肇明:《崛起的山梁·前言》,北京:中国友谊出版公司 1993 年版。

博引几乎是必列的一条，梁锡华于此自是深得其旨。但他的长处是能发挥流畅、不沾不滞，不为材料、典故所缚，做到了随心役使，为我所用，在文思灵动之外，也在行文上调遣裕如。

由旁征博引可见作者之学。有学而无识，难免腐儒之讥。识是动态的学，是对物理世事人情的洞见。梁锡华的不少散文闪烁着高见卓识，常令人有耳目一新的惊喜或顿悟，给人启发颇多。《漫语慢蜗牛》借蜗牛发挥了一通"慢的哲学"。在梁锡华观照蜗牛的慧眼下，一向为人诟病的"慢"与"谦卑自牧"、"稳重"、"锲而不舍"、"步步为营"的内在联系被凸显出来。在最容易"人云亦云"的地方迸发出逆向思维的火花。另外对李白"有才"、"无才"，某些教授的"学术"与"术学"之类的议论也都犀利警策，思路活泼灵动。

学识之外，最难得、也最见品位的是幽默格调。梁锡华散文处处可见作者轻松、真率的心态，有幽默，有揶揄，有调侃，读来情趣盎然、欲罢不能。《博士"真腻拖"》写的是拿了博士学位的自己，四处求职而洋相出尽的困境。一面对别无长技的自己幽了一默，另一面也写出了学有所长而不得其用的美国社会现实。使人读罢，并不觉被"幽了一默"的对象（我）的可笑，而更觉号称"富裕"、"文明"、"发达"的美国也有令人可叹的地方。《男女之事》以"扫雷艇"升级为"航空母舰"喻女人随年龄增大而发生的体态变化，《以苍蝇为师》要人学习苍蝇边吃边吐边拉，《中学研究生》对痴迷于明星玉照、悉心搜罗艺人绯闻的中学生冠以"研究生"的美名等，都令人在忍俊不禁中引发一点趣致或启示，却并无恶意。

梁锡华的才气还表现在对汉语言文字的驾驭功力上。他善用谐音、双关、反语、拈连、假借、拆字等修辞方法，表现出把汉语捶扁、拉长而再造出新意的艺术才华。如果不是有深厚的文学根柢与语言修养，也是可能弄巧成拙的，梁锡华却能游刃有余，难怪夏志清要盛赞他是"当代才子"了。

金耀基——写活学府神韵的学者作家

金耀基(1935——   )，浙江天台人。先后获台湾大学法学士、政治大学政治学硕士、美国匹兹堡大学博士学位。历任香港中文大学新亚书院院长、社会学系讲座教授兼中大副校长、校长、台湾"中央研究院"院士等。研究方向集中于"中国现代化"问题，著有《从传统到现代》、《中国现代化与知识分子》、《中国社会与文化》等。金耀基的散文集《海德堡语丝》和《剑桥语丝》，是作者欧游问学时的雪泥鸿爪，对英国的剑桥、牛津，美国的哈佛、麻省理工，德国的海德堡大学等著名学府记述描摹，可谓美不胜收，颇使一大批无法"欧游"的学子得享"卧游"之乐。

近代以来,出洋留学者,堪称络绎于途,记载自己亲见耳闻的异国文化景观的佳作,亦不可胜数。从容闳到梁启超到朱自清到萧乾,人们耳熟能详的名字可以排上一大串。以写剑桥为例,最著名的,前有徐志摩的《我所知道的康桥》、《再别康桥》等诗文,后有萧乾的《负笈剑桥》,摇曳多姿,活色生香,应可传之后世。金耀基再来写剑桥,自当力避蛇足之嫌,却非易事。

写学府,金耀基不仅善于状其形貌,更能传其神韵,其要旨在准确地捕捉住一所大学之与他所大学的不同"个性"。

剑桥的灵性全在那条河(康河),徐志摩如是说。金耀基写剑桥,自然也免不了要写康河、写夕照、写钟声、写教堂、写剑桥 30 个学院各呈异彩的建筑;不过,他更注意对剑桥人的探寻。从它的校长、教师"堂"到青年学子,写他们的精神气韵和德行操守,也写他们的情感和学养……这些都赋予了剑桥以魅力,以神采,以性灵。

"在剑桥,特别是在各学院里,一草一石,一树一屋,无不是物质的,又无不是精神的",自然的美和文化的美是一而二、二而一的融合混成。剑桥人高标独举的个性,甚至那种"流浪汉"的气质,傲视群雄的目光,被称为"最古老的校际运动"的吹牛比赛(与牛津比谁的历史长),以及有些势利眼的"堂兮兮"的气味……都自有它的妙处。便是海阔天空的神聊,也"毋宁是一种独立的人生艺术",其意不在专精,而在求旁通,在"养成你一种对不同学问之欣赏与同情的心态",养成一种较全面的文化气质。而"师生同宿共息,正是学院式生活之根本"之类,更是有关"人"的。

金耀基发现,剑桥教育最神秘、最精华的地方,不在它的"言教",说"它也不见得好过其他一流学府",也不在被一些人认作剑桥特色的"身教"(专修制),而是他谓之"心教"者:"心教是每个人对景物的孤寂中的悟对,是每个人对永恒刹那间的捕捉。"正因为剑桥人从根本上相信人的真正成长必须来自"自我的心灵的跃越",故而剑桥的教育家似乎特别重视一景一物的营造,乃至一石之摆设、一花之铺展,也都与"悟道"有关。学校在时间的安排上,也不是填得满满的,倒留下不少空白,以便学生有足够的时间去想、去涵泳、去自我寻觅。"真正的趣致,还在那片空白"。

这是金耀基对剑桥"神韵"的准确捕捉,至于他对海德堡,对牛津的考察,也可作如是观。

小思——在清寂中守望的女学人

小思(1939—　　),女,广东番禺人,生于香港,原名卢玮銮。1964 年香港中文大学中文系毕业,1973 年曾赴日本京都大学人文科学研究所作研究

员。1981年以《中国作家在香港的文艺活动》获得香港大学硕士学位,现为香港中文大学中文系教授。主要从事香港文学和早期文化活动的研究,编著有《香港文学大事年表》、《香港的忧郁》、《茅盾香港文辑》(与人合编)等。创作有散文集《承教小记》、《日影行》、《彤云笺》、《香港文学散步》等。

在香港,小思是一个不可多得的真正耐得住寂寞的学者。

有人称她为"资料狂",她自己则不无几分自嘲地以"掘文墓者"自任。虽然时感孤独与无助,但数十年来,她矢志不移,孜孜矻矻地在"自己的园地"里埋首劳作,抉幽发微,探寻现代作家在香港的旧迹遗踪,从而在这一研究领域中卓然有成。

她的《许墓》和《许墓重修》,最能见出她对前辈作家的情深意挚,若起许地山先生于地下,也必视小思为迟来的知音。对于另两位现代文化名人——蔡元培和萧红——在香港的墓,小思也给予同样的关注,有关文字记录了她对先驱者的一片忠忱。似乎在冥冥中,小思与他们有着精神血缘上的联系。小思深受传统文化的濡染,又从前辈作家、学者如许地山、巴金、丰子恺、唐君毅、冯康候……的身上吸纳了为人为文的规范准则,并发扬光大以嘉惠后人。

小思所作有关丰子恺漫画的散文可作佐证。丰子恺的被选择,本身就显现了小思明慧独到的价值判断和审美取向。丰子恺之画是丰子恺其人其文的自然延伸和"形象注释"。小思阐发了丰画那一种深沉丰厚的内涵与悠然淡远的神韵,简素的文字里透出作文者与作画者之间精神上某种深层次的联系,有限短制中蕴藏着对先贤的无限仰慕。即连构成丰子恺人格气质重要侧面的佛理禅趣,于小思笔下亦时有感应。

作为学者的小思,也是一个有着款款深情、富有"人间味"的人,她不是"情薄者"。对老师的尊崇系念,对青年、对学生的理解关爱,对平民百姓的人道情怀,对文化兴亡的深沉感慨,对社会风气的痛切针砭……无不体现出小思仁爱的襟怀和敏于沉思的性格。她既不回避作为社会一分子、民族一分子的责任,又显示了一个有高度修养的学者的矜持、睿智、宽厚与明达。而她气质上的那一份高雅脱俗、雍容淡定的风度,也能从她的治学、做人、待人接物上自然地呈露出来,或许这就是小思人格魅力与学者风范之所在。

黄维樑——兼具感性与理性的作家

黄维樑(1947—　　　),广东澄海人,幼时移居香港。1969年毕业于香港中文大学新亚书院,后赴美深造,1976年获俄亥俄州立大学文学博士后回港任中文大学中文系教授,现为台湾佛光大学教授。著有散文集《突然,一朵莲花》、《大学小品》、《我的副产品》、《至爱》、《苹果之香》等。学术论著有《中国诗学纵横论》、《怎样读新诗》、《香港文学初探》、《香港文学再探》等逾十种。

黄维樑的散文题材与情思，涵摄面广，他以学者教授的身份立足香港，却以文学创作人的气质与视野放眼世界，心交寰宇，感性与理性同步并行的主题，在他的散文中反复回旋变奏。纵使他的创作理念是"以普及文化为使命"，他的散文还是涵盖抒怀、感慨、杂思、妙趣、幽默、随意、直言、妙悟等成分。很多时候与理性兼容并蓄，交叉并存，情理合一，"直言"、"诚恳"、"理志"可说是黄维樑散文创作的母体元素。从《新的沙田》、《黄金三角》、《金里厦林》、《如果你不这样来认识香港》、《台湾行杂思》等可看出作者以梦一般的理志，去追求真善美的社会与人生。

黄维樑的感性则表现在他对文字的处理和对文学前景的理念及描述。他的散文作品，语言优美，意象诗化，情采细腻动人，佳句频现，如《五月之旅》、《秋阳最艳是重阳》、《在阳光抚爱的土地》、《和诗人在一起》、《一小相看又九年》、《男儿当自强》等，以轻快直接的笔调，将个人对人生情理的感悟，与现代都市的情怀，紧密联结，形成一种凝聚力、归属感与认同心。他的《突然，一朵莲花》、《甜蜜与温柔》、《美丽必须消逝》、《我的文君》等散文，不但以情动人，而且还将自我对他人的关照情怀，转移到感情的抒发，融情于理，理中有情，情理交融。

在《至爱——黄维樑散文》中，从"中华结"的感性到"世界观"的理性，从"万里行"的感性到"大学道"的理性，从"日常事"的感性到"人间理"的理性，从"书斋情"的感性到"环保志"、"艺文谈"的理性，都不难见出他学贯中西、出入古典与现代之间的学者气质。

在黄维樑的散文创作中，作者的浪漫情怀，凭借其丰富奇特的自由联想发挥到了极致，如《超新星随想》，由于作者赋予作品大量奇异迷离的"随想"而使科学跨入了文学，使枯燥的数字有了激情和想象。作者的联想自由开放，古今结合，看到一身白羽的白鹭，他立刻想到了"羡鹤的苏轼"；由俗称"斑点鱼郎"的翡翠鸟，马上想起了李商隐"蜡照牛笼金翡翠"的诗句；由老师的白发联想到了张飞的黑胡子等等。作者的自由联想有时化为梦境，《考试的梦魇》一文中作者梦见了自己"过关斩将"、"久经考场"的种种可怕经历，从而借文章抨击了不合理的考试制度。在创作手法上，作者擅长的比喻技巧在其散文中得以充分体现。比如"香港是我青梅竹马的伴侣，是我的恋人，也是我的妻子。这个妻子并非十全十美，但我们彼此相爱"①。作者对

---

① 黄维樑：《爱不爱香港》，见《大学小品》，香港：香江出版公司1985年版。

香港的一腔热忱之情借这一连三个比喻表露无遗。

黄维樑的另一些散文作品，如《知识分子的人格》、《春晖》、《谈选交》、《父子之交淡如水》、《珍惜这一切》等，褒扬知识分子的温柔敦厚、博爱明德、止于至善的品格。他的《九五之尊——迎新杂说》、《为全球中文作家设立屈原文学奖》、《"世界"大战及其他》等作品则兼具才学与识见。

第四节　刘绍铭　黄国彬　也斯

刘绍铭——亦庄亦谐、独具识见的议论高手

刘绍铭(1934—　)，笔名二残等，广东惠阳人，出生于香港。1960 年从台湾大学外文系毕业，后留学美国，1966 年获印第安纳大学比较文学博士，先后任教于香港中文大学、新加坡大学、美国威斯康星大学、夏威夷大学等校，90 年代任香港岭南大学教授兼中文系主任。著有小说《二残游记》[①]、《九七香港浪游记》等，散文集《吃马铃薯的日子》、《传香火》、《独留香水向黄昏》、《西风残照》、《风檐展书读》、《香港因缘》、《怎生一个闲字了得》、《情到浓时》等，学术著作有《涕泪交零的现代中国文学》、《唐人街的小说世界》、《曹禺论》(英文)等，曾把夏志清的英文著作《中国现代小说史》译为中文，并有译著《梦中情人》、《桶》、《一九八四》等。

在海外华人文学和学术界，刘绍铭以向海外介绍中国近现代文学(包括台湾文学)而知名(曾用英文与马又恒合作编译《中国传统短篇小说选集》)，用英文与夏志清、李欧梵合编《中国现代短、中篇小说选(1919—1948)》。他对中国现代文学(包括内地新时期文学、台港文学)有独特的研究心得。他的不少散文就是阅读作品后写下的随笔、札记等，以见解精辟、文风辛辣为人称道。

刘绍铭长期在西方高等学府执教，对学界有很深体认，长篇小说《二残游记》以华裔学者"二残"在美国某大学的经历为线索，揭开学界种种内幕，颇得刘鹗(《老残游记》作者)和钱锺书(《围城》作者)冷眼观世的真髓。小说采用中国传统小说的章回体体式，写大洋彼岸美国学府的人事，展示"一个吃时代尘埃的美华知识分子的心路历程"，作者二残("草坪七圣"之一)既是叙述人、又是故事主角。前三集内容以二残和朋友间的关系展开，后二集则以一位子虚大学的校友欲捐款给母校筹建中文系(这位校友却并非中国人)为线索，传达出在海外弘扬中国文化的独立苍茫的孤独感。前后五集虽似

---

① 《二残游记》共有 5 集，第 1、2、3 集出版于 1976、1977 年，第 4 集(新篇)和第 5 集(完结篇)出版于 1987 年，前后相隔十多年。

无整体感,但思想与笔调则一以贯之,内蕴丰富,语多调侃,亦庄亦谐,时见机趣机锋,是一部很有可读性的"学人小说"。

刘绍铭幼年时代,历经磨难,后又往返于东西方学府之间,积累了有关社会下层和上层的丰富阅历,加上兼通中西文学,知识渊博,他的散文随笔便显示出练达恢弘的气派。他在《风檐展书读》的自序和《西风残照》的代序中,多次表白,自己写作是为了吐胸中块垒,食人间烟火,"我要扮演的唯一角色,就是做个证人"。这其实也是太史公司马迁以来的传统。正因为如此,他的文字从不以缠绕曲折为追求,而是任情率性,快人快语,秉笔直书,相当尖锐犀利,处处可见其思绪之活跃、思路之机敏、见解之独到、文笔之辛辣。《由甲虫花纹引起的联想》、《疲惫的灵魂》、《臭老十翻身记》等作,其直言处处都表达了作者对家国的关怀和深沉的期望。用作者自己的话说,就是"遣愚衷"(刘绍铭一本文集的书名)、也是"遣悲怀"(元稹),从中可见刘绍铭的独特个性和"情到浓时"的衷肠。

对社会现实与文坛现状的关注,是刘绍铭情有独钟之处。他谈阿城的作品,谈伤痕诗、朦胧诗,谈陈映真的小说,谈"吴三连文学奖",谈翻译,谈喝酒,谈志怪小说,谈"地铁春光"、"中国膏药",谈八股、情书,谈红拂,谈犬儒主义,谈"村姑与牛仔",谈"国骂"、"港骂",谈"人文教育的宗旨与精神"、捉字虱之必要,还有"跟洋妞说爱,与番佬谈心"……真是包罗万象,无不可写,无不可议,充满人间烟火气。他也很能捕捉生活的情趣,如《借问酒家何处有》、《半仙·如半仙》、《同事朋友》、《书、书、书》等写酒、友、书……之类,无不显示出他的处世风度和精神境界。

在一些评论香港文学乃至香港文化的文字中,刘绍铭常能在不经意间,发现深含意味的话题,真挚深沉地表达他的现实关怀和人文忧思,亦不脱其"浓得不可开交"的理想主义色彩。《港式温柔》、《香肉传奇》、《善心测样》、《香港人说普通话》、《八卦纵横谈》等皆属此类文字。而《平心静气读金庸》、《香港文学的转生》、《马建启示录》、《香港副刊今昔》等,又以一种理解的淡定、包容的气度品文察人,也颇有鞭辟入里之论,处处可见刘绍铭的卓特识见和理论素养,也不难触摸他的香港情怀。

无论是小说《二残游记》,还是散文随笔杂记小品,刘绍铭的文字,议论色彩相当浓,但他的议论,并不是乏味的说教,而是由具体的人事出发,又总能以诙谐风趣之笔出之,写来轻松从容,读来津津有味,于此也可见出刘绍铭深湛的文字功力。在海外学术界,刘绍铭堪称亦庄亦谐、独具识见的议论高手。

黄国彬——散文与诗双管齐下的笔耕者

黄国彬(1946—　)，广东新兴人，出生于香港。先后获香港大学英文系学士、硕士、加拿大多伦多大学东亚学系博士学位。曾在香港中文大学英文系、岭南大学翻译系、香港大学英文与比较文学系和加拿大约克大学语言文学系任教，现任香港中文大学翻译系教授，曾赴意大利翡冷翠大学进修意大利文，并研究但丁。已出诗集《攀月桂的孩子》、《息壤歌》、《地劫》、《翡冷翠的冬天》、《吐露港日月》、《临江仙》、《微茫秒息》、《雪魄》等，散文集《三峡·蜀道·峨眉》、《华山夏水》、《琥珀光》、《禁止说话》和《枫香》等。另有评论集、翻译集多种。

黄国彬以诗作为论者史家所重，被誉为香港"浪漫派"诗歌的代表之一，其实，他的散文造诣未必就在诗歌之下，只不过为其诗名所掩罢了。

《琥珀光》的书名得自李白的名句："兰陵美酒郁金香，玉碗盛来琥珀光"（《客中作》)，令人读其书而有饮醇酒之感。

《琥珀光》收文26篇，大半作品的内容与作者朝夕相伴12年之久的中文大学有关。既然以学府为背景，活动其间的主角——学人，无疑就受到作者更多的关注。像《明日隔山海，世事两茫茫》、《不设防的城市》、《沙田的传奇》诸篇，写余光中、蔡思果、梁锡华诸位，简直就像画坛高手，令人物的心灵、精神、情操、襟抱、个性、气质历历如绘，让你有亲聆謦颏之感。写余光中的捷才妙语，蔡思果的绝无心机，梁锡华的通达洒脱，都颇见精彩。称蔡为"不设防的城市"、梁为"可靠的《圣经》引得"、余为有求必应的"黄大仙"，亦能以少少许胜多多许，令人想见其师表风范。黄国彬笔下的这些朋友绝无腐儒的酸气或"高人"的正经面孔，一二小事，几句笑谈，便活现出"可亲的智者"人格与精神的魅力。

也许是在风景美丽、人物出众的中大度过的是一生中"最飞扬、最跋扈"的青春岁月，黄国彬对吐露港八仙岭的山色烟波，格外钟情。《莎厘娜》一篇，尤其能传出那样一种浪漫温馨、弥漫书卷气的学府氛围。谈学者学府，说书人书事，非痴情于此者不能体会如此细腻深入、描写如此贴切真实。加之作者早年曾负笈欧美，翻译也颇称胜场，出入古今，徜徉中外，便显得游刃有余。时而引西谚，时而据古典，并不给人炫博浮露的印象，却实实在在能有所斩获，增加新知。从老子、孟子、论语、李杜……到王尔德、艾略特、乔叟、莎士比亚……以至一些颇为生疏的名字，在黄国彬写来，总是出现在正该出现的时候，出现了，也总是最能起到应起的作用，这固然见出作者腹笥之富，无疑也表明了他调度有方。

黄国彬的散文写得精致，在语言的运用上尤为考究。一个比喻的构想，一个句子的安排,一些词组的组合,甚至一个动词的选择,往往颖异独到、富有创意。把母燕比作"青黑的流星",把老鹰比作"黑褐的恒星",说"烈风如黑刀"、"太阳如金琴"、"一九七四就像一管失落的笛子"、"女人如悬崖"……都比出了他人所未能比出的独特韵味。写阳光的状态,则有"流入山谷"、"渗入体内"、"驰过无际的天原"、"太阳像个金琴在几万尺的高空颤动,如水晶撞击水晶"等互不重复雷同的写法。至于像"当空间在我两臂呼啸而过,时间猎猎如破衣脱落"、"把兰香裁成披肩,送给一个人,看她轻轻披上"这类造句,就精彩得有点匪夷所思了。而好用恢奇生僻的字眼,也是黄国彬行文的一大特色。

文思的独创,当是一篇散文的生命所在。黄国彬于此也有不俗的表现。《洗冷水》将自己洗冷水的经历拟于历代王朝的变迁,既见情趣,也平添了历史感、文化感。"立之苦"、"守成之难"、"南渡之后的中兴"、"中兴之后的没落",改洗热水是"南宋的格局",重又洗冷水是"收复了汴州,改写了我的宋史",读之令人莞尔。《吐露港的老鹰》以先抑后扬的笔法叙述"我"对老鹰态度的变化,其中写老鹰面对寒流敢于搏云击风的英姿,极为生动形象有力感人,彰显了勇毅坚强的意志人格,近乎"夫子自道"。

黄国彬的《琥珀光》,立意幽远,格调儒雅,文采灿然,可直追林语堂、梁遇春诸前辈的后武。此书在 1994 年荣获第二届"香港中文文学双年奖"散文组首奖,堪称实至名归。

也斯——从现代走向后现代的代表者

也斯(1949—2013),广东新会人,在香港长大,原名梁秉钧。香港浸会学院外文系毕业后赴美国留学,获加州大学比较文学博士学位,现任香港岭南大学中文系教授。出版的作品有长篇小说《记忆的城市 虚构的城市》、《剪纸》,短篇小说集《养龙人师门》、《岛和大陆》、《布拉格的明信片》,诗集《雷声与蝉鸣》、《游诗》,散文集《灰鸽早晨的话》、《神话午餐》、《山水人物》、《山光水影》等。他是香港文坛上从现代走向后现代倾向的主要代表者之一。

也斯的小说往往把西方现代艺术同自己的生活体验相结合,对小说进行种种尝试。他善于从人物对话、细节以及富于象征的意象中表现出作品的主旨,也常采用超现实的手法或魔幻现实主义把现实变形。也斯爱对社会人生作深入的思考,人的组合变迁是他小说的一大主题。《平安夜》没有故事、冲突,通过谈话和叙述表达这样的思想:事物总是向一定的方向不断发展变化的。小说阐发生活哲理,充满着浓厚的思辨色彩。

也斯最有影响的小说是中篇《剪纸》。作者以写实和象征的手法写了两种不切实际的畸恋。文中的瑶执著于对古老传统的追求并沉迷其中,最后因无法与现实合拍而导致心理变态;另一女主人公乔却又是开放和西化的代名词,她令守旧的追求者黄神经错乱入了医院。小说通过对两种畸形的爱的描写,展开文化的反思,探讨了现实与传统以及中西两种文化的融合与沟通的复杂关系。两篇历史小说《养龙人师门》、《玉杯》,以古喻今,表达自己对现实的看法;曾被改编为电视剧的佳作《李大婶的袋表》以调侃滑稽的笔调讽刺了当权者。

也斯有一组小说写人的不同心态,感触无情的岁月在人的心灵里留下的深刻印痕。这类作品有《大婶与小孩》、《旧衣服》、《波光》等。也斯大部分时间生活在学院的围墙内,但他也关注香港的现实问题,为下层民众呼吁、鸣不平,如《找房子的人》、《玉》、《隧道》等,思考香港的都市文化的内涵,显示出学者型作家的新姿态。

也斯在小说体制上力求多变,这种探索体现于他的短篇小说集《岛和大陆》。书中的四辑作品就采用了四种表现形式:第一辑的寓言采用了大胆的想象和夸张,表现出荒谬与合理的有机统一;第二辑糅合报告文学与散文的技巧,以散墨淡笔勾勒人物;第三辑的写实小品取材于现实,现实主义色彩浓厚;第四辑的抒情小说以写意为主。也斯的小说艺术上受西方现代主义文学影响,体现出独特的个人风格。

《布拉格的明信片》则是一部后现代主义的典范作品。后现代主义认为社会已混乱不堪、事业心进取心已为颓废无望的情绪所替代,《布拉格的明信片》建立在这种世界观上,解构言说中心,充分表现了现代人支离破碎的感觉和情感。

也斯在散文中往往表现出现实和传统的不同表述姿态,但采取后现代的立场来面对现实,如《生活在马路上的人们》、《书与街道》,作者保持客观不作任何评判,由读者自己去体验。但当他的文思移向传统时,他往往表现出一种不可遏制的热情,如《三苏祠取景》、《扬琴和吉它》等。在这类缅怀传统的作品中,作者坚持纯文学的立场,守望人文精神。

也斯作为一个后现代主义文学在香港的传播和创立者,他在创作中表达出西方观念对他的影响。他的散文充分体现了后现代主义的美学理念,有一个基本的倾向,即按照世界无序的原生态构制散文的形式,用散文本体的形式去对应世界表象。如《在地下车读诗》,作者以其对时间和地点的双重复制来表现世界的复制主题。作者本身主观情感的不介入、以物观物等后现代主义文学的特点在也斯的散文创作中留下了深刻的痕迹。也斯对文化的思考融入了他对香港的感情,构成了他与众不同的审美取向。

也斯的诗深受其作为多角色文化人的影响,形成了诗歌创作的独特个性和丰富色彩。其早期的诗取法于中国30—40年代现代派诗人(如何其芳、卞之琳、冯至、辛笛等),表现出对美的朦胧追求,在表达东方古典情怀中融入西方技巧。

另一方面,也斯在西方现代主义和后现代主义的基础上以全新的角度去审视都市,形成自己独特的面貌。代表作《雷声与蝉鸣》,在以"雷声"和"蝉鸣"作为象征的众生喧哗中,诗人追求激越中的平静,努力在"最猛烈的雷霆和闪电中""保持自己的声音"。对于光怪陆离的都市,作者冷静审视,他既不呐喊诅咒也非盲目拥抱,语言平淡素朴,呈现出看似平淡实则耐人寻味的色彩。

也斯在诗的创作过程中还不断尝试与其他艺术形式的沟通,如声光手段等,这使也斯的诗歌不仅从精神内涵上甚至从艺术外观上都具有后现代主义的特征。如《中国光影》配合梁家泰在中国旅行的24幅摄影精品而作,《游诗》与骆笑平的铜版画搭配展出,《寻找一个诗人》曾经用戏剧的形式演出,都显示出诗人在艺术实践上可贵的探索精神。

也斯的不同文体的作品相辅相成,诗歌中的哲学思考和小说中的叙述模式在散文中有机地整合,成为香港后现代主义文学的经典文本。

第五节 董桥 潘铭燊

董桥——集中英文化之长的散文名家

董桥(1942—),福建晋江人,少年时在印尼度过,原名董存爵。1964年毕业于台湾成功大学外文系,1975年负笈伦敦大学亚非学院研究马克思主义文艺理论,后长期在港英两地从事新闻出版工作,曾任《明报月刊》和《读者文摘》(中文版)总编辑,现任香港某报社长。已出版的散文集有《双城杂笔》、《藏书家的心事》、《另外一种心情》、《这一代的事》、《跟中国的梦赛跑》、《辩证法的黄昏》、《乡愁的理念》,评论集《在马克思的胡须丛中和胡须丛外》等,另有译著数种。

写散文,最与学识有关。董桥在《这一代的事》的自序中说:散文须学、须识、须情,合之乃得于英国数学家艾尔弗雷德·诺思·怀特黑(Alfred North Whitehead)所谓"深远如哲学之天地,高华如艺术之境界"。他自云"年来追求此等造化,明知困难,竟不罢休"。

董桥的几本散文集当是这种"追求"的佐证。学、识、情交融汇通,凸现出作者学养之醇厚渊博,见解之明敏通达,情致之优雅淡远。董桥的"造化",于这几本风致别具的作品,已尽可见出。

董桥早年求学于台南成功大学,在那幅时时映入脑海的"淡墨水彩画"中,"苏雪林打着黑伞蹒跚赶去讲楚辞……莎士比亚用京片子教罗密欧与朱丽叶谈情……冯君来夹着英国文学史,带学生踏上乔叟的进香路。美国传教士给草叶集的诗人唱一遍又一遍的安魂曲。教《雪山盟》的英国女士把脸偎在海明威毛茸茸的胸膛上听不见下课的铃声,排骨饭加荷包蛋的晚餐和绿豆汤配棺材板的宵夜都填不饱满胃里沙特的存在主义……康梁遗墨和胡适文存只能推开近代史的一条门缝,11 点钟在女生宿舍门口说的再见才算卷起中国文化的半幅竹帘"。从这一节文字,既可见出作者所受中西文化熏染的教育背景,又能领略董桥文笔的灵动感性,读来耐咀嚼、有回味。深沉的情思寄托其间而不直露,幽默诙谐的文笔则令人毫无枯燥生涩之感。

董桥的中西文化学养,酿成了他散文的丰厚沉实的底蕴。他爱读明人小品、知堂散文,喜欢收藏图书,懂得欣赏字画,有传统文人士子的雅好。同时,他所受的英国教育,又使他熟知西方人西方文化,对先拉斐尔派的艺术理论、罗兰·巴特的思想、结构主义的学说,也有中肯的见解,还不时引西文于笔下,大有熔中西文化于一炉的气势。如果说,中国人的聪明加上英国式的幽默,就是董桥,大概与他的真人相差不会很远。但是在骨子里,董桥对中国文化有很深的孺慕与认同。《听那立体的乡愁》、《回去,是为了过去!》、《小心轻放》等都有他对中国文化的独到体验和对中国与香港这座城市的特殊关爱。

《旅行丛话》就"旅行"这个话题展开阐论,从中国古代后魏杨衒之的《洛阳伽蓝记》、宋陆放翁的《入蜀记》、潜说友的《咸淳临安记》,到明田汝成《西湖游览志》、清汪景祺《读书堂西征随笔》,直到今人冰心、徐志摩的欧美通讯,萧乾、徐钟佩的游记。外国的则有劳伦斯、凡·高、索尔·贝娄、瓦尔德·本亚明、乔伊斯……旁征博引。既有中西人士不同"旅行观"的比较,也有古时今日对"旅行"看法的变迁;有纯粹寻找乐趣的旅行,也有探险式的旅行;有与政治、革命有关的旅行,也有引起浪漫联想的旅行……不一而足。知识密集、信息量大,最能看出作者学识、眼界之广博,又无故意卖弄、"掉书袋"使人生厌之弊,令人读之兴味盎然,所得不菲。

在论金耀基《欧游语丝》时,董桥曾经喟叹"今日学术多病,病在温情不足"。他以为温情藏在两处,一在胸中,一在笔底;胸中之温情涵摄于良知之教养里面,笔底之温情则孕育在文章的神韵之中。可见情之来源,非与教育无关。很难设想,一个缺乏教养和学养的人,能有款款真情,能以真情动人。同时,情之表现,却并不一定非"见乎辞",倒往往于不著文字的处所深蕴含纳,表现在一种无迹可寻的神韵之间。写自己在英伦的学习与生活,写英国人日常起居、生活情趣,却始终不脱炎黄子孙的"本性",在此可以见出他对故国文化的脉脉温情。《给女儿的信》《回去,是为了过去!》《给后花园点灯》等篇,都透出作者的一腔情思。但高明处在于他极善调理控制,在分寸感中曲曲传尽最深最沉的情愫。这种功力就远非那类"借景抒情"、"托物言志"的套路所可比拟于万一的了。

学、识、情之外,董桥也很讲究一个"趣"字。《说品位》引袁宏道"世人所难得者唯趣"。而一个"趣"字,又无"体"无"物",不能归为"体系",亦不能以理喻,如山上之色、水中之味、花中之香、女中之态,算是对人对事对物的"即兴反应"。尤其是"夫趣,得之自然者深,得之学问者浅","入理越深,去趣越远",都道出了"趣"之微妙难得。从《杨振宁的灵感》《读园林》《月亮,哪一个月亮?》《幽默是福》等文,可以领略董桥的文情笔趣,得之于他的人格修养。趣人、趣闻、趣事,也得有趣、懂趣之人,方可悟得。无趣之人不可交,正如无趣之文不可读一样。"趣",也是散文品位高下之所在。一篇散文,既有深浓的赤子之情、学者的渊博修养,又有美妙动人、意求新创、文必己出的笔墨,它就自然地有了上乘的品位,"趣"也就在其中了。看董桥的散文随笔,常常有陌路遇故知的意外,人的性情意趣也会在无意中得到净化升华陶冶。

王国维的"治学"三境界说,为读书人耳熟能详,董桥受其启示(借前人诗句描述)而又别出心裁。他借用的是毛泽东的诗词:第一境——"此行何去?赣江风雪弥漫处。命令昨颁,十万工农下吉安。"第二境——"四海翻腾云水怒,五洲震荡风雷激。要扫除一切害人虫,全无敌。"第三境——"往事越千年,魏武挥鞭,东临碣石有遗篇。萧瑟秋风今又是,换了人间。"(《境界》)思之也无不贴切、形象。在另一篇文章中他又再辟新喻:"著书立说之境界有三,先是宛转回头,几许初恋之情怀;继而云鬓缭乱,别有风流上眼波;后来孤灯夜雨,相对尽在不言中。初恋文笔娇嫩如悄悄话;情到浓时不免出语浮浪;最温馨是沏茶剪烛之后剩下来的淡淡心事,只说得三分!"以男女之情作比,另有一种俏皮灵动,于枯燥的事项上写出情趣。

虽然学识渊博、才情过人,但董桥写起散文来,却并不逞才使气、率性而为。他的征古引今,看似出奇制胜信手拈来,其实包孕匠心,很重章法,不枝不蔓,自有其内在的肌理文脉。《仲春琐记》题虽为"琐记",却不琐碎、不散漫。先说"今日偏偏雅致起来,与闲章、印石、古瓷、书画结缘",算是总起;以下即依次一一道来,说闲章、说印石、说古瓷、说书画,而每有巧妙衔接之术,甚至在分段上也借用修辞之"顶真"法,可见谋篇之绵密与精心。全文以"雅"为经,一线串珠,玲珑有致,技巧上乘。

《中年是下午茶》写作者对"中年"的个人体验,以一种相同的句式("中年是……的年龄")贯穿全文。既有集中的题旨,又不乏丰富联想与发挥。与"童年的早餐"、"青年的午餐"、"老年的晚餐"、"80岁以后的宵夜"不同,中年是一杯"下午茶"——这是题旨;开头说"中年最是尴尬,天没亮就睡不着的年龄,只会感慨不会感动的年龄,只有哀愁没有愤怒的年龄,中年是吻女人额头不是吻女人嘴唇的年龄,是用咖啡服食胃药的年龄",中间说"中年是看不厌台静农的字看不上毕加索的画的年龄","中年是杂念越想越长,文章越写越短的年龄",最后说"中年是'未能免俗,聊复尔耳'的年龄",行文间又夹以苏雪林、闻一多、艾略特、周作人、纳博可夫、亨利·詹姆斯、托马斯·曼、阮咸等古今中外的文人,凸现中年的尴尬况味。思路活跃,能放能收,体会深切,情文俱佳,最令中年的读者回味再三,也让周作人的《中年》不能专美于前。

潘铭燊——自称"书奴"、"书囚"的爱书人

潘铭燊(1945—),广东中山人,生于香港。先后获美国加州大学柏克利分校图书馆学硕士、芝加哥大学博士学位、加州大学伯克利分校资讯科学证书等。1973年回香港中文大学中文系任教,后又执教于香港城市理工学院和香港教育学院。他长于目录、版本、修辞学,并在古典小说研究方面有较深造诣,已出版的学术著作有《红楼梦人物索引》、《石头记年日考》等。

潘铭燊先后结集出版的散文文集有《断鸿篇》、《三随篇》、《车暄斋随笔》、《温哥华杂粹》、《人生边上补白》、《小鲜集》、《魔鬼夜访潘铭燊先生》等。

作为一位专攻图书馆学、资讯学的学者,潘铭燊散文写作的中轴是书。他谈读书、写书,谈书的出版、收藏,谈买书、赠书,说得书之乐、诉为书所累之"苦"……乐此不疲,俨然"书痴"、"书虫"。在《书奴搬家记》中,作者自称"书奴",道出了他和书的关系:既表示他每天干的是搬书的营生,又抒发了他对书"甘于充役,忠心志诚"的感情,写出了藏书的乐趣。《借书一痴》、《枕边秘宝》、《四壁》、《滞销书》等篇从不同角度表达了藏书家的心事,或写读书之乐,或写友朋互相赠书的情谊,或写卖不出书的烦恼。笔端涌动着浓重的文化情绪,也显示了当代人文学者的文化心理,而新出之《天地一书囚》,也还是作者沉迷于书城的实录。

还有不少散文是纵论社会现象和文明问题的。《救救城门河》谈的是环境保护问题,《反吸烟论》从健康和人权角度捍卫不吸烟者"免受香烟侵袭的权利",《东西南北人》反思家庭国际化现象,《文化代价》感叹移民者失落民族的根……这些作品表现出强烈的社会责任感和文化使命感。

《人生边上补白》是潘铭燊的代表作。收入"说窗"、"论快乐"、"说笑"、

"说幽默"、"论吃饭"、"偏见"等系列共三四十篇散文。作者公开声称师承钱锺书:"就写作动机和过程来说,应该叫做《写在〈写在人生边上〉的边上》。"《人生边上补白》所收作品大多短小精悍,意蕴隽永。作者从世事百态入手,在轻松幽默的语言中传达对人生的思考和领悟,显示出自身的宏博学识和深厚的文化背景。"春,是要去寻的","窗子带给我们错误的人生观,令我们闭门造春","禅也好,春也好,人生也好,真理也好,都在大千世界里,不在故纸经书上,都在窗外,不在窗内"。作者由钱锺书的观点进一步引申出自己的见解,阐发人生哲理。

笔调清畅可读,繁征博引,"掉书袋"也能掉得有创造性,文采内敛而不失机敏幽默,平易亲切而又不乏慧识才情,使潘铭燊散文独标一格。

论文作业参考题

1. 香港学者散文区别于一般学者散文的特点是什么?
2. 思果、陈之藩的散文显示了怎样不同的艺术个性?
3. 金耀基、小思、黄维樑的散文有何不同风格?
4. 梁锡华、董桥、潘铭燊的散文有何不同风格?
5. 比较刘绍铭《二残游记》与钱锺书《围城》的异同。

第十六章　旅港作家的创作

第一节　概　　述

香港是个"自由港",作家也是来去自由。外来作家历来是香港作家队伍之重要一支。除了几十年间有过的内地作家三度南下潮之外,还有一些是从台湾、澳门、东南亚或其他地区来港旅居的作家,他们无论在文化教育背景、价值观念还是个人经历等方面,都与"南来作家"有所不同,故以"旅港作家"名之,以示区别(也有的文学史家称其为"外来作家")。

旅港作家的人数远不如"南来作家"多,但有些在港台文坛相当有影响,其旅(居)港期间的创作也值得一提。较早者如张爱玲,她虽自上海来,但一般把她区别于"南来作家",因为她不像20世纪30—40年代到港的南来作家那样,或又回到内地,或留居香港,而是在香港逗留三年之后即移居美国了,倒称得上是香港文坛上的匆匆过客。30—40年代之交,张爱玲曾在香港大学读书,从创作一开始,她就以香港为背景,《沉香屑》、《茉莉香片》、《倾城之恋》为上海人写了一本"香港传奇"。张爱玲1952年重到香港,1955年离港赴美,旅港期间,除了在美国新闻处从事一些翻译工作以外,她最重要的作品《秧歌》和《赤地之恋》两部长篇,被不少学者视为"绿背小说"(美元纸币为绿色,言其受美国援助)的代表作。前者以内地农村为背景,写乡村一个中共党员谭金根如何成为抢粮暴动头头的故事,突出50年代新中国成立之初的困难和饥荒之灾。后者则从"土改"写到朝鲜战争爆发,从农村写到都市(上海),而以大学生刘荃与黄娟的坎坷恋情为贯穿线索。这两部备受争议的作品,是在美元的左右下问世的,有人认为是"一位甘居主流之外,特立独行的女作家,思辨政治与文艺纠葛的重要表征"[①],可作为进一步研究的参考。

---

① 王德威:《重读张爱玲的〈秧歌〉与〈赤地之恋〉》,见《如何现代,怎样文学》,台北:麦田出版社1998年版。

与张爱玲旅港的情形颇为相似的是陈若曦。陈若曦 1966 年由美国到南京水利学院(现称河海大学)任教,正逢"文革",至 1973 年离开,经港移居北美。在港居停一年期间,写出《尹县长》等暴露"文革"的小说,在港台、内地都引起了强烈反响。《尹县长》以"文革"初期的"武斗"为背景,写尹县长被迫害致死的经过,是中国人用中文写的最早反思、否定"文革"的作品,也曾一度被视为"反共小说",后才得到肯定评价。

从台湾旅港的作家有余光中、施叔青、钟玲、戴天、蒋芸、萧铜等。原籍澳门的韩牧、梁荔玲、钟伟民则是港澳两栖,所作有较浓重的香港背景,作品也多发表于香港,他们的创作与活动沟通了港澳文坛,在澳门,他们的作品有被称为"离岸文学"者。从东南亚"踏浪归来"的犁青、原甸、忠扬等,则以自己的诗作,联结了中国国门之南的广大华人社区与香港的诗文之缘。"旅港作家"后来的情况各有不同。张爱玲、陈若曦短暂旅港后去了美国。余光中、施叔青、钟玲居港时间相当长(施叔青长达 17 年),再重回台湾;而戴天,本是以毛里求斯侨生资格考到台湾留学,在台大参加现代派文学运动再到香港。犁青从大陆到东南亚,80 年代才重回香港,如今他们都已然由旅居变为定居了。旅港作家是一个弹性较大的概念,他们的创作虽未形成共同的风格,但对于香港作家多元化的组成结构来说,则无疑是不可或缺的一部分。

第二节 张爱玲

张爱玲——港沪双城记的表现与超越

张爱玲(1920—1995),女,曾用笔名梁京,生于上海名门世家。1939 年入读香港大学,1942 年成名于上海,1952 年再次赴港,1955 年离港赴美,1961 年离美赴港作短暂停留,为香港电影公司编写《南北喜相逢》等知名电影剧本。主要作品有小说集《传奇》、散文集《流言》、研究专著《红楼梦魇》等,是少有的能以双语写作并具有广泛影响的重要作家。

张爱玲的在港经历与创作共有三个时段。

1939 年,张爱玲以伦敦大学远东地区考生第一名的优异成绩被伦敦大学录取,因时值战争而持伦敦大学的录取通知书改入香港大学,1942 年因太平洋战争的爆发从香港回到上海。回到上海后,张爱玲以香港为背景所写的散文《烬余录》、小说《倾城之恋》等作品成为她在上海巅峰时期的代表性作品,沪港两地也成为张爱玲巅峰期创作最重要的写作背景和经验资源。

1952 年,张爱玲以继续被战争中断的学业为由赴港,入香港美国新闻处担任翻译工作。1952 年至 1955 年,在香港的三年虽然不像 1942—1945

年那样高质高产,但其间张爱玲的创作却显示出新的生机和可能性。1954年,张爱玲在香港完成的两部小说《秧歌》和《赤地之恋》在《今日世界》杂志连载,这两部小说因时代背景、题材内容和作者的倾向立场而成为富有争议的作品。

《秧歌》的背景是土改后的中国农村,描写的是金根一家在激荡的社会变革中的故事。在上海帮佣的月香回乡生产,发现家里虽然在土改后分得了田地,丈夫金根当了劳模,但是家里人还是一样受苦,不能维持温饱,平静的乡村生活中积压着尖锐的社会矛盾。积压着的矛盾终于在年关时爆发,村里要求各家各户拿出40斤年糕和半只猪去慰问军属。在村民缴纳捐献的那一天,金根与政府干部王同志发生冲突,引发了农民集体要求向政府借米过年的暴动,混乱中金根的女儿阿招被踩死。受伤的金根担心连累月香而投水自杀,失去丈夫和孩子的月香在激愤中跑回村里纵火烧了粮仓,大火被扑灭,而月香本人则被烧死。风波过去,村里恢复到原来的局面,大伙儿扭着秧歌,抬着年礼挨家挨户给军属拜年。贯穿《秧歌》这部小说的线索是金根一家人的命运,它是中国农民在时代变迁中的缩影。从艺术上来说,对背景、人物的熟悉与作者的观察力和想象力结合在一起,《秧歌》中描绘的农村生活和农民形象相当逼真可信。书中描绘了一系列鲜活的乡下人形象,倔强老实的金根、能干有心计的月香、老于世故的谭大娘,都写得恰如其分。胡适曾评价说:"此书从头到尾写的是'饥饿'——书名大可以题作'饿'字——写得真细致忠厚,可以说是写到了'平淡而近自然'的境界。"①由于时代背景,也囿于个人经历,作者对中国内地当时土改的全面情况并无真切了解,以至以偏概全,以想象取代现实而致误读。

《赤地之恋》是张爱玲在港完成的另一篇小说,小说以一个奋发有为的青年刘荃在时代浪潮中的命运变迁为线索,展现时代浪潮中沉浮飘零的个人命运。《赤地之恋》的故事背景展现了广阔的时空,从乡村到都市,从"土改"到"三反",直至"抗美援朝"。主人公刘荃作为一个对社会保持清醒认识并作出准确判断的知识者,经历种种社会黑幕和革命队伍中许多腐败现象后,经历了愤怒、无奈到最终万念俱灰的心路历程。置身革命之中的刘荃似乎从一开始就陷在对革命的怀疑和痛苦之中,可在朝鲜战争结束后"自由遣返战俘"的时刻到来时,他却出人意料地选择回到祖国大陆而不去台湾。《赤地之恋》的主题是"幻灭",可在故事的结尾张爱玲却让主人公刘荃再次觉醒。

无论是《赤地之恋》还是《秧歌》,张爱玲对这两部小说的艺术成就都是

① 张爱玲:《秧歌》,台北:皇冠出版社2009年版。

不满意的,她后来坦言:《赤地之恋》是在授意的情形下写成的,故事大纲预先已经定好①。在这样的情形下,作家的想象力无从自由发挥,艺术上的局限自然可以想见。尽管如此,还是可以看到张爱玲在艰难的创作局面中对自我风格的坚持。在这两篇小说中,张爱玲对政治的兴趣是有限的,人性、人情、人与人之间的心理关系依旧是她落墨的重点,刻画人物心理的微妙之处,捕捉到其中潜藏的戏剧性,是张爱玲最为游刃有余的地方,也是小说超越政治立场的价值所在:她在大时代的政治化气氛中捕捉到的仍然是人生的苍凉意味,个人在时代面前的惶惑和对于安全感的寻求。尽管在艺术和内容上有种种不平衡之处,但《秧歌》和《赤地之恋》这两部小说显示了张爱玲对于大时代把握和表现的能力,显示了张爱玲在男女怨情之外驾驭宏大题材的另一种创作可能性。可惜这样的道路很快终止,1955年,张爱玲离开香港前往美国,她的中文小说创作环境面临着全新的挑战。

1961年,张爱玲从美国到台湾再到香港,为电影公司编写《红楼梦》剧本,后因诸多原因搁浅。返美后通过好友宋淇夫妇的帮助继续创作剧本,之后创作的《南北一家亲》、《小儿女》、《一曲难忘》和《南北喜相逢》都成为香港电影市场十分知名的影片,张爱玲一时成为香港电影圈中的名编剧。

第三节　余光中

余光中——"沙田文学"主将

余光中(1928—　　),福建永春人,生于南京。20世纪40年代后期就读于金陵大学、厦门大学外文系,1950年入台湾大学外文系,后与覃子豪等创办蓝星诗社。60—70年代曾两度赴美深造、任教。1974年,他应香港中文大学之邀担任中文系教授,至1985年,居港时间长达12年(中间有一年回台湾师大客座)。旅港期间,是余光中一生中最安定最自在的时期,也是余光中文学生命中最富光彩的时期。

诗集《与永恒拔河》、《隔水观音》、《紫荆赋》,散文集《青青边愁》、《记忆像铁轨一样长》、《凭一张地图》、《隔水呼渡》是他在香港创作的主要收获。此时的文学创作(主要是诗和散文)数量,在他从文以来全部创作中占有很大的比重(仅三本诗集中的诗就有近190首)。

在来香港之前,余光中在台湾已是一位声名卓著、创作丰硕、影响甚大的诗人、散文家、学者。以这样的身份客居香港,不仅对他个人的创作很有意义,也在培养文学后进、倡导文学风气方面,起了相当大的作用,贡献

---

① 水晶:《蝉——夜访张爱玲》,见《张爱玲的小说世界》,台北:大地出版社2004年版。

良多。

就文学创作本身来说,余光中于香港中文大学任内的这批诗文,在他自己构筑的原有地基上,又竖起了一块界碑,标志着他进入了新的境界。这些诗文显示了当年一度追随西方现代派文学的余光中,"浪子回头",进入了一个相对稳定的以孺慕中华传统文化为标志的创作新阶段。这与香港地处台湾和大陆之间的空间位置颇有关联。在台湾曾经写过《乡愁》、《白玉苦瓜》的余光中,寓居于与大陆咫尺之遥的香港沙田,日夜聆听着他大学寓所附近车轮撞击铁轨的声音,他的思绪自然地会沿着绵延北去的轨道,思接千里、思接万载,写下饱含着新的感情体验、抒发怀乡之情的动人诗文。在这里,既有从遥远年代先人遗留下来的《唐马》引发的感怀,也有对民族的母亲河(《黄河》)的赞叹。此外,诗人一仍其旧地对古代诗人情有独钟,从屈原到李白到苏轼,他都赋有新篇。《独自》写"月光还是少年的月光/九州一色还是李白的霜/深圳河那边的郁郁垒垒/还认识三十年前那少年……最后灯熄,是一个不寐的人/一头独白对四周的全黑",抒发在独特环境中的独特情怀,也很感人。他还写了不少在香港思念台北的"双城记"和"隔海书",如《思台北、念台北》、《木棉花》、《我的四个假想敌》、《没有人是一个岛》。可以说,余光中诗文中的怀乡情结,在香港时期的诗文中得到了最为切肤的表达。

但是,思古怀乡的余光中对于当时北方大地上发生的一切,并没有闭上眼睛。余光中居港前期,大陆还处在"文革"之中。他的诗文不可避免地要触及这民族历史上最不堪的一页,在《故乡的来信》、《夜祭》、《小红书》等诗作中,诗人浩叹大劫难给黎民百姓带来的苦难,表现了他忧时伤世的赤子情怀和从现实中吸取诗情的努力。

余光中住在风光秀丽、才人云集的中文大学,俯仰山水、涵儒人文,北望故国、东眷故岛,自然更从中获取了不少灵感。在他笔下吐露港的波光、八仙岭的山色尽显无穷魅力,从散文《春来半岛》、《沙田故居》、《山缘》、《高速的联想》、《牛蛙记》、《飞鹅山顶》、《沙田七友记》,到诗作《吐露港上》、《沙田秋望》、《秋兴》、《黄金城》、《花鸟》、《十年看山》、《别香港》等这些读者耳熟能详的名篇,可以得见余光中此时正盛方酣的"沙田心情"。余光中与沙田的日月云霞、山水草木,朝夕相对、相看不厌,人与自然相得相忘,下笔便情不自禁,写来别有韵致、妙趣横生。在这些创作中,还时常有诗文"同胞"的现象,如《牛蛙记》与《惊蛰》、《记忆像铁轨一样长》与《九广路上》、《九广铁路》、《火车怀古》、《山缘》与《十年看山》、《春来半岛》与《初春》等都属此类,表现出右手写诗、左手写散文的作者力求才尽其用、翻出创意的努力。

余光中居港 12 年,对香港可谓一往情深,《春来半岛》、《山缘》之属可为代表。作者登山则情满于山，观海则意溢于海；见相思树而萌思乡之念，赏紫荆花而兴爱港之怀，托物寄兴，借景抒情，确是情意充盈、物色动人的佳篇。

虽然对校园外的香港社会很少涉笔，但在校园与文界，余光中影响不小，不仅教授学者互相唱和，一些年轻写作者亦追随其后，颇受"余风"熏染，一时间乃有"沙田文学"之说，而余光中以其创作成就与影响力之大，堪为"沙田文学"的主将。

第四节　施叔青　戴天

施叔青——从鹿港到香港的文学苦旅

施叔青(1945—　)，女，台湾彰化人。20 世纪 60—70 年代在台湾已有文名，她在台湾时期的创作，以自己的故乡——鹿港为背景，写童年记忆中那个烙着精神伤痕的传统台湾的乡土世俗世界，也较多地关注女性的命运与精神底蕴，《壁虎》、《约伯的末裔》可为代表。70 年代初，施叔青旅居美国，有过一段异国生活经历。1978 年，她随丈夫移居香港，开始了她新的文学旅程，直至 1994 年回台。

在施叔青的感觉里："在全世界找不到第二个地方像香港那样有利于我的写作。"[1]台湾、美国、香港三度空间的阅历，为她的创作拓出了新的天地。直到 90 年代，施叔青在香港的小说创作，主要由两个系列组成：一是"香港的故事"系列，一是《香港三部曲》系列。

《香港的故事》(短篇集)展开了一系列香港现实生活的画面。对于一个旅居香港的作家来说，其中写来最为得心应手的是施叔青所熟悉的华洋杂处的香港上层社会。主要人物都还是施叔青一直关注的各类女性，只不过活动背景已从乡土台湾转换为都会香港，她们的"表演"也更多地带上了现代都市生活的感官享乐的色彩。在这里，固然也有某种伤逝之情，但在施叔青写来，更为突出的是都市女性当下的生存困境及精神怅惘。

《香港三部曲》包括《她名叫蝴蝶》、《遍山洋紫荆》、《寂寞云园》三个长篇。在此之前写作的长篇《维多利亚俱乐部》和"三部曲"有着血缘关系，也可以说《维多利亚俱乐部》是这个系列的发端。在"香港的故事"系列写作告一段落的时候，施叔青有意要写一部长篇小说来总结十年香港生活，结果却写成了一部为百年香港打造文学形象的鸿篇巨制。《香港三部曲》是施叔青书写香港的精心之作，也是迄今为止最具人文内涵、艺术成就也最高的创作

---

[1]　舒非：《与施叔青谈她的〈香港的故事〉》，见《记忆中的风景》，香港：开益出版社 1997 年版。

成果。

《维多利亚俱乐部》写发生在殖民地象征的维多利亚俱乐部的一宗贪污案,审理此案的大法官是黄威廉。由追溯黄威廉的家谱而追寻至 19 世纪末年,黄威廉的祖母黄得云(本是东莞一个农家女,后沦落为妓)与洁净局代理帮办亚当·史密斯的一段露水姻缘。《维多利亚俱乐部》的创作激活了施叔青为香港写史的雄心,长篇史诗式的作品《香港三部曲》正是施叔青"用来做历史的见证"的结晶,它从 1894 年写至 1997 年香港从开埠到当今、紧贴香港社会变迁的百余年历史。《香港三部曲》之一《她名叫蝴蝶》,以"蝴蝶"为象征,"影射香港的形成"、"斗胆地尝试国人作家未曾涉足的领域——深入白人统治者的内里,审视殖民者的诸般心态"①。13 岁的农家女黄得云,被掳到香港沦落风尘,在 1894 年的鼠疫中,成为洁净局代理帮办史密斯的情妇,但怀孕后却遭遗弃。第二部《遍山洋紫荆》写得云又成了汇丰银行董事洛修的情妇,俨然香江名流,其子黄理查渐成地产大亨,其孙威廉长大后当上了大法官。第三部《寂寞云园》写其曾孙女黄蝶娘在 90 年代香港电视里演绎黄氏家族几代人的恩怨情仇……《香港三部曲》时间跨度很大,包蕴着丰厚的人文积淀,作者遍读有关香港史话、风俗志的记载,从小说中提到的香港街景、舟车、建筑、风貌,英国人维多利亚风格的室内布置、妓寨的陈设到那个时代的衣饰审美、民生饮食、节庆风俗,甚至植物花鸟草虫,都可以捕捉铺陈。正是由于有这些扎实的前期准备工作,《香港三部曲》在还原香港历史方面是相当成功的。在演绎黄氏家族历史的同时,施叔青巧妙地穿插了百年香港史上一些重大的事件,如 1894 年的鼠疫、华人大迁徙、1898 年英人强租新界、省港大罢工、日据时代、70 年代中产阶级的兴起、香港经济的起飞、直至中英谈判、"九七"回归……由一个人写一个大时代、写一段波澜曲折的历史的创作构想得以完满地实现。

《香港三部曲》在艺术上也颇具匠心。第一、二部采用线性结构,第三部以黄蝶娘的视点回溯家族历史,并且加入了叙述人"我",时空的切割组接,"过去时"叙述与"现在时"叙述的交互展开,都有精心的表现,虽然间有粗疏匆促之处,总体上毕竟瑕不掩瑜。小说的叙述语调亦颇有历史感,较好地达到了作家预设的写出那个时代的"色彩、气味、声音"来的初衷,是一部在艺术上具有独到创意和鲜明风格的杰作。《香港三部曲》确立了"外来客"施叔青在香港文学史上不可替代的地位。

---

① 施叔青:《她名叫蝴蝶·代序》,见《她名叫蝴蝶》,广州:花城出版社 1999 年版。

戴天——感时忧国的现代诗人

戴天(1937—),广东大埔人,后随家移居,在毛里求斯出生,原名戴成义。1957年入读台湾大学中文系,并参加《现代文学》杂志的创办和台湾的现代诗运动。毕业后,赴美国爱荷华大学深造,获硕士学位。1960年代初返港定居,任美国新闻处今日世界出版社和《读者文摘》高级编辑,曾和朋友一起创办《盘古》、《八方》等刊物。现任香港《信报月刊》总编辑、香港文学艺术协会会长。已出版诗集《岣嵝删论辩》、《石头的研究》、《戴天诗选》,散文集《无名集》、《渡渡这种鸟》等,另有著译多种。

戴天早期受台湾现代诗的影响,追求灵性与智性的结合,而以空灵为归宿,他的早期创作蕴涵着复杂的美感因素,既有象征主义的感伤色彩,又有超现实主义的对精神层次的自我超越。《摆龙门》、《花雕》是较能代表其早期风格的两首受到赞誉的作品。

值得注意的是,戴天总把他对传统人文的关怀放在现代人生的背景上,使传统的典丽与现代的洒脱相融合,立体地形成自己诗歌意象和题旨的多义性。

戴天始终处于两个世界和两种文化的夹击中,在对中国传统文化的热切探求中,他吸取了西方文化的艺术技法,熔铸于他的写作中。但他作为一个"夹缝"中的现代人,难免感到尴尬和两难。尤其是对香港呈现的一种殖民地意识,戴天能够清醒认识却又无法摆脱。这种尴尬,在戴天关于香港的两部长诗《蛇(一九七〇的香港)》和《一九七一所见》及短诗《石头记》中更有具体表现。

作为一名从小漂泊海外的异乡客,戴天自身的生命体验使他对中国传统文化有着极度的渴求,这种渴求在他的诗歌创作中体现为对于中国传统的人文关怀。《命》把掌纹比作黄河和长江,用深情笔调写道:"这条是黄河充满激情,那条是长江装着磅礴。"一种与祖国血脉相连的真情跃然纸上,而这种联系,不仅是血统上的,更是文化上的。无论是"看见长江的时候,颈项伸长如虹吸管,摆出一个躬身去钓历史深浅的姿势",还是把长江"打一个蝴蝶结","送给乡情如断弦,暗地里弹尽日月星辰的异客",这些篇章里都浓缩了诗人强烈的民族意识和历史情怀。戴天总是把对传统人文的关怀同现代人生背景结合起来,借以缅怀中国的传统文化。《拟仿古行》就是一例。它虽然是从杜甫早年漫游齐鲁时写的《望岳》、《陪李北海宴历下亭》等诗作中脱胎而来,但作者把现实感受和反思与传统民族文化结合起来,形成了古雅深沉的独特风格。

由于对祖国的热爱,诗人对中国内地现实的变动自然产生热切的关注。

《文革评注》中的 26 首诗集中控诉了那黑白颠倒的十年浩劫。诗人用沉痛反讽的笔调揭露当时的社会现实,"变脸是生存下去的必修课","真假找不到一块良心试金石"。在这些诗篇中,忧国感时的赤子情怀,情见于辞,政治色彩也相当浓厚。在港台诗人中,戴天是涉猎时事政局最多者之一。

传统的人文关怀,深湛的古典文学修养,使戴天的诗歌有着深厚的文化底蕴;而现实人生的豪爽落拓,又使他的作品显现出现代人的率性。当面对严峻的社会现实,他从洒脱走向沉郁,率性也变为愤激。后期诗作则回归传统,表现出对传统文化的追寻与认同。

论文作业参考题

1. 比较南来作家与旅港作家的异同。

2. 试评张爱玲的《赤地之恋》与《秧歌》。

3. 谈谈余光中的诗文与香港的关系。

4. 试论《香港三部曲》的文化内涵与艺术成就。

5. 试论戴天诗歌的现实关怀。

第十七章 香港通俗文学作家的创作

第一节 概 述

20 世纪 60 年代后的香港,经济发展迅速,很快就成为一个国际化的大都市。工商业的发展,带动了香港社会的全面发展,报刊业相当兴盛,市民阶层相当庞大,为通俗文学在香港的兴起,提供了广泛的文化消费需求的基础。香港都市化的程度高于台湾,更甚于内地,所以香港通俗文学的发达也冠于三地之首。曾有人因此而认为香港是文化沙漠,黄维樑反驳说:"假如文化可以轻易分为物质文化、精神文化、大众文化……的话,则香港的物质文化和大众文化,其成就有目共睹,香港怎会是沙漠呢?除非我们说整个世界的文化是撒哈拉!"①香港的通俗文学,按李焯雄的划分,大致有以下几个类别:武侠、言情、科幻、历史、财经、灵异、不文(主要为性笑话杂文或小说)、小人物自述、校园幽默等②。每一类都有重要的代表作家,如武侠之金庸、梁羽生、温瑞安,言情之亦舒、严沁、岑凯伦、李碧华、林燕妮、西茜凰,科幻之倪匡、黄易、张君默,历史之南宫博、董千里、高旅、唐人,财经之梁凤仪,灵异之张宇、余过、马云,不文之黄霑、蔡澜、李默,小人物自述之阿宽,校园幽默之毕华流等,他们的创作活动构成了香港独特的文学景观。

随着社会富裕程度的提高,香港的大众文化越来越突出消费功能,文学越来越受到影像媒体的胁迫。电视、电脑、游戏机、MTV 等占据了人们的闲暇时间,代替了从前通过阅读而获得的消遣和思想,因此迫使通俗小说自身发生变化。为了适应快节奏的生活方式和消费性的接受方式,"轻薄短小"越来越成为通俗文学的写作策略。故事越来越飘忽,语言越来越短促,从金庸到温瑞安,就能看出这种变化。另外,70 年代以后,以金梁称雄武林的新

---

① 黄维樑:《香港绝非文化沙漠(代序)》,见《香港文学初探》,北京:中国友谊出版公司 1987年版。

② 李焯雄:《流行文学》,《联合文学》(香港文学特辑)1992 年 8 月号。

武侠小说格局相对定型,言情和科幻小说成为这一时期通俗文学较为突出的现象。经济的高速发展,出现了大量以中产阶级生活为背景的都市社会的"丽人",言情小说家们以这些"都市丽人"作为作品的女主角,讲述着梦幻一般凄丽而又哀怨的故事。80—90年代,梁凤仪更是另辟蹊径,紧扣当代风云变幻的经济现实,塑造了一批在婚姻与爱情纠葛中脱颖而出的女强人的形象。这些色彩缤纷的言情小说,取代了50—60年代新武侠小说的辉煌,成为70年代以后通俗文学发展的重要内容。除此以外,框框杂文的发展相当迅速,有人称它为香港通俗文学的重镇。它篇幅短小,内容丰富,从宇宙洪荒、国际形势、经济文化到谈文说艺、草木虫鱼、饮食男女、奇谈怪论等无所不包。在忙碌紧张的生活中,框框杂文是最容易消化的早餐或下午茶,和晚上松弛神经的长寿电视节目《欢乐今宵》一样,是不可一日无此君的大众精神食粮。这方面有成就的代表作家有:三苏、石人、吴其敏、徐东滨、曾敏之、张文达、简而清、胡菊人、萧铜、昆南等。

通俗文学作家队伍庞大,作品数量极多,由于片面追求速度,以及为了适应快节奏的生活,作品难免良莠混杂。但总的来看,通俗文坛不乏有才华的好作家,在浩如烟海的作品中也不乏富于文学性、娱乐性、趣味性结合的好作品。

第二节　梁羽生　金庸　温瑞安

梁羽生——新武侠小说的开山始祖

梁羽生(1926—2009),广西蒙山县人,原名陈文统,毕业于岭南大学经济系。他曾用"梁慧如"的笔名写文史随笔,后又因十分喜欢武侠小说家宫白羽而以梁羽生为笔名。1949年去香港《大公报》工作,1962年辞去副刊编辑之职,从事专业创作,后移居澳大利亚。梁羽生出生于世代书香之家,从小受"文必四六"的外祖父影响,爱好填词做诗,有"少年词人"之称。抗战时期,有些学者避难于蒙山,其中有太平天国史专家简又文、敦煌学及诗书画名家饶宗颐等,梁羽生拜他们为师,学习历史与诗词,终身受益匪浅。

1954年,港澳两派武师公开比武,虽然只用了三分钟便决出了胜负,却成为当时港澳两地的焦点话题。《新晚报》总编辑罗孚看准时机,力邀梁羽生写作武侠小说,于是有了新武侠小说的处女作《龙虎斗京华》的诞生。梁羽生从1954年开始创作武侠小说一直到1983年宣布"封刀",共创作武侠小说35部,较为著名的有《白发魔女传》、《七剑下天山》、《萍踪侠影录》、《云海玉弓缘》、《大唐游侠传》、《龙凤宝钗缘》、《侠骨丹心》、《武林天骄》、《武当一剑》等。

综观梁羽生的武侠小说,有以下几个特点:

第一,有很强的历史性,兼有历史小说之长。梁羽生的小说都有明确的历史背景,《龙虎斗京华》《草莽龙蛇传》写的是近代史上的义和拳运动;《七剑下天山》《江湖三女侠》《侠骨丹心》等写的是清朝的历史传奇故事;《白发魔女传》《萍踪侠影录》《散花女侠》等是以明朝历史为背景的;《风云雷电》《武林天骄》《飞凤潜龙》等写的是辽、金、宋、元时期复杂的民族矛盾及其冲突;《大唐游侠传》《慧剑心魔》《女帝奇英录》等主要反映唐代的历史风云。梁羽生不只是将历史作为小说的叙事背景,而且也让许许多多的历史真实人物和事件走进小说的传奇世界。作者常常借历史风云中的民族斗争、阶级矛盾、宫廷斗争、时代变迁的种种画面,来揭示为国为民的侠义精神的深刻主题,这无疑使梁羽生的武侠小说有一种大的场景、气势与规模。但作者常常满足于叙述历史知识,演绎野史传说,给读者一种历史与传奇脱节之感。

第二,对侠与义的追求。梁羽生小说中的正面人物,大都刚柔相济、能文能武、行侠仗义。对于侠与义,梁羽生有自己的看法:"宁可无武,不可无侠。"武是一种手段,侠才是最重要的。梁羽生接着又解释道:"那么,什么叫做侠?这有许多不同的见解。我的看法是,侠就是正义的行为。什么叫做正义的行为呢?这也有很多很多的看法,我认为对大多数人有利的就是正义的行为。"(《从文艺观点看武侠小说》)他是这样塑造侠士形象的:"集中社会下层人物的优良品质于一个具体的个性,使侠士成为正义、智慧、力量的化身,同时揭露反动统治阶级的代表人物的腐败和暴虐。"侠义精神是他小说的根本精神与特征。他塑造了许多文武双全、侠义双全的理想人物形象,如卓一航、张丹枫、段圭璋等。这些侠都是为国为民、牺牲自我的"侠之大者",是代表大多数人利益的,是民族精神、传统道德、儒家文化的结晶。梁羽生武侠小说在歌颂侠士为国家、为民族、为民众、为正义而勇于牺牲、死而后已的理想精神的同时,对那些民族叛徒、内奸、狂徒、邪魔、奸臣等进行了无情的抨击。梁羽生笔下的人物,正与邪、善与恶、好与坏界限分明,不似金庸笔下的人物那般亦正亦邪、正中有邪、邪中有正。梁羽生笔下的侠是正统的理想的侠。然而正是由于对这种正统的侠义道德品质的理想化表现,难免对人性的挖掘不够深入。

梁羽生作品中的侠,大多是诗剑风流的才子、名士,学识渊博。他在化名佟硕之的一篇文章《金庸梁羽生合论》中指出:"金庸擅长写邪恶的反派人物,梁羽生则擅长于写文采风流的名士型侠客。佯狂玩世,纵性任情,笑傲公卿一类人物。"《萍踪侠影录》中的张丹枫,就是名士型侠客的典型人物。

在瓦剌长大的汉人张丹枫,身负世仇,要与朱元璋的后代争江山,完成父辈遗愿。面对瓦剌的入侵,张丹枫是报私仇还是为国为民呢?这种矛盾与痛苦造成了张丹枫亦狂亦侠、能歌能哭豪迈脱俗的个性。他纵性任情却不忘社会职责,他佯狂玩世却又能自省,他笑傲公卿却又能顾全大局。梁羽生笔下的侠士常能吟诗作词,并常以诗词应和,是诗与剑的合一。梁羽生还写了不少以女性为主人公的武侠小说,《江湖三女侠》、《白发魔女传》、《冰川天女传》、《女帝奇英录》、《云海玉弓缘》中的女性不仅容貌美丽,而且多才多艺,对爱情专一。这些女性形象有时甚至比男性形象更为生动。

第三,对情的描写有独到之处。"情"是新武侠小说不可缺少的一部分。面对情与业的冲突,金庸偏向于情,梁羽生则偏向于业。儿女私情必须服从国家、民族利益,侠义、道德的标准。梁羽生小说中的"情"具有鲜明的理想道德感和理性精神,发乎情,止乎礼,私情服从大局。这在小说《慧剑心魔》中表现得相当突出。慧剑是道德理性之剑,而心魔则是人性、情欲种种,要"挥慧剑,斩心魔",给人以道德升华之感,但又有感情单调、无深度之嫌。

第四,梁羽生的小说写人写事写景都有诗词般的意境。他从小就受中国传统的古典文学熏陶,所作小说从内容到形式都有中国传统小说的痕迹。回目对仗工整、典雅精致,如"剑胆琴心,似喜似嗔同命鸟;雪泥鸿爪,亦真亦幻异乡人"(《七剑下天山》);小说的开篇和终篇的诗词,总是作而不述,并具有独立的审美价值;章节之间也处处引用古代诗词,侠士们常常出口成章,这使得梁羽生武侠小说的整体风格显得古朴典雅。

金庸——集大成的武坛文苑盟主

金庸(1925—),浙江海宁人,原名查良镛,金庸是他写武侠小说的笔名,是"镛"字的一分为二。抗战爆发后考入重庆国立政治大学外交系,后就读于东吴大学法学院。毕业后,曾在上海任《大公报》记者。1948年香港版《大公报》复刊,遂被派往香港,后与友人创办《明报》,是香港《明报》报刊系列的大股东。金庸还用其他笔名写过其他文字,如用姚馥兰(英文"your friend"的音译)笔名写过影评,又用林欢笔名写过电影剧本《绝代佳人》等。"凡有中国人的地方,都有人知道他(金庸)的名字",在海峡两岸和海外的华人社会里,金庸这名字是与武侠小说联系在一起的。虽然金庸是集学者、编剧、导演和老报人于一身的作家,他常常"左手写政论,右手写小说",但他主要是以武侠小说创作闻名于华人世界。从1955年处女作《书剑恩仇录》的创作开始,一直到1972年《鹿鼎记》的全部出版,金庸宣布"封刀",退出江湖,而后又花十年时间(1970—1980)进行修改,十多年间他一共创作了15

部作品。除《越女剑》外,金庸把每一部作品题目的开头一字连缀起来,形成两句诗:"飞雪连天射白鹿,笑书神侠倚碧鸳",按写作时间先后排列则为:《书剑恩仇录》、《碧血剑》、《雪山飞狐》、《射雕英雄传》、《神雕侠侣》、《飞狐外传》、《白马啸西风》、《鸳鸯刀》、《连城诀》、《倚天屠龙记》、《天龙八部》、《侠客行》、《笑傲江湖》、《鹿鼎记》,1994 年 5 月北京三联书店出版了金庸作品全集。

金庸的武侠小说问世已半个多世纪,但读者对金庸作品的喜好一直未曾衰减。绝大多数作品被改编成电影、电视剧,使金庸成为知名度最高的华文小说家之一。金庸的武侠小说之所以引起那么大的轰动,是与其小说独特的思想艺术魅力分不开的。

首先,金庸的武侠小说有着丰富的文化哲学内蕴。项庄曾指出:"千千万万人(主要指海外华人)通过新派武侠小说建立对中华文化的认同,对锦绣河山的向往,对人物情意的赞美。"许多海外华人将金庸的武侠小说作为子女教育的中华文化教科书,其中的诗词歌赋、琴棋书画、典章文物、历史掌故、医卜星相、渔樵耕读、人文地理、山川史话等,简直就是一种特殊形式的文化大百科。这是现代中国人失落已久的"中国",是如诗如画的梦幻中国,洋溢着中国传统文化的审美神韵。

金庸的处女作《书剑恩仇录》就蕴涵着某种象征含义,一"书"一"剑",而且是以"书"为主,这就确立了他以后的全部作品的内在要素:"剑"中蕴涵"书"味,"武"中蕴涵文化与哲学的底蕴。中国传统文化思想源远流长,然而又以儒、道、释三家最为瞩目。金庸的三部巨著《射雕英雄传》、《笑傲江湖》、《天龙八部》分别是儒、道、释传统文化思想的最好注解。儒家追求修身齐家治国平天下,《射雕英雄传》透露的就是刻意求善、希冀和平的顽强精神和宽大胸怀。儒家的仁、义、礼、智、信,为国为民、牺牲自我的精神在主人公郭靖身上得到了很好的体现。《笑傲江湖》入木三分地写出了岳不群等伪君子对权力的垂涎追逐及其导致的人性异化。相比之下,令狐冲就鲜明地体现了道家的思想。他逍遥自在,不为虚名和权势所迷,"行乎其不得不行,止乎其不得不止",如行云流水,任意所之。至于佛家文化,《天龙八部》则作了形象的说明。在这本书中,无人不冤,有情皆孽。如何才能解脱人世与人性的罪孽与悲苦呢?只有"众生无我,苦乐随缘,心无增减"才能化解。全书洋溢着对苦难人生的怜悯之心。

第二,金庸的小说很少有一般武侠小说中常见的狭隘的民族主义情绪。他的小说差不多都有真实的历史背景,并往往是民族矛盾十分激烈的年代。金庸不拘囿于狭隘的汉民族的"民族主义与爱国主义",而是更多倾向于和

平主义及民族的和睦与团结,推行"国际主义与和平主义"。如果说《书剑恩仇录》还闪现着某些"夷夏之辩"的简单化倾向,那么,越到后来,金庸对于民族问题的认识就越深刻。《碧血剑》、《鹿鼎记》中,金庸对皇太极、康熙的才干流露出欣赏的态度,而并不因为他们是夺走汉人江山的异族领袖而随意污蔑、丑化。在《天龙八部》中,金庸塑造了一位顶天立地的异族英雄好汉乔峰(萧峰)。他是一位在汉人中长大的契丹人,他那最后的壮举化解了一场民族战争,这种自我超越的精神让关里的千千万万汉人都自叹不如。金庸对汉人及其文化痼疾的批判,也是其高出别的武侠小说家的地方。他对中国文化进行反思时,悟出汉文化及汉人心态总是从内部开始腐朽,从极盛走向衰败,从而不堪一击,明王朝、李自成的大顺王朝、明郑王朝等的衰落主要原因就在于汉民族的内部矛盾,而不是异族侵略。

　　第三,金庸的武侠小说成功塑造了众多性格各异栩栩如生的人物形象。他曾说写武侠小说主要是想借暂时的人生描写永恒的人性,而人性是复杂的。金庸小说中的人物很少是单纯的"好人"或"坏人",他洞察人性的奥秘及人性自身的冲突和矛盾,以一种宽容和理解的态度,来刻画每一个人物。金庸作品中的主人公大多是丰富性与多面性相结合的立体人物,正中有邪,邪中有正,亦正亦邪。他说:"小说的主角不一定是'好人'。好人、坏人,有缺点的好人、有优点的坏人我都写。"他还说:"人生其实很复杂,命运跟遭遇千变万化,如果照一定的模式去描写的话,就太将人生简单化了。"他笔下的小龙女、杨过、黄蓉、郭靖、陈家洛、张无忌、乔峰、令狐冲、胡斐、韦小宝等性格各异、个性鲜明,给人留下了难忘的印象。

　　金庸塑造人物最突出的特点是叙写了各种各样的情:男女之情、父母子女之情、兄弟之情、师徒之情、朋友之情、知音之情等。三毛曾说金庸武侠小说创造出人类最伟大的、古往今来最不能解决的、使人类可以上天堂、也可以下地狱的一个字——"情"。杨过与小龙女、郭靖与黄蓉、周伯通与瑛姑、令狐冲与任盈盈、段誉与王语嫣、张无忌与赵敏……问世间,情为何物?金庸的小说作出了较为圆满的解答。

　　第四,金庸小说的情节结构非常具有创造性,既放得开又收得拢。冯其庸认为金庸小说的情节结构有五个特点:庞大;紧张;波澜壮阔,奇峰突起;前呼后应,细针密线,因果相连而又相隔,叙事无意而实有意;奇情壮采,瑰思幻想①。金庸总结自己的创作时说"后期的比前期的好些,篇幅长的比篇幅短的好些",很大程度上是指小说的结构艺术。金庸多以社会动荡、民族

―――――――――――――――

　　① 　冯其庸:《读金庸》,《中国》1986 年第 8 期。

矛盾激化时期的历史作为小说的叙事背景;以主人公成长、成才、成功的漫长、艰苦、曲折而坎坷的历程作为情节结构的核心与统领;在历史、传奇、人生故事相互交融的外在结构中又蕴涵着丰富深厚的内在寓言结构。如《鹿鼎记》中的韦小宝由一位不学无术的市井无赖变为康熙的大红人,并官至鹿鼎公。作者不仅写了韦小宝的所向披靡,还另设了一条线索来映照政治领域中正派忠诚的无用。韦小宝这样的人物在古代可能有,现实社会中也可能有,这一传奇人物有着深刻而真实的历史寓言价值和文化寓言价值。

第五,金庸的小说不拘泥守旧,善于调动各种艺术手法,自成一家。他常常以传统手法为基点,大胆引用外来表现技巧,如电影蒙太奇、意识流、象征、超现实主义等,并融于民族风格之中。他想象力丰富,常以超自然的想象,把飞仙神怪之类化入笔下,呈现一幅幅人神交往的武侠世界奇观。金庸小说的语言是传统文学和新文学的综合,兼容两方面的长处,传神而又优美。金庸多才多艺,素有"洋才子"之称。他借鉴、运用西方近代文学和中国新文学的经验创作武侠小说,使他的小说在思想和艺术上都呈现出新的质素,达到新的高度,这是以高雅文学融入通俗文学所获得的成功,也是金庸对现代中华文学的贡献。严家炎说:"如果说'五四'文学革命使小说由受人轻视的'闲书'而登上文学的神圣殿堂,那么,金庸的艺术实践又使近代武侠小说第一次进入文学的宫殿。这是另一场文学革命,是一场静悄悄地进行着的革命,金庸小说作为 20 世纪中华文化的一个奇迹,自当成为文学史上光彩的篇章。"①

温瑞安——超新武侠小说的尝试者

温瑞安(1954—　　),广东人,生于马来西亚。少年时代就写过不少诗歌。1973 年就读台湾大学中文系时,出版第一部个人诗集《将军令》。温瑞安本人因常常路见不平,拔刀相助,沾惹不少是非恩仇,从而到处流浪,他的这种尚武崇侠的个性及其经历,对他以后的武侠小说创作有极大的影响。20 世纪 80 年代初温瑞安寓居香港,先后任职影业公司。温瑞安多才多艺,创作颇丰,出书 80 余种,其中以武侠小说为主。武侠小说代表作有"四大名捕系列"、"神州奇侠系列"、"血河车系列"、"白衣方振眉系列"、"神相布衣系列"等,其中最为出名的是"四大名捕系列",作品有《四大名捕会京师》、《碎刀梦》、《大阵仗》、《开谢花》、《谈亭会》、《骷髅画》、《杀楚》、《逆水寒》等。

---

① 严家炎:《一场静悄悄的文学革命——在查良镛获北京大学名誉教授仪式上的贺辞》,《明报月刊》1994 年 12 月号。

温瑞安文才出众,而且兼通武艺,自身就是一个侠名远播的英雄好汉,这是他与别的武侠小说家的不同之处。他的许多武侠小说故事,就是他及其结义朋友的故事。他从自己独特的经历与角度去思考江湖侠义的思想行为与法律规范、社会准则之间的矛盾关系及其本质,并写在自己的武侠小说作品中。"神州奇侠系列"主要写大侠萧秋水出道江湖、神州结义、斗"权利帮"及其他武林恶势力、联合中原武林神州义士共同抗金。"神州结义"中人物的性格虽然不十分突出,但那一种独特的青春气息、英雄气概、天下事无不可为的心理状态及"集体无意识",常能激起人们对青春时代的怀念。主人公萧秋水是一位真正的侠义之士,他的朋友虽然有不少,但知音却很少。中原武林名门正派,可能是他的"同道",但却不是他的朋友,甚至是意想不到的敌人,而他的敌人却反而是他的知音。小说中不少朋友、结义兄弟纷纷离去,背叛甚至反过来暗害他们的大哥萧秋水。这里面有作者对人性深切的理解。

"四大名捕系列"是温瑞安的成名作,也是迄今为止最能代表他成就的作品。他翻用古代的公案小说,采取侦探故事的形式,但它们之间又有明显的差异。温瑞安的武侠小说,有现代的法律意识,并突出了侠义与法律之间的冲突。一方面,作为政府的执法者,捕快必须执行皇帝、官府的命令,为其服务;另一方面,由于皇帝、官府往往是社会黑暗、腐败的总根源,而作为正义和良知体现的捕快,又不得不巧妙地利用合法的手段同官府斗争。他们既遵循现存的法律体制,又有着广博的同情与关爱,还有着细腻的人生感受。"四大名捕系列"的成功之处还在于小说对无情、铁手、追命、冷血这四大名捕形象的塑造。他们虽然是同门师兄弟,但个性各不相同,武功也各不相同。无情擅长暗器、轻功、机关设计制作,名为"无情"最有情,他与姬瑶花的爱情凄艳动人。铁手长于内功及拳法,武功最高,他豪迈英武、沉稳机智、外和内刚。追命长于追踪之术,腿法无双,性格诙谐幽默、洒脱机警。冷血则剑法第一,他刚强勇猛、坚毅顽强,有超人的斗志与杀气。这四位主人公的形象与个性都十分鲜明,也许读者读完之后不一定能复述出其中的故事,但四大名捕其人却令人难以忘怀,因此"四大名捕的作者"成了温瑞安的代号。

温瑞安的武侠小说被人称作"超新武侠小说",其原因在于内容与形式的新颖。具体表现在:从内容上讲,小说有现代的平等意识和法律意识,富有现代气息;从形式上讲,他作过多方面的探索。他早期对诗歌、散文的迷恋对其武侠小说语言的创造有极大影响。他爱用短句,常有哲理性的警句,文笔优美,情节诡异,这一点有点像古龙。他甚至将现代派的意识流手法寓于武侠小说。由于有广播影业公司工作的经历,他常常运用电影蒙太奇手法和超短句,试图营造一种将触觉、听觉、视觉、嗅觉全部调动起来的艺术氛围。如《斩马》中写到冷血激斗蔷薇军时,温瑞安这样写道:

他、要、出、剑。

他,要,出,剑。

他——要——出——剑。

他……要……出……剑。

通过标点符号的变化,一方面暗示出人物起伏的复杂的心理变化;另一方面增强了"视觉化"的效果。这些与金庸、梁羽生为代表的新派武侠小说有明显的不同。同时,温瑞安武侠小说的历史感相对弱一些,淡化历史背景、突出人物形象的塑造,也是他小说的一个重要特点。总的来说,他的作品承前启后,体现出武侠小说新的特点,因此有人称之为"超新武侠小说"。

第三节　亦舒　李碧华　梁凤仪

亦舒——都市言情小说家

亦舒(1948—　),女,浙江定海(今舟山市)人,生于上海。童年定居香港并受教育,中学毕业后当过记者,后赴英国留学三年,回港后曾任职于酒店公关部及香港新闻署、电视台等处,现移居加拿大。自1962年开始创作,30多年来她出版小说散文达160余种,主要成就在小说,代表作包括长篇小说《玫瑰的故事》、《我的前半生》、《喜宝》等,以及短篇小说集《偶遇》等。她还写作有《豆芽集》等多部散文杂文集。

言情是亦舒小说的表层题材,但本质主题却超越言情而深入到人性和性别等诸多命题,思想倾向、现实深度和人生哲理都超越了一般言情小说。《喜宝》是十分典型的亦舒式言情。年轻美貌的喜宝希望通过学识的增长改变困窘的生活和低贱的社会地位,但她清醒地认识到"这是一个卖笑的社会。除非能够找到高贵的职业,而高贵的职业需要有高贵的学历支持,高贵的学历需要金钱"。她深知没有现实基础和经济保障的爱是没有现实出路的,因而甘愿与年老体衰的冒存姿生活。《她比烟花寂寞》中的影星姚晶挚爱丈夫,但婆婆却因她曾结过婚而始终不承认她,从而使姚晶的爱情蒙上了阴影,致使她在无法忍受的孤独和寂寞中心碎而死。亦舒揭露工商社会对爱情生活的异化和摧残,拜金主义的生活准则造成了许多婚姻悲剧。亦舒小说所透露的时代信息、所触及的社会问题和人情世态的表现深度使小说具有严肃的艺术风格。

对女性命运和独立价值的探讨是亦舒小说的一个重要主题。在女性自由和解放的主题上,《我的前半生》是对鲁迅《伤逝》的续写,当视为亦舒小说的鼎力之作。这篇小说充分体现了作者对于女性自由道路的思考。主人公子君虽然有了爱情,但并不独立,婚后靠涓生生活,靠喝茶打麻将消磨时光,最终涓生厌倦了这一切要分手时,子君彻底意识到女性独立的重要,因而自食其力,改写了《伤逝》中子君的悲剧道路。借《我的前半生》,亦舒探讨的是"娜拉走后怎样"的问题。

作为女性作家,亦舒对笔下都市中产阶级女性的命运持同情立场,真实地表现了中产阶级女性深层的复杂情感以及人性的悲剧。这些女性的内心深处都潜藏着一种无奈的寂寞和荒凉,这种弥散的情绪成为小说的一种基调。亦舒深入开掘女性情感世界的同时,更为冷峻地透视了人性的悲剧。作家总是在人物的感情发展到关键时刻,让美好的瞬间定格为永恒的怀想。《香雪海》中,关大雄准备追随香雪海到天涯海角,但香雪海患骨癌死了;《玫瑰的故事》里的黄玫瑰与傅家明仅有三个月的好时光,傅家明便撒手归去。

有人评论说"亦舒是香港第一个将爱情小说定位于城市的作家"。作为"城市化"的爱情小说的肇始者,亦舒的作品于流行文学的笔法中融入了杂文的笔法,形成了豪放与雅秀兼具的风格,文字简洁明快,富有跳跃性和节奏感,而且诙谐幽默,传达着对都市人生的深刻洞见和警醒。

李碧华——在诡异言情世界中观照现代人性

李碧华,女,广东台山人,生于香港,原名李白。曾任教师、记者、影视编剧,在刊物撰写专栏和小说。代表作有小说《胭脂扣》、《霸王别姬》、《青蛇》等 20 多种,其中《胭脂扣》、《霸王别姬》、《青蛇》、《饺子》等都被她亲自改编成剧本,拍摄成电影,多次获得国内外大奖。另有散文集《白开水》、《爆竹烟花》等。

李碧华的小说选材冷僻刁钻,多写奇情异事,匪夷所思、灵异之笔常常跨过阴阳两界,被称为香港文学界的"诡异言情小说"①。《胭脂扣》中的痴情女鬼如花返回阳世,《秦俑》中尘封了两千年的蒙天放跃出古墓,《潘金莲之前世今生》中背负恶名的宋代"荡妇"潘金莲九转轮回为当代的芭蕾新秀单玉莲。李碧华爱写前尘往事和奇情畸恋,如《生死桥》、《霸王别姬》和《青蛇》,故事新编中能推陈出新,不落他人窠臼。

---

① 刘登翰主编:《香港文学史》,北京:人民文学出版社 1999 年版。

　　李碧华笔下的古代情感充满浪漫、激越、凄艳色彩,隐约包含着对现代人性的反思和批判。譬如《诱僧》中的红萼公主为心爱的人视死如归,《秦俑》中蒙天放对冬儿的爱情三生不渝,既展示了人物复杂丰富的心灵世界,也表达了作者对情感执著的肯定。尽管李碧华讲述的故事穿越古今时空、勾连阴阳两界,但其思考重心始终指向当下社会和现实人生,作品之意蕴亦丰富而深刻。《霸王别姬》反映了灾难深重年代的梨园血泪和梨园风气,人性在畸形政治与暴力威胁下的扭曲与性别焦虑,体现了纵深的历史感与高度的人文关怀。

　　就文字而论,李碧华的小说空间感强,具有很强的可读性,具备较高的审美价值和社会学价值。语言具有高雅、凝练、含蓄的古典美感,又有现代口语的通俗、生动、活泼与风趣。

梁凤仪——财经言情小说的快手

　　梁凤仪(1949—　　),女,广东新会人,生于香港。香港中文大学博士,任电视节目监制、编剧,证券公司、银行和集团公司主管。1989 年开始小说创作,迄今共出版小说、散文及其他实用丛书 100 多种。

　　梁凤仪的小说被冠以"财经小说",基本是以风云变幻的香港商界为叙事背景,以爱情故事为中心情节,以商界女强人形象为透视焦点,呈现出强烈的现代女性意识,为通俗文类的言情小说开拓了新的领域。

　　梁凤仪小说带着独特的香港经验。都市人面临职业、感情和道德的三重危机,现实的骚动不宁、社会的飞速发展、人际关系的瞬息万变,使心灵世界无法拥有真正的安稳时刻。作家在作品中既没有回避这些都市文明病的难题,也没有提出救赎的解决方案,对现实既不做过度夸张的渲染,也不做激烈的批判,只是以比较理性的处理方式,真实地展示都市人的痛苦心态和生存困境。她所书写的现实世界吻合香港人的心态,也容易获得读者的认同。

　　在《誓不言悔》、《世纪末的童话》等小说中,梁凤仪塑造了一系列自立奋斗的女强人形象,这些兼具东方女性传统美德与当代女性强者风采的人物,给香港文学增添了新的色彩。她的小说如实反映了工商社会中女子走出家庭,进入社会的艰难困苦。梁凤仪以她独特的女性意识,昭示了对女性人生命运的思考、忧虑和体恤态度。

　　梁凤仪的小说语言颇具特色,善于将白话和古典书面语汇与粤语的俗语俚语融会贯通,语句长短错落、灵活多变,流畅的句式对应着现代人简洁明快的思维节奏。此外她还善于将自己的人生阅历和学识修养概括为格言警句,或针砭时弊,或概括人生世态。

第四节 林燕妮 张小娴

林燕妮——"香水文学"写手

林燕妮(1948—),女,广东惠州人。在香港中学毕业后赴美国加州柏克莱大学攻读遗传学,后曾任电视台新闻编导、电视节目主持人、电视台宣传部主管等职,期间亦曾赴美国进修广告课程。1976 年与黄霑合组"黄与林"广告公司,成为广告界女强人。1987 年退出广告界,专心从事写作。1973 年林燕妮曾分别在《新周刊》、《香港青年周报》、《明报》、《明报周刊》等报刊发表散文和小说,她的文章曾惊动武侠大师金庸,金庸称其作品为"香水文学"。

林燕妮最擅长的是散文创作,被称为"林燕妮风格"。《小黄花青草地》、《流光曲》是从她大量的散文作品中精选编成的选集,最能展现其艺术风格和追求及其生活与人生审美观念。林燕妮散文的最大特点是:抒发情感时并不流于一泻无余,毫无节制;对事物的分析,不单态度持平,见解也颇有其独到之处。她的笔触不带尖酸刻薄,不以讽刺人为荣,也没有故作惊人之语。她善于用细腻真诚的笔触剖析时下女性的心态,毫不掩饰地袒露自己的内心世界。写景时万言诉于笔端,铺排渲染,秀色可餐;叙事时态度诚挚,善用白描手法。林燕妮观察力极强,文思敏捷,善于抓住细微特别之处,化成文字,形成精辟的见解,引人深思。如《门》中"懦弱的人不敢敲紧闭的门。无畏的人无论如何也敲它一敲。门是挑战"。《再描人生画》中"人生不外如是,在一去不复返的流光中,我们有苦有乐,但是华彩灿烂的流光,亦照亮了我们的生命"等句子,温软不烈,款款道来,能将读者引入一种豁达开朗、舒适宁静的精神世界。

林燕妮的小说也别有一种风情,她所描写的大都是大都市中成熟美丽而富有的女性,她对都市女性心理把握非常到位,很少有人把大都市中太太阔小姐们的烦恼写得这样真实,这源于她对现实生活的真切描摹。在《缘》、《朝颜》等小说中,许多美女的惆怅都因现代化的"门当户对"标准而导致情感困惑,由此真实地揭示出现代都市男女的生活实景。20 世纪 90 年代所写的长篇小说《九个人一个宝藏》以富有的寡妇江菊薇临终遗言处理财产开始,写出香港社会见利忘义的丑态和闹剧,社会写实和批判的倾向趋于自觉。

张小娴——以随笔言情的"新好女人"

张小娴(1967—　　),女,广东开平人。毕业于香港浸会学院传理系,大学时代在香港无线电视台当编剧,后供职于亚洲电视。1993 年开始在《明报》开设专栏。1994 年因第一部长篇小说《面包树上的女人》受到读者的追捧而走红文坛。张小娴于 1995 年结束 10 年的编剧生涯成为专职作家。1998 年她创办了香港第一本本土女性杂志 AMY,任总编辑。张小娴是继亦舒之后香港乃至华语地区最受欢迎的言情小说作家。主要作品有小说《是谁拿走了那一双雪靴》、《荷包里的单人床》,散文集《禁果之味》、《亲密心事》等。

张小娴的成就主要在散文创作上,其散文随笔数量可观,且自成特色,大都取自日常生活中的凡人琐事,以此表达人生感悟。正如她自己所言:"我写的,都是寻常生活里的感受。"①张小娴的散文话题大多与情爱有关,比如《思念里的流浪狗》、《幸福鱼面颊》和《悬浮在空中的吻》等,向读者真实展现了现代都市女性的爱情呓语和独立宣言。张小娴的散文多用通俗浅白的口语化文字,与朋友聊天谈心式的倾诉话语,从日常生活和凡人琐事探讨男女两性的思维差异和人性冲突,《替女人擦香水的方法》、《你是我的凳》等散文显示了女性渴望被呵护关爱的心理,而《想去深处,又怕太深》、《男人为什么害怕承诺》等散文则分析了男人害怕责任又想享受爱情的心态。张小娴的散文渗透着女性的主体意识,总体上表达出对现代女性独立价值的肯定和倡导。

张小娴的散文风格单刀直入,简洁明快,情理兼具,具都市情感杂文的典型特点。

第五节　卫斯理

卫斯理——香港科幻小说第一人

卫斯理(1935—　　),浙江定海(今舟山市)人,生于上海,原名倪聪。曾就读于华东人民革命大学,1957 年到香港,开始写作生涯。他初以倪匡为笔名,为《真报》、《新报》、《明报》写武侠小说,一举成名。作品有《紫青双剑录》、《五虎屠龙》、《云海争夺记》、《浪子高达传奇》、《女黑侠木兰花》等。1963 年始,以"卫斯理"为笔名,转向创作科幻小说,有《老猫》、《蓝血人》、《地图》、《天外金球》、《仙境》、《访客》、《不死药》、《连锁》、《神仙》等,形成"卫斯理科幻小说系列",在港、台、东南亚等地大受欢迎。他也是金庸小说的研

---

① 　张小娴:《禁果之味·自序》,北京:知识出版社 2000 年版。

究家。正如他自印的名片上所写："专写科学神怪社会伦理文艺爱情科学幻想武侠奇情侦探推理小说散文杂文各种论文电影剧本"，卫斯理是个多面手，写作速度也相当快，作品数量相当多，光剧本就已写了400多部，"其中拍成电影的有300多部，大概可以列入世界纪录大全了"①。迄今为止，在科幻小说领域，华人作家中尚无人能出其右。

由于倪匡早期写过武侠小说和侦探小说，因此他的科幻小说明显地掺杂了武侠的成分。《钻石花》是其第一部科幻小说，小说留有浓厚的武侠小说色调。作品主要围绕价值三亿美元的秘密宝藏，展开武术界掌门与黑社会人物的争夺，其实科幻成分很少，是一部过渡性作品，以后的作品则科幻性越来越浓。

他的作品大致可以分为两种：一种以卫斯理、白素为主角，着重对人性的描写；另一种以原振侠、黄娟为主角，较具幽秘气氛。对科幻小说，卫斯理有自己独特的见解："科学是科学，有科学的观点，科学幻想是科学幻想，有科学幻想的观点。"他还说："写科幻小说，科学知识倒不能太丰富，即使写了也一定不好看……，毕竟任何小说本身必须是小说才行，就是要有吸引人的情节，如果长篇大论大谈科学理论，那不就变成科学文献了嘛。"②从这里可以看出卫斯理是不主张在科幻小说里注入太多科学理论内容的。

他的小说情节曲折诡异，悬念迭起，具有非凡的想象力。大胆的想象、奇特的幻想，是卫斯理科幻小说的显著特色。他常借一个故事对自然界或人类社会中未被认识的"谜"一样的事物作大胆的猜测和解释，非凡的想象力、广博的学识和跃动的思维在这些猜测和解释中得到较好的体现。《聚宝盆》中写传说明代沈万三家有一聚宝盆，以物投之，随手而满，是以富可敌国。究其原因，原来那是外星人留下的一台结构精密的金属复制机所致。又如《心变》对人类何以信神、何以有宗教进行了大胆的探索。外星人来到地球，一个恶灵也偷偷地随之而来，给地球带来了巨大灾难。外星人因其太空船失去能量而没法回去，沉睡不醒成了神。为了要与恶灵作斗争，人类必须要以虔诚之心来唤醒睡神，于是就有了宗教。这种探索自有其合理性，同时不乏作者丰富的想象。

真正的科幻小说应该是科学性、幻想性与文学性的结合，而文学性除了情节的曲折生动、人物个性的鲜明以外，还应适当考虑人性的问题。卫斯理的科幻小说较好地做到了这一点。他常常借描写外星人对人性进行自省和

---

① 杜南发：《风过群山——杜南发与当代名家对话录》，台北：远景出版事业公司1982年版。
② 转引自黄南翔、冯湘湘：《港台作家小记》，北京：中国友谊出版公司1988年版。

批判,并对人类未来的命运进行思索。《丛林之神》写了一个能预测未来的人,按理他应快乐异常,实际上他却苦闷无比;《贝壳》告诉我们,一个富豪不如一枚贝壳快乐,因为他虽然有钱却没有自我,而失去了自我的人生是一场空;《不死药》又告诉我们,得不到的东西才觉珍贵,而得到了却又不觉得真正幸福满意,人生就是如此。

在卫斯理的科幻小说系列中,比较有代表性的是《无名发》和《老猫》。《无名发》写的是外星人的罪犯被放逐到地球成为人类祖先的故事。卫斯理的"天外来客说",虽然不新鲜,但把世界重要宗教创始人或思想家描写为负有伟大使命的外星人,他们分别是 A(穆罕默德)、B(释迦牟尼)、C(耶稣)、D(老子),这无疑是小说家想象力丰富的一大表现;再者,他对头发功能的解释也别出心裁,他认为头发"原来是思想电波束的通路",但在人被发配到地球之后,这一功能便消失了,于是人变得"虚伪、欺诈、贪婪、妒忌、凶狠、残酷、自私、横蛮"。在外星人看来,人是"具有极度危险性的可怕生物",有时,甚至"为了贪念……使另一个个体死亡,甚至使几千万万个同类个体遭受极大的苦痛。可以用卑污的手段,抢夺其他个体的所有,可以用残酷的方法,使其他个体蒙受害处,而令自己得到好处"(《标本》)。虽然如此,作品中当卫斯理的灵魂到了好似天堂的外星后,B 问他:"你还想回去么?"他回答:"我一定要回去! 你们不明白,我是地球上的人! 在地球出生,在地球长大,和地球有千丝万缕的关系!"一方面表达了人对所居地的归属感,另一方面也说明,地球虽非至善之境,却仍然是人类生命之所依。通过法律、宗教、教育等手段,人肯定能发扬善的一面,抑制恶的一面,这样,人类就会进步。这里流露出作者对人类未来命运的探索和思考。

卫斯理的作品可读性、趣味性很强,有些作品也有一定的深度,但由于他的高速高产,据说最多的时候共有 12 家报纸连载发表他同时写的 12 部小说,因此作品时有漏洞,且文字也欠修饰,虽有才华,却少有高质量的作品。

第六节　南宫博　董千里

南宫博——历史艳情小说的代表

南宫博(1924—1983),浙江余姚人,原名马彬。抗战期间投入新闻界,1949 年任上海《和平日报》总编辑,是年底移居香港,卖文为生。后主要从事历史小说创作,是香港较早成名的历史小说家。他的历史小说主要有《赵飞燕》、《孔雀东南飞》、《江山美人》、《武则天》、《李香君》、《梁山伯与祝英台》、《大汉春秋》、《杨贵妃》、《西施》、《李后主》、《月婵娟》等。

由于南宫博长期在报社、出版社工作,有较厚实的旧学功底,同时又接受了西学的熏陶,善于编排情节,并注意人物的心理刻画,可以说他是中国以西方现代手法写历史小说较早的一个。他的历史小说从古典文学题材中汲取灵感,虽然常常是历史风云中的细枝末节,并大多是人们耳熟能详的故事,如《风波亭》、《桃花扇》、《李香君》、《武则天》、《韩信》、《李后主》、《十年一觉扬州梦》等,但在南宫博的笔下,这些吉光片羽的历史片断,却能老调新弹,弹出个人对历史的理解和看法。

南宫博认为:"中国历史,就从文献最少的夏代起至每一个朝代,大抵都有些特出的女人。'特出'指其本身的姿色美丽以及和政治的关联;任何一个朝代的美丽女人,倘若没有强烈的政治陪衬,便不会享大名,流传后代……那些历史上著名美人,大致是少有'福寿全归'的……几乎脱不了悲终"(《杨贵妃》序言)。因此,他往往选择那些很艳情的故事,以历史上著名的美人作小说的主人公,把一个个爱情故事写得旖旎动人。南宫博在描述这些故事时,尤其注重人物性格和爱情心理的分析。《绝代佳人》中,李夫人入宫前与霍光相恋,但其兄李延年为取宠将妹妹献给了汉武帝,毁了她的终生幸福。虽然武帝对她宠爱有加,但总郁郁寡欢,后染上了肺病。为了报复汉武帝,李夫人在垂危之际,在武帝的寿诞庆典上,浓妆艳抹,疾跳新舞当场衰竭而死。小说着重刻画了"绝代佳人"的不幸、抑郁和刚烈,也写出了汉武帝的好色痴情以及李延年的厚颜无耻。《杨贵妃》中的杨玉环活泼乐观,聪颖漂亮,面对如此出色的美人,本也是恪守礼教的李隆基无法战胜内心的激情与欲望,两人终于走到了一起。《赵飞燕》描写了一个平民女向上爬的故事,作者着重刻画了赵飞燕的工于心计和主动勾引的性格,极强的占有欲与极怕失宠的不平衡心理。《妲己》塑造了一个野性十足、深得纣王宠爱又深受后宫排斥的女人……作者给予这些女主人公以极大的同情,写了她们情与欲的分离,写了她们的劣势地位,写了她们与政治密不可分的关系以及由此带来的悲剧命运。

总的来说,南宫博十分重视对于古代爱情故事的现代改编,通过传统的故事表达民主启蒙和个性解放的现代意识,如《洛神》、《孔雀东南飞》、《梁山伯与祝英台》等,在创作方法上或写实、或浪漫、或心理分析,不拘一格。

董千里——项庄舞"剑",意在历史

董千里(1923—),浙江人,原名董炎,笔名项庄。毕业于中国新闻专科学院研究班,先后任上海《申报》记者、编辑。1950 年赴香港,长期写作专栏,小说创作以历史小说为主。主要作品有《寂寞红》、《铜雀台之恋》、《成吉思汗》、《董小宛》、《马可·波罗》、《玉缕金带枕》等。

董千里强调，历史小说贵乎想象，不必拘泥于史实。这种创作主张为他提供了纵横驰骋的广阔天地，敢于大胆地虚构。在塑造人物形象时，注重刻画复杂的人性。《成吉思汗》是其较有代表性的作品。成吉思汗是蒙古的开国之君，也是中华民族历史上的一位盖世英雄。他率领的蒙古铁骑不仅统一了大漠北方的所有部落，而且南征西夏、金国，西征大食、印度，建立了横跨欧亚两洲的蒙古大帝国。无疑，成吉思汗的辉煌业绩带有十分残酷的侵略性，它对中国北方以及西域诸国的物质生产和精神文明的摧残也是令人发指的。至于杀人如麻、草菅人命，实行血腥的民族压迫，也达到了登峰造极的程度。但尽管如此，成吉思汗仍然是人类史上一个罕见的大英雄。作者以冷峻的眼光，站在新的历史高度，审视成吉思汗的一生，对他的功与过、善与恶、美与丑、得与失都进行了总体的科学评价：虽然成吉思汗嗜杀掠夺成性，但他善于用人、胸有谋略、坚忍不拔、指挥若定，有过人的领袖才能，同时又尊重父母、爱护兄弟、疼爱妻儿，是一个血肉丰满的历史人物。

《柔福帝姬》写了宋末靖康皇帝的女儿瑗瑗和文武双全的高世荣之间的一段浪漫而又曲折的爱情故事，同时以梁山泊寨主俞凤娘为代表的各地义军英勇抗击金人入侵的故事，抨击偏安一隅、苟且偷生的南宋王朝。小说着重塑造了三个主要人物：美丽多情、有平民风度的瑗瑗，文武兼备、有胆有识、爱情专一的高世荣，漂亮义气、胆艺俱全的梁山泊寨主俞凤娘。

《马可·波罗》再现了旅行家马可·波罗的形象，他阅历丰富、坚强勇敢，不管路途风浪有多么险恶，他都能战胜。他喜欢游览，热爱猎奇探险，碰到土人的袭击，他总能机智地加以化解。虽然他为统治者效劳，但他内心善良，同情人民疾苦，有侠义气概。尽管他对中国很有感情，但他更爱他的故乡，最后回到了威尼斯。这是一位充满浪漫传奇色彩的人物。作品可读性强，但是情节太过曲折离奇，编造痕迹较为明显。

董千里的历史小说，不是简单地演绎历史事件，而是把人世间的各种"情"注入作品中，以情动人，使他的作品缩短了历史的距离感，容易与读者产生思想感情的共鸣，从而具有较强的艺术吸引力。例如，作者写了铁木真与孛儿帖、瑗瑗与高世荣、马可·波罗与雪芝拉等的爱情；写了马可·波罗与麻和媒、瑗瑗与俞凤娘的友情；写了成吉思汗与月伦兀真、拖雷等的亲情，这些感情描写中尤以爱情描写最为生动。董千里常常在小说中表现宫闱之内的矛盾冲突，帝王、宫女、嫔妃的命运遭际。以宫廷秘史、传奇故事穿插其间，爱恨情仇缠绕其中，使作品弥漫着浓郁的浪漫色彩。《玉缕金带枕》脱胎于洛神的传说，刻画的是一个女人荒谬而苦难的一生。女主人公一辈子周旋在曹氏父子三人不同的情感与人生中。最后,曾经宠爱她的那个已死,痴爱她的那个被放逐,而名义上的那个丈夫却赐她死,情节曲折生动,哀怨动人。

论文作业参考题

1. 浅谈香港通俗文学的流变及其原因。

2. 简述梁羽生武侠小说创作的特点。

3. 简述金庸武侠小说在文学史上的地位。

4. "四大名捕系列"的主要成就是什么?

5. 浅谈亦舒小说中的女性意识。

6. 浅谈李碧华言情小说的诡异性。

7. 简述梁凤仪财经言情小说中的女性形象。

8. 简述林燕妮言情散文及小说的特色。

9. 简述张小娴散文中的爱情观。

10. 卫斯理科幻小说的价值何在?

11. 南宫博历史小说的主要特点是什么?

12. 董千里是如何塑造成吉思汗这一历史人物的?

第十八章　香港专栏作家的创作

第一节　概　　述

专栏不是香港的独创,自从一百多年前李普曼的时事专栏为专栏这种报刊文体开拓道路之后,至今,全世界的报刊上,都少不了专栏。但论起每日报刊上专栏的数目和专栏作家的人数来,香港可谓是一枝独秀。虽说这些专栏的质量良莠不齐,但它广受香港读者欢迎,则无可否认。

不像内地和台湾,香港缺少专门发表文学作品的园地。虽然报刊总数有数百种之多,但其中纯文学刊物不过几种,而且由于经费和其他一些原因,能够维持两年以上已是异数。除了已坚持了 20 多年的《香港文学》、《香港作家》和《素叶文学》以外,其他如《中国学生周报》、《海洋文艺》、《八方》、《文学》、《香港书评》、《香江文坛》、《文学世纪》、《城市文艺》等都只坚持了数年或数月便告夭折了。

然而香港的报纸却有一个全世界报纸都少见的特点,那就是几乎每家报纸都辟有专栏副刊,专门发表随笔式的短文。阿浓曾说:"我发现各报的散文专栏一般都在 30 个左右,而总数约 500 个,以一年 360 日计算,全年在报章发表的散文篇数,高达 18 万篇。"①如果把所有娱乐、股经、体育以及各种专业专栏计算在内,远不止这个数字。

其中部分专栏每过一段时间,就会在出版社集结成书。不少作家的散文集实际上就是这种专栏的结集。甚至可以说,20 世纪 60—70 年代成长起来的重要作家,无一不是写作专栏出身。专栏作家因此而成为香港的一种特殊的文化现象。1991 年香港岭南大学中文文学研究中心甚至举办研讨会,专门讨论香港的副刊专栏②。香港《博益》丛刊亦曾出过讨论专栏的

---

① 阿浓:《香港散文的香港特色》,见卢玮銮编:《不老的缪思》,香港:天地图书公司 1993 年版。

② 这次研讨会的论文后来结集由香港三联书店出版,主编为梁秉钧,出版日期为 1993 年,书名是《香港的流行文化》。

专辑。虽然一般来说,人们把报纸专栏写作看成一种俗文化,但在香港这种特殊的写作环境,却不尽然。一些文学色彩极浓的小说、散文甚至诗,都是专栏产品。这也造就了香港散文的独特风格,那就是它的轻灵和随意。正如蔡澜所说:"一向,我都觉得自己是天方夜谭中的宫女,一千零一夜,不被皇帝砍头,已经心满意足,他妈的什么使命感。"①香港的这种专栏写作环境,是香港作家的不幸,也是香港作家的大幸。它使得香港优秀的散文得以摆脱两岸散文有意无意之间透露的那种沉重感,也在有意无意之间,得了袁宏道所主张的那种"独抒性灵,不拘格套"的小品散文真传。

香港专栏的繁荣可追溯到 20 世纪 50 年代。一批南来作家使得本地文学出现一个小阳春。为报纸写专栏成了他们文学归队和为稻粱谋的重要手段。于是出现了叶灵凤、曹聚仁、刘以鬯、梁羽生、金庸、黄蒙田、三苏(高雄)、陈贞葆、易君左、丝韦(罗孚、吴令媚)、石人、司马长风等这样一大批专栏作家。内容从讽世刺时到消闲野趣,多种多样。到了六七十年代,除了上述作家之外,又出现了一大批引人瞩目的专栏作者,他们中间不少人成为香港文坛重要作家,如戴天、梁锡华、小思、刘绍铭、西西、董桥、陆离、也斯、蔡澜、张君默、亦舒、林燕妮、郑辛雄(海辛)、李碧华、岑逸飞、李国威等,八九十年代,又有一批生力军加入专栏作家队伍,较为重要的有:张文达、黄子程、陶杰、伊凡、陶然、方娥真、夏婕、钟伟民、舒非、张小娴等。

香港的专栏五花八门,若以题材划分,就包括政论、小说、小品散文、书评、影评、专业短评(财经、法律、医药、时装、体育、教育)等,自然,专栏的作者也三教九流,可以说,在香港只要能拿起笔来写出句子的,都有成为专栏作者的可能。这里,所谈论的主要是专栏小说和散文。以下重点介绍的作家,皆为主要在专栏上发表作品、且以专栏在读者中产生一定影响的作家。

第二节　曹聚仁　三苏

曹聚仁——读万卷书,行万里路

叶灵凤在评论曹聚仁的书《万里行记》时说:"曹聚仁可真是一位读万卷书,行万里路的作家了。"②事实上,还可以加上一句,他著作等身。曹聚仁一生出版的文字达 4000 万,成书 77 部。当他 1950 年移居香港时,已经出版了 25 本书,其他 50 余部,是在香港出版的,正如柳苏所言:"人们熟知的上海作家曹聚仁,实际上可以说是香港作家。他一生的著作有五分之四是

---

① 蔡澜:《不过尔尔》,香港:天地图书公司 1988 年版。
② 叶灵凤:《读书随笔》(二集),北京:生活・读书・新知三联书店 1995 年版。

在香港完成的。"①而这五分之四的作品中,至少有一半是以专栏的形式发表的。谈起香港专栏作家,实在不可以不提曹聚仁。

曹聚仁(1900—1972),笔名袁大郎、陈思、彭观清、丁舟等,浙江浦江人。1923年起,历任上海艺专、暨南大学、复旦大学等校教授,1937年投笔从戎,成为著名的战地记者。1937年至1943年,他在赣州主持《正气日报》,1950年移居香港后专事写作,先后在《星岛日报》《南洋商报》《循环日报》《正午报》《晶报》等报刊撰写专栏。

曹聚仁算得上一个全才,他不仅写作杂文、小说、书评、评传、游记、报告文学、回忆录、文学史,还是一位国学家、文学评论家和红学家。他在21岁时听章太炎讲国学,将笔记整理成《国学概论》出版,得到章太炎的赏识,因此成为章太炎的私淑弟子,连陈独秀也尊他为国学家。这样一位作家所写的专栏,内容自然也就多种多样。

50年代,他以《南洋商报》记者身份北行,到北京等地采访,会见过毛泽东、周恩来,到鸭绿江边欢迎过志愿军返国,这些见闻,他都以专栏形式在《南洋商报》发表,后来结集成《北行小语》《北行二语》《北行三语》,在香港三育图书公司出版。周恩来曾评价这些文章道:"他爱国,宣传祖国的新气象。"曹聚仁可说是最早报道新中国情况的境外记者,他站在中间派的立场,对50年代中国大陆的现实作了客观的采写,在当时那些对中国不是一味谩骂、就是盲目喝彩的媒体报道中,是一种独特的声音,自然发生了广泛的影响。

50年代末60年代初,他在《晶报》主持专栏"听涛室随笔",每日见报,谈的却是国学。后来以《中国学术思想史随笔》的书名,由北京三联书店结集出版,可见这个专栏的水准。柳苏曾评价这些随笔道:"他在讲国学,用的是新观点,他的文字也是清新的,雅俗共赏的。能把艰难的旧学讲得通俗易懂,不枯燥,吸引人。"②

60年代以前,曹聚仁的专栏内容主要是政论、时事、历史,60年代以后,他的专栏内容,就主要是学术、书话和人生感慨了。有些散见于他的《秦淮感旧录》《万里行记》《浮过了生命海》等文集,有些则已失散。

曹聚仁1972年病逝于澳门,据他的亲属回忆,直到去世的前几天,他还在写稿。他一生留下的最后一张照片,就是在澳门镜湖医院病床上手持垫板写稿的形象。这个形象,实在可以说是香港专栏作者的写照。

---

① 丝韦:《曹聚仁在香港的日子》,见《香港文丛·丝韦卷》,香港:三联书店1992年版。
② 同上。

三苏——嬉笑怒骂皆成文章

谈到 20 世纪 50—70 年代的香港专栏,有一个名字是不可忽略的,这就是以"小生姓高"、"经纪拉"、"三苏"等笔名闻名于世的高雄。"三苏"这个笔名他用得最多,影响也最大,因而很多人未必知道高雄,但却知道三苏。

三苏(1918—1981)在他的小说《香港二十年目睹之怪现象》的作者简介中,是这样介绍自己的:"高雄,1918 年生,原籍浙江绍兴,广州出生,曾读小中大学皆未毕业,历任小中大报编辑,现以卖文为生。"[①]其实高雄也不是三苏的原名,他的原名叫高德熊。

三苏 1944 年来港,第二年就进了《新生晚报》,先编副刊,后作总编辑。这时亦开始在副刊写专栏,写千字一篇的艳情小说,栏名叫"日日香"、"晚晚新",用的是"小生姓高"的笔名。但产生较大影响的却不是这两个专栏,而是他与此同时写的另一个专栏"怪论连篇",他在那个专栏上用的笔名就是三苏。由于"怪论连篇",三苏 50—60 年代在香港的名气,不下于同时在报纸上写武侠专栏的金庸,究其原因,大致有三:一是紧贴时事的内容,二是正话反说、幽默轻快的风格,三是其首创的"三及第"文字。

三苏怪论论及的都是香港每日发生的大小事件,不仅与政局时事有关,而且与民生俗务有关。不妨看看这些怪论的题目:《复活蛋、皮蛋、与咸蛋合论》、《有奶便是良论》、《由儿童不宜观看到成人不宜观看论》、《香港的艺术地位因窃匪而提高论》、《香港应举行伪术节论》、《消费者委员会得个嘈字论》、《老衬不死老千不止论》、《立法局玩问答游戏示范》、《行政局应请杀人王作议员论》[②]等,说的都是人们关心的话题,题目就一针见血,点出事件可笑可叹、可鄙可骂、可圈可点的要害处。

作者并不做金刚怒目式骂人状,而是笑口笑面,正话反说,明明批评市政局议员发言空话废话连篇、不得要领,却劝人把它当作朗诵节目欣赏;明明叹息香港世风日下、还要通过什么"废妾法",却从颂扬养情妇之好处入手,而且文字生动亲切,人们把它称为"三及第"文字,意思是此种文字兼顾了广东话、文言和白话文的长处,在香港这个说广东话、写白话文、把文言文奉为民族文化精华的地方,自然大受欢迎。但这也是三苏怪论难以流传的重要原因。像以下形容拜年情况的一段话:

"不但此也,你还须马上收拾地方,把全盒糖果瓜子重新整编装备,以便第二次大兵来犯,免得失礼。有时不幸大门打开,同时几个老友登门,塞到

---

① 三苏:《香港二十年目睹之怪现象》,香港:文艺书屋 1972 年版。
② 三苏:《三苏怪谈论》,香港:作家书屋 1975 年版。

成屋都系人,好比开鸡尾酒会一样,茶杯水杯不够,坐椅甚或不够……顿使你觉家中纷乱,一如世界局势,越南之战火未熄,中东之炮声又起,不知如何应付,其不头晕者几稀。"①

香港人看得哈哈笑,拿到非广东方言区,其中精妙之处不免少了几分。像下面这一段,则令听不懂广东话者时感不知所云了:

"然而现在的股票,其落地生根之情况已达到泰山一样咁稳,并非价钱稳,而系那几张纸本身的稳,郁都唔郁得之稳。较之半山区的大厦固然更稳,其至较港币更稳,因为港币可以流通,而股票虽然亦可以流通,但好多人都揽实渠唔郁也。"②

然而说广东话的香港人却为这种说身边事的敏锐机智、论说风格的活泼风趣和语言的亲切有味迷倒了,所以有学者论到三苏专栏时说:"若要举出最能代表香港 60 年代的作品,就其内容有一定的广度,笔法有一定的特点,言之也未尝无物,广受读者欢迎,甚且雅俗共赏的,客观上不能不推高雄与金庸的作品。"③

第三节　石人　罗孚　蔡澜

石人——石不能言最可人

20 世纪 50 年代至 80 年代,石人是香港报界无人不知的报坛奇才。他不仅先后出任过香港 12 家报纸的总编辑,同时亦是多家报刊的专栏作者,最多的时候,他曾每天写作十多个专栏。这些专栏以不同的笔名不同的形式(小说、散文、历史故事、政评、命相小品、掌故、测字等等)每天在不同类型的报刊发表。他用过的笔名多得连他自己也记不得了,但用得最多的一个是石人,1983 年他接受记者访问时曾解释这个笔名说:"陆游有一句话,'石不能言最可人',这句诗很有意思,我常常以此警惕自己。"④

石人(1926—　),原名梁小中。在由香港博益出版公司 1984 年出版的《石人集》中,他是这样介绍自己的:"曾受大学教育,有文凭,但进入社会之后,从未有过要'出示文凭'的机会,终至连文凭亦不知失落何处……大半生是一个'纯报人',作过翻译、记者、编辑、主任、经理、总编辑,也办过报纸,开过印刷厂,自封社长、'董事总经理',以至于一无所有。目前专事写作,在各

---

① 　三苏:《三苏怪谈论》,香港:作家书屋 1975 年版。
② 　同上。
③ 　黄继持:《从香港文学概况谈五六十年代的短篇小说》,见《寄生草》,香港:三联书店 1993 年版。
④ 　黄南翔:《访报坛奇才梁小中》,《当代文艺》1983 年 4 月号。

大报章写专栏……学历履历之外,尚有'游历',所曾到过的地方,遍于大半个中国,兼及'一些外国',著有《偶然集》,而交由博益出版的著作,有《广东话趣谭》、《广东话再谭》和散文集《男女方程式》等。"①

在这份简历上,已经抹去了不少传奇色彩,事实上,其中的许多词语背后,都是一篇饱含沧桑的人生故事,比如"作过翻译、记者":石人18岁投笔从戎,参加抗日特种部队,19岁在桂林投入报界做翻译、记者,只作了7个月,就提升为总编辑。他在《吃粥闲谈》中,谈到这段当小记者的生活时说:

> 抗战时期,我任职于一个机关当小职员,由于困处敌后,公粮不继,于是司令下令一日三餐开粥,早粥午粥晚粥,端的是'无一而不粥',一口气吃了94天,'嘴里淡出鸟来'。②

在"目前专事写作"的背后,则是他在十余年间以专栏写作养活一家9口6个孩子个个都在国外完成教育,成为学士、硕士和博士的酸甜苦辣,这可以说是个奇迹,而石人也成为香港专栏作家中少数长期以写稿维持生活的异人。这些生活,自是他专栏写作的材料,他在《六子之父》中有一段文字写到:"这个爸爸,常常听他叹穷,可就不知是怎么搞的? 他们自然也不知道,当他们酣睡的时候,爸爸却伏在妈妈衣车上写稿写到他们上学。"③

石人专栏能在短短的篇幅中包含很大的容量,比如下面的这段文字:"眼镜配好之日,大概是假期,舍不得花几毛钱坐巴士去拿(因为几毛钱便可给孩子每人买一条牛奶雪条),于是自己手上抱着一个孩子,妻子背上也背一个,一路走到两里多的市区去,巴士的车费,就变成了孩子手中的雪条。这幕情景,尚犹历历在目,却想不到人已到了看东西要脱眼镜的时候。"④在怀旧的柔情之中,是对中年心事的感叹。

因此有人评说他"饱览辞章,博闻强记……表现在他文章里的,没有媚俗的势利和尖刻,有的是饱含世情的浑热以及对夫妇父子朋友感情的珍重,其文其人,给人一种平易温柔的感觉,使人乐于细听他的每一句话"。这个评价毫不夸张。

---

① 石人:《石人集》,香港:博益出版公司1984年版。
② 同上。
③ 同上。
④ 同上。

罗孚——香港文学评介的权威

很奇怪地,差不多所有的香港文学研究者,在他们的参考书目中,都少不了罗孚的几本书,但是,有关他本人的评价,却很少在文学史和文学评论中见到。而事实上,罗孚正是那种典型的香港专栏作家,和石人一样,他20岁在桂林投身报界,半个多世纪来,一直以报纸编者和作者的身份活跃于香港新闻界和文学界。香港许多重要作家,都和他有密切的关系。有些还是在他的直接影响下出道,比如武侠小说大家金庸、梁羽生。

罗孚(1921—　　),广西桂林人,原名罗承勋,笔名丝韦、柳苏、吴令媚等。20岁在桂林加入《大公报》,1948年到香港,参加香港《大公报》的复刊,20世纪50年代至80年代任香港《新晚报》总编辑。60年代上半期,还兼编过香港《文汇报》"文艺"副刊。

罗孚从40年代便开始在重庆报刊上写专栏,到香港后,在《大公报》副刊继续他在重庆时代的专栏"无花的蔷薇",90年代起,在香港《东方日报》、《星岛日报》、《联合日报》写作专栏,1999年移居美国后仍写作不辍,一直到2000年才因病辍笔。这些专栏文字,加上他在内地《读书》、香港《博益》月刊发表的一些文章,后来收集在《太平人语》、《风雷集》、《西窗小品》、《香港,香港……》、《香港文坛剪影》等书中出版。

罗孚的专栏内容主要有两个方面:政治和文学。他的政治随感辛辣锐利,往往一针见血,聂绀弩对这类杂感有"每三句话赅天下"[①]的评说;文学短评则生动晓畅,情趣盎然,加上他对香港文学持有大量的第一手资料,使他成为评介香港文学最有影响的权威。例如他对叶灵凤、曹聚仁、徐訏的回忆文字,不仅是文学史上不可多得的资料,而且本身就是一篇篇文情并茂的散文佳作。

蔡澜——吃喝玩乐的独特风景线

香港小品散文的一个突出特点是浓郁的生活情趣,蔡澜可说是这类作家中的出类拔萃者。他写吃喝玩乐的小品,汪洋恣肆,风情百种,他在许多报刊上所开的谈吃谈喝专栏,广受读者欢迎,成为香港报刊媒体一道独特的风景线。它们是如此的深入人心,以至于蔡澜本人也具有了广告效应,成为香港各食店最受欢迎的人物。

蔡澜可算战后生长的一代,他出生在20世纪40年代,受教育于新加坡,之后到香港发展,从70年代开始在香港各报刊写作专栏。自从1986年

---

① 　丝韦:《感慨万千》,见《香港文丛·丝韦卷》,香港:三联书店1993年版。

香港天地图书出版公司出版了他第一本小品集《蔡澜的缘》起,至今,他已在这家出版社陆续出版了 20 多本小品集。

蔡澜的吃喝玩乐专栏广受欢迎,不仅因为它的内容是大众喜闻乐见的,还因为它的语言文字确有其独到之处。例如他那篇谈威士忌酒的文章,是这样开头的:"肥彭有两只狗,家里的叫威士忌,失踪的叫梳打,可见他也是个爱喝威士忌的人,令我想起写一篇关于威士忌的东西"。机智地从港督彭定康爱犬走失的社会新闻写起,一开头就制造一种谈天说地的轻松气氛。然后笔端轻轻一转落到主题上。机智和轻巧是贯穿全文的风格基调。当我们读到如下的结尾时,发出会心微笑便是油然的:"世界上的威士忌,至少有几万种,但没有两种是相同的,所以威士忌像女人,可以不断地发掘,一生也追求不到那么多。可怜的是,天下有九十九巴仙①的人喝不出它的分别。"②

显然,作者是在刻意追求、也确实形成了一种可以称之为风格的东西。而值得注意的是,蔡澜大多数的专栏文字,都保持了这样一种较为均衡的水准。在"壹乐也"专栏中,就有不少这样值得一读的文章,如《雪茄的奴隶》、《致命的香水》、《辣》等。内容玩世不恭,态度却一丝不苟;文字老辣幽默,风格却机智轻快,这是蔡澜专栏在各个层次的读者中都能大行其道的原因。

论文作业参考题

1. 谈谈你对香港专栏小品的总体印象。

2. 试述香港专栏的生存环境。

3. 试述曹聚仁、三苏、石人专栏的特点,并举例说明。

4. 为什么说罗孚对香港文学有重大贡献?试举他的作品说明。

5. 三苏和蔡澜这样的作家在内地会像在香港那样广受读者欢迎吗?试分析原因。

---

① "巴仙"是百分比的意思(音译),港人习用。——编者注

② 蔡澜:《威士忌吾爱》,《壹周刊》1992 年 11 月 27 日。

第十九章　香港新生代作家的创作

第一节　概　述

　　新生代作家是香港文学的生力军,虽无明确的定义,大体可按时间划分,即 20 世纪 60 年代以后出生,自 90 年代起在文坛崭露头角的一批作家。

　　在这批新生代作家中,精于探索、笔耕不辍、堪称翘楚的,首推董启章和黄碧云。他们的创作绝少自我重复,善于开拓新题材、新叙事手法。近十年引起关注的香港新生代作家的作品,可参看自 2000 年以来"香港中文文学双年奖"榜上有名的"小说组"新锐,如王良和的《鱼咒》、王贻兴的《无城有爱》、潘国灵的《病忘书》、谢晓虹的《好黑》、韩丽珠的《宁静的兽》、陈汗的《滴水观音》、陈德锦的《盛开的桃金娘》、可洛的《绘逃师》、唐睿的 *Footnotes*、叶爱莲的《腹稿》等。

　　新生代作家不再局限于"九七"题材①,也不局限于打造香港百年史②,他们在跨国游历的经验比照下,书写"虚构城市寓言",并穿插叙述家族史与地方志、个人与城市的历史。他们善于运用网络数码等高科技手段,化用新术语,进行跨媒介叙事的多种尝试。在叙述手法实验方面,多作尝试,要么文体杂糅,要么以混杂的拼贴蒙太奇体以呈现城市的杂乱、多元、跨界,要么采用自曝虚构的后设叙事法,花样翻新,呈现出后现代性。

　　值得注意的是,这些新生代中不少是南来的作家,如戴平、葛亮、廖伟棠等。借助他们在香港求学、生活的经验,作品注入了独特的色彩。

　　葛亮,1978 年生于南京,南京大学本科,香港大学博士,现任教于香港

---

　　① 如前辈作家的作品:心猿的《狂城乱马》、西西的《飞毡》、钟玲玲的《玫瑰念珠》、陈慧的《拾香记》、昆南的《天堂舞哉足下》、刘以鬯的《一九九七》、梁锡华的《头上一片云》、陶然的《天平》、刘绍铭的《九七香港浪游记》等,参见叶辉:《香港十年专号前言》,《今天》文学杂志网络版,http://www.jintian.net/zhuanji/yehui.html。

　　② 如施叔青的《香港三部曲》和《维多利亚俱乐部》,海辛的《妙街两妙族》、《塘西三代名花》、林荫的《九龙城寨烟云》。

某大学。著有《谜鸦》、《相忘江湖的鱼》、《七声》等短篇小说集。曾获 2005 年台湾联合文学小说新人奖短篇首奖、第 31 届香港青年文学奖、华语文学传媒奖"年度最具潜力新人"提名。尤其值得一提的是,其长篇小说《朱雀》获"亚洲周刊 2009 年全球华人十大小说"奖,葛亮为该奖迄今最年轻的获奖人。《朱雀》从一个苏格兰华裔青年的角度去看中国、南京,书写年轻人对历史的态度。

戴平,安徽人,香港大学硕士,曾任记者编辑。长篇小说《微笑标本》获 1996 年香港首届天地长篇小说奖,另有短篇小说集《蛤蟆面具》和短文集《完美主义的伤口》①。她的短篇《一张裸照》,通过一张在濒死边缘拍摄的孕妇裸照,透视出一段微妙的三角恋故事,构思独特,语言锋芒含而不露。

廖伟棠,1975 年生于广东。被香港媒体称作"001 号回归诗人",因其是香港回归后新移民政策的第一个获益者。他高扬"欢迎现实把我刺伤成诗"的旗帜,出版诗集《随著鱼们下沉》、《手风琴里的浪游》、《波希米亚行路谣》、《和幽灵一起的香港漫游》,小说集《十八条小巷的战争游戏》,摄影集《孤独的中国》、《我属猫》、《巴黎无题剧照》,评论集《我们在此撤离,只留下光》、《波希米亚中国》等。初期的诗歌流畅如话,颇有沧桑之感:"有风吹过我手中的笔,吹掉了信纸,那是有像树叶般的潮汐,潮汐般的言语的风。然而落叶层积,吸走言语。只是瞬间,树叶落满了我的四周。只是十年。当年我离开时的落叶,已变成了家宅的根,包围着像四散的砖瓦一样凌乱的心。"近期的诗歌意象缠杂,转向隐晦迷蒙。曾获香港青年文学奖诗组及散文组冠军,香港中文文学奖散文组冠军、诗组及小说组季军,台湾《中国时报》文学奖诗组首奖及马来西亚花踪世界华文小说奖等。

第二节　黄碧云

黄碧云——扬眉女子的漂泊叙述与审丑美学

黄碧云(1961—　),女,生于香港。遍游世界各国,兴趣爱好广泛,从事过很多职业,心灵自小叛逆敏感,亲历过人间的惨剧,见证过战争的暴虐,体验过人世的困苦。她曾于少女时期短暂到台湾求学,1984 年毕业于香港中文大学新闻及传播专业。在六年新闻工作期间,多次踏足越南、泰国、孟加拉、老挝,在泰缅边境等地区采访和旅游。后在巴黎第一大学修读法文及法国文化课,获得过犯罪学硕士学位及律师资格。她学过现代舞,在 TVB 做过编剧,也开过服饰店,曾任议员助理等多项职位。

---

① 见许子东编:《香港短篇小说选(1998—1999)》,香港:三联书店 2001 年版。

　　黄碧云自 20 世纪 80 年代开始步入文坛,并为香港各报章杂志自由撰稿。最早的作品是 1987 年的《扬眉女子》,而后依序是《其后》、《温柔与暴烈》、《她是女子,我也是女子》、《我们如此很好》、《七宗罪》(香港版改名为《七种静默》)、《突然我记起你的脸》等。而自《烈女图》(1999)、《十二女色》、《媚行者》(2000)、《无爱纪》(2001)到新作《血卡门》(2002)及《后殖民志》(2003),作品中其女性自我赋权意识日益自觉。

　　《烈女图》(1999)叙述香港婆、母、女三代女性的奋争史,采用口语化叙述语言。因为众女子自古以来都是"心里明白,然无可言语;她肚子发苦,口中却甜如蜜"。黄碧云让女性各自讲述自身历尽磨难的一生,赋予边缘或受压的女性群体以叙事权威,既叙述个人的苦痛记忆,也集结百年女性的血泪史。"我婆"时代,妻妾宋香和林卿遭逢战乱,日本侵略、国共内战,女性身体饱受饥饿甚至暴力的摧残,毫无尊严可言。"我母"时代,彩凤、金好、带喜、银枝等女工饱尝人生艰辛,萌生出性别意识,权力争夺战悄然上演,同性恋的意绪也潜滋暗长。"你"时代虽然获得了情欲解放的权利,但实际上女性并没有收获到多少自由,反而更加心痂百结。三代女性,关系缠缠绵绵,错综复杂,形成了交响乐似的叙述声音,不经意地触动着女性读者隐忍的记忆。

　　黄碧云的创作风格独特。南方朔说:"黄碧云无论在作品的叙述风格和思想上都与众不同,在颓废中暗寓救赎。"其《温柔与暴烈》1995 年获得香港市政局第三届"中文文学双年奖"小说组奖项,《我们如此很好》1997 年获得第四届"中文文学双年奖"散文组奖项,《烈女图》获选时报开卷十大年度好书,《无爱纪》获得联合报年度读书人奖,作品屡屡入选台湾年度小说选、各大报好书推荐①。

　　强烈的漂泊无依感,浸透于黄碧云的创作中。她一生都"在路上","想象中,黄碧云就是一位散荡的、满世界周游的扬眉女子"②。黄碧云有文《怀乡———一个跳舞女子的尤里滋斯》(1988),"尤里滋斯"即 Ulysses(即尤利西斯),往往与旅程(voyage)有关,源出古希腊荷马史诗《木马屠城记》,是海上十年漂泊的英雄。有学者认为黄碧云善于书写行旅想象③,不失为"一个女子的尤利西斯":"只有在黑暗里才可以感觉空间。我以为世界有多大,总想一直走下去;但原来一个人的脚步只有脚步那么大;无论我走得有多远,我

---

　　① 凌逾:《中国女性主义的自我赋权叙事策略》,《学术研究》2010 年第 4 期。
　　② 艾晓明:《从文本到彼岸·扬眉女子》,广州:广州出版社 1998 年版,第 133—138 页。
　　③ 黄念欣:《一个女子的尤利西斯———黄碧云小说中的行旅想象与精神家园》,《当代作家评论》2006 年第 1 期。

带着的还是我自已的脚步(《沉默。暗哑。微小》)。"其散文集《我们如此很好》①是游走笔记,多以异地作为故事背景,其小说人物行旅频繁,如《其后》与《温柔与暴烈》中,所涉城市包括法国巴黎、荷兰阿姆斯特丹、英国伯明翰、美国纽约、日本别府、孟加拉国达卡、越南西贡及北京、广州、台北等。"在异国的时空中,小说人物可以依照她/他们的方式来生活,用有异于家乡的方式去接触生、老、病、死。黄碧云笔下的人物借住在异国的陌生空间中,她/他们都十分刻意地去寻取一种不平衡的生活。"(郭恩慈:《〈其后〉的刻意人物》)

黄碧云的小说不乏血腥、疯狂、暴力或死亡的场面,专攻奇峭之路,具有审丑的力度和深刻度。她像法国的波德莱尔,喜欢书写城市的"恶之花"。黄碧云的想象常深深笼罩在死亡的阴影、暴力的张狂肆虐,以及生命的脆弱意识之下。论者以为"异象与疯狂"是她小说的底色,多写"畸情错爱,谋杀乱伦"(王德威),或认为,阅读黄碧云的小说是"梦魇般的体现"(刘绍铭)。更有评论专论黄碧云的审丑美学,分析其作品中丑恶与死亡的无奈。

第三节　董启章　陶杰

董启章——新生代作家翘楚

董启章(1967—　),生于香港。获香港大学比较文学系硕士学位,自1992年起,开始文学创作。1995开始出版单行本著作。至2010年,已出版小说、散文、访谈集、评论集等著作21部。小说有《对角艺术》、《体育时期》、《衣鱼简史》、《练习簿》、《贝贝的文字冒险》、*The Catalog*、《V城繁胜录》、《地图集》、《双身》、《安卓珍尼》、《名字的玫瑰》、《小冬校园》。另有游记《东京·丰饶之海·奥多摩》、评论集《同代人》、访谈集《讲话文章》等。1994年获联合文学小说新人奖;1995年获联合报文学奖长篇小说特别奖;1997年获香港艺术发展局文学奖新秀奖等。

董启章的每部作品都实验一个前卫话题,锐意探索,如《双身》探讨性别角色转换;《安卓珍妮》涉及雌雄同体,思考性别身份建构问题;《地图集》从地图角度书写香港百年史,该小说对后现代香港空间叙事的突破,体现在四个方面:后现代地理志的空间意象、后现代建筑空间的拓扑结构、空间考古学的时间零叙述与历史故事、空间权力学的第三空间与异托邦空间②。董启章不仅在创作内容上越来越深入地开掘人性复杂性,化入哲理的思考;而

---

①　黄碧云:《我们如此很好》,香港:青文书屋1996年版。
②　凌逾:《后现代的香港空间叙事》,《文学评论》2009年第6期。

且在叙述形式方面频出新招,超前于叙述潮流。这种锐意创新的创作实践,跟刘以鬯、西西的实验精神一脉相承。

总的说来,董启章小说创作经历了四个发展阶段:从早期的校园小说,到关注性别意识的小说,到建构香港空间史、对象史、人物史的小说,再到探寻确立自我、建构未来史的小说。

跨入 21 世纪后,董启章着力创作百万字的"自然史三部曲"。《天工开物·栩栩如真》(2005)为第一部,长达 30 万字,共 12 部 24 章,为二声部小说,探讨或然、实然、应然之间错综复杂的关系,着力于立体多面地再现"所有可能的想象"。第二部为三声部小说《时间繁史·哑瓷之光》(2007),分上、下两册,长达 60 万字。第三部为四声部小说《物种源始·贝贝重生》,2010 年出版上编《学习年代》①。"自然史三部曲"着力探究叙事内容新意的可能性、叙事空间架构创意的可能性。

《天工开物·栩栩如真》在 2005 年一问世,就印行了 4 次,并获得各界好评:荣获"2005 年《中国时报》开卷好书奖十大好书"、"2005 年《亚洲周刊》中文十大好书"、"2005 年《联合报》读书人最佳书奖"、"2006 年第一届红楼梦奖:世界华文长篇小说奖决审团奖"、"华文世界三大重要好书奖"等荣誉。

陶杰——言辞犀利的针砭家

陶杰(1958—　　),广西人,生于香港报业世家,原名曹捷,笔名杨非劫、蒋一樵。负笈英伦,在 BBC 任职,居英 16 载。香港专栏作家,主持电视电台节目。其杂文抨击时政,针砭时事。有人称其为"香江第一才子";有人赞其为:"左手写尖锐政论,右手写抒情散文";有人誉之为陶杰、梁文道式的公民论道。当然,因其言辞激烈,也时常招来笔战。

陶杰已出版 60 多部作品,主要有《黄金冒险号》(1998)、《再见苏丝黄》(1999)、《香港这杯鸡尾酒》(1999)、《中国化的鱼眼睛》(1999)、《香港,你要活下去!》(2001)、《香港,你要争口气》(2002)、《思考在命运之上》(2002)、《无眠在世纪末》(2004)、《霓虹花忆：陶杰最新散文集》(2005)、《她把灵魂铭刻在水上》(2005)等。

陶杰杂文的文风犀利,一针见血,深入浅出,幽默挖苦、夸张反讽,嬉笑怒骂皆成文章,大有鲁迅遗风,也有台湾李敖、柏杨的风骨。其揭示中国文化弱点和缺失,喜以"小农社会"、"大唐人街"等词描述现代中国人生百态。他认为,"识 Sell",是香港人的 DNA,是成功人士的制胜之术。自 1842 年开

---

① 董启章:《物种源始·贝贝重生》上篇《学习年代》,台北:麦田出版社 2010 年版。

埠以来,香港的宿命就此决定,把这一手的货,卖给一位下家,当中自己赚一点点差价。"陶杰学识渊博,学贯中西,形诸文字,华洋并置。但是,他在"黄金冒险号"专栏上,也辛辣地讽刺过一些所谓的"国际级精英":除了经过哈佛耶鲁牛津剑桥的黄金打造,还要有一套国际级的口才魅力,以及无意中显露的一张亮晶晶的地球村 CV;除了随身有一副 Laptop,内藏三五套出席国际会议幻灯片 Powerpoint,讲解企业精神、事业抱负的四个 C 和五个 P 之外,这些国际级的精英人才,行走在 IFC 和兰桂坊之间的纽伦港心脏地段,在食 Lunch 或 Happy Hour 的对话之中,至紧要无意中露一手。"我在 Silicon Valley 工作的时候,Initiate 过一个 Project,同日本 SONY 和 Motorola 开过几场会。哗,仆街吖,由 San Fran 飞东京,跟住又飞去瑞典,同班 CEO 讲价,拍台拍凳三日三夜,终于同班北欧佬联手,搞掂了那帮日本仔,单 Deal 才倾得成。嗰一次执咗五百万 US Dollar Bonus,开心死,我买咗个结婚一周年戒指给老婆,欢喜得佢吖。"然后,陶杰逐一剖析这些话中的猫腻,以见其人作状之可恶。

论文作业参考题

1. 简述香港新生代作家对香港文学的主要贡献。
2. 试析黄碧云创作的独创性。
3. 以一篇小说代表作为例,试析董启章的创意。
4. 试论陶杰的散文风格。

澳 门 编

第二十章　澳门华人作家的创作

第一节　概　　述

澳门的面积仅 23 平方公里,人口也只 40 余万。但澳门曾经是中西文化交流最重要的驿站之一,中西多元文化的共生构成了澳门特殊的文化景观。在澳门,华人占总人口的 96％以上,土生葡人占 2％,来自欧洲本土的葡人只占 1％。这样的人口结构决定了中华文化是澳门文化的主体,但作为澳门文化的一部分,葡国文化也占有特殊的地位,不可忽视。澳门文学包括华人作家和土生作家的创作。

澳门新文学的发展大致可以分为两个时期。

20 世纪 20—40 年代是澳门新文学萌芽时期。特定的时代将茅盾、张天翼、夏衍、端木蕻良等内地的新文学健将送到了澳门文学的探索阶段。这一阶段中,澳门文学创作受内地左倾思潮的影响较大,此外,澳门社会对新文学创作较为冷漠,没有能够提供足够的发表与出版园地。50—70 年代的澳门文坛比较沉寂。但这一时期一些澳门文学青年将稿件投向香港,从而形成了一个特殊的文学现象——"离岸文学"。

80—90 年代是澳门文学的发展阶段。内地的改革开放加强了澳门与内地的经济文化交流。澳门的经济复苏,文化环境也大大宽松,为文学的发展提供了契机。充满活力与个性的作家队伍形成,其中有陶里、苇鸣、李鹏翥、林中英、鲁茂、周桐等。文学社团与专门性的文学刊物陆续创办,"澳门笔会"和五月诗社成立,创办了自己的纯文学刊物,如《澳门笔汇》、《澳门现代诗刊》等,此外,《澳门日报》开辟了文学副刊《镜海》,《华侨报》开辟了《华青》,澳门大学中文系创办了《蜉蝣体》,澳门文学意识觉醒,1984 年的港澳作家座谈会上明确提出了"建立澳门文学的形象"的主张,至此,澳门新文学的创作走向自觉。

诗歌创作最能代表澳门新文学的成绩。多元化的艺术追求是它的最大特征。依据艺术倾向的不同,可将诗人大致分成三类:一是带有古典传统倾向的群体,代表者有胡晓风、云惟利、江思扬、汪浩瀚等,他们继承了中国古典诗歌的传统,着意于古典意韵的营造;二是充满现代主义色彩的队伍,代表者有陶里、淘空了等,他们以现代意识与现代技巧构筑诗歌的现代色彩,表达一己的敏锐思想与情感;三是凸显后现代风格的集团,代表者有苇鸣、懿灵、凌钝等,他们无情地解构原有的诗歌形式,大胆进行诗歌艺术形式的实验,甚至以鄙俗的语言入诗,在荒诞、虚无的表象背后隐藏着诗人深沉的忧患意识。

散文的繁荣是与报纸文艺副刊的创办同步的。大量文艺副刊为散文提供了舞台,澳门的散文也因此具有与香港的"框框杂文"相类似的特色。澳门的散文大多为小品文,品种繁多,题材极为广泛,代表作家有李鹏翥、林中英等。此外现代派诗人陶里等人挪诗歌笔法于散文创作,形式扑朔迷离,迥异于他人,是一种探索性的散文。但总体而言,澳门散文的深度不够,精品也不多。

小说创作与诗歌、散文相比略逊一筹。现实主义倾向最多地体现在对于社会生活的关注与批判上,其中鲁茂的长篇连载小说最具代表性。对于爱情题材的钟爱成为周桐、林中英等女作家创作的一大特色,周桐的《错爱》对于人性的分析颇具风采,而陶里的《百慕她的诱惑》与吕平义的《失踪的猫》等表现出小说艺术探索道路上的自觉追求。

澳门华人作家大致可以分为两部分。一部分是澳门本土作家,一部分是移民作家。面对 20 世纪 80 年代以来社会的风云变幻,无论是本土作家还是移民作家,都对于澳门文学的将来充满憧憬。但生活的种种不如意使得他们的文学作品中又每每出现低徊之声,移民作家的生存与生活的压力更使他们无法轻松潇洒。然而仍有理由相信,澳门华人作家的创作前景灿烂。

第二节　陶里　苇鸣

陶里——孤独者的自言自语

陶里(1937—　),广东花都人,原名危亦健。华南师范大学文学硕士,曾旅居印支半岛 30 余年,在越南、柬埔寨、老挝等地求学、教书、经商,同时创作小说、散文和诗。15 岁开始投稿,1976 年回香港,以撰文为生,三年后赴澳门,在濠江中学任总务主任,并为《澳门日报》写专栏。陶里是澳门五月诗社创始人、澳门笔会理事长、《澳门笔会》主编,著有诗集《紫风车》、《蹒跚》,小说集《百慕她的诱惑》,散文集《静寂的延续》和评论集《逆声击节集》、《从作品谈澳门作家》等。

陶里用诗的方式来写散文。他的坎坷经历使他对侵略者充满愤恨,对反抗侵略的正义斗争予以歌颂，作品中蕴涵着对祖国的怀念与热爱。李鹏翥称赞他的散文是"诗散文"，有浓厚的诗情。他的散文作品尽管题材广泛，却都贯穿着"一根爱国的红线"，"令人感受到一颗炎黄子孙的心在跃动"①。他的散文中有"诗的构思，诗的手法，诗的精炼，意境悠远而含蓄无穷。分明是散文，浓郁的诗的意象，往往令人读后感到是连缀起来的诗"②。陶里散文的题材多样，有文艺随笔、生活随感、时事评议等，写作手法也丰富多样：不仅有传统散文的叙述与抒情，而且大胆地吸收了通感、荒诞、意识流等现代主义手法，使其散文现代色彩浓厚，呈现出不同于一般的艺术风格，可谓是一种探索性的散文，代表着澳门散文创作的新方向。

陶里早期的诗有比较明显的现实主义色彩。此时的诗主要写他在流浪过程中理想的追寻与失落，还表现战争的残酷与现实的灾难。

代表陶里诗歌创作成就的是他的现代诗。返回香港特别是定居澳门后，从漂泊和战乱中归来的陶里面对繁华的现代都市重新寻找人生的立足点。远离战乱的安定生活使他的心灵变得恬静，也使得他的诗呈现些许欢快的亮色。但他的诗中又难免有一些失落与惆怅，移民面对这陌生的异乡，一方面感受着沉重的生活压力，另一方面又要忍受心灵的寂寞，因而处于一种孤独的境地。这一切，也就是陶里这样一位心灵十分敏感的诗人所要面对的现实，这不能不使他产生一种茫然的情绪。这种难以言明的茫然情绪，一方面构成陶里诗歌创作的感情基调，同时也使他选择了具有更广阔的涵盖力、能够充分表现他的情绪与心灵的现代主义。

陶里的现代诗注重表现"自我"。作为一位移民诗人，陶里的诗歌中存在着"过客"的情绪。"冬是寒流浮起心的荒漠/我在季节之中流浪"（《失调的冬韵》），表现的正是身处异乡的流浪者的悲情。而面对生活的沉重压力，诗人不能作率性的逃避与放弃，只能默默地承受生活的重负，静静地体味心灵的孤独，以此寻求生命的存在价值。"每当暮霭衬托大桥/高竖的白色灯柱变成/存在价值的连串问号/情人的桥边诺言随风消失/伤感的又是急躁而憔悴的诗人/时间跟随七个太阳一组组逝去。"（《风在澳凼大桥上》）生命在流逝，曾经的理想却早无踪影，不由让人慨叹，在无奈中如何追寻生命的价值。"根"的失落、"心"的失落、"情"的失落仿佛梦魇一般缠绕，却又无处脱身，这是陶里的现代诗中着重表现的"自我"所处的困境。

---

① 李鹏翥：《诗的散文——陶里〈静寂延续〉代序》，见《濠江文谭新编》，北京：中国文联出版社1999年版。

② 同上。

陶里的诗中还有一些描写澳门的,主要的代表诗作有《过澳门历史档案馆》、《马交谱》、《亚美打利卑卢大马路向晚》等。在这些诗作中,陶里一方面反映现实,一方面表现历史。在现实的反映中,陶里总是用历史来为它作注,以历史反讽现实,特别对现实中一些由历史遗留下的带有耻辱的成分予以尖锐的讽刺与揭露。在历史的表现中,陶里又作现实的观照,使得他诗歌中所表现的历史总与现实之间有着千丝万缕的联系,现实感极强。

陶里的现代诗在艺术上也有其现代的色彩。陶里并不遵循语言规范,善于用无序的语言来传达诗的感觉,他的感觉是在焦虑心理的影响下对世界的印象的变形。正如他在《其实没有》这首诗中所述:"而诗人的所谓爱其实是/肾上腺的过敏麻醉了大脑皮层/幻觉出缤纷彩色而/草里躺林里泡风里啸的过程。"这是一种独特的境界,以"语言的无序性、事物的变形性、意象的反常性和题旨的含糊性"(《蹒跚》代跋),将客观的世界与主观的情绪糅合在一起,而表现出来的是"世界注我",而非"我注世界",以自我感觉指引诗句,从而显示出现代诗的风格。

苇鸣——不羁的诗歌革新者

苇鸣(1958—),浙江宁波人,生于上海,原名郑炜明。1962 年移居澳门,毕业于澳门东亚大学,获硕士学位,1999 年在北京中央民族大学获博士学位,现任澳门大学中文系副教授。其著作多为现代诗集,有《双子叶》(合著)、《黑色的沙与等待》、《血门外无血的沉思》、《无心眼集》、《传说》等。

苇鸣的诗最为人称道的是在形式上的革新。作为一名现代派诗人,苇鸣的诗表现出普通的现代派诗歌的特性,比如在诗歌的分行、遣词造句方面,比如隐喻、象征、通感等手法的运用方面,都可以看出他的诗歌创作向现代主义的自觉皈依。而代表他在诗歌形式上的革新的,是他对电影、戏剧、散文的创作技巧的灵活运用,这样的作品有《镜头:路环海边,暮色中》、《新之二——意识屈原》、《拜拜,香港的无题》等,他甚至将报告、广告等实用文体的形式搬进了诗歌的创作实践,如《断层廿一——为廿一世纪而作》、《广告:新生改正笔》、《巴拿马时间分析报告》等。有人将他评为"形式主义",称他的诗"一、缺乏有意义的内涵,二、疏离,三、变态,四、自我隔离,五、漠视现实中的悲情,六、傲慢,七、拒绝与他人沟通等等"[1],面对这样的指责,苇鸣称:"是的,我是非常形式主义的,那又怎么样?"[2]

---

①　苇鸣:《〈传说〉自跋》,见《自我审查》,北京:中国文联出版社 1999 年版。

②　苇鸣:《〈黑色的沙与等待〉后记》,同上书。

苇鸣在诗歌形式上的革新是与时代的发展密不可分的。在诗歌的创作方面,主要表现为诗人突破原来的现实主义的创作方法,而改用现代主义的表现手法,大胆地吸取西方现代派诗歌的创作技巧,来凸现全新的带有现代生活色彩的思想。

从打破到重建需要漫长的时间,在这样的时间段中,留给诗人的,是"午夜梦回,不知身在何处"的茫然与焦虑。苇鸣在《新》中写道:"抹去吧/把我的,你的,他的/脸谱/统统都抹去/还有山的裂痕/海的裂痕/也都抹去吧",表现的就是与传统彻底决裂的态度,这一态度在当时的诗人创作中是很常见的。而决裂之后,却是一种对现实的无奈,正如在《致弗洛伊德》中所说:"然后,是自己的萎缩/在另一个梦里。"

现实让诗人产生了热情的理想,现实却没有提供给理想足够的生存土壤。正如《第一交响乐》中所写:"雾,苍白的雾/编织着/苍白的世界/苍白的宇宙/苍白的人性/苍白的时代/苍白的时间/苍白的永恒/苍白的痛苦。"诗人的敏感使得他对于这样一种现实与理想的差异,反应尤为强烈。《心》中有这样的诗句:"一个被压力挤得变了形状的/球体不时跳动是希望能复原/但它终也会把一切姿势煞停/因为它开始怀疑生存下去的/意义渐觉独力难去而且有点/泄气难道这就是命它便想到死。"诗人的脆弱内心已经刻下不可抹去的伤痕。

时间的流逝造成的历史距离使得诗人渐渐走出单纯的伤痛,而从一个客观的立场对造成这种伤痛的历史与社会的缘由予以审视,反映在诗歌的创作中,主要表现为创作内容从原先的带有某种"伤痕文学"色彩的情绪,上升为对全社会所持的批判态度,这是一种成熟的态度,这也是一种成熟的气度。在苇鸣的诗作中,更能表现出这样一种特点。他的《劫后三首》、《广告:新生改正笔》、《巴拿马事件分析报告》等都是这样的诗作,对于历史,对于现实,对于历史与现实的联系,诗人均一一审视,从而表现他的社会批判色彩。

在他的诗歌形式中,有一些是对广告、报告等实用文体的形式借鉴。由于诗中所采用的这些形式所负载的内容与原先的使用范围颇不一致,甚至是完全相背,因此这些具有现代消闲意味的形式本身就带有了反讽的意味,从而更增添了作品的社会批判色彩。

第三节　鲁茂　周桐

鲁茂——长篇连载小说的多产作家

鲁茂(1932—　　),江西临川人,生于广东佛山,原名邱子维,另有笔名柳

惠。香港汉华中学毕业,1953 年到澳门濠江中学任语文教师。鲁茂 50 年代开始写作,作品涉及小说、散文、影评、剧本等,创作总量达一千多万字,最擅长写长篇长篇小说,为澳门多产小说家。著作有长篇小说《星之梦》、《恩情》、《小兰的梦》、《黑珍珠》、《辫子姑娘》、《杜鹃花开》、《白狼》等 20 余部。

港澳长篇连载小说的创作状况与内地 20 世纪上半叶的连载极为相似:作者先拟好提纲,然后每日写作数百至千余字,随写随送,写作与发表基本同步,往往一写数百日。作家个人的主观因素与外界因素的干扰必然会影响到小说的质量。而报刊连载小说的商业性也往往使作者过多考虑读者的意见,随意改变情节的发展,甚至出现情节的前后矛盾。现代报刊的发展为文学发展提供了条件,但也带来了不利因素。

鲁茂的长篇连载小说尽管数量很多,但作者自认为作品粗糙,没有保留的价值,所以大多散失了。直到 1995 年,鲁茂才整理出版了他的一部长篇小说《白狼》。

《白狼》写纯洁的青年学生白朗得罪一黑帮头目,因其有一自己也不知的担任高官的葡人父亲而免于灾祸。在白朗退学之后,该头目因其有可利用的价值而将他收留于门下。白朗一意要在黑道中混出名堂,故颇卖力。但他与该头目的情妇——大陆妹蓝泡泡——发生了关系,又被嫉妒他的大丧、细丧兄弟诬陷,惨遭黑帮破相。得知真相的白朗着意以黑治黑进行报复,在报复计划的实施过程中,白朗被妹妹与一心帮助他人的社工杨韵心感化,决心退出黑帮,并且帮警察破了案。

《白狼》主要刻画了白朗这个人物形象。这是一个现实生活中的问题青年,他在黑社会的诱惑之下误入歧途,几乎走上毁灭的道路,他的堕落是社会造成的。白朗尽管染上了种种社会不良习气,然而其本质是好的。杨韵心的爱心是促成白朗由恶向善转化的因由。白朗这个人物形象的引人注目不仅在于其凝聚着社会矛盾,还在于他的澳门"土生"①的身份,这是"土生"第一次进入澳门华人文学,具有开创意义。

《白狼》还着力描写了另一个人物——蓝泡泡。蓝泡泡来自内地,为了在澳门生存,她只能到情色场所工作,并且做了黑帮头目的情妇。她虽然堕落,但有良心未泯的一面;她虽然地位低下,但内心深处依然有丰富的情感。蓝泡泡的生,使人们感受到社会的残酷;蓝泡泡的死,激起了人们对社会黑暗面的怨愤。

《白狼》显示出鲁茂的现实主义创作倾向。鲁茂关注社会生活的每一个

---

① "土生"即土生葡人,一般是指那些在澳门出生、具有葡萄牙血统的混血儿。

方面,无论是对于人物的实事求是的描写,还是对于澳门社会底层生活的叙写,甚至是对于社会矛盾与灰色人群的生活的揭露,他都是坚持客观写实的态度,将最真实的世界显露在读者的眼前。

另外,《白狼》还表现出鲁茂对于文学教化功能的注重。在带有鲜明倾向性的有关白朗的生活起落的描写中,在蓝泡泡临死前的表露心迹中,在杨韵心的人物形象的塑造上,都可以感受到鲁茂劝人为善的拳拳之心。

《白狼》中鲁茂所用的叙事方式是一种全知全觉式的叙事方式。作者了解每一个人的内心,知晓每一个人的行动,这种叙事方式的好处是作者可以全方位地表现人物的活动及其心理,但它的缺陷在于缺乏意韵,从而使得《白狼》读来较为平白。

《白狼》最大的缺陷在于其前后情节的不连贯。比如作品前一部分所暗示的白朗的父亲对他的默默关照,这也是白朗得以逃脱黑帮报复的最主要原因,但到了他父亲正式出场的时候,却变成一个对白朗不闻不问的退休官员,前后差距如此之大,也许另有其原因,但作者毕竟没有点明,从而造成作品的硬伤。另外,将作品与作者的创作提纲比较来看,创作提纲本欲揭露澳门当局的腐败,以白朗一再堕落、终以悲剧收场为结局,恐怕其客观写实性要更高一点,作品的改动从侧面表现出澳门商业社会中文学创作的艰难。但无论如何,《白狼》已经触及了社会的阴暗面,显示出作者的现实主义勇气。

周桐——边缘人的爱情守望

周桐(1949—),女,广东新会人,生于澳门,原名陈艳华。曾任《澳门日报》国际新闻翻译。周桐于 20 世纪 70 年代开始文学创作,写了十几部长篇连载小说,是澳门女作家中小说创作量最多的一位,主要小说作品有《错爱》、《晚情》、《幻旅迷情》、《狭路姻缘》等。还以沈尚青的笔名写散文,出有散文合集《七星篇》;又以"沈实"的笔名在"西窗小语"专栏中写下了大量的时事小品。

周桐的小说大多围绕两性之间的爱情展开故事情节。如《错爱》叙述女主人公正处于因患乳腺癌而切除双乳的痛苦中时,丈夫与一个外国女人的私生子又被送到家里,而自己的妹妹又对自己的妻子地位虎视眈眈,于是引发了一连串的纠纷。《晚情》描写一对昔日情侣在历经世事沧桑后再度相逢、欲重拾前缘之时,却因晚辈的极端自私的阻挠而生离死别。

周桐小说对于爱情题材的关注表现了澳门女性文学的特色。澳门女性在社会上尽管从表面上看是与男性平等的,但传统文化的影响使她们对"女

主内"的观念较为认同。周桐小说中的爱情不仅是青年男女的爱情,它还指涉婚姻、家庭关系、伦理道德。

周桐小说的女性特色还表现在她以女性的敏感,将微妙的两性情感与心理表现得细致入微。在《错爱》中,当女主人公尤琴在失去最能代表女性性特征的双乳时,即使是事业有成,即使是才华出众,亦不能阻止她从高处重重摔落的绝望举动。尤琴特别敏感于"胸围"与"癌"这两个词,当女佣误将内衣放入尤琴的丈夫李怀民的抽屉时,更是激起了尤琴雷霆般的怒火。在这背后,可以看出她的由自卑而引起的病态心理。

周桐的小说注重故事性,一方面是追求戏剧性的情节,另一方面,每几百或千余字都要有一个小高潮,都要留一个悬念。这样固然可以深深地吸引读者,但于舒缓有致地展开情节、塑造人物形象却大为不利。

但即使如此,周桐在小说艺术方面仍有其自觉的追求。一是她对于爱的不断的思考,使得她的小说从早先的通俗言情小说中对于爱的泛泛而谈,转变为对爱的更深层次的颇富哲理意味的表现。二是她在创作中所运用的限制叙事方法,从中国小说叙事模式的演变的角度来看,更具现代气派。

第四节　李鹏翥　林中英

李鹏翥——亦工亦灵的濠江智者

李鹏翥(1934—　　),广东梅县人,在澳门长大,笔名梅萼华等。1950年以后从事教育、新闻和文化工作,是澳门资深的报人、作家,《澳门日报》总编辑,还担任澳门新闻工作者协会监事长、澳门笔会会长。自1950年代起写下了大量的散文、随笔、短评,著有散文随笔集《澳门古今》、《濠江文潭》等。

李鹏翥的《澳门古今》出版后,秦牧曾写下书评《探照灯下看澳门》,认为:"这本书的价值在于它熔铸历史、地理、风物、景观于一炉",并认为"在世人知道香港多、知道澳门少的情况下,这本书可作为'澳门新志'来看待"[①]。《澳门古今》着重从历史、文化、胜迹、掌故等方面介绍澳门的历史沧桑,全书共收作品200余篇,融史料、轶闻于一炉,以精炼、生动的文字展现澳门独特的风韵,史料虽多却无堆砌之感,寓知识于趣味之中,内容丰富,笔调轻快,是一部优秀的文史小品集。

《濠江文潭》全书26万字,共分四辑,收入的作品多为评论和随笔,以序、跋为主。钱谷融的"序"中称:"他在文学艺术领域的许多方面许多门类

---

① 秦牧:《探照灯下看澳门》,转引自刘登翰主编:《澳门文学概观》,厦门:鹭江出版社1998年版。

中,都有很深的造诣,很高的成就。他的散文随笔都写得很好,名篇佳作、脍炙人口;也可以写新诗旧诗。他所写的评论文章,分析鞭辟入里,褒贬铢两悉称,能令读者赞赏,作者心服。他对书法、篆刻、音乐、美术、舞蹈等都十分爱好,偶一论及,谈起来都能头头是道。"①

《濠江文潭》在文学评论方面的成绩首先表现在为陶里、林中英、周桐、鲁茂等作品集所作的序文。在序文中,李鹏翥既表达了对这些作家作品的独到分析与思考,同时也阐述了自己在文学实践过程中形成的个人体验。例如在《人生·爱情·快餐文化——〈错爱〉代序》中,李鹏翥说:"其实生活中的爱情,在大多数人而言,不大可能只有一种味觉,像答选择题那样不是说'甜',就是说'苦'。也许苦中有甜,甜中有苦;即使是甜,浓淡也因时间不同而有所差异。"②《濠江文潭》中所收的勾画澳门文学发展轨迹的《澳门的过去、现在及将来》和《从笔会到〈笔汇〉》等文,记述秦牧、杜埃、陈残云在澳门的文学活动和悼念陶俊裳之文,同样富于文学史料价值。

在澳门,李鹏翥被称为"杂家",他博学多艺,对书法、诗词、绘画、篆刻等均有独到的心得。在《濠江文潭》的二、三、四辑中收入大量有关艺术的评介文章,在这些方面他都有所涉猎,言而有据且言而有理,颇为人称道。

李鹏翥散文的最大特色是它的知识性。《澳门古今》作为一本"澳门新志",传播知识理所当然成为它的最主要的目标。在某一具体而微的论述中也能灵活地运用各种学科的知识,例如历史学、文化学、心理学、文字学等,作者的才情实与作品的气度相得益彰。

李鹏翥散文的语言精练、亲切,笔调舒缓、从容,追求理性与趣味的结合,讲究知识和艺术的相融。读李鹏翥的散文,仿佛林中散步,又如灯下谈心,意趣盎然,齿颊生香。

林中英——日常生活诗意的追寻

林中英(1949—　　),广东新会人,生于澳门,原名汤梅笑。现任《澳门日报》副刊课主任、澳门笔会理事。她的著作主要有散文合集《七星集》,个人散文集《人生大笑能几回》、《眼色朦胧》等,此外还有小说集《云和月》。

林中英20世纪70年代就开始散文创作。她初期的散文作品大多是专栏小品文,写对世界、对生活的感受,表现出少女的情怀,纯朴而多情,总体来说是属于习作性质,往往刻意求工,成就不大。其散文艺术走向成熟是

---

① 钱谷融:《濠江文潭·序》,见李鹏翥:《濠江文潭新编》,北京:中国文联出版社1999年版。

② 李鹏翥:《人生·爱情·快餐文化——〈错爱〉代序》,同上书。

1988年参与专栏"七星集"的撰写以后。女性意识的自觉使得她的散文作品带有浓厚的女性色彩。

《人生大笑能几回》表现出她散文创作成熟期的特色。涉及面较广,内涵丰富,被誉为"有高尚善良的情操,有参透人生的哲理,有热爱乡邦风俗的感情,尤其是洋溢着豁达宽容的态度"①。

林中英的散文关注日常生活,特别是"新中年"女性生活的苦与乐在她的作品中占据了很大一部分。在《新中年》、《人生大笑能几回》等一批作品中,林中英称她这一辈人是"新中年",林中英着力于为她们代言,替她们诉苦。

但在诉苦之后,林中英往往又以女性的敏锐洞察力来分析"新中年"生活的人生意义。"家是人生的港湾,也是扬帆生火的新起点。负上了家而要扬帆,当然要开更大的马力。这是必然的,这才是公平的代价。""拿出比孺子牛还孺子牛的能耐来。可幸一边在喘大气,一边能享受到满足感。满足感是至高无上的享受,新中年原来是最享受人生的。"关于人生的意义,林中英作如是说,它使林中英的散文具有成熟女性的气度。

林中英的散文不仅表现入世的态度,在《习静》、《敬清寂一碗茶》等篇中还具有出世的成分。林中英喜爱清静,"外静内动,有对生的感悟"。她还喜茶道之静寂,"在闲寂中,保留了个体的自由与平和。静寂扩充了自我的空间,静寂能使生命强大"。

入世也好,出世也好,林中英在她的散文中表现的是对平静而充满诗情的生活的追寻。

林中英在《人生大笑能几回》的后记中说:"在散文中,我特别喜欢富有抒情意味与优美文采的作品,作家凭着一支巧笔,无所拘束地挥洒,抒发出内心的体验与情感,读者能进入他的胸臆中,咀嚼他的思想,品味他的情怀。这是一种最易见作者品格性情的体裁,读了感到格外亲切。"这其实也正是她自己对散文艺术的追求。

小说集《云和月》抓住澳门日常生活中的几个片段(爱情、婚姻、家庭、工作等)写了普通小人物的最平凡的生活,表现他们的生存状态,这是与其散文题材的选择一致的。在对小人物的描写中,林中英所持的是一种关爱的态度,默默地、恬静地、充满善意地去关怀、去表现,透出母性的爱。

---

① 李鹏翥:《脉脉含情妙手传——〈人生大笑能几回〉序》,见李鹏翥:《濠江文潭新编》,北京:中国文联出版社1999年版。

论文作业参考题

1. 澳门新文学的发展经历了哪些阶段？

2. 陶里的诗歌有哪些特点？

3. 如何看待苇鸣的诗歌形式革新？

4.《白狼》体现了鲁茂怎样的创作特色？

5. 周桐的小说创作有哪些特点？

6. 如何评价李鹏翥的散文？

7. 如何评价林中英的散文？

第二十一章　澳门"土生"作家的创作

第一节　概　　述

在澳门,"土生葡人"(又称"土生")是一个特殊的族群。一般是指那些在澳门出生、具有葡国血统的混血儿,这里所说的"土生作家"大都是中葡混血儿。"土生"是"葡人",但他们与葡国人有着本质的区别,因为葡国人的血在他们的血管中只占一部分;"土生"又与土生土长在澳门的中国人有极大的不同,"土生"有一张特殊的脸庞,他们毕竟是葡国人的后裔。"土生"中许多人受过正规的葡国文化教育,因此能持一口纯正的葡语,但他们的日常用语是融汇了华语词汇的混合语言,"土生"的生活也大大地受到华人生活习惯的影响。"土生"不能与葡国人融为一体,与华人之间也有隔阂,但"土生"是澳门人。"土生"占澳门总人口的2%,是独立的一群。

由于"土生"中的许多人受到过正规的葡国文化教育,他们回到澳门,在澳门从事文学创作,于是澳门就有了土生文学,土生文学使用的语言是葡语,但土生文学重点表现的是独立的、特殊的"土生"的生活,其蕴含的思想感情也是"土生"自己的思想感情。

在20世纪以前,土生文学主要是一些"土生"人的诗篇,用古老的澳门土语写成。土生文学的繁荣是在20世纪80年代以后,与澳门华人文学的发展基本同步。

土生文学的主要作家作品有飞历奇的长篇小说《爱情与小脚趾》、《大辫子的诱惑》及短篇小说集《南湾》,李安乐的诗集《孤独之路》,江莲达的短篇小说集《长衫》,若瑟的诗集《澳门,受祝福的花园》,马若龙的诗集《一日中的四季》等。

在土生文学中可以看到葡国文化与中华文化的融合与冲突。"土生"介于中葡两个族群之间,两种文化同时对他们的生活产生了影响。土生文学反映的是"土生"的生活,而"土生"的生活中的矛盾与冲突往往也正是两种文化之间的冲突;"土生"生活的包容性同时又体现了两种文化的渗透与交融。

土生文学中还体现了澳门复杂的社会生活状况。由于历史的原因,中葡两个民族在澳门处于冲突与认同的尴尬境地,但葡人在澳门具有特殊的地位,他们处于社会的最高层。"土生"本身的有利条件使得他们既能够与澳门上层人士进行交往,又对处于社会底层的华人生活有所了解。这一切反映在土生文学中,表现出对于澳门社会各阶层生活的观察、对比与思考。

澳门"土生"是中葡血缘亲和的产物,他们与中国文化有着不可分割的联系。"土生"的生活出现了许多与华人生活趋同的倾向。而反映在土生文学中,则体现为"土生"作家对于中国文化的尊重与赞美,尤其是对于凝结着中国文化精神的物品与具有中国传统美德的女性的赞美上。

作为继承着中葡两个民族血缘的"澳门之子","土生"作家在文学作品中所表达的感情是欢欣和自豪的。

正如李安乐在《我知道我是谁》中所写:

> 我的胸膛是葡国的也是中国的;
> 我的智慧来自中国也来自葡国;
> 拥有这一切骄傲,
> 言行却谦和真诚。

澳门土生文学是澳门文学中、也是中国文学史中一个非常独特的成分,它的存在是中华文学多元性的重要体现之一。

第二节　飞历奇

飞历奇——"土生"生活的见证人

飞历奇(1929—　　),生于澳门一个拥有葡萄牙伯爵头衔的富贵之家。1946年入读葡萄牙科莫布拉大学法律系,1954年毕业后回澳门,长期从事职业律师工作。飞历奇的主要著作有短篇小说集《南湾》,长篇小说《爱情与小脚趾》、《大辫子的诱惑》等,他的这两部长篇小说后来都被拍成电影,在葡、澳两地公映。飞历奇是澳门葡语社会中最为人熟悉的作家。

飞历奇一生当中除读大学的几年在葡萄牙度过以外,其余绝大部分的时间都生活在澳门。可以说,经过几十年的生活积累,飞历奇不仅对澳门的"土生"生活,同时对与"土生"有关联的社会各个阶层的生活都知之甚多。长时间的生活积累,使得他对感性的生活加以理性的分析与思考成为可能。在他的作品中,飞历奇总是充当讲故事人的角色,专心于讲述"土生"们在澳门小城中的各种经历,而对于此中所涉及的各方面材料,他都是信手拈来,毫不费力,显出对澳门"土生"生活烂熟于心。

《爱情与小脚趾》讲述了一个土生葡人弗朗西斯科的遭遇。弗朗西斯科出生于一个显赫的家族,具有纨绔子弟的所有恶习,游手好闲,荒唐放荡。他声名狼藉,被逐出葡人的聚居地"基督城",流浪到了"中国城"。在华人区,他由于没有任何求生的本领,只好与卖菜的中国女人同居,靠中国女人养活。同时,他的脚趾上还患上了一种奇特的病症。正在他绝望之时,一个曾经被他羞辱过的多情而又富有的"土生"少女维克多利娜出现在他面前。少女对他由怜生爱,用一颗纯洁善良的心去感化他,从而使他痛改前非,重新回到了"基督城",两人过上了幸福的生活。弗朗西斯科也获得了新生。

《大辫子的诱惑》描写的是富有的"土生"青年阿多森社与贫穷的"担水妹"阿莲的爱情故事。阿多森社对阿莲的爱慕,从起初的对于阿莲美丽外表特别是那条粗长的辫子的迷恋到后来的对阿莲美好品格的沉醉,而阿莲对他也从最初的拒绝到逐渐感动于他的真情。就在二人坠入爱河之际,却遭到了双方家长的一致反对,并被双双逐出家门,但他们不屈不挠,建立起自己的家庭,并且最终感动了长辈,得到了族人的承认,他们的爱情结出了甜美的果实。

飞历奇小说的最大意义,就在于鲜明生动地表现出"土生"的生存状况。他们信仰天主教,教会在他们的居住地具有极高的地位,神职人员以无私地挽救他们的灵魂为自己的工作目标;他们中间存在等级观念,尽管最初他们的祖先一穷二白,但他们中的一些人始终念念不忘自己血统的高贵;他们的生活习俗,一方面吸收了中国生活习俗的某些方面,一方面又保留了不少葡国的生活习俗,以家具和用餐为代表,他们过的是中西合璧的生活。

飞历奇小说还表现了"土生"与华人之间的关系。尽管中葡两种文化一直互相渗透与融合,但"基督城"与"中国城"像两座堡垒,将"土生"与中国人远远地隔开。阿多森社与阿莲的爱情很难被旁人接受;弗朗西斯科从"基督城"到华人区实际上是遭受着惩罚,他只有彻底悔悟才能被允许返回"基督城",看来华人区在葡人的潜意识中似乎只是一个流放地。

在飞历奇小说作品中还能感受到中国传统文化的影响。

这种影响首先表现在《爱情与小脚趾》、《大辫子的诱惑》的大团圆的结局上。西方的小说习惯以悲剧收尾,而中国的传统小说多是大团圆为结局。这两部小说无论是"才子落难,佳人相救"的模式,抑或是"有情人终成眷属"的定规,都是中国传统文化意识的强烈表现。

其次还表现在,小说人物形象塑造是遵循着中国传统文化注重女性贤淑道德美这一规范的。阿莲身上少有西方女性的个人奋斗的精神闪现,但却处处洋溢着东方女性的善良、贤惠、识大体的传统美德。飞历奇对于阿莲的人物形象的塑造,充分表现了这一颇具东方伦理色彩的审美观。

同饮一江水,同顶一片天。飞历奇的小说创作无论就其反映的生活还是透露出的文化意识,都强烈地显现了中西文化的交流特别是中国传统文化对于"土生"生活的影响。以飞历奇等为代表的"土生"作家的创作,无疑是澳门文学不可或缺的组成部分。

论文作业参考题

1. 何谓澳门"土生"文学?

2. 飞历奇的小说在哪些方面体现了中葡文化交融的色彩?

附　录　一

1900—2010 年台湾、香港、澳门地区文学大事年表

时间 \ 地区	台　湾	香　港	澳　门
1900 年 1 月		丘逢甲到香港、九龙,写有《九龙有感》;《中国日报》创刊	丘逢甲到澳门,写有《澳门杂事》
1906 年	台南南社与台中栎社发生关于"台湾诗界革新论"的论争		
1907 年		《小说世界》出版	
1911 年 2 月 本年	梁启超来台游历,著《海桑吟》一卷 香港大学成立		
1918 年 5 月			汪兆镛《澳门杂诗》出版
1919 年 本年	台湾文社成立于台中 赖和由厦门回台湾		
1920 年 1 月 7 月	蔡惠如、林呈禄在东京成立新民会 新民会机关刊物《台湾青年》在东京创刊		
1921 年 10 月	台湾文化协会成立	《文学研究录》(罗五洲主编)出版 《双声》杂志创刊	20 年代,雪社成立,成员主要创作为旧体诗词
1922 年 1 月 4 月	陈端明《日用文鼓吹论》发表于《台湾青年》 追风《她要往何处去》发表		

时间 ＼ 地区	台 湾	香 港	澳 门
1923 年 1 月 6 月	黄呈聪的《论普及白话文的新使命》和黄朝琴的《汉文改革论》发表,白话文运动开始 《台湾民报》发表许乃昌的《中国新文学运动的过去、现在和未来》,介绍胡适《文学改良刍议》和陈独秀《文学革命论》二文的基本观点		
1924 年 4 月 本年	张我军发表《致台湾青年的一封信》,批判台湾旧文学 许地山组织新台湾安社,发行《新台湾》杂志	《英华青年》创刊,刊登白话小说	
1925 年 3 月 12 月	白话文文学杂志《人人》创刊 张我军诗集《乱都之恋》出版		
1926 年 1 月	赖和《斗闹热》、杨云萍《光临》发表		
1927 年 2 月		鲁迅到香港作演讲《无声的中国》、《老调子已经唱完》	
1928 年 8 月		香港第一本新文艺期刊《伴侣》创刊	
1929 年 9 月		香港第一个新文学社团岛上社成立,纯文学刊物《铁马》创办	
1930 年 4 月 8 月	关于乡土文学的讨论展开	《岛上》创刊	
1933 年 10 月 12 月	台湾文艺协会成立	《红豆》月刊创刊	
1934 年 5 月 11 月	第一次台湾全岛文艺大会召开 《台湾文艺》创刊		
1935 年 9 月 12 月	杨逵、叶陶等创办《台湾新文学》杂志	许地山出任香港大学文学院院长	

时间＼地区	台　湾	香　港	澳　门
1936 年 4 月 11 月 冬	杨逵《送报夫》、吕赫若《牛车》和杨华《薄命》收入上海出版的短篇小说集《山灵》 郁达夫访台	香港各界举行"追悼鲁迅先生大会"	
1937 年 4 月 本年	龙瑛宗小说《植有木瓜树的小镇》获日本《改造》征文佳作奖	大批作家由内地南下香港	
1938 年 8 月 本年		《星岛日报》创刊 《大公报》〔港版〕创刊， 《文艺阵地》创刊，发生"民族形式"的论争	
1939 年 3 月		文协香港分会成立	
1940 年 10 月 本年		发生"新风花雪月"的论争 香港文艺界举行"鲁迅六十诞辰纪念会"	
1941 年 4 月 7 月	 《风月报》改名为《南方》半月刊，为本时期唯一的中文杂志	《华商报》创刊	
1943 年	吴浊流开始写作长篇小说《亚细亚的孤儿》		
1945 年 11 月	《台湾新生报》创刊，黎烈文任中文编辑		大陆作家茅盾、张天翼、秦牧等到澳门
1946 年 6 月 本年	许寿裳应台湾省行政长官陈仪之邀来台	 《华商报》复刊，新民主出版社成立	
1947 年 1 月	《台湾文化》推出《鲁迅逝世十二周年纪念专辑》 杨逵编中日文对照"中国文艺丛书"出版，包括鲁迅的《阿 Q 正传》及郁达夫、茅盾等人的作品		

地区＼时间	台 湾	香 港	澳 门
1947 年 10 月		黄谷柳《虾球传》在《华商报》连载	
11 月	《新生报》副刊《桥》发表文章,开始讨论台湾新文学诸问题至1949 年 3 月		
本年	关于"方言文学"的论争发生		
1948 年 2 月	许寿裳被害,李何林、李霁野等返回大陆	黄谷柳小说《白云珠海》、《山高水远》(《虾球传》三部曲之二、三)在《华商报》连载	
3 月	杨逵《如何建立台湾新文学》发表	《大公报》(香港版)复刊《光明报》复刊	
10 月		三联书店成立	
1949 年 8 月		《香港时报》创刊	
10 月	《新生报》副刊展开"战斗文艺"的讨论		
1950 年 3 月			《新园地》创办
1951 年		人人出版社、友联出版社成立	
1952 年 1 月		侣伦《穷巷》出版	
3 月	《中国文艺》(季刊)创刊		
7 月		《中国学生周报》创刊	
9 月		亚洲出版社成立	
本年		张爱玲来港暂居	
1953 年 2 月	《现代诗》(季刊)创刊		
1954 年 1 月		梁羽生《龙虎斗京华》开始在《新晚报》连载,为新派武侠小说之肇始	
6 月	《蓝星周刊》创刊		
10 月	《创世纪》诗刊创刊		
1955 年 3 月		国际笔会香港中国笔会成立	
8 月		林语堂来港《诗朵》创刊,新雷诗坛创办	
10 月	文坛社出版"战斗文艺丛书"共10 种	张爱玲赴美	

时间 \ 地区	台 湾	香 港	澳 门
1955 年		金庸《书剑恩仇录》开始在《新晚报》连载	
1956 年 2 月		《文艺新潮》创刊	江莲达《长衫》在葡萄牙出版
5 月		《文学世界》复刊	
9 月	夏济安主编《文学杂志》创刊		
本年		徐訏《江湖行》出版	
1957 年 6 月		《文艺世纪》创刊	
1958 年 12 月		现代文学美术协会成立	
本年			《澳门日报》创刊,恢复《新园地》为副刊
1960 年 3 月	《现代文学》(双月刊)创刊,发行人白先勇		
1961 年 1 月	台湾第一部译成外文的现代诗选《中国新诗选》(余光中译)出版		
1962 年 2 月	胡适在台北逝世		
10 月		刘以鬯小说《酒徒》开始连载,1963 年 10 月出版	
1963 年			第一份纯文学刊物《红豆》创刊
1964 年 6 月	《笠诗刊》创刊		
1965 年 3 月		《读者文摘》(中文版)创刊	
11 月		香港文社联会筹备成立	
1966 年 1 月		《明报月刊》创刊	
1968 年 5 月	陈映真被捕入狱,至 1976 年 7 月出狱		
10 月		创建学院成立	
1972 年 1 月	《中国现代文学大系》8 册陆续出版		
2 月	关杰明在《中国时报》发表的《中国现代诗的幻境》引起争论		
6 月	《中外文学》(月刊)创刊		

续表

地区 时间	台　湾	香　港	澳　门
1974 年 8 月 11 月		余光中应聘到香港中文大学任教 第一部中国作家反思"文革"的作品《尹县长》（陈若曦）在《明报月刊》发表	
1976 年 3 月 10 月 本年	陈若曦《尹县长》（小说集）由远景出版社出版 台湾第一部《中国新文学史》出版 叶维廉主编《中国现代作家论》出版	 司马长风《中国新文学史》出版	
1977 年 8 月	大规模的"乡土文学"论战展开		
1979 年 5 月 9 月	《中国时报》载文介绍大陆"伤痕文学" 夏志清《中国现代小说史》中译本在台湾出版		
1980 年 5 月—7 月 7 月 9 月	周锦主编《中国现代文学研究丛刊》出版 倪匡的《我看金庸小说》在台湾出版，揭开"金学"研究的序幕 	 《新晚报》主办香港文学30 年座谈会	
1981 年 11 月 本年		香港儿童文艺协会成立	 私立东亚大学成立
1982 年 2 月 6 月	 《联副 30 年文学大系》全部出齐	西西《像我这样一个女子》发表	
1983 年 3 月 6 月 7 月 12 月 本年	 1 日，《文讯》创刊 《文讯》刊出"大陆伤痕文学"专辑	 举办香港儿童文学节	中文学会成立 秦牧访问澳门，《澳门日报》创办《镜海》副刊

时间＼地区	台　湾	香　港	澳　门
1984 年 3 月			澳门日报社主办港澳作家座谈会,首次明确提出建立"澳门文学"形象
6 月			由中文学会主编的《中国语文学刊》出版 云惟利主编的"澳门文学丛书"出版
11 月	《联合文学》创刊,痖弦任总编辑		
1985 年 1 月		《香港文学》创刊,刘以鬯任总编辑	
5 月		黄维樑《香港文学初探》出版	
6 月	《光复后台湾地区文坛大事记要》(增订本)出版		
10 月	《文讯》出版"香港文学特辑"		
11 月	陈映真创办《人间杂志》		
本年		侣伦《向水屋笔语》出版	
1986 年 1 月			澳门文学座谈会举行
5 月	《联合文学》刊登钟阿城的作品		
本年			第一次青年文学奖颁奖
1987 年 1 月			澳门笔会成立
7 月	台湾当局解除"戒严令"	香港中华文化促进中心主办 40 年代港穗文学活动研讨会	
10 月	开放台湾民众赴祖国大陆探亲	卢玮銮《香港文纵》出版	
1988 年 3 月	第一届当代中国文学国际学术会议在台北举行		《澳门文学论集》出版
4 月	《陈映真作品集》15 卷由人间出版社出版		
10 月		香港作家联会成立	东亚大学易名为澳门大学
12 月		陈映真作品研讨会在香港召开	《马万祺诗词选》出版

续表

时间 \ 地区	台　湾	香　港	澳　门
1988 年	一批祖国大陆当代作家的作品在台湾出版		
1989 年 1 月	《联合报》第十届小说奖公布得奖名单,特设"大陆地区短篇小说推荐奖"		
2 月	《中国现代小说选》、《中国现代诗选》出版,包括"五四"迄今 70 年间海峡两岸的优秀作品		
4 月	台湾第一本研究祖国大陆当代文学的评论集《海峡两岸小说的风貌》(蔡源煌)出版		
5 月	海风出版社出版《中国新文学大师名作赏析》丛书,介绍 30 年代作家作品 黄凡、林燿德主编《新世代小说大系》出版 九歌出版社出版余光中任总编辑的《中华现代文学大系》(台湾 1970—1989),共 15 册		五月诗社成立
9 月	唐山、谷风两家出版社分别出版两套《鲁迅全集》,为台湾第一次出版完整的《鲁迅全集》		
本年			《澳门笔汇》出版
1990 年 7 月	台湾地区作家协会与《中华日报》合办大陆文学与台湾文学座谈会		澳门中华诗词学会成立,并出版《镜海诗词》
12 月			《澳门现代诗刊》创刊
1991 年 6 月	《文讯》主办当前大陆文学研讨会		
7 月		首届世界华文文学研讨会在香港举行	
10 月	当代台湾通俗文学研讨会召开并出版论文集《流行天下》	香港作家联会首次组团访京	
12 月		陈炳良《香港文学探赏》出版	
本年		《刘以鬯卷》出版	梁披云《雪庐诗稿》三集出版

时间 \ 地区	台 湾	香 港	澳 门
1992 年 3 月 本年	《大陆新时期小说论》出版	叶维廉《中国诗学》出版	澳门写作学会成立,并出版《澳门写作学刊》
1993 年10月 12 月 本年	王小波《黄金时代》在台湾《联合报》连载并获第 13 届中篇小说大奖 40 年来中国文学研讨会在台北召开 《台湾作家全集》(50 册)出齐	施叔青《她名叫蝴蝶》出版	
1994 年1 月 6 月 本年	两岸三边华文小说研讨会在台北举行	《现代中文文学评论》创刊	庄文永《澳门文学评论集》出版 廖子馨《论澳门现代女性文学》出版 "甜美的澳门语"业余话剧社成立
1995 年春 5 月 8 月 本年	福建文学出版访问团访台,是为大陆文学出版界首次组团访台	《今天》推出"香港文化专辑" 中国作家代表团访港	凌钝编《澳门离岸文学拾遗》出版 鲁茂《白狼》出版 《蜉蝣体》在澳门大学创刊
1996 年		郑树森等编《香港文学大事年表》出版 梁秉钧《香港文化空间与文学》出版 黄维樑《香港文学再探》出版	飞历奇《大辫子的诱惑》出版 陶里编《澳门短篇小说选》出版
1997 年1 月 8 月	由联合报系等主办的世界华文报纸副刊学学术研讨会在台北举行	刘登翰主编的《香港文学史》在香港出版	

时间 \ 地区	台 湾	香 港	澳 门
1997 年12 月			澳门文学的历史、现状与发展学术研讨会在澳门大学举行
本年	自本年起《文讯》连续多年主办以台湾文学研究为主题的青年文学会议 自本年起出版一年一册的《台湾文学年鉴》		穆凡中《澳门戏剧过眼录》出版
1998 年10 月			刘登翰主编《澳门文学概观》出版
11 月			《澳门文学研讨集—澳门文学的历史、现状与发展》出版
1999 年 3 月	台湾票选出 30 本"台湾文学经典" 台湾文学经典研讨会在台北举行		
4 月		中文大学、香港艺展局主办香港文学国际研讨会召开	
6 月		《亚洲周刊》评选"20 世纪中文小说一百强"	
11 月			《澳门文学丛书》(20 种)由中国文联出版公司出版 澳门文学研讨会在南京举行 田本相、郑炜明主编《澳门现代戏剧史稿》出版
2000 年4 月		《文学世纪》创刊,古剑任主编	
6 月		香港大学主办 90 年代两岸三地文学现象国际研讨会	

地区 时间	台 湾	香 港	澳 门
2000 年 7 月起	陈映真对陈芳明发表于《联合文学》的台湾文学史论文提出质疑,引发"双陈论战",延续至2001年		
9 月	台湾中央大学主办两岸文学发展研讨会	陶然接任《香港文学》月刊总编辑	
10 月		岭南大学举行张爱玲与现代中文文学国际研讨会	
11 月		金庸小说国际学术研讨会在北京大学举行	
2001 年 3 月		联合国跨文化对话年香港诗歌朗诵会举行	
2002 年 3 月	建构与反思:中国文学史的探索研讨会在台北辅仁大学举办		
5 月	洪惟助主编《昆曲词典》在台北出版		
7 月	《文讯》推出"发现澳门文学"专辑 《文讯杂志 200 期记念光碟电子书》出版		
11 月	由台湾佛光学院主办的两岸报导(告)文学发展与未来研讨会在台北举行		
2003 年 3 月	卑南族学者孙大川主编的《台湾原住民族汉语文学选集》(共 7卷)出版		
7 月		陶然主编《香港文学选集系列》(1—4)出版	
10 月	九歌出版社出版余光中任总编辑的《中华现代文学大系(二)》(台湾 1989—2003,共 12 册)		
12 月		香港大学中文学院与武汉大学文学院、徐州师大文学院合办"白先勇与20世纪华文文学国际研讨会"	

续表

时间 \ 地区	台 湾	香 港	澳 门
2004 年 6 月	由《文讯》杂志主办、经专家推荐选出"新世纪文学好书 60 本"	香港大学中文学院与武汉大学文学院、徐州师大文学院合办"犁青与 20 世纪华文文学研讨会"	
9 月	东吴大学等校聘请大陆学者任客座教授,讲授有关课程(其中包括"台湾文学")		
10 月	"《创世纪》50 年与台湾现代诗学术研讨会"在台北举行		
11 月	中华发展基金会、佛光人文社会学院文学系主办的"两岸现代文学发展与思潮研讨会"在台师大举行 台湾新文学发展重大事件学术研讨会在台南举行 《幼狮文艺》为创刊 50 周年举办"崛起 90"活动,骆以军以最高票当选为"90 年代崛起台湾文坛最有代表性作家"	浸会大学中文系举办"亚洲首次国际作家工作坊" 武侠小说作家陈文统(梁羽生)获岭南大学荣誉文学博士学位	
12 月		岭南大学中文系主办"香港文学 2004 研讨会"	
2005 年 7 月	"痖弦与 20 世纪华文文学研讨会"举行。		
10 月		陶然主编《香港文学选集系列》(5—8)出版	
本年	台北教育大学台文所与《当代诗学》举办"台湾当代十大诗人"票选活动,当选者:洛夫、余光中、杨牧、郑愁予、周梦蝶、痖弦、商禽、白萩、夏宇、陈黎	文学评论杂志《香江文坛》创刊,汉闻任主编	
2006 年 2 月		《城市文艺》月刊创刊,梅子任主编	
3 月		文学评论杂志《文学研究》季刊创刊,林曼叔任主编	
4 月	"郑愁予与 20 世纪华文文学研讨会"举行		
6 月	琦君在台北病逝		

续表

时间 \ 地区	台　湾	香　港	澳　门
2006 年 7 月 12 月		浸会大学文学院主办的华文世界奖金最高的长篇小说奖"红楼梦奖"评出第一届获奖作品——大陆作家贾平凹的《秦腔》 世界华文文学联会在香港成立,刘以鬯、曾敏之任会长,出版会刊《文综》	
2007 年1 月 4 月 7 月	"洛夫与 20 世纪华文文学研讨会"在苏州大学举行。 陈芳明主编的《台湾文学的东亚思考——台湾文学艺术与东亚现代性国际学术研讨会论文集》出版		"新移民文学与文化高层论坛"在澳门理工大学举行
2008 年4 月 7 月 9 月	29 日,柏杨于台北病逝 封德屏主编的《2007 台湾作家作品目录》(1—3 册) 由台湾文学馆出版	大陆作家莫言的《生死疲劳》获第二届华文世界长篇小说"红楼梦奖" 古远清《香港当代新诗史》在香港出版	
2009 年1 月 2 月		梁羽生在悉尼因病去世 《文学评论》双月刊创刊,林曼叔任主编	
2010 年2 月 4 月	李瑞腾出任台湾文学馆馆长 "21 世纪世界华文文学高峰会"在台湾举行		由中国社会科学院文学研究所、澳门基金会、澳门大学中文系主办的"近代公共媒体与澳港台文学经验国际学术研讨会"在澳门大学举行

时间 \ 地区	台 湾	香 港	澳 门
2010 年 5 月	成功大学文学院、《文讯》杂志社、台湾文创发展基金会与江苏社科联、苏州社科联等在苏州合办"两岸中华文化发展论坛"		
7 月	台湾作家骆以军以长篇小说《西夏旅馆》获第三届"红楼梦奖"		
10 月	陈映真、朱秀娟、莫那能加入中国作协,陈映真被聘为中国作协名誉副主席	"第 8 届世界华文微型小说国际研讨会"在香港举行	
11 月	"张默诗作研讨座谈会"在台中明道大学举行		
	封德屏主编《台湾现当代作家评论资料目录》(1—8 册)由台湾文学馆出版		

附 录 二

1980—2010 年大陆台港澳文学研究著作要目

1. 流沙河：《台湾诗人十二家》，重庆出版社 1983 年版。

2. 王晋民、邝白曼：《台湾与海外华人作家小传》，福建人民出版社 1983 年版。

3. 封祖盛：《台湾小说主要流派初探》，福建人民出版社 1983 年版。

4. 汪景寿：《台湾小说作家论》，北京大学出版社 1984 年版。

5. 《台湾香港文学论文选》(首届台湾香港文学学术研讨会论文集)，福建人民出版社 1984 年版。

6. 流沙河：《隔海说诗》，生活·读书·新知三联书店 1985 年版。

7. 《台湾香港文学论文选》(全国第二次台湾香港文学学术研讨会论文集)，海峡文艺出版社 1985 年版。

8. 梁若梅：《一夜乡心五处同：台湾名著选评》，贵州人民出版社 1986 年版。

9. 封祖盛：《台湾现代小说评析》，海峡文艺出版社 1986 年版。

10. 黄重添、庄明萱、阙丰龄：《台湾新文学概观》(上册)，鹭江出版社 1986 年版。

11. 张默芸：《乡恋·哲理·亲情：台湾文学散论》，鹭江出版社 1986 年版。

12. 王晋民：《台湾当代文学》，广西人民出版社 1986 年版。

13. 古继堂：《柔美的爱情——台湾女诗人十四家》，春风文艺出版社 1987 年版。

14. 包恒新：《台湾知识辞典》，福建人民出版社 1987 年版。

15. 黄重添：《台湾当代小说艺术采光》，鹭江出版社 1987 年版。

16. 黄维樑：《香港文学初探》，中国友谊出版公司 1987 年版。

17. 白少帆、王玉斌、张恒春、武治纯主编：《现代台湾文学史》，辽宁大学出版社 1987 年版。

18. 古继堂：《台湾小说发展史》，文史哲出版社 1987 年版。

19. 苏橙基主编：《我爱·我思·我写：当代台湾作家访问记》，时事出版社 1988 年版。

20. 安兴本、王露云编：《今日台湾文坛》，社会科学文献出版社 1988 年版。

21. 周良沛：《香港新诗》，花城出版社 1988 年版。

22. 徐学：《隔海说文》，厦门大学出版社 1988 年版。

23. 易明善、梅子编：《刘以鬯研究专集》，四川大学出版社 1988 年版。

24. 《台湾香港与海外华文文学论文选》（第三届台港与海外华文文学研讨会论文集），海峡文艺出版社 1988 年版。

25. 王宗法、马德俊主编：《当代台港文学名作欣赏》，海峡文艺出版社 1988 年版。

26. 流沙河：《台湾中年诗人十二家》，重庆出版社 1988 年版。

27. 包恒新：《台湾现代文学简述》，上海社会科学院出版社 1988 年版。

28. 张毓茂主编：《二十世纪中国两岸文学史》，辽宁大学出版社 1988 年版。

29. 潘亚暾：《香港作家剪影》，海峡文艺出版社 1989 年版。

30. 古远清：《台湾朦胧诗赏析》，花城出版社 1989 年版。

31. 古继堂：《台湾新诗发展史》，人民文学出版社 1989 年版。

32. 公仲、汪义生：《台湾新文学史初编》，江西人民出版社 1989 年版。

33. 徐乃翔主编：《台湾新文学辞典 1919—1986》，四川人民出版社 1989 年版。

34. 古继堂：《台湾小说发展史》，春风文艺出版社 1989 年版。

35. 耿建华、章亚昕：《台湾现代诗歌赏析》，明天出版社 1989 年版。

36. 古继堂：《静听那心底的旋律：台湾文学论》，国际文化出版公司 1989 年版。

37. 古继堂：《台湾新诗发展史》，文史哲出版社 1989 年版。

38. 周文彬：《台港爱情诗》，花城出版社 1990 年版。

39. 古继堂：《台湾爱情文学论》，海峡文艺出版社 1990 年版。

40. 福建省台湾研究会、福建省台港文学研究会编：《台湾文学的走向》，海峡文艺出版社 1990 年版

41. 陈辽主编：《台湾港澳与海外华文文学辞典》，山西教育出版社 1990 年版。

42. 谢常青：《香港文学简史》，暨南大学出版社 1990 年版。

43. 汪毅夫：《台湾近代文学丛稿》，海峡文艺出版社 1990 年版。

44. 厦门大学台湾研究所编：《台湾百部小说大展》，海峡文艺出版社 1990 年版。

45. 复旦大学台港文化研究所选编：《台湾香港暨海外华文文学论文选》（第四届台港暨海外华文文学学术讨论会论文集），海峡文艺出版社 1990 年版。

46. 潘亚暾主编：《台港文学导论》，高等教育出版社 1990 年版。

47. 黄重添：《台湾长篇小说论》，海峡文艺出版社 1990 年版。

48. 于寒、金宗洙：《台湾新文学七十年》，延边大学出版社 1990 年版。

49. 李恺玲、谌宗恕编：《聂华苓研究专集》，湖北教育出版社 1991 年版。

50. 李勇：《曹聚仁研究》，贵州人民出版社 1991 年版。

51. 邹建军：《台港现代诗论十二家》，长江文艺出版社 1991 年版。

52. 黄重添、徐学、朱双一：《台湾新文学概观》（下册），鹭江出版社 1991 年版。

53. 刘登翰等主编：《台湾文学史》（上卷），海峡文艺出版社 1991 年版。

54. 袁良骏：《白先勇小说艺术论》，吉林大学出版社 1991 年版。

55. 王晋民:《台湾文学家辞典》,广西教育出版社 1991 年版。

56. 王剑丛、汪景寿、杨正犁、蒋朗朗编著:《台湾香港文学研究述论》,天津教育出版社 1991 年版。

57. 李元洛:《缪斯的情人》,湖南文艺出版社 1991 年版

58. 古远清:《台港现代诗赏析》,河南人民出版社 1991 年版。

59. 卢今、王宇鸿主编:《台湾散文鉴赏辞典》,北岳文艺出版社 1991 年版。

60. 陶本一、王宇鸿主编:《台湾新诗鉴赏辞典》,北岳文艺出版社 1991 年版。

61. 陈绍伟主编:《台湾爱情诗赏析》,花城出版社 1991 年版。

62. 古远清主编:《海峡两岸朦胧诗品赏》,长江文艺出版社 1991 年版。

63. 雷锐等主编:《梁实秋幽默散文赏析》,漓江出版社 1991 年版。

64. 陆士清主编:《台湾小说选讲新编》,复旦大学出版社 1991 年版。

65. 古继堂主编:《台湾女诗人五十家》,湖南文艺出版社 1991 年版。

66. 古继堂:《评说三毛》,知识出版社 1991 年版。

67. 袁良骏:《白先勇论》,尔雅出版社 1991 年版。

68. 梁若梅:《陈若曦创作论》,中国华侨出版社 1992 年版。

69. 王淑秧:《海峡两岸小说论评》,中国人民大学出版社 1992 年版。

70. 王景山主编:《台港澳暨海外华文作家辞典》,人民文学出版社 1992 年版。

71. 陈墨:《新武侠二十家》,文化艺术出版社 1992 年版。

72. 卢善庆:《台湾文艺美学流变》,东北师范大学出版社 1992 年版。

73. 李元洛:《写给缪斯的情书——台港与海外新诗欣赏》,北岳文艺出版社 1992 年版。

74. 古远清:《海峡两岸诗论新潮》,花城出版社 1992 年版。

75. 雷锐、刘开明主编:《柏杨幽默散文赏析》,漓江出版社 1992 年版。

76. 雷锐主编:《余光中幽默散文赏析》,漓江出版社 1992 年版。

77. 石翔、刘菊香主编:《台湾名家散文精品鉴赏》,春风文艺出版社 1992 年版。

78. 赵朕:《台湾与大陆小说比较论》,海峡文艺出版社 1992 年版。

79. 杨光治:《从席慕蓉、汪国真到洛湃——论热潮诗及其他》,百花洲文艺出版社 1992 年版。

80. 黄重添、庄明萱、阙丰龄、徐学、朱双一:《台湾新文学概观》,稻禾出版社 1992 年版。

81. 刘登翰等主编:《台湾文学史(下卷)》,海峡文艺出版社 1993 年版。

82. 程乃珊、周清霖编:《上海人眼中的梁凤仪》,学林出版社 1993 年版。

83. 柳苏:《香港文坛剪影》,生活·读书·新知三联书店 1993 年版。

84. 潘亚暾:《世界华文女作家素描》,暨南大学出版社 1993 年版。

85. 雷锐等编著:《三毛幽默散文赏析》,漓江出版社 1993 年版。

86. 雷锐、黄伟林编著:《李敖幽默散文赏析》,漓江出版社 1993 年版。

87. 汪文顶、萧全兴:《梁实秋散文欣赏》,广西教育出版社 1993 年版。

88. 高巍主编:《世界华人诗歌鉴赏大辞典》,书海出版社 1993 年版。

89. 广东省社会科学院文学研究所主编:《台湾香港澳门暨海外华文文学论文选》(第五届台港澳暨海外华文文学国际学术研讨会论文集),海峡文艺出版社 1993 年版。

90. 李咏梅编著:《三毛言情散文赏析》,漓江出版社 1993 年版。

91. 杜元明主编:《台湾名家散文选评》,辽宁大学出版社 1993 年版。

92. 黄伟林主编:《席慕蓉言情散文赏析》,漓江出版社 1993 年版。

93. 李伟:《曹聚仁传》,南京大学出版社 1993 年版。

94. 古继堂:《台湾新文学理论批评史》,春风文艺出版社 1993 年版。

95. 陆士清:《台湾文学新论》,复旦大学出版社 1993 年版。

96. 谢常青:《日出东方永向前——香港澳门文学研究论文集》,暨南大学出版社 1993 年版。

97. 程光炜编著:《台港小品文精品鉴赏》,河南人民出版社 1993 年版。

98. 吴义勤:《漂泊的都市之魂——徐讦论》,苏州大学出版社 1993 年版。

99. 庞冠主编:《梁凤仪现象》,人民文学出版社 1993 年版。

100. 客人编著:《台港抒情散文精品鉴赏》,河南人民出版社 1993 年版。

101. 吕良弼、汪毅夫:《台湾文化概观》,福建教育出版社 1993 年版。

102. 王震亚:《台湾小说二十家》,北京出版社 1993 年版。

103. 潘亚暾、汪义生:《香港文学概观》,鹭江出版社 1993 年版。

104. 张学栋主编:《台湾散文名篇赏析》,中山大学出版社 1993 年版。

105. 明清、秦人主编:《台港小说鉴赏辞典》,中央民族学院出版社 1994 年版。

106. 林承璜:《台湾香港文学评论集》,海峡文艺出版社 1994 年版。

107. 王晋民:《白先勇传》,台湾幼狮出版有限公司 1994 年版,香港华汉文化事业公司 2000 年版。

108. 古继堂主编:《台港澳暨海外华文新诗大辞典》,春风文艺出版社 1994 年版。

109. 庄若江、杨大中:《台湾女作家散文论稿》,北方文艺出版社 1994 年版。

110. 汪景寿等著:《寻美的旅人:杜国清论》,北京大学出版社 1994 年版。

111. 古远清:《台湾当代文学理论批评史》,武汉出版社 1994 年版。

112. 王常新:《台湾诗人作品透视》,内蒙古人民出版社 1994 年版。

113. 汪毅夫:《台湾社会与文化》,海峡文艺出版社 1994 年版。

114. 林冠工作室:《侠之大者——金庸评传》,中国社会出版社 1994 年版。

115. 黎湘萍:《台湾的忧郁:论陈映真的写作与台湾的文学精神》,生活·读书·新知三联书店 1994 年版。

116. 潘亚暾主编:《潘铭燊作品评论集》,暨南大学出版社 1994 年版。

117. 王晓玉等编著:《台港文学概述》,上海教育出版社 1994 年版。

118. 公仲、江冰主编:《走向新世纪——第六届世界华文文学国际研讨会论文集》,

人民文学出版社 1994 年版。

119. 王宗法:《台港文学观察》,安徽教育出版社 1994 年版。

120. 张超主编:《台港澳及海外华人作家辞典》,南京大学出版社 1994 年版。

121. 古继堂:《台湾青年诗人论》,武汉出版社 1994 年版。

122. 费勇:《洛夫与中国现代诗》,三民书局 1994 年版。

123. 徐学:《台湾当代散文综论》,海峡文艺出版社 1994 年版。

124. 王晋民:《台湾当代文学史》,广西人民出版社、广西教育出版社 1994 年版。

125. 刘登翰:《文学薪火的传承与变异:台湾文学论集》,海峡文艺出版社 1994 年版。

126. 李秀珊:《台湾新诗与东西方文化精神》,百花文艺出版社 1994 年版。

127. 古继堂:《台湾新文学理论批评史》,文史哲出版社 1994 年版。

128. 冷夏:《文坛侠圣——金庸传》,广东人民出版社 1995 年版。

129. 江凯波主编:《港台精美散文鉴赏》,暨南大学出版社 1995 年版。

130. 龙彼德:《洛夫评传》,南京大学出版社 1995 年版。

131. 党鸿枢:《港台文学论》,甘肃人民出版社 1995 年版。

132. 易明善:《香港文学简论》,四川大学出版社 1995 年版。

133. 方忠:《台港散文四十家》,中原农民出版社 1995 年版。

134. 李安东、朱文华:《台港杂文精品鉴赏》,河南人民出版社 1995 年版。

135. 王剑丛:《香港文学史》,百花洲文艺出版社 1995 年版。

136. 刘俊:《悲悯情怀——白先勇评传》,尔雅出版社有限公司 1995 年版。

137. 杨匡汉主编:《扬子江与阿里山的对话》,上海文艺出版社 1995 年版。

138. 刘登翰:《台湾文学隔海观——文学香火的传承与变异》,风云时代出版公司 1995 年版。

139. 李旭初、江少川等:《台港文学教程》,长江文艺出版社 1996 年版。

140. 罗立群:《开创新派的宗师:梁羽生小说艺术谈》,学林出版社 1996 年版。

141. 曹正文主编:《金庸小说人物谱》,学林出版社 1996 年版。

142. 费勇、钟晓毅:《古龙传奇》,广东人民出版社 1996 年版。

143. 费勇、钟晓毅:《金庸传奇》,广东人民出版社 1996 年版。

144. 费勇、钟晓毅:《梁羽生传奇》,广东人民出版社 1996 年版。

145. 李东:《风中飘逝的女人——三毛的人生和艺术》,学林出版社 1996 年版。

146. 曹正文:《武侠世界的怪才——古龙小说艺术谈》,学林出版社 1996 年版。

147. 林青:《描绘历史风云的奇才——高阳的小说和人生》,学林出版社 1996 年版。

148. 陈子善主编:《作别张爱玲》,文汇出版社 1996 年版。

149. 王剑丛:《二十世纪香港文学》,山东教育出版社 1996 年版。

150. 田锐生:《台港文学主流》,河南大学出版社 1996 年版。

151. 杨振昆、胡德盛、查大林主编:《世界华文文学的多元审视——第七届世界华文文学国际学术讨论会论文集》,云南大学出版社 1996 年版。

152. 王振科:《同根的文学》,南海出版公司 1996 年版。

153. 赵淑敏作品国际研讨会组委会编:《赵淑敏作品国际研讨会论文集》,文心出版社 1996 年版。

154. 万燕:《海上花开又花落——读解张爱玲》,百花洲文艺出版社 1996 年版。

155. 陈辽等主编:《世纪之交的世界华文文学》(第八届世界华文文学国际学术研讨会论文集),《台港与海外华文文学评论和研究》(增刊)1996 年版。

156. 钟晓毅:《亦舒传奇》,广东人民出版社 1996 年版。

157. 费勇:《林燕妮传奇》,广东人民出版社 1996 年版。

158. 李旭初、江少川主编:《台港文学精品赏读》,长江文艺出版社 1996 年版。

159. 许翼心:《香港文学观察》,花城出版社 1996 年版。

160. 徐学主编:《台港幽默散文精品鉴赏》,河南文艺出版社 1996 年版。

161. 何慧:《香港当代小说概述》,广东经济出版社 1996 年版。

162. 刘登翰、朱双一:《彼岸的缪斯——台湾诗歌论》,百花洲文艺出版社 1996 年版。

163. 周伟民、唐玲玲:《日月的双轨——罗门蓉子的创作世界》,中国社会科学出版社 1996 年版。

164. 田本相:《台湾现代戏剧概况》,文化艺术出版社 1996 年版。

165. 沈奇:《台湾诗人散论》,尔雅出版社 1996 年版。

166. 叶洪生:《论剑——武侠小说谈艺录》,学林出版社 1997 年版。

167. 江少川主编:《解读八面人生——评高阳历史小说》,中华工商联合出版社 1997 年版。

168. 樊洛平:《台湾女作家的大陆冲击波》,远方出版社 1997 年版。

169. 古远清:《台港澳文坛风景线》,国际文化出版公司 1997 年版。

170. 王振科:《海内海外集》,国际文化出版公司 1997 年版。

171. 汪毅夫:《中国文化与闽台社会》,海峡文艺出版社 1997 年版。

172. 古远清:《香港当代文学批评史》,湖北教育出版社 1997 年版。

173. 李献文:《台湾电视文艺纵览》,中国广播电视出版社 1997 年版。

174. 覃贤茂:《梁凤仪传》,四川人民出版社 1997 年版。

175. 覃贤茂:《琼瑶传奇》,四川人民出版社 1999 年版。

176. 陈子善主编:《你一定要看董桥》,文汇出版社 1997 年版。

177. 周伟民、唐玲玲:《论东方诗化意识流小说——香港作家刘以鬯研究》,中国社会科学出版社 1997 年版。

178. 黄国彬、王列耀主编:《剖沙赏沙——当代华文散文杂文国际学术研讨会论文集》,暨南大学出版社 1997 年版。

179. 潘亚暾、汪义生:《香港文学史》,鹭江出版社 1997 年版。

180. 曹惠民:《多元共生的现代中华文学》,中国华侨出版社 1997 年版。

181. 陈仲义:《台湾诗歌艺术六十种——从投射到拼贴》,漓江出版社 1997 年版。

182. 汪毅夫:《台湾近代诗人在福建》,幼狮文化事业股份有限公司 1998 年版。

183. 周文彬:《当代香港写实小说散文概论》,广东高等教育出版社 1998 年版。

184. 汤学智、杨匡汉等:《台湾地区文学透视》,陕西人民教育出版社 1998 年版。

185. 汪应果、赵江滨:《无名氏传奇》,上海文艺出版社 1998 年版。

186. 李松林主编:《台港澳暨海外华人散文名家名作鉴赏》,华中师范大学出版社 1998 年版。

187. 秦牧、饶芃子、潘亚暾主编:《台港澳海外华文文学大辞典》,花城出版社 1998 年版。

188. 刘登翰主编:《澳门文学概观》,鹭江出版社 1998 年版。

189. 龙彼德:《一代诗魔洛夫》,台湾时报文化公司出版馆,1998 年版。

190. 广东社科院文学所主编:《文传碧海——曾敏之文学创作六十年》,中国文联出版公司 1999 年版。

191. 王海鸿、张晓燕:《破解金庸寓言》,南方出版社 1999 年版。

192. 严家炎:《金庸小说论稿》,北京大学出版社 1999 年版。

193. 吴晓:《漂泊与寻觅:浙籍台港暨海外华人文学研究》,天津人民出版社 1999 年版。

194. 袁良骏:《香港小说史(第 1 卷)》,海天出版社 1999 年版。

195. 刘登翰主编:《香港文学史》,人民文学出版社 1999 年版。

196. 古继堂:《柏杨传》,作家出版社 1999 年版。

197. 朱双一:《近 20 年台湾文学流脉——"战后新世代"文学论》,厦门大学出版社 1999 年版。

198. 陈辽、曹惠民主编:《1898—1999 百年中华文学史论》,华东师范大学出版社 1999 年版。

199. 邓光东、陈公仲主编:《世界著名华文女作家传:台湾卷(1、2)》,百花洲文艺出版社 1999 年版。

200. 宋伟杰:《从娱乐行为到乌托邦冲动——金庸小说再解读》,江苏人民出版社 1999 年版。

201. 中国社科院文学所编:《走向 21 世纪的世界华文文学》(第九届世界华文文学国际研讨会论文集),中国社会科学出版社 1999 年版。

202. 施建伟、应宇力、汪义生:《香港文学简史》,同济大学出版社 1999 年版。

203. 李鹏翥:《濠江文潭新编》,中国文联出版社 1999 年版。

204. 廖子馨:《我看澳门文学》,中国文联出版社 1999 年版。

205. 赵遐秋主编:《台湾乡土文学八大家:乡土意识与爱国主义》,台海出版社 1999 年版。

206. 田本相、郑炜明：《澳门现代戏剧史稿》，江苏教育出版社 1999 年版。

207. 费勇：《言无言——空白的诗学》，广东人民出版社 1999 年版。

208. 艾晓明：《从文本到彼岸》，广州出版社 1999 年版。

209. 袁曙霞：《台港文学概论》，贵州人民出版社 1999 年版。

210. 黄树红：《台港澳文学新探》，中国文联出版社 2000 年版。

211. 刘俊：《悲悯情怀——白先勇评传》（修订版），花城出版社 2000 年版。

212. 陈公仲主编：《世界华文文学概要》，人民文学出版社 2000 年版。

213. 曹惠民主编：《阅读陶然——陶然创作研究论集》，北京师范大学出版社 2000 年版。

214. 曹惠民主编：《台港澳文学教程》，汉语大词典出版社 2000 年版。

215. 汕头大学台港及海外华文文学研究中心、亚洲华文作家文艺基金会主编：《期望超越：第十一届世界华文文学国际研讨会·第二届海内外潮人作家作品国际研讨会论文集》，花城出版社 2000 年版。

216. 汪毅夫：《闽台历史社会与民俗文化》，鹭江出版社 2000 年版。

217. 陈墨：《浪漫之旅——金庸小说神游》，上海三联书店 2000 年版。

218. 王敬三：《名人名家谈金庸》，上海书店出版社 2000 年版。

219. 王玲玲、徐浮明：《最后的贵族——白先勇传》，团结出版社 2001 年版。

220. 任茹文、王艳：《张爱玲传》，团结出版社 2001 年版。

221. 舒乙、傅光明主编：《林海音研究论文集》，台海出版社 2001 年版。

222. 袁良骏：《白先勇论》，新华出版社 2001 年版。

223. 丁帆主编：《中国大陆与台湾乡土小说比较史论》，南京大学出版社 2001 年版。

224. 钱虹：《缪斯的魅力》，银河出版社 2001 年版。

225. 子通、亦清主编：《张爱玲评说六十年》，中国华侨出版社 2001 年版。

226. 杨四平：《中国新即物主义代表诗人李魁贤》，文献资料出版社 2001 年版。

227. 陆卓宁：《同构的视域——海峡两岸文学》，中国文联出版社 2001 年版。

228. 安兴本：《冲突的台湾》，华文出版社 2001 年版。

229. 赵遐秋、曾庆瑞：《"文学台独"面面观》，九州出版社 2001 年版。

230. 吕正惠、赵遐秋主编：《台湾新文学思潮史纲》，昆仑出版社 2002 年版。

231. 陈辽主编：《我与世界华文文学》，香港昆仑制作公司 2002 年版。

232. 喻大翔：《两岸四地百年散文纵横论》，吉林人民出版社 2002 年版。

233. 徐学：《火中龙吟：余光中评传》，花城出版社 2002 年版。

234. 袁勇麟：《当代汉语散文流变论》，上海三联书店 2002 年版。

235. 古继堂：《简明台湾文学史》，时事出版社 2002 年版。

236. 喻大翔：《用生命拥抱文化——中华二十世纪学者散文的文化精神》，人民文学出版社 2002 年版。

237. 倪金华：《台湾散文新观察》，海峡文艺出版社 2002 年版。

238. 杨匡汉主编：《中国文化中的台湾文学》，长江文艺出版社 2002 年版。

239. 陆士清主编：《新视野 新开拓——第十二届世界华文文学国际学术研讨会论文集》，复旦大学出版社 2002 年版。

240. 王光明：《文学批评的两地视野》，北京大学出版社 2002 年版。

241. 刘登翰：《中华文化与闽台社会：闽台文化关系论纲》，福建人民出版社 2002 年版。

242. 古继堂：《台湾文学的母体依恋》，九州出版社 2002 年版。

243. 马重奇：《闽台方言的源流与嬗变》，福建人民出版社 2002 年版。

244. 朱双一：《战后台湾新世代文学论》，扬智文化出版社 2002 年版。

245. 王尧：《余光中：诗意尽在乡愁中》，大象出版社 2003 年版。

246. 黎湘萍：《文学台湾》，人民文学出版社 2003 年版。

247. 赵稀方：《小说香港》，生活·读书·新知三联书店 2003 年版。

248. 朱双一：《闽台文学的文化亲缘》，福建人民出版社 2003 年版。

249. 王景山主编：《台港澳暨海外华文作家辞典》，人民文学出版社 2003 年版。

250. 陆士清主编：《情动江海 心托明月—秦岭雪诗歌评论集》，复旦大学出版社 2003 年版。

251. 王鹤龄：《风雅的诗钟》，台海出版社 2003 年版。

252. 王金城：《守望家园：大陆与台湾文学论》，吉林人民出版社 2003 年版。

253. 陶德宗：《百年中华文学中的台港文学》，巴蜀书社 2003 年版。

254. 尉天骄主编：《台港文学名家名作鉴赏》，北京大学出版社 2003 年版。

255. 彭耀春：《台湾当代戏剧论》，中国戏剧出版社 2003 年版。

256. 窦应泰：《李敖的七彩人生》，中国友谊出版社 2003 年版。

257. 刘登翰主编：《文化亲缘与两岸关系：以闽台为中心的考察》，九州出版社 2003 年版。

258. 费勇：《我爱看张爱玲》，尔雅书店 2003 年版。

259. 陶保玺：《台湾新诗十家论》，二鱼文化公司 2003 年版。

260. 华侨大学中文系编：《永恒的文化记忆——第十届世界华文文学国际研讨会论文集》，海峡文艺出版社 2004 年版。

261. 刘俊：《从台港到海外——跨区域华文文学的多元审视》，花城出版社 2004 年版。

262. 朱立立：《知识人的精神私史——台湾现代派小说的一种解读》，上海三联书店 2004 年版。

263. 刘锋杰：《想象张爱玲》，安徽教育出版社 2004 年版。

264. 黄万华主编：《多元文化语境中的华文文学——第十三届世界华文文学国际学术研讨会论文集》，山东文艺出版社 2004 年版。

265. 寿永明主编：《世界华文文学研究（第一辑）》，百花洲文艺出版社 2004 年版。

266. 萧成:《日据时期台湾社会图谱:1920—1945 台湾小说研究》,九州出版社 2004 年版。

267.《压不扁的玫瑰花——杨逵作品研讨会论文集》,台海出版社 2004 年版。

268. 赵稀方:《台湾后殖民文学史观》,百花洲文艺出版社 2004 年版。

269. 方忠:《二十世纪台湾文学史论》,百花洲文艺出版社 2004 年版。

270. 赵小琪:《台湾现代诗与西方现代主义》,长江文艺出版社 2004 年版。

271. 古远清:《当今台湾文学风貌》,江西高校出版社 2004 年版。

272. 曹布拉:《金庸小说的文化意蕴》,浙江人民出版社 2004 年版。

273. 王剑丛:《香港澳门文学论集》,中国科学文化出版社 2004 年版。

274. 杨若萍:《台湾与大陆文学关系简史(1652—1949)》,上海文艺出版社 2004 年版。

275. 章亚昕:《情系伊甸园—创世纪诗人论》,文史哲出版社 2004 年版。

276. 樊洛平:《当代台湾女性小说史论》,河南人民出版社 2005 年版。

277. 徐学:《悦读台北女》,厦门大学出版社 2005 年版。

278. 王甲辉、过伟主编:《台湾民间文学》,上海文艺出版社 2005 年版。

279. 金宏达:《平视张爱玲》,文化艺术出版社 2005 年版。

280. 曹惠民:《他者的声音——曹惠民台港华文文学论集》,江苏人民出版社 2005 年版。

281. 公仲:《"万里长城"与"马其诺防线"之间的艰难突围》,百花洲文艺出版社 2005 年版。

282. 朱文斌编:《世界华文文学研究(第二辑)》,百花洲文艺出版社 2005 年版。

283. 刘红林:《台湾女性主义文学新论》,台海出版社 2005 年版。

284. 刘红林:《日据时期台湾新文学风貌》,台海出版社 2005 年版。

285. 洪子诚、刘登翰:《中国当代新诗史》(修订版),北京大学出版社 2005 年版。

286. 江少川:《台港澳文学论稿》,北京大学出版社 2005 年版。

287. 董大中:《李敖这个人》,文化艺术出版社 2005 年版。

288. 孙尘:《李敖的冷眼狷行》,团结出版社 2005 年版。

289. 朱双一:《台湾文学思潮与渊源》,海峡学术出版社 2005 年版。

290. 古远清:《分裂的台湾文学》,海峡学术出版社 2005 年版。

291. 古远清:《世纪末台湾文学地图》,扬智文化事业出版公司 2005 年版。

292. 黄万华:《中国和海外:20 世纪汉语文学史论》,百花文艺出版社 2006 年版。

293. 朱双一、张羽:《海峡两岸新文学思潮的渊源和比较》,厦门大学出版社 2006 年版。

294. 陆卓宁主编:《20 世纪台湾文学史略》,民族出版社 2006 年版。

295. 刘中树、张福贵、白杨主编:《世界华文文学的新世纪——第十四届世界华文文学国际学术研讨会论文选》,吉林大学出版社 2006 年版。

296. 赵遐秋、金坚范主编:《台湾作家研究丛书》(11 种),作家出版社 2006 年版:

    刘红林:《台湾新文学之父——赖和》

    田建民:《张我军评传》

    樊洛平:《冰山底下绽放的玫瑰花——杨逵和他的文学世界》

    石一宁:《吴浊流:面对新语境》

    江湖:《乡之魂——钟理和的人生与文学之路》

    沈庆利:《啼血的行吟——"台湾第一才子"吕赫若的小说世界》

    周玉宁:《林海音评传》

    汤淑敏:《陈若曦:自愿背十字架的人》

    赵遐秋:《生命的思索与呐喊——陈映真的小说气象》

    萧成:《大地之子:黄春明的小说世界》

    白舒荣:《自我完成　自我挑战——施叔青评传》。

297. 龙彼德:《痖弦评传》,三民书局 2006 年版。

298. 梁笑梅:《壮丽的歌者:余光中诗艺研究》,西南师范大学出版社 2006 年版。

299. 刘鹏:《叶维廉比较诗学研究》,齐鲁书社 2006 年版。

300. 朱文斌编:《世界华文文学研究(第三辑)》,百花洲文艺出版社 2006 年版。

301. 汪毅夫:《闽台缘与闽南风:闽台关系、闽台社会与闽南文化研究》,福建教育出版社 2006 年版。

302. 白杨:《文化想象与身份探寻——近五十年香港文学意识的嬗变》,吉林人民出版社 2006 年版。

303. 程国君:《从乡愁言说到性别抗争——台湾当代女性散文创作论》,中国社会科学出版社 2006 年版。

304. 钟晓毅主编:《蔼蔼停云——华严文学创作学术研讨会论文集》,花城出版社 2007 年版。

305. 计红芳:《香港南来作家的身份建构》,中国社会科学出版社 2007 年版。

306. 江少川、朱文斌主编:《台港澳暨海外华文文学教程》,华中师范大学出版社 2007 年版。

307. 刘登翰、庄明萱等主编:《台湾文学史》(1—3 册),现代教育出版社 2007 年版。

308. 邹友峰、冒建华等主编:《中原论剑——第二届世界华文文学论坛文集》,甘肃人民出版社 2007 年版。

309. 王晓初、朱文斌编:《世界华文文学研究(第四辑)》,安徽大学出版社 2007 年版。

310. 刘俊:《世界华文文学整体观》,人民文学出版社 2007 年版。

311. 曹万生主编:《中国现代汉语文学史》,中国人民大学出版社 2007 年版。

312. 徐学:《当代台湾文学与中华传统文化》,鹭江出版社 2007 年版。

313. 吴尚华:《台港文学研究》,安徽人民出版社 2007 年版。

314. 陈墨:《陈墨评金庸》,东方出版社,2008 年版。

315. 袁良骏:《香港小说流派史》,福建人民出版社 2008 年版。

316. 李诠林:《台湾现代文学史稿》,海峡文艺出版社 2008 年版。

317. 古远清:《余光中评说五十年》,文化艺术出版社 2008 年版。

318. 古远清:《看你名字的繁卉——蓉子诗赏析》,文史哲出版社 1998 年版。

319. 王金城:《台湾新世代诗歌研究》,厦门大学出版社 2008 年版。

320. 朱双一:《台湾文学与中华地域文化》,鹭江出版社 2008 年版。

321. 张羽:《台湾文学的多种表情—关于台湾文学研究的思考》,鹭江出版社 2008 年版。

322. 古远清:《香港当代新诗史》,香港人民出版社 2008 年版。

323. 陆卓宁主编:《和而不同——第十五届世界华文文学国际学术研讨会论文集》,广西人民出版社 2008 年版。

324. 方忠:《台湾散文纵横论》,江苏教育出版社 2008 年版。

325. 朱云霞:《海岛正芳春——台湾女性文学》,福建教育出版社 2008 年版。

326. 王晓初、朱文斌主编:《世界华文文学研究(第五辑)》,安徽大学出版社 2008 年版。

327. 吴义勤:《我心彷徨——徐讦传》,上海三联书店 2008 年版。

328. 古远清:《余光中:诗书人生》,长江文艺出版社 2008 年版。

329. 古远清:《台湾当代新诗史》,文津出版社 2008 年版。

330. 卓慧臻:《从传说到巫言:朱天文的小说世界与台湾文化》,中国旅游出版社 2009 年版。

331. 刘津津、缪星象编著:《说不尽的侠骨柔情——台湾武侠与言情文学》,福建教育出版社 2009 年版。

332. 陈公仲:《文学新思考》,江西教育出版社 2009 年版。

333. 赵稀方:《后殖民理论与台湾文学》,人间出版社 2009 年版。

334. 白杨:《台港文学:文化生态与写作范式考察》,吉林大学出版社 2009 年版。

335. 凌逾:《跨媒介叙事——论西西小说新生态》,人民出版社 2009 年版。

336. 赵稀方:《后殖民理论》,北京大学出版社 2009 年版。

337. 朱立立、刘小新:《宽容话语与承认的政治:中国现当代文论中的宽容论述及其相关问题》,江苏大学出版社 2009 年版。

338. 李观鼎主编:《澳门人文社会科学研究文选·文学卷》,社会科学文献出版社 2009 年版。

339. 王晓初、朱文斌主编:《世界华文文学研究(第六辑)》,安徽大学出版社 2009 年版。

340. 黄乃江:《台湾诗钟研究》,复旦大学出版社 2009 年版。

341. 朱双一:《百年台湾文学散点透视》,海峡学术出版社 2009 年版。

342. 古远清:《古远清文艺争鸣集》,台北秀威资讯科技公司 2009 年版。

343. 张蔷主编:《宝岛眷村》,中国人民大学出版社 2010 年版。

344. 章亚昕:《二十世纪台湾诗歌史》,人民文学出版社 2010 年版。

345. 古远清:《海峡两岸文学关系史稿》,福建人民出版社 2010 年版。

346. 朱双一:《台湾文学创作思潮简史》,九州出版社 2010 年版。

347. 黎湘萍、李娜主编:《事件与翻译——东亚视野中的台湾文学》,中国社会科学出版社 2010 年版。

348. 赵小琪:《当代中国台港澳小说在内地的传播与接受》,中国社会科学出版社 2010 年版。

349. 曹惠民:《出走的夏娃——一位大陆学人的台湾文学观》,台北秀威资讯科技公司 2010 年版。

350. 王晓初、朱文斌主编:《世界华文文学研究(第七辑)》,安徽大学出版社 2010 年版。

351. 古远清:《几度飘零——大陆赴台文人沉浮录》,广西师范大学出版社 2010 年版。

352. 刘小新:《阐释的焦虑:当代台湾理论思潮解读(1987—2007)》,福建人民出版社 2010 年版。

(说明:1. 此"要目"非"全目",遗珠之憾,尚需时日补充。2. 以海外华文文学为主的论著,一般未予收录。)

后　记

二十多年来,台港澳文学课程成为最受高校学生关注欢迎的课程之一,但有关教材却十分欠缺,无法适应现状的需要。

《台港澳文学教程》(曹惠民主编,上海汉语大词典出版社版)自 2000 年初版以来,被全国几十所高校采用为教材,北京、上海、南京、台湾、香港等地的专业报刊发表了多篇书评,赞其体例新颖合理、论述全面简要、文学史观稳健、品评独到得当,被学界认为"代表了世纪之交同类教材的水平"、"此书不仅乃该领域的津梁之作,也可令现当代文学、文艺学、比较文学乃至外国文学等领域诸多研究者获益",受到了学界的普遍肯定。十多年来,全国开设这门课程的大学有增无减,仍有不少高校老师欲购此《教程》作为教材,但该书早已售罄,无法满足要求。

2010 年 10 月与原出版社的合约期满,乃与复旦大学出版社商洽议决推出增订新版。

新编本在原版较好的基础上,主要作了以下充实、增删、修订:

1. 将全书述论下限由 2000 年 6 月延伸至 2010 年 12 月;

2. 增设一些章节,展示 20 世纪 90 年代以来文学的新现象、新品类和研究的新进展等;

3. 重写某些章节,以体现最新研究成果;

4. 删除原版中的海外华文文学内容;

5. 校正原书因多种原因而存在的错讹(包括文字)。

主编拟定了全书的总体架构(包括章节安排、修订幅度等),并在全国范围内物色、联络合作者,统一、明确了基本理念。我们希望,经过此次修订,包含了台港澳地区最新的文学现象、进展、动态、资讯的《教程新编》,将显示出较高的整体水准、呈现出崭新的面貌,并成为国内同类书籍中内容最为完备、资讯密集而及时、论述精要中肯、能留下去用下去的新型教材,也将为有关专业的研究提供有特色、有创意的参考,从而满足全国高校乃至社会上的多方面需求。

　　《教程新编》的作者阵容强大,来自北京、上海、香港、广东、福建、浙江、江苏、湖北、河南、吉林等 10 个省、市,执笔者教学经验丰富,科研成果较多:20 人均有高级职称(内有 13 位教授,其中 9 位是博士生导师),既有著名的资深教授,也有在学界崭露头角、术有专攻的青年博士,分别执笔各有专门研究的相关章节,俾使《教程新编》具有较高的质量和整齐的水准。

　　《教程新编》各执笔人负责的章节如下(按执笔内容先后为序):

　　曹惠民(苏州大学):绪言,导论,第十章第 1、3 节,第十四、十五章(除秦佳执笔部分),第十六章 1、3、4 节,附录(大事记,书目)。

　　计璧瑞(北京大学):第一章。

　　王澄霞(扬州大学):第二章第 1、2 节,第八章。

　　朱文华(复旦大学):第三章第 1、2 节,第四章第 2、3 节。

　　赵小琪(武汉大学):第三章第 3 节。

　　白　杨(吉林大学):第三章第 4 节。

　　刘　俊(南京大学):第四章第 1 节。

　　樊洛平(郑州大学):第五章第 1、2、3 节。

　　朱立立(福建师范大学):第五章第 4 节。

　　庄若江(江南大学):第六章第 1—4 节、第 5 节之廖辉英、袁琼琼。

　　袁勇麟(福建师范大学):第七章。

　　方　忠(江苏师范大学):第九章。

　　司方维(许昌学院):第十一章。

　　朱双一(厦门大学):第十二章,第六章第 5 节之李昂。

　　江少川(华中师范大学):第十三章第 1、2、3 节。

　　凌　逾(华南师范大学):第十三章第 4 节,第十九章。

　　计红芳(常熟理工学院):第十四章第 2、5 节,第十七章第 1、2、5、6 节,第二章第 3、4 节,第五章第 5 节,第十章第 2 节。

　　秦　佳(常州工学院):第十四章之叶灵凤,第十五章之思果、陈之藩、黄维樑、也斯、潘铭燊,第十六章之戴天。

　　任茹文(宁波大学):第十六章第 2 节,第十七章第 3、4 节。

　　王　璞(香港岭南大学):第十八章。

　　陈小明(苏州大学):第二十章、第二十一章。

　　各位执笔者的文稿集齐后,由主编负责全书的统稿、定稿并三校。

　　新编本的出版得到了参编者(包括原版和新版的所有合作者)的通力合作,复旦大学出版社杜荣根总经理、复旦大学中文系资深教授陆士清先生、扬州大学中文系资深教授吴周文先生提供了宝贵的帮助、支持,责编余璐瑶女士为保证书稿的质量做了卓有成效的工作,苏州大学博士司方维及硕士生赵丛娜、贲越、杨玥、谢聪、孙利华、尹苗、蔡超也承担了部分资料收集和电脑输录的工作,在此一并表示衷心的感谢!

　　近一年的修订工作中,虽然我们尽了最大努力希望做到最好,但由于多方面原因,新编本也许还存在不尽如人意或错谬不当之处,敬请广大读者不吝指正。

曹惠民

2011 年 9 月 28 日

于姑苏长岛

图书在版编目(CIP)数据

台港澳文学教程新编/曹惠民主编. —上海:复旦大学出版社, 2013.1(2025.12 重印)
(复旦博学系列)
ISBN 978-7-309-09432-9

Ⅰ. 台…　Ⅱ. 曹…　Ⅲ.①中国文学-文学研究-台湾省-20 世纪②中国文学-文学研究-香港-20 世纪③中国文学-文学研究-澳门-20 世纪　Ⅳ. I 206.6

中国版本图书馆 CIP 数据核字(2012)第 316905 号

台港澳文学教程新编
曹惠民　主编
责任编辑/余璐瑶

复旦大学出版社有限公司出版发行
上海市国权路 579 号　邮编:200433
网址:fupnet@fudanpress.com　http://www.fudanpress.com
门市零售:86-21-65102580　团体订购:86-21-65104505
出版部电话:86-21-65642845
上海华业装璜印刷厂有限公司

开本 787 毫米×960 毫米　1/16　印张 21.25　字数 351 千字
2013 年 1 月第 1 版
2025 年 12 月第 1 版第 8 次印刷
印数 16 701—17 800

ISBN 978-7-309-09432-9/I · 738
定价:56.00 元